毛宗岗批评本 三国演義 中

毛宗岗批评本

〔明〕罗贯中 著 〔清〕毛宗岗 批评

岳麓书社·长沙

赵子龙单骑救主 （赵成伟 绘）

三江口火烧战船 （赵成伟 绘）

关云长义释曹操 （赵成伟 绘）

玄德智激孙夫人（赵成伟 绘）

夜战马超 （赵成伟 绘）

曹操平定汉中地 （赵成伟 绘）

曹阿瞒兵退斜谷 （赵成伟 绘）

云长攻拔襄阳郡 （赵成伟 绘）

第三十九回　荆州城公子三求计　博望坡军师初用兵

博望坡軍師初用兵

　　文有馀波在后者：前有玄德三顾草庐一段奇文，后便有刘琦三求诸葛一段小文是也。文有作波在前者：将有孔明为玄德用兵一段奇文，却先有孔明为刘琦画策一段小文是也。谋人国不可轻，故三顾始出；谋人家亦不可轻，故三请后言。谋国事不可不密，故屏人促坐；谋家事尤不可不密，故登楼去梯。刘琦方惧祸，孔明又惧其漏言之祸。孔明未授计，玄德先授以求计之计。玄德、孔明，其真天下有心人乎！

　　君之适子，所以奉宗庙社稷之粢盛，朝夕视君膳者也。故适子不可以出外：不出外则得立，出外则不得立。然刘琦之求计于孔明者，非求立也，求生而已。不求立而求生，则宜在外，不宜在内。若知其不得立，而犹勉强以求立，势不至如潘崇之教商臣不止，是岂仁人之所忍为哉？

　　或疑申生在内而死，扶苏在外而亦死，似孔明之教刘琦者，犹非万全之策也。予曰：不然。刘表之与始皇，则有间矣。始皇残暴人也。残暴素著，故李斯得假其威以杀扶苏于外。刘表柔懦人也。柔懦素著，则蔡瑁不得矫其旨以杀刘琦于外。势有相反，故事有不同，不可以一概论耳。

　　前徐庶在玄德面前夸奖孔明，是正笔、紧笔；今在曹操面前夸奖孔明，是旁笔、间笔。然无旁笔、间笔，则不见正笔、紧笔之妙。不但孔明一边愈加渲染，又使徐庶一边亦不冷落。真叙事妙品。

　　孔明初出茅庐，第一次用计，便是火攻。夫兵犹火也。用兵如用火，用火亦如用兵。兵不足而以火济之，是以火济火也。乃玄德之言曰："我得孔明，如鱼得水。"翼德亦曰："何不使

'水'去！"然则以孔明而用火，是犹以水济火矣。以火济火，而火之威烈；以水济火，而火之用神。

博望一烧，有无数衬染。写云浓、月淡是反衬，写秋飙、夜风、林木、芦苇是正衬，写徐庶夸奖是顺衬，写夏侯轻侮，关、张不信是逆衬。且其间又曲折多端。当赵云诱敌，则有韩浩谏追为一折；玄德诱敌，则有于禁、李典中途疑沮为再折；人马走发，拦当不住，则又有夏侯猛省传令勿追为三折，令读者至此，几疑计之不成，烧之不果；而功且终就，而敌且终破，方叹文章之妙，有非猜测之所能及者。若只一味直写，则竟依《纲目》例大书曰"诸葛亮破曹兵于博望"一句可了，又何劳作演义者撰此一篇哉？

刘表因见黄祖被杀，故欲玄德助我以防孙权；孔明欲留孙权为援，故劝玄德舍权而当曹操。此为后文伏线也。甘宁借江夏为避仇之地，而刘琦复借江夏为避患之地，乃孔明为刘琦谋今日安身之所，而早为玄德谋兵败借援之所。此亦为后文伏线也。不但此也。晋之代魏，尚隔数十卷，而司马氏之家世，早详叙于曹操未攻博望之先。正如五月姤卦，方当五阳强盛之时，而一阴已伏于下。若必前人去然后有后人，前事毕然后有后事，不独古今无此不相贯之事，亦岂有此不相贯之文乎？

却说孙权督众攻打夏口，黄祖兵败将亡，情知守把不住，遂弃江夏，望荆州而走。甘宁料得黄祖必走荆州，乃于东门外伏兵等候。_{黄祖之不用甘宁，犹梁惠王之不用卫鞅也。}祖带数十骑突出东门，正走之间，一声喊起，甘宁拦住。祖于马上谓宁曰："我向日不曾轻待汝，今何相逼耶？”宁叱曰：“吾昔在江夏，多立功绩，汝乃以‘劫江贼’待我，今日尚有何说！”_{前日劫水路，今日劫陆路。宁不自以为贼，而黄祖待之以贼，今日乃真为黄祖之贼矣。}黄祖自知难免，拨马而走。甘宁冲开士卒，只听得后面喊声起处，又有数骑赶来。宁视之，乃程普也。宁恐普来争功，慌忙拈弓搭箭，背射黄祖，祖中箭翻身落马。宁枭其首级，回马与程普合兵一处，回见孙权，献黄祖首级。_{黄祖之死，不用程普杀之，必用甘宁杀之，可为不能用人之戒。}权命以木匣盛贮，待回江东祭献于亡父灵前；_{应第七回中事，又与前回徐氏祭夫相映射。○前孙策能以活黄祖换死孙坚，今孙权又能以死黄祖祭死孙坚；有子如此，孙坚不死矣。}重赏三军，升甘宁为都尉；商议欲分兵守江夏。张昭曰：“孤城不可守，不如且回江东。刘表知我破黄祖，必来报仇。我以逸待劳，必败刘表。表败而后乘势攻之，荆襄可得也。”_{意不在江夏而在荆襄，是舍小而图大。向来子布画策，唯此差强人意。}权从其言，遂弃江夏，班师回江东。

　　苏飞在槛车内，密使人告甘宁求救。宁曰：“飞即不言，吾岂忘之？”_{今之忌恩者，幸其人之不言，甚且恶其人之言之矣。}大军既至吴会，权命将苏飞枭首，与黄祖首级一同祭献。甘宁乃入见权，顿首哭告曰：“某向日若不得苏飞，则骨填沟壑矣，安能效命于将军麾下哉？今飞罪当诛，某念其昔日之恩情，愿纳还官爵，以赎飞罪。”_{甘宁非吕蒙，无由见孙权；然非苏飞，则无由见吕蒙也。追本穷源，知恩报德，是有血性男子，不是无义气丈夫。}权曰：“彼既有恩于君，吾为君赦之。但彼若逃去奈何？”宁曰：“飞得免诛戮，感恩无地，岂肯走乎！若飞去，宁愿将首级献于阶下。”_{既愿以官爵赎之，又愿以首级保之，如此报德，方不负施德之人。}权乃赦苏飞，止将黄祖首级祭献。祭毕设宴，大会文武庆功。

　　正饮酒间，只见座上一人大哭而起，拔剑在手，直取甘宁。宁忙举坐椅以迎之。权惊视其人，乃凌统也。因甘宁在江夏时，射死他父亲凌操，今日相见，故欲报仇。^{方写孙权报仇，便接写甘宁报恩；方写甘宁报恩，又接写凌统报仇。义士之义，孝子之孝，各各出色。}权连忙劝住，谓统曰："兴霸射死卿父，彼时各为其主，不容不尽力。今既为一家人，岂可复理旧仇？万事皆看吾面。"^{孙权自欲报仇，却不许凌统报仇，似乎不情；为甘宁而赦苏飞，独不为统而杀甘宁，似乎偏向。然为报仇起见，人有恩于为我报仇之人，则赦之；人而欲杀为我报仇之人，则解之：情也，非偏也。}凌统叩头大哭曰："不共戴天之仇，岂容不报！"权与众官再三劝之，凌统只是怒目而视甘宁。权即日命甘宁领兵五千、战船一百只，在夏口镇守，以避凌统。宁拜谢，领兵自往夏口去了。^{此处写甘宁往夏口，正为后文刘琦请守夏口伏线。}权又加封凌统为丞烈都尉。统只得含恨而止。^{凌统不曾杀得甘宁，固是大仇未报；孙权但杀黄祖，不曾杀刘表，亦止报得一半，不若徐氏之报仇为快也。然则不独凌统含恨，孙权亦尚含恨。}东吴自此广造战船，分兵守把江岸；又命孙静引一枝军守吴会；孙权自领大军屯柴桑。周瑜日于鄱阳湖教练水军，以备攻战。^{读者至此，必谓将来孙权与刘表攻战矣，孰知却为与曹操攻战之地乎？}

话分两头。却说玄德差人打探江东消息，^{遥接前文。}回报："东吴已攻杀黄祖，现今屯兵柴桑。"玄德便请孔明计议。正话间，忽刘表差人来请玄德赴荆州议事。^{不写玄德要去，却写刘表来请，妙甚。}孔明曰："此必因江东破了黄祖，故请主公商议报仇之策也。某当与主公同往，相机而行，自有良策。"^{读者至此，必谓孔明将为刘表画报仇之策矣，孰知后文却偏不与东吴交战，出人意外。}玄德从之，留云长守新野，令张飞引五百人马跟随往荆州来。玄德在马上谓孔明曰："今见景升，当若何对答？"孔明曰："当先谢襄阳之事。他若令主公去征讨江东，切不可应允，但说容归新野，整顿军马。"^{此孔明不欲恶识孙权，正为后文投托东吴地步。}玄德依言。来到荆州，馆驿安下，留张飞屯兵城外，玄德与孔明入城见刘表。礼毕，玄德请罪于阶下。表曰："吾已悉知贤弟被害之事。当时即欲斩蔡瑁之首，以献贤弟；因众人告免，故姑恕之。贤弟幸勿见罪。"玄德曰：“非干蔡将军之事，想皆下人所为耳。”一语将前事轻轻抹过。表曰：“今江夏失守，黄祖遇害，故请贤弟共议报复之策。”玄德曰：“黄祖性暴，不能用人，故致此祸。隐然指着甘宁，然黄祖不能用甘宁，刘表不能杀蔡瑁，正复同病；玄德之意，殆借黄祖以讽刘表手？今若兴兵南征，倘曹操北来，又当奈何？”表曰：“吾今年老多病，不能理事，贤弟可来助我。我死之后，弟便为荆州之主也。”前有陶谦让徐州，此有刘表让荆州，遥遥相对。玄德曰：“兄何出此言！量备安敢当此重任。”孔明以目视玄德。玄德曰：“容徐思良策。”遂辞出。回至馆驿，孔明曰：“景升欲以荆州付主公，奈何却之？”玄德曰：“景升待我恩礼交至，安忍乘其危而夺之？”孔明叹曰：“真仁慈之主也！”此时玄德若取了荆州，省却后来无数手脚矣。使非玄德仁慈，安得文字曲折。

正商论间，忽报公子刘琦来见。玄德接入。琦泣拜曰：“继母不能相容，性命只在旦夕，望叔父怜而救之。”前于徐庶未来之先，已早为此处伏下一笔。玄德曰：“此贤侄家事耳，奈何问我？”孔明微笑。玄德求计于孔明，孔明曰：“此家事，亮不敢与闻。”少时，玄德送琦出，附耳低言曰：“来日我使孔明回拜贤侄，可如此如此，彼定有妙计相告。”此处不即说明求计之法，叙事妙品。琦谢而去。次日，玄德只推腹痛，乃浼孔明代往回拜刘琦。孔明允诺，来至公子宅前下马，入见公子，公子邀入后堂。茶罢，琦曰：“琦不见容于继母，幸先生一言相救。”此刘琦第一番求计。孔明曰：“亮客寄于此，岂敢与人骨肉之事？倘有漏泄，为害不浅。”说罢，起身告辞。此孔明第一次推却。○第一次说所以不敢言之故。琦曰：“既承光顾，安敢慢别。”乃挽留孔明入密室共饮。饮酒之间，琦又曰：“继母不见容，乞先生一言救我。”此刘琦第二番求计。孔明曰：“此非亮所敢谋也。”言讫，又欲辞去。此孔明第二次推却。第二次只一语谢之。琦曰：“先生不言则已，何便欲去？”孔明乃复坐。琦曰：“琦有一古书，请先生一观。"〔幻甚〕乃引孔明登一小楼。〔自后堂而密室，自密室而小楼，写得曲折〕孔明曰："书在何处？"琦泣拜曰："继母不见容，琦命在旦夕，先生忍无一言相救乎？"〔此刘琦第三番求计〕孔明作色而起，便欲下楼，〔此孔明第三次推却，第三次不答一语〕只见楼梯已撤去。〔此玄德附耳低言之计也，妙在此处写出〕琦告曰："琦欲求教良策，先生恐有泄漏，不肯出言；今日上不至天，下不至地，出君之口，入琦之耳。可以赐教矣。"〔此时并无隔屏窃听之人。〕孔明曰："疏不间亲，亮何能为公子谋？"〔妙在此时还不肯说，又复作难曲折之甚。〕琦曰："先生终不幸教琦乎！琦命固不保矣，请即死于先生之前。"乃掣剑欲自刎。〔此亦玄德附耳低言之计也，妙在此处写出〕孔明止之曰："已有良计。"〔至此方说，亦是水穷山尽，绝处逢生。〕琦拜曰："愿即赐教。"孔明曰："公子岂不闻申生、重耳之事乎？申生在内而亡，重耳在外而安。〔刘琦请孔明观古书，此却是孔明教刘琦观古书。〕今黄祖新亡，江夏乏人守御，公子何不上言，乞屯兵守江夏，则可以避祸矣。"〔或笑孔明为刘琦画策，不过是"三十六计，走为上计"耳，何须如此作难，方才说出？不知走非容易：使人不知是走，方是会走；若使人知其走，便走不成、走不脱矣。〕琦再拜谢教，乃命人取梯送孔明下楼。〔今之求人画策者，偏会拔短梯笑。〕孔明辞别，回见玄德，具言其事。玄德大喜。

次日，刘琦上言，欲守江夏。刘表犹豫未决，请玄德共议。玄德曰："江夏重地，固非他人可守，正须公子自往。东南之事，兄父子当之；西北之事，备愿当之。"〔使刘表当孙权而自当曹操，亦孔明所教也。〕表曰："近闻曹操于邺郡作玄武池以练水军，必有征南之意，不可不防。"〔刘表正欲防孙权，因玄德说出曹操，便顺口说防曹操。〕玄德曰："备已知之，兄勿忧虑。"遂拜辞回新野。刘表令刘琦引兵三千往江夏镇守。〔为后玄德走江夏张本。〕

却说曹操罢三公之职，自以丞相兼之。以毛玠为东曹掾，崔琰为西曹掾，司马懿为文学掾。懿字仲达，河内温人也，颍州太守司马隽之孙，京兆尹司马防之子，主簿司马朗之弟也。〔叙司马懿独详其家〕

世，盖在魏未代汉之先，早为晋之代魏伏笔。妙。自是文官大备，乃聚武将商议南征。夏侯惇进曰：“近闻刘备在新野，每日教演士卒，必为后患，可早图之。”操即命夏侯惇为都督，于禁、李典、夏侯兰、韩浩为副将，领兵十万，直抵博望城，以窥新野。不窥荆襄而窥新野，操固轻视刘表而重视玄德也。荀彧谏曰：“刘备英雄，今更兼诸葛亮为军师，不可轻敌。”惇曰：“刘备鼠辈耳，吾必擒之。”轻视玄德，与曹操相反。徐庶曰：“将军勿轻视刘玄德。今玄德得诸葛亮为辅，如虎生翼矣。”用徐庶说，妙。徐庶不对曹操说，却对夏侯惇说，又妙。操曰：“诸葛亮何人也？”庶曰：“亮字孔明，道号卧龙先生。有经天纬地之才，出鬼入神之计，真当世之奇士，非可小觑。”此处徐庶赞孔明，与前程昱赞徐庶，遥遥相对。操曰：“比公若何？”庶曰：“庶安敢比亮？庶如萤火之光，亮乃皓月之明也。”不愧名亮字孔明。夏侯惇曰：“元直之言谬矣。吾看诸葛亮如草芥耳，何足惧哉！惇视孔明，与徐庶相拗。吾若不一阵生擒刘备，活捉诸葛，愿将首级献与丞相。”操曰：“汝早报捷书，以慰吾心。”惇奋然辞曹操，引军登程。

却说玄德自得孔明，以师礼待之。关、张二人不悦，曰：“孔明年幼，有甚才学？兄长待之太过！又未见他真实效验！”玄德曰：“吾得孔明，犹鱼之得水也。徐庶比孔明以月，玄德比孔明以水；月可以无萤，鱼不可以无水。两弟勿复多言。”关、张见说，不言而退。一日，有人送牦牛尾至。玄德取尾亲自结帽。孔明入见，正色曰：“明公无复有远志，但事此而已耶？”玄德投帽于地而谢曰：“吾聊假此以忘忧耳。”种菜所以避祸，结帽所以忘忧，遥遥相对。孔明曰：“明公自度比曹操若何？”玄德曰：“不如也。”孔明曰：“明公之众，不过数千人，万一曹兵至，何以迎之？”玄德曰：“吾正愁此事，未得良策。”孔明曰：“可速招募民兵，亮自教之，可以待敌。”玄德遂招新野之民，得三千人。孔明朝夕教演阵法。^{此处民兵，正为后文诱敌之用。}忽报曹操差夏侯惇引兵十万，杀奔新野来了。张飞闻知，谓云长曰："可着孔明前去迎敌便了。"正说之间，玄德召二人入，谓曰："夏侯惇引兵到来，如何迎敌？"张飞曰："哥哥何不使'水'去？"^{张飞欲使}^{"水"去，孔明却使火去。"水""火"二字，前后相照成趣。}玄德曰："智赖孔明，勇须二弟，何可推调？"关、张出，玄德请孔明商议。孔明曰："但恐关、张二人不肯听吾号令；主公若欲亮行兵，乞假剑印。"^{韩信非挂印登坛，不能令樊哙；孔明}^{非取剑印，不能令关、张。}玄德便以剑印付孔明，孔明遂聚集众将听令。张飞谓云长曰："且听令去，看他如何调度。"^{未听令之前，先写翼德要看他如何。}孔明令曰："博望之左有山，名曰豫山；右有林，名曰安林，可以埋伏军马。^{不识地理者，不可以为军师。}云长可引一千军往豫山埋伏，等彼军至，放过休敌；其辎重粮草，必在后面，但看南面火起，可纵兵出击，就焚其粮草。翼德可引一千军去安林背后山谷中埋伏，只看南面火起便可出，向博望城旧屯粮草处纵火烧之。关平、刘封可引五百军，预备引火之物，于博望坡后两边等候，至初更兵到，便可放火矣。"又命："于樊城取回赵云，令为前部，不要赢，只要输。主公自引一军为后援。各须依计而行，勿使有失。"^{前叙单福定计取樊}^{城，在后文始见；今叙孔明用计烧博望，在前文说明：又是一样笔法。}云长曰："我等皆出迎敌，未审军师却作何事？"孔明曰："我只坐守县城。"张飞大笑曰："我们都去厮杀，你却在家里坐地，好自在！"^{总为后文作衬染。}孔明曰："剑印在手，违令者斩！"玄德曰："岂不闻'运筹帷幄之中，决胜千里之外'？二弟不可违令。"张飞冷笑而去。云长曰："我们且看他的计应也不应，那时却来问他未迟。"^{既听令之后，又写二人去，云长要看他如何。}二人去了。众将皆未知孔明韬略，今虽听令，却都疑惑不定。^{又写众将都未信。○前}

孔明谓玄德曰：“主公今日可便引兵就博望山下屯住。来日黄昏，敌军必到，主公便弃营而走；但见火起，即回军掩杀。亮与糜竺、糜芳引五百军守县。”命孙乾、简雍准备庆喜筵席，安排“功劳簿”伺候。夏侯惇轻孔明，是敌人不肯信；今众将疑孔明，是自家人亦不肯信，先有此两处不信，愈显得下文奇妙。妙极，趣极。

○前后调度，用两番写，叙事入妙。派拨已毕，玄德亦疑惑不定。不唯众人不信，连玄德亦未信，愈显得下文奇妙。

却说夏侯惇与于禁等引兵至博望，分一半精兵作前队，其馀尽护粮车而行。粮车在后，正应孔明所言。时当秋月，商飙徐起。此非闲笔，正为后文火势衬染。人马趱行之间，望见前面尘头忽起。惇便将人马摆开，问乡导官曰：“此间是何处？”答曰：“前面便是博望坡，后面是罗口川。”惇令于禁、李典押住阵脚，亲自出马阵前。遥望军马来到，惇忽然大笑。众问：“将军何为而笑？”惇曰：“吾笑徐元直在丞相面前夸诸葛亮为天人，今观其用兵，乃以此等军马为前部，与吾对敌，正如驱犬羊与虎豹斗耳！此是民兵诱敌之故。吾于丞相前夸口，要活捉刘备、诸葛亮，今必应吾笑矣。”极写夏侯惇之骄，以反衬后文之败。遂自纵马向前。赵云出马。惇骂曰：“汝等随刘备，如孤魂随鬼耳！”骄极矣。云大怒，纵马来战。两马相交，不数合，云诈败而走。夏侯惇从后追赶。云约走十馀里，回马又战。不数合又走。韩浩拍马向前谏曰：“赵云诱敌，恐有埋伏。”韩浩一谏，文势一曲。惇曰：“敌军如此，虽十面埋伏，吾何惧哉！”遂不听浩言，直赶至博望坡。一声炮响，玄德自引军冲将过来，接应交战。夏侯惇笑谓韩浩曰：“此即埋伏之兵也！谁知此处伏兵亦是诱敌。吾今晚不到新野，誓不罢兵！”乃催军前进。玄德、赵云退后便走。

时天色已晚，浓云密布，又无月色，昼风既起，夜风愈大。先写月色之晦，以反衬后文火光之明；先写风力之大，以正衬后文火势之猛。夏侯惇只顾催军赶杀。于禁、李典赶到窄狭处，两边俱是芦苇。典谓禁曰："欺敌者必败。南道路狭，山川相逼，树木丛杂，倘彼用火攻，奈何？"禁曰："君言是也。吾当往前为都督言之；君可止住后军。"^{前有韩浩之谏，今有于禁、李典之言，文势又一曲。}李典便勒回马，大叫："后军慢行！"人马走发，那里拦当得住？于禁骤马大叫："前军都督且住！"夏侯惇正走之间，见于禁从后军奔来，便问何故。禁曰："南道路狭，山川相逼，树木丛杂，可防火攻。"夏侯惇猛省，即回马令军马勿进。^{前一路写风、写林木、写芦苇，读者至此急欲观其烧矣，乃忽有夏侯惇猛省、欲回一言未已，只听竟似下文烧不成也者，如此曲折，试掩卷猜之，决猜不着也。}言未已，只听背后喊声震起，早望见一派火光烧着，随后两边芦亦着。一霎时，四方八面，尽皆是火；^{先写背后，次写两边，然后写四方八面，极忙之中却有次第。}又值风大，火势愈猛。^{方信前写秋月、商飙不是闲笔。}曹家人马，自相践踏，死者不计其数。赵云回军赶杀，夏侯惇冒烟突火而走。

且说李典见势头不好，急奔回博望城时，火光中一军拦住。当先大将，乃关云长也。李典纵马混战，夺路而走。于禁见粮草车辆都被火烧，便投小路奔逃去了。夏侯兰、韩浩来救粮草，正遇张飞。^{前调诸将，此处逐一叙出。前是布棋，此是收着。}战不数合，张飞一枪刺夏侯兰于马下。韩浩夺路走脱。直杀到天明，却才收军。杀得尸横遍野，血流成河。后人有诗曰：

> 博望相持用火攻，指挥如意笑谈中。
>
> 直须惊破曹公胆，初出茅庐第一功！

夏侯惇收拾残军，自回许昌。

却说孔明收军。关、张二人相谓曰："孔明真英杰也！"^{唯有前番}

行不数里，见糜竺、糜芳引军簇拥着一辆小车，车中端坐一人，乃孔明也。关、张下马拜伏于车前。须臾，玄德、赵云、刘封、关平等皆至，收聚众军，把所获粮草辎重，分赏将士，班师回新野。新野百姓望尘遮道而拜，曰："吾属生全，皆使君得贤人之力也！"孔明回至县中，谓玄德曰："夏侯惇虽败去，曹操必自引大军来。"玄德曰："似此如之奈何？"孔明曰："亮有一计，可敌曹军。"正是：

疑惑，乃有此处称叹。

惟有前番轻侮，乃有此处拜伏。

不写玄德褒孔明，却写百姓颂玄德。颂玄德甚于颂孔明也。

破敌未堪息战马，避兵又必赖良谋。

未知其计若何，且看下文分解。

第四十回　蔡夫人议献荆州　诸葛亮火烧新野

諸葛亮火燒新野

前自三顾草庐之后，便当接火烧博望一篇；却夹叙孙权杀黄祖，刘琦屯江夏以间之。至火烧博望之后，便当接火烧新野一篇；却夹叙曹操杀孔融，刘琮献荆州以间之。盖几处同时之事，不得详却一处，略却数处也。看他叙新野，又叙荆州；叙荆州，又叙东吴与许昌，头绪多端，如一线穿，却不见断续之痕。尤妙在叙孔融处补叙祢衡往事，叙荆州处详叙王粲生平，偏能于极忙中著此间笔。

刘景升家难，与袁本初家难正自仿佛，而写来却无一事相类者，何也？盖本初始终爱少子，而景升则有临终立长子之命。其不同一也。谭、尚相攻，而刘琮则本有让琦之心，刘琦亦初无代琮之举。其不同二也。谭之降操，以长子不得立之故；琮之降操，则以幼子僭立之故。其不同三也。谭之降操，其臣教之；琮之降操，虽其臣教之，而实其母成之。其不同四也。冀州为曹操所自夺，而荆州则刘琮所献。其不同五也。本初之死，尚未尝不讣告谭；而景升之死，刘琮竟匿而不发。其不同六也。种种不同，求一笔之相犯而不可得。岂非天然有此变化之事，以成此变化之文哉？

玄德取荆州于刘表病危之时，则不正；取荆州于刘琮僭立之后，则无不正也。即谓取荆州于刘琮僭立之时，或有不正；而取荆州于刘琮降操之日，则更无不正也。失此不取，而使荆州为曹操所有之荆州，又为孙权欲得之荆州，于是借荆州、分荆州、索荆州、还荆州，遂至遗无数葛藤于后，则皆此卷中一着之错耳。

孔融才大名高，意所予夺，天下从之。此曹操之所深忌者。奸雄必去其所忌，而后可以惟我欲为。故称魏王加九锡之事，必待于融死之后也。当时即无郗虑之谮，而操之欲杀之久矣。《纲目》书操杀融而存其官，盖重予之云。

或谓文人无行，文如蔡邕而失身董卓，文如王粲而劝降曹操，斯固然矣。然如孔融、祢衡之互相称许，则岂非名称其实者哉？两人之志节，实足动义慨而忤雄风。然则无行文人之说，其赖此二人而一雪斯言与！

凡用计之难，不难在第一次，而难在第二次。当敌人经过一番之后，仍以前法施之，而敌人依旧不觉，则奇莫奇于斯矣。然而前后用法亦微有不同者：前之火，纯用火；后之火，兼用水。若以卦象论之，前卦只是巽为风、离为火；后卦乃变成水火既济。惜乎曹操出兵之时，不早令管辂卜之也！

博望之火易料，新野之火难料，何也？博望之火在城外，新野之火在城中；博望之火在林木，新野之火在房屋也。然孔明新野之火是城中房屋之火，吕布濮阳之火亦是城中房屋之火，而吕布伏兵城中，孔明伏兵城外，火中之伏兵可见，火外之伏兵不可知，则新野之烧，更甚于濮阳矣，况火不足而继之以水！下邳之水是白日，白河之水是黑夜；冀州之水是灌城，白河之水是灌军。愈用愈幻，愈出愈奇。今日读者见之，犹目眩神摇，安得当日战者遇之，不魂飞胆落乎！

却说玄德问孔明求拒曹兵之计。孔明曰："新野小县，不可久居。近闻刘景升病在危笃，可乘此机会，取彼荆州为安身之地，庶可拒曹操也。"玄德曰："公言甚善；但备受景升之恩，安忍图之！"孔明曰："今若不取，后悔何及！"〔为后文争荆州伏线。〕玄德曰："吾宁死，不忍作负义之事。"孔明曰："且再作商议。"

却说夏侯惇败回许昌，自缚见曹操，伏地请死。操释之。惇曰："惇遭诸葛亮诡计，用火攻破我军。"操曰："汝自幼用兵，岂不知狭处须防火攻？"惇曰："李典、于禁曾言及此，悔之不及！"操乃赏二人。^{兵败而有赏，是曹瞒胜人处。}惇曰："刘备如此猖獗，真腹心之患也，不可不急除。"操曰："吾所虑者，刘备、孙权耳；馀皆不足介意。今当乘此时扫平江南。"^{因攻刘备，就势带出孙权，为后文赤壁伏线。}便传令起大兵五十万，令曹仁、曹洪为第一队，张辽、张郃为第二队，夏侯渊、夏侯惇为第三队，于禁、李典为第四队，^{乃用夏侯、于、李，如秦穆公之再用三帅。}操自领诸将为第五队，每队各引兵十万。又令许褚为折冲将军，引兵三千为先锋。^{先锋反叙在后，叙法变幻。}选定建发十三年秋七月丙午日出师。^{并记其日，重其事也。}

大中大夫孔融谏曰："刘备、刘表皆汉室宗亲，不可轻伐；^{以理言。}孙权虎踞六郡，且有大江之险，亦不易取。^{以势言。○融意重在二刘，带言孙权。}今丞相兴此无义之师，恐失天下之望。"操怒曰："刘备、刘表、孙权皆逆命之臣，岂容不讨！"^{前操止言刘备、孙权，今亦带言刘表。}遂叱退孔融，下令："如有再谏者，必斩。"孔融出府，仰天叹曰："以至不仁伐至仁，安得不败乎？"^{"至仁"独指刘备，而表与权又在所轻。}时御史大夫郗虑家客闻此言，报知郗虑。虑常被孔融侮慢，心正恨之，乃以此言入告曹操，且曰："融平日每每狎侮丞相，^{平日狎侮，却借郗虑口中带叙出来。}又与祢衡相善。衡赞融曰'仲尼不死'，融赞衡曰'颜回复生'。^{孔、祢交誉语，亦借郗虑口中叙出。}向者祢衡之辱丞相，乃融使之也。"^{又将祢衡前事一提。}操大怒，遂命廷尉捕捉孔融。融有二子，年尚少，时方在家对坐奕棋。左右急报曰："尊君被廷尉执去，将斩矣！二公子何不急避？"二子曰："破巢之下，安有完卵乎？"^{操之残恶，二子早已看透。}二言未已，廷尉又至，尽收融家小并二子，皆斩之，_{操之杀祢衡，必假手于他人；今杀孔融，}_{则竟自杀之，更不避杀贤士之名矣。}号令融尸于市。京兆脂习伏尸而哭。操闻之，大怒，欲杀之。荀或曰："或闻脂习常谏融曰：'公刚直太过，乃取祸之道。'_{脂习谏融}_{语，却在}_{荀或口中补}_{叙出来。}今融死而来哭，乃义人也，不可杀。"_{脂习之哭孔融，与}_{王修之哭袁谭，正}_{复相似。}操乃止。习收融父子尸首，皆葬之。后人有诗赞孔融曰：

孔融居北海，豪气贯长虹。坐上客常满，樽中酒不空。_{此系融幼}_{时语，应}_{第十一}_{回中。}文章惊世俗，谈笑侮王公。史笔褒忠直，存官纪"大中"。_{《纲目》书曰："杀大中}_{大夫孔融，存其官也。"}

曹操既杀孔融，传令五队军马次第起行，只留荀或等守许昌。

却说荆州刘表病重，使人请玄德来托孤。玄德引关、张至荆州见刘表。表曰："我病已入膏肓，不久便死矣，特托孤于贤弟。我子无才，恐不能承父业；我死之后，贤弟可自领荆州。"_{陶谦三让徐州，刘表}_{可谓再让荆州矣。}玄德泣拜曰："备当竭力以辅贤侄，安敢有他意乎！"正说间，人报曹操自统大兵至。玄德急辞刘表，星夜回新野。刘表病中闻此信，吃惊不小，商议写遗嘱，令玄德辅佐长子刘琦为荆州之主。_{刘表临死不听妇人言而立少子，}_{虽不能正其始，犹能正其终也。}蔡夫人闻之大怒，关上内门，使蔡瑁、张允二人把住外门。时刘琦在江夏，知父病危，来至荆州探病，方到外门，蔡瑁当住曰："公子奉父命镇守江夏，其任至重；今擅离职守，倘东吴兵至，如之奈何？若入见主公，主公必生嗔怒，病将转增，非孝也。宜速回。"_{蔡瑁此时但阻琦}_{之见父，而不敢}_{害琦者，畏玄德}_{之在新野耳。}刘琦立于门外，大哭一场，上马仍回江夏。刘表病势危笃，望刘琦不来；至八月戊申日，大叫数声而死。_{刘表欲立刘琦，}_{而不能杀蔡瑁，}_{以至如}_{此。}后人有诗叹刘表曰：

　　昔闻袁氏居河朔，又见刘君霸汉阳。

　　总为牝晨致家累，可怜不久尽销亡！

　　刘表既死，蔡夫人与蔡瑁、张允商议，假写遗嘱，令次子刘琮为荆州之主，袁绍之妻立少子，是顺夫之命；刘表之妻立少子，是逆夫之命。蔡氏更劣于刘氏矣。然后举哀报丧。时刘琮年方十四岁，颇聪明，乃聚众言曰：“吾父弃世，吾兄现在江夏，更有叔父玄德在新野。汝等立我为主，倘兄与叔兴兵问罪，如何解释？”刘琮贤于袁尚。众官未及对，幕官李珪答曰：“公子之言甚善。今可急发哀书至江夏，请大公子为荆州之主，就命玄德一同理事，北可以敌曹操，南可以拒孙权。此万全之策也。”刘表有如此之臣，而平日不能重托之，乃使蔡瑁掌兵权，何其用人之舛误也。蔡瑁叱曰：“汝何人，敢乱言以逆主公遗命！”李珪大骂曰：“汝内外朋谋，假称遗命，废长立幼，眼见荆襄九郡，送于蔡氏之手！故主有灵，必当殛汝！”蔡瑁大怒，喝令左右推出斩之。李珪至死大哭不绝。李珪其泄冶之流乎！于是蔡瑁遂立刘琮为主。蔡氏宗族分领荆州之兵，令治中邓义、别驾刘先守荆州，蔡夫人自与刘琮前赴襄阳驻扎，以防刘琦、刘备；就葬刘表之棺于襄阳城东汉阳之原，竟不赴告刘琦与玄德。自死至葬，而竟不讣告；妇人作事舛错至此，宜其亡之速也！

　　刘琮至襄阳，方才歇马，忽报曹操引大军径望襄阳而来。琮大惊，遂请蒯越、蔡瑁等商议。东曹椽傅巽进言曰：“不特曹操兵来为可忧；今大公子在江夏，玄德在新野，我皆未往报丧，若彼兴兵问罪，荆襄危矣。巽有一计，可使荆襄之民，安如泰山，又可保全主公名爵。”不忧曹操而忧玄德、刘琦，则其计可知矣。琮曰：“计将安出？”巽曰：“不如将荆襄九郡献与曹操，操必重待主公也。”李珪既杀，此傅巽之言所琮叱曰："是何言也！孤受先君之基业，坐尚未稳，岂可便弃之他人？" _{刘琮贤于袁谭} 蒯越曰："傅公悌之言是也。夫逆顺有大体，强弱有定势。今曹操南征北讨，以朝廷为名，主公拒之，其名不顺。且主公新立，外患未宁，内忧将作。荆襄之民，闻曹兵至，未战而胆先寒，安能与之敌哉？" _{蒯越常助蔡瑁谋害玄德，宜其有此论。若蒯良在，而必不至此。} 琮曰："诸公善言，非我不从；但以先君之业，一旦弃与他人，恐贻笑于天下耳。" _{傅、蒯二人，志不及此十四岁儿。}

言未已，一人昂然而进曰："傅公悌、蒯异度之言甚善，何不从之？" 众视之，乃山阳高平人，姓王名粲，字仲宣。粲容貌瘦弱，身材短小，幼时往见中郎蔡邕，时邕高朋满座，闻粲至，倒履迎之。宾客皆惊曰："蔡中郎何独敬此小子耶？" 邕曰："此子有异才，吾不如也。" _{蔡邕之敬王粲，如孔融之重祢衡。然王蔡二人不如孔融二人多矣。} 粲博闻强记，人皆不及，尝观道旁碑文一过，便能记诵；观人奕棋，棋局乱，粲复为摆出，不差一子。又善算术。其文词妙绝一时。年十七，辟为黄门侍郎，不就。后因避乱至荆襄，刘表以为上宾。_{忽叙王粲生平，忙中偏有此闲笔。}当日谓刘琮曰："将军自料比曹公何如？" 琮曰："不如也。" _{与玄德、孔明问答语相似。一则商议备敌，一则商议降敌，语同而意不同。} 粲曰："曹公兵多将勇，足智多谋，擒吕布于下邳，摧袁绍于官渡，逐刘备于陇右，破乌桓于白登；_{又将曹操前事此总叙一遍。}枭除荡定者，不可胜计。今以大军南下荆襄，势难抵敌。傅、蒯二君之谋，乃长策也。将军不可迟疑，致生后悔。" _{文人不可与谋国事如此！} 琮曰："先生见教极是。但须禀告母亲知道。" 只见蔡夫人从屏后转出，_{惯立屏后窃听人语，此妇人恶态。} 谓琮曰："既是仲宣、公悌、异度三人所见相同，何必告我。" _{我不怪妇人同此三人之见，却怪三人不异妇人之见。} 于是刘琮意决，便写降书，令宋忠潜地往曹操军前投献。宋忠领命，直至宛城，接着曹操，献上降书。操大喜，重赏宋忠，分付教刘琮出城迎接，便着他永为荆州之主。假话骗小儿。

宋忠拜辞曹操，取路回荆襄。将欲渡江，忽见一枝人马到来，视之，乃关云长也。宋忠回避不迭，被云长唤住，细问荆州之事。忠初时隐讳，后被云长盘问不过，只得将前后事情，一一实告。云长大惊，随捉宋忠至新野见玄德，备言其事。玄德闻之大哭。此哀刘表而哭，非畏曹操而哭也。张飞曰："事已如此，可先斩宋忠，随起兵渡江，夺了襄阳，杀了蔡氏、刘琮，然后与曹操交战。"快人快语。玄德曰："你且缄口。我自有斟酌。"乃叱宋忠曰："你知众人作事，何不早来报我？今虽斩汝，无益于事。可速去。"宋忠且不杀，岂肯杀刘琮母子乎？忠拜谢，抱头鼠窜而去。

玄德正忧闷间，忽报公子刘琦差伊籍到来。玄德感伊籍昔日相救之恩，降阶迎之，再三称谢。照顾前文。籍曰："大公子在江夏，闻荆州已故，蔡夫人与蔡瑁等商议，不来报丧，竟立刘琮为主。公子差人往襄阳探听，回说是实；恐使君不知，特差某赍哀书呈报，并求使君尽起麾下精兵，同往襄阳问罪。"刘琦求助于刘备，与袁谭之求助于曹操，大不相同。玄德看书毕，谓伊籍曰："机伯只知刘琮僭立，更不知刘琮已将荆襄九郡献与曹操矣！"本是伊籍报玄德信，却反是玄德报伊籍信。籍大惊曰："使君何从知之？"玄德具言拿获宋忠之事。籍曰："若如此，使君不如以吊丧为名，前赴襄阳，诱刘琮出迎，就便擒下，诛其党类，则荆州属使君矣。"最是善策。孔明曰："机伯之言是也。主公可从之。"玄德垂泪曰："吾兄临危托孤于我，今若执其子而夺其地，异日死于九泉之下，何面目复见我兄乎？"刘琮既降曹操，则玄德非取荆州于刘琮，而取荆州于曹操也，何尚以刘表为言乎？○前刘表让而不取，失一机会；今刘琮失之而不取，又失一机会。孔明曰："如不行此

事，今曹兵已至宛城，何以拒敌？"玄德曰："不如走樊城以避之。"_{几与屯小沛时同一局面}

正商议间，探马飞报曹兵已到博望了。玄德慌忙发付伊籍回江夏整顿军马，一面与孔明商议拒敌之计。孔明曰："主公且宽心。前番一把火，烧了夏侯惇大半人马；今番曹军又来，必教他中这条计。_{不说出何计，正使人猜测不着。}我等在新野住不得了，不如早到樊城去。"便差人四门张榜，晓谕居民："无问老幼男女，愿从者，即于今日皆跟我往樊城暂避，不可自误。"_{挈民同走，又是一样走法。}差孙乾往河边调拨船只，救济百姓；差糜竺护送各官家眷到樊城。_{先言百姓，后及各官家眷，足见爱民之至。}一面聚诸将听令，先教云长："引一千军去白河上流头埋伏。各带布袋，多装沙土，遏住白河之水，至来日三更后，只听下流头人喊马嘶，急取起布袋，放水淹之，却顺水杀将下来接应。"_{前翼德曰"何不使'水'去"，今番真是使水去了。}又唤张飞："引一千军去博陵渡口埋伏。此处水势最慢，曹军被淹，必从此逃难，可便乘势杀来接应。"_{第二次调拨，又在水边。}又唤赵云："引军三千，分为四队，自领一队伏于东门外，其三队分伏西、南、北三门，却先于城内人家屋上，多藏硫黄焰硝引火之物。曹军入城，必安歇民房。来日黄昏后，必有大风；_{不知天时者不可以为军师。}但看风起，便令西、南、北三门伏军尽将火箭射入城去；待城中火势大作，却于城外呐喊助威，_{第三次调拨，方用火攻。○既以风力助火势，又以人声助火威，自然分外猛烈。}只留东门放他出走，汝却于东门外从后击之。_{从后击之，妙，赶他到水边去。}天明会合关、张二将，收军回樊城。"_{又先算定收兵时候。}再令糜芳、刘封二人："带二千军，一半红旗，一半青旗，_{红属火，青属木，木能生火。}去新野城外三十里鹊尾坡前屯住。一见曹军到，红旗军走在左，青旗军走在右。他心疑必不敢追。汝二人却去分头埋伏。只望城中火起，便可追杀败兵，然后却来白河上流头接应。"_{前三次调拨已完，不想又有此一段在后，奇妙。○前一人一拨，此两人同拨。}孔明分拨已定，乃与玄德登高瞭望，只候捷音。_{为下文登高对坐饮酒伏笔。}

却说曹仁、曹洪引军十万为前队，前面已有许褚引三千铁甲军开路，浩浩荡荡，杀奔新野来。是日午牌时分，来到鹊尾坡，_{午为火位，鹊应朱雀，正为下文点染。}望见坡前一簇人马，尽打青、红旗号。许褚催军向前。刘封、糜芳分为四队，青、红旗各归左右。_{前于第四次调拨，此却于第一次出现。}许褚勒马，教且休进："前面必有伏兵。我兵只在此处住下。"许褚一骑马飞报前队曹仁。曹仁曰："此是疑兵，必无埋伏。可速进兵。我当催军继至。"许褚复回坡前，提兵杀入。至林下追寻时，不见一人。时日已坠西。_{自午至晚，渐渐叙到夜来，却有次第。}许褚方欲前进，只听得山上大吹大擂。抬头看时，只见山顶上一簇旗，旗丛中两把伞盖：左玄德，右孔明，二人对坐饮酒。_{相对饮酒，不是赏红灯，定是看烟火。}许褚大怒，引军寻路上山。山上擂木炮石打将下来，不能前进。又闻山后喊声大震。欲寻路厮杀，天色已晚。_{已晚。}曹仁领兵到，教且夺新野城歇马。军士至城下时，只见四门大开。曹兵直入，并无阻当，城中亦不见一人，竟是一座空城了。_{谁知以此空城作炉灶。}曹洪曰："此是势孤计穷，故尽带百姓逃窜去了。我军权且在城安歇，来日平明进兵。"此时各军走乏，都已饥饿，皆去夺房造饭。曹仁、曹洪就在衙内安歇。_{已入火瓮中矣。}初更已后，_{初更。}狂风大作。_{未写火，先写风。}守门军士飞报火起。曹仁曰："此必军士造饭不小心，遗漏之火，不可自惊。"说犹未了，接连几次飞报，西、南、北三门皆火起。_{不见兵，只见火，奇幻。}曹仁急令众将上马时，满县火起，上下通红。是夜之火，更胜前日博望烧屯之火。_{急将前事对照，以应上文，妙甚。}后人有诗叹曰：

奸雄曹操守中原，九月南征到汉川。

风伯怒临新野县，祝融飞下焰摩天。

曹仁引众将突烟冒火，寻路奔走，闻说东门无火，急急奔出东门。军士自相践踏，死者无数。曹仁等方才脱得火厄，背后一声喊起，赵云引军赶来混战，^{前于第三次调拨，此于第三次出现。}败军各逃性命，谁肯回身厮杀！正奔走间，糜芳引一军至，又冲杀一阵。曹仁大败，夺路而走，刘封又引一军截杀一阵。^{糜、刘二人前已于第一次出现，今于第三、第四次又出现。前则一齐出现，今则次第出现。}到四更时分，^{四更。}人马困乏，军士大半焦头烂额。奔至白河边，喜得河水不甚深，^{上流头有灰布袋故也。}人马都下河吃水，人相喧嚷，马尽嘶鸣。

却说云长在上流用布袋遏住河水，黄昏时分，望见新野火起；^{补黄昏一句甚妙。}至四更，忽听得下流头人语马嘶，急令军士一齐掣起布袋，水势滔天，望下流冲去，曹军人马俱溺于水中，死者极多。^{前于第一次调拨，今却于第五次出现。○既用火烧，又用水浸，十万之众，不为灰，定为泥矣。}曹仁引众将望水势慢处夺路而走。行到博陵渡口，只听喊声大起，一军拦路，当先大将，乃张飞也，大叫："曹贼快来纳命！"^{前于第二次调拨，今却于第六次出现。○看他叙得前后参差有势，却又一笔不乱。}曹军大惊。正是：

城内才看红焰起，水边又遇黑风来。

未知曹仁性命如何，且看下文分解。

第四十一回　刘玄德携民渡江　赵子龙单骑救主

前孔明教刘琦是走为上计，今教玄德亦是走为上计。然刘琦之走得免于难，玄德之走几不免于难。其故何也？则皆玄德不忍之心为之累耳。若非不忍于刘表，则可以不走；若非不忍于刘琮，则又可以不走；即走矣，若非不忍于百姓，则犹可以轻于走、捷于走、脱然于走。其走而及于难者，乃玄德之过于仁，而非孔明之疏于计也。

蔡氏之死，天不假手于玄德；刘琮之死，天不假手于刘琦，而杀之者乃是曹操。此造物者之巧也。然操于张绣之降则不杀，于张鲁之降则不杀，即于袁谭之初降而未叛则亦不遽杀，而独于刘琮母子则必杀之而后已。其故何居？曰：琮之意在永保荆州，失之则悔，悔则必怨，怨则旧臣之未降者或将嘘馀烬以复燃，则可虑者一。即其臣之已降者，见故主尚在，亦将怀二心以图我，则可虑者二。且操方欲下江南，而琮或复与琦合，将结刘备以为我肘腋之患，则可虑者三。操之筹此至熟矣，琮即欲不死，岂可得哉？

檀溪之役，子龙以三百人而不能救玄德；长坂之役，子龙以一单骑而独能救阿斗，事之不可知者也。关公之保二夫人，历过五关而皆得无恙；子龙之保二夫人，止过长坂而不能两全，又事之不可知者也。或谓檀溪不关龙马之力，当阳亦岂虎将之功，天也，非人也！我谓关公尽事兄之节，子龙竭救主之忠，天也，亦人也！玄德弃荆州，既失其地利，犹幸邀天之佑，得人之助尔。

孙策之知太史慈，不以新降而疑其诈；玄德之信子龙，不以临难而疑其违。一则投契于一时，一则孚信于平日也。大约文字之妙多在逆翻处。不有糜芳之告、翼德之疑，则玄德之识不奇，子龙之忠亦不显。《三国》叙事之法往往善于用逆，所以绝胜他书。

文有伏线之妙。玄德之取长沙，魏延之救黄忠，尚隔数卷，而此处襄阳城外，早有一魏延，忽然而来，忽然而去。在此时初无补于玄德，初无益于襄阳，而孰知预为后日之用，真奇事奇文。

徐氏以不死报夫仇，糜氏以一死全夫嗣，皆贤妻也。吴夫人临死托壮子于良臣，糜夫人临死托幼子于猛将，皆贤母也。然死更难于不死，临难之托子更难于平时之托子，则糜夫人之贤又在东吴两妇人之上。

凡叙事之难，不难在聚处，而难在散处。如当阳、长坂一篇，玄德与众将及二夫人并阿斗，东三西四，七断八续，详则不能加详，略又不可偏略，庸笔至此，几于束手。今作者将糜芳中箭，在玄德眼中叙出；简雍着枪、糜竺被缚，在赵云眼中叙出；二夫人弃车步行，在简雍口中叙出；简雍报信，在翼德口中叙出；甘夫人下落，则借军士口中详之；糜夫人及阿斗下落，则借百姓口中详之：历落参差，一笔不忙，一笔不漏。又有旁笔：写秋风，写秋夜，写旷野哭声，将数千兵及数万百姓，无不点缀描画。予尝读《史记》，至项羽垓下一战，写项羽，写虞姬，写楚歌，写九里山，写八千子弟，写韩信调军，写众将十面埋伏，写乌江自刎，以为文章纪事之妙，莫有奇于此者，及见《三国》当阳、长坂之文，不觉叹龙门之复生也。

却说张飞因关公放了上流水，遂引军从下流杀将来，截住曹

仁混杀。忽遇许褚，便与交锋。许褚不敢恋战，夺路走脱。张飞赶来，接着玄德、孔明，一同沿河到上流。刘封、糜芳已安排船只等候，遂一齐渡河，尽望樊城而去。孔明教将船筏放火烧毁。<small>水上之火，又其馀势。</small>

　　却说曹仁收拾残军，就新野屯住，使曹洪去见曹操，具言失利之事。操大怒曰："诸葛村夫，安敢如此！"催动三军，漫山塞野，尽至新野下寨。传令军士一面挖山，一面填塞白河。令大军分作八路，一齐去取樊城。<small>前是五队，变作八路。</small>刘晔曰："丞相初至襄阳，必须先买民心。今刘备尽迁新野百姓入樊城，若我兵径进，二县为虀粉矣。不如先使人招降刘备，备即不降，亦可见我爱民之心；<small>此句是正意。</small>若其来降，则荆州之地，可不战而定也。"<small>此句是操陪说。</small>操从其言，便问："谁可为使？"刘晔曰："徐庶与刘备至厚，今现在军中，何不命他一往？"操曰："他去恐不复来。"晔曰："他若不来，贻笑于人矣。丞相勿疑。"<small>前者赚徐庶，程昱料其必来；今者遣徐庶，刘晔料其必返。前后相映。</small>操乃召徐庶至，谓曰："我本欲踏平樊城，奈怜众百姓之命。公可往说刘备，如肯来降，免罪赐爵；若更执迷，军民共戮，玉石俱焚。吾知公忠义，故特使公往，愿勿相负。"<small>明知备之不降而招之，又明知庶之不劝备降而遣之，皆诈也。不过先礼后兵，以示虚惠于百姓耳。</small>

　　徐庶受命而行。至樊城，玄德、孔明接见，共诉旧日之情。庶曰："曹操使庶来招降使君，乃假买民心也。今彼分兵八路，填白河而进。樊城恐不可守，宜速作行计。"<small>不待徐庶教之行，而孔明之行计已定矣。</small>玄德欲留徐庶。庶谢曰："某若不还，恐惹人笑。某今老母已丧，抱恨终天。身虽在彼，誓不为设一谋。公有卧龙辅佐，何愁大业不成。"庶请辞，<small>若无卧龙辅佐，此时徐庶亦不留乎？或曰：徐庶孝子也，母虽死而坟墓在焉，故不敢绝操耳。</small>玄德不敢强留。徐庶辞回，见了曹操，言玄德并无降意。操大怒，即日进兵。

玄德问计于孔明。孔明曰："可速弃樊城，取襄阳暂歇。"<u>本意在襄阳，孰知下文偏不是襄阳。</u>玄德曰："奈百姓相随许久，安忍弃之？"孔明曰："可令人遍告百姓，有愿随者同去，不愿者留下。"先使云长往江岸整顿船只，令孙乾、简雍在城中声扬曰："今曹兵将至，孤城不可久守，百姓愿随者，便同过江。"<u>若使此时不告百姓，潜师宵遁，则后来必不为曹操所追及矣。</u>两县之民，齐声大呼曰："我等虽死，亦愿随使君！"<u>此之谓人和。</u>即日号泣而行，扶老携幼，将男带女，滚滚渡河，两岸哭声不绝。玄德于船上望见，大恸曰："为吾一人而使百姓遭此大难，吾何生哉！"欲投江而死，<u>或曰：玄德之欲投江，与曹操之买民心一样，都是假处；然曹操之假，百姓知之；玄德之假，百姓偏不以为假：虽同一假也，而玄德胜曹操多矣。</u>左右急救止。闻者莫不痛哭。船到南岸，回顾百姓，有未渡者望南而哭。玄德急令云长催船渡之，方才上马。<u>不携百姓则已，既已携之，岂可携其半而弃其半？则催船更渡，乃必然之势也。</u>

行至襄阳东门，只见城上遍插旌旗，濠边密布鹿角。玄德勒马大叫曰："刘琮贤侄，吾但欲救百姓，并无他念。可快开门。"<u>亦以百姓动之。</u>刘琮闻玄德至，惧而不出。蔡瑁、张允径来敌楼上，叱军士乱箭射下。城外百姓，皆望敌楼而哭。<u>刘琮拒玄德，则不义；弃百姓，则不仁。</u>城中忽有一将，引数百人径上城楼，大喝："蔡瑁、张允卖国之贼！刘使君乃仁德之人，今为救民而来投，何得相拒！"<u>突如其来，伊何人哉？</u>众视其人，身长八尺，面如重枣，乃义阳人也，姓魏名延，字文长。<u>魏延之归玄德，尚在十数回之后，却早于此处现出，妙。</u>当下魏延轮刀砍死守门将士，开了城门，放下吊桥，大叫："刘皇叔快领兵入城，共杀卖国之贼！"<u>读者至此，必谓蔡瑁、张允此时必死，而玄德此时必入襄阳矣。</u>张飞便跃马欲入，玄德急止之曰："休惊百姓！"〔处处以百姓为重。〕魏延只顾招呼玄德军马入城。只见城内一将飞马引军而出，大喝："魏延无名小卒，安敢造乱！认得我大将文聘么！"〔忽然又遇一阻隔，奇绝。〕魏延大怒，挺枪跃马，便来交战。两下军兵在城边混杀，喊声大震。玄德曰："本欲保民，反害民也！吾不愿入襄阳！"〔处处以百姓为重。〕孔明曰："江陵乃荆州要地，不如先取江陵为家。"〔本要取江陵，谁知后文又不是江陵。〕玄德曰："正合吾心。"于是引着百姓，尽离襄阳大路，望江陵而走。襄阳城中百姓，多有乘乱逃出城来，跟玄德而去。〔此之谓"人和"。〕魏延与文聘交战，从巳至未，两下兵卒皆已折尽。延乃拨马而逃，却寻不见玄德，自投长沙太守韩玄去了。〔为后救黄忠伏线。〕

却说玄德同行军民十余万，大小车数千辆，挑担背负者不计其数。路过刘表之墓，玄德率众将拜于墓前，哭告曰："辱弟备无德无才，负兄寄托之重，罪在备一身，与百姓无干。望兄英灵，垂救荆襄之民！"言甚悲切，军民无不下泪。〔曹操哀袁绍之墓，是假哭；玄德哭刘表之墓，是真哭。○虽为刘表而哭，却为百姓而祝，处处以百姓为重。〕忽哨马报说："曹操大军已屯樊城，使人收拾船筏，即日渡江赶来也。"众将皆曰："江陵要地，足可拒守。今拥民众数万，日行十余里，似此几时得至江陵，倘曹兵到，如何迎敌？不如暂弃百姓，先行为上。"玄德泣曰："举大事者必以人为本。今人归我，奈何弃之？"〔不携百姓则已，既已携之，岂可携于前而弃于后？到底同行，亦必然之势也。〕百姓闻玄德此言，莫不感伤。后人有诗赞之曰：

临难仁心存百姓，登舟挥泪动三军。

至今凭吊襄江口，父老犹然忆使君。

却说玄德拥着百姓，缓缓而行。孔明曰："追兵不久即至，可遣云长往江夏求救于公子刘琦，教他速起兵乘船会于江陵。"方知前日为刘琦画策，已早为今日玄德伏线。玄德从之，即修书令云长同孙乾同五百军往江夏求救；令张飞断后，为长坂桥伏线。赵云保护老小；为当阳伏笔。其馀俱管顾百姓而行。处处以百姓为重。每日只走十馀里便歇。

却说曹操在樊城，使人渡江至襄阳，召刘琮相见。琮惧怕，不敢往见。蔡瑁、张允请行。王威密告琮曰："将军既降，玄德又走，曹操必懈弛无备。愿将军奋整奇兵，设于险处击之，操可获矣。获操则威震天下，中原虽广，可传檄而定。此难遇之机，不可失也。"王威此计妙不可言。刘琮若能行之，是一时快事；刘琮即不行之，亦千古快谈。琮以其言告蔡瑁。瑁叱王威曰："汝不知天命，安敢妄言！"威怒骂曰："卖国之徒，吾恨不生啖汝肉！"瑁欲杀之，蒯越劝止。李珪死而王威不死，亦侥幸耳。瑁遂与张允同至樊城，拜见曹操。瑁等辞色甚是谄佞。操问："荆州军马钱粮，今有多少？"瑁曰："马军五万，步军十五万，水军八万，共二十八万。钱粮大半在江陵；其馀各处，亦足供给一载。"既有如此之兵粮而不修战具，蔡瑁非人哉！操曰："战船多少？原是何人管领？"瑁曰："大小战船，共七千馀只，原是瑁等二人掌管。"操遂加瑁为镇南侯、水军大都督，张允为助顺侯、水军副都督。为赤壁二人伏线。二人大喜拜谢。狗才。操又曰："刘景升既死，其子降顺，吾当表奏天子，使永为荆州之主。"连许两番，谁知都是假话。二人大喜而退。荀攸曰："蔡瑁、张允乃谄佞之徒，主公何遂加以如此显爵，更教都督水军乎？"操笑曰："吾岂不识人！止因吾所领北地之众，不习水战，故且权用此二人；待成事之后，别有理会。"奸雄用人，全是权诈。可恨，可爱。

却说蔡瑁、张允归见刘琮，具言："曹操许保奏将军永镇荆襄。"琮大喜。次日，与母蔡夫人赍捧印绶兵符，亲自渡江拜迎曹操。^{大事去矣}操抚慰毕，即引随征军将进屯襄阳城外。蔡瑁、张允令襄阳百姓焚香拜接。曹操俱用好言抚谕。^{百姓焚香是没奈何，曹操抚谕是了世事。}入城至府中坐定，即召蒯越近前，抚慰曰："吾不喜得荆州，喜得异度也。"^{老奸}遂封蒯越为江陵太守、樊城侯，傅巽、王粲等皆为关内侯，^{二人前劝刘琮降操，正为此耳。}而以刘琮为青州刺史，便教起程。^{两次诈许，今番变卦，恶极。}琮闻命大惊，辞曰："琮不愿为官，愿守父母乡土。"操曰："青州近帝都，教你随朝为官，免在荆襄被人图害。"琮再三推辞，曹操不准。琮只得与母蔡夫人同赴青州。只有故将王威相随，其馀官员俱送至江口而回。^{刘琮此时行旅之况，更惨于玄德矣。}操唤于禁嘱付曰："你可引轻骑追刘琮母子杀之，以绝后患。"^{恶极。然亦势所必然。}于禁得令，领众赶上，大喝曰："我奉丞相令，教来杀汝母子！可早纳下首级！"蔡夫人抱刘琮而大哭，^{早知今日，悔不当初！欲再从屏风后窃听宾客之语，岂可得哉？虽然，吕布之妻严氏、袁绍之妻刘氏，皆被曹操取至许都，则蔡夫人之见杀，犹为死得干净也。}于禁喝令军士下手。王威忿怒，奋力相斗，竟被众军所杀。^{冀州死节者有沮授、审配，荆州死节者惟王威一人。}军士杀死刘琮及蔡夫人，于禁回报曹操，操重赏于禁。便使人往隆中搜寻孔明妻小，却不知去向。原来孔明先已令人搬送至三江内隐避矣。^{徐庶之母被执，而孔明之家杳然，毕竟卧龙妙人，胜元直十倍。}操深恨之。

襄阳既定，荀攸进言曰："江陵乃荆州重地，钱粮极广。刘备若据此地，急难动摇。"操曰："孤岂忘之！"随命于襄阳诸将中，选一员引军开道。诸将中却独不见文聘。操使人寻问，方才来见。操曰："汝来何迟？"对曰："为人臣而不能使其主保全境土，心实悲惭，无颜早见耳。"言讫，歔歔流涕。^{与袁绍之客王修等相类。}操曰："真忠臣也！"除江夏太守，赐爵关内侯，便教引军开道。探马报说："刘备带领百姓，日行止十数里，计程只有三百馀里。"^{已行过一月矣。}操教各部下精选五千铁骑，星夜前进，限一日一夜，赶上刘备。^{以一日一夜赶一月之程，兵虽锐而亦疲矣。}大军陆续随后而进。

却说玄德引十数万百姓、三千馀军马，一程程挨着往江陵进发。赵云保护老小，张飞断后。^{将二人再点一句，为后文伏线。}孔明曰："云长往江夏去了，绝无回音，不知若何。"玄德曰："敢烦军师亲自走一遭。刘琦感公昔日之教，今若见公亲至，事必谐矣。"孔明允诺，便同刘封引五百军先往江夏求救去了。^{关公既去，孔明又行，止剩张、赵二将矣。}

当日玄德自与简雍、糜竺、糜芳同行。正行间，忽然一阵狂风就马前刮起，尘土冲天，平遮红日。^{未写兵来，先写风报，使人凛凛。}玄德惊曰："此何兆也？"简雍颇明阴阳，袖占一课，失惊曰："此大凶之兆也，应在今夜。主公可速弃百姓而走。"玄德曰："百姓从新野相随至此，吾安忍弃之？"^{处处以百姓为重。}雍曰："主公若恋而不弃，祸不远矣。"玄德问："前面是何处？"左右答曰："前面是当阳县，有座山名为景山。"玄德便教就此山扎住。时秋末冬初，凉风透骨；黄昏将近，哭声遍野。^{尝读李陵书曰："凉秋九月，时闻悲风萧条之声。"又读李华《吊古战场文》曰："往往鬼哭，天阴则闻，未尝不慨然悲也。"今此处兼彼二语，倍觉凄凉。〇"秋末冬初"二句，早为下文赤壁借风作衬。}至四更时分，只听得西北喊声震地而来。玄德大惊，急上马引本部精兵二千馀人迎敌。曹兵掩至，势不可当。玄德死战。正在危迫之际，幸得张飞引军至，杀开一条血路，救玄德望东而走。文聘当先拦住，玄德骂曰："背主之贼，尚有何面目见人！"文聘羞惭满面，引兵自投东北去了。^{文聘尚有良心。}张飞保着玄德，且战且走。奔至天明，闻喊声渐渐远去，玄德方才歇马。看手下随行人，止有百馀骑；百姓、老小并糜竺、糜芳、简雍、赵云等一干人，皆不知下落。此处写得七零八落，后文一一点出。玄德大哭曰："十数万生灵，皆因恋我，遭此大难；诸将及老小，皆不知存亡。虽土木之人，宁不悲乎！"先言百姓，次言诸将、老小，处处以百姓为重。

正恓惶时，忽见糜芳面带数箭，踉跄而来，糜芳带箭，在玄德眼中叙出，极省笔。口言："赵子龙反投曹操去了也！"将写赵云尽忠，却报赵云降操，是借糜芳口中反衬下文。玄德叱曰："子龙是吾故交，安肯反乎？"玄德之言，是正衬下文。张飞曰："他今见我等势穷力尽，或者反投曹操，以图富贵耳！"糜芳不知赵云，张飞亦疑赵云，不独反衬玄德之识，正反衬赵云之忠。玄德曰："子龙从我于患难，心如铁石，非富贵所能动摇也。"知心之语。糜芳曰："我亲见他投西北去了。"此却何故？张飞曰："待我亲自寻他去。若撞见时，一枪刺死！"读者至此，为赵云寒心。玄德曰："休错疑了。岂不见你二兄诛颜良、文丑之事乎？白马解围事已隔数回，至此忽然一提。子龙此去，必有事故。吾料子龙必不弃我也。"张飞那里肯听，引二十馀骑，至长坂桥，见桥东有一带树木。飞生一计，教所从二十馀骑，都砍下树枝，拴在马尾上，在树林内往来驰骋，冲起尘土，以为疑兵。翼德渐能用智，想为孔明陶熔故。飞却亲自横矛立马于桥上，向西而望。写得有声势。此处权按下张飞，以下单叙赵云。

却说赵云自四更时分与曹军厮杀，往来冲突，杀至天明，寻不见玄德，又失了玄德老小。云自思曰："主人将甘、糜二夫人与小主人阿斗，托付在我身上；今日军中失散，有何面目去见主人？不如去决一死战，好歹要寻主母与小主人下落！"方叙明不归东南投转西北之故。回顾左右，只有三四十骑相随。云拍马在乱军中寻觅，二县百姓嚎哭之声震天动地；中箭着枪、抛男弃女而走者不计其数。将写二夫人，先写两县百姓，是以旁笔佐正笔。赵云正走之间，见一人卧在草中，视之，乃简雍也。_{借赵云眼中叙出简雍，又省笔}云急问曰："曾见两位主母否？"雍曰："二主母弃了车仗，抱阿斗而走。我飞马赶去，转过山坡，被一将刺了一枪，跌下马来，马被夺了去。我争斗不得，故卧在此。"_{只糜芳中箭、简雍着枪，作两样叙法；又妙在二夫人先借简雍口中点出。}云乃将从人所骑之马借一匹与简雍骑坐，又着二卒扶护简雍先去报与主人："我上天入地，好歹寻主母与小主人来。如寻不见，死在沙场上也！"说罢，拍马望长坂坡而去。_{妙在不叙简雍一边归报，只叙赵云一面去寻。}

忽一人大叫："赵将军那里去？"云勒马问曰："你是何人？"答曰："我乃刘使君帐下护送车仗的军士，被箭射倒在此。"赵云便问二夫人消息。军士曰："恰才见甘夫人披头跣足，相随一伙百姓妇女，投南而走。"_{甘夫人下落借军士口中叙出，又省笔，却有下落，俱妙。○简雍说两个夫人都未有下落，军士只说一个夫人。}云见说，也不顾军士，急纵马望南赶去。_{写赵云心忙，无暇更救军士，不独简雍与军士轻重有别，甘夫人与军士缓急更殊也。}只见一伙百姓，男女数百人，相携而走。云大叫曰："内中有甘夫人否？"夫人在后面望见赵云，放声大哭。云下马插枪而泣曰："使主母失散，云之罪也！糜夫人与小主人安在？"甘夫人曰："我与糜夫人被逐，弃了车仗，杂于百姓内步行，_{与简雍语语相应。}撞见一枝军马冲散。糜夫人与阿斗不知何往。我独自逃生至此。"_{糜夫人失散，借甘夫人口中点出，又省笔。}正言间，百姓发喊，又撞出一枝军来。赵云拔枪上马看时，面前马上绑着一人，乃糜竺也。_{糜竺被缚，借赵云眼中点出，又省笔。○糜芳中箭，简雍着枪，糜竺被缚，写得参差历落，妙。}背后一将，手提大刀，引着千余军，乃曹仁部将淳于导，拿住糜竺，正要解去献功。_{补叙明白，笔法变换。}赵云大喝一声，挺枪纵马，直取淳于导。导抵敌不住，被云一枪刺落马下，向前救了糜竺，夺得马二匹。云请甘夫人上马，杀开条大路，直送至长坂坡。只见张飞横矛立马于桥上，大叫：“子龙！你如何反我哥哥？”^{此时已知不反，又问一句，为前文馀波。}云曰：“我寻不见主母与小主人，因此落后，何言反耶？”飞曰：“若非简雍先来报信，我今见你，怎肯干休也！”^{简雍报信，借翼德口中补叙出来，又极省笔。}云曰：“主公在何处？”飞曰：“只在前面不远。”云谓糜竺曰：“糜子仲保甘夫人先行，待我仍往寻糜夫人与小主人去。”言罢，引数骑再回旧路。^{妙在此时不即见玄德。}

正走之间，见一将手提铁枪，背着一口剑，引十数骑跃马而来。赵云更不打话，直取那将。交马只一合，把那将一枪刺倒，从骑皆走。原来那将乃曹操随身背剑之将夏侯恩也。^{本为曹操背剑，今为赵云送剑。}曹操有宝剑二口：一名“倚天”，一名“青釭”；倚天剑自佩之，青釭剑令夏侯恩佩之。那青釭剑砍铁如泥，锋利无比。^{补叙宝剑来历，又以倚天陪青。急中偏有此缓笔，忙中偏有此闲笔。}当时夏侯恩自恃勇力，背着曹操，只顾引人抢夺掳掠。不想撞着赵云，被他一枪刺死，夺了那口剑，看靶上有金嵌“青釭”二字，方知是宝剑也。^{再补写宝剑一句。}云插剑提枪，复杀入重围，回顾手下从骑，已没一人，只剩得孤身。^{得了宝剑，失了从骑。}云并无半点退心，只顾往来寻觅；但逢百姓，便问糜夫人消息。忽一人指曰：“夫人抱着孩儿，左腿上着了枪，行走不得，只在前面墙缺内坐地。”^{甘夫人下落，用军士报信；糜夫人下落，又用百姓报信。俱省笔。}

赵云听了，连忙追寻。只见一个人家，被火烧坏土墙，糜夫人抱着阿斗，坐于墙下枯井之旁啼哭。^{先将土墙枯井于此一逼，妙。}云急下马伏地而拜。夫人曰：“妾得见将军，阿斗有命矣。望将军可怜他父亲飘荡半世，只有这点骨血。将军可护持此子，教他得见父面，妾死无恨！”^{言之伤心，闻之酸鼻。○阿斗乃甘夫人所生，而患难之中，糜夫人能携持付托胜如己出，更自难得。}云曰：“夫人受难，云之罪也。不必多言，请夫人上马。云自步行死战，保夫人透出重围。"糜夫人曰:"不可!将军岂可无马!人知玄德过檀溪不可无马,不知赵云过当阳亦不可无马。此子全赖将军保护。妾已重伤,死何足惜!望将军速抱此子前去,勿以妾为累也。"好夫人。云曰:"喊声将近,追兵已至,请夫人速速上马。"糜夫人曰:"妾身委实难去。休得两误。"乃将阿斗递与赵云曰:"此子性命全在将军身上!"人知昭烈在白帝城托阿斗于孔明,不知糜夫人在长坂坡托阿斗于子龙。一样付托之重。赵云三回五次请夫人上马,夫人只不肯上马。四边喊声又起。云厉声曰:"夫人不听吾言,追军若至,为之奈何?"势迫事险,心忙语急,写来如画。糜夫人乃弃阿斗于地,翻身投入枯井中而死。人但知赵云不惜死以保其主,不知糜夫人不惜死以保其子。赵云固奇男子,糜夫人亦奇妇人。后人有诗赞之曰:

战将全凭马力多,步行怎把幼君扶?

拼将一死存刘嗣,勇决还亏女丈夫。

赵云见夫人已死,恐曹军盗尸,便将土墙推倒,掩盖枯井。土墙、枯井前先点出,此处便不突然,可见其用笔闲细。掩讫,解开勒甲绦,放下掩心镜,将阿斗抱护在怀,吕布驮女儿在背,甚是累坠,赵云裹阿斗在怀,颇觉轻便。绰枪上马。早有一将,引一队步军至,来得如此危急,愈足见糜夫人一死之妙。乃曹洪部将晏明也,持三尖两刃刀来战赵云。不三合,被赵云一枪刺倒,杀散众军,冲开一条路。正走间,前面又一枝军马拦路。当先一员大将,旗号分明,大书"河间张郃"。云更不答话,挺枪便战。约十馀合,云不敢恋战,夺路而走。背后张郃赶来,云加鞭而行,不想趷跶一声,连马和人,颠入土坑之内。读者至此,必谓赵云不免矣。张郃挺枪来刺,忽然一道红光从土坑中滚起,那匹马平空一跃,跳出坑外。亦大奇事。本是赵云保阿斗,此却是阿斗保赵云矣。

○与玄德檀溪跃马仿佛相似。后人有诗云：

红光罩体困龙飞，征马冲开长坂坡。

四十二年真命主，将军因此显神威。

张郃见了，大惊而退。赵云纵马正走，背后忽有二将大叫："赵云休走！"前面又有二将，使两般军器，截住去路。后面赶的是马延、张颉，前面阻的是焦触、张南，都是袁绍手下降将。袁绍降将，正与子龙映对。赵云力战四将，曹军一齐拥至。云乃拔青釭剑乱砍，手起处，衣甲透过，血如涌泉，杀退众军将，直透重围。玄德逃难赖良马，子龙杀将赖宝剑。一马一剑，正复相对。

　　却说曹操在景山顶上，望见一将，所到之处，威不可当，急问左右是谁。曹洪飞马下山大叫曰："军中战将可留姓名！"云应声曰："吾乃常山赵子龙也！"曹洪回报曹操。操曰："真虎将也！吾当生致之。"遂令飞马传报各处："如赵云到，不许放冷箭，只要捉活的。"因此赵云得脱此难；此亦阿斗之福所致也。曹操要捉生赵云，却使赵云保得活阿斗。这一场杀，赵云怀抱后主，直透重围，砍倒大旗两面，夺搠三条；前后枪刺剑砍，杀死曹营名将五十馀员。总叙一句，省却无数笔墨。后人有诗曰：

血染征袍透甲红，当阳谁敢与争锋！

古来冲阵扶危主，只有常山赵子龙。

赵云当下杀透重围，已离大阵，血满征袍。正行间，山坡下又撞出两枝军，乃夏侯惇部将钟缙、钟绅兄弟二人，一个使大斧，一个使画戟，大喝："赵云快下马受缚！" _{上已作一收，不}_{想此处又起。} 正是：

才离虎窟逃生去，又遇龙潭鼓浪来。

毕竟子龙怎地脱身，且听下文分解。

第四十二回　张翼德大闹长坂桥
刘豫州败走汉津口

劉豫州敗走漢津口

前回写赵云，此回写张飞。写赵云是几番血战，写张飞只是一声叱喝。天下事亦有虚声而可当实际者，然必其人平日之实际足以服人，而后临时之虚声足以笀听。所以张飞之功，与赵云等。非若今人之全靠虚声，浑无实际，他人吃尽老力，我只出一张寡嘴也。

翼德喝退曹军，若非有云长昔日夸奖之语，曹操当时未必如此之惧也。不但此也，翼德横矛立马于桥上，而曹兵疑为诱敌之计，若非有孔明两番火攻惊破曹兵之胆，当时曹操又未必如此之疑也。则非翼德之先声夺人，而实则云长之先声足以夺人；又非云长之先声夺人，而实则孔明之先声足以夺人耳。

玄德将阿斗掷地，亦掷得不差。由后观之，以一英雄之赵云，救一无用之刘禅，诚不如勿救矣。然从来豪杰不遇时，庸人多厚福。禅之智则劣于父，而其福则过于父。玄德劳苦一生，甫登大宝，未几而殂，反不如庸庸之子安享四十二年南面之福也。长坂之役，本是庸主赖虎将之力而得生，人反谓虎将赖庸主之福而不死，为之一叹。

文章之妙，妙在猜不着。如玄德本欲投襄阳，忽变而江陵；既欲投江陵，又忽变而汉津：此猜测之所不及也。刘表为孙权之仇，刘表未死，孙权方欲攻之；刘表既死，权又使人吊之；又猜测之所不及也。唯猜测不及，所以为妙。若观前事便知其有后事，则必非妙事；观前文便知其有后文，则必非妙文。

读书之乐，不大惊则不大喜，不大疑则不大快，不大急则不大慰。当子龙杀出重围，人困马乏之后，又遇文聘追来，是一急；及见玄德之时，怀中阿斗不见声息，是一疑；至翼德继桥之后，玄德被曹操追至江边更无去路，又一急；及云长旱路接应之后，忽见江上战船拦路，不知是刘琦，又一惊；及刘琦同载之后，忽又见战船拦路，不知是孔明，又一疑一急。令读者眼中如猛电之一去一来，怒涛之一起一落。不意尺幅之内，乃有如此变幻也。

孔明劝玄德结孙权为援，鲁肃亦劝孙权结玄德为援，所见略同。而孔明巧处，不用我去求人，偏使人来求我。若鲁肃一至，孔明慌忙出迎，便没趣矣。妙在鲁肃求见，然后肯出，此孔明之巧也。一见之后，若孔明先下说词，又没趣矣。妙在孔明并不挑拨鲁肃，鲁肃先来勾搭孔明，又孔明之巧也。鲁肃欲邀孔明同去，若使孔明欣然应允，又没趣矣。妙在玄德假意作难，孔明勉强一行，又孔明之巧也。求人之意甚急，故作不屑求人之意；胸中十分要紧，口内十分迟疑。写来真是好看煞人。

前看李肃说吕布杀丁原，偏等吕布自说出来，是一段绝妙文字。又看王允说吕布杀董卓，亦等吕布自说出来，又是一段绝妙文字。今看孔明欲往东吴见孙权，必待鲁肃说出，比前二段文字更是奇妙。前二段止是两人往复，此则夹一玄德在中；前二段一等吕布说出来时便随口赞成，此则既等鲁肃说出来时即又诈言不肯。愈出愈幻，愈转愈曲，赏心悦目，蔑以过兹。

却说钟缙、钟绅二人拦住赵云厮杀。赵云挺枪便刺，钟缙当先挥大斧来迎。两马相交，战不三合，被云一枪刺落马下，夺路便走。背后钟绅持戟赶来，马尾相衔，那枝戟只在赵云后心内弄影。云急拨转马头，恰好两胸相拍。云左手持枪隔过画戟，右手拔出青钢宝剑砍去，带盔连脑，砍去一半，绅落马而死。既写赵云，又写宝剑。○赵云既斩曹营名将五十馀员矣，不想五十馀员后文又有续叙。馀众奔散。赵云得脱，望长坂桥而走，只闻后面喊声大震，原来文聘引军赶来。赵云到得桥边，人困马乏。人困马乏矣，偏又有追军至，令读者着急。○此处写赵云人困马乏，愈见其适间威勇莫当。见张飞挺矛立马于桥上，云大呼曰："翼德援我！"飞曰："子龙速行，追兵我自当之。"本欲杀子龙而来，今反得为子龙之援，妙。

云纵马过桥，行二十馀里，见玄德与众人憩于树下。云下马伏地而泣，玄德亦泣。几不得见而复见，故不得不泣。相见之泣，悲其前之相失也。写得恻恻入情。云喘息而言曰：此处写赵云喘息，愈见上文劳苦功高。"赵云之罪，万死犹轻！糜夫人身带重伤，不肯上马，投井而死，云只得推土墙掩之。怀抱公子，身突重围；赖主公洪福，幸而得脱。适来公子尚在怀中啼哭，此一会不见动静，想是不能保也。"此处又着此疑人之笔，曲折之甚。遂解视之，原来阿斗正睡着未醒。阿斗一生，只是睡着未醒耳。云喜曰："幸得公子无恙！"双手递与玄德。玄德接过，掷之于地曰："为汝这孺子，几损我一员大将！"袁绍怜幼子而拒田丰之谏，玄德掷幼子以结赵云之心：一智一愚，相去天壤。赵云忙向地下抱起阿斗，泣拜曰："云虽肝脑涂地，不能报也！"后人有诗曰：

曹操军中飞虎出，赵云怀内小龙眠。

无由抚慰忠臣意，故把亲儿掷马前。

却说文聘引军追赵云至长坂桥，只见张飞倒竖虎须，圆睁环眼，手绰蛇矛，立马桥上；借文聘眼中写一张飞。○此处按下赵云，只写张飞。又见桥东树林之后，尘头大起，疑有伏兵，便勒住马，不敢近前。可知系树枝于马尾驰骋林间，的是妙计。俄而曹仁、李典、夏侯惇、夏侯渊、乐进、张辽、张郃、许褚等都至，见飞怒目横矛，立马于桥上，^{又描一句，在诸将眼中再写一张飞。}又恐是诸葛孔明之计，都不敢进前，^{正写张飞，又带写孔明。}扎住阵脚，一字儿摆在桥西，使人飞报曹操。操闻之，急上马，从阵后来。张飞睁圆环眼，隐隐见后军青罗伞盖、旄钺旌旗来到，料得是曹操心疑，亲自来看。^{前在诸将眼中写张飞，又在张飞眼中写曹操。}飞乃厉声大喝曰：^{半日不喝，此时方喝，妙。}"我乃燕人张翼德也！谁敢与我决一死战？"^{二"我"字响甚。}声如巨雷。曹军闻之，尽皆股栗。^{不独当时闻者股栗，即今日读之，犹觉其声如在纸上。}曹操急令去其伞盖，^{第一喝早喝去了曹操伞盖。}回顾左右曰："吾向曾闻云长言，翼德于百万军中取上将之首，如探囊取物。^{忽将白马解围时语于此处提照出来。}今日相逢，不可轻敌。"言未已，张飞睁目又喝曰："燕人张翼德在此！谁敢来决死战？"^{其声愈猛。}曹操见张飞如此气概，颇有退心。^{又在曹操眼中飞望见曹操后写一张飞。}军阵脚移动，^{第二喝又喝退了曹操后军。}乃挺矛又喝曰："战又不战，退又不退，却是何故？"^{此一喝更极嘲笑。}喊声未绝，曹操身边夏侯杰惊得肝胆碎裂，倒撞于马下。^{第三喝直喝死了曹操近将。}操便回马而走。于是诸军众将一齐望西逃奔。正是：黄口孺子，怎闻霹雳之声；病体樵夫，难听虎豹之吼。一时弃枪落盔者，不计其数，人如潮涌，马似山崩，自相践踏。^{前回写赵云死战，有死战之勇；此回写张飞不战，有不战之威。两样文章，一样出色。}后人有诗赞曰：

长坂桥头杀气生，横枪立马眼圆睁。

一声好似轰雷震，独退曹家百万兵。

却说曹操惧张飞之威，骤马望西而走，冠簪尽落，披发奔逃。^{与袁绍磬河遇关、张时一般光景。}张辽、许褚赶上，扯住辔环。曹操仓皇失措。^{犹疑被翼德追获。}张辽曰："丞相休惊。料张飞一人，何足深惧！今急回军杀去，刘备可擒也。”曹操方才神色稍定，<small>前写赵云喘息未定，是写赵云馀勇；此写曹操神色方定，是写张飞馀威。</small>乃令张辽、许褚再至长坂桥探听消息。

且说张飞见曹军一拥而退，不敢追赶，速唤回原随二十骑，摘去马尾树枝，<small>细甚。</small>令将桥梁拆断，<small>失算矣。</small>然后回马来见玄德，具言断桥一事。玄德曰：“吾弟勇则勇矣，惜失于计较。”飞问其故。玄德曰：“曹操多谋。汝不合拆断桥梁，彼必追至矣。”<small>妙在不即说明。</small>飞曰：“他被我一喝，倒退数里，何敢再追？”玄德曰：“若不断桥，彼恐有埋伏，不敢进兵；今拆断了桥，彼料我无军而怯，必来追赶。彼有百万之众，虽涉江汉，可填而过，岂惧一桥之断耶？”<small>方说明缘故。○马尾树枝是翼德巧处，拆断桥梁是翼德拙处。莽人使乖，到底是莽。</small>于是即刻起身，从小路斜投汉津，望沔阳路而走。

却说曹操使张辽、许褚探长坂桥消息，回报曰：“张飞已拆断桥梁而去矣。”操曰：“彼断桥而去，乃心怯也。”<small>曹操料张飞，玄德料曹操，都各不差。</small>遂传令差一万军，速搭三座浮桥，只今夜就要过。李典曰：“此恐是诸葛亮之诈谋，不可轻进。”操曰：“张飞一勇之夫，岂有诈谋！”<small>李典之疑是疑孔明，曹操之信是信张飞。</small>遂传下号令，火速进兵。

却说玄德行近汉津，忽见后面尘头大起，鼓声连天，喊声震地。玄德曰：“前有大江，后有追兵，如之奈何？”<small>几与檀溪之危相似。</small>急命赵云准备抵敌。曹操下令军中曰：“今刘备釜中之鱼，阱中之虎。若不就此时擒捉，如放鱼入海，纵虎归山矣。众将可努力向前。”众将领命，一个个奋威追赶。<small>有此一逼，更使读者寒心。</small>忽山坡后鼓声响处，一队军马飞出，大叫曰：“我在此等候多时了！”<small>又是绝处逢生。</small>当头那员大将，手执青龙刀，坐下赤兔马。原来是关云长去江夏借得军马一万，探知当阳长坂大战，特地从此路截出。<small>云长一边事，于此处方才补出，</small>

曹操一见云长，即勒住马回顾众将曰："又中诸葛亮之计也！"^{与李典之言相照。}传令大军速退。^{正妙在突如其来。}

云长追赶十数里，即回军保护玄德等到汉津，已有船只伺侯。云长请玄德并甘夫人、阿斗至船中坐定。云长问曰："二嫂嫂如何不见？"玄德诉说当阳之事。^{叙得一笔不漏。}云长叹曰："曩日猎于许田时，若从吾意，可无今日之患。"^{第十一回中事，于此提照出来。}玄德曰："我于此时亦投鼠忌器耳。"^{又追解前事。}正说之间，忽见江南岸战鼓大鸣，舟船如蚁，顺风扬帆而来。^{故作惊人之状。}玄德大惊。^{不特玄德吃惊，读者至此亦为吃惊。}船来至近，只见一人白袍银铠，立于船头上大呼曰："叔父别来无恙！小侄得罪！"玄德视之，乃刘琦也。^{先听其言，后见人，叙得变化。}琦过船哭拜曰："闻叔父困于曹操，小侄特来接应。"玄德大喜，遂合兵一处，放舟而行。在船中正诉情由，江西南上战船一字儿摆开，乘风唿哨而至。^{又作惊人之笔，令读者再吃一惊。}刘琦惊曰："江夏之兵，小侄已尽起至此矣。今有战船拦路，非曹操之军，即江东之军也，如之奈何？"^{不但疑是曹军，且又疑是吴军。此在刘琦意中想出，正与下文鲁肃至江夏反照。}玄德出船头视之，见一人纶巾道服，坐在船头上，乃孔明也，背后立着孙乾。^{只云长、刘琦、孔明三分人作三次相见，皆故作惊人之笔。}玄德慌请过船，问其何故却在此。孔明曰："亮自至江夏，先令云长于汉津登陆地而接。我料曹操必来追赶，主公必不从江陵来，必斜取汉津矣；故特请公子先来接应，我竟往夏口，尽起军前来相助。"^{孔明一边事，即借孔明口中补出，极省笔。}玄德大悦，合为一处，商议破曹之策。孔明曰："夏口城险，颇有钱粮，可以久守。请主公且到夏口屯住。公子自回江夏，整顿战船，收拾军器，为犄角之势，可以抵当曹操。若共归江夏，则势反孤矣。"刘琦曰："军师之言甚善。但愚意欲请叔父暂至^{特约刘琦接应，却又不到江夏，变化之极。}

江夏，整顿军马停当，再回夏口不迟。"玄德曰："贤侄之言亦是。"遂留下云长，引五千军守夏口。玄德、孔明、刘琦共投江夏。_{既欲往夏口，却又重到江夏，变化之极。}

却说曹操见云长在旱路引军截出，疑有伏兵，不敢来追；又恐水路先被玄德夺了江陵，便星夜提兵赴江陵来。荆州治中邓义、别驾刘先，已备知襄阳之事，料不能抵敌曹操，遂引荆州军民出郭投降。_{本是玄德欲取江陵，却反是曹操取江陵，变化之极。}曹操入城，安民已定，释韩嵩之囚，加为大鸿胪。_{韩嵩之囚在二十二回中，至此方照应。}其馀众官，各有封赏。曹操与众将议曰："今刘备已投江夏，恐结连东吴，是滋蔓也。_{"结连东吴"一句，早为下文伏线。}当用何计破之？"荀攸曰："我今大振兵威，遣使驰檄江东，请孙权会猎于江夏，共擒刘备，分荆州之地，永结盟好。孙权必惊疑而来降，则吾事济矣。"_{此李左车所谓"先声而后实"者也。}操从其计，一面发檄遣使赴东吴；一面点马步水军计共八十三万，诈称一百万，水陆并进，船骑双行，沿江而来，西连荆陕，东接蕲、黄，寨栅联络三百馀里。_{极写曹操军威，正为下文赤壁衬染。}

话分两头。却说江东孙权屯兵柴桑郡，闻曹兵大军至襄阳，刘琮已降，今又星夜兼道取江陵，乃集众谋士商议御守之策。鲁肃曰："荆州与国邻接，江山险固，士民殷富。吾若据而有之，此帝王之资也。今刘表新亡，刘备新败，肃请奉命往江夏吊丧，因说刘备，使抚刘表众将，同心一意，共破曹操；备若喜而从命，则大事可成矣。"_{孔明欲得荆州，鲁肃亦欲得荆州；孔明欲合东吴以破曹，鲁肃亦欲合刘备以破曹：是鲁肃识见过人处。}权喜，从其言，即遣鲁肃赍礼往江夏吊丧。

却说玄德至江夏，与孔明、刘琦共议良策。孔明曰："曹操势大，急难抵敌，不如往投东吴孙权，以为应援。_{正写鲁肃一边要来，却又写孔明一边要}

去，机括相投，接笋甚妙。使南北相持，吾等于中取利，有何不可？"的的妙算。玄德曰："江东人物极多，必有远谋，安肯相容耶？"孔明笑曰："今操引百万之众，虎踞江汉，江东安得不使人来探听虚实？若有人到此，亮借一帆风，直至江东，凭三寸不烂之舌，说南北两军互相吞并。若南军胜，共诛曹操以取荆州之地；此句是主。若北军胜，则我乘胜以取江南可也。"此句是宾。玄德曰："此论甚高。但如何得江东人到？"

正说间，人报江东孙权差鲁肃来吊丧，船已傍岸。孔明笑曰："大事济矣！"写孔明之智，倍觉出色。遂问刘琦曰："往日孙策亡时，襄阳曾遣人去吊丧否？"问得筋节。○孙策之死在二十九回中，忽于此处提照。琦曰："江东与我家有杀父之仇，安得通庆吊之礼！"孙坚之事在第七回中，又忽于此处提照。孔明曰："然则鲁肃此来，非为吊丧，乃来探听军情也。"以仇家而忽来通礼，是测想不到之事；然其来意，则可猜测矣。遂谓玄德曰："鲁肃至，若问曹操动静，主公只推不知。再三问时，主公只说可问诸葛亮。"此今俗谚所云"门角落里之人"也。一笑。计会已定，使人迎接鲁肃。肃入城吊丧。收过礼物，刘琦请肃与玄德相见。鲁肃此来，非为见刘琦，正为见玄德。礼毕，邀入后堂饮酒。肃曰："久闻皇叔大名，无缘拜会；今幸得见，实为欣慰。近闻皇叔与曹操会战，必知彼虚实：敢问操军约有几何？"欲问江夏动静，先问北军虚实。玄德曰："备兵微将寡，一闻操至即走，竟不知彼虚实。"鲁肃曰："闻皇叔用诸葛孔明之谋，"诸葛孔明"四字，不消玄德说出，却是鲁肃先说，妙甚。两场火烧得曹操魂亡胆落，何言不知耶？"玄德曰："除非问孔明，便知其详。"肃曰："孔明安在？愿求一见。"玄德教请孔明出来相见。只刘琦、玄德、孔明，分作三次相见，妙甚。

肃见孔明礼毕，问曰："向慕先生才德，未得拜悟；今幸相遇，愿闻目今安危之事。”孔明曰：“曹操奸计，亮已尽知；但恨力未及，故且避之。”曰“亮已尽知”，隐然要孙权请教；曰“力未及”，隐然要孙权助力。却妙在不直说出来。肃曰：“皇叔今将止于此乎？”鲁肃逼近一句。孔明曰：“使君与苍梧太守吴臣有旧，将往投之。”偏不说要投孙权，偏说要投吴臣。此等说话，今人多有学之者：今之医生遇人相请，本是闲坐在家，只说要到别家看病；今之先生求人荐馆，本是没人聘他，只说又有别家致聘。可发一笑也。肃曰：“吴臣粮少兵微，自不能保，焉能容人？”又逼近一句。孔明曰：“吴臣处虽不足久居，今且暂依之，别有良图。”鲁肃只言吴臣不足依，还未说出孙权来。孔明亦言吴臣只可暂依，亦并不提起孙权。妙甚。肃曰：“孙将军虎踞六郡，兵精粮足，又极敬贤礼士，江东英雄，多归附之。今为君计，莫若遣心腹往结东吴，以共图大事。”鲁肃此时更耐不得，只得自说出“孙将军”来矣。孔明曰：“刘使君与孙将军自来无旧，恐虚费词说。且别无心腹之人可使。”见他说出孙权来，又故意漾开一句，然正是逼近一句。言“无心腹之人可使”，隐然除却自己，更无人可去矣。妙在只不说出来。肃曰：“先生令兄，现为江东参谋，日望与先生相见。肃不才，愿与公同见孙将军，共议大事。”孔明自己要去，却待鲁肃请他。连诸葛瑾在彼并不提起，亦待鲁肃说出。妙不可言。玄德曰：“孔明是吾之师，顷刻不可相离，安可去也？”半晌只是孔明、鲁肃两人往复之语耳，此时玄德从旁会孔明之意，便夹此一句，针锋相凑。肃坚请孔明同去。玄德佯不许。孔明曰：“事急矣，请奉命一行。”玄德方才许诺。写鲁肃一味老实，孔明、玄德两下会意，妆腔做势，好看之极。鲁肃遂别了玄德、刘琦，与孔明登舟，望柴桑郡来。正是：

只因诸葛扁舟去，致使曹兵一旦休。

不知孔明此去毕竟如何，且看下文分解。

第四十三回　諸葛亮舌戰群儒　魯子敬力排眾議

鲁子敬力排众议

孔明将欲以东吴之兵破曹操之兵，而此回则是孔明之以舌为兵也。其战群儒以舌，其激孙权亦以舌。舌如悬河，则以舌为水；言扬属火，则又以舌为火。盖虽赤壁之兵未交，而卧龙先生先有一番水战，有先一番火战矣。

刘琮之事即孙权前车之鉴也。琮之臣王粲、蒯越等皆为尊官，而琮独见杀。权而降操，亦犹是耳。善乎鲁肃之言曰："诸臣皆可降，惟将军不可降。"真金玉之言哉！

文人之病，患在议论多而成功少。大兵将至，而口中无数"之乎者也"，"诗云子曰"，犹刺刺不休。此晋人之言谈，宋儒之讲学，所以无补于国事也。张昭等一班文士，得武人黄盖叱而止之，大是快事。

玄德客寓荆州，又值荡析，脱身南走，未有所归。孙权据有江东，已历三世，而孔明说权之言曰："操军败，必北还，则荆、吴之势强，鼎足之形成矣。"是以荆州自处而分画三国也。不几大言乎？曰：此固草庐之所以语先主者也。不但荆州未取，而早为其意中所有，即益州未夺，而亦预为其目中所无。且其时刘表虽亡，而刘璋、张鲁、马腾、韩遂尚在，观其鼎足一语，竟似未尝有此数人者，岂非英雄识见有所先定与？

曹操青梅煮酒之日，谓玄德曰："天下英雄，惟使君与操。"而孙权亦曰："非豫州莫与当曹操者。"何其言之不谋而相合与？盖天下唯英雄能识英雄。不待识之于鼎足之时，而早识之于孤穷之日。每怪今人肉眼，见人赫奕，则畏而重之；见人沦落，则鄙而笑之。异故相非，同必相识。英雄之不遇识者，正为天下更无有英雄如此人者耳。

此回文字曲处，妙在孔明一至东吴，鲁肃不即引见孙权，且歇馆驿，此一曲也。又妙在孙权不即请见，必待明日，此再曲也。及至明日，又不即见孙权，先见众谋士，此三曲也。及见众谋士，又彼此角辩，议论龃龉，此四曲也。孔明言语既触众谋士，又忤孙权，此五曲也。迨孙权作色而起，拂衣而入，读者至此，几疑玄德之与孙权终不相合，孔明之至东吴竟成虚往也者，然后下文峰回路转，词洽情投。将欲通之，忽若阻之；将欲近之，忽若远之。令人惊疑不定，真是文章妙境。

孙权既听鲁肃之说，定吾身之谋，又闻孔明之言，识彼军之势，此时破曹之计决矣。乃复踌躇不断，寝食俱废者何哉？盖非此一折，则后文周瑜之略不显，而孔明激周瑜之智不奇。不必孙权之果出于此，而作者特欲为后文取势耳。观此可悟文章之法。

却说鲁肃、孔明辞了玄德、刘琦，登舟望柴桑郡来。二人在舟中共议。鲁肃谓孔明曰："先生见孙将军，切不可实言曹操兵多将广。"〔鲁肃第一次叮嘱。〕孔明曰："不须子敬叮咛，亮自有对答之语。"〔孔明第一次应承。〕及船到岸，肃请孔明于馆驿中暂歇，先自往见孙权。〔此时不即引见，便有曲折。〕权正聚文武于堂上议事，闻鲁肃回，急召入问曰："子敬往江夏，体探虚实若何？"肃曰："已知其略，尚容徐禀。"〔妙在不即说出孔明。〕权将曹操檄文示肃曰："操昨遣使赍文至此，孤先发遣来使，现今会众商议未定。"〔曹操檄文之至，妙在孙权口中叙出。〕肃接檄文观看。〔曹操檄文之语，妙在鲁肃眼中看。〕其略曰：

孤近承帝命，奉诏伐罪。旌麾南指，刘琮束手；荆襄之民，望风归顺。今统雄兵百万，上将千员，欲与将军会猎于江夏，共伐刘备，同分土地，永结盟好。幸勿观望，速赐回音。

鲁肃看毕曰："主公尊意若何？"权曰："未有定论。"张昭曰："曹操拥百万之众，借天子之名以征四方，拒之不顺。_{此是论理。}且主公大势可以拒操者，长江也。今操既得荆州，长江之险，已与我共之矣，势不可敌。_{此是论势。}以愚之计，不如纳降为万全之策。"_{张昭第一次劝降。}众谋士皆曰："子布之言，正合天意。"_{张昭只言地利不可恃，众人又言天意不可违。}孙权沉吟不语。_{孙权第一次不答。}张昭又曰："主公不必多疑。如降操，则东吴民安，江南六郡可保矣。"_{张昭第二次劝降。}孙权低头不语。_{孙权第二次不答。}须臾，权起更衣，鲁肃随于权后。权知肃意，乃执肃手而言曰："卿欲如何？"肃曰："恰才众人所言，深误将军。众人皆可降曹操，唯将军不可降曹操。"_{二语是至论。}权曰："何以言之？"肃曰："如肃等降操，当以肃还乡党，累官故不失州郡也；将军降操，欲安所归乎？位不过封侯，车不过一乘，骑不过一匹，从不过数人，岂得南面称孤哉！众人之意，各自为己，不可听也。将军宜早定大计。"_{众人是就东吴全势论，子敬只就孙权一人身上说，极其痛快。}权叹曰："诸人议论，大失孤望。子敬开说大计，正与吾见相同。此天以子敬赐我也！_{张昭为孙策所得士，周瑜亦孙策所得士，惟鲁肃则孙权自得之，故独私为己有。}但操新得袁绍之众，近又得荆州之兵，恐势大难以抵敌。"_{鲁肃嘱孔明，正为此也。}肃曰："肃至江夏，引诸葛瑾之弟诸葛亮在此，主公可问之，便知虚实。"_{妙在至此方说出孔明。}权曰："卧龙先生在此乎？"肃曰："现在馆驿中安歇。"权曰："今日天晚，且未相见。_{妙在说出孔明又不即见。}来日聚文武于帐下，先教见我江东英俊，然后升堂议事。"_{此是孙权好胜。至今吴人风俗，往往如此。}

肃领命而去。次日至馆驿中见孔明，又嘱曰："今见我主，切不可言曹操兵多。"^{鲁肃第二次叮嘱。}孔明笑曰："亮自见机而变，决不有误。"^{孔明第二次应承。}肃乃引孔明至幕下。早见张昭、顾雍等一班文武二十馀人，峨冠博带，整衣端坐。^{"衣裳楚楚"，蜉蝣之诗，其为诸名士咏乎？}孔明逐一相见，各问姓名。施礼已毕，坐于客位。张昭等见孔明丰神飘洒，器宇轩昂，料道此人必来游说。张昭先以言挑之曰："昭乃江东微末之士，久闻先生高卧隆中，自比管、乐。此语果有之乎？"^{张昭之意，即欲借管、乐压倒孔明。俗谚所谓"借他的拳撞他的嘴"也。}孔明曰："此亮平生小可之比也。"^{"小可"二句妙，意谓尚不止此。}昭曰："近闻刘豫州三顾先生于草庐之中，幸得先生，以为'如鱼得水'，思欲席卷荆襄。今一旦以属曹操，未审是何主见？"^{亦问得恶。当面而嘲笑。}是孔明自思张昭乃孙权手下第一个谋士，若不先难倒他，如何说得孙权？^{意不在张昭而在孙权。}遂答曰："吾观取汉上之地，易如反掌。我主刘豫州躬行仁义，不忍夺同宗之基业，故力辞之。^{说得冠冕。}刘琮孺子，听信佞言，暗自投降，致使曹操得以猖獗。今我主屯兵江夏，别有良图，非等闲可知也。"^{亦是实话，并非大言。}昭曰："若此，是先生言行相违也。先生自比管、乐，管仲相桓公，霸诸侯，一匡天下；乐毅扶持危弱之燕，下齐七十馀城：此二人者，真济世之才也。先生在草庐之中，但笑傲风月，抱膝危坐。今既从事刘豫州，当为生灵兴利除害，剿灭乱贼。^{不责其不降曹，反责其不攻曹，恶极。}且刘豫州未得先生之时，尚且纵横寰宇，割据城池；^{此句更恶。}今得先生，人皆仰望，虽三尺童蒙，亦谓彪虎生翼，将见汉室复兴，曹氏即灭矣。朝廷旧臣，山林隐士，无不拭目而待，以为拂高天之云翳，仰日月之光辉，拯民于水火之中，措天下于衽席之上，在此时也。^{故意先将他极口一赞。}何先生自归豫州，曹兵一出，弃甲抛戈，望风而窜，上不能报刘表以安庶民，下不能辅孤子而据疆土，乃弃新野，走樊城，败当阳，奔夏口，无容身之地。是豫州既得先生之后，反不如其初也。<small>将他极口一贬，说玄德反不如初，是更进一层，其语尤妙。</small>管仲、乐毅，果如是乎？愚直之言，幸勿见怪！"<small>当面抢白。</small>

孔明听罢，哑然而笑曰："鹏飞万里，其志岂群鸟能识哉？<small>亦是实话，并非大言。</small>譬如人染沉疴，当先用糜粥以饮之，和药以服之；待其腑脏调和，形体渐安，然后用肉食以补之，猛药以治之，则病根尽去，人得全生也。若不待气脉和缓，便投以猛药厚味，欲求安保，诚为难矣。<small>先生忽然讲医道，隐然笑张昭是庸臣谋国，如庸医杀人也。</small>吾主刘豫州，向日军败于汝南，寄迹刘表，兵不满千，将止关、张、赵云而已，此正如病势尫羸已极之时也。<small>三顾草庐，正是病重时求名医耳。</small>新野山僻小县，人民稀少，粮食鲜薄，豫州不过暂借以容身，岂真将坐守于此耶？夫以甲兵不完，城郭不固，军不经练，粮不继日，然而博望烧屯，白河用水，使夏侯惇、曹仁辈心惊胆裂：窃谓管仲、乐毅之用兵，未必过此。<small>公然自赞。</small>至于刘琮降操，豫州实出不知；且又不忍乘乱夺同宗之基业，此真大仁大义也。<small>高抬玄德，美其亲亲之仁。</small>当阳之败，豫州见有数十万赴义之民，扶老携幼相随，不忍弃之，日行十里，不思进取江陵，甘与同败，此亦大仁大义也。<small>又高抬玄德，美其爱民之德。</small>寡不敌众，胜负乃其常事。昔高皇数败于项羽，而垓下一战成功，此非韩信之良谋乎？夫信久事高皇，未尝累胜。<small>隐然以玄德比高皇，自比韩信。</small>盖国家大计，社稷安危，是有主谋，非比夸辩之徒，虚誉欺人，坐议立谈，无人可及；临机应变，百无一能，诚为天下笑耳！"<small>说尽秀才之病。</small>这一篇言语，说得张昭并无一言回答。<small>战胜了一个。</small>

座间忽一人抗声问曰："今曹公兵屯百万，将列千员，龙骧虎视，平吞江夏，公以为何如？"〔夸称曹操，便低一着，不及子布多矣〕孔明视之，乃虞翻也。孔明曰："曹操收袁绍蚁聚之兵，劫刘表乌合之众，虽数百万不足惧也。"虞翻冷笑曰："军败于当阳，计穷于夏口，区区求救于人，而犹言不惧，此真大言欺人也！"〔亦是当面嘲笑〕孔明曰："刘豫州以数千仁义之师，安能敌百万残暴之众？退守夏口，所以待时也。今江东兵精粮足，且有长江之险，犹欲使其主屈膝降贼，不顾天下耻笑，由此论之，刘豫州真不惧操贼者矣！"〔借赞玄德以鄙薄江东，词令妙品〕虞翻不能对。〔又战胜了一个〕

座间又一人问曰："孔明欲效仪、秦之舌，游说东吴耶？"〔此人直是没甚说〕孔明视之，乃步骘也。孔明曰："步子山以苏秦、张仪为辩士，不知苏秦、张仪亦豪杰也。〔自赞则管、乐犹云小可，骂人则仪、秦亦是豪杰〕苏秦佩六国相印，张仪两次相秦，皆有匡扶人国之谋，非比畏强凌弱、惧刀避剑之人也。君等闻曹操虚发诈伪之词，便畏惧请降，敢笑苏秦、张仪乎？"〔借赞仪、秦以鄙薄江东，词令妙品〕步骘默然无语。〔又战胜了一个〕

忽一人问曰："孔明以曹操何如人也？"孔明视其人，乃薛琮也。孔明答曰："曹操乃汉贼也，又何必问？"综曰："公言差矣。汉历传至今，天数将终。今曹公已有天下三分之二，人皆归心。〔虞翻但夸曹操之强，犹可；至薛综乃辩其不是汉贼，丧心蔑理，比虞翻又低一着〕刘豫州不识天时，强欲与争，正如以卵击石，安得不败乎？"孔明厉声曰："薛敬文安得出此无父无君之言乎！〔称"君、父"二字喝倒薛综，题目正大〕夫人生天地间，以忠孝为立身之本。公既为汉臣，则见有不臣之人，当誓共戮之，臣之道也。今曹操祖宗叨食汉禄，不思报效，反怀篡逆之心，天下之所共愤；公乃以天数归之，真无父无君之人也！不足与语！请勿复言！"〔啬啬侃侃，愧杀薛综〕薛综满面羞惭，不能对答。〔又战胜了一个〕

座上又一人应声问曰：“曹操虽挟天子以令诸侯，犹是相国曹参之后。刘豫州虽云中山靖王苗裔，却无可稽考，眼见只是织席贩屦之夫耳，何足与曹操抗衡哉！”_{对臣骂主，已为失体，况又左袒曹操，更低一着。}孔明视之，乃陆绩也。孔明笑曰：“公非袁术座间怀橘之陆郎乎？请安座，听吾一言：_{轻薄。}曹操既为曹相国之后，则世为汉臣矣；今乃专权肆横，欺凌君父，是不唯无君，亦且蔑祖，不唯汉室之乱臣，亦曹氏之贼子也。_{犹借曹参骂曹操，词令妙品。}刘豫州堂堂帝胄，当今皇帝按谱赐爵，何云‘无可稽考’？_{其实冠冕正大。○按谱赐爵二十回中事，忽于此处提照。}且高祖起身亭长，而终有天下；织席贩屦，又何足为辱乎？_{又以高祖比玄德。}公小儿之见，不足与高士共语！”_{骂得畅。}陆绩语塞。_{又战胜了一个。}

座上一人忽曰：“孔明所言，皆强词夺理，均非正论，不必再言。且请问孔明治何经典？”_{一发问得没要紧，不济之极。}孔明视之，乃严畯也。孔明曰：“寻章摘句，世之腐儒也，何能兴邦立事？且古耕莘伊尹，钓渭子牙，张良、陈平之流，邓禹、耿弇之辈，皆有匡扶宇宙之才，未审其平生治何经典。岂亦效书生，区区于笔砚之间，数黑论黄，舞文弄墨而已乎？”_{若使卧龙以文章名世，亦不过蔡邕、王粲、陈琳、杨修等辈耳，何足为重！}严畯低头丧气而不能对。_{又战胜了一个。}

忽又一人大声曰：“公好为大言，未必真有实学，恐适为儒者所笑耳。”_{亦即是严畯之论，没甚添换。}孔明视其人，乃汝南程德枢也。孔明答曰：“儒有君子小人之别。君子之儒，忠君爱国，守正恶邪，务使泽及当时，名留后世。若夫小人之儒，唯务雕虫，专工翰墨；青春作赋，皓首穷经；笔下虽有千言，胸中实无一策。_{看低天下多少文人学士。}且如扬雄以文章名世，而屈身事莽，不免投阁而死，此所谓小人之儒也；虽日赋万言，亦何取哉！”_{以扬雄事莽，为当日降操者比。}程德枢不能对。^{又战胜了一个。}众人见孔明对答如流，尽皆失色。

时座上张温、骆统二人，又欲问难。忽一人自外而入，厉声言曰："孔明乃当世奇才，君等以唇舌相难，非敬客之礼也。曹操大军临境，不思退敌之策，乃徒斗口耶！"^{彼此问难，一往一复，毕竟作何结局？得此人来喝倒，绝妙收科。}众视其人，乃零陵人，姓黄名盖，字公覆，现为东吴粮官。^{为后文伏线。}当时黄盖谓孔明曰："愚闻多言获利，不如默而无言。何不将金石之论为我主言之，乃与众人辩论也？"^{黄盖数语倒可胜得孔明，众谋士不及也。}孔明曰："诸君不知世务，互相问难，不容不答耳。"^{未见周郎与曹操战，先见孔明与诸谋士战。周郎之战是舟师水卒，孔明之战是舌剑唇枪；然周郎为正兵，孔明亦为应兵耳。}于是黄盖与鲁肃引孔明入。至中门，正遇诸葛瑾，^{安放诸葛瑾在此处，最妙。若与诸谋士一同相见，将以孔明为客乎？抑将不以孔明为客乎？将亦与孔明辩乎？抑独不与孔明辩乎？}孔明施礼。瑾曰："贤弟既到江东，如何不来见我？"孔明曰："弟既事刘豫州，理宜先公后私。公事未毕，不敢及私。望兄见谅。"瑾曰："贤弟见过吴侯，却来叙话。"说罢自去。^{去得妙。若与孔明一同入见孙权，则孙权与孔明坐，诸葛瑾将与众谋士侍立耶？}

鲁肃曰："适间所嘱，不可有误。"^{鲁肃第三次叮嘱。}孔明点头应诺。^{孔明第三次应承。}引至堂上，孙权降阶而迎，优礼相待。施礼毕，赐孔明坐。众文武分两行而立。鲁肃立于孔明之侧，只看他讲话。孔明致玄德之意毕，偷眼看孙权：碧眼紫须，堂堂一表。孔明暗思："此人相貌非常，只可激，不可说。等他问时，用言激之便了。"^{先生前讲医道，此又善相法。}献茶已毕，孙权曰："常闻鲁子敬谈足下之才，今幸得相见，敢求教益。"孔明曰："不才无学，有辱明问。"权曰："足下近在新野，佐刘豫州与曹操决战，必深知彼军虚实。"^{权之意意专在欲知曹军虚实。}孔明曰："刘豫州兵微将寡，更兼新野城小无粮，安能与曹操相持。"^{只说玄德兵少，尚未说出曹兵多少。}权曰："曹兵共有多少？”孔明曰：“马步水军，约有一百馀万。”三次应承鲁肃，至此忽然变卦，妙甚。

权曰：“莫非诈乎？”孔明曰：“非诈也。曹操就兖州已有青州军二十万；平了袁绍，又得五六十万；中原新招之兵三四十万；今又得荆州之兵二三十万：以此计之，不下一百五十万。亮以百万言之，恐惊江东之士也。”索性再说多些，不怕气坏了鲁肃，妙甚。鲁肃在旁闻言失色，以目视孔明；孔明只做不见。权曰：“曹操部下战将，还有多少？”既问其兵，又问其将者，或兵虽多而将少，犹不足惧也。孔明曰：“足智多谋之士，能征惯战之将，何止一二千人。”既夸其兵，又夸其将，且又夸其谋臣，更不怕急坏了鲁肃。权曰：“今曹操平了荆、楚，复有远图乎？”或兵将虽多，而无远志，犹不足惧也。孔明曰：“即今沿江下寨，准备战船，不欲图江东，待取何地？”此句直逼将来。权曰：“若彼有吞并之意，战与不战，请足下为我一决。”孔明曰：“亮有一言，但恐将军不肯听从。”劝他投降，颇觉口重，故先着此一句。权曰：“愿闻高论。”孔明曰：“向者宇内大乱，故将军起江东，刘豫州收众汉南，与曹操并争天下。今操芟除大难，略已平矣，近又新破荆州，威震海内，纵有英雄，无用武之地，故豫州遁逃至此。愿将军量力而处之：若能以吴、越之众与中国抗衡，不如早与之绝；此句反是宾。若其不能，何不从众谋士之论，按兵束甲，北面而事之？”此句反是主。权未及答，孔明又曰：“将军外托服从之名，内怀疑贰之见，事急而不断，祸至无日矣！”又逼一句。权曰：“诚如君言，刘豫州何不降操？”急问此句，已是不乐。孔明曰：“昔田横齐之壮士耳，犹守义不辱，况刘豫州王室之胄，英才盖世，众士仰慕。事之不济，此乃天也，又安能屈处人下乎！”明明说孙权不及玄德，并不及田横，恶极。○前鲁肃以为诸臣皆可降，惟孙权不可降，高待孙权也；今孔明以为玄德不可降，唯孙权可降，薄待孙权也。孙权闻之，安得不怒乎？

　　孙权听了孔明此言，不觉勃然变色，拂衣而起，退入后堂。

众皆哂笑而散。<small>有此一折，几疑孙、刘之好不合矣；而
下文忽转出无数奇文奇事，令人不测。</small>鲁肃责孔明曰：
"先生何故出此言？幸是吾主宽洪大度，不即面责。先生之言，
藐视吾主甚矣。"孔明仰面笑曰："何如此不能容物耶！<small>反责孙权，
妙。</small>
我自有破曹之计，彼不问我，我故不言。"<small>方才说出真话，然
却是不曾说出。</small>肃曰：
"果有良策，肃当请主公求教。"孔明曰："吾视曹操百万之
众，如群蚁耳！但我一举手，则皆为齑粉矣！"<small>又说出大话，然
却是不曾说出。</small>肃闻
言，便入后堂见孙权。权怒气未息，顾谓肃曰："孔明欺吾太
甚！"肃曰："臣亦以此责孔明，孔明反笑主公不能容物。破曹
之策，孔明不肯轻言，主公何不求之？"权回嗔作喜曰："原来
孔明有良谋，故以言词激我。我一时浅见，几误大事。"<small>好孙
权。</small>便
同鲁肃重复出堂，再拜孔明叙话。<small>孔明前在草庐，必待玄德三请；
今在江东，亦必待孙权再问。</small>权见
孔明，谢曰："适来冒渎威严，幸勿见罪。"孔明亦谢曰："亮言
语冒犯，望乞恕罪。"权邀孔明入后堂，置酒相待。

数巡之后，权曰："曹操平生所恶者，吕布、刘表、袁绍、
袁术、豫州与孤耳。今数雄已灭，独豫州与孤尚存。孤不能以全
吴之地，受制于人。吾计决矣，<small>有志
气。</small>非刘豫州莫与当曹操者；<small>此句
是求
玄德相</small>
<small>助。</small>然豫州新败之后，安能抗此难乎？"<small>此句是恐玄德
不能相助。</small>孔明曰：
"豫州虽新败，然关云长犹率精兵万人；刘琦领江夏战士，亦不
下万人。<small>言玄德之势
不为弱。</small>曹操之众，远来疲惫，近追豫州，轻骑一日夜
行三百里，此所谓'强弩之末，势不能穿鲁缟'者也。且北方之
人，不习水战。荆州士民附操者，迫于势耳，非本心也。<small>言曹操之势
不足畏。</small>
今将军诚能与豫州协力同心，破曹军必矣。操军破，必北还，则
荆、吴之势强，而鼎足之形成矣。<small>隐然以荆州自处，而
与吴、魏并列为三。</small>成败之机，在
于今日。唯将军裁之。"权大悦曰："先生之言，顿开茅塞。吾

意已决，更无他疑。即日商议起兵，共灭曹操！"遂令鲁肃将此意传谕文武官员，就送孔明于馆驿安歇。

张昭知孙权欲兴兵，遂与众议曰："中了孔明之计也！"急入见权曰："昭等闻主公将兴兵与曹操争锋。主公自思比袁绍若何？_{说他不如玄德，尚然不乐；说他不如袁绍，一发不喜。}曹操向日兵微将寡，尚能一鼓克袁绍；何况今日拥百万之众南征，岂可轻敌？若听诸葛亮之言，妄动兵甲，此谓负薪救火也。"_{张昭第三次劝降}孙权只低头不语。_{孙权第三次不答}顾雍曰："刘备因为曹操所败，故欲借我江东之兵以拒之，主公奈何为其所用乎？愿听子布之言。"_{舌战之时顾雍独无一言，却在此时开口}孙权沉吟未决。_{孔明已将曹操兵势虚实开说明白矣，何尚沉吟未决耶？作者于此，特欲借此逼出后文周郎耳，不必孙权之果如此也。}张昭等出，鲁肃入见曰："适张子布等又劝主公休动兵，力主降议，此皆全躯保妻子之臣，自为谋之计耳。愿主公勿听也。"孙权尚在沉吟。_{都为后文取势}肃曰："主公若迟疑，必为众人误矣。"权曰："卿且暂退，容我三思。"_{都为后文取势}肃乃退出。时武将或有要战的，文官都是要降的，议论纷纷不一。_{前止写文官，此处又补写武将一句}

且说孙权退入内宅，寝食不安，犹豫不决。_{都为后文取势}吴国太见权如此，问曰："何事在心，寝食俱废？"权曰："今曹操屯兵于江汉，有下江南之意。问诸文武，或欲降者，或欲战者。欲待战来，恐寡不敌众；欲待降来，又恐曹操不容。_{寡不敌众是惩于刘备，恐操不容是惩于刘琮。}因此犹豫不决。"吴国太曰："汝何不记吾姊临终之语乎？"_{忽将权母一提。}_{临终遗命一提。}孙权如醉方醒，似梦初觉，想出这句话来。正是：

> 追思国母临终语，引得周郎立战功。

毕竟说着甚的，且看下文分解。

第四十四回　孔明用智激周瑜　孙权决计破曹操

孫權決計破曹操

　　孙权破操之计必待周瑜决之者，非决之以周瑜之言，而实决之以孙策临终之言，则谓周瑜之破操，实孙策之破操可也。不但此也。孙策之语孙权能忆之者，忆之以权母临终之言，而又忆之以母妹忆姊之言也，则谓周瑜之破操，实吴氏两夫人之破操可也。且周瑜破操之计必待孔明激之者，非激之以孔明，而激之以二乔也，则谓周瑜之破操，实大乔、小乔之破操可也。赤壁鏖兵，一场大功，得妇人之力居多。妇人真可畏也！

　　张昭有负孙策付托之重，或解之曰："'内事不决问张昭'，原不当以外事问之。"不知天下未有能谋内事而不能谋外事者，又未有不能谋外事而能谋内事者。攘外乃所以安内，外患至而不能悍，谓之知内，吾不信也。

　　前卷孙权谓孔明曰："非豫州莫与当曹操者。"是孔明之激怒孙权而致孙权之求助于玄德也。此卷周瑜谓孔明曰："望孔明助一臂之力，同破曹贼。"是孔明之激怒周瑜而致周瑜之求助于孔明也。本是玄德求助于孙权，却能使孙权反求助于玄德；本是孔明求助于周瑜，却能使周瑜反求助于孔明。孔明之智，真妙绝千古。

　　周瑜拒操之志早已决于胸中，而诈言降操者，是以言挑拨孔明，欲使其求助于我也。鲁肃不知其诈，而极力争之；孔明知其诈，而随口顺之。瑜、亮二人各自使乖，各说假话，大家暗暗猜着，大家只做不知，而中间夹着一至诚之鲁肃，说出几句老实语以形之，写来真是好看煞人。

　　入门问讳，岂有入其国不知其国之夫人者乎？而或疑孔明二乔之说乃演义妆点耳，非真有是言也。然吾读杜樊川诗，有"东风不与周郎便，铜雀春深锁二乔"之句，则使孔明不借风，周郎不纵火，将二桥之为二乔，其不等于张济之妻、袁熙之妇者几希矣。事既非曹操之所无，说何必非孔明之所有。

铜雀旧赋云："连二桥于东西兮，若长空之蝃蝀。"此言东西有玉龙、金凤之两台，而接之以桥也。以蝃蝀比之，即阿房赋所谓"长桥卧波，未云何龙；复道凌空，不霁何虹"者也。孔明乃将"桥"字改作"乔"字，将"西"字改作"南"字，将"连"字改作"揽"字，而下句则全改之，遂轻轻划在二乔身上去，可谓善改文章者矣。刘贡父患疯病，苏子瞻戏改《大风歌》以嘲之曰："大疯起兮眉飞扬，安得猛士兮守鼻梁。"其殆学孔明之改赋乎？

以"桥"作"乔"，此读别字也。孔明欲欺周郎，故有意为之。奈何近世孔明之多乎！"弄璋"而以为"弄麞"矣，"伏腊"而以为"伏猎"矣，"芋"而以为"羊"，"金根"而以为"金银"矣。吾不知其将赚何人、将施何计而亦学孔明之改别字也，为之一笑。

周瑜非忌孔明也，忌玄德也。孔明为玄德所有则忌之，使孔明而为东吴所有，则不忌也。观其使诸葛瑾招之之意可见矣。非若庞涓之忌孙膑，同事一君而必欲杀之而后快也。一则在异国而招之使入我国，一则在我国而驱之使入异国。试以庞涓较周瑜，则周瑜真爱孔明之至耳。

却说吴国太见孙权疑惑不决，乃谓之曰："先姊遗言云：'伯符临终有言：内事不决问张昭，外事不决问周瑜。'今何不请公瑾问之？"^{国太述先姊遗言，先姊却又是述伯符遗言。}^{○孙策遗命是二十九回中事，忽于此提照。}权大喜，即遣使往
鄱阳请周瑜议事。^{可知前文写孙权沉吟犹}^{豫，不过欲逼出周瑜。}原来周瑜在鄱阳湖训练水
师，闻曹操大军至汉上，便星夜回柴桑郡议军机事。使者未发，
周瑜已先到。^{不待孙权去请，却写周}^{瑜自来，是极写周瑜。}鲁肃与瑜最厚，先来接着，将前
项事细说一番。^{不待周瑜问鲁肃，先写鲁}^{肃告周瑜，是极写鲁肃。}周瑜曰："子敬休忧，瑜自有
主张。^{与孔明答应}^{鲁肃一般。}今可速请孔明来相见。"鲁肃上马去了。

周瑜方才歇息，忽报张昭、顾雍、张纮、步骘四人来相探。
瑜接入堂中坐定，叙寒温毕。张昭曰："都督知江东之利害
否？"^{问得惊惶}^{之极。}瑜曰："未知也。"^{假糊涂，}^{妙。}昭曰："曹操拥众百万，
屯于汉上，昨传檄文至此，欲请主公会猎于江夏。虽有相吞之
意，尚未露其形。昭等劝主公请降之，庶免江东之祸。不想鲁子
敬从江夏带刘备军师诸葛亮至此，彼因自欲雪愤，特下说词以激
主公。子敬却执迷不悟。正欲待都督一决。"瑜曰："公等之见
皆同否？"顾雍等曰："所议皆同。"瑜曰："吾亦欲降久矣。公
等请回。明早见主公，自有定议。"^{只用顺口答}^{应，妙。}昭等辞去。

少顷，又报程普、黄盖、韩当等一班战将来见。瑜迎入，各
问慰讫。程普曰："都督知江东早晚属他人否？"^{问得愤懑}^{之极。}瑜曰：
"未知也。"^{又是假}^{糊涂。}普曰："吾等自随孙将军开基创业，大小数百
战，方才战得六郡城池。今主公听谋士之言，欲降曹操，此真可
耻可惜之事！吾等宁死不辱。望都督劝主公决计兴兵，吾等愿效
死战。"^{写武将如画。○前已写过}^{黄盖，此处却写程普。}瑜曰："将军等所见皆同否？"黄盖
忿然而起，以手拍额曰："吾头可断，誓不降曹！"^{又独写}^{黄盖。}众人皆
曰："吾等都不愿降！"^{带表众}^{人。}瑜曰："吾正欲与曹操决战，安肯
投降！将军等请回。瑜见主公，自有定议。"^{亦只顺口答}^{应，妙。}程普等

别去。

又未几，诸葛瑾、吕范等一班儿文官相候。瑜迎入，讲礼毕，诸葛瑾曰："舍弟诸葛亮自汉上来，言刘豫州欲结东吴，共伐曹操，文武商议未定。因舍弟为使，瑾不敢多言，_{是避嫌疑之语。}专候都督来决此事。"瑜曰："以公论之若何？"瑾曰："降者易安，战者难保。"_{二语妙甚。明明说文官欲保身，武官不惜死。}周瑜笑曰："瑜自有主张。来日同至府下定议。"_{与对鲁肃语一般。}瑾等辞退。

忽又报吕蒙、甘宁等一班儿来见。瑜请入，亦叙谈此事。有要战者，有要降者，互相争论。_{前有要降者与要战者，分作两处相见，今并作一起相见；前详此略，笔法各异。}瑜曰："不必多言，来日都到府下公议。"_{妙在不置可否。}众乃辞去。周瑜冷笑不止。_{不知他葫芦里卖甚药。}

至晚，人报鲁子敬引孔明来拜。瑜出中门迎入。叙礼罢，分宾主而坐。肃先问瑜曰："今曹操驱众南侵，和与战二策，主公不能决，一听于将军。将军之意若何？"_{是老实人先开口。}瑜曰："曹操以天子为名，其师不可拒。且其势大，未可轻敌。战则必败，降则易安。吾意已决。来日见主公，便当遣使纳降。"_{此是周郎假话，所以急孔明，试孔明也。}鲁肃愕然曰："君言差矣！江东基业，已历三世，岂可一旦弃于他人？伯符遗言，外事付托将军。今正欲仗将军保全国家，为泰山之靠，奈何亦从懦夫之议耶？"_{周瑜不过欲挑拨孔明开口，却妙在孔明不言，只在鲁肃回答。}瑜曰："江东六郡，生灵无限，若罹兵革之祸，必有归怨于我，故决计请降耳。"_{孙权欲求助于豫州。周瑜却欲孔明求助于我，故又反言以挑拨之。}肃曰："不然。以将军之英雄，东吴之险固，操未必便能得志也。"_{又妙在孔明不言，让鲁肃回答。}二人互相争辩，孔明只袖手冷笑。_{前写周瑜冷笑，此又写孔明冷笑，都是满腹《春秋》。}瑜曰："先生何故哂笑？"孔明曰："亮不笑别人，笑子敬不识时务耳。"

恶极
好极。肃曰："先生如何反笑我不识时务？"孔明曰："公瑾主意欲降操，甚为合理。"恶极
妙极。瑜曰："孔明乃识时务之士，必与吾有同心。"大家说假话
好看煞人。肃曰："孔明，你也如何说此？"夹着鲁肃一
句老实话以
衬之，妙。孔明曰："操极善用兵，天下莫敢当。向只有吕布、袁绍、袁术、刘表敢与对敌。今数人皆被操灭，天下无人矣。句句奚落孙
权，又句句
奚落周瑜，恶
极，妙极。独有刘豫州不识时务，强与争衡；今孤身江夏，存亡未保。将军决计降曹，可以保妻子，可以全富贵。国祚迁移，付之天命，何足惜哉！"恶极
妙极。鲁肃大怒曰："汝教吾主屈膝受辱于国贼乎！"又夹着鲁肃一
句老实话。

孔明曰："愚有一计，并不劳牵羊担酒，纳土献印；亦不须亲自渡江；只须遣一介之使，扁舟送两个人到江上。操若得此两人，百万之众皆卸甲卷旗而退矣。"说到此处，更
奇极、幻极。瑜曰："用何二人可退操兵？"孔明曰："江东去此两人，如大木飘一叶，太仓减一粟耳；而操得之，必大喜而去。"且不便说是何人，偏
要待他再问，妙极。瑜又问："果用何二人？"孔明曰："亮居隆中时，即闻操于漳河新造一台，名曰铜雀，极其壮丽，广选天下美女以实其中。先有此一
句为宾。操本好色之徒，久闻江东乔公有二女，长曰大乔，次曰小乔，有沉鱼落雁之容，闭月羞花之貌。方说出要他妻子
及其主人之嫂。操曾发誓曰：'吾一愿扫平四海，以成帝业；又先有一
句为宾。一愿得江东二乔，置之铜雀台，以乐晚年，虽死无恨矣！'恶极矣，
妙极矣。今虽引百万之众，虎视江南，其实为此二女也。恶极，
妙极。将军何不去寻乔公，以千金买此二女，佯为不知，
妙。差人送与曹操；操得二女，称心满意，必班师矣。恶极，
好极。此范蠡献西施之计，何不速为之？"妙在又借一
故事为证。瑜曰："操欲得二乔，有何证验？"周瑜不即怒骂，又核
实一句，文势甚曲。孔明曰："曹操幼子曹植，字子建，下笔成文。操尝命作一赋，名曰《铜雀台赋》。赋中之意，单道他家合为天子，_{又先有一句为宾。}誓取二乔。"_{有诗为证，竟似千真万真。}瑜曰："此赋公能记否？"_{又核实一句，即发怒，妙甚。}孔明曰："吾爱其文华美，尝窃记之。"瑜曰："试请一诵。"_{又核实一句，即发怒，妙甚。}孔明即时诵《铜雀台赋》云：

从明后以嬉游兮，登层台以娱情。见太府之广开兮，观圣德之所营。建高门之嵯峨兮，浮双阙乎太清。立中天之华观兮，连飞阁乎西城。临漳水之长流兮，望园果之滋荣。立双台于左右兮，有玉龙与金凤。揽"二乔"于东南兮，乐朝夕之与共。_{旧赋云："连二桥于东西兮，若长空之蝃蝀。"此"桥"也，非"乔"也，今孔明易此二语，便轻轻划在二乔身上去。}俯皇都之宏丽兮，瞰云霞之浮动。欣群才之来萃兮，协飞熊之吉梦。仰春风之和穆兮，听百鸟之悲鸣。云天亘其既立兮，家愿得乎双逞。扬仁化于宇宙兮，尽肃恭于上京。唯桓文之为盛兮，岂足方乎圣明？

休矣！美矣！惠泽远扬。翼佐我皇家兮，宁彼四方。同天地之规量兮，齐日月之辉光。永贵尊而无极兮，等君寿于东皇。御龙旗以遨游兮，回鸾驾而周章。思化及乎四海兮，嘉物阜而民康。愿斯台之永固兮，乐终古而未央！

周瑜听罢，勃然大怒，离座指北而骂曰："老贼欺吾太甚！"_{至此不得不怒，不得不骂。}孔明急起止之曰："昔单于屡侵疆界，汉天子许以公主和亲，今何惜民间二女乎？"_{偏说"民间"二字，为佯不知，恶极矣，妙恶矣。}瑜曰："公有所不知：_{知之久矣。}大乔是孙伯符将军主妇，小乔乃瑜之妻也。"孔明佯作惶恐之状曰："亮实不知，失口乱言，死罪！死罪！"恶极
妙极瑜曰："吾与老贼誓不两立！"孔明曰："事须三思，免致后悔。"既知是他妻子及其主之嫂矣，
又故意说此两句，愈恶愈妙。瑜曰："吾承伯符寄托，安有屈身降曹之理？适来所言，故相试耳。方说出
真话。吾自离鄱阳湖，便有北伐之心，虽刀斧加颈，不易其志矣！望孔明助一臂之力，同破曹操。"前此说假话，本欲孔明来求
我，今却是我求孔明矣。孔明曰："若蒙不弃，愿效犬马之劳，早晚拱听驱策。"瑜曰："来日入见主公，便议起兵。"孔明与鲁肃辞出，相别而去。

次日清晨，孙权升堂。左边文官张昭、顾雍等三十馀人，右边武官程普、黄盖等三十馀人，衣冠济济，剑佩锵锵，分班侍立。前孔明入见，止列着文官；今周瑜入见，
兼列着武官。两番写来，各自好看。少顷，周瑜入见。礼毕，孙权问慰罢，瑜曰："近闻曹操引兵屯汉上，驰书至此，主公尊意若何？"权即取檄文与周瑜看。瑜看毕，笑曰："老贼以我江东无人，敢如此相侮耶！"听赋则怒，见檄则笑。怒
极而笑，笑正其怒也。权曰："君之意若何？"瑜曰："主公曾与众文武商议否？"权曰："连日议此事，有劝我降者，有劝我战者。吾意未定，故请公瑾一决。"瑜曰："谁劝主公降？"问得懊恼之极，
如见其词色。权曰："张子布等皆主其意。"瑜即问张昭曰："愿闻先生所以主降之意。"昨日随口答应，
此时忽然盘问。昭曰："曹操挟天子而征四方，动以朝廷为名；近又得荆州，威势愈大。吾江东可以拒操者，长江耳；今操艨艟战舰，何止千百？水陆并进，何可当之？不如且降，更图后计。"不知图其
"后计"。瑜曰："此迂儒之论也！一句骂倒张昭。周
瑜骂胜是孔明骂。江东自开国以来，今历三世，安忍一旦废弃？"权曰："若此，计将安出？"瑜曰："操虽托名汉相，实为汉贼。将军以神武雄才，仗父兄馀业，据有江东，兵精粮足，正当横行天下，为国家除残去暴，奈何降贼耶？以大义论之，
则不当降操。

且操今此来，多犯兵家之忌：北土未平，马腾、韩遂为其后患，而操久于南征，一忌也；_{此处忽提马腾，为前文董承义状照应，为后文徐庶流言伏笔。}北军不熟水战，操舍鞍马，仗舟楫，与东吴争衡，二忌也；_{为后计杀蔡瑁、张允伏笔。}又时值隆冬盛寒，马无藁草，三忌也；_{时值隆冬，为后借东风伏笔。}驱中国士卒，远涉江湖，不服水土，多生疾病，四忌也。_{为后献连环计伏笔。}操兵犯此数忌，虽多必败。将军擒操，正在今日。_{以大势论之，则又不必降操。}瑜请得精兵数千，进屯夏口，为将军破之！"_{其言甚壮。}权蹶然起曰："老贼欲废汉自立久矣，所惧二袁、吕布、刘表与孤耳。今数雄已灭，惟孤尚存。_{与对孔明语一般。}孤与老贼，誓不两立！卿言当伐，甚合孤意。此天以卿授我也。"_{与对鲁肃语一般。}瑜曰："臣为将军决一血战，万死不辞。只恐将军狐疑不定。"_{又反激孙权一句以决之。}权拔佩剑砍面前奏案一角曰："诸官将有再言降操者，与此案同！"_{张昭此时大难为情。}言罢，便将此剑赐周瑜，即封瑜为大都督，程普为副都督，鲁肃为赞军校尉。如文武官将有不听号令者，即以此剑诛之。_{写得孙权出色。}瑜受了剑，对众言曰："吾奉主公之命，率众破曹。诸将官吏来日俱于江畔行营听令。如迟误者，依七禁令五十四斩施行。"_{写得周瑜声势。}言罢，辞了孙权，起身出府。众文武各无言而散。

周瑜回到下处，便请孔明议事。孔明至，瑜曰："今日府下公议已定，愿求破曹良策。"孔明曰："孙将军心尚未稳，不可以决策也。"_{拔剑砍案之后，又说他心未稳，不是孔明看不出。}瑜曰："何谓心不稳？"孔明曰："心怯曹兵之多，怀寡不敌众之意。将军能以军数开解，使其了然无疑，然后大事可成。"_{孙权屡以曹兵多寡为问，孔明便从此看出他心未稳。}瑜曰："先生之论甚善。"乃复入见孙权。权曰："公瑾夜至，必有事故。"瑜曰："来日调拨军马，主公心有疑否？"权曰："但忧曹操兵多，寡不敌众耳。他无所疑。"〔卧龙先生料事如见。〕瑜笑曰："瑜特为此特来开解主公。主公因见操檄文，言水陆大军百万，故怀疑惧，不复料其虚实。今以实较之：彼将中国之兵，不过十五六万，且已久疲；所得袁氏之众，亦止七八万耳，尚多怀疑未服。〔将北来军兵平白地开销了无数。〕夫以久疲之卒，狐疑之众，其数虽多，不足畏也。瑜得五万兵，自足破之。〔其言甚壮。〕愿主公勿以为虑。"权抚瑜背曰："公瑾此言，足释吾疑。子布无谋，深失孤望；独卿及子敬，与孤同心耳。〔又带骂张昭，带表鲁肃。〕卿可与子敬、程普即日选军前进。孤当续发人马，多载资粮，为卿后应。卿前军倘不如意，便还就孤。〔不算胜，先算败，其志愈坚。〕孤当亲与操贼决战，更无他疑。"〔其言亦甚壮。〕周瑜谢出，暗忖曰："孔明早已料着吴侯之心，其计画又高我一头。久必为江东之患，不如杀之。"〔周郎欲杀孔明，正是孔明知己。〕乃令人连夜请鲁肃入帐，言欲杀孔明之事。肃曰："不可。今操贼未破，先杀贤士，是自去其助也。"〔周郎患孔明，子敬只患曹操。〕瑜曰："此人助刘备，必为江东之患。"〔不是患孔明，乃患玄德之得孔明耳。〕肃曰："诸葛瑾乃其亲兄，可令招此人同事东吴，岂不妙哉？"瑜善其言。〔可见周郎非忌胜己者，特忌胜己者之为敌用耳。〕

次日平明，瑜赴行营，升中军帐高座。左右立刀斧手，聚集文官武将听令。原来程普年长于瑜，今瑜爵居其上，心中不乐；是日乃托病不出，令长子程咨自代。〔周郎初点兵时，程普以年少轻周郎，与孔明初点兵时，关、张以年少轻孔明，正复相似。〕瑜令众将曰："王法无亲，诸君各守乃职。方今曹操弄权，甚于董卓，囚天子于许昌，屯暴兵于境上。吾今奉命讨之，诸君幸皆努力向前。大军到处，不得扰民。赏劳罚罪，并不徇纵。"〔誓师之言，亦明大义。周郎大是可儿。〕令毕，即差韩当、黄盖为前部先锋，领本部战船，即日起行，前至三江口下寨，别听将令；蒋钦、周泰为第二队；凌统、潘璋为第三队；太史慈、吕蒙为第四队；陆逊、董袭为第五队；吕范、朱治为四方巡警使，催督六郡官军，水陆并进，克期取齐。_{只五万兵，观其调拨，却有数十万之势。}调拨已毕，诸将各自收拾船只军器起行。程咨回见父程普，说周瑜调兵，动止有法。普大惊曰："吾素欺周郎懦弱，不足为将；今能如此，真将才也！我如何不服！"遂亲诣行营谢罪。_{关、张之服孔明，在奏捷之后；程普之服周郎，即在调兵之时。又不同。}瑜亦逊谢。

次日，瑜请诸葛瑾谓曰："令弟孔明有王佐之才，如何屈身事刘备？今幸至江东，欲烦先生不惜齿牙馀论，使令弟弃刘备而事东吴，则主公既得良辅，_{此句为孙权，是周郎本意。}而先生兄弟又得相见，_{此句为诸葛，是周郎傍意。}岂不美哉？先生幸即一行。"瑾曰："瑾自至江东，愧无寸功。今都督有命，敢不效力。"即时上马，径投驿亭来见孔明。孔明接入哭拜，各诉阔情。瑾泣曰："弟知伯夷、叔齐乎？"孔明暗思："此必周郎教来说我也。"_{开口便见雌雄。}遂答曰："夷、齐古之圣贤也。"_{闲闲答应。}瑾曰："夷、齐虽至饿死首阳山下，兄弟二人亦在一处。我今与你同胞共乳，乃各事其主，不能旦暮相聚。视夷、齐之为人，能无愧乎？"_{亦善于词令。}孔明曰："兄所言者，情也；弟所守者，义也。_{此言弟不能来从兄。}弟与兄皆汉人。今刘皇叔乃汉室之胄，兄若能去东吴，而与弟同事刘皇叔，则上不愧为汉臣，而骨肉又得相聚，此情义两全之策也。_{此言兄可以来从弟。}不识兄意以为何如？"瑾思曰："我来说他，反被他说了我也。"_{真可笑矣。}遂无言回答，起身辞去。回见周瑜，细述孔明之言。瑜曰："公意若何？"_{问得妙。}瑾曰："吾受孙将军厚恩，安肯相背！"瑜曰："公既忠心事主，不必多言。吾自有伏孔明之计。"_{在他阿兄面前，不好说得要杀耳。}

正是：

　　　　智与智逢宜必合，才同才角又难容。

毕竟周瑜定何计伏孔明，且看下文分解。

第四十五回　三江口曹操折兵　群英会蒋干中计

群英會蔣幹中計

凡大功之将成，必有其端之先见。而所谓端者，又有顺有逆。敌方疑我，而我先小败以骄其志，此端之逆见者也。敌方轻我，而我先小胜以挫其锐，此端之顺见者也。曹操当刘琮新降、豫州新败之后，席卷荆襄，气吞吴会，骄盈极矣，是不可不先有以挫之。周郎以江口之小胜，预为赤壁之见端，殆不用逆而用顺者乎？

玄德有檀溪跃马一事在前，可谓险矣；而此处江口劳军之事则愈险。云长有单刀赴会之事在后，可谓奇矣；而此处江口相从之事则愈奇。险莫险于不知，奇莫奇于不露。蔡瑁追之而仓皇出奔，是知其险者也；周瑜送之而从容作别，是不知其险者也。却荆州之请而以言折鲁肃，是露其奇者也；立玄德之后而以不言慑周瑜，是不露其奇者也。前后两番极其相类，文极其相反，真妙不可言。

文有正衬，有反衬。写鲁肃老实以衬孔明之乖巧，是反衬也。写周瑜乖巧以衬孔明之加倍乖巧，是正衬也。譬如写国色者，以丑女形之而美，不若以美女形之而觉其更美。写虎将者，以懦夫形之而勇，不若以勇夫形之而觉其更勇。读此可悟文章相衬之法。

孔明未出草庐之时，即曰"外结孙权"，故荆州之守，关公欲分兵拒吴，则孔明止之；关公之没，玄德欲兴兵伐吴，则孔明谏之。至白帝托孤以后，终孔明之世，未尝与吴相恶，盖欲结之以共讨汉贼也。惟鲁肃之见与孔明合，而周瑜之见独与鲁肃殊。肃方引孔明以相助，而瑜则欲杀孔明；肃方引玄德以相助，而瑜又欲杀玄德。是瑜之不及鲁肃远矣。虽然，肃知玄德与孔明之为人杰，故欲得之以为援；周瑜亦知玄德、孔明之为人杰，故必欲杀之以绝患。天下非人杰不能知人杰。呜呼！瑜亦人杰矣哉！

玄德在水镜庄上听元直之语，妙在句句明白；蒋干在周瑜帐中听军士之语，妙在不甚明白。玄德耳中虽甚明白，心中不知元直为谁，却是不明白；蒋干耳中虽不明白，眼中已见张、蔡降书，却是极明白。两样听法，亦作两样猜法，前后各各入妙。

陈宫在路上拾得玄德与曹操书，妙在千真万真；蒋干在帐中拾得张、蔡与周瑜书，妙在疑真疑假。吕布见书更无不信，曹操见书初信后疑。陈宫所拾之书并非曹操所作，蒋干所拾之书却是周瑜所为。一样拾法，两样来历，前后又各各入妙。

秦庆童述董承私语，只一句两句，妙在庆童不解；蒋干述周瑜私语，亦只一句两句，妙在蒋干先知。庆童所听，有义状为证，却是曹操搜出；蒋干所听，有降书为证，却是蒋干带来。一样述法，两样详法，前后又各各入妙。

周瑜诈睡，是骗蒋干；蒋干诈睡，又骗周瑜。周瑜假呼蒋干，是明知其诈睡；蒋干不应周瑜，是不知其诈呼。周瑜之醉，醉却是醒；蒋干之醒，醒却是梦。妙在先说破他是说客，使他开口不得；又妙在说他不是说客，一发使他开口不得。妙在梦中呼子翼、骂操贼，使他十分疑惑；又妙在醒来忘却呼子翼、骂操贼，一发使他十分疑惑。周瑜假做极疏，却步步是密；蒋干自道极乖，却步步是呆。写来真是好看。

却说周瑜闻诸葛瑾之言，转恨孔明，存心欲谋杀之。次日，点齐军将，入辞孙权。权曰：“卿先行，孤即起兵继后。”瑜辞出，与程普、鲁肃领兵起行，便邀孔明同往。<small>邀孔明不是好意。</small>孔明欣然从之。<small>孔明从之，亦不是不知。</small>一同登舟，驾起帆樯，迤逦望夏口而进。离三江口五六十里，船依次第歇定。周瑜在中央下寨，岸上依西山结营，周围屯住。孔明只在一叶小舟内安身。<small>孔明之舟如一叶，孔明之身亦如一叶。以一叶之身寄于东吴而安如泰山，真神人也。</small>

周瑜分拨已定，使人请孔明议事。孔明至中军帐，叙礼毕。瑜曰："昔曹操兵少，袁绍兵多，而操反胜绍者，因用许攸之谋，先断乌巢之粮也。<small>三十回中事，于此处提照。</small>今操兵八十三万，我兵只五六万，安能拒之？亦必须先断操之粮，然后可破。我已探知操军粮草俱屯于聚铁山。先生久居汉上，熟知地理。敢烦先生与关、张、子龙辈，吾亦助兵千人，星夜往聚铁山断操粮道。彼此各为主人之事，幸勿推调。"<small>天下唯不怀好意人最会说好话。</small>孔明暗思："此因说我不动，设计害我。我若推调，必为所笑。不如应之，别有计议。"乃欣然领诺。<small>写孔明乖觉，只是不露出来。</small>瑜大喜。孔明辞出。鲁肃密谓瑜曰："公使孔明劫粮，是何意见？"瑜曰："吾欲杀孔明，恐惹人笑，故借曹操之手杀之，以绝后患耳。"<small>写周瑜使乖，便自己说出来。</small>肃闻言，乃往见孔明，看他知也不知。只见孔明略无难色，整点军马要行。<small>妙人乖觉全不露出。</small>肃不忍，以言挑之曰："先生此去可成功否？"<small>写鲁肃忠厚，以反衬周瑜。</small>孔明笑曰："吾水战、步战、马战、车战，各尽其妙，何愁功绩不成，非比江东公与周郎辈止一能也。"<small>又用反激语。先生惯行此法。</small>肃曰："吾与公瑾何谓一能？"孔明曰："吾闻江南小儿谣言云：'伏路把关饶子敬，临江水战有周郎。'公等于陆地但能伏路把关；<small>此句是宾。</small>周公瑾但堪水战，不能陆战耳。"<small>此句是主。</small>

肃乃以此言告知周瑜。瑜怒曰："何欺我不能陆战耶！不用他去！我自引一万军马，往聚铁山断操粮道。"^{写孔明耐得，写}^{周瑜耐不得。}肃又将此言告孔明。孔明笑曰："公瑾令吾断粮者，实欲使曹操杀吾耳。^{方才说破他}^{使我之故。}吾故以片言戏之，公瑾便容纳不下。目今用人之际，只愿吴侯与刘使君同心，则功可成；如各相谋害，大事休矣。^{此以正言教之，}^{止其害我之谋。}操贼多谋，他平生惯断人粮道，今如何不以重兵堤备？公瑾若去，必为所擒。^{此以忠言告之，}^{平其好胜之气。}今只当先决水战，挫动北军锐气，别寻妙计破之。^{为下文}^{伏笔。}望子敬善言以告公瑾为幸。"鲁肃遂连夜回见周瑜，备述孔明之言。瑜摇首顿足曰："此人见识胜吾十倍，今不除之，后必为我国之祸！"^{愈敬之，愈服}^{之，愈欲杀之。}肃曰："今用人之际，望以国家为重。^{此句是}^{主。}且待破曹之后，图之未晚。"^{此句是宾。○处处写鲁}^{肃忠厚，以反衬周瑜。}瑜然其说。

却说玄德分付刘琦守江夏，自领众将引兵往夏口。遥望江南岸旗幡隐隐，戈戟重重，料是东吴已动兵矣，乃尽移江夏之兵，至樊口屯扎。玄德聚众曰："孔明一去东吴，杳无音信，不知事体何如。谁人可去探听虚实回报？"^{鱼久脱水，}^{毋乃涸乎？}糜竺曰："竺愿往。"玄德乃备羊酒礼物，令糜竺至东吴，以犒军为名，探听虚实。竺领命，驾小舟顺流而下，径至周瑜大寨前。军士入报周瑜，瑜召入。竺再拜，致玄德相敬之意，献上酒礼。瑜受讫，设宴款待糜竺。竺曰："孔明在此已久，今愿与同回。"瑜曰："孔明方与我同谋破曹，岂可便去？^{既不放去，又不令与糜竺}^{相见，写周瑜不怀好意。}吾亦欲见刘豫州，共议良策；奈身统大军，不可暂离。若豫州肯枉驾来临，深慰所望。"^{不放孔明去，反欲赚玄德来，}^{写周瑜一发不怀好意了。}竺应诺，拜辞而回。肃问瑜曰："公欲见玄德，有何计议？"^{又夹写鲁肃老实，}^{以衬周瑜。}瑜曰："玄德世之枭雄，不可不除。吾今乘机诱至杀之，实为国家除一后患。"

既欲杀孔明，又欲杀_{玄德，何其狠也。}鲁肃再三劝谏，_{又写鲁肃忠厚，以衬周瑜。}瑜只不听，遂传密

令："如玄德至，先埋伏刀斧手五十人于壁衣中，看吾掷杯为

号，便出下手。"_{读至此，为玄德担忧。}

　　却说糜竺回见玄德，具言周瑜欲请主公到彼面会，别有商

议。玄德便教收拾快船一只，只今便行。_{又写玄德坦直，以衬周瑜。}云长谏曰：

"周瑜多谋之士，又无孔明书信，_{精细之极。}恐其中有诈，不可轻

去。"_{前襄阳赴会是关公劝行，今周郎相邀却是关公谏阻，与前相类而又相反。}玄德曰："我今结东吴以共破

曹操，周郎欲见我，我若不往，非同盟之意。两相猜忌，事不谐

矣。"_{玄德只防曹操，不防周瑜。}云长曰："兄长若坚意要去，弟愿同往。"

_{写关公。}张飞曰："我也跟去。"_{写翼德。}玄德曰："只云长随我去。翼德与

子龙守寨，简雍固守鄂县。我去便回。"分付毕，即与云长乘小

舟，并从者二十馀人，飞棹赴江东。_{前往襄阳，是子龙随去；今往江东，是关公随去。前是三百步卒，今只二十从人。又相类而相反。}玄德观看江东艨艟战舰、旌旗甲兵，左右分布整齐，心

中甚喜。_{又写玄德忠厚，以衬周瑜。}军士飞报周瑜："刘豫州来了。"瑜问：

"带多少船只来？"军士答曰："只有一只船，二十馀从人。"

瑜笑曰："此人命合休矣！"_{读至此，又为玄德担忧。}乃命刀斧手先埋伏定，然

后出寨迎接。玄德引云长等二十馀人，直到中军帐。叙礼毕，瑜

请玄德上坐。_{天下惟不怀好意人最会虚恭敬。}玄德曰："将军名传天下，备不才，何

烦将军重礼？"乃分宾主而坐。周瑜设宴相待。

　　且说孔明偶来江边，闻说玄德来此与都督相会，吃了一惊，

_{此一惊不小。}急入中军帐，窃看动静。只见周瑜面有杀气，两边壁衣中密

排刀斧手。孔明大惊曰："似此如之奈何？"_{读者至此，必疑下定是孔明设计，然后玄德得脱矣。}回视玄德，谈笑自若；_{履危而不知，使旁观者愈着急。}却见玄德背后一人，按剑

而立，乃云长也。_{在孔明眼中写一云长。}孔明喜曰："吾主无危矣。"遂不复

入，仍回身至江边等候。<small>妙在此时不即与玄德相见。</small>

　　周瑜与玄德饮宴，酒行数巡，瑜起身把盏，猛见云长按剑立于玄德背后，<small>再在周瑜眼中写一云长。</small>忙问何人。玄德曰："吾弟关云长也。"瑜惊曰："非向日斩颜良、文丑者乎？"<small>二十五回中事，忽于此处一提。</small>玄德曰："然也。"瑜大惊，汗流满背，便斟酒与云长把盏。<small>不是写周瑜，正是写云长。</small>少顷，鲁肃入。玄德曰："孔明何在？烦子敬请来一会。"瑜曰："且待破了曹操，与孔明相会未迟。"<small>又不肯教孔明相见，写周瑜不怀好意。</small>玄德不敢再言。云长以目视玄德，<small>写云长。</small>玄德会意，即起身辞瑜曰："备暂告别。即日破敌收功之后，专当叩贺。"瑜亦不留，送出辕门。玄德别了周瑜，与云长等来至江边，只见孔明已在舟中。<small>写孔明真是可爱。</small>玄德大喜。孔明曰："主公知今日之危乎？"玄德愕然曰："不知也。"孔明曰："若无云长，主公几为周郎所害矣。"玄德方才省悟，<small>极写玄德忠厚老实。</small>便请孔明同回樊口。孔明曰："亮虽居虎口，安如泰山。<small>唯龙能制虎。</small>今主公但收拾船只军马候用，以十一月二十甲子日后为期，可令子龙驾小舟来南岸边等候。切勿有误。"<small>为后文伏笔，写孔明真是可爱。</small>玄德问其意，孔明曰："但看东南风起，亮必还矣。"<small>预先算定，真是奇绝、妙绝。</small>玄德再欲问时，孔明催促玄德作速开船，言讫自回。玄德与云长及从人开船，行不数里，忽见上流头放下五六十只船来。船头上一员大将，横矛而立，乃张飞也。因恐玄德有失，云长独力难支，特来接应。<small>前已写过云长，此却极写翼德。</small>于是三人一同回寨，不在话下。

　　却说周瑜送了玄德，回至寨中，鲁肃入问曰："公既诱玄德至此，为何又不下手？"瑜曰："关云长，世之虎将也，与玄德行坐相随，吾若下手，他必来害我。"<small>此处方才说明。</small>肃愕然。忽报曹操遣使送书至。瑜唤入。使者呈上书看时，封面上判云："汉大丞相付周都督开拆。"瑜大怒，更不开看，将书扯碎，掷于地上，喝斩来使。肃曰："两国相争，不斩来使。"瑜曰："斩使以示威！"遂斩使者，将首级付从人持回。随令甘宁为先锋，韩当为左翼，蒋钦为右翼。瑜自部领诸将接应。来日四更造饭，五更开船，鸣鼓呐喊而进。

> 此封书亦可作《铜雀台赋》观。

> 此人头回而身不回矣；当赠诗一句："头在曹军身在吴。"

> 前分六队起身，每队二人；今遣三队迎敌，却每队只一人，与前甚是变换，此之谓小试其端也。

　　却说曹操知周瑜毁书斩使，大怒，便唤蔡瑁、张允等一班荆州降将为前部，操自为后军，催督战船到三江口。早见东吴船只蔽江而来，为首一员大将，坐在船头上大呼曰："吾乃甘宁也！谁敢来与我决战？"蔡瑁令弟蔡埙前进。两船将近，甘宁拈弓搭箭，望蔡埙射来，应弦而倒。宁驱船大进，万弩齐发。曹军不能抵当。右边蒋钦，左边韩当，直冲入曹军队中。曹军大半是青、徐之兵，素不习水战，大江面上，战船一摆，早立脚不住。甘宁等三路战船，纵横水面。周瑜又催船助战。曹军中箭着炮者，不计其数。从巳时直杀到未时。周瑜虽得利，只恐寡不敌众，遂下令鸣金，收住船只。曹军败回。操登旱寨，再整军士，唤蔡瑁、张允责之曰："东吴兵少，反为所败，是汝等不用心耳！"蔡瑁曰："荆州水军，久不操练；青、徐之军，又素不习水战。故尔致败。今当先立水寨，令青、徐军在中，荆州军在外，每日教习精熟，方可用之。"操曰："汝既为水军都督，可以便宜从事，何必禀我！"于是张、蔡二人自去训练水军。沿江一带分二十四座水门，以大船居于外为城郭，小船居于内可通往来。至晚

> 先写先锋立功。

> 次写左、右翼。

> 总写一句。

> 此孔明所谓"先挫北军锐气"者也。虽是周瑜之功，亦即孔明所教。

> 为下文曹操误杀二人张本。

> 为周瑜计杀二人张本。

点上灯火，照得天心水面通红。旱寨三百馀里，烟火不绝。_{将写周瑜所放}之火，先写曹操军中之火衬染，绝妙。

却说周瑜得胜回寨，犒赏三军，一面差人到吴侯处报捷。当夜瑜登高观望，只见西边火光接天。左右告曰："此皆北军灯火之光也。"_{又写火光，预为下文赤壁火光衬染。}瑜亦心惊。次日，瑜欲亲往探看曹军水寨，乃命收拾楼船一只，带着鼓乐，随行健将数员，各带强弓硬弩，一齐上船迤逦前进。至操寨边，瑜命下了碇石，楼船上鼓乐齐奏。瑜暗窥他水寨，大惊曰："此深得水军之妙也！"问："水军都督是谁？"左右曰："蔡瑁、张允。"瑜思曰："二人久居江东，谙习水战，吾必设计先除此二人，然后可以破曹。"_{为下文赚蒋干张本。}正窥看间，早有曹军飞报曹操说："周瑜偷看吾寨。"操命纵船擒捉。瑜见水寨中旗号动，急教收起碇石，两边四下一齐轮转橹棹，望江面上如飞而去。_{极写南船轻捷。}比及曹寨中船出时，周瑜的楼船已离了十数里远，追之不及，回报曹操。操问众将曰："昨日输了一阵，挫动锐气；今又被他深窥吾寨。吾当作何计破之？"言未毕，忽帐下一人出曰："某自幼与周郎同窗交契，愿凭三寸不烂之舌，往江东说此人来降。"_{周瑜既观水寨之后，正欲使人渡江离间蔡瑁、张允，而蒋干请往江东，适中机会，恰好凑着周瑜也。}曹操大喜，视之，乃九江人，姓蒋名干，字子翼，见为帐下幕宾。操问曰："子翼与周公瑾相厚乎？"干曰："丞相放心。干到江左，必要成功。"_{谁知此去倒使周瑜成功。}操问："要将何物去？"干曰："只消一童随往，二仆驾舟，其馀不用。"操甚喜，置酒与将干送行。

干葛巾布袍，驾一只小舟，径到周瑜寨中，命传报："故人蒋干相访。"周瑜正在帐中议事，闻干至，笑谓诸将曰："说客至矣！”遂与众将附耳低言，如此如此。^{妙在不叙明所授何计，直待下文方见。}众皆应命而去。瑜整衣冠，引从者数百，皆锦衣花帽，前后簇拥而出。^{葛巾布袍极其淡素，锦衣花帽极其煊赫，相形之下，甚是好看。}蒋干引一青衣小童，昂然而来。瑜拜迎之。韩曰：“公瑾别来无恙！”瑜曰：“子翼良苦，远涉江湖，为曹氏作说客耶？”^{妙在开口便说破他。}干愕然曰：“吾久别足下，特来叙旧，奈何疑我作说客也？”瑜笑曰：“吾虽不及师旷之聪，闻弦歌而知雅意。”^{趣甚，不愧称“顾曲周郎”。}干曰：“足下待故人如此，便请告退。”瑜笑而挽其臂曰：“吾但恐兄为曹氏作说客耳。既无此心，何速去也？”遂同入帐。叙礼毕，坐定，即传令悉召江左英杰与子翼相见。^{夸耀江东人物。}

须臾，文官武将各穿锦衣，帐下偏裨将校都披银铠，分两行而入。^{夸耀江东殷富。}瑜都教相见毕，就列于两傍而坐，大张筵席，奏军中得胜之乐，轮换行酒。瑜告众官曰：“此吾同窗契友也，虽从江北到此，却不是曹家说客，公等勿疑。”^{前妙在说破他是说客，此又妙在说他并不是说客，使他开口不得。}遂解佩剑付太史慈曰：“公可佩我剑作监酒。今日宴饮，但叙朋友交情；如有提起曹操与东吴军旅之事者，即斩之！”^{一发使他开口不得，妙甚，恶甚。}太史慈应诺，按剑坐于席上。^{朱虚侯监酒，是禁人逃席；今太史慈监酒，是戒人言公事。此等令官真是怕人。}蒋干惊愕，不敢多言。^{直是开口不得。}周瑜曰：“吾自领军以来，滴酒不饮；今日见了故人，又无疑忌，当饮一醉。”说罢，大笑畅饮。^{为下文诈醉张本。}座上觥筹交错。饮至半酣，瑜携干手，同步出帐外。左右军士皆全装贯带，持戈执戟而立。^{夸耀江东军威。}瑜曰：“吾之军士，颇雄壮否？”干曰：“真熊虎之士也。”瑜又引干到帐后一望，粮草堆如山积。^{又夸耀江东粮草。}瑜曰：“吾之粮草，颇足备否？”干曰：“兵精粮足，名不虚传。”瑜佯醉大笑曰：“想周瑜与子翼同学业时，不曾望有今日。"干曰："以吾兄高才，实不为过。"瑜执干手曰："大丈夫处世，遇知己之主，外托君臣之义，内结骨肉之恩，言必行，计必从，祸福共之。假使苏秦、张仪、陆贾、郦生复出，口似悬河，舌如利刃，安能动我心哉！"说得风流慷慨，发使他开口不得。言罢大笑。蒋干面如土色。瑜复携干入帐，会诸将再饮，因指诸将曰："此皆江东之英杰，今日此会，可名'群英会'。"盛称江东得士，非独夸示蒋干，正以夸示曹操也。饮至天晚，点上灯烛，瑜自起舞剑作歌。歌曰：

丈夫处世兮立功名，立功名兮慰平生。慰平生兮吾将醉，吾将醉兮发狂吟！

歌罢，满座欢笑。至夜深，干辞曰："不胜酒力矣。"瑜命撤席，诸将辞出。瑜曰："久不与子翼同榻，今宵抵足而眠。"于是佯作大醉之状，携干入帐共寝。瑜和衣卧倒，呕吐狼籍。蒋干如何睡得着？妙在搅得他不能稳睡。伏枕听时，军中鼓打二更，起视残灯尚明。看周瑜时，鼻息如雷。干见帐内桌上堆着一卷文书，乃起床偷视之，却都是往来书信。内有一封，上写"张允蔡瑁谨封"。恶极，妙极。干大惊，暗读之。书略曰：

某等降曹，非图仕禄，迫于势耳。今已赚北军困于寨中，但得其便，即将操贼之首，献于麾下。早晚人到，便有关报。幸勿见疑。先此敬覆。

干思曰："原来蔡瑁、张允结连东吴！"遂将书暗藏于衣内。再欲检看他书时，床上周瑜翻身，干急灭灯就寝。瑜口内含糊曰："子翼，我数日之内，教你看操贼之首！"（既骗之以桌上来书，又骗之以帐中醉语，骗法愈妙。）干勉强应之。瑜又曰："子翼，且住！教你看操贼之首！"（又复叠一句，宛然是醉人口吻。）及干问之，瑜又睡着。（妙着。）干伏于床上，将近四更，只听得有人入帐唤曰："都督醒否？"周瑜梦中做忽觉之状，（妙绝。）故问那人曰："床上睡着何人？"（又宛然是醉人情状，妆来逼真。）答曰："都督请子翼同寝，何故忘却？"瑜懊悔曰："吾平日未尝饮醉；昨日醉后失事，不知可曾说甚言语？"（既诈醉，又诈醒；既诈说，又诈忘：妆来逼真。）那人曰："江北有人到此。"瑜喝："低声！"（妙绝。）便唤："子翼！"（妙绝。）蒋干只妆睡着。（前是周瑜假睡，此又是蒋干假睡，干受人骗，又要骗人。）瑜潜出帐。干窃听之，只闻有人在外曰："张、蔡二都督道：'急切不得下手……'"（既骗之以帐中醉语，又骗之以帐外人语，骗法愈妙。）后面言语颇低，听不真实。（只一句勾了，正不消多听。）少顷，瑜入帐，又唤："子翼！"（妙绝。）蒋干只是不应，蒙头假睡。（蒋干只道自己骗人，不料已受人骗。）瑜亦解衣就寝。（计策已完，可以解衣矣。）干寻思："周瑜是个精细人，天明寻书不见，必然害我。"睡至五更，干起唤周瑜，瑜却睡着。（几番诈醒，又几番诈睡，可谓神于骗矣。）干戴上巾帻，潜步出帐，唤了小童，径出辕门。军士问："先生那里去？"干曰："吾在此恐误都督事，权且告别。"军士亦不阻当。（皆是周瑜之计。）

干下船，飞棹回见曹操。操问："子翼干事若何？"干曰："周瑜雅量高致，非言词所能动也。"操怒曰："事又不济，反为所笑！"干曰："虽不能说周瑜，却与丞相打听得一件事。乞退左右。"干取出书信，将上项事逐一说与曹操。操大怒曰："二贼如此无礼耶！"（前只是蒋干中计，今曹操亦中计了。）即便唤蔡瑁、张允到帐下。

操曰："我欲使汝二人进兵。"瑁曰："军尚未曾练熟，不可轻进。"操怒曰："军若练熟，吾首级献于周郎矣！"蔡、张二人不知其意，惊慌不能回答。若使曹操出书示之，责以谋反，而蔡、张二人犹可辨，操亦不至于杀二人矣。正妙在不说明白，致二人惊惶失语，宛然是机谋已泄，不能抵对。操喝武士推出斩之。须臾，献头帐下，操方省悟曰："吾中计矣！"聪明人，只好愚弄他一时。后人有诗叹曰：

曹操奸雄不可当，一时诡计中周郎。

蔡张卖主求生计，谁料今朝剑下亡！

众将见杀了张、蔡二人，入问其故。操虽心知中计，却不肯认错，聪明人吃骗，往往不肯认错，不独曹操为然也。乃谓众将曰："二人怠慢军法，吾故斩之。"众皆嗟呀不已。操于众将内选毛玠、于禁为水军都督，以代蔡、张二人之职。想二人火星进命矣。

细作探知，报过江东。周瑜大喜曰："吾所患者，此二人耳。今既剿除，吾无忧矣。"肃曰："都督用兵如此，何愁曹贼不破乎！"瑜曰："吾料诸将不知此计，独有诸葛亮识见胜我，想此谋亦不能瞒也。瞒过蒋干，瞒过曹操，安能瞒过孔明？子敬试以言挑之，看他知也不知，便当回报。"正是：

还将反间成功事，去试从旁冷眼人。

未知肃去问孔明还是如何，且看下文分解。

第四十六回　用奇谋孔明借箭　献密计黄盖受刑

獻密計黃蓋受刑

周瑜欲断北军之粮，明知其断不成，智也；孔明欲造江东之箭，明知其造不成，亦智也。乃周瑜不断粮，不能使北军无粮；而孔明不造箭，却能使江东有箭，则孔明之智为奇矣。周瑜欲借曹操之刀以杀孔明，早被孔明识破；而孔明借曹操之箭以与周瑜，却使周瑜不知，则孔明之智为尤奇矣。十日之限已可畏，偏要缩至三日；三日之限已甚危，偏又放过两日。令读者阅至第三日之夜，为孔明十分着急、十分担忧。几于水尽山穷、径断路绝，而不意奏功俄顷，报命一朝，真乃妙事妙文。

借箭之计，其利有三：使东吴得十万箭之用，一利也。既得十万箭之用，而又省造十万箭之费，是以二十万箭之利与江东也，二利也。我有所得，则利在我；我纵无所得，而能使敌有所失，则利亦在我。今我得十万箭之用，省造十万箭之费，而又令曹军有十余万箭之失，是以三十余万箭之利与江东也，三利也。在孔明，不过施一小计耳，而其利至于如此，真不愧军师之称哉！孔明用计之妙，善于用借。破北军者，既借江东之兵；而助江东者，即借北军之箭：是借于东又借于北也。取箭者，既借鲁肃之舟；而疑操者，复借一江之雾：是借于人又借于天也。兵可借，箭可借，于是乎东风亦可借，荆州亦无不可借矣。

周瑜以蔡瑁、张允之假书赚曹操，而曹操即以蔡中、蔡和之假降赚周瑜：此相报之巧也。曹操以二蔡之诈降赚周瑜，而周瑜即假二蔡之诈降以赚曹操：又相报之巧也。乃蔡瑁、张允实实未尝叛曹操，而操误信其事；蔡中、蔡和明明是来降周瑜，周瑜已知其非，则操之巧不如瑜。操使游说之客于敌国，适以杀吾军得力之人；瑜纳诈降之将于彼军，遂借以通我将诈降之信，则瑜之巧过于操。两智相欺，两诈相敌，写得真动心悦目。

孔明掌中之字与周瑜掌中之字不约而同，此合掌文字也，又参之以黄盖之言，是三人之文字，皆为合掌矣。孔明新野之火与博望之火大同小异，此重复文字也，又继之以赤壁之火，是一人之文，而三番重复矣。然必文如公瑾方许其合掌，文如孔明方不厌其重复。每怪今人作文，动手便合，落笔便重，彼此只是一般，前后更无添换，即何不取周瑜、孔明之文而读之耶？

黄盖苦肉之计，苟非黄盖之所自愿，此岂周瑜之所能使哉？周瑜深欲用此计，而恨未得黄盖之一计，唯黄盖真能舍此身，而后可行苦肉之一计耳。作者于此，不是写周瑜之智，正是写黄盖之忠；亦只是写黄盖之忠，不是写黄盖之智。

周瑜反间之谋只好黑夜里骗蒋干，黄盖苦肉之计偏要白日里瞒众人，盖不瞒众人恐瞒不得曹操也。曹操之杀蔡瑁是真，周瑜偏识二蔡之降为假；黄盖之忤周瑜是假，二蔡已信周瑜之怒为真。盖欲瞒曹操又必须先瞒二蔡也。乃众人可瞒，二蔡可瞒，曹操可瞒，而孔明必不可瞒。不但公瑾不能瞒孔明，而孔明反嘱子敬以瞒公瑾：则孔明之智又高公瑾数头。

吾尝观黄盖苦肉之计，而叹其计之行亦有天意焉。盖此计之可虑者有三：使黄盖受棒太毒而至于死，虽捐躯而无补于国事，则长逝者魂魄私恨无穷，一可虑也。使众将不知，有愤激而生变者，则弄假成真，未图彼军而先致我军之叛，二可虑也。又使曹操惩于蒋干之被欺，拒盖之降而不纳，则黄盖徒然受刑，周瑜枉自妆乔，适为曹操所笑，三可虑也。乃黄盖不死，诸将不叛，曹操不疑，而周郎竟以成功，岂非天哉？

却说鲁肃领了周瑜言语，径来舟中相探孔明。孔明接入小舟对坐。肃曰："连日措办军务，有失听教。"孔明曰："便是亮亦未与都督贺喜。"^{奇妙。} 肃曰："何喜？"孔明曰："公瑾使先生来探亮知也不知，便是这件事可贺喜也。"^{妙在不等他开口，先自说出。不想黑夜之事，孔明早已知之矣。} 唬得鲁肃失色，问曰："先生何由知之？"孔明曰："这条计只好弄蒋干。曹操虽被一时瞒过，必然便省悟，只是不肯认错耳。^{隔江之事，孔明又已知之矣。}今蔡、张二人既死，江东无患矣，如何不贺喜！吾闻曹操换毛玠、于禁为水军都督，则这两个手里，好歹送了水军性命。"^{为后文赤壁伏线。}鲁肃听了，开口不得，^{蒋干见周瑜开口不得，鲁肃见孔明亦开口不得。}把些言语支吾了半晌，别孔明而回。孔明嘱曰："望子敬在公瑾面前勿言亮先知此事。^{公瑾要瞒孔明，孔明又要瞒公瑾，妙甚。}恐公瑾心怀妒忌，又要寻事害亮。"^{为下文造箭伏笔。}鲁肃应诺而去，回见周瑜，把上项事只得实说了。^{写鲁肃老实。}瑜大惊曰："此人决不可留！吾决意斩之！"肃劝曰："若杀孔明，却被曹操笑也。"^{写鲁肃忠厚。}瑜曰："吾自有公道斩之，教他死而无怨。"^{前欲使曹操杀之，此直欲自杀之。}肃曰："何以公道斩之？"瑜曰："子敬休问，来日便见。"^{妙在不即说出。}

次日，聚众将于帐下，请教孔明议事。孔明欣然而至。坐定，瑜问孔明曰："即日将与曹军交战，水路交兵，当以何兵器为先？"孔明曰："大江之上，以弓箭为先。"^{此语反是孔明说出，妙。}瑜曰："先生之言，甚合愚意。但今军中正缺箭用，敢烦先生监造十万枝箭，以为应敌之具。此系公事，先生幸勿推却。"^{前使断粮，今使造箭。要断粮是周瑜自说，要用箭却待孔明先说，妙甚。}孔明曰："都督见委，自当效劳。敢问十万枝箭，于何时要用？"瑜曰："十日之内，可完办否？"^{限期已促矣。}孔明曰："操军即日将至，若候十日，必误大事。"^{不以为促，反以为缓，奇妙。}瑜曰："先生料几日可完办？"孔明曰："只消三日，便可拜纳十万枝箭。"^{不唯不请宽期，反欲自己} ^{立限，真奇绝、妙绝。} 瑜曰："军中无戏言。"孔明曰："怎敢戏都督！愿纳军令状：三日不办，甘当重罚。"^{受罚不待周} ^{瑜说，偏是} ^{孔明自说，} ^{妙，妙。}瑜大喜，唤军政司当面取了文书，置酒相待曰："待军事毕后，自有酬劳。"^{不说罚，偏说} ^{酬，妙，妙。}孔明曰："今日已不及，来日造起。至第三日，可差五百小军到江边搬箭。"^{已算定} ^{江边。}饮了数杯，辞去。鲁肃曰："此人莫非诈乎？"^{是惊怪} ^{语。}瑜曰："他自送死，非我逼他。今明白对众要了文书，他便两胁生翅，也飞不去。^{谁知乃是} ^{万古云霄} ^{一羽毛} ^{耶！}我只分付军匠人等，教他故意迟延，凡应用物件，都不与齐备。如此，必然误了日期。那时定罪，有何理说？^{恶极，读者至此} ^{当为孔明着急。}公今可去探他虚实，却来回报。"

肃领命来见孔明。孔明曰："吾曾告子敬，休对公瑾说，他必要害我。不想子敬不肯为我隐讳，今日果然又弄出事来。三日内如何造得十万箭？子敬只得救我！"^{不知者读至此，} ^{又为孔明着急。}肃曰："公自取其祸，我如何救得你？"孔明曰："望子敬借我二十只船，每船要军士三十人，船上皆用青布为幔，各束草千馀个，分布两边。吾别有妙用。^{箭料甚奇，} ^{知如何造法。}第三日包管有十万枝箭。^{奇妙。}只不可又教公瑾得知，若彼知之，吾计败矣。"^{此却是} ^{切嘱。}肃允诺，却不解其意。回报周瑜，果然不提起借船之事，^{前不瞒周瑜，是老实处。今只} ^{不忍不瞒周瑜，是忠厚处。}只言："孔明并不用箭竹、翎毛、胶膝等物，自有道理。"瑜大疑曰："且看他三日后如何回覆我！"

却说鲁肃私自拨轻快船二十只，各船三十馀人，并布幔束草等物，尽皆齐备，候孔明调用。第一日却不见孔明动静，^{放过第} ^{一日。}第二亦只不动。^{又放过第} ^{二日。}至第三日四更时分，^{放过两日，至第三日，又到} ^{四更时分，险到没去处矣。}

孔明密请鲁肃到船中。肃问曰："公召我来何意？"孔明曰："特请子敬同往取箭。"_{正不知箭在何处，奇甚。}肃曰："何处去取？"孔明曰："子敬休问，前去便见。"_{与周瑜对子敬语同。}遂命将二十只船，用长索相连，径望北岸进发。是夜大雾漫天，长江之中，雾气更甚，对面不相见。_{此是预先算定。}孔明促舟前进，果然是好大雾！前人有篇《大雾垂江赋》曰：

　　大哉长江！西接岷、峨，南控三吴，北带九河。汇百川而入海，历万古以扬波。至若龙伯、海若，江妃、水母，长鲸千丈，天蜈九首，鬼怪异类，咸集而有。盖夫鬼神之所凭依，英雄之所战守也。

　　时而阴阳既乱，昧爽不分。讶长空之一色，忽大雾之四屯。虽舆薪而莫睹，唯金鼓之可闻。初若溟濛，才隐南山之豹；渐而充塞，欲迷北海之鲲。然后上接高天，下垂厚地；渺乎苍茫，浩乎无际。鲸鲵出水而腾波，蛟龙潜渊而吐气。又如梅霖收溽，春阴酿寒；溟溟漠漠，浩浩漫漫。东失柴桑之岸，南无夏口之山。战船千艘，俱沉沦于岩壑；渔舟一叶，惊出没于波澜。甚则穹昊无光，朝阳失色；返白昼为昏黄，变丹山为水碧。虽大禹之智，不能测其浅深；离娄之明，焉能辨乎咫尺？

　　于是冯夷息浪，屏翳收功；鱼鳖遁迹，鸟兽潜踪。隔断蓬莱之岛，暗围阊阖之宫。恍惚奔腾，如骤雨之将至；纷纷杂沓，若寒云之欲同。乃能中隐毒蛇，因之而为瘴疠；内藏妖魅，凭之而为祸害。降疾厄于人间，起风尘于塞外。小民遇之大伤，大人观之感慨。盖将返元气于洪荒，混天地为大块。

当夜五更时候，^{三日之限}^{已过。}船已近曹操水寨。孔明教把船只头西尾东，一带摆开，就船上擂鼓呐喊。^{取箭之法}^{甚奇。}鲁肃惊曰："倘曹兵齐出，如之奈何？"孔明笑曰："吾料曹操于重雾中必不敢出。吾等只顾酌酒取乐，待雾散便回。^{酌酒是贺箭，}^{亦是赏雾。}

却说曹寨中听得擂鼓呐喊，毛玠、于禁二人慌忙飞报曹操。操传令曰："重雾迷江，彼军忽至，必有埋伏，切不可轻动。可拨水军弓弩手乱箭射之。"又差人往旱寨内唤张辽、徐晃各带弓弩军三千，火速到江边助射。^{胜东吴工}^{匠多矣。}比及号令到来，毛玠、于禁怕南军抢入水寨，已差弓弩手在寨前放箭；^{先是一起}^{送箭的。}少顷，旱寨内弓弩手亦到，^{又是一起}^{送箭的。}约一万馀人，尽皆向江中放箭，箭如雨发。孔明教把船回，头东尾西，逼近水寨受箭，^{彼送来，}^{我受之。}一面擂鼓呐喊。待至日高雾散，孔明令收船急回。二十只船两边束草上，排满箭枝。^{不消胶漆、翎毛，}^{箭已完办。}孔明令各船上军士齐声叫曰："谢丞相箭！"^{曹操谨具奉申，孔明则写}^{领谢帖矣！恶极，趣极。}比及曹军寨内报知曹操时，这里船轻水急，已放回二十馀里，追之不及。曹操懊悔不已。

却说孔明回船谓鲁肃曰："每船上箭约五六千矣。不费江东半分之力，已得十万馀箭。明日即将来射曹军，却不甚便！"^{此时权领}^{后即送还。}肃曰："先生真神人也！何以知今日如此大雾？"孔明曰："为将而不通天文，不识地利，不知奇门，不晓阴阳，不看阵图，不明兵势，是庸才也。^{"天文"一句是}^{主，下几句陪说。}亮于三日前已算定今日有大雾，因此敢任三日之限。^{曹操正堕在孔}^{明云雾中。}公瑾教我十日完办，工匠料物，都不应手，将这一件风流罪过，明白要杀我。我命系于天，公瑾焉能害我哉！"^{此时方才}^{说破。}鲁肃拜服。

船到岸时，周瑜已差五百军在江边等候搬箭。孔明教于船上取之，可得十馀万枝，都搬入中军帐交纳。鲁肃入见周瑜，备说孔明取箭之事。瑜大惊，慨然叹曰："孔明神机妙算，吾不如也！"后人有诗赞曰：

> 一天浓雾满长江，远近难分水渺茫。
>
> 骤雨飞蝗来战舰，孔明今日伏周郎。

少顷，孔明入寨见周瑜。瑜下帐迎之，称羡曰："先生神算，使人敬服。"孔明曰："诡谲小计，何足为奇。"〔自谦处，正是自负。〕瑜邀孔明入帐共饮。瑜曰："昨吾主遣使来催督进军，瑜未有奇计，愿先生教我。"〔前问用何兵器，是假问；今问用何计策，是真问。〕孔明曰："亮乃碌碌庸才，安有妙计？"瑜曰："某昨观曹操水寨，极其严整有法，非等闲可攻。思得一计，不知可否。先生幸为我一决之。"孔明曰："都督且休言。各自写于手内，看同也不同。"瑜大喜，教取笔砚来，先自暗写了，却送与孔明；孔明亦暗写了。两个移近坐榻，各出掌中之字，互相观看，皆大笑。〔八十三万大军，已尽于两人掌中矣。〕原来周瑜掌中字，乃一"火"字；孔明掌中，亦一"火"字。〔以箭射船，是金克木；以火烧兵，是火克金。○二火相合则成离卦，"离"者，"丽"也，周郎正当与孔明相附而成功。〕瑜曰："既我两人所见相同，更无疑矣。幸勿漏泄。"孔明曰："两家公事，岂有漏泄之理！吾料曹操虽两番经我这条计，〔又将博望、新野事一提。〕然必不为备。今都督尽行之可也。"〔操能料之于陆，不能料之于水。〕饮罢分散，诸将皆不知其事。

却说曹操平白折了十五六万箭，〔江东得箭十馀万，曹操失箭十五六万，盖大半射在船上，小半射落水中矣。若曹操亦整整只失得十万箭，〕心中气闷。荀攸进计曰："江东有周瑜、诸葛亮二人用计，急切难破。可差人去东吴诈降，为奸细内应，〔唯无此等文，亦无此等事也。〕

以通消息，方可图也。"操曰："此言正合吾意。汝料军中谁可行此计？"攸曰："蔡瑁被诛，蔡氏宗族，皆在军中。瑁之族弟蔡中、蔡和现为副将，丞相可以恩结之，差往诈降东吴，必不见疑。"^{二蔡诈降，以杀兄}^{为名，易使人信。}操从之，当夜密唤二人入帐，嘱付曰："汝二人可引些少军士，去东吴诈降。但有动静，使人密报。事成之后，重加封赏。休怀二心！"二人曰："吾等妻子俱在荆州，安敢怀二心，丞相勿疑。"^{曹操之不疑者在此，周}^{瑜之不信者亦在此。}某二人必取周瑜、诸葛亮之首，献于麾下。"^{正与前文"取操}^{贼之首"相应。}操厚赏之。次日，二人带五百军士，^{蒋干作说客，只带一小童；}^{蔡为奸细，乃有五百军士。}驾船数只，顺风望着南岸来。

且说周瑜正理会进兵之事，忽报江北有船来到江口，称是蔡瑁之弟蔡和、蔡中，特来投降。瑜唤入，二人哭拜曰："吾兄无罪，被曹贼所杀。吾二人欲报兄仇，特来投降。^{杀蔡瑁者周瑜也，}^{欲报兄仇，则不当}^{投降矣。}望赐收录，愿为前部。"瑜大喜，^{"大喜"者，非喜其真}^{降，正喜其诈降也。}重赏二人，即命与甘宁引军为前部。二人拜谢，以为中计。瑜密唤甘宁分付曰："此二人不带家小，非真投降。^{正与二蔡对曹}^{操语相应。}却曹操使来为奸细者。吾今欲将计就计，教他通报消息。^{为黄盖}^{伏线。}汝可殷勤相待，就里提防。至出兵之日，先要杀他两个祭旗。^{后文事先}^{伏于此。}汝切须小心，不可有误。"甘宁领命而去。鲁肃入见周瑜曰："蔡中、蔡和之降，多应是诈，不可收用。"^{此非写鲁肃乖觉，}^{正是写鲁肃老实。}瑜叱曰："彼因曹操杀其兄，欲报仇而来降，何诈之有！你若如此多疑，安能容天下之士乎！"^{二蔡诈，周}^{郎更诈。}肃默然而退，乃往告孔明。孔明笑而不言。^{周郎乖，孔}^{明更乖。}肃曰："孔明何故哂笑？"孔明曰："吾笑子敬不识公瑾用计耳。大江隔远，细作极难往来。操使蔡和、蔡中诈降，窃探我军中事，公瑾将计就计，正要他通报消息。^{一一都被看}^{破，妙。}兵不厌诈，公瑾之谋是也。"并瞒着鲁肃，所谓"兵不厌诈"也。肃方才省悟。

却说周瑜夜坐帐中，忽见黄盖潜入中军来见周瑜。来得突兀。瑜问曰："公覆夜至，必有良谋见教？"盖曰："彼众我寡，不宜久持，何不用火攻之？"孔明、公瑾掌中之字，已在黄盖意中。瑜曰："谁教公献此计？"前戒孔明勿漏泄，今问此一句，正疑掌中之字漏泄也。盖曰："某出自己意，非他人之所教也。"虽非学舌，却已合掌。瑜曰："吾正欲如此，故留蔡中、蔡和诈降之人，以通消息；但恨无一人为我行诈降计耳。"自欲使人诈降，故深喜人来诈降；及有敌人来诈降，却恨无自家人去诈降。盖曰："某愿行此计。"瑜曰："不受些苦，彼如何肯信？"炎上作苦，欲用火攻，安得不苦？盖曰："某受孙氏厚恩，虽肝脑涂地，亦无怨悔。"瑜拜而谢之曰："君若肯行此苦肉计，则江东之万幸也。"周瑜苦心，黄盖苦肉，苦心不易，苦肉更难。盖曰："某死亦无怨。"遂谢而出。

次日，周瑜鸣鼓大会诸将于帐下。孔明亦在座。周瑜曰："操引百万之众，连络三百馀里，非一日可破。今令诸将各领三个月粮草，准备御敌。"下文破敌只在一月之内，诈言"三月"，反衬下文。言未讫，黄盖进曰："莫说三个月，便支三十个月粮草，也不济事！若是这个月破的，便破；若是这个月破不的，只可依张子布之言，弃甲倒戈，北面而降之耳！"先说要降，为诈降张本。反将前文张昭语一提。周瑜勃然变色，大怒曰："吾奉主公之命，督兵破曹，敢有再言降者必斩。将前文砍案事一提。今两军相敌之际，汝敢出此言，慢我军心，不斩汝首，难以服众！"喝左右将黄盖斩讫报来。明知众将必劝，故意妆此花面。黄盖亦怒曰："吾自随破虏将军，纵横东南，已历三世，那有你来？"前说要降曹，与张昭相应；此以年少轻瑜，又与程普相应。瑜大怒，喝令速斩。越妆越像。甘宁进前告曰："公覆乃东吴旧臣，望宽恕之。"瑜喝曰："汝何敢多言，乱吾法度！"先叱左右将甘宁乱棒打出。前收二蔡是假喜，今打黄盖定是假怒，不想甘宁早已心照矣。众官皆跪告曰：

"黄盖罪固当诛，但于军不利。望都督宽恕，权且记罪。破曹之后，斩亦未迟。"瑜怒未息。^{越妆越像。}众官苦苦告求。瑜曰："若不看众官面皮，决须斩首！今且免死！"命左右拖翻打一百脊杖，以正其罪。^{隔夜商量主意，正在于此。}众官又告免。瑜推翻案桌，叱退众官，喝教行杖。^{越妆越像。}将黄盖剥了衣服，拖翻在地，打了五十脊杖。众官又复苦苦求免。瑜跃起指盖曰："汝敢小觑我耶！^{正对"那有你来"一语，真乃越妆越像。}且寄下五十棍，再有怠慢，二罪俱罚！"恨声不绝而入帐中。^{此时苦肉计已毕，若不有此馀怒，恐露出破绽来，真越妆越像。}

众官扶起黄盖，打得皮开肉绽，鲜血迸流，扶归本寨，昏绝几次。动问之人，无不下泪。鲁肃也往看问了，来至孔明船中，谓孔明曰："今日公瑾怒责公覆，我等皆是他部下，不敢犯颜苦谏；先生是客，何故袖手旁观，不发一语？^{在鲁肃口中补写孔明适间光景。}孔明笑曰："子敬欺我。^{不以老实待子敬，却以乖觉待子敬，早疑是周郎使来相试也。}肃曰："肃与先生渡江以来，未尝一事相欺。今何出此言？"孔明曰："子敬岂不知公瑾今日毒打黄公覆，乃其计耶？如何要我劝他？^{甘宁知之而劝，劝亦是诈；孔明知之而不劝，不劝是真。}肃方悟。孔明曰："不用苦肉计，何能瞒过曹操？今必令黄公覆去诈降，却教蔡中、蔡和报知其事矣。^{如见。}子敬见公瑾时，切勿言亮先知其计，只说亮也埋怨都督便了。"^{公瑾瞒不得孔明，孔明又要瞒公瑾，妙。}肃辞去，入帐见周瑜。瑜邀入帐后，肃曰："今日何故痛责黄公覆？"瑜曰："诸将怨否？"肃曰："多有心中不安者。"瑜曰："孔明之意若何？"肃曰："他亦埋怨都督忒情薄。"瑜笑曰："今番须瞒过他也。"^{谁知反被他所瞒也。}肃曰："何谓也？"瑜曰："今日痛打黄盖，乃计也。吾欲令他诈降，先须用苦肉计瞒过曹操，就中用火攻之，可以取胜。"^{前言二蔡之降非诈，是欺子敬；今言黄盖之打非真，却不瞒子敬。}肃乃暗思

孔明之高见，却不敢明言。<small>周郎不瞒子敬，那知子敬反瞒周郎。</small>

且说黄盖卧于帐中，诸将皆来动问。盖不言语，但长吁而已。忽报参谋阚泽来问。盖令请入卧内，叱退左右。阚泽曰："将军莫非与都督有仇？"盖曰："非也。"泽曰："然则公之受责，莫非苦肉计乎？"<small>不用黄盖说明，先是阚泽猜破，妙甚。</small>盖曰："何以知之？"泽曰："某观公瑾举动，已料着八九分。"<small>唯孔明便识得十分。</small>盖曰："某受吴侯三世厚恩，无以为报，故献此计，以破曹操。肉虽受苦，亦无所恨。吾遍观军中，无一人可为心腹者。唯公素有忠义之心，敢以心腹相告。"泽曰："公之告我，无非要我献诈降书耳。"<small>又不要黄盖说明，先是阚泽猜破，妙甚。</small>盖曰："实有此意，未知肯否？"阚泽欣然领诺。

正是：

勇将轻身思报主，谋臣为国有同心。

未知阚泽所言若何，且看下文分解。

第四十七回　阚泽密献诈降书　庞统巧授连环计

龐統巧授
連環計

欺庸人易，欺奸雄难。黄盖受杖，犹可不死于杖。阚泽献书，宜其必死于书，而卒能不死而成功者，以得说奸雄之法也。说奸雄之法与说英雄之法，皆不当用顺而当用逆。英雄所自负者义耳，张辽之说关公，妙在责其轻死之非义；奸雄所自负者智耳，阚泽之说曹操，妙在笑其料事之不明：所谓用逆而不用顺者也。若使辽而甘言卑说，则公之拒愈峻；若使泽而伏地陈乞，则泽之死愈速矣。

前卷写甘宁，此卷写阚泽。而极写阚泽必先极写曹操。不写曹操之奸，不显阚泽之巧。若彼不知为苦肉计，而欺之不难；惟彼既知为苦肉计，而欺之之为难也。彼不知为诈降书，而中之不足奇；惟彼既知为诈降书，而我终能中之之为奇也。计虽巧而无行计之人则亦拙，计虽庸而有行计之人则不庸耳。

蔡和、蔡中之诈降，两人同来者也；黄、阚二人之诈降，妙在一来而一未来。二蔡之诈降，竟以身来而不先以书来者也；黄盖之诈降，妙在身不来而书来。二蔡之诈降，竟来而不返者也；阚泽之诈降，妙在速返，又妙在初时不肯复返而次后乃欲速返，一似速返则得返，不速返则不得返者。一般是降，却有几样降法；一般是诈；却有几样诈法。愈出愈幻，非复读者意计之所及。

文章之妙，有各不相照者：二蔡现在，而黄盖之降书初不烦二蔡为通；阚泽渡江，而二蔡之报信不即使阚泽为奇。文章之妙，又有各不相照而暗暗相照者：黄盖但以其谋告阚泽，而阚泽献降书之后，忽然添出一甘宁；阚泽未以其谋告甘宁，而甘宁欺二蔡之言，有如关会乎阚泽。写来真是变幻可喜。

御战船之法，有彼方连而我利其断者，有彼方断而我利其连者。黄祖之舟，以大索相连，冲之不能入，甘宁以刀断之，而艨艟遂横，此则利其断也；曹操之舟，散而不聚，烧之不能尽，庞统以环连之，而火攻始便，此则利其连也。兵法变化无常，孙膑以减灶胜，而虞诩又以增灶胜，随机而应，岂可执一论哉！

连环计，一见于王允，再见于庞统。前之环虚名也，后之环实事也。王允以貂蝉双锁董、吕二人，如环之交互相连，故名连环耳。每见近日演《连环记》者，乃作吕布以玉连环赠与貂蝉，此又是传奇平空妆点出来，岂连环命名之意乎？若庞统则不然，实实以铁环连锁操船，与取名连环者不同。前以貂蝉为环，止有一环；后以铁环为环，乃有无数连环。前虚后实，前少后多，各极其妙。

北兵多病，而庞统以连环之方治之，此药毋乃太毒乎？虽然，卖毒药者，不独一庞统也，黄盖、阚泽皆是也。盖之药甚苦，泽之药甚甘，统之药甚辣。合苦者、甘者、辣者共成一剂毒药，然后周郎煎之以火，孔明扇之以风，而八十三万大军遂无一人有起色矣。

却说阚泽字德润，会稽山阴人也；家贫好学，尝借人书来看，看过一遍，便不遗忘；口才辨给，少有胆气。〔胆气从读书得来。〕孙权召为参谋，与黄盖最相善。〔百忙中略述阚泽生平，不烦不略。〕盖知其能言有胆，故欲使献诈降书。泽欣然应诺曰："大丈夫处世，不能立功建业，不几与草木同腐乎！公既损躯报主，泽又何惜微生！"〔其言大有胆气，可见无胆气者，必不是能读书人。〕黄盖滚下床来，拜而谢之。〔黄盖拜阚泽，正与周瑜拜黄盖相对。〕泽曰："事不可缓，即今便行。"盖曰："书已修下了。"*极写黄盖，而文字又省笔。*

　　泽领了书，只就当夜扮作渔翁，*以书作钓，以身作线，而以八十三万大军为鱼也。*驾小舟望北岸而行。是夜寒星满天，*闲笔，点缀得妙。*三更时候，*半夜扁舟，机密之至。*早到曹军水寨。巡江军士拿住，连夜报知曹操。操曰："莫非是奸细么？"军士曰："只一渔翁，自称是东吴参谋阚泽，有机密事来见。"操便教引将入来。军士引阚泽至，只见帐上灯烛辉煌，曹操凭几危坐，问曰："汝既是东吴参谋，来此何干？"泽曰："人言曹丞相求贤若渴，今观此问，甚不相合。黄公覆，汝又错寻思了也！"*开口便用反激语。*操曰："吾与东吴旦夕交兵，汝私行到此，如何不问？"泽曰："黄公覆乃东吴三世旧臣，今被周瑜于众将之前，无端毒打，不胜忿恨。因欲投降丞相，为报仇之计，特谋之于我。我与公覆，情同骨肉，径来为献密书。未知丞相肯容纳否？"操曰："书在何处？"阚泽把书呈上。操拆书，就灯下观看。书略曰：

　　盖受孙氏厚恩，本不当怀二心。*妙在先说此二句。*然以今日事势论之，用江东六郡之卒，当中国百万之师，众寡不敌，海内所共见也。东吴将吏，无论智愚，皆知其不可。周瑜小子，偏怀浅戆，自负其能，辄欲以卵敌石；兼之擅作威福，无罪受刑，有功不赏。盖系旧臣，无端为所摧辱，心实恨之！伏闻丞相诚心待物，虚怀纳士，盖愿率众归降，以图建功雪耻。粮草军仗，随船献纳。*用计专在此二句。*泣血拜白，万勿见疑。

　　曹操于几案上翻覆将书看了十馀次，忽然拍案张目大怒曰：

"黄盖用苦肉计，令汝下诈降书，就中取事，却敢来戏侮我耶！"二人机谋，被他明明道破；读者至此，为黄盖惜，又为阐泽忧矣。便教左右推出斩之。左右将阐泽簇下。令读者急杀。泽面不改容，仰天大笑。写阐泽真是有胆。操教牵回，叱曰："吾已识破奸计，汝何故哂笑？"泽曰："吾不笑你。吾笑黄公覆不识人耳。笑黄公覆，正是笑你，却偏说不笑你，笑黄公覆，写阐泽真是能言。操曰："何不识人？"泽曰："杀便杀，何必多问！"写阐泽真是有胆。操曰："吾自幼熟读兵书，深知奸伪之道。汝这条计，只好瞒别人，如何瞒得我！"奸雄自负语。泽曰："你且说书中那件事是奸计？"操曰："我说出你那破绽，教你死而无怨：你既是真心献书投降，如何不明约几时？如今你有何理说？"阐泽待曹操问而后言，曹操亦待阐泽问而后说，顿跌有势。阐泽听罢，大笑曰："亏汝不惶恐，敢自夸熟读兵书！还不及早收兵回去！倘若交战，必被周瑜擒矣！无学之辈，可惜吾屈死汝手！"自负有智，偏要笑他无学；纯用反激语，妙。操曰："何谓我无学？"泽曰："汝不识机谋，不明道理，岂非无学？"妙在不即说。操曰："你且说我那几般不是处？"泽曰："汝无待贤之礼，吾何必言！但有死而已。"妙在不肯说。操曰："汝若说得有理，我自然敬服。"正要逼他说此一句，然后说耳。泽曰："岂不闻'背主作窃，不可定期'？倘今约定日期，急切下不得手，这里反来接应，事必泄漏。但可觑便而行，岂可预期相订乎？汝不明此理，欲屈杀好人，真无学之辈也！"写阐泽真是能读书人。○方见孔明激孙权，激周瑜，又见阐泽激曹操，愈出愈奇。操闻言，改容下席而谢曰："某见事不明，误犯尊威，幸勿挂怀。"惟聪明人能转变，亦惟聪明人偏着骗耳。既已道破，又被瞒过。泽曰："吾与黄公覆，倾心投降，如婴儿之望父母，岂有诈乎！"操大喜曰："若二人能建大功，他日受爵，必在诸人之上。"泽曰："某等非为爵禄而来，实应天顺人耳。"先骂后谀；骂则极其骂，谀则极其谀。操取酒待之。

少顷，有人入帐，于操耳边私语。操曰："将书来看。"其人以密书呈上。操观之，颜色颇喜。阚泽暗思："此必蔡中、蔡和来报黄盖受刑消息，操故喜我投降之事为真实也。"<small>妙在曹操不说，阚泽亦不问，大家心里明白，如蒋干在周瑜帐中听帐外人语，一假一真，各各入妙。</small>操曰："烦先生再回江东，与黄公覆约定，先通消息过江，吾以兵接应。"<small>可见不书时日之妙。</small>泽曰："某已离江东，不可复还。望丞相别遣机密人去。"<small>妙在不肯去，竟似千真万真。</small>操曰："若他人去，事恐泄漏。"泽再三推辞，良久乃曰："若去则不敢久停，便当行矣。"<small>妙在欲速去，又似千真万真。</small>

操赐以金帛，泽不受。辞别出营，再驾扁舟，重回江东，来见黄盖，细说前事。盖曰："非公能辩，则盖徒受苦矣。"<small>黄盖舍身，阚泽掉舌；然阚泽亦惟能舍身，故能掉舌耳，不似今人之不肯舍身，但能掉舌也。</small>泽曰："吾今去甘宁寨中，探蔡和、蔡中消息。"<small>先在曹操坐中识得，再向甘宁寨里看来，前后紧紧相接。</small>盖曰："甚善。"泽至宁寨，宁接入，泽曰："将军昨为救黄公覆，被周公瑾所辱，吾甚不平。"<small>妙在反言以试之。</small>宁笑而不答。<small>写甘宁是解人。笑者，与阚泽会意也；不答者，瞒着二蔡也。</small>正话闲，蔡和、蔡中至。泽以目送甘宁，<small>甘宁以笑，阚泽以目；宁会意，一笑一目，如相问答。</small>宁会意，乃曰："周公瑾只自恃其能，全不以我等为念。我今被辱，羞见江左诸人！"说罢，咬牙切齿，拍案大叫。<small>妆一个像二个。</small>泽乃虚与宁耳边低语。宁低头不言，长叹数声。<small>两个妆模做样，好善煞人。</small>蔡和、蔡中见宁、泽皆有反意，以言挑之曰："将军何故烦恼？先生有何不平？"<small>来了。</small>泽曰："吾等腹中之苦，汝岂知耶！"<small>妙在假意不言。</small>蔡和曰："莫非欲背吴投曹耶？"<small>蔡和此时更忍不住。</small>阚泽失色，甘宁拔剑而起曰："吾事已为窥破，不可不杀之以灭口！"<small>一个失惊，一个佯怒，各妆一样，竟似千真万真。</small>蔡和、蔡中慌曰："二公勿忧。吾亦当以心腹之事相告。"<small>又来了。</small>宁曰："可速言之！"蔡和曰："吾二人乃曹公使来诈降者。二公若有归顺之心，吾当引进。"_{骗他两个自说出来，恶甚，妙甚。}宁曰："汝言果真乎？"_{妙在诈作不信。}二人齐声曰："安敢相欺！"宁佯喜曰："若如此，是天赐其便也！"_{前已写过阚泽，此处单写甘故，一路只用甘宁说话。}二蔡曰："黄公覆与将军被辱之事，吾已报知丞相矣。"_{不打自招，正与阚泽于曹操席上所见，遥遥照应。}泽曰："吾已为黄公覆献书丞相，今特来见兴霸，相约同降耳。"_{此处方用阚泽说话。}宁曰："大丈夫既遇明主，自当倾心相投。"_{前既假恨周瑜，此又假诮曹操，越妆越像。}于是四人共饮，同论心事。二蔡即时写书，密报曹操，说"甘宁与某同为内应"。阚泽另自修书，遣人密报曹操，_{妙在各不关会。}书中具言黄盖欲来，未得其便；但看船头插青牙旗而来者，即是也。_{为后文赤壁伏线。}

却说曹操连得二书，心中疑惑不定，聚众谋士商议曰："江左甘宁，被周瑜所辱，愿为内应；黄盖受责，令阚泽来纳降，俱未可深信。_{写曹操奸猾。}谁敢直入周瑜寨中，探听实信？"_{不是又使一个人去，那得又引一个人来。}蒋干进曰："某前日空往东吴，未得成功，深怀惭愧。今愿舍身再往，务得实信，回报丞相。"操大喜，即时令蒋干上船。干驾小舟，径到江南水寨边，_{蒋干第一番渡江，只送两个水军都督；第二番渡江，却送了八十三万大军。}便使人传报。周瑜听得干又到，大喜曰："吾之成功，只在此人身上！"遂嘱付鲁肃："请庞士元来，为我如此如此。"_{前番送去一封假书，今番又送去一个假人。}原来襄阳庞统，字士元，因避乱寓居江东，鲁肃曾荐之于周瑜。统未及往见，瑜先使肃问计于统曰："破曹当用何策？"统密谓肃曰："欲破曹兵，须用火攻；_{伏龙、凤雏，所见略同，又是一篇合掌文字矣。}但大江面上，一船着火，馀船四散；除非献连环计，教他钉作一处，然后功可成也。"_{曹操作池练兵，取名"玄武"，谁知遇着连环则为勾陈，遇着火攻则为朱雀乎？}肃以告瑜，瑜深服其论，因谓肃曰："为我行此计者，非庞士元不可。"肃曰："只怕曹操奸猾，如何去得？"

周瑜沉吟未决。正寻思没个机会，忽报蒋干又来。来得凑巧。蒋干之功不小。瑜大喜，一面分付庞统用计，一面坐于帐上，使人请干。干见不来接，心中疑虑，教把船于僻静岸口缆系，乃入寨见周瑜。瑜作色曰："子翼何故欺我太甚？"前番尽欢有尽欢之妙，今番变面有变面之妙。写得周瑜真是可爱。蒋干笑曰："吾想与你乃旧日弟兄，特来吐心腹事，何言相欺也？"瑜曰："汝要说吾降，除非海枯石烂！前番吾念旧日交情，请你痛饮一醉，留你共榻；你却盗吾私书，不辞而去，归报曹操，杀了蔡瑁、张允，致使吾事不成。正该谢他，反去责他，不当人子。今日无故又来，必不怀好意！吾不看旧日之情，一刀两段！正要用他，反说要杀他，不当人子。本待送你过去，争奈吾一二日间，便要破曹贼；待留你在军中，又必有泄漏。"便教左右："送子翼往西山庵中歇息。待吾破了曹操，那时渡你过江未迟。"若不是他渡江，怎能勾破曹操。蒋干再欲开言，周瑜已入帐后去了。左右取马与蒋干乘坐，送到西山背后小庵歇息，拨两个军人伏侍。

干在庵内，心中忧闷，寝食不安。是夜星露满天，与阚泽渡江时一般景致，一在水边，一在山边，各有闲趣。独步出庵后，只听得读书之声。信步寻去，见山岩畔有草屋数椽，内射灯光。又写灯光，与后文赤壁火光衬染。干往窥之，只见一人挂剑灯前，诵孙、吴兵书。干思："此必异人也。"叩户请见。其人开门出迎，仪表非俗。干问姓名，答曰："姓庞名统，字士元。"干曰："莫非凤雏先生否？"统曰："然也。"在三十四卷出名，却于此处方才出现。干喜曰："久闻大名，今何僻居此地？"答曰："周瑜自恃才高，不能容物，吾故隐居于此。庞统灯下之语，与周瑜帐中之言，一是醉里骂曹操，一是醒时骂周瑜，一般局面，两样做法。公乃何人？"干曰："吾蒋干也。"统乃邀入草庵，共坐谈心。干曰："以公之才，何往不利？如肯归曹，干当引进。"

统曰："吾亦欲离江东久矣。公既有引进之心，即今便当一行。如迟则周瑜闻之，必将见害。"^{甘宁、阚泽骗二蔡，庞统又骗蒋干，都是一片假话，前后正复相对。}于是与干连夜下山，至江边寻着原来船只，飞棹投江北。

既至曹寨，干先入见，备述前事。操闻凤雏先生来，^{只道凤雏飞来，那知却是火老鸦。}亲自出帐迎入，分宾主坐定，问曰："周瑜年幼，恃才欺众，不用良谋。操久闻先生大名，今得惠顾，乞不吝教诲。"^{曹操见阚泽则前倨而后恭，见庞统则前后相恭，妙在相类而相反。}统曰："某素闻丞相于用兵有法，今愿一睹军容。"^{闲闲而来。}操教备马，先邀统同观旱寨。二人并马登高而望。统曰："傍山依林，前后顾盼，出入有门，进退曲折，虽孙、吴再生，穰苴复出，亦不过此矣。"^{先以美言谀之，似更无计之可献。}操曰："先生勿得过誉，尚望指教。"于是又与同观水寨。见向南分二十四座门，皆有艨艟战舰，列为城郭，中藏小船，往来有巷，起伏有序，统笑曰："丞相用兵如此，名不虚传！"^{又以美言谀之，似更无计之可献。〇}^{前看旱寨是宾，此看水寨是主。}因指江南而言曰："周郎，周郎！克期必亡！"

操大喜。回寨，请入帐中，置酒共饮，同说兵机。统高谈雄辨，应答如流。操深敬服，殷勤相待。^{妙在尚不献计，只说闲话。}统佯醉曰："敢问军中有良医否？"^{然后以微言挑之，却妙一句便住，不即说明。}操问何用。统曰："水军多疾，须用良医治之。"^{方才说明其意，却妙在尚不即说连环。}时操军因不服水土，俱生呕吐之疾，多有死者，操正虑此事；忽闻统言，如何不问？统曰："丞相教练水军之法甚妙，但可惜不全。"^{阚泽见曹操，先激而后谀；}^{庞统见曹操，先谀而后讽，又妙在相类而相反。}操再三请问。统曰："某有一策，使大小水军，并无疾病，安稳成功。"^{庞统特来行医，特来用药，但恐疾虽愈而人则死耳。}操大喜，请问妙策。统曰："大江之中，潮生潮落，风浪不息。北兵不惯乘舟，受此颠播，便生疾病。若以大船小船各皆配搭，或三十为一排，或五十为一排，首尾用铁环连锁，上铺阔板，休言人可渡，马亦可走矣。乘此而行，任他风浪潮水上下，复何惧哉？"　^{风浪虽不怕，只恐还怕一件东西。○士元此来，添油乎？增炭乎？惜乎老瞒竟不解也。}曹操下席而谢曰："非先生良谋，安能破东吴耶！"　^{非先生良谋，能烧北军耶！}统曰："愚浅之见，丞相自裁之。"操即时传令，唤军中铁匠，连夜打造连环大钉，锁住船只。诸军闻之，俱各喜悦。后人有诗曰：

赤壁鏖兵用火攻，运筹决策尽皆同。

若非庞统连环计，公瑾安能立大功？

庞统又谓操曰："某观江左豪杰，多有怨周瑜者。某凭三寸舌，为丞相说之，使皆来降。^{借此为脱身之计。既下了火种，不得不为避火地也。}周瑜孤立无援，必为丞相所擒。瑜既破，则刘备无所用矣。"^{又带照刘备一句，妙。}操曰："先生果能成大功，操请奏闻天子，封为三公之列。"统曰："某非为富贵，但欲救万民耳。丞相渡江，慎勿杀害。"^{又以美言骄之，使之不疑，妙。}操曰："吾替天行道，安忍杀戮人民！"统拜求榜文，以安宗族。^{妙。}操曰："先生家属，见居何处？"统曰："只在江边。若得此榜，可保全矣。"操命写榜签押付统。^{阚泽递黄盖书，是送去一张火票；庞统讨曹操榜，是销缴一面火牌。}统拜谢曰："别后可速进兵，休待周郎知觉。"^{庞统临别，偏有许多言语。阚泽妙在速行，庞统妙在缓行。}操然之。

统拜别，至江边正欲下船，忽见岸上一人，道袍竹冠，一把扯住统曰："你好大胆！黄盖用苦肉计，阚泽下诈降书，你又来献连环计，只恐烧不尽绝！你们把出这等毒手来，只好瞒曹操，也须瞒我不得！"唬得庞统魂飞魄散。^{每于终篇，故作惊人之笔，令人疑惑不定。}

正是：

莫道东南能制胜，谁云西北独无人？

毕竟此人是谁，且看下文分解。

第四十八回　宴长江曹操赋诗　锁战船北军用武

鎮船戰
北用武軍

前于阚泽赚曹操一段正文之后，又有赚二蔡一段旁文以缀之；今于庞统献连环一段正文之后，又有救徐庶一段旁文以缀之。所重在正文，而旁文不重也。然以赚二蔡带写甘宁，不但甘宁一边不冷落，而又使黄盖一边加渲染；以救徐庶照出马腾，不但徐庶一边不疏漏，而又使马腾一边不遗忘。有此天然妙事，凑成天然妙文。固今日作稗官者构思之所不能到也。

天下有最失意之事，必有一最快意之事以为之前焉。将写赤壁之败，则先写其舳舻千里，旌旗蔽空；将写华容之奔，则先写其南望武昌，西望夏口。盖志不得，意不满，足不高，气不扬，则害不甚而祸不速也。写吴王者，极写采莲之乐，非为采莲写也，为甬东写耳；写霸王者，极写夜宴之乐，非为夜宴写也，为乌江写耳。然则曹操之横槊赋诗，其夫差之采莲、项羽之夜宴乎？

曹操当舞槊作歌之时，正志得意满之时也。而其歌乃曰"忧思难忘"，又曰"何以解忧"，又曰"忧从中来"，何其宜乐而忧耶？盖乐者忧之所伏。《檀弓》之言曰："乐斯陶，陶斯咏，咏斯舞，舞斯愠，愠斯戚，戚斯叹矣。"淳于之《讽齐王》亦曰："乐不可极，乐极生悲。"是不独"乌鹊南飞"为南征失利之兆，而即其酾酒临江，固知其忧必及之耳。

古人亦有善用古人之文者：横槊之歌多引《风》、《雅》之句，而坡公《赤壁赋》一篇亦取曹操歌中之意而用之，其曰"如怨如慕，如泣如诉"，即所谓"忧从中来，不可断绝"也；其曰"哀吾生之须臾"，即所谓"譬如朝露，去日苦多"也；其曰"盈虚者如彼，而卒莫消长"，亦即所谓"皎皎如月，何时可掇"也。取古人之文以为我文，亦视其用之何如耳。苟其善用，岂必如今人之杜撰哉！

凡计之妙，欲使敌用我计而败，必有不用我计而败者，以坚敌之心，则焦触、张南之败是也。吴所以愚操者，连环之计耳。焦触、张南败于无环之舟，使操知不用连环之不利，而用连环之志愈决矣。凡计之妙，我欲行此计而胜，必有不用此计而亦胜者，以杜敌之疑，则韩当、周泰之胜是也。吴所欲用者，火攻之计耳。韩当、周泰胜以不火之舟，使操知东吴之不必用火，而后之用火乃为操所不及料矣。人但知前卷之献连环、后卷之烧赤壁为周郎破曹之事，而此卷则似乎闲文之无当于前后也者，孰知乃前后之关目也耶！

火攻之策，不但孔明、公瑾、庞统、黄盖之所知，而亦徐庶、程昱、荀攸之所知也。徐庶不为操言之，而攸与昱则为操言之矣。为操言之，而操亦未尝不知之矣。知之而终不免于犯之，其故何哉？盖操知风之不东，而不知风之可借；知火之不利于南，而不知火之可转于北。有回天之人，而天亦不可知；有助人之天，而人亦不可知耳。

事有与下文相反者，又有与下文相引者。如操之临江而歌，瑜之触风而倒：此与下文相反者也。刘馥以"乌鹊"之咏为不祥，周瑜以黄旗之折为预兆：此与下文相引者也。不相反则下文之事不奇，不相引则下文之事不现。可见事之幻、文之变者，出人意外，未尝不在人意中。

却说庞统闻言吃了一惊，急回视其人，原来却是徐庶。徐庶一向冷落，至此忽然出现。统见是故人，心下方定，回顾左右无人，乃曰："你若说破我计，可惜江南八十一洲百姓，皆是你送了也！"庶笑曰："此间八十三万人马，性命如何？"真是两位苦萨说法。统曰："元直真欲破我计耶？"庶曰："吾感刘皇叔之厚恩，未尝忘报。曹操送死吾母，吾已说过终身不设一谋，又将三十六卷中事一提。今安肯破兄良策？只是我亦随军在此，兵败之后，玉石不分，岂能免难？君当教我脱身之术，我即缄口远避矣。"前以几十万生灵为言，今只图逃却一身矣。统笑曰："元直如此高见远识，谅此有何难哉！"庶曰："愿先生赐教。"统去徐庶耳边略说数句。妙在不叙明白。庶大喜，拜谢。庞统别却徐庶，下船自回江东。

且说徐庶当晚密使近人去各寨中暗布谣言。附耳低言之计，于此始见。次日，寨中三三五五，交头接耳而说。早有探事人报知曹操，说："军中传言西凉州韩遂、马腾谋反，杀奔许都来。"二人一向冷落，妙于此处提照。果有此事，真是快事；即无此事，亦是快文。操大惊，急聚众谋士商议曰："吾引兵南征，心中所忧者，韩遂、马腾耳。军中谣言，虽未辨虚实，然不可不防。"不便信又不得不信。言未毕，徐庶进曰："庶蒙丞相收录，恨无寸功报效。请得三千人马，星夜往散关把住隘口，如有紧急，再行告报。"不是防兵却是避火。操喜曰："若得元直去，吾无忧矣！散关之上，亦有军兵，公统领之。目下发三千马步军，命臧霸为先锋，星夜前去，不可稽迟。"带挈了三千人，又带挈了一个臧霸，想是火星不照命耳。徐庶辞了曹操，与臧霸便行。此便是庞统救徐庶之计。此处明写一句，以结上文。后人有诗曰：

曹操征南日日忧，马腾韩遂起戈矛。

凤雏一语教徐庶，正似游鱼脱钓钩。

曹操自遣徐庶去后，心中稍安，遂上马先看沿江旱寨，次看水寨。乘大船一只于中央，上建帅字旗号，两傍皆列水寨，船上埋伏弓弩千张。操居于上。时建安十二年冬十一月十五日，天气清明，平风静浪。<small>写一"风"字，为下文借风相映。</small>操令："置酒设乐于大船之上，吾今夕欲会诸将。"天色向晚，东山月上，皎皎如同白日。长江一带，如横素练。<small>如读《赤壁赋》。</small>操坐大船之上，左右侍御者数百人，皆锦衣绣袄，荷戈执戟。文武众官，各依次而坐。操见南屏山色如画，东视柴桑之境，西观夏口之江，南望樊山，北觑乌林，四顾空阔，<small>写江景如画。</small>心中欢悦，谓众官曰："吾自起义兵以来，与国家除凶去害，誓愿扫清四海，削平天下，所未得者江南也。今吾有百万雄师，更赖诸公用命，何患不成功耶！收服江南之后，天下无事，与诸公共享富贵，以乐太平。"<small>写曹操骄盈之甚。</small>文武皆起谢曰："愿得早奏凯歌！我等终身皆赖丞相福荫。"操大喜，命左右行酒。饮至半夜，操酒酣，遥指南岸曰："周瑜、鲁肃，不识天时！今幸有投降之人，为彼心腹之患，此天助吾也。"<small>写曹操骄盈之甚。</small>荀攸曰："丞相勿言，恐有泄漏。"<small>写荀攸精细，以形曹操骄盈。</small>操大笑曰："座上诸公，与近侍左右，皆吾心腹之人也，言之何碍！"<small>不是写其坦易，正是写其骄盈。</small>又指夏口曰："刘备、诸葛亮，汝不料蝼蚁之力，欲撼泰山，何其愚耶！"<small>既笑江东，又笑夏口，写曹操骄盈之甚。</small>顾谓诸将曰："吾今年五十四岁矣，如得江南，窃有所喜。昔日乔公与吾至契，吾知其二女皆有国色。后不料为孙策、周瑜所娶。吾今新构铜雀台于漳水之上，如得江南，当娶二乔置之台上，以娱暮年，吾愿足矣！"<small>须知孔明之言，不是说谎；周瑜之怒，亦不是错怪。</small>言罢大笑。唐人杜牧之有诗曰：

折戟沉沙铁未消，自将磨洗认前朝。

东风不与周郎便，铜雀春深锁二乔。

曹操正笑说间，忽闻鸦声望南飞鸣而去。<small>只怕是火老鸦。</small>操问曰："此鸦缘何夜鸣？"左右答曰："鸦见月明，疑是天晓，故离树而鸣也。"<small>鹊噪未为吉，鸦鸣亦是凶。</small>操又大笑。时操已醉，乃取槊立于船头上，以酒奠于江中，满饮三爵，横槊谓诸将曰："吾持此槊，破黄巾，擒吕布，灭袁术，收袁绍，深入塞北，直抵辽东，纵横天下，颇不失大丈夫之志也。<small>历数往事，略述生平。足高气扬，志得意满。写曹操骄盈之甚。</small>今对此景，甚有慷慨。吾当作歌，汝等和之。"歌曰：

对酒当歌，人生几何：<small>"当歌"："当"字多有误解之者，如云对酒宜歌，则非也，"当"作该当之"当"，乃临当之"当"耳，如当风、当筵、当场之类，言人生对酒临歌之时有几时哉？即人生几见月当头之意也。</small>譬如朝露，去日苦多。慨当以慷，忧思难忘；<small>忽着一个"忧"字。</small>何以解忧，惟有杜康。<small>又着一个"忧"字。</small>青青子衿，悠悠我心；但为君故，沉吟至今。呦呦鹿鸣，食野之苹；我有嘉宾，鼓瑟吹笙。皎皎如月，何时可掇？忧从中来，不可断绝！<small>又一个"忧"字，篇中忽着无数"忧"字，盖乐极生悲，已为后文预兆矣。</small>越陌度阡，枉用相存；契阔谈宴，心念旧恩。月明星稀，乌鹊南飞；绕树三匝，无枝可依。山不厌高，水不厌深：周公吐哺，天下归心。<small>自比周公，骄盈极矣。</small>

歌罢，众和之，共皆欢笑。忽座间一人进曰："大军相当之际，将士用命之时，丞相何故出此不吉之言？"操视之，乃扬州刺史，沛国相人，姓刘名馥，字元颖。馥起自合淝，创立州治，聚逃散之民，立学校，广屯田，兴治教，久事曹操，多立功绩。

当下操横槊问曰：“吾言有何不吉？”馥曰：“‘月明星稀，乌鹊南飞；绕树三匝，无枝可依。’此不吉之言也。”操大怒曰：“汝安敢败吾兴！”手起一槊，刺死刘馥。众皆惊骇，遂罢宴。次日，操酒醒，悔恨不已。馥子刘熙，告请父尸归葬。操泣曰：“吾昨因醉误伤汝父，悔之无及。可以三公厚礼葬之。”又拨军士护送灵柩，即日回葬。

> 夹叙刘馥生平闲笔，甚妙。

> 苏子瞻《赤壁赋》亦引此四句以为孟德之困于周郎。盖南飞而无可依，主应其南征而无所得耳。

> 醉后骄盈愈甚。

> 临江饮酒，横槊赋诗，忽然刺杀一人，大是杀风景；况隔夜则歌，明日则泣，亦是不吉之兆。

次日，水军都督毛玠、于禁诣帐下，请曰：“大小船只，俱已配搭连锁停当。旌旗战具，一一齐备。请丞相调遣，克日进兵。”操至水军中央大战船上坐定，唤集诸将，各各听令。水旱二军，俱分五色旗号：水军中央黄旗毛玠、于禁，前军红旗张郃，后军皂旗吕虔，左军青旗文聘，右军白旗吕通。马步前军红旗徐晃，后军皂旗李典，左军青旗乐进，右军白旗夏侯渊。水陆路都接应使夏侯惇、曹洪，护卫往来监战使许褚、张辽。其馀骁将，各依队伍。令毕，水军寨中发擂三通，各队伍战船，分门而出。是日西北风骤起，各船拽起风帆，冲波激浪，稳如平地。北军在船上，踊跃施勇，刺枪使刀。前后左右各军，旗幡不杂。又有小船五十馀只，往来巡警催督。

> 极写北军壮盛。

> 青、黄、赤、黑、白，按水、火、金、木、土，正与后文无数“火”字映射。

> 极写北军严整。

> 极写旱军丽整。○以水军为主，故中央有黄旗，而旱路则无之。

> 其馀各分前后左右者，按东西南北也，乃前军皆用红旗，正与火攻相映射。

> 九旗之后，又有二队，严整之极。

> 写西北风，正与后文东风反照。

> 为下文曹操下小船逃命张本。

操立于将台之上，观看调练，心中大喜，以为必胜之法；教且收住帆幔，各依次序回寨。操升帐谓众谋士曰：“若非天命助我，安得凤雏妙计？铁索连舟，果然渡江如履平地。”程昱曰：“船皆连锁，固是平稳；但彼若用火攻，难以回避。不可

> 骄盈之甚。

不防。"^{北军未尝无人。}操大笑曰："程仲德虽有远虑，却还有见不到处。"荀攸曰："仲德之言甚是。丞相何故笑之？"^{北军未尝无人。}操曰："凡用火攻，必借风力。方今隆冬之际，但有西风北风，安有东风南风耶？吾居于西北之上，彼兵皆在南岸，彼若用火，是烧自己之兵也，吾何惧哉？^{正与后文周瑜发病、孔明写方张本。}若是十月小春之时，吾早已提备矣。"^{老贼未尝不好猾。}诸将皆拜伏曰："丞相高见，众人不及。"操顾诸将曰："青、徐、燕、代之众，不惯乘舟。今非此计，安能涉大江之险！"^{曹操前因作歌赋诗，送了一个人；今因夸环耀武，又送了两个人。}只见班部中二将挺身出曰："小将虽幽、燕之人，也能乘舟。今愿借巡船二十只，直至北江口，夺旗鼓而还，以显北军亦能乘舟也。"

^{二人舍其所长，而争其所短，不亦病乎？}

操视之，乃袁绍手下旧将焦触、张南也。操曰："汝等皆生长北方，恐乘舟不便。江南之兵，往来水上，习练精熟，汝勿轻以性命为儿戏也。"焦触、张南大叫曰："如其不胜，甘受军法！"操曰："战船尽已连锁，惟有小舟。每舟可容二十人，只恐未便接战。"触曰："若用大船，何足为奇？乞付小舟二十馀只，某与张南各引一半，只今日直抵江南水寨，须要夺旗斩将而还。"^{多大言者少成事。}操曰："吾与汝二十只船，差拨精锐军五百人，皆长枪硬弩，到来日天明，将大寨船出到江面上，远为之势。更差文聘亦领三十只巡船接应汝回。"^{写曹操亦甚周密。}焦触、张南欣喜而退。次日，四更造饭，五更结束已定，早听得水寨中擂鼓鸣金。船皆出寨，分布水面，长江一带，青红旗号交杂。焦触、张南领哨船二十只，穿寨而出，望江南进发。

却说南岸隔日听得鼓声喧震，遥望曹操调练水军，探事人报知周瑜。瑜往山顶观之，操军已收回。^{补叙隔日，一笔不漏。}次日，忽又闻鼓声震天，军士急登高观望，见有小船冲波而来，飞报中军。周瑜问帐下："谁敢先出？"韩当、周泰二人齐出曰："某当权为先锋破敌。"^{因黄盖病故，二人权为先锋，与前后文相应。}瑜喜，传令各寨严加守御，不可轻动。韩当、周泰各引哨船五只，分左右而出。

却说焦触、张南凭一勇之气，飞棹小船而来。韩当独披掩心，手执长枪，立于船头。焦触船先到，便命军士乱箭望韩当船上射来。当用牌遮隔。焦触捻长枪与韩当交锋。当手起一枪，刺死焦触。张南随后大叫赶来。隔斜里周泰船出。张南挺枪立于船头，两边弓矢乱射。周泰一臂挽牌，一手提刀，两船相离七八尺，泰即飞身一跃，直跃过张南船上，手起刀落，砍张南于水中，^{有此二人之死，愈令操信连环计之妙，而更不疑连环之不可用也。}乱杀驾舟军士。众船飞棹急回。韩当、周泰催船追赶，到半江中，恰与文聘船相迎。两边便摆定船厮杀。

却说周瑜引众将立于山顶，遥望江北水面艨艟战船，排合江上，旗帜号带，皆有次序。回看文聘与韩当、周泰相持，韩当、周泰奋力攻击，文聘抵敌不住，回船而走，^{文聘之败，又在周瑜眼中望见，叙法变换。}韩周二人急催船追赶。周瑜恐二人深入重地，便将白旗招飐，令众鸣金。二人乃挥棹而回。^{此写南军第二次小胜，亦是预为之兆。}周瑜于山顶看隔江战船，尽入水寨。瑜顾谓众将曰："江北战船如芦苇之密，操又多谋，当用何计以破之？"众未及对，忽见曹军寨中，被风吹折中央黄旗，飘入江中。^{曹军折旗，却在周瑜眼中望见，叙法变换。○将写周瑜旗角拂面，先写曹操军中折旗，衬染绝佳。}瑜大笑曰："此不祥之兆也！"^{写瑜大笑，反衬下文大叫。}正观之际，忽狂风大作，江中波涛拍岸。一阵风过，刮起旗角于周瑜脸上拂过。瑜猛然想起一事在心，试思猛想是何想？一事是何事？解人必已辨之。大叫一声，往后便倒，口吐鲜血。诸将急救起时，却早不省人事。终篇又忽作惊人之笔，令人疑惑不定。正是：

　　一时忽笑又忽叫，难使南军破北军。

毕竟周瑜性命如何，且看下文分解。

第四十九回　七星坛诸葛祭风　三江口周瑜纵火

三江口周郎縱火

　　曹操假病，吉平以药药之而不死，不知其假也；周郎真病，孔明以不药药之而得生，独识其真也。北军之病，病在畏水：庞统镇以金而平其水，至水症平而火症发，则水不能制矣；周郎之病，病在畏风：孔明顺其气而疏其风，使寒风息而温风生，则风适为用矣。病若周郎，人所莫识；医如孔明，亦世所罕闻。

　　吾尝读《易》，观风火之为家人，火风之为鼎，窃以为可与赤壁之战相况也。惟孙、刘合为一家，而鼎足之形成。孙之合于刘，亦如火之合于风：风因火力，而风愈扬；火借风力，而火乃烈。瑜之不可无亮，犹亮之不可无瑜耳。

　　孔明之祭风，其孔明之用兵乎？杖剑登坛，号令严肃，仿佛与命将相似；安二十八宿与六十四卦，仿佛与布阵相似；下一层以青红黑白，分列四方旗帜，仿佛与四路奇兵相似；中一层又以五色间杂，分布八方，仿佛与八路奇兵相似；上一层以四人分左右两翼，又仿佛与两队奇兵相似。虽未用兵，而有同于用兵者。只一百二十人，不异千军万马之势，其视彼八十三万大军，不啻如腐草败苇，催而折之，真不费力矣。

　　写周郎用兵，不于既战时写之，正于将战未战时写之。一写其东风未发之前：各处打点，各人准备，秣马励兵，治舟束甲，未战而已勃勃乎有欲战之势；一写其东风既发之后：诸将听令，各军赴敌，按部分班，星驰电走，将战而已森森然有必胜之形。盖用兵之胜，决之于将战未战之时，而不待于既战之后也。若但观其战，不过某人射某人于水中，某人砍某人于马下而已，又何以见江东士气之壮，而周郎兵略之善哉！

　　周郎赤壁一战，未调破曹操之兵，而先调取孔明之兵：以水陆十二队，分取八十三万人，而独以两队当孔明一人。盖以孔明一人为大敌，又在八十三万人之上也。乃八十三万人可胜，而孔明终不可胜。忌其不可胜而欲杀之，人以病周郎之刻；知其不可胜，而强欲杀之，吾以笑周郎之愚。

赤壁之火，不自赤壁始也，其下种在二回之前矣。以大江为灶，以赤壁为炉，而黄盖其担柴者也，阚泽其送炭者也，庞统其添油者也。况更有蒋干之乞薪于人，以佐其炊；二蔡之采樵于外，以资其爨者乎！迨乎孔明执扇而从之，周瑜因人而热之，而风伯施威，祝融凭怒，殆又其后事云。

周郎调兵，分作两段；诸葛调兵，亦分作两段。如周郎于调兵之先，另取孔明；而孔明亦于调兵之后，别命云长是也。然周郎既不知玄德之当结，又不知孔明之不死，则不知人，而亦不知天；孔明既知曹操之不死，而又知云长之必释，则能知天，而更能知人。由是观之，则周郎之不及孔明也远甚。

写风写火，此卷可谓奇矣。而定谋之初，则机密之至。周郎命各书一字于掌中，孔明亦暗写一方于纸上。而不知纸上之风，风之始也；掌中之火，火之原也。从来燎原之威，必始于炎炎之细；土囊之口，必始于青蘋之末。其犹此夫！

此卷写风之将来，有无数曲折；写风之既至，又有无数点染。所云曲折者：如孔明上坛三次，下坛三次，并无动静是也；又如等到天晚，不见风起，周瑜疑惑，言此时安得有东风是也；又如等到三更，先听风声响，出帐视之，旗带忽飘西北是也；又如周瑜叹诧为奇，而曹操一边见之，又以为一阳初生，偶亦有之，不足为奇是也。所云点染者：如丁奉、徐盛迎风而走，守坛将士当风而立是也；又如赵云扯蓬，其船如飞，小校望见远帆，忽而孔明已到是也；又如曹操见月射波浪，金蛇万道是也；又如黄盖隔二里放火；又如风声正大，不听得弓弦响是也。至于此卷有风，却于前卷先写雾，于后卷又写雨，其馀写月写星写云，不一而足，俱与风相映射。吾尝叹今之善画者，能画花画雪画月，而独不能画风，今读七星坛一篇，而如见乎丹青矣。

却说周瑜立于山顶，观望良久，忽然望后而倒，口吐鲜血，不省人事。左右救回帐中。诸将皆来动问，尽皆愕然相顾曰："江北百万之众，虎踞鲸吞。不料都督如此，倘曹兵一至，如之奈何？"慌忙差人申报吴侯，一面求医调治。〔北军求医，周瑜又求医。〕

却说鲁肃见周瑜卧病，心中忧闷，来见孔明，言周瑜猝病之事。孔明曰："公以为如何？"肃曰："此乃曹操之福，江东之祸也。"孔明笑曰："公瑾之病，亮亦能医。"〔北军之病，庞统医之；周瑜之病，必须孔明治之。〕肃曰："诚如此，则国家万幸！"即请孔明同去看病。肃先入见周瑜。瑜以被蒙头而卧。肃曰："都督病势若何？"〔鲁肃是真问病。〕周瑜曰："心腹搅痛，时复昏迷。"肃曰："曾服何药饵？"瑜曰："心中呕逆，药不能下。"肃曰："适来去望孔明，言能医都督之病。见在帐外，烦来医治何如？"瑜命请入，教左右扶起，坐于床上。孔明曰："连日不晤君颜，何期贵体不安！"〔孔明是假问病。〕瑜曰："'人有旦夕祸福'，岂能自保？"孔明笑曰："'天有不测风云'，人又岂能料乎？"〔一语道着心病，巧绝，妙绝。〕瑜闻失色，乃作呻吟之声。孔明曰："都督心中似觉烦积否？"瑜曰："然。"孔明曰："必须用凉药以解之。"瑜曰："已服凉药，全然无效。"孔明曰："须先理其气；气若顺，则呼吸之间，自然痊可。" ^{都是隐语
妙语。} 瑜料孔明必知其意，乃以言挑之曰："欲得顺气，当服何药？" ^{大家借病说哑谜
写来真是好看。} 孔明笑曰："亮有一方，便教都督气顺。" ^{此等顺气方，谅用不着陈
皮几分、乌药几钱也。} 瑜曰："愿先生赐教。"孔明索纸笔，屏退左右，密书十六字曰：

欲破曹公，宜用火攻；万事俱备，只欠东风。 ^{直是四句药性歌。
恐难经、脉诀、万
病回春，未必
有此奇方。}

写毕，递与周瑜曰："此都督病源也。" ^{此等病源，近世
医家写不出。} 瑜见了大惊，暗思："孔明真神人也！早已知我心事！只索以实情告之。"乃笑曰："先生已知我病源，将用何药治之？事在危急，望即赐教。" ^{特求急救
良方。} 孔明曰："亮虽不才，曾遇异人传授奇门遁甲天书，可以呼风唤雨。 ^{云从龙，风从虎；孔明为"卧
龙"，又为"啸虎"矣。} 都督若要东南风时，可于南屏山建一台，名曰'七星坛'：高九尺，作三层，用一百二十人，手执旗幡围绕。亮于台上作法，借三日三夜东南大风，助都督用兵何如？" ^{病贵驱风，今反以风治病，盖
三日之风，胜于七年之艾矣。} 瑜曰："休道三日三夜，只一夜大风，大事可成矣。只是事在目前，不可迟缓。" ^{不欲迟而多，但愿速而少。
今人服药，往往如此。} 孔明曰："十一月二十日甲子祭风，至二十二日丙寅风息，如何？" ^{周以甲子兴，纣以甲子亡。
赤壁之战几同牧野之师。} 瑜闻言大喜，蹶然而起， ^{只因其风肆好，
遂尔勿药有喜。} 便传令差五百精壮军士，往南屏山筑坛；拨一百二十人，执旗守坛，听候使令。

孔明辞别出帐，与鲁肃上马，来南屏山相度地势，令军士取东南方赤土筑坛。 ^{东南巽地，与风相取；
色尚其赤，与火相照。} 方圆二十四丈，每一层高三尺，共是九尺。下一层插二十八宿旗：东方七面青旗，按角、亢、氐、房、心、尾、箕，布苍龙之形；北方七面皂旗，按斗、牛、女、虚、危、室、璧，作玄武之势；西方七面白旗，按奎、娄、胃、昴、毕、觜、参，踞白虎之威；南方七面红旗，按井、鬼、柳、星、张、翼、轸，成朱雀之状。前卷曹操调兵，用五色旗号以按五方；今孔明祭风，亦用四方旗号以按列宿；前后正相映射。第二层周围黄旗六十四面，按六十四卦，分八位而立。曹操调兵，以黑白青红列前后左右，而以黄旗立于中央；孔明祭风，以黑白青红台下四面，而以黄旗立于中层；前后又复映射。上一层用四人，各人戴束发冠，穿皂罗袍，凤衣博带，朱履方裾。前左立一人，手执长竿，竿尖上用鸡羽为葆，以招风信；前右立一人，手执长竿，竿上系七星号带，以表风色；后左立一人，捧宝剑；后右立一人，捧香炉。曹操调兵，分水、陆二处；孔明祭风，分上、中、下三层。曹操于水军五队、旱军四队之外，又添设两队；孔明于二十八宿、六十四卦之上，又设立四人。前后又相映射。坛下二十四人，各持旌旗、宝盖、大戟、长戈、黄旄、白钺、朱幡、皂纛，环绕四面。第一层用四人，第二层六十四人，第三层二十八人；今又加以二十四人，恰好是一百二十八人之数。看他调度井然不乱，参差有法，或按八方，或按七星，虽一百二十人，如有千军万马之势。孔明于十一月二十日甲子吉辰，沐浴斋戒，身披道衣，跣足散发，来到坛前，俨似祈雨道士模样。分付鲁肃曰："子敬自往军中相助公瑾调兵。倘亮所祈无应，不可有怪。"反说一句，衬下文之奇。鲁肃别去。孔明嘱付守坛将士："不许擅离方位，嗄。不许交头接耳，嗄。不许失口乱言，嗄。不许失惊打怪。嗄。如违令者斩！"嗄。○孔明筑坛祭风，与韩信登坛点将一样声势。众皆领命。孔明缓步登坛，观瞻方位已定，焚香于炉，注水于盂，仰天暗祝。下坛入帐中少歇，令军士更替吃饭。孔明一日上坛三次，下坛三次，却并不见有东南风。先反写一句，妙。

且说周瑜请程普、鲁肃一班军官，在帐中伺候，只等东南风起，便调兵出；写周瑜一面等候，一面关报孙权接应。好。黄盖已自十分声势。

准备火船二十只，船头密布大钉；船内装载芦苇干柴，灌以鱼油，上铺硫黄、焰硝引火之物，各用青布油单遮盖；船头上插青龙牙旗，船尾各系走舸，在帐下听候，只等周瑜号令。又写黄盖一面准备，又十分声势。甘宁、阚泽窝盘蔡和、蔡中在外寨中，每日饮酒，不放一卒登岸。妙。周围尽是东吴军马，把得水泄不通，只等帐上号令下来。又写甘宁、阚泽一面打点，十分周密，十分声势。周瑜正在帐中坐议，探子来报："吴侯船只离寨八十五里停泊，只等都督好音。"又写孙权一面等候，更觉十分声势。瑜即差鲁肃遍告各部下官兵将士俱各收拾船只、军器、帆橹等物，号令一出，时刻休违；傥有违误，即按军法。又写鲁肃传令遍告，又是十分声势。众兵将得令，一个个摩拳擦掌，准备厮杀。又写众兵将一句，加倍声势。是日，看看近夜，天色晴明，微风不动。再反写一句，以见下文之奇。近日道士，祈雨反祈出晴来，此不能学七星坛上下半夜之孔明，只学得上半日之孔明也。瑜谓鲁肃曰："孔明之言谬矣。隆冬之时，怎得东南风乎？"再借周瑜口中极力反写一句，以见下文之奇。○万一此时无风，奈何？或笑曰：从来"南风"极盛，不必虑也。肃曰："吾料孔明必不谬谈。"将近三更时分，忽听风声响，旗幡转动。瑜出帐看时，旗脚竟飘西北，霎时间东南风大起。将写风起，先写响声，次写旗脚，以渐而甚，妙。瑜骇然曰："此人有夺天地造化之法、鬼神不测之术！若留此人，乃东吴祸根也。及早杀却，免生他日之忧。"才借得风来，便欲杀借风之人，周郎可谓狠矣。不知风尚能借，杀岂不能避乎？急唤帐前护军校尉丁奉、徐盛二将："各带一百人。徐盛从江内去，丁奉从旱路去，都到南屏山七星坛前，休问长短，拿住诸葛亮便行斩首，将首级来请功。"未调一路破曹操之兵，先调两路杀孔明之兵：周郎之视孔明，重于曹操，重于八十三万大兵也。○今日道士求得雨来，便要谢将；孔明借得风来，周郎却以斩首为谢将：可发一笑。二将领命。徐盛下船，一百刀斧手荡开棹桨；丁奉上马，一百弓弩手各跨征驹，往南屏山来。读书至此，为孔明捏一把汗。于路正迎着东南风起。但于有火处写风，不于无火处写风，则疏矣。今去杀孔明，初不赖风力，而于此处闲写一句，正见叙事笔法之密。后人有诗曰：

七星坛上卧龙登，一夜东风江水腾。

不是孔明施妙计，周郎安得逞才能？

丁奉马军先到，见坛上执旗将士当风而立。<small>又写一句风，妙甚。</small>丁奉下马提剑上坛，不见孔明，<small>先生将亦化作旋风去矣。</small>慌问守坛将士。答曰："恰才下坛去了。"<small>周瑜旱路军无用。</small>丁奉忙下坛寻时，徐盛船已到，二人聚于江边。小卒报曰："昨晚一只快船停在前面滩口。适间却见孔明披发下船，那船望上水去了。"<small>周瑜水路军无用。</small>丁奉、徐盛便分水陆两路追袭。徐盛教拽起满帆，抢风而使。遥望前船不远，徐盛在船头上高声大叫："军师休去！都督有请！"<small>读书至此，又为孔明一急。</small>只见孔明立于船尾大笑曰："上覆都督：好好用兵；诸葛亮暂回夏口，异日再容相见。"<small>写得孔明从容不迫，的是才人。</small>徐盛曰："请暂少住，有紧话说。"孔明曰："吾已料定都督不能容我，必来加害，预先教赵子龙来相接。将军不必追赶。"<small>第一次不说破，第二次方才说破，妙甚。</small>徐盛见前船无篷，<small>妙。</small>只顾赶去。看看至近，赵云拈弓搭箭，立于船尾大叫曰："吾乃常山赵子龙也！奉令特来接军师。你如何来追赶？本待一箭射死你来，显得两家失了和气。教你知我手段！"<small>孔明妙在第二次方说破，赵子龙妙在第三次方出来。</small>言讫，箭到处射断徐盛船上篷索。那篷堕落下水，其船便横。赵云却教自己船上拽起满帆，<small>更妙。</small>乘顺风而去。其船如飞，追之不及。<small>不是写篷，是写风。既借风破曹兵，又借风归夏口，可谓一事两用。</small>岸上丁奉唤徐盛船近岸，言曰："诸葛亮神机妙算，人不可及。更兼赵云有万夫不当之勇，汝知他当阳长坂时否？<small>又将前事一提。</small>吾等只索回报便了。"于是二人回见周瑜，言孔明预先约赵云迎接去了。周瑜大惊曰："此人如此多谋，使吾晓夜不安矣！"<small>周瑜第一次调拨两路军出去，而丁、徐二人空身来见，竟无成功，是曹操可胜，</small>

八十三万大兵可胜，而孔明一人必不可胜也。鲁肃曰："且待破曹之后，却再图之。"

瑜从其言，〔此处按下孔明一边，以下单叙周郎调拨之事。〕唤集诸将听令。先教甘宁："带了蔡中〔妙甚〕并降卒沿南岸而走，只打北军旗号，直取乌林地面，正当曹操屯粮之所，深入军中，举火为号。〔第一队旱路火军。〕只留下蔡和一人在帐下，我有用处。"〔只蔡和、蔡中二人，分作两处用之，妙甚。〕第二唤太史慈分付："你可领二千兵，直奔黄州地界，断曹操合淝接应之兵，就逼曹兵，放火为号；只看红旗，便是吴侯接应兵到。"〔第二队旱路火军。〕这两队兵最远，先发。〔又总叙一句，作一顿。〕第三唤吕蒙领三千兵去乌林接应甘宁，焚烧曹操寨栅。〔第三队旱路火军。〕第四唤凌统领二千兵，直截彝陵界首，只看乌林火起，以兵应之。〔第四队旱路火军。〕第五队董袭领三千兵，直取汉阳，从汉川杀奔曹操寨中，看白旗接应。〔第五队旱路火军。〕第六唤潘璋领三千兵，尽打白旗，往汉阳接应董袭。〔第六队旱路火军。〕六队船只各自分路去了。〔又总叙一句，作一顿。〕却令黄盖安排火船，使小卒驰书约曹操，今夜来降。〔以上先调旱路放火之军，此处却是水路先锋第一个放火的。〕一面拨战船四只，随于黄盖船后接应。〔为下文黄盖放下小船捉曹操张本。〕第一队领兵军官韩当，第二队领兵军官周泰，第三队领兵军官蒋钦，第四队领兵军官陈武。四队各引战船三百只，前面各摆列火船二十只。〔将水路火军四队一齐叙出，又换一样笔法。〕周瑜自与程普在大艨艟上督战，徐盛、丁奉为左右护卫，〔以上旱军六队，水军连黄盖与周瑜亦是六队，共是十二队，〕〔与前卷曹操水军五队，旱军六队，正复相对。〕只留鲁肃共阚泽及众谋士守寨。程普见周瑜调军有法，甚相敬服。〔忙中又与前文映合。〕

却说孙权差使命持兵符至，说已差陆逊为先锋，直抵蕲、黄地面进兵，吴侯自为后应。〔此处写孙权又是两队，只五六万兵，叙得严整有法，隐然有百万之势。〕瑜又差人西山放火炮，南屏山举号旗。各各准备停当，只等黄昏举动。〔甲子日夜半有风，至乙丑日黄昏发火。黄昏以前，却是周瑜一一调拨。〕

话分两头。且说刘玄德在夏口专候孔明回来，忽见一队船到，乃是公子刘琦自来探听消息。玄德请上敌楼坐定，说："东南风起多时，子龙去接孔明，至今不见到，吾心甚忧。"小校遥指樊口港上："一帆风送扁舟来到，必军师也。"（遥指而便到，是写风之顺也。）玄德与刘琦下楼迎接。须臾船到，（须臾亦是风到。）孔明、子龙登岸。玄德大喜。问候毕，孔明曰："且无暇告诉别事。前者所约军马战船，皆已办否？"（不说上项事，正作者补点上项事也，妙甚。）玄德曰："收拾久矣，只候军师调用。"孔明便与玄德、刘琦升帐坐定，谓赵云曰："子龙可带三千军马，渡江径取乌林小路，拣树木芦苇密处埋伏。（第一队亦取乌林，与周瑜相合。）今夜四更已后，曹操必然从那条路奔走。（算定四更，则非周瑜之所及也。）等他军马过，就半中间放起火来。虽然不杀他尽绝，也杀一半。"（第一队旱路火军。○说捉不得曹操，正为下文关公伏笔。）云曰："乌林有两条路，一条通南郡，一条取荆州，不知向那条路来？"孔明曰："南郡势迫，曹操不敢往；必来荆州，然后大军投许昌而去。"（料如指掌。）云领计去了。又唤张飞曰："翼德可领三千兵渡江，截断彝陵这条路，去葫芦谷口埋伏。（第二队亦取彝陵，与周瑜相合。）曹操不敢走南彝陵，必望北彝陵去。来日雨过，必然来埋锅造饭。（预知有雨，更非周瑜之所及也。）只看烟起，便就山边放起火来。虽然不捉得曹操，翼德这场功料也不小。"（第二队旱路火军。○又说捉不得曹操，正为下文关公伏笔。）飞领计去了。又唤麋竺、麋芳、刘封三人各驾船只，绕江剿擒败军，夺取器械。（第一队水军。）三人领计去了。孔明起身，谓公子刘琦曰："武昌一望之地，最为紧要。公子便请回，率领所部之兵，陈于岸口。操一败必有逃来者，就而擒之，却不可轻离城郭。"（第二队水军。）刘琦便辞玄德、孔明去了。孔明谓玄德曰："主公可于樊口屯兵，凭高而望，坐看今夜周郎成大功也。"（前遣过两路旱军、两路水军，

却于此处故作一顿，独留一队旱军
在后，与前周瑜调拨，大是不同。

时云长在侧，孔明全然不睬。本要重用他，却反
不睬他，妙甚。云长忍耐不住，

乃高声曰："关某自随兄长征战，许多年来未尝落后。今日逢大

敌，军师却不委用，此是何意？"待关公自问，妙甚。无
此愤激不见后文之奇。孔明笑曰：

"云长勿怪！某本欲烦足下把一个最紧要的隘口，怎奈有些违碍

处，不敢教去。"不即说出，妙甚。无此
留难，不见下文之奇。云长曰："有何违碍？愿即见

谕。"孔明曰："昔日曹操待足下甚厚，足下当有以报之。今日

操兵败，必走华容道；若令足下去时，必然放他过去。因此不敢

教去。"言公必放者，不是激之使不放，
正料定其必不肯不放也。云长曰："军师好心多！当日曹

操果是重待某，某已斩颜良，诛文丑，解白马之围，报过他了。

今日撞见，岂肯轻放！"前既愤激，此又辨白，
愈显后文之奇。孔明曰："倘若放了

时，却何如？"云长曰："愿依军法！"孔明曰："如此，立下文

书。"云长便与了军令状。此写关公
之决。云长曰："若曹操不从那条路

上来，如何？"孔明曰："我亦与你军令状。"此写孔明
之智。云长大

喜。孔明曰："云长可于华容小路高山之处，堆积柴草，放起一

把火烟，引曹操来。"周郎既以火逐之，孔明又以火迎之。
周郎善于用火，孔明更工于用火也。云长曰："曹

操望见烟，知有埋伏，如何肯来？"孔明笑曰："岂不闻兵法

'虚虚实实'之论？操虽能用兵，只此可以瞒过他也。他见烟

起，将谓虚张声势，必然投这条路来。奇绝，
妙绝。将军休得容情。"

前既留难，此又切
嘱，愈显下文之奇。云长领了将令，引关平、周仓并五百校刀手，投

华容道埋伏去了。前写周瑜调拨，后写孔
明调拨，至此方完。玄德曰："吾弟义气深重，若

曹操果然投华容道去时，只恐端的放了。"不惟孔明料之，
玄德已料之矣。孔明曰：

"亮夜观乾象，操贼未合身亡。留这人情教云长做了，亦是美

事。"孔明既知人，
又知天。玄德曰："先生神算，世所罕及！"孔明遂与玄

德往樊口看周瑜用兵，留孙乾、简雍守城。此俗谚所云"云端里看厮杀"也。

却说曹操在大寨中与众将商议，只等黄盖消息。当日东南风起甚紧。程昱入告曹操曰："今日东南风起，宜预堤防。"程昱亦甚精细。操笑曰："冬至一阳生，来复之时，安得无东南风？何足为怪！"若曹操见风而惊，便不奇矣，正妙处之泰然，乃见后文之出其不意也。军士忽报江东一只小船来到，说有黄盖密书。操急唤入。其人呈上书。书中诉说："周瑜关防得紧，因此无计脱身。今有鄱阳湖新运到粮，周瑜差盖巡哨，已有方便。好歹杀江东名将，献首来降。只在今晚三更，船上插青龙牙旗者，即粮船也。"火军当插红旗，而用青旗者，何也？曰：木生火也。曹军黄旗居中，而以青旗胜之，木克土也。操大喜，遂与众将来水寨中大船上，观望黄盖船到。

且说江东，天色向晚，周瑜唤出蔡和，令军士缚倒。和叫无罪。瑜曰："汝是何等人，敢来诈降！吾今缺少福物祭旗，愿借你首级。"送箭人情，已令江东拜赐，祭旗福物，又承曹操馈来。和抵赖不过，大叫曰："汝家阚泽、甘宁亦曾与谋！"可发一笑。瑜曰："此乃吾之所使也。"蔡和悔之无及。瑜令捉至江边皂纛旗下，奠酒烧纸，一刀斩了蔡和，用血祭旗毕，便令开船。黄盖在第三只火船上，独披掩心，手提利刃，旗上大书"先锋黄盖"。盖乘一天顺风，望赤壁进发。周郎既献了活三牲，黄盖便去烧顺风纸矣。

是时东风大作，波浪汹涌。操在军中遥望隔江，看看月上，照耀江水如万道金蛇，翻波戏浪。偏有闲笔写月、写波，以点染风势。操迎风大笑，自以为得志。此时老奸尚在梦中。忽一军指说："江南隐隐一簇帆幔，使风而来。"操凭高望之。报称："皆插青龙牙旗。内中有大旗，上书'先锋黄盖'名字。"操笑曰："公覆来降，此天助我也！"来船渐近。程昱观望良久，谓操曰："来船必诈，且休教近寨。"

操曰："何以知之？"程昱曰："粮在船中，船必稳重；今观来船，轻而且浮。更兼今夜东南风甚紧，倘有诈谋，何以当之？"【此军未尝无人】操省悟，【可惜知觉得迟了。】便问："谁去止之？"【有曹操之笑，乃见下文之奇；有曹操省悟，愈见下文之奇。】文聘曰："某在水上颇熟，愿请一往。"言毕，跳下小船，用手一指，十数只巡船，随文聘船出。聘立于船头，大叫："丞相钧旨：南船且休近寨，就江心抛住。"众军齐喝："快下了篷！"言未绝，弓弦响处，文聘被箭射中左臂，倒在船中。【受了十万枝箭后，先有此一箭回礼。】船上大乱，各自奔回。南船距操寨止隔二里水面。黄盖用刀一招，前船一齐发火。火趁风威，风助火势，船如箭发，烟焰涨天。二十只火船，撞入水寨。【写火猛，风猛，船猛，人猛，十分声势。】曹寨中船只一时尽着，又被铁环锁住，无处逃避。【方见连环计之妙。】隔江炮响，四下火船齐到，但见三江面上，火逐风飞，一派通红，漫天彻地。【适才见万道金蛇，此时却变作千条火火龙矣。】

曹操回观岸上营寨几处烟火。黄盖跳在小船上，背后数人驾舟，冒烟突火，来寻曹操。操见势急，方欲跳上岸，忽张辽驾一小脚船，扶操下得船时，那只大船已自着了。【前以五十只小船为往来巡警之用，至此却为曹操救命之舟。】张辽与十数人保护曹操，飞奔岸口。黄盖望见穿绛红袍者下船，料是曹操，乃催船速进，手提利刃，高声大叫："曹贼休走！黄盖在此！"操叫苦连声。张辽拈弓搭箭，觑着黄盖较近，一箭射去。此时风声正大，黄盖在火光中那里听得弓弦响？正中肩窝，翻身落水。【正写曹操被火，忽写黄盖落水。正快意时，又见此不快意事，令人阅至此不得不急欲看后文也。】正是：

火厄盛时遭水厄，棒疮愈后患金疮。

未知黄盖性命如何，且看下文分解。

第五十回　诸葛亮智算华容　关云长义释曹操

關雲長義釋
曹操

凡计之中人，必度彼之为何如人，而后中之，则未有不中者也；又度彼之料我为何如人，而后中之，则又未有不中者也。彼方自以为智，而我即中之以其智，则正迎乎彼之意中；彼方料我之智，而我反中之，以我之愚，则又出乎彼之意外：如孔明之料曹操于华容是也。夫举火于此，而伏兵于彼，则智人之所为，而为彼之所知；举火在此，而伏兵即在此，此愚人之所为，而为彼之不及料。操固熟知有兵家虚实之法，而又熟知孔明之知有兵家虚实之法：此其所以为孔明之所中与？

或疑关公之于操，何以欲杀之于许田，而不杀之于华容？曰：许田之欲杀，忠也；华容之不杀，义也。顺逆不分，不可以为忠；恩怨不明，不可以为义。如关公者，忠可干霄，义亦贯日：真千古一人。

怀惠者小人之情，报德者烈士之志。虽其人之大奸大恶，得罪朝廷，得罪天下，而彼能不害我，而以国士遇我，是即我之知己也。我杀我之知己，此在无意气丈夫则然，岂血性男子所肯为乎？使关公当日以公义灭私恩，曰："吾为朝廷斩贼，吾为天下除凶！"其谁曰不宜？而公之心，以为他人杀之则义，独我杀之则不义。故宁死而有所不忍耳。曹操可以释陈宫而不释，关公可以杀曹操而不杀，是关公之仁异于曹操。蔡邕哭董卓，而王允罪之；关公释曹操，而孔明谅之：则孔明之见高于王允矣。

孔明既知关公之不杀操，则华容之役，何不以翼德、子龙当之？曰：孔明知天者也。天未欲杀操，则虽当之以翼德、子龙，必无成功。故孔明之使关公者，所以成关公之义；而其不使翼德、子龙者，亦以掩翼德、子龙之短也。然则关公之释操，非公释之，而孔明释之；又非孔明释之，而实天释之耳。

前回写江中之火，此回写岸上之火；前回止写周郎之火，此回续写孔明之火。前回是写帆橹之风，此回是写林木之风；前回是写孔明之以风助火，此回是写孔明之以火继风。而至于风止火息之后，又有风之馀势，火之馀威，以点缀之；于风之后而遇雨、火之后而见烟，烟与雨正风与火之馀也。且其后文，又有与前文相反者。衣甲尽湿，又当燥之以风；军士乏食，又当炊之以火。盖即一回之中，而前之风为害，后之风为利；前之火为仇，后之火又为恩云。

操之习水战而凿池于北方，其名则玄武也，其象则习坎也。而庞统进之以勾陈，周郎则应之以朱雀；孔明当之以重巽，周郎则应之以重离。至于走彝陵、奔华容，则又为腾蛇之惊，白虎之凶，明夷之于行不食，旅人之先笑后号矣。

曹操于舟中舞槊之时，既大笑；今在华容败走之前，又大笑。前之笑是得意，后之笑是强颜；前之笑是适己，后之笑是骂人；前之笑既乐极生悲，后之笑又非苦中得乐。前之笑与后之笑，都无是处。千古而下，又当笑其所笑。

曹操前哭典韦，而后哭郭嘉。哭虽同而所以哭则异：哭典韦之哭，所以感众将士也；哭郭嘉之哭，所以愧众谋士也。前之哭胜似赏，后之哭胜似打。不谓奸雄眼泪，既可作钱帛用，又可作挺杖用。奸雄之奸，真是奸得可爱。

却说当夜张辽一箭射黄盖下水，救得曹操登岸，寻着马匹走时，军已大乱。舍大舟，就小舟；又舍水路，奔旱路：写一时仓忙之甚。韩当冒烟突火来攻水寨，忽听得士卒报道："后梢舵上一人，高叫将军表字。"韩当细听，但闻高叫"公义救我"，当曰："此黄公覆也！"急教救起。见黄盖负箭着伤，咬出箭杆，箭头陷在肉内。韩当急为脱去湿衣，用刀剜出箭头，扯旗束之，脱自己战袍与黄盖穿了，先令别船送回大寨医治。原来黄盖深知水性，故大寒之时，和甲堕江，也逃得性命。黄盖苦肉于前，又苦肉于后，勇不避难，极写其忠。

却说当日满江火滚，喊声震地。左边是韩当、蒋钦两军从赤壁西边杀来，右边是周泰、陈武两军从赤壁东边杀来，先锋已去，将四队水军合作两队。正中是周瑜、程普、徐盛、丁奉大队船只都到。此是中军一队。火须兵应，兵仗火威。此正是：三江水战，赤壁鏖兵。曹军着枪中箭、火焚水溺者，不计其数。后人有诗曰：

魏吴争斗决雌雄，赤壁楼船一扫空。

烈火初张照云海，周郎曾此破曹公。

又有一绝云：

山高月小水茫茫，追叹前朝割据忙。

南士无心迎魏武，东风有意便周郎。

不说江中鏖兵。且说甘宁令蔡中引入曹寨深处，宁将蔡中一刀砍于马下，只蔡中、蔡和两人，却有两样杀法，妙。就草上放起火来。第一队早军出现。吕蒙遥望中军火起，也放十数处火，接应甘宁。第三队早军出现。潘璋、董袭分头放火呐喊，第五队、第六队旱军现出。四下里鼓声大震。前已写过水军，此处写旱军，却又先写四队。曹操与张辽引百馀骑在火林内走，"火林"二字甚新。看前面无一处不着。正走之间，毛玠救得文聘，引十数骑到。韩当救黄盖，即叙在前；毛玠救文聘，补叙在后：笔法甚变。操令军寻路。张辽指道："只有乌林地面空阔可走。"操径奔乌林。正走间，背后一军赶到，大叫："曹贼休走！"火光中现出吕蒙旗号。在曹操眼中看出，带写火光之盛。操催军马向前，留张辽断后，抵敌吕蒙。却见前面火把又起，从山谷中拥出一军，大叫："凌统在此！"第四队旱军出现，却在凌统口中叫出。曹操肝胆皆裂。忽刺斜里一彪军到，大叫："丞相休慌！徐晃在此！"彼此混战一场，一路望北而走。忽见一队军马，屯在山坡前。徐晃出问，乃是袁绍手下降将马延、张顗，有三千北地军马列寨在彼，当夜见满天火起，未敢转动，恰好接着曹操。两个替死鬼来了。操教二将引一千军马开路，其馀留着护身。操得这枝生力军马，心中稍安。马延、张顗二将飞骑前行。不到十里，喊声起处，一彪军出。为首一将，大呼曰："吾乃东吴甘兴霸也！"甘宁忽没忽现，分两番写，极其声势。马延正欲交锋，早被甘宁一刀斩于马下。张顗挺枪来迎，宁大喝一声，顗措手不及，被宁手起一刀，翻身落马。后军飞报曹操。操此时指望合淝有兵救应，不想孙权在合淝路口望见江中火光，知是我军得胜，便教陆逊举火为号。太史慈见了，与陆逊合兵一处，冲杀将来。又是两路旱军。○周瑜调拨第二队是太史慈，今却于末后出现，叙得参差有致。操只得望彝陵而走，路上撞见张郃，操令断后，纵马加鞭。走至五更，回望火光渐远，操心方定，不是写曹操脱火，正是写火势猛烈。问曰："此是何处？"左右曰："此是乌林之西，宜都之北。"操见树木丛杂，山川险峻，乃于马上仰面大笑不止。且不要笑，理会哭着。诸将问曰："丞相何故大笑？"操曰："吾不笑别人，单笑周瑜无谋，诸葛亮少智。若是吾用兵之时，预先在这里伏下一军，如之奈何？"<small>不要忙，孔明已先合着你意了。</small>说犹未了，两边鼓声震响，火光竟天而起，<small>前是周郎之火，此是孔明之火；前是孔明以风助火，此是孔明以火继风。</small>惊得曹操几乎坠马。<small>吓杀。</small>刺斜里一彪军杀出，大叫："我赵子龙奉军师将令，在此等候多时了！"<small>前孔明所拨第一队，于此出现。</small>操教徐晃、张郃双敌赵云，自己冒烟突火而去。子龙不来追赶，只顾抢夺旗帜。曹操得脱。

天色微明，黑云罩地，东南风尚不息。<small>前写风是在有火处写，此写风又在无火处写。</small>忽然大雨倾盆，湿透衣甲。<small>可谓水火既济。</small>操与军士冒雨而行，诸军皆有饥色。操令军士往村落中劫掠粮食，寻觅火种。<small>火能为利，亦能为害。方脱其害，又求其利。前则遍地是火，此处却要寻觅，亦火之有盛必有衰也。</small>方欲造饭，后面一军赶到，操心甚慌。原来却是李典、许褚保护着众谋士来到。<small>写曹军七零八落，陆续凑合，叙法绝佳。</small>操大喜，令军马且行，问："前面是那里地面？"人报："一边是南彝陵大路，一边是彝陵北山路。"操问："那里投南郡江陵去近？"军士禀曰："取南彝陵过葫芦口去最便。"操教走南彝陵。行至葫芦口，军皆饥馁，行走不上；马亦困乏，多有倒于路者。操教前面暂歇。马上有带得锣锅的，也有村中掠得粮米的，便就山边拣干处埋锅造饭，割马肉烧吃；<small>回思横槊赋诗之时，所谓昨日今朝大不同。</small>尽皆脱去湿衣，于风头吹晒；马皆摘鞍野放，咽咬草根。操坐于疏林之下，仰面大笑。<small>宜哭而笑，想亦哭不得而笑耳。</small>众官问曰："适来丞相笑周瑜、诸葛亮，引惹出赵子龙来，又折了许多人马。<small>恰像笑出来的。</small>如今为何又笑？"操曰："吾笑诸葛亮、周瑜毕竟智谋不足。若是我用兵时，就这个去处，也埋伏一彪军马，以逸待劳；我等纵然脱得性命，也不免重伤矣。彼见不到此，我是以笑之。"<small>不要忙，孔明又合着你意了。</small>

正说间，前军后军一齐发喊，<small>又笑出一个来了。</small>操大惊，弃甲上马。众军多有不及收马者。早见四下火烟布合，山口^{又是孔明之火。此时
不消寻觅火种矣。}一军摆开，为首乃燕人张翼德，横矛立马，大叫："操贼走那里去！"^{此是孔明所拨
第二队出现。}诸军众将见了张飞，尽皆胆寒。许褚骑无鞍马来战张飞。张辽、徐晃二将，纵马也来夹攻。两边军马混战做一团。操先拨马走脱，诸将各自脱身。张飞从后赶来，操迤逦奔逃，追兵渐远，回顾众将多已带伤。

正行间，军士禀曰："前面有两条路，请问丞相从那条路去？"操问："那条路近？"军士曰："大路稍平，却远五十馀里。小路投华容道，却近五十馀里；只是地窄路险，坑坎难行。"操令人上山观望，回报："小路山边有数处烟起，大路并无动静。"操教前军便走华容道小路。^{不向无火处走，反向有烟处
走，想尚烧得不快活也。}诸将曰："烽烟起处，必有军马，何故反走这条路？"操曰："岂不闻兵书有云：'虚则实之，实则虚之。'诸葛亮多谋，故使人于山僻烧烟，使我军不敢从这条山路走，他却伏兵在大路等着。吾料已定，偏不教中他计！"^{不要忙，却已
中他计了。}诸将皆曰："丞相妙算，人不可及。"^{且慢赞
他。}遂勒兵走华容道。此时人皆饥倒，马尽困乏。焦头烂额者扶策而行，中箭着枪者勉强而走。衣甲湿透，个个不全；^{此时又已不得
以火烘之矣。}军器旗幡，纷纷不整。大半皆是彝陵道上被赶得慌，只骑得秃马，鞍辔衣服，尽皆抛弃。正值隆冬严寒之时，其苦何可胜言。^{极写曹操狼狈，以
衬关公释放之义。}

操见前军停马不进，问是何故。回报曰："前面山僻小路，因早晨下雨，坑堑内积水不流，泥陷马蹄，不能前进。"^{前苦于
火，今}^{苦于
水。}操大怒，^{前大笑，笑得不情；
此大怒，怒得无理。}叱曰："军旅逢山开路，遇水叠桥，岂有泥泞不堪行之理！"传下号令，教老弱中伤军士在后慢行，强壮者担土束柴，搬草运芦，填塞道路，务要即时行动，如违令者斩。众军只得都下马，就路傍砍伐竹木，填塞山路。操恐后军来赶，令张辽、许褚、徐晃引百骑执刀在手，但迟慢者便斩之。操喝令人马沿栈而行，死者不可胜数，号哭之声，于路不绝。操怒曰："死生有命，何哭之有！如再哭者立斩！"三停人马，一停落后，一停填了沟壑，一停跟随曹操。过了险峻，路稍平坦。操回顾止有三百馀骑随后，并无衣甲袍铠整齐者。操催速行。众将曰："马尽乏矣，只好少歇。"操曰："赶到荆州将息未迟。"又行不到数里，操在马上扬鞭大笑。众将问："丞相何又大笑？"操曰："人皆言周瑜、诸葛亮足智多谋，以吾观之，到底是无能之辈。若使此处伏一旅之师，吾等皆束手受缚矣。"

　　言未毕，一声炮响，两边五百校刀手摆开，为首大将关云长，提青龙刀，跨赤兔马，截住去路。操军见了，亡魂丧胆，面面相觑。操曰："既到此处，只得决一死战！"众将曰："人纵然不怯，马力已乏，安能复战？"程昱曰："某素知云长傲上而不忍下，欺强而不凌弱；恩怨分明，信义素著。丞相旧日有恩于彼，今只亲自告之，可脱此难。"操从其说，即纵马向前，欠身谓云长曰："将军别来无恙！"云长亦欠身答曰："关某奉军师将令，等候丞相多时。"操曰："曹操兵败势危，到此无路，望将军以昔日之情为重。"云长曰："昔日关某虽蒙丞相厚恩，然已斩颜良，诛文丑，解白马之危以奉报矣。今日之事，岂敢以

既死于敌之火，又死于我之刀，操军几无孑遗矣。

只许自己哭，不许别人哭。

八十三万大军，只剩得三百馀骑。

第三番又笑，发笑得可笑。

有此一句，乃见下文关公之义。

又笑出一个人来了。今番笑出此人来，不但笑不得，哭亦哭不得矣！

不但孔明能料云长，程昱亦能料之。

不骂"操贼"而称"丞相"，便有不杀之意。

可谓哀鸣。

私废公？""今日之事君事也"，此庾公对孺子之语耳。关公效之，便有不杀之意。操曰："五关斩将之时，还能记否？此事在白马解围之后，则公之未及报也。大丈夫以信义为重。将军深明《春秋》，岂不知庾公之斯追子濯孺子之事乎？"公明《春秋》，即以《春秋》动之；小人之乞怜于君子，必不以小人之情动君子，而必以君子之道望君子也。云长是个义重如山之人，想起当日曹操许多恩义，与后来五关斩将之事，如何不动心？又见曹军惶惶，皆欲垂泪，一发心中不忍。妙在不言处写于是把马头勒回，谓众军曰："四散摆开。"这个分明是放曹操的意思。操见云长回马，便和众将一齐冲将过去。云长回身时，曹操已与众将过去了。云长大喝一声，众军皆下马，哭拜于地。云长愈加不忍。正犹豫间，张辽骤马而至。云长见了，又动故旧之情，张辽无言，关公亦无言，都妙在不言处写长叹一声，并皆放去。一喝、一叹，写得有势、有情。后人有诗曰：

曹瞒兵败走华容，正与关公狭路逢。

只为当初恩义重，放开金锁走蛟龙。

曹操既脱华容之难，行至谷口，回顾所随军兵，止有二十七骑。三百馀骑残兵，又只剩得二十七人。比及天晚，已近南郡，火把齐明，一簇人马拦路。此处尚有火之馀威。操大惊曰："吾命休矣！"操之见火而惊，如牛之望月而喘也。只见一群哨马冲到，方认得是曹仁军马，操才安心。曹仁接着，言："虽知兵败，不敢远离，只得在附近迎接。"操曰："几与汝不相见也！"于是引众入南郡安歇。随后张辽也到，说云长之德。操点将校，中伤者极多，操皆令将息。曹仁置酒与操解闷。众谋士俱在座。操忽仰天大恸。宜哭反笑，宜笑反哭；奸雄哭笑，与人不同。众谋士曰："丞相于虎窟中逃难之时，全无惧怯；今到城中，人已得食，马已得料，正须整顿军马复仇，何反痛哭？"操曰："吾哭郭奉孝耳！若奉孝在，决不使吾有此大失也！"遂槌胸大哭曰："哀哉，奉孝！痛哉，奉孝！惜哉，奉孝！"^{哭死的与活的看，奸甚。○周郎知二蔡之诈，并非有人往江北探来；曹操信黄盖之真，自是有人到江东报去。拾伪书之蒋干，有谁到过江东？献连环之士元，问孰引归江北？不当哭郭嘉，还该笑自己。}众谋士皆默然自惭。次日，操唤曹仁曰："吾今暂回许都，收拾军马，必来报仇。汝可保全南郡。吾有一计，密留在此，非急休开，急则开之，依计而行，使东吴不敢正视南郡。"^{为后文周瑜中箭伏线。}仁曰："合淝、襄阳，谁可保守？"操曰："荆州托汝管领；襄阳吾已拨夏侯惇守把；合淝最为紧要之地，吾令张辽为主将，乐进、李典为副将，保守此地。但有缓急，飞报将来。"^{为后文孙权战张辽伏线。}操分拨已定，遂上马引众奔回许昌。荆州原降文武各官，依旧带回许昌调用。曹仁自遣曹洪据守彝陵、南郡，以防周瑜。^{以上放下曹操，以下接叙关公。}

却说关云长放了曹操，引军自回。此时诸路军马，皆得马匹、器械、钱粮，已回夏口；独云长不获一人一骑，空身回见玄德。^{关公无所得，其所得者义耳。}孔明正与玄德作贺，忽报云长至。孔明忙离坐席，执杯相迎曰："且喜将军立此盖世之功，除普天下之大害。合宜远接庆贺！"^{若果然杀得曹操，真当酌酒相贺矣。虽未有此事，然不可无此文。}云长默然。孔明曰："将军莫非因吾等不曾远接，故尔不乐？"回顾左右曰："汝等缘何不先报？"^{虽孔明未必如此之诈，而作文者不可无如此之文。}云长曰："关某特来请死。"孔明曰："莫非曹操不曾投华容道上来？"^{若不肯释曹操，便不是关公；若操不走华容，便不是孔明。}云长曰："是从那里来。关某无能，因此被他走脱。"孔明曰："拿得甚将士来？"云长曰："皆不曾拿。"^{既失其主，何问其从。}孔明曰："此是云长想曹操昔日之恩，故意放了。但既有军令状在此，不得不按军法。"遂叱武士推出斩之。^{好做作。}

正是：

拼将一死酬知己，致令千秋仰义名。

未知云长性命如何，且听下文分解。

第五十一回 曹仁大战东吴兵 孔明一气周公瑾

孔明一氣周公瑾

　　君子观于南郡之战，而叹兵家胜负之不可知也。曹操于赤壁大败之后，而遗计于曹仁，遂使周郎于赤壁大胜之后，而中箭于南郡。以八十三万之众不能胜瑜，而一曹仁足以胜之；以江口乌林之兵未尝失利，而一南郡则失。斯已奇矣。更可异者：由前而观，则黄盖之中箭，为大胜中之小挫；周瑜之中箭，又为大胜后之小挫。由后而观，则曹操之算周瑜，为大挫后之小胜；曹仁之失南郡，又为小胜后之大挫。夫事之难料，至于如此。用兵者其何得以败而沮、胜而骄乎？

　　读前卷而见孙、刘之合，读此卷而见孙、刘之离。盖同患则相恤，同利则相争，凡人之情，大抵然矣。当曹操之来，气吞吴会，赤壁之战，吴非为刘，实以自为耳！迨乎曹操已破，北军已还，而荆州九郡，刘备欲之，孙权又欲之，孔明欲为玄德取之，周郎、鲁肃又欲为孙权取之。于是乃以破曹而德色于刘，因以索谢而取偿于荆，遂致孙与刘终不得为好相识，良可叹也。

　　荆州之地，孔明让吴先攻，而玄德患之；周瑜许刘后取，而鲁肃又患之。盖玄德之不欲夺刘表，不欲夺刘琮，与鲁肃之不欲杀玄德，不欲杀孔明，同一仁人之心。而其不欲以荆州让人，则皆仁者之智耳。然玄德不知孔明之已有定算，鲁肃不知周瑜之假做人情，则智尚有所未及也。可见忠厚人乖觉，极乖觉处正是极忠厚处；老实人使心，极使心处正是极老实处。

　　吕布在濮阳开城赚曹操，曹仁在南郡亦开城赚周瑜，同一赚也。一则赚使入城而烧之，一则赚使入城而射之；一则使人诈降而赚之，一则以诈走而赚之：斯则其不同者矣。乃吕布使人诈降，其后乃至于真降；曹仁诈走，其后乃至于真走：是不同中又有相同处。真妙事妙文！

曹仁以计走赚周瑜，周瑜即以诈死赚曹仁，同一诈也。而曹仁之诈，是曹操之所教；周瑜之诈，则是周瑜之所自为：斯则其不同者矣。且周瑜以诈死赚曹仁，曹操亦曾以诈死赚吕布：则曹仁之智不及周瑜，而周瑜之智同于曹操耳。乃曹操诈死，未便真死。而周瑜之诈，则若有预兆焉：周瑜做诈堕马，金疮假裂，其后至于真堕马，金疮真裂；其初佯怒、佯病、佯死，后乃至于真怒、真病、真死：是相同中更有不同处。真妙事妙文！

观孔明之袭南郡，其即吕蒙袭荆州之事所由伏乎？周瑜力战而任其劳，孔明安坐而享其利。瑜即欲不怒，安得而不怒？吴即欲不报，安得而不报？然而孔明则已有辞矣：孔明袭之于曹氏，非袭之于东吴；取东吴之所将取，非取东吴之所既取。则虽同一袭，而孔明之袭，又大异于吕蒙之袭矣。

周瑜之失南郡，不当怒孔明，当自怨其计之疏耳。昔赵人空壁逐韩信，而信先使人立赤帜于赵城。今瑜当曹仁劫寨之时，预伏一军于南郡之侧，则何至为子龙所袭乎？始之中箭，既轻进于前；继之失地，又迟发于后：是瑜之智，殆出韩信之下。

当周瑜战曹仁之时，正孔明遣将取三城之时。妙在周瑜一边实写，孔明一边虚写。又妙在赵子龙一边，在周瑜眼中实写；云长、翼德两边，在周瑜耳中虚写。此叙事虚实之法。

却说孔明欲斩云长，玄德曰："昔吾三人结义时，誓同生死。又将首卷中事一提。今云长虽犯法，不忍违却前盟。望权记过，容将功赎罪。"孔明方才饶了。两人先自说通，此时却一个做好，一个做恶。

　　且说周瑜收军点将，各各叙功，申报吴侯。所得降卒，尽行发付渡江。大犒三军，遂进兵攻取南郡。前队临江下寨，前后分五营，周瑜居中。瑜正与众商议征进之策，忽报："刘玄德使孙乾来与都督作贺。"瑜命请入。乾施礼毕，言："主公特命乾拜谢都督大德，有薄礼上献。"〔刘谢孙，孙亦当谢刘。〕瑜问曰："玄德在何处？"乾答曰："见移兵屯油江口。"瑜惊曰："孔明亦在油江否？"〔此时吃惊，谁知后来还要吃惊。〕乾曰："孔明与主公同在油江。"瑜曰："足下先回，某亲来相谢也。"〔刘谢孙，谢周郎之火；孙谢刘，当谢孔明之风。〕瑜收了礼物，发付孙乾先回。肃曰："却才都督为何失惊？"瑜曰："刘备屯兵油江，必有取南郡之意。我等费了许多军马，用了许多钱粮，目下南郡反手可得；彼等心怀不仁，要就见成，〔谁知后文偏加倍见成。〕须放着周瑜不死！"〔谁知后来就见成，偏在公活时。〕肃曰："当用何策退之？"瑜曰："吾自去和他说话。好便好；不好时，不等他取南郡，先结果了刘备！"〔须放着孔明不死。〕肃曰："某愿同往。"于是瑜与鲁肃引三千轻骑，径投油江口来。

　　先说孙乾回见玄德，言周瑜将亲来相谢。玄德乃问孔明曰："来意若何？"孔明笑曰："那里为这些薄礼肯来相谢，止为南郡而来。"〔一个乖似一个。〕玄德曰："他若提兵来，何以待之？"孔明曰："他来便可如此如此应答。"〔须知下文玄德之言，皆是孔明之言。〕遂于油江口摆开战船，岸上列着军马。人报："周瑜、鲁肃引兵到来。"孔明使赵云领数骑来接。瑜见军势雄壮，心甚不安。〔须结果刘备不得。〕行至营门外，玄德、孔明迎入帐中。各叙礼毕，设宴相待。玄德举酒致谢鏖兵之事。酒至数巡，瑜曰："豫州移兵在此，莫非有取南郡之意否？"〔只得直说出来。〕玄德曰："闻都督欲取南郡，故来相助。"〔孰知乃是玄德欲取南郡，周郎来相助乎？若都督不取，备必取之。"妙甚。瑜笑曰："吾东吴久欲吞并汉江，今南郡已在掌中，如何不取？"只怕捏不牢。玄德曰："胜负不可预定。曹操临归，令曹仁守南郡等处，必有奇计；暗照锦囊。更兼曹仁勇不可当，但恐都督不能取耳。"反激一句，恶甚，妙甚。瑜曰："吾若取不得，那时任从公取。"玄德曰："子敬、孔明在此为证，都督休悔。"妙在又决绝一句。鲁肃踌躇未对。瑜曰："大丈夫一言既出，何悔之有！"孔明曰："都督此言，甚是公论。先让东吴去取；若不下，主公取之，有何不可！"恶甚妙甚。瑜与肃辞别玄德、孔明，上马而去。玄德问孔明曰："却才先生教备如此回答，虽一时说了，展转寻思，于理未然。我今孤穷一身，无置足之地，欲得南郡，权且容身；若先教周瑜取了，城池已属东吴矣，却如何得住？"一向不要荆州，此时却说出实话来。孔明大笑曰："当初亮劝主公取荆州，主公不听，照应刘表病时，刘琮降时之事。今日却想耶？"趣甚。玄德曰："前为景升之地，故不忍取；今为曹操之地，理合取之。"孔明曰："不须主公忧虑。尽着周瑜去厮杀，早晚教主公在南郡城中高坐。"玄德是让曹操先取而后取之，孔明是让周郎先取而后取之。第未识如何早晚便得高坐，令人不测。玄德曰："计将安出？"孔明曰："只须如此如此。"妙在此处不叙明，却于后文始见。玄德大喜，只在江口屯扎，按兵不动。

却说周瑜、鲁肃回寨。肃曰："都督如何亦许玄德取南郡？"毕竟鲁肃是实心人。瑜曰："吾弹指可得南郡，不要忒稳了。落得虚做人情。"谁知后来却实做了人情。随问帐下将士："谁敢先取南郡？"一人应声而出，乃蒋钦也。瑜曰："汝为先锋，徐盛、丁奉为副将，拨五千精锐军马先渡江，吾随后引兵接应。"

且说曹仁在南郡，分付曹洪守彝陵，以为犄角之势。人报：

"吴兵已渡汉江。"仁曰："坚守勿战为上。"^{若终能坚守，则}^{不至于失矣。}骁骑牛金奋然进曰："兵临城下而不出战，是怯也。况吾兵新败，正当重振锐气。^{照应赤壁}^{之事。}某愿借精兵五百，决一死战。"仁从之，令牛金引五百军出战。丁奉纵马来迎。约战四五合，奉诈败，牛金引军追赶入阵。奉指挥众军士裹围牛金于阵中。金左右冲突，不能得出。曹仁在城上望见牛金困在垓心，遂披甲上马，引麾下壮士数百骑出城，奋力挥刀，杀入吴阵。徐盛迎战，不能抵当。曹仁杀到垓心，救出牛金。回顾尚有数十骑在阵，不能得出，遂复翻身杀入，救出重围。^{写曹仁如此之勇，以见}^{下文周瑜之胜不易。}正遇蒋钦拦路，曹仁与牛金奋力冲散。^{丁奉、徐盛、蒋钦}^{三人，点次错落。}仁弟曹纯，亦引兵接应，混杀一阵。吴军败走，曹仁得胜而回。蒋钦兵败，回见周瑜，瑜怒欲斩之，^{写周瑜第一次失利，}^{为下文怒孔明张本。}众将告免。

　　瑜即点兵，要亲与曹仁决战。甘宁曰："都督未可造次。今曹仁令曹洪据守彝陵，为犄角之势。某愿以精兵三千，径取彝陵，都督然后可取南郡。"^{计亦甚}^{善。}瑜服其论，先教甘宁领三千兵攻打彝陵。^{写周瑜分兵如此之劳，}^{以见下文之胜不易。}早有细作报知曹仁，仁与陈矫商议。矫曰："彝陵有失，南郡亦不可守矣。宜速救之。"仁遂令曹纯与牛金暗地引兵救曹洪。曹纯先使人报知曹洪，令洪出城诱敌。^{将将南郡弃城诱敌，先有}^{彝陵出城诱敌为之作引。}甘宁引兵至彝陵，洪出与甘宁交锋。战有二十馀合，洪败走。宁夺了彝陵。至黄昏时，曹纯、牛金兵到，两下相合，围了彝陵。^{写周瑜第二次失利，}^{为下文怒孔明张本。}

　　探马飞报周瑜，说甘宁困于彝陵城中，瑜大惊。程普曰："可急分兵救之。"瑜曰："此地正当冲要之处，若分兵去救，倘曹仁引兵来袭，奈何？"吕蒙曰："甘兴霸乃江东大将，岂可不救？"瑜曰："吾欲自往救之；但留何人在此，代当吾任？"蒙曰："留凌公绩当之。蒙为前驱，都督断后，不须十日，必奏凯歌。"瑜曰："未知凌公绩肯暂代吾任否？"凌统曰："若十日为期，可当之；十日之外，不胜其任矣。"又写周瑜分兵如此之难，以见下文之胜不易。瑜大喜，遂留兵万馀付与凌统，即日起大兵投彝陵来。蒙谓瑜曰："彝陵南僻小路，取南郡极便。可差五百军去砍倒树木，以断其路。彼军若败，必走此路；马不能行，必弃马而走，吾可得其马也。"得马之利恐不足偿后文失地之辱。瑜从之，差军去讫。大兵将至彝陵，瑜问："谁可突围而入，以救甘宁？"周泰愿往，即时绰刀纵马，直杀入曹军之中，径到城下。甘宁望见周泰至，自出城迎之。泰言："都督自提兵至。"宁传令教军士严装饱食，准备内应。又写周瑜分兵如此之劳，以见下文之胜不易。

却说曹洪、曹纯、牛金闻周瑜兵将至，先使人往南郡报知曹仁，一面分兵拒敌。及吴兵至，曹兵迎之。比及交锋，甘宁、周泰分两路杀出，曹兵大乱，吴兵四下掩杀。曹洪、曹纯、牛金果然投小路而走，却被乱柴塞道，马不能行，尽皆弃马而走。吴兵得马五百馀匹。两次失利，才得一胜。周瑜驱兵星夜赶到南郡，正遇曹仁军来救彝陵。两军接着，混战一场。天色已晚，各自收兵。曹仁回城中，与众商议。曹洪曰："目今失了彝陵，势已危急，何不拆丞相遗计观之，以解此危？"此处妙在暗写。曹仁曰："汝言正合吾意。"遂拆书观之，大喜，便传令教五更造饭。平明，大小车马尽皆弃城，城上遍插旌旗虚张声势，军分三门而出。

却说周瑜救出甘宁，陈兵于南郡城外。见曹兵分三门而出，瑜上将台观看。只见女墙边虚搠旌旗，无人守护；又见军士腰下各束缚包裹。此是曹操锦囊之计：以诈走赚周瑜也。方在赤壁真走之后，又教曹仁诈走之法。有赤壁之真，故不疑南郡之诈耳。瑜暗忖曹仁必先准备走路，遂下将台号令，分布两军为左右翼；如前军得胜，只顾向前追赶，直待鸣金，方许退步。命程普督后军，瑜亲自引军取城。对阵鼓声响处，曹洪出马搦战，瑜自至门旗下，使韩当出马，与曹洪交锋。战到三十馀合，洪败走。曹仁自出接战，周泰纵马相迎。斗十馀合，仁败走，阵势错乱。诈败以诱之。周瑜麾两翼军杀出，曹军大败。瑜自引军马追至南郡城下，曹军皆不入城，望西北而走。妙，竟似真败者。韩当、周泰引前部尽力追赶。瑜见城门大开，城上又无人，遂令众军抢城。数十骑当先而入，瑜在背后纵马加鞭，直入瓮城。陈矫在敌楼上望见周瑜亲自入城来，暗暗喝采道："丞相妙策如神！"一声梆子响，两边弓弩齐发，势如骤雨。争先入城的，都攧入陷坑内。周瑜急勒马回时，被一弩箭正射中左肋，翻身落马。前受他十万枝前，此一箭却受得不好。牛金从城中杀出来捉周瑜，徐盛、丁奉二人舍命救去。城中曹兵突出，吴兵自相践踏，落堑坑者无数。程普急收军时，曹仁、曹洪分兵两路杀回。吴兵大败。幸得凌统引一军从刺斜里杀来，敌住曹兵。曹仁引得胜兵进城，程普收败军回寨。写周瑜第三次失利，愈见下文之胜不易。丁、徐二将救得周瑜到帐中，唤行军医者用铁钳子拔出箭头，将金疮药敷掩疮口，疼不可当，饮食俱废。写周瑜受如此之创，又为下文怒孔明张本。医者曰："此箭头上有毒，急切不能痊可。若怒气冲激，其疮复发。"伏后文。程普令三军紧守各寨，不许轻出。三日后，牛金引军来搦战，程普按兵不动。牛金骂至日暮方回，次日又来骂战。程普恐瑜生气，不敢报知。第三日，牛金直至寨门之外叫骂，声声只道要捉周瑜。既被射，又被骂，以见下文之胜不易。程普与众商议，欲暂且退兵，回见吴侯，却再理会。此处文势

作一顿，正应孔明
取不得南郡之语。

却说周瑜虽患疮痛，心中自有主张；已知曹兵常来寨前叫骂，却不见众将来禀。一日，曹仁自引大军，擂鼓呐喊，前来搦战。程普拒住不出。周瑜唤众将入帐问曰："何处鼓噪呐喊？"众将曰："军中教演士卒。"瑜怒曰："何欺我也！吾已知曹兵常来寨前辱骂。程德谋既同掌兵权，何故坐视？"遂令人请程普入帐问之。普曰："吾见公瑾病疮，医者言勿触怒，故曹兵搦战，不敢报知。"瑜曰："公等不战，主意若何？"普曰："众将皆欲收兵暂回江东。待公箭疮平复，再作区处。"瑜听罢，于床上奋然跃起曰："大丈夫既食君禄，当死于战场，以马革裹尸还，幸也！岂可为我一人，而废国家大事乎？"言讫，即披甲上马。^{语亦甚壮。}^{写周瑜如此之勇，以见下文之胜不易。}诸军众将，无不骇然。遂引数百骑出营前，望见曹兵已布成阵势，曹仁自立马于门旗下，扬鞭大骂曰："周瑜孺子，料必横夭，再不敢正觑我兵！"骂犹未绝，瑜从群骑内突然出曰："曹仁匹夫！见周郎否！"^{妙甚，趣甚。}曹军看见，尽皆惊骇。曹仁回顾众将曰："可大骂之！"众军厉声大骂。周瑜大怒，使潘璋出战。未及交锋，周瑜忽大叫一声，口中喷血，坠于马下。^{有此假怒，以引下文真怒。}曹兵冲来，众将向前抵住，混战一场，救起周瑜，回到帐中。程普问曰："都督贵体若何？"瑜密谓普曰："此吾之计也。"普曰："计将安出？"瑜曰："吾身本无甚痛楚；吾所以为此者，欲令曹兵知我病危，必然欺敌。可使心腹军士去城中诈降，说吾已死。今夜曹仁必来劫寨。吾却于四下埋伏以应之，则曹仁可一鼓而擒也。"^{写周瑜贵如此之计，为下文怒笑孔明张本。}程普曰："此计大妙！"随就帐下举起哀声。众军大惊，尽传言都督箭疮大发而

死，各寨尽皆挂孝。_{赤壁江边一片红，南郡城外一片白。真红假白，正复相对。}

却说曹仁在城中与众商议，言周瑜怒气冲发，金疮崩裂，以致口中喷血，坠于马下，不久必亡。正论间，忽报："吴寨内有十数个军士来降，中间亦有二人原是曹兵被掳过去的。"_{妙在即用其人。}曹仁忙唤入问之。军士曰："今日周瑜阵前金疮碎裂，归寨即死。今众将皆已挂孝举哀。我等因受程普之辱，故特归降，便报此事。"曹仁大喜，随即商议今晚便去劫寨，夺周瑜之尸，斩其首级，送赴许都。_{不能杀活周郎，却欲杀死周郎。一笑。}陈矫曰："此计速行，不可迟误。"曹仁遂令牛金为先锋，自为中军，曹洪、曹纯为合后，只留陈矫领些少军士守城，其馀军兵尽起，_{为下文孔明拿住陈矫伏笔。}初更后出城，径投周瑜大寨。来到寨门，不见一人，但见虚插旗枪而已。情知中计，急忙退兵。四下炮声齐发。东边韩当、蒋钦杀来，西边周泰、潘璋杀来，南边徐盛、丁奉杀来，北边陈武、吕蒙杀来。曹兵大败，三路军皆被冲散，_{以四面敌三路，写诸将如此劳苦功高，又为下文怒孔明张本。}首尾不能相救。曹仁引十数骑杀出重围，正遇曹洪，遂引败残军马一同奔走。杀到五更，离南郡不远，一声鼓响，凌统又引一军拦住去路，截杀一阵。曹仁引军刺斜而走，又遇甘宁大杀一阵。_{四路之后又有两路，写诸将如此劳苦功高，又为下文怒孔明张本。}曹仁不敢回南郡，径投襄阳大路而行，吴军赶了一程自回。

周瑜、程普收住众军，径到南郡城下，见旌旗布满，敌楼上一将叫曰："都督少罪，吾奉军师将令，已取城了。吾乃常山赵子龙也。"_{一向忙了这几时，都为孔明出力。}周瑜大怒，便命攻城。城上乱箭射下。瑜命且回军商议，使甘宁引数千军马，径取荆州；凌统引数千军马，径取襄阳；然后却再取南郡未迟。正分拨间，忽然探马急来报说："诸葛亮自得了南郡，遂用兵符，星夜诈调荆州守城军马来救，却教张飞袭了荆州。"^{荆州一路用虚写。}又一探马飞来报说："夏侯惇在襄阳，被诸葛亮差人赍兵符，诈称曹仁求救，诱惇引兵出，却教云长袭取了襄阳。^{襄阳一路亦用虚写。}二处城池，全不费力，皆属刘玄德矣。"^{又总叙一句。取者不费力，叙者亦不费笔。}周瑜曰："诸葛亮怎得兵符？"程普曰："他拿住陈矫，兵符自然尽属之矣。"^{探马口中不叙陈矫，却在程普口中补出，叙事妙品。}周瑜大叫一声，金疮迸裂。^{前是诈骗曹仁，此番却弄出真来了。}正是：

几郡城池无我分，一场辛苦为谁忙！

未知性命如何，且看下文分解。

第五十二回　诸葛亮巧辞鲁肃　赵子龙智取桂阳

趙子龍智取桂陽

　　荆州者，大汉之荆州，而非刘表之荆州也。非刘表之荆州，何必刘表之子方可有？即以为刘表之荆州，而刘表之子可有，刘表同宗之弟何不可有？然使孔明执此语以谢鲁肃，则东吴之攻我必速矣。东吴攻我，则我势危；曹操见我与吴之相攻，而复乘其间以图我，则我愈危。故不若借刘琦以缓之，缓之而彼不肯缓，则以将死之刘琦暂缓之：此孔明之明而熟于计也。

　　前卷玄德所取者，荆州尚未半耳。周瑜即能听鲁肃之言而不攻，刘备安肯不分取荆州之半而遂去乎？周瑜之所以去者，有吴侯之召也；吴侯之所以召者，有合淝之战也。人但知周瑜之战曹仁，适为孔明取三郡之助；而不知孙权之战合淝，又适为孔明取四郡之助云。

　　三国人才绝异，而其形貌亦多有异者：如大耳之玄德，赤面长髯之关公，虎须环眼之翼德，碧眼紫须之仲谋及黄须之曹彰，斯皆奇矣；而又有白眉之马良，至今称众中之尤者，必曰白眉。虽然，形貌末耳：舜重瞳，重耳重瞳，项羽亦重瞳，黄巢左目亦重瞳；或圣而帝，或谲而霸，或勇而亡，或好杀而亡。人之贤不贤，岂在貌之异不异哉？

　　马良请表刘琦为荆州牧以安众心，可见荆州之人未忘刘表。其从曹操者，迫于势耳。使玄德于刘表托孤之日，而遂自取之，则人心必不附。人心不附，则曹操来追，而内变必作。故知玄德之迟于取荆州，未为失算矣。或曰："荆州之人，既已未忘刘表；益州之人，岂其不念刘璋？玄德不背刘表于死后，而独可夺刘璋于生前，其故何欤？曰：荆州者，东吴之所必争也，宜权借刘琦以谢东吴；益州则非张鲁之所敢争也，不必存刘璋以谢张鲁。当曹操习战玄武之时，未尝须臾忘荆州也。外患既迫，我何能猝定荆州之人心而消其内忧？及曹操既破张鲁之后，势未暇遽窥益州也。外患尚迟，则我可徐抚益州之人心而戢其内变。是以荆州之事，不得以益州律之。

刘度纳降，只是一番；赵范纳降，却有两番。孔明取零陵，只是一番；子龙取桂阳，却有两番。邢道荣之诈，孔明知之而纵之，以行我计，妙在暗写；陈应、鲍龙之诈，子龙知之而杀之，用其带来之人以行我计，妙在明写。即一卷之中而前事与后事，无一毫相犯；前文与后文，亦无一毫相犯。问近日禅官，能有此否？

刘备取刘焉之妇，而赵云不取赵范之嫂，是赵云过于刘备矣。张绣耻以其婶事曹操，而赵范愿以其嫂事赵云，是赵范不如张绣矣。赵范之意，以为嫂复作嫂，一重亲何妨更做两重亲；赵云之意，以为兄同是兄，一家人岂可更作两家事！赵范之爱子龙以为亲，却是极疏；子龙之怒赵范以为疏，却是极亲。才通谱便令见嫂，是真以之为兄也，亲也；然才通谱便令娶嫂，是原不以之为兄也，疏也。才通谱便打，是不认之为弟也，疏也；然才通谱便打，是已认之为弟也，亲也。自子龙一打之后，而叔真是叔，嫂真是嫂，弟真是弟，兄真是兄矣。

读子龙之事，戏成数联云："太守华堂出粉面，可惜茶相如负却卓王孙；佳人翠袖捧金钟，又怜美玉环不遇韦节度。""李靖无心，枉了善识人的红拂；令公有院，逢着不解事的千牛。""老拳一击，打断了驾鹊仙桥；美酒三杯，撮不合行云巫峡。""虽非认义哥哥，也做着云长秉烛；不学多情叔叔，羞杀他曹植思甄。"此数联俱堪绝倒。

却说周瑜见孔明袭了南郡,又闻他袭了荆襄,如何不气?真是气气伤箭疮,半晌方苏。众将再三劝解。瑜曰:"若不杀诸葛村夫,怎息我心中怨气!程德谋可助我攻打南郡,定要夺还东吴。"读者至此,必谓下文与赵子龙厮杀也。正议间,鲁肃至。瑜谓之曰:"吾欲起兵与刘备、诸葛亮共决雌雄,复夺城池。子敬幸助我。"鲁肃曰:"不可。方今与曹操相持,尚未分成败;主公见攻合淝不下,为前文补笔,为后文伏笔。不争自家互相吞并,倘曹兵乘虚而来。其势危矣。鲁肃见识,到底是结刘以拒曹。况刘玄德旧曾与曹操相厚,若逼得紧急,献了城池,一同攻打东吴,如之奈何?"玄德自受衣带诏后,势不复与曹操合矣。然在东吴揣之,何必不然?瑜曰:"吾等用计策,损兵马,费钱粮,他去图见成,岂不可恨!"也要思量东风是谁家的。肃曰:"公瑾且耐。容某亲见玄德,将理来说他。若说不通,那时动兵未迟。"诸将曰:"子敬之言甚善。"

于是鲁肃引从者径投南郡来,到城下叫门。赵云出问,肃曰:"我要见刘玄德有话说。"云答曰:"吾主与军师在荆州城中。"肃遂不入南郡,径奔荆州。见旌旗整列,军容甚盛,肃暗羡曰:"孔明真非常人也!"又在鲁肃眼里补写孔明。军士报入城中,说鲁子敬要见。孔明令大开城门,接肃入衙。讲礼毕,分宾主而坐。茶罢,肃曰:"吾主吴侯与都督公瑾,教某再三申意皇叔,前者操引百万之众,名下江南,实欲来图皇叔;亦是实话幸得东吴杀退曹兵,救了皇叔。所有荆州九郡,合当归于东吴。今皇叔用诡计夺占荆襄,使江东空费钱粮军马,而皇叔安受其利,恐于理未顺。"子敬之言,不激不随,的是长者。孔明曰:"子敬乃高明之士,何故亦出此言？常言道：'物必归主。'荆襄九郡，非东吴之地，乃刘景升之基业。吾主固景升之弟也。景升虽亡，其子尚在；以叔辅侄而取荆州，有何不可？"^{刘表乃东吴之仇，而孔明权借刘表以谢
东吴者，以子敬曾来吊刘表之丧故耳。}肃曰："若果系公子刘琦占据，尚有可解；今公子在江夏，须不在这里！"孔明曰："子敬欲见公子乎？"便命左右："请公子出来。"^{赵云
之至}南郡，公子之到荆州，皆不^{用先叙在前，此省笔之法。}只见两从者从屏风后扶出刘琦。琦谓肃曰："病躯不能施礼，子敬勿罪。"^{屏风后乃蔡夫人所立之
处，今又换却刘琦。}鲁肃吃了一惊，默然无语，良久言曰："公子若不在，便如何？"^{一见便望他死，
是老实人语。}孔明曰："公子在一日，守一日；若不在，别有商议。"^{语甚含糊
得妙。}肃曰："若公子不在，须将城池还我东吴。"孔明曰："子敬之言是也。"^{葫芦提
得妙。}遂设宴相待。

　　宴罢，肃辞出城，连夜归寨，具言前事。瑜曰："刘琦正青春年少，如何便得他死？这荆州何日得还？"肃曰："都督放心。只在鲁肃身上，务要讨荆襄还东吴。"^{读此句，必谓子
敬定有妙策。}瑜曰："子敬有何高见？"肃曰："吾观刘琦过于酒色，病入膏肓，见今面色羸瘦，气喘呕血，不过半年，其人必死。那时往取荆州，刘备须无得推故。"^{子敬别无妙策，不过望
刘琦死耳，可发一笑。}周瑜犹自忿气未消，忽孙权遣使至。^{斗笋甚
妙。}瑜令请入。使曰："主公围合淝，累战不捷。^{几番厮杀，只用使
者口中一句虚点。}特令都督收回大军，且拨兵赴合淝相助。"^{亏此一事，按
下周瑜。}周瑜只得班师回柴桑养病，令程普部领战船士卒，来合淝听孙权调用。^{以上按下东吴一边。
以下专叙玄德一边。}

　　却说刘玄德自得荆州、南郡、襄阳，心中大喜，商议久远之计。忽见一人上厅献策，视之，乃伊籍也。玄德感其旧日之恩，十分相敬，^{又将檀溪
事一提。}坐而问之。籍曰："要知荆州久远之计，何不求贤士以问之？"玄德曰："贤士安在？"籍曰："荆襄马氏，兄弟五人并有才名。幼者名谡，字幼常。〔带叙马谡，为后文归蜀伏线。〕其最贤者，眉间有白毛，名良，字季常。〔伊籍前曾谏马，此又荐"马"。玄德前破张武得一马，今取荆州又得一"马"。良马与良，相映成趣。〕乡里为之谚曰：'马氏五常，白眉最良。'〔马良之贤不贤，不在眉之白不白也。若白眉而遂良，则今之社日生者岂尽贤人耶？〕公何不求此人而与之谋？"玄德遂命请之。马良至，玄德优礼相待，请问保守荆襄之策。良曰："荆襄四面受敌之地，恐不可久守。可令公子刘琦于此养病，招谕旧人以守之，就表奏公子为荆州刺史，以安民心。〔孔明借公子以谢东吴，马良亦借公子以安民心。前后相映。〕然后南征武陵、长沙、桂阳、零陵四郡，积收钱粮，以为根本。此久远之计也。"〔为后文取四郡张本。〕玄德大喜，遂问："四郡当先取何郡？"良曰："湘江之西，零陵最近，可先取之；次取武陵；然后襄江之东取桂阳；长沙为后。"玄德遂用马良为从事，伊籍副之。请孔明商议，送刘琦回襄阳，替云长回荆州。〔照应前文。〕便调兵取零陵，差张飞为先锋，赵云合后，孔明、玄德为中军，人马一万五千。留云长守荆州，〔此处便是云长守荆州，预为后文伏线。〕糜竺、刘封守江陵。

却说零陵太守刘度，闻玄德军马到来，乃与其子刘贤商议。贤曰："父亲放心。他虽有张飞、赵云之勇，我本州上将邢道荣，力敌万人，可以抵对。"刘度遂命刘贤与邢道荣引兵万馀，离城三十里，依山靠水下寨。探马报说："孔明自引一军到来。"〔前是暗袭，此是明攻。〕道荣便引军出战。两阵对圆，道荣出马，手使开山大斧，厉声高叫："反贼安敢侵我境界！"只见对阵中，一簇黄旗出。旗开处，推出一辆四轮车，车中端坐一人，头戴纶巾，身披鹤氅，手执羽扇，用扇招邢道荣曰："吾乃南阳诸葛孔明也。曹操引百万之众，被吾聊施小计，杀得片甲不回。〔又将赤壁事一提。〕汝等岂堪与我对敌？我今来招安汝等，何不早降？"道荣大笑曰：
"赤壁鏖兵，乃周郎之谋也，干汝何事，敢来诳语！"〔不知孔明风力。〕轮
大斧竟奔孔明。孔明便回车，望阵中走，阵门复闭。道荣直冲杀
过来，阵势急分两下而走。〔忽闭忽开，阵法纵横。〕道荣遥望中央一簇黄旗，料
是孔明，乃只望黄旗而赶。抹过山脚，黄旗扎住，忽地中央分
开，不见四轮车，只见一将挺矛跃马，大喝一声，直取道荣，乃
张翼德也。〔孔明忽没，张飞忽现，来得突兀。〕道荣轮大斧来迎，战不数合，气力不
加，拨马便走。翼德随后赶来，喊声大震，两下伏兵齐出。道荣
舍死冲过。前面一员大将拦住去路，大叫："认得常山赵子龙
否？"〔亦写得突兀。〕道荣料敌不过，又无处奔走，只得下马请降。子龙缚
来寨中见玄德、孔明。玄德喝教斩首。孔明急止之，向道荣曰：
"汝若与我捉了刘贤，便准你投降。"〔此处是孔明用计，妙在不先说明。〕道荣连声愿
往。孔明曰："你用何法捉他？"道荣曰："军师若肯放某回去，
某自有巧说。今晚军师调兵劫寨，某为内应，〔约来劫寨，便是诈言。〕活捉刘
贤，献与军师。刘贤既擒，刘度自降矣。"玄德不信其言。孔明
曰："邢将军非谬言也。"〔浑身是计，却不叙明。〕遂放道荣归。道荣得放回
寨，将前事实诉刘贤。贤曰："如之奈何？"道荣曰："可将计就
计。今夜将兵伏于寨外，寨中虚立旗幡，待孔明来劫寨，就而擒
之。"〔已在孔明算中。〕刘贤依计。

当夜二更，果然有一彪军到寨口，每人各带草把，一齐放
火。刘贤、道荣两下杀来，放火军便退。〔此是孔明之计。不知者读至此，必谓孔明中计矣。〕刘
贤、道荣两军乘势追赶，赶了十馀里，军皆不见。〔奇绝妙绝。〕刘贤、道
荣大惊，急回本寨，只见火光未灭，寨中突出一将，乃张翼德
也。〔全是孔明调度，妙在不先叙明。〕刘贤叫道荣："不可入寨，却去劫孔明寨便

了。"于是复回军。走不十里，赵云引一军刺斜里杀出，一枪刺道荣于马下。<small>全是孔明调度，妙在不先叙明。</small>刘贤急拨马奔走，背后张飞赶来，活捉过马，绑缚见孔明。贤告曰："邢道荣教某如此，实非本心也。"孔明令释其缚，与衣穿了，赐酒压惊，教人送入城说父投降；<small>待邢道荣则诈，待刘贤则真。</small>如其不降，打破城池，满门尽诛。刘贤回零陵见父刘度，备述孔明之德，劝父投降。度从之，遂于城上竖起降旗，大开城门，赍捧印绶出城，竟投玄德大寨纳降。孔明教刘度仍为郡守，其子刘贤赴荆州随军办事。<small>隐然以子为质。</small>零陵一郡居民，尽皆喜悦。

玄德入城安抚已毕，赏劳三军。乃问众将曰："零陵已取了，桂阳郡何人敢取？"<small>马良之言，本是零陵之后便取武陵，今却先取桂阳，变换得妙。</small>赵云应曰："某愿往。"张飞奋然出曰："飞亦愿往。"二人相争。孔明曰："终是子龙先应，只教子龙去。"张飞不服，定要去取。孔明教拈阄，拈着的便去。又是子龙拈着。张飞怒曰："我并不要人相帮，只独领三千军去，稳取城池。"<small>张飞争先后，却用取武陵，此处早为武陵伏笔。</small>赵云曰："某也只领三千军去。如不得城，愿受军令。"孔明大喜，责了军令状，选三千精兵付赵云去。<small>前是两将双立战功，此却分开两处。</small>张飞不服，玄德喝退。

赵云领了三千人马，径往桂阳进发。早有探马报知桂阳太守赵范。范急聚众商议。管军校尉陈应、鲍龙愿领兵出战。原来二人都是桂阳岭山乡猎户出身，陈应会使飞叉，鲍龙曾射杀双虎。<small>忽夹叙陈应、鲍龙二句，忙中偏有此闲笔。</small>二人自恃勇力，乃对赵范曰："刘备若来，某二人愿为前部。"赵范曰："我闻刘玄德乃大汉皇叔，更兼孔明多谋，关、张极勇。今领兵来的赵子龙，在当阳长坂百万军中，如入无人之境。<small>又将子龙前事一提。</small>我桂阳能有多少人马？不可迎敌，只可投降。"便为下文张本。应曰："某请出战。若擒不得赵云,那时任太守投降不迟。"赵范拗不过,只得应允。

陈应领三千人马出城迎敌,早望见赵云领军来到。陈应列成阵势,飞马绰叉而出。赵云挺枪出马,责骂陈应曰："吾主刘玄德,乃刘景升之弟,今辅公子刘琦同领荆州,又将前事一点。特来抚民。汝何敢迎敌!"陈应骂曰："我等只服曹丞相,岂顺刘备!"赵云大怒,挺枪骤马,直取陈应。应撚叉来迎。两马相交,战到四五合,陈应料敌不过,拨马便走。赵云追赶。陈应回顾赵云马来相近,用飞叉掷去,被赵云接住,回掷陈应;应急躲过。云马早到,将陈应活捉过马,掷于地下,喝军士绑缚回寨。败军四散奔走。云入寨叱陈应曰："量汝安敢敌我!我今不杀汝,放汝回去,说与赵范,早来投降。"与孔明放邢道荣不同。陈应谢罪,抱头鼠窜,回到城中,对赵范尽言其事。范曰："我本欲降,汝强要战,以致如此。"遂叱退陈应,赍捧印绶,引十数骑出城投大寨纳降。

云出寨迎接,待以宾礼,置酒共饮,纳了印绶。酒至数巡,范曰："将军姓赵,某亦姓赵,五百年前合是一家。近日此风盛行。将军乃真定人,某亦真定人,又是同乡。傥得不弃,结为兄弟,实为万幸。"今日异乡亦作通谱,何况同乡。云大喜,各叙年庚。云与范同年。云长范四个月,范遂拜云为兄。二人同乡,同年,又同姓,十分相得。不知者读至此,必谓二赵更密于关张矣,孰知后来却又不然。至晚席散,范辞回城。次日,范请云入城安民。云教军士休动,只带五十骑随入城中。第一次入城。居民执香伏道而接。云安民已毕,赵范邀请入衙饮宴。酒至半酣,范复邀云入后堂深处,洗盏更酌。云饮微醉。范忽请出一妇人,与云把酒。突如其来,出人意外。子龙见妇人身穿缟素,缟衣綦巾,聊乐我云。有倾城倾国之色,谁想此时忽然遇一文君　乃问范曰："此何人也？"范曰："家嫂樊氏也。"不使妻拜伯，独使嫂见叔，便是作怪　子龙改容敬之。道学之极　樊氏把盏毕，范令就坐。亲热之极　云辞谢。道学之极　樊氏辞归后堂。云曰："贤弟何必烦令嫂举杯耶？"范笑曰："中间有个缘故，乞兄勿阻：先兄弃世已三载，正当再醮之时矣　家嫂寡居，终非了局，弟常劝其改嫁。嫂曰：'若得三件事兼全之人，我方嫁之：第一要文武双全，名闻天下；第二要相貌堂堂，威仪出众；第三要与家兄同姓。'再醮妇人却如此拣择，为之一笑　你道天下那得有这般凑巧的？这样拣法，其实拣不出来　今尊兄堂堂仪表，名震四海，又与家兄同姓，正合家嫂所言。令嫂之巧则凑矣，只怕令兄未必肯凑　若不嫌家嫂貌陋，愿陪嫁资，与将军为妻，前呼"尊兄"，此忽改呼"将军"，正恐呼兄则有碍于娶嫂耳　结累世之亲，何如？"云闻言大怒而起，厉声曰："吾既与汝结为兄弟，汝嫂即吾嫂也，岂可作此乱人伦之事乎！"赵范看得通谱为泛，赵云看得通谱为真。近日世俗好言通谱，必得认真如赵云者方可通之，恐天下赵云不少，切宜仔细　赵范羞惭满面，答曰："我好意相待，如何这般无礼！"遂目视左右，有相害之意。云已觉，一拳打倒赵范，径出府门，上马出城去了。不算打媒人，还只算打兄弟。

范急唤陈应、鲍龙商议。应曰："这人发怒去了，只索与他厮杀。"范曰："但恐赢他不得。"鲍龙曰："我两个诈降在他军中，太守却引兵来搦战，我二人就阵上擒之。"邢道荣是被困而诈降，今两人是自去诈降，又是一样诈法。　陈应曰："必须带些人马。"龙曰："五百骑足矣。"当夜二人引五百军径奔赵云寨来投降。云已心知其诈，写赵云精细　遂教唤入。二将到帐下，说："赵范欲用美人计赚将军，赵范实无此心，东吴将有此事。一实一虚，前后相映。　只等将军醉了，扶入后堂谋杀，将头去曹丞相处献功，如此不仁。某二人见将军怒出，必连累于某，因此投降。"赵云佯喜，置酒与二人痛饮。二人大醉，云乃缚于帐中，擒其手下人问之，果是诈降。^{邢道荣之诈，孔明肚里明白；陈、}云唤五百军人，各赐酒食，传令曰："要害我者，陈应、鲍龙也，不干众人之事。汝等听吾行计，皆有重赏。"众军拜谢。将降将陈、鲍二人当时斩了，却教五百军引路，云引一千军在后，连夜到桂阳城下叫门。^{妙在即用其人。}城上听时，说陈、鲍二将军杀了赵云回军，请太守商议事务。^{妙在即用其计。}城上将火照看，果是自家军马。赵范急忙出城。云喝左右捉下。遂入城安抚百姓已定，^{第二次入城。}飞报玄德。

玄德与孔明亲赴桂阳。云迎接入城，推赵范于阶下。孔明问之，范备言以嫂许嫁之事。孔明谓云曰："此亦美事，公何如此？"云曰："赵范既与某结为兄弟，今若娶其嫂，惹人唾骂，一也；^{此从兄弟起见。}其妇再嫁，便失大节，二也；^{此从夫妇起见。}赵范初降，其心难测，三也。主公新定江汉，枕席未安，云安敢以一妇人而废主公之大事？"^{此从君臣起见。○当挥拳之时，已不认赵范为兄弟，则得桂阳之后，何妨听军师做媒人？而子龙终不肯从，是子龙之不可及也。}玄德曰："今日大事已定，与汝娶之，若何？"云曰："天下女子不少，但恐名誉不立，何患无妻子乎？"^{落落丈夫语。○赵范做媒不允，玄德做媒亦不允，樊氏可谓数奇。}玄德曰："子龙真丈夫也！"遂释赵范，仍令为桂阳太守，重赏赵云。

张飞大叫曰："偏子龙干得功！偏我是无用之人！^{不是眼红，却是技痒。}只拨三千军与我去取武陵郡，活捉太守金旋来献！"^{谁知后来偏不是活捉。}孔明大喜曰："翼德要去不妨，但要依一件事。"正是：

军师决胜多奇策，将士争先立战功。

未知孔明说出那一件事来，且看下回分解。

第五十三回　关云长义释黄汉升　孙仲谋大战张文远

孫仲謀大戰張文遠

孔明取七郡之地，前三郡用袭，后四郡用攻。而后四郡之中，两郡太守是降，两郡太守是死。零陵、桂阳是太守不欲战，手下人欲战；武陵、长沙是太守欲战，手下人不欲战。至于零陵与桂阳不同，武陵与长沙又异，求其一笔之相犯而不可得。事之天然变幻，至于如此。后之作稗官者，即执笔效之，安能仿佛耶？

云长不杀黄忠，是好胜处，不是慈悲处；以为杀堕马之人，不足为勇故耳。若认作慈悲，则为宋襄公之仁义，岂所以论云长哉？设以宋襄公处此，不但堕马不杀，即不堕马亦不杀。何也？白发黄忠，已在不禽二毛之例也。

此处有云长义释黄忠，后复有翼德义释严颜以对之；此处有黄忠射盔缨不射关公，前却有赵云射篷索不射徐盛以对之。然关公不杀黄忠，是不便杀，欲留待后杀；翼德不杀严颜，是竟不杀；赵云不杀徐盛，是本当杀姑不杀；黄忠不杀关公，是真不忍杀。四人各有一样肚肠，写来更不相犯。

文章之妙，有前文方于此应，后文又于此伏者，如魏延之献长沙是也。前在襄阳城下大战文聘，今在长沙城上杀却韩玄，是前文于此应也；孔明既死，魏延乃有反汉之谋；魏延初降，孔明已有欲杀之志，是后文又于此伏也。通观全部，虽人与事纷纷，而伏应之妙，则一篇如一句，斯真有数文字。

黄忠者，五虎将之一也，于此卷方才出名，写来亦极出色：写其刀，写其箭，犹但写其勇耳；至于不射关公，知重义也；敦请始出，能自爱也；请葬韩玄，不记怨也；请以刘表之侄为郡守，不忘本也。不独勇略过人，而其人品亦有不可及者。与关、张、赵云并列，夫何愧焉！

方叙玄德取四郡，便接叙孙权战合淝，盖玄德取四郡之时，正孙权战合淝之时也。若不按下周瑜，召去程普，牵制孙权，则玄德安能从容而取汉上之地？故夹叙孙权一边，特为玄德一边发明也。且孙权虽失南郡，而犹能取合淝，则以此之得，偿彼之失，而索荆州之意，不至于甚急耳。是合淝之役，不独为上文发明，又将为下文伏线也。

周瑜破曹仁，而孙权不能破张辽，非独张辽之智过于曹仁，亦孙权之智不如周瑜也。天下岂有一养马之后槽，而可以杀大将？又岂有一小卒为细作，而可以放火开城门者乎？太史慈而死于是役，使周郎而在军中，必不至此。故凡权之所以败，皆以周郎怒气冲激，养病柴桑之故，则不但南郡之失，当致怨于孔明，而合淝之战，亦当归怨于孔明耳。

张辽之守合淝，其真大将之才乎！赤壁之战，射黄盖以救曹操，犹不过战将之能耳。观于此卷，有大将之才三：既胜而能惧，是其慎也；闻变而不乱，是其定也；乘机以诱敌，是其谋也。宜其为关公之器重与！惟大将不惧大将，亦惟大将能知大将。于黄忠见关公之神武，于张辽亦见关公之知人。

却说孔明谓张飞曰："前者子龙取桂阳郡时，责下军令状而去。今日翼德要取武陵，必须也责下军令状，方可领兵去。"

<small>赵云军令状是赵云情愿，
张飞军令状是孔明索取。</small>张飞遂立军令状，欣然领三千军，星夜投武陵界上来。金旋听得张飞引兵到，乃集将校，整点精兵器械，出城迎敌。从事巩志谏曰："刘玄德乃大汉皇叔，仁义布于天下；

加之张翼德骁勇非常，不可迎敌，不如纳降为上。"　_{此处独与桂阳相反。}金旋大怒曰："汝欲与贼通连为内变耶？"喝令武士推出斩之。众官皆告曰："先斩家人，于军不利。"金旋乃喝退巩志，自率兵出。离城二十里，正迎张飞。飞挺矛立马，大喝金旋。旋问部将："谁敢出战？"众皆畏惧，莫敢向前。_{如此将士而欲迎敌，多见其不知量也。}旋自骤马舞刀迎之。张飞大喝一声，浑如巨雷。金旋失色，不敢交锋，拨马便走。_{张飞不消战得，与前文处处不同。}飞引众军随后掩杀。金旋走至城边，城上乱箭射下。旋惊视之，见巩志立于城上曰："汝不顺天时，自取败亡，吾与百姓自降刘矣。"言未毕，一箭射中金旋面门，坠于马下，_{将写黄忠之箭，先写巩志之箭，天然一个引子。}军士割头献张飞。巩志出城纳降，飞就令巩志赍印绶，往桂阳见玄德。玄德大喜，遂命巩志代金旋之职。

玄德亲至武陵安民毕，驰书报云长，言翼德、子龙各得一郡。_{明明挑动云长。}云长乃回书上请曰："闻长沙尚未取，如兄长不以弟为不才，教关某干这件功劳甚好。"_{前既写过赵、张，此处却写关公。}玄德大喜，遂教张飞星夜去替云长守荆州，令云长来取长沙。云长既至，入见玄德、孔明。孔明曰："子龙取桂阳，翼德取武陵，都是三千军去。今长沙太守韩玄，固不足道；只是他有一员大将，乃南阳人，姓黄名忠，字汉升，_{黄忠名字，却用孔明口中说出，叙法变换。}是刘表帐下中郎将，与刘表之侄刘磐共守长沙，_{为后文荐刘磐张本。}后事韩玄，虽今年近六旬，却有万夫不当之勇，不可轻敌。_{先在孔明口中写黄忠。}云长去，必须多带军马。"云长曰："军师何故长别人锐气，灭自己威风？量一老卒，何足道哉！关某不须用三千军，只消本部下五百名校刀手，决定斩黄忠、韩玄之首，献来麾下。"_{写云长好胜，更自出色。}玄德苦挡，云长不依，只领五百校刀手而去。孔明谓玄德曰："云长轻敌黄忠，只恐有失，主公当往接应。"玄德从之，随后引兵望长沙进发。^{独长沙却用孔明、玄德自去，与零陵相似，与桂阳、武陵相反。}

却说长沙太守韩玄，平生性急，轻于杀戮，众皆恶之。^{为后文百姓助魏延张本。}是时听知云长军到，便唤老将黄忠商议。忠曰："不须主公忧虑。凭某这口刀，这张弓，一千个来，一千个死！"^{夸刀又夸弓，为射关公伏线。}原来黄忠能开二石力之弓，百发百中。言未毕，阶下一人应声而出曰："不须老将军出战，只就某手中定活捉关某。"韩玄视之，乃管军校尉杨龄。韩玄大喜，遂令杨龄引军一千，飞奔出城。约行五十里，望见尘头起处，云长军马早到。杨龄挺枪出马，立于阵前骂战。云长大怒，更不打话，飞马舞刀，直取杨龄。龄挺枪来迎。不三合，云长手起刀落，砍杨龄于马下，^{先写杨龄之死，以反衬黄忠之勇。}追杀败兵，直至城下。韩玄闻之大惊，便教黄忠出马，玄自来城上观看。忠提刀纵马，引五百骑兵飞过吊桥。云长见一老将出马，知是黄忠，把五百校刀手一字摆开，横刀立马而问曰："来将莫非黄忠否？"^{写得关公儒雅之极}忠曰："既知我名，焉敢犯我境！"云长曰："特来取汝首级！"^{趣甚}言罢，两马交锋，斗一百馀合，不分胜负。^{写黄忠第一日}韩玄恐黄忠有失，鸣金收军。黄忠收军入城。云长也退军，离城十里下寨，心中暗忖："老将黄忠，名不虚传，斗一百合，全无破绽。^{又在关公意中写一黄忠}来日必用拖刀计，背砍赢之。"

次日早饭毕，又来城下搦战。韩玄坐在城上，教黄忠出马。忠引数百骑杀过吊桥，再与云长交马。又斗五六十合，胜负不分，^{写黄忠第二日}两军齐声喝采。^{又在众人眼中旁写一笔。}鼓声正急时，云长拨马便走。黄忠赶来。云长方欲用刀砍去，忽听得脑后一声响，急回头看时，见黄忠被战马前失，掀在地下。_{不知者读至此，必谓黄忠死矣。}云长急回马，双手举刀猛喝曰："我且饶你性命！快唤马来厮杀！"_{此处却写关公。}黄忠急提起马蹄，飞身上马，奔入城中。玄惊问之。忠曰："此马久不上阵，故有此失。"玄曰："汝箭百发百中，何不射之？"_{又借韩玄口中写一黄忠。}忠曰："来日再战，必然诈败，诱到吊桥边射之。"玄以自己所乘一匹青马与黄忠。忠拜谢而退，寻思："难得云长如此义气！他不忍杀害我，我又安忍射他？_{此处又写黄忠。}若不射，又恐违了将令。"是夜踌躇未定。次日天晓，人报云长搦战。忠领兵出城。云长两日战黄忠不下，十分焦燥，抖擞威风，与忠交马。战不到三十馀合，忠诈败，云长赶来。忠想昨日不杀之恩，不忍便射，带住刀，把弓虚拽弦响，_{不便射，妙。}云长急闪，却不见箭；云长又赶，忠又虚拽；_{又不便射，更妙。}云长急闪，又无箭，只道黄忠不会射，放心赶来。将近吊桥，黄忠在桥上搭箭开弓，弦响箭到，正射在云长盔缨根上。_{写黄忠第三日。○前是云长义释汉升，此又是汉升义释云长矣。}前面军齐声喊起。云长吃了一惊，带箭回寨，方知黄忠有百步穿杨之能，今日只射盔缨，正是报昨日不杀之恩也。_{又在云长意中写一黄忠。}云长领兵而退。

黄忠回到城上来见韩玄，玄便喝左右捉下黄忠。忠叫曰："无罪！"玄大怒曰："我看了三日，汝敢欺我！汝前日不搦战，必有私心。昨日马失，他不杀汝，必有关通。_{因他第三日，并疑他前两日。}今日两番虚拽弓弦，第三箭却止射他盔缨，如何不是外通内连？若不斩汝，必为后患！"喝令刀斧手推下城门外斩之。众将欲告，玄曰："但告免黄忠者，便是同情！"_{不知者读至此，必谓黄忠死矣。}又刚推到门外，恰欲举刀，忽然一将挥刀杀入，砍死刀手，救起黄忠，_{救得突兀，出}

大叫曰："黄汉升乃长沙之保障，今杀汉升，是杀长沙百姓也！韩玄残暴不仁，轻贤慢士，当众共殛之！愿随我者便来！"众视其人，面如重枣，目若朗星，乃义阳人魏延也。自襄阳赶刘玄德不着，来投韩玄；玄怪其傲慢少礼，不肯重用，故屈沉于此。当日救下黄忠，教百姓同杀韩玄，袒臂一呼，相从者数百馀人。黄忠拦当不住。魏延直杀上城头，一刀砍韩玄为两段，提头上马，引百姓出城，投拜云长。云长大喜，遂入城。安抚已毕，请黄忠相见；忠托病不出。云长即使人去请玄德、孔明。

却说玄德自云长来取长沙，与孔明随后催促人马接应。正行间，青旗倒卷，一鸦自北南飞，叫连三声而去。玄德曰："此应何祸福？"孔明就马上袖占一课，曰："长沙郡已得，又主得大将。午时后定见分晓。"少顷，见一小校飞报前来，说："关将军已得长沙郡，降将黄忠、魏延，专等主公到彼。"玄德大喜，遂入长沙。云长接入厅上，具言黄忠之事。玄德乃亲往黄忠家相请，忠方出降，求葬韩玄尸首于长沙之东。后人有诗赞黄忠曰：

将军气概与天参，白发犹然困汉南。至死甘心无怨望，临降低首尚怀惭。宝刀灿雪彰神勇，铁骑临风忆战酣。千古高名应不泯，长随孤月照湘潭。

玄德待黄忠甚厚。云长引魏延来见，孔明喝令刀斧手推下斩之。玄德惊问孔明曰："魏延乃有功无罪之人，军师何故欲杀之？"孔明曰："食其禄而杀其主，是不忠也；居其土而献其地，是不义也。^{自是正论，然意却不重在此。}吾观魏延脑后有反骨，久后必反，故先斩之，以绝祸根。"^{先生不惟善卜，又善相，早为一百回后伏线。}玄德曰："若斩此人，恐降者人人自危。望军师恕之。"孔明指魏延曰："吾今饶汝性命。汝可尽忠报主，勿生异心；若生异心，我好歹取汝首级。"魏延喏喏连声而退。^{巩志杀金旋而孔明不罪之，乃独罪魏延者，知延之必反，故欲借此以杀延耳。}黄忠荐刘表侄刘磐，见在攸县闲居；^{又写黄忠。}玄德取回，教掌长沙郡。四郡已平，^{总叙一句以括上文。}玄德班师回荆州，改油江口为公安。自此钱粮广盛，贤士归之，将军马四散屯于隘口。^{以上按下玄德一边，以下接叙东吴一边。}

却说周瑜自回柴桑养病，令甘宁守巴陵郡，令凌统守汉阳郡，二处分布战船，听候调遣。程普引其馀将士投合淝县来。原来孙权自从赤壁鏖兵之后，久在合淝^{补叙前文。}与曹兵交锋，大小十馀战，未决胜负，^{一句包着无数文字，省却无数笔墨。}不敢逼城下寨，离城五十里屯兵。闻程普兵到，孙权大喜，亲自出营劳军。人报鲁子敬先至，权乃下马立待之。^{正应"天以子敬赐我"之语。}肃慌忙滚鞍下马施礼。众将见权如此待肃，皆大惊异。权请肃上马，并辔而行，密谓曰："孤下马相迎，足显公否？"肃曰："未也。"^{鲁肃大奇。}权曰："然则何如而后为显耶？"肃曰："愿明公威德加于四海，总括九州，克成帝业，使肃名书竹帛，始为显矣。"^{愿以其君显，非但以其身显也。}权抚掌大笑，同至帐中，大设饮宴，犒劳鏖兵将士，商议破合淝之策。

忽报张辽差人来下战书。权拆书观毕，大怒曰："张辽欺吾太甚！汝闻程普军来，故意使人搦战！来日吾不用新军赴敌，看我大战一场！"^{仲谋乃好胜。}传令当夜五更三军出寨，望合淝进发。辰时左右，军马行至半途，曹兵已到。两边布成阵势。孙权金盔金甲，披挂出马；左宋谦，右贾华，二将使方天画戟，_{先将戟一逗}两边护卫。三通鼓罢，曹军阵中门旗两开，三员将全装贯带，立于阵前：中央张辽，左边李典，右边乐进。张辽纵马当先，专搦孙权决战。权绰枪欲自战，阵门中一将挺枪骤马早出，乃太史慈也。_{太史慈一向冷落于此略一写之。}张辽挥刀来迎。两将战有七八十合，不分胜负。曹阵上李典谓乐进曰："对面金盔者，孙权也。若捉得孙权，足可与八十三万大军报仇。"_{又将赤壁事一提。}说犹未了，乐进一骑马，一口刀，从刺斜里径取孙权，如一道电光，飞至面前，手起刀落。_{写得骇人。}宋谦、贾华急将画戟遮架。刀到处，两枝戟齐断，_{更自骇人。}只将戟杆望马头上打。乐进回马，宋谦绰军士手中枪赶来。李典搭上箭，望宋谦心窝里便射，应弦落马。太史慈见背后有人堕马，弃却张辽，望本阵便回。张辽乘势掩杀过来，吴兵大乱，四散奔走。张辽望见孙权，骤马赶来。看看赶上，_{便自骇人。}刺斜里撞出一军，为首大将乃程普也，_{来得突兀。}截杀一阵，救了孙权。张辽收军自回合淝。

程普保孙权归大寨，败军陆续回营。孙权因见折了宋谦，放声大哭。长史张纮曰："主公恃甚壮之气，轻视大敌，三军之众，莫不寒心。即使斩将搴旗，威振疆场，亦偏将之任，非主公所宜也。愿抑贲、育之勇，怀王霸之计。且今日宋谦死于锋镝之下，皆主公轻敌之故。今后切宜保重。"_{孙坚以轻追而被箭，孙策以轻出而受创：前车之覆，后车之鉴。}权曰："是孤之过也。从今当改之。"少顷，太史慈入帐，言："某手下有一人，姓戈名定，与张辽手下养马后槽是弟兄。后槽被责怀怨，今晚使人报来，举火为号，刺杀张辽，以报宋谦之仇。_{作奸细者，不过一小卒；为内应者，亦只一养马后槽。可发一笑。}某请引兵为外应。"权曰："戈定何在？"太史慈曰："已混入合淝城中去了。某愿乞五千兵去。"诸葛瑾曰："张辽多谋，恐有准备，不可造次。"太史慈坚执要行。^{孙权轻出，太史慈又轻追。君臣皆轻，安得不败？}权因伤感宋谦之死，急欲报仇，遂令太史慈引兵五千，去为外应。

却说戈定乃太史慈乡人，当日杂在军中，随入合淝城，寻见养马后槽，两个商议。戈定曰："我已使人报太史慈将军去了，今夜必来接应。你如何用事？"^{此等人，有甚计策商量出来？}后槽曰："此间离军中较远，夜间急不能进，只就草堆上放起一把火，你去前面叫反，城中兵乱，就里刺杀张辽，^{说得忒容易了。}馀军自走也。"戈定曰："此计大妙！"是夜张辽得胜回城，赏劳三军，传令不许解甲宿睡。^{既胜而能慎，是大将，不是战将。}左右曰："今日全胜，吴兵远遁，将军何不卸甲安息？"辽曰："非也。为将之道，勿以胜为喜，勿以败为忧。倘吴兵度我无备，乘虚攻击，何以应之？今夜防备，当比每夜更加谨慎。"^{不但为将之道为然也，立身处世，大抵宜尔。}说犹未了，后寨火起，一片声叫反，报者如麻。张辽出帐上马，唤亲从将校十数人，当道而立。左右曰："喊声甚急，可往观之。"辽曰："岂有一城皆反者？此是造反之人故惊军士耳。如乱者先斩！"^{其智能谋，其静能镇。}无移时，李典擒戈定并后槽至。辽询得其情，立斩于马前。只听得城门外鸣锣击鼓，喊声大震。辽曰："此是吴兵外应，可就计破之。"便令人于城门内放起一把火，众皆叫反，大开城门，放下吊桥。^{曹仁在南郡赚周瑜，是白日；张辽在合淝赚太史慈，是黑夜。前后相映。}太史慈见城门大开，只道内变，挺枪纵马先入。城上一声炮响，乱箭射下，太史慈急退，身中数箭。^{太史慈中箭，与周瑜中箭，前后又相似。}背后李典、乐进杀出，吴兵折其大半，乘势直赶到寨前。陆逊、董袭杀出，救了太史慈。曹兵自回。孙

权见太史慈身带重伤，愈加伤感。张昭请权罢兵。权从之，遂收
兵下船，回南徐润州。比及屯住军马，太史慈病重，权使张昭等
问安。太史慈大叫曰："大丈夫生于乱世，当带三尺剑立不世之
功；今所志未遂，奈何死乎！" <u>人人有此志，不能人人言讫而亡，遂此志。为之三叹！</u> 言讫而亡，年
四十一岁。后人有诗赞曰：

矢志全忠孝，东莱太史慈。姓名昭远塞，弓马震雄师。北海
酬恩日，神亭酣战时。临终言壮志，千古共嗟咨！

孙权闻慈死，伤悼不已，命厚葬于南徐北固山下，养其子太史享
于府中。<u>以上按下孙权一边，以下再叙玄德一边。</u>

却说玄德在荆州整顿军马，闻孙权合淝兵败，已回南徐，与
孔明商议。孔明曰："亮夜观星象，见西北有星坠地，必应折一
皇族。" <u>方叙太史慈死，只疑东南有将星坠地，乃忽然接出西北刘琦。接笔甚幻。</u> 正言间，忽报公子刘琦病
亡。玄德闻之，痛哭不已。孔明劝曰："生死分定，主公勿忧，
恐伤贵体，且理大事。可急差人到彼守御城池，并料理葬事。"
玄德曰："谁可去？"孔明曰："非云长不可。"即时便教云长前
去襄阳保守。玄德曰："今日刘琦已死，东吴必来讨荆州，如何
对答？"孔明曰："若有人来，亮自有言对答。"过了半月，人
报东吴鲁肃特来吊丧。正是：

先将计策安排定，只等东吴使命来。

未知孔明如何对答，且看下文分解。

第五十四回　吴国太佛寺看新郎　刘皇叔洞房续佳偶

劉皇卜洞房
續佳偶

文章之奇，有不越半幅，而倏而吊丧，倏而作伐，倏而挂孝，倏而结亲，斯亦奇矣。然而凶则是凶，吉则是吉，犹未足可奇也。奇莫奇于戈矛剑戟之内，忽然花烛洞房；又莫奇于洞房花烛之中，仍是戈矛剑戟。凶即是吉，吉即是凶；吉伏于凶，凶又伏于吉。则此一篇，真为人意计之所不及量耳。

观孙权之使鲁肃吊丧，而叹今日之人情大抵如斯矣。前之吊刘表，非为刘表而吊也，为刘备而吊也；后之吊刘琦，又非为刘备而吊也，为荆州而吊也。吊本为死，乃以为生；吊本为人，乃以为我。吊之而无益于我，则虽当吊而不吊焉；吊之而有益于我，则虽不必吊而亦吊焉。岂独东吴为然哉？又岂独吊丧为然哉？凡近世之纷纷往来，皆当作东吴吊丧观也。

孔明之辞鲁肃也，刘琦未死，则以刘琦谢之；刘琦既死，则以取西川谢之。而第二番措词之与第一番不同：前则止用缓词耳；今则先折之以正论，既明示不还之情，后乃应之以权宜，姑托为暂借之说。其云借也，是即其不还之意也。孔明尝借箭于敌矣，尝借风于天矣，借箭亦将还箭，借风亦将还风耶？

凡借物于人者，以己之所有借之，乃谓之借。荆州非孙氏之有也，何谓借乎？及授契于人者，先立契而后取物，乃以契为信。荆州刘氏之所先取也，何契之有乎？近世有谋人之美产，而必写借契者矣；亦有谢人之索逋，而虚以抵契搪塞者矣。鲁肃、孔明，毋乃类是！至于两家互相欺诳，一则假写借契，一则假立婚书，借契疑真实假，婚书弄假成真。一对空头，真堪捧腹。

孔明诵《铜雀台赋》，是以孙权之嫂、周瑜之妻激东吴也。今授锦囊密计，是又以孙权之母、周瑜之丈人助玄德也。其子之策,其母破之;其婿之策,其丈人又破之。妙在即用他自家人,教他怪别人不得。

袁术遣媒于吕布,认真做谋,却做不成;孙权遣媒于刘备,假意做媒,倒做成了。然则吕范非媒也,孙乾亦非媒也,乔国老乃真媒也。而乔国老之为媒,又孔明实使之,是成就此一段婚姻者,大媒惟孔明一人而已。

"烧了外太公的香,不怕舅爷作梗;倚了老丈母的势,便堪女婿放刁。""和尚寺中相女婿,禅堂倩作蓝桥;新人房里接将军,锦帐又成赤壁。""回廊下执斧健儿,须不是伐柯之斧;绣帏前持兵侍女,却可助行雨之兵。""有成就良姻的太太,吴夫人不比崔夫人;遇不怀好意的哥哥,孙仲谋险做孙飞虎。"此数联俱绝倒。

却说孔明闻鲁肃到,与玄德出城迎接,接到公廨。相见毕,肃曰:"主公闻令侄弃世,特具薄礼,遣某前来致祭。周都督再三致意刘皇叔、诸葛先生。"玄德、孔明起身称谢,收了礼物,置酒相待。肃曰:"前者皇叔有言:公子不在,即还荆州。今公子已去世,必然见还。不识几时可以交割?"〔第二次索荆州。〕玄德曰:"公且饮酒,有一个商议。"〔此是孔明所教。〕肃强饮数杯,又开言相问。玄德未及回答,孔明变色曰:"子敬好不通理,直须待人开口!〔前番用柔,此番用刚;忽柔忽刚,令人不测。〕自我高皇帝斩蛇起义,开基立业,〔先抬出高皇帝来压倒东吴〕传至于今。不幸奸雄并起,各据一方;少不得天道好还,复归正统。我主人乃中山靖王之后,孝景皇帝玄孙,〔次抬出孝景皇帝来压倒东吴。〕今皇上之叔,〔次抬出今皇上来压倒东吴。〕岂不可分茅裂土?况刘景升乃我主之兄也,弟承兄业，有何不顺？^{说到刘表已是第四层意。}汝主乃钱塘小吏之子，素无功德于朝廷，今倚势力，占据六郡八十一州，尚自贪心不足，而欲并吞汉土。^{前既高抬皇叔，此又明骂孙权。}刘氏天下，我主姓刘倒无分，汝主姓孙反要强争。且赤壁之战，我主多负勤劳，众将并皆用命，岂独是汝东吴之力？^{此言我不亏东吴。}若非我借东南风，周郎安能展半筹之功？^{此言东吴反亏我。}江南一破，休说二乔置于铜雀宫，^{照应四十四回中语。}虽公等家小，亦不能保。^{恶极，妙极。}适来我主人不即答应者，以子敬乃高明之士，不待细说。何公不察之甚也！"^{脚头才立得定，便会变面，便会说硬话。今人多有之矣，但本事不及孔明耳。}

一席话，说得鲁子敬缄口无言；半晌乃曰："孔明之言，怕不有理，争奈鲁肃身上甚是不便。"^{理上说不去，只得以情告之。}孔明曰："有何不便处？"肃曰："昔日皇叔当阳受难时，是肃引孔明渡江，见我主公。^{将四十三回中事一提。}后来周公瑾要兴兵取荆州，又是肃挡住。至说待公子去世还荆州，又是肃担承。^{又将五十二回中事一提。}今却不应前言，教鲁肃如何回复？^{主人面上说不去，只得以自己情分告之。}我主与周公瑾必然见罪。肃死不恨，只恐惹恼东吴，兴动干戈，皇叔亦不能安坐荆州，空为天下耻笑耳。"^{既告之以情，又动之以势。}孔明曰："曹操统百万之众，动以天子为名，吾亦不以为意，岂惧周郎一小儿乎！^{前是论理，此又论势。}若恐先生面上不好看，我劝主人立纸文书，暂借荆州为本，^{岂有城池而可以契借者乎？若云为本，正不知起利几分算？}待我主别图得城池之时，便交付还东吴。此论如何？"^{极似赖债者并不回绝，只用活脱。}肃曰："孔明待夺得何处，还我荆州？"孔明曰："中原急未可图；西川刘璋暗弱，我主将图之。若图得西川，那时便还。"^{以荆州为本，以西川为利。待得利之后，单还本钱，则是不起利者矣。}肃无奈，只得听从。玄德亲笔写成文书一纸，押了字。保人诸葛孔明也押了字。^{妙极。}孔明曰："亮是皇叔这里人，难道自家作保？烦子敬先生也押个字，回见

吴侯也好看。"〔恶极，妙极。〕肃曰："某知皇叔乃仁义之人，必不相

负。"〔如此作中，不知可有中物相谢？〕遂押了字，收了文书，宴罢辞回。玄德、孔明

送到船边。孔明嘱曰："子敬回见吴侯，善言伸意，休生妄想。

若不准我文书，我翻了面皮，连八十一州都夺了。〔一句硬。〕今只要两

家和气，休教曹贼笑话。"〔又一句软。〕

肃作别下船而回，先到柴桑郡见周瑜。瑜问曰："子敬讨荆

州如何？"肃曰："有文书在此。"呈与周瑜。瑜顿足曰："子敬

中诸葛之谋也！名为借地，实是混赖。〔从来文书不足凭，不独荆州为然也。〕他说取了西

川便还，知他几时取西川？假如十年不得西川，十年不还？这等

文书，如何中用，你却与他做保！〔从来保人难做，不独鲁肃为然也。〕他若不还时，必

须连累足下，倘主公见罪，奈何？"肃闻言，呆了半晌，曰：

"然玄德不负我。"〔活写老实人。〕瑜曰："子敬乃诚实人也。刘备枭雄之

辈，诸葛亮奸滑之徒，恐不似先生心地。"肃曰："若此，如之

奈何？"瑜曰："子敬是我恩人，想昔日指困相赠之情，如何不

救你？〔指困时周郎原不曾有借契。〕你且宽心住几日，待江北探细的回，别有区

处。"鲁肃踟蹰不安。

过了数日，细作回报："荆州城中扬起布幡做好事，城外别

建新坟，军士各挂孝。"瑜惊问曰："没了甚人？"细作曰："刘

玄德没了甘夫人，即日安排殡葬。"〔刘琦之死，在荆州一边叙来；甘夫人之死，在东吴一边听得。文法变换。〕

瑜谓鲁肃曰："吾计成矣！使刘备束手受缚，荆州反掌可得！"

〔妙极，令人不测。〕肃曰："计将安出？"瑜曰："刘备丧妻，必将续娶。主公

有一妹，极其刚勇，侍婢数百，居常带刀，房中军器摆列遍满，

虽男子不及。〔为后文玄德惊恐张本。〕我今上书主公，教人去荆州为媒，说刘备

来入赘。〔读者至此，疑是成亲之后，教孙夫人讨荆州也。〕赚到南徐，妻子不能勾得，幽囚在

狱中，却使人去讨荆州换刘备。^{原来却不}^{用夫人。}等他交割了荆州城池，我别有主意。于子敬身上，须无事也。"鲁肃拜谢。周瑜写了书呈，选快船送鲁肃投南徐见孙权，先说借荆州一事，呈上文书。权曰："你却如此糊涂！这样文书，要他何用！"^{谚云："不做媒人}^{不做保，一世无烦}恼。"^{子敬作保既受埋怨}^{只怕周瑜做媒终须陶气。}肃曰："周都督有书呈在此，说用此计，可得荆州。"权看毕，点头暗喜，寻思谁人可去，猛然省曰："非吕范不可。"遂召吕范至，谓曰："近闻刘玄德丧妇。吾有一妹，欲招赘玄德为婿，永结姻亲，同心破曹，以扶汉室。非子衡不可为媒，望即往荆州一言。"^{做媒不用鲁肃，却用吕}^{范，正恐识破讨荆州耳。}范领命，即日收拾船只，带数个从人，望荆州来。

却说玄德自没甘夫人，昼夜烦恼。一日，正与孔明闲叙，人报东吴差吕范到来。孔明笑曰："此乃周瑜之计，必为荆州之故。亮只在屏风后潜听。^{也学蔡夫}^{人身段}但有甚说话，主公都应承了。^{想孔明此时已}^{料着七八分。}留来人在馆驿中安歇，别作商议。"玄德教请吕范入。礼毕坐定，茶罢，玄德问曰："子衡来，必有所谕？"^{刘琦之死}^{则吊，甘}^{夫人之死则不吊。不吊丧而便}^{作伐，便知作伐之非真也。}范曰："范近闻皇叔失偶，有一门好亲，故不避嫌，特来作媒。未知尊意如何？"玄德曰："中年丧妻，大不幸也。骨肉未寒，安忍便议亲？"范曰："人若无妻，如屋无梁，岂可中道而废人伦？吾主吴侯有一妹，美而贤，堪奉箕帚。若两家共结秦晋之好，则曹贼不敢正视东南也。此事家国两便，请皇叔勿疑。但我国太吴夫人甚爱幼女，不肯远嫁，必求皇叔到东吴就婚。"^{先说联姻，次说入}^{赘，语有次第。}玄德曰："此事吴侯知否？"^{已疑}^{是周}^{郎之计，故}^{有此问。}范曰："不先禀吴侯，如何敢造次来说！"玄德曰："吾年已半百，鬓发斑白；吴侯之妹，正当妙龄，恐非配偶。"范曰："吴侯之妹，身虽女子，志胜男儿，常言：'若非天下英雄，吾不事之。'极似赵范对子龙之语，一实一虚，前后相映。今皇叔名闻四海，正所谓淑女配君子，岂以年齿上下相嫌乎！"玄德曰："公且少留，来日回报。"是日设宴相待，留于馆舍。至晚，与孔明商议。孔明曰："来意亮已知道了。总瞒不过此老。适间卜《易》，得一大吉大利之兆，卦象之辞，必是老夫得其女妻。主公便可应允。先教孙乾和吕范同见吴侯，立契时两边都有保人，说亲时两家亦各有媒人。面许已定，择日便去就亲。"玄德曰："周瑜定计欲害刘备，岂可以身轻入危险之地？"孔明大笑曰："周瑜虽能用计，岂能出诸葛亮之料乎！其实说得嘴响，不似今人单会说大话。略用小谋，使周瑜半筹不展。吴侯之妹，又属主公；荆州万无一失。"玄德将与孙夫人成鱼水之欢，终赖有如鱼得水之孔明也。玄德怀疑未决。孔明竟教孙乾往江南说合亲事。孙乾领了言语，与吕范同到江南，来见孙权。权曰："吾愿将小妹招赘玄德，并无异心。"孙乾拜谢，回荆州见玄德，言："吴侯专候主公去结亲。"玄德怀疑不敢往。孔明曰："吾已定下三条计策，非子龙不可行也。"雄媳妇全亏此男赠嫁。遂唤赵云近前，附耳言曰："汝保主公入吴，当领此三个锦囊；囊中有三条妙计，依次而行。"仲谋、公瑾皆入孔明囊中矣。即将三个锦囊，与云贴肉收藏。孔明先使人赴东吴纳了聘，一切完备。时建安十四年冬十月。小春之吉，可咏《桃夭》。

　　玄德与赵云、孙乾取快船十只，随行五百馀人，离了荆州，前往南徐进发。荆州之事，皆听孔明裁处。玄德心中怏怏不安。不是新郎怕羞，却是赘婿胆怯。到南徐州，船已傍岸。云曰："军师分付三条妙计，依次而行。今已到此，当先开第一个锦囊来看。"于是开囊看了计策，便唤五百随行军士，一一分付："如此如此。"众军领命而去。又教玄德先往见乔国老。不是赵云教玄德，却是孔明教玄德。那乔国老乃二乔之父，居于南徐。玄德牵羊担酒，先往拜见，说吕范为媒娶夫人之事。^{先打外太公的关节。}随行五百军士，都披红挂彩，入南郡买办物件，传说玄德入赘东吴。城中人尽知其事。^{方知用五百人妙处。不然，以之防患则尚少，以之赠嫁则已多。}孙权知玄德已到，教吕范相待，且就馆舍安歇。

却说乔国老既见玄德，便入见吴国太贺喜。^{已在孔明算中。}国太曰："有何喜事？"乔国老曰："令爱已许刘玄德为夫人，今玄德已到，何故相瞒？"^{周瑜一个丈人反为孔明用了。}国太惊曰："老身不知此事！"便使人请吴侯问虚实，一面先使人于城中探听。人皆回报："果有此事。女婿已在馆驿安歇，五百随行军士都在城中买猪羊果品，准备成亲。^{在报事人口中，吴国太耳中，写得热闹。}做媒的女家是吕范，男家是孙乾，俱在馆驿中相待。"国太吃了一惊。少顷，孙权入后堂见母亲。国太捶胸大哭。^{孙权一个母亲又为孔明用了。}权曰："母亲何故烦恼？"国太曰："你直如此将我看承得如无物！我姐姐临危之时，分付你甚么话来？"^{照应前文。}孙权失惊曰："母亲有话明说，何苦如此？"国太曰："男大须婚，女大须嫁，古今常理。我为你母亲，事当禀命于我。你招刘玄德为婿，如何瞒我？女儿须是我的！"^{俱在孔明算中。}权吃了一惊，问曰："那里得这话来？"国太曰："若要不知，除非莫为。满城百姓，那一个不知？你倒瞒我！"乔国老曰："老夫已知多日了，今特来贺喜。"^{妙在又夹乔国老一句。}权曰："非也。此是周瑜之计，因要取荆州，故将此为名，赚刘备来拘囚在此，要他把荆州来换；若其不从，先斩刘备。此是计策，非实意也。"国太大怒，骂周瑜曰："汝做六郡八十一州大都督，直凭无条计策去取荆州，^{骂得是。}却将我女儿为名，使美人计！杀了刘备，我女便是望门寡，明日再怎的说亲？须误了我女儿一世！你们好做作！"

乔国老曰："若用此计，便得荆州，也被天下人前既大哭，此又大怒，俱在孔明算中。

耻笑。此事如何行得！"<small>妙在又夹乔国老一句。两个老头儿真是一吹一唱。</small>说得孙权默然无语。

国太不住口的骂周瑜。<small>骂周瑜便是骂孙权。</small>乔国老劝曰："事已如此，刘皇叔乃汉室宗亲，不如真个招他为婿，免得出丑。"<small>外太公做媒人，一拍一上。</small>权曰："年纪恐不相当。"国老曰："刘皇叔乃当世豪杰，若招得这个女婿，也不辱了令妹。"国太曰："我不曾认得刘皇叔。明日约在甘露寺相见，如不中我意，任从你们行事；若中我的意，我自把女儿嫁他！"<small>不由孙权作主。</small>孙权乃大孝之人，见母亲如此言语，随即应承，出外唤吕范，分付："来日甘露寺方丈设宴，国太要见刘备。"吕范曰："何不令贾华部领三百刀斧手，伏于两廊；若国太不喜时，一声号举，两边齐出，将他拿下。"<small>读者至此，又为玄德捏一把汗。然国太定然相得中。亦在孔明算中矣。</small>权遂唤贾华，分付预先准备，只看国太举动。

却说乔国老辞吴国太归，使人去报玄德，言："来日吴侯、国太亲自要见，好生在意！"<small>活是一个媒人。</small>玄德与孙乾、赵云商议。云曰："来日此会，多凶少吉，云自引五百军保护。"<small>赠嫁甚是精细。</small>

次日，吴国太、乔国老先在甘露寺方丈里坐定。孙权引一班谋士，随后都到，却教吕范来馆驿中请玄德。玄德内披细铠，外穿锦袍，<small>新郎打扮簇新，但不知可曾用乌须药。</small>从人背剑紧随，上马投甘露寺来。赵云全装贯带，引五百军随行。来到寺前下马，先见孙权。权观玄德仪表非凡，心中有畏惧之意。<small>乃见则畏，令妹必爱矣。</small>二人叙礼毕，遂入方丈见国太。国太见了玄德大喜，谓乔国老曰："真吾婿也！"<small>中了丈母意。</small><small>自然中夫人意。</small>国老曰："玄德有龙凤之姿，天日之表；更兼仁德布于天下，国太得此佳婿，真可庆也！"（乔国老此等言语，女婿知之，一定埋怨。然女婿计策出丑，还赖丈人为之幹旋耳）玄德拜谢，共宴于方丈之中。少刻，子龙带剑而入，立于玄德之侧。国太问曰："此是何人？"玄德答曰："常山赵子龙也。"国太曰："莫非当阳长坂抱阿斗者乎？"（照应四十一回中事。）玄德曰："然。"国太曰："真将军也！"遂赐以酒。（赵云所饮者喜酒，与鸿门会樊哙之酒不同。）赵云谓玄德曰："却才某于廊下巡视，见房内有刀斧手埋伏，必无好意。可告知国太。"玄德乃跪于国太席前，（未跪夫人，先跪丈母，是借丈母操演也。）泣而告曰："若杀刘备，就此请诛。"（才做女婿，便尔放刁。）国太曰："何出此言？"玄德曰："廊下暗伏刀斧手，非杀备而何？"国太大怒，责骂孙权：（难为了男子）"今日玄德既为我婿，即我之儿女也。（亲爱之极。）何故伏刀斧手于廊下！"权推不知，唤吕范问之；范推贾华。国太唤贾华责骂，华默然无言。国太喝令斩之。玄德告曰："若斩大将，于亲不利，备难久居膝下矣。"（又是他讨饶，一发见得女婿好处。）乔国老也相劝。国太方叱退贾华。刀斧手皆抱头鼠窜而去。

玄德更衣出殿前，见庭下有一石块。玄德拔从者所佩之剑，仰天祝曰："若刘备得勾回荆州，成王霸之业，一剑挥石为两段。如死于此地，剑剁石不开。"言讫，手起剑落，火光迸溅，砍石为两段。（蓝田之玉方种为双寺门之石，忽分为二。）孙权在后面看见，问曰："玄德公如何恨此石？"玄德曰："备年近五旬，不能为国家剿除贼党，心常自恨。今蒙国太招为女婿，此平生之际遇也。恰才问天买卦，如破曹兴汉，砍断此石。今果然如此。"权暗思："刘备莫非用此言瞒我？"亦掣剑谓玄德曰："吾亦问天买卦。若破得曹贼，亦断此石。"却暗暗祝告曰："若再取得荆州，兴旺东吴，砍石为两半！"手起剑落，巨石亦开。（大家暗祝心事，俱为后文伏线。）至今有十字纹

"恨石"尚存。后人观此胜迹，作诗赞曰：

> 宝剑落时山石断，金环响处火光生。
>
> 两朝旺气皆天数，从此乾坤鼎足成。

二人弃剑，相携入席。又饮数巡，孙乾目视玄德，玄德辞曰："备不胜酒力，告退。"孙权送出寺前，二人并立，观江山之景。玄德曰："此乃天下第一江山也！" _{一语品题，遂成佳话。}至今甘露寺牌上云："天下第一江山。"后人有诗赞曰：

> 江山雨霁拥青螺，境界无忧乐最多。
>
> 昔日英雄凝目处，岩崖依旧抵风波。

二人共览之次，江风浩荡，洪波滚雪，白浪掀天。忽见波上一叶小舟，行于江面上，如行平地。_{可作一幅江景图。}玄德叹曰："'南人驾船，北人乘马'，信有之也。"孙权闻言自思曰："刘备此言，戏我不惯乘马耳。"乃令左右牵过马来，飞身上马，驰骤下山，复加鞭上岭，笑谓玄德曰："南人不能乘马乎？"玄德闻言，撩衣一跃，跃上马背，飞走下山，复驰骋而上。二人立马于山城之上，扬鞭大笑。_{权能试马，玄德不能试舟，毕竟让舅爷一步。}至今此处名为"驻马坡"。后人有诗曰：

> 驰骤龙驹气概多，二人并辔望山河。
>
> 东吴西蜀成王霸，千古犹存驻马坡。

当日二人并辔而回。南徐之民，无不称贺。

玄德自回馆驿，与孙乾商议。乾曰："主公只是哀求乔国老，早早毕姻，免生别事。"^{是媒人话，但不知如何谢媒。}次日，玄德复至乔国老宅前下马。国老接入，礼毕茶罢，玄德告曰："江左之人，多有要害刘备者，恐不能久居。"国老曰："玄德宽心。吾为公告国太，令作护持。"^{国老可谓撮合山。毕竟小媒人不如大媒人。}玄德拜谢自回。乔国老入见国太，言玄德恐人谋害，急急要回。国太大怒曰："我的女婿，谁敢害他！"即时便教搬入书院暂住，择日毕姻。^{竟似养女婿矣。}玄德自入告国太曰："只恐赵云在外不便，军士无人约束。"国太教尽搬入府中安歇，^{玄德处处赖丈母之力。}休留在馆驿中，免得生事。玄德暗喜。

数日之内，大排筵会，孙夫人与玄德结亲。至晚客散，两行红炬，接引玄德入房。灯光之下，但见刀枪簇满；侍婢皆佩剑悬刀，立于两旁。唬得玄德魂不附体。^{读至此，又疑是甘露寺之兵矣。}正是：

惊看侍女横刀立，疑是东吴设伏兵。

毕竟是何缘故，且看下文分解。

第五十五回　玄德智激孙夫人　孔明二气周公瑾

　　王允以美人计赚两人，只是一番；周瑜以美人计赚一人，却有两番。王允则专用实，周瑜则前虚而后实也：始之诈言入赘，诱其至吴，是虚以美人赚之；继欲娱其耳目，惑其心志，是实以美人赚之。计亦巧矣！孰知王允赚两人而皆得，周瑜赚一人而独失；王允一用而辄得，周瑜两用而终失乎？

　　孙夫人房内设兵，而玄德心常凛凛。玄德非畏兵，而畏夫人之兵，亦非畏夫人，而畏好兵之夫人也。每怪今之惧内者，其夫人未尝好兵，而亦畏之，何也？曰：虽不好兵，而未尝不好战，好战甚于好兵也。只夫人便是兵，又何必房中设兵而后谓之兵耶？

　　甚矣！孔明之计之妙也：既借孙权之母、周瑜之丈人为玄德成婚之助，又即借孙权之妹为玄德归荆州之助。不但乔国老、吴国太为孔明所借，即孙夫人亦为孔明所借矣。国老可借，国母可借，夫人可借，而荆州又何不可借哉？

　　孙夫人之配玄德，如齐姜之配重耳，皆丈夫女也。重耳不欲去而齐姜遣之，玄德欲去而孙夫人从之。齐姜听重耳独去，不独去恐去不成；孙夫人与玄德同去，不同去也去不成。重耳之去，齐姜不告于其父；玄德之去，孙夫人不告于其兄。一则杀采桑之女，是英雄手段；一则退拦路之兵，亦是英雄手段。

　　玄德在车前哀告夫人，涕泣请死，活似妇人乞怜取妍，在丈夫面前放刁模样。以英雄人作此儿女态，是特孔明之所教耳！不想今日风俗，夫纲不振，竟若深得孔明妙计者，第三个锦囊，更不消卧龙先生传授得也。

　　吕布送女，送不过去，为撞着拉亲的曹老瞒；孙权追妹，追不转来，为遇着接亲的诸葛亮。袁术讨不成媳妇，止折了一个媒人；孙权杀不得妹夫，干赔了一个妹子。前后遥遥映射成趣。

"老新郎学作妇人腔，宛然弱婿；小媳妇偏饶男子气，壮矣贤妻。" "一个向娘子身边长跪，顾不得膝下有黄金；一个为丈夫面上生嗔，那怕他车前排白刃。" "家将畏主人，而尤畏其妹，赘婿之惧内可知；新娘听丈夫，而不听其兄，女生之向外益信。" "前日单身入赘，赠嫁的只有赵子龙；今日两口回门，送亲的却是周公瑾。" "化难生恩的刘备，阑干贯索，翻成天喜红鸾；弄巧成拙的周瑜，阳错阴差，引出丧门吊客。" 此数联俱绝倒。

却说玄德见孙夫人房中两边枪刀森列，侍婢皆佩剑，不觉失色。管家婆进曰："贵人休得惊惧。夫人自幼好观武事，居常令侍婢击剑为乐，故尔如此。"（今日妇人所乐之兵器又是一样。）玄德曰："非夫人所观之事，吾甚心寒，可命暂去。"管家婆禀覆孙夫人曰："房中摆列兵器，娇客不安，今可去之。"孙夫人笑曰："厮杀半生，尚惧兵器乎！"（虽然厮杀半生，却不曾与女将军厮杀。）命尽彻去，令侍婢解剑伏侍。当夜玄德与孙夫人成亲，两情欢洽（中间藏无数欢洽）玄德又将金帛散给侍婢，以买其心；（不但欲夫人欢洽，并欲侍婢欢洽，妙。）先教孙乾回荆州报喜。自此连日饮酒。国太十分爱敬。（女婿得岳母喜欢，那得做不起。）

却说孙权差人来柴桑郡报周瑜，说："我母亲力主，已将吾妹嫁刘备。不想弄假成真，此事还复如何？"瑜闻大惊（撮合者乃是令岳）行坐不安，乃思一计，修密书付来人持回见孙权。权拆书观之。书略曰：

瑜所谋之事，不想反覆如此。既已弄假成真，又当就此用计。刘备以枭雄之姿，有关、张、赵云之将，更兼诸葛用谋，必非久屈人下者。愚意莫如软困之于吴中，盛为筑宫室，以丧其心志，多送美色玩好，以娱其耳目。使分开关、张之情，隔远诸葛之契，各置一方，然后以兵击之，大事已定矣。今若纵之，恐蛟龙得云雨，终非池中物也。愿明公熟思之。

孙权看毕，以书示张昭。昭曰："公瑾之谋，正合愚意。刘备起身微末，奔走天下，未尝受享富贵。今若以华堂大厦，子女金帛，令彼享用，自然疏远孔明、关、张等；使彼各生怨望，然后荆州可图也。主公可依公瑾之计而速行之。"_{前是假用美人计，此却真用美人计矣。}权大喜，即日修整东府，广栽花木，盛设器用，请玄德与妹居住；又增女乐数十馀人，并金玉锦绮玩好之物。国太只道孙权好意，喜不自胜。_{为丈母者不但望婿女相得，尤望郎舅相得。}玄德果然被声色所迷，全不想回荆州。_{已入温柔乡矣}

却说赵云与五百军在东府前住，终日无事，_{玄德太忙，子龙甚闲。}只去城外射箭走马。看看年终，云猛省："孔明分付三个锦囊与我，教我一到南徐，开第一个；住到年终，开第二个；临到危急无路之时，开第三个，于内有神出鬼没之计，可保主公回家。_{孔明附耳分付语，至此方才补出。}此时岁已将终，主公贪恋女色，并不见面，何不拆开第二个锦囊，看计而行？"_{玄德恋着贴肉的锦被，亏得赵云有贴肉的锦囊。}遂拆开视之："原来如此神策！"即日径到府堂，要见玄德。侍婢报曰："赵子龙有紧急事来报贵人。"玄德唤入问之。云佯作失惊之状；_{第一个锦囊用着乔国老并五百个军士，第二个锦囊却只用赵云一人。}曰："主公深居画堂，不想荆州耶？"玄德曰："有

甚事如此惊怪？”云曰：“今早孔明使人来报，说曹操要报赤壁
鏖兵之恨，_{又将四十九回
中事一提。}起精兵五十万杀奔荆州，甚是危急，请主
公便回。”_{此是锦囊
定计。}玄德曰：“必须与夫人商议。”云曰：“若和夫
人商议，必不肯教主公回。不如休说，今晚便好起程，迟则误
事！”_{此是子龙
激语。}玄德曰：“你且暂退，我自有道理。”云故意催逼
数番而出。_{妙甚。}

　　玄德入见孙夫人，暗暗垂泪。孙夫人曰：“丈夫何故烦
恼？”玄德曰：“念备一身飘荡异乡，生不能侍奉二亲，又不能
祭祀宗祖，乃大逆不孝也。今岁旦在迩，使备悒怏不已。”_{且说三
分话。}
孙夫人曰：“你休瞒我，我已听知了也！方才赵子龙报说荆州危
急，你欲还乡，故推此意。”_{已知一
片心。}玄德跪而告曰：“夫人既知，
备安敢相瞒。备欲不去，使荆州有失，被天下人耻笑；欲去，又
舍不得夫人，因此烦恼。”_{前跪丈母，今跪夫人；前在有人处跪，今在无
人处跪。○此是从来做丈夫的衣钵，今日流}
_{传更
广。}夫人曰：“妾已事君，任君所之，妾当相随。”_{此时夫人亦是孔
明囊中之物矣。}
玄德曰：“夫人之心虽则如此，争奈国太与吴侯安肯容夫人去？
夫人若可怜刘备，暂时辞别。”言毕，泪如雨下。_{实是要他同去，反
说暂时辞别，诈}
_{甚妙
甚。}孙夫人劝曰：“丈夫休得烦恼！妾当苦告母亲，必放妾与君同
去。”玄德曰：“纵然国太肯时，吴侯必然阻挡。”_{是要他瞒
他哥哥。}孙夫
人沉吟良久，乃曰：“妾与君正旦拜贺时，推称江边祭祖，不告
而去，若何？”玄德又跪而谢曰：“若如此，生死难忘！切勿漏
泄！”_{善哭又善跪，夫人
安得不入其玄中？}两个商议已定。玄德密唤赵云分付：“正旦
日，你先引军士出城，于官道等候。吾推祭祖，与夫人同走。”
云领诺。

　　建安十五年春正月元旦，吴侯大会文武于堂上。玄德与孙夫

人入拜国太。孙夫人曰："夫主想父母宗祖坟墓，俱在涿郡，昼夜伤感不已。今日欲往江边，望北遥祭，须告母亲得知。"^{听着丈夫之语，连母亲面前亦无实话，今日此风亦甚。}国太曰："此孝道也，岂有不从？汝虽不识舅姑，可同汝夫前去祭拜，亦见为妇之礼。"^{俱在孔明算中。}孙夫人同玄德拜谢而出。此时只瞒着孙权。夫人乘车，止带随身一应细软。玄德上马，引数骑跟随出城，与赵云相会。五百军士前遮后拥，离了南徐趱程而行。^{拣元旦回门，既是新春吉日；拣元旦逃走，妙在出其不意。}

当日，孙权大醉，左右近侍扶入后堂，文武皆散。比及众官探得玄德、夫人逃遁之时，天色已晚。要报孙权，权醉不醒。及至睡觉，已是五更。^{妹夫去远了。}次日，孙权闻知走了玄德，急唤文武商议。张昭曰："今日走了此人，早晚必生祸乱。可急追之。"孙权令陈武、潘璋选五百精兵，无分昼夜，务要赶上拿回。二将领命去了。孙权深恨玄德，将案上玉砚摔为粉碎。^{为破曹而砍案，为追刘而摔砚。而曹可破，刘不可追，非若甘露寺中之石可以随我所愿也。}程普曰："主公空有冲天之怒，某料陈武、潘璋必擒此人不得。"权曰："焉敢违我令！"普曰："郡主自幼好观武事，严毅刚正，诸将皆惧。既然肯顺刘备，必同心而去。所追之将，若见郡主，岂肯下手？"权大怒，掣所佩之剑，唤蒋钦、周泰听令，曰："汝二人将这口剑去取吾妹并刘备头来！违令者立斩！"^{孙权此时已无见妹之情，孰知夫人此时止有夫妻之爱。}蒋钦、周泰领命，随后引一千军赶来。

却说玄德加鞭纵辔，趱程而行。当夜于路暂歇两个更次，慌忙起行。看看来到柴桑界首，望见后面尘头大起，人报："追兵至矣！"^{读至此为玄德着急。}玄德慌问赵云曰："追兵既至，如之奈何？"赵云曰："主公先行，某愿当后。"转过前面山脚，一彪军马拦住去路。当先两员大将，厉声高叫曰："刘备早早下马受缚！吾奉周都督将令，守候多时！"^{读至此一发为玄德着急}原来周瑜恐玄德走逃，先使徐盛、丁奉引三千军马于冲要之处札营等候，时常令人登高遥望，料得玄德若投旱路，必经此道而过。当日徐盛、丁奉瞭望得玄德一行人到，各绰兵器截住去路。^{七星坛追孔明之时，此二人分作水旱二路，此处却都在旱路；前是追在背后，此是挡在面前，其势比前更是可畏。}玄德惊慌，勒回马，问赵云曰："前有拦截之兵，后有追赶之后，前后无路，如之奈何？"云曰："主公休慌。军师有三条妙计，多在锦囊之中。已拆了两个，并皆应验。今尚有第三个在此，分付遇危难之时，方可拆看。今日危急，当拆观之。"便将锦囊拆开，献与玄德。^{前两个锦囊皆是赵云自看，第三个锦囊却送与玄德自看，盖求夫人须是丈夫去求。}玄德看了，急来车前泣告孙夫人曰："备有心腹之言，至此尽当实诉。"夫人曰："丈夫有何言语，实对我说。"玄德曰："昔日吴侯与周瑜同谋，将夫人招嫁刘备，实非为夫人计，乃欲幽困刘备而夺荆州耳。夺了荆州，必将杀备。是以夫人为香饵而钓备也。^{今香饵既得，金钩可脱。}备不惧万死而来，盖知夫人有男子之胸襟，必能怜备。^{妙甚。}昨闻吴侯将欲加害，故托荆州有难，以图归计。^{一片心和盘托出。}幸得夫人不弃，同至于此。今吴侯又令人在后追赶，周瑜又使人于前截住，非夫人莫解此祸。如夫人不允，备请死于车前，以报夫人之德。"^{前在丈母面前请死，今又在夫人面前请死。此是从来妇人吓丈夫妙诀，不意玄德亦作此态，诈甚妙甚。}夫人怒曰："吾兄既不以我为亲骨肉，我有何面目重相见乎！今日之危，我当自解。"于是叱从人推车直出，卷起车帘，亲喝徐盛、丁奉曰："你二人欲造反耶？"^{孔明妙计安天下，只用夫人不用兵。}徐、丁二将慌忙下马，弃了军器，声喏于车前曰："安敢造反。为奉周都督将令，屯兵在此专候刘备。"^{对夫人面呼玄德之名，然时可恶。}孙夫人大怒曰："周瑜逆贼！我东吴不曾亏负你！玄德乃大汉皇叔，是我丈夫。_{只此四字便足}压倒丁、_{奉二将。}我已对母亲、哥哥说知回荆州去。_{因二将为周瑜所使，故连哥哥亦说在内。}今你两个于山脚去处，引着军马拦截道路，意欲劫掠我夫妻财物耶？"_{竟说他是劫掠，语甚可畏。}徐盛、丁奉喏喏连声，口称："不敢。请夫人息怒。这不干我等之事，乃是周都督的将令。"_{先喝倒了两个。}孙夫人叱曰："你只怕周瑜，独不怕我？周瑜杀得你，我岂杀不得周瑜？"把周瑜大骂一场，_{国太骂周瑜是为女儿，夫人骂周瑜是为丈夫。}喝令推车前进。徐盛、丁奉自思："我等是下人，安敢与夫人违拗？"又见赵云十分怒气，_{在徐、丁二人眼中写一赵云，若只写夫人不写赵云，便有遗漏。已在孔明算中。}只得把军喝住，放条大路教过去。

　　恰才行不得五六里，背后陈武、潘璋赶到。徐盛、丁奉备言其事。陈、武二将曰："你放他过去差了。_{且慢埋怨着。}我二人奉吴侯旨意，特来追捉他回去。"于是四将合兵一处，趱程赶来。玄德正行间，忽听的背后喊声大起。玄德又告孙夫人曰："后面追兵又到，如之奈何？"夫人曰："丈夫先行，我与子龙当后。"_{前既仗夫人为开路先锋，此又仗夫人为断后猛将。}玄德先引三百军，望江岸去了。子龙勒马于车傍，将士卒摆开，专候来将。四员将见了孙夫人，只得下马，叉手而立。夫人曰："陈武、潘璋，来此何干？"二将答曰："奉主公之命，请夫人、玄德回。"_{不呼刘备而称玄德，不说追而说请，与徐、丁二将又自不同。}夫人正色叱曰："都是你这伙匹夫，离间我兄妹不睦！_{不骂孙权，反骂二将，妙甚。}我已嫁他人，今日归去，须不是与人私奔。我奉母亲慈旨，令我夫妇回荆州。_{因二将为孙权所使，故又只说哥哥只说母亲，妙甚。}便是我哥哥来，也须依礼而行。_{前只骂周瑜，此处并将孙权压倒。}你二人倚仗兵威，欲待杀害我耶？"骂得四人面面相觑，各自寻思："他一万年也只是兄妹；更兼国太作主。吴侯乃大孝

之人，怎敢违逆母言？明日翻过脸来，只是我等不是。不如做个
人情。"_{又喝倒了两个。}军中又不见玄德，但见赵云怒目睁眉，只待厮
杀。_{又在陈、潘二人眼中带写赵云。}因此四将喏喏连声而退。_{已在孔明算中。}孙夫人令推车
便行。徐盛曰："我四人同去见周都督，告禀此事。"四人犹豫
未定。忽见一军如旋风而来，_{来得声势。}视之，乃蒋钦、周泰，_{逐一对差来，只算}
_{送亲的高灯旺相耳。}二将问曰："你等曾见刘备否？"四将曰："早晨过去，
已半日矣。"蒋钦曰："何不拿下？"四人各言孙夫人发话之
事。蒋钦曰："便是吴侯怕道如此，封一口剑在此，_{吴侯一剑，怎敌孔明三囊？}教
先杀他妹，后斩刘备。违者立斩！"四将曰："去之已远，怎生
奈何？"蒋钦曰："他终是些步军，急行不上。徐、丁二将军可
飞报都督，教水路掉快船追赶，我四人在岸上追赶。无问水旱之
路，赶上杀了，休听他言语。"于是徐盛、丁奉飞报周瑜，蒋
钦、周泰、陈武、潘璋四个领兵沿江赶来。

却说玄德一行人马，离柴桑较远，来到刘郎浦，_{到了刘郎浦，便}
_{不怕孙家港矣。}心才稍宽。沿着江岸寻渡，一望江水弥漫，并无船只。玄德俯首
沉吟。赵云曰："主公在虎口中逃出，今已近本界，吾料军师必
有调度，何用忧疑？"玄德听罢，蓦然想起在吴繁华之事，不觉
凄然泪下。_{又将前文回顾，叙事妙品。}后人有诗叹曰：

　　吴蜀成婚此水浔，明珠步幛屋黄金。

　　谁知一女轻天下，欲易刘郎鼎峙心。

　　玄德令赵云望前哨探船只，忽报后面尘土冲天而起。玄德登
高望之，但见车马盖地而来，叹曰："连日奔走，人困马乏，追

兵又到，死无地矣！"看看喊声渐近，正慌急间，忽
见江岸边一字儿抛着拖篷船二十馀只。赵云曰："天幸有船在
此！何不速下，掉过对岸，再作区处！"玄德与孙夫人便奔上
船。子龙引五百军亦都上船，只见船舱中一人纶巾道服，大笑而
出，曰："主公且喜！诸葛亮在此等候多时。"船中扮作客
人的，皆是荆州水军。玄德大喜。不移时，四将赶到。孔明笑指
岸上人言曰："吾已算定多时矣。汝等回去传示周郎，休教
再使美人局手段。"岸上乱箭射来，船已开的远了。
蒋钦等四将，只好呆看。

与檀溪跃马时一样危急。

接亲的来了。

由得他说嘴。

若要再使，除非再送一个夫人。

　　玄德与孔明正行间，忽然江声大振。回头视之，只见战船无
数。帅字旗下，周瑜自领惯战水军，左有黄盖，右有韩当，势如
飞马，疾似流星。看看赶上，孔明教掉船投北岸，
弃了船，尽皆上岸而走，车马登程。周瑜赶到江边，亦皆上岸追
袭。大小水军尽是步行，止有为首官军骑马。周瑜当先，黄盖、
韩当、徐盛、丁奉紧随。周瑜曰："此处是那里？"军士答曰：
"前面是黄州界首。"望见玄德车马不远，瑜令进力追袭。
正赶之间，一声鼓响，山谷内一阵刀手拥
出，为首一员大将，乃关云长也。周瑜举止失措，急拨马
便走。云长赶来，周瑜纵马逃命。正奔走间，左边黄忠，右边魏
延，两军杀出。吴兵大败。周瑜急急下得船时，岸上军士
齐声大叫曰："周郎妙计安天下，陪了夫人又折兵！"
瑜怒曰："可再登岸决一死战！"黄盖、韩
当力阻。瑜自思曰："吾计不成，有何面目去见吴侯。"
大叫一声，金疮迸裂，倒于船

大人成就了好事，女婿干做了冤家。

岂因玄德毕姻之后不曾与大舅姨公会亲，故特苦苦追逼耶？一笑。

又是一个接亲的。

又是两个接亲的。

前在南郡时，则送了城池又折兵，犹可言也；今陪了夫又折兵，则大不堪矣。

项王不曾把虞姬送与别人，犹云"无面见江东父老"。今周郎平白地把夫人送与玄德，更有何面见江东主人？

上。众将急救，却早不省人事。此时即死，倒省了后文多少气。正是：

两番弄巧翻成拙，此日含嗔却带羞。

未知周郎性命如何，且看下文分解。

第五十六回　曹操大宴铜雀台　孔明三气周公瑾

　　曹操赤壁赋诗，在未败之前，是赏心乐事，铜台大宴，在既败之后，只算解闷消愁。未败之前，其语骄；既败之后，其语逊。然其曰愿题墓道云"曹侯之墓"，则奸雄欺人之语也。心则奸雄，口则圣贤，不但瞒众人，又欲瞒君子，不但瞒一时，直欲瞒尽天下后世，其斯之谓老瞒乎？

　　操以备之得荆州，比龙之得水，其视备一龙也。乃自青梅煮酒之时，以龙比英雄，而曰"英雄惟使君与操"，则其自视亦一龙也。向则一龙失水，一龙得水，失水之龙，犹受制于得水之龙。而今则两龙皆得水矣：操以兖许为水，而玄德以荆襄为水。然玄德之得荆州，犹是借来之水，不若得西川，方为自有之水，是得荆州，犹未可云得水也。乃玄德不以荆州为水，亦不以西川为水，而直以孔明为水耳。以西川为水，则得水尚在荆州之后；以孔明为水，则得水已在荆州之前。况孔明固所称卧龙也，玄德遇孔明，如龙得水，孔明遇玄德，亦如龙得水。其卧南阳，则为勿用之潜龙；其出茅庐，则为在田之见龙；其助玄德以讨曹操，则奉应运之飞龙以敌战野之孽龙。水以济水，龙以辅龙，曹操虽如鬼如蜮，安能以一水敌二水，一龙当二龙哉？

　　孙权之表刘备为荆州牧，非结备也，正欲使操之忌备而攻备也。操攻备而我得乘间以取荆州，是佯以己之所欲者让备，而实欲以备之所有者归我也。操之以周瑜为南郡守，非畏瑜也，正畏备而欲使瑜之攻备也。瑜攻备而我亦得乘间以取荆州，是名以备之所得者授瑜，而实欲以我之所失者还归我也。然则以荆州表刘备，即是鲁肃索荆州之心；以南郡授周瑜，无异曹仁守南郡之意。两样机谋，一样诡谲。《战国策》中，多有此等文字，不谓于《三国》往往见之。

鲁肃之索荆州者三，孔明之辞鲁肃者亦三：初以刘琦未死辞之，继以候取西川辞之，终又以不忍取西川辞之。前既候取西川，而忽云不忍取西川，既云不忍取西川，而其后乃卒取西川，是前与后相谬也，诈也。孙权既使鲁肃索荆州，而又表刘备为荆州牧，既表刘备为荆州牧，而又使鲁肃索荆州，是前与后亦相谬也，诈也。彼以诈来，故此以诈往耳。孙权之上表既不足据，而刘备之立契又何足凭？周瑜之做媒，既非好意，而鲁肃之作保，又何必不受骗耶？鲁肃见玄德之哭而不忍，是以玄德之假不忍动其真不忍也；周瑜闻玄德之喜而得意，是以玄德之假得意赚其真得意也；周瑜诈言取蜀，而鲁肃误以为真，是老实人不晓得弄虚头；孔明诈许犒师，而周瑜不知其诈，是聪明人又撞了撮空手：写来真是好看。

三顾草庐之文，妙在一连写去；三气周瑜之文，妙在断续叙来。一气周瑜之后，则有张辽合淝之战，孔明汉上之攻，玄德南徐之攻以间之；二气周瑜之后，则又有曹操铜雀台之宴以间之。其间断续之处，或长或短，正以参差入妙。

周瑜之欲杀玄德者三矣：诱令犒师江上一也，诱使就婚南郡二也；刘郎浦之追三也。其欲杀孔明者亦三矣：先使断粮，是欲令曹操杀之也，一也；继使造箭，是欲自以军令杀之也，二也；七星坛之遣将，是不以军令，而直欲以无罪杀之也，三也。彼有三杀，此有三气，亦相报之道宜然耳。况以气报杀，以一报两，报之犹为厚矣。

　　却说周瑜被诸葛亮预先埋伏关公、黄忠、魏延三枝军马，一击大败。黄盖、韩当急救下船，折却水军无数。遥观玄德、孙夫人车马仆从，都停住于山顶之上，瑜如何不气？_{不该气别人，只该气自己。}箭疮未愈，因怒气冲激，疮口迸裂，昏绝于地。众将救醒，开船逃去。孔明教休追赶，自和玄德归荆州庆喜，赏赐众将。

　　周瑜自回柴桑。蒋钦等一行人马自归南徐报孙权。权不胜忿怒，欲拜程普为都督，起兵取荆州。周瑜又上书，请兴兵雪恨。张昭谏曰："不可。曹操日夜思报赤壁之恨，因恐孙、刘同心，故未敢兴兵。今主公若以一时之忿，自相吞并，操必乘虚来攻，国势危矣。"_{以此时论之，则张昭之见胜于周瑜。}顾雍曰："许都岂无细作在此？若知孙、刘不睦，操必使人勾结刘备。备惧东吴，必投曹操。若此，则江南何日得安？为今之计，莫若使人赴许都，表刘备为荆州牧。曹操知之，则惧而不敢加兵于东南；且使刘备不恨于主公。然后使心腹用反间之计，令曹、刘相攻，吾乘隙而图之，斯为得耳。"_{顾雍之见更胜张昭。}权曰："元叹之言甚善。但谁为可使？"雍曰："此间有一人，乃曹操敬慕者，可以为使。"权问何人。雍曰："华歆在此，何不遣之？"权大喜，即遣歆赍表赴许都。_{曹操恨刘备之取徐}_{州而反诏刘备为徐州牧，欲使吕布忌之也。今东吴亦恨刘备之取}_{荆州而反表刘备为荆州牧，欲使曹操忌之也，同是一样机谋。}歆领命起程，径到许都求见曹操。闻操会群臣于邺郡，庆赏铜雀台，歆乃赴邺郡候见。

　　操自赤壁败后，常思报仇，只疑孙、刘并力，因此不敢轻进。时建安十五年春，造铜雀台成，_{筑台是三十四回中事，至此始成。其劳民伤财可知。操之有铜雀台，犹董}_{卓之有郿坞也。}操乃大会文武于邺郡，设宴庆贺。其台正临漳河，中央乃铜雀台。左边一座名玉龙台，右边一座名金凤台，各高十丈，上横二桥相通，千门万户，金碧交辉。（八言可抵一篇《阿房宫赋》。）是日，曹操头戴嵌宝金冠，身穿绿锦罗袍，（宗族都命穿红，自己却又穿绿。）玉带珠履，凭高而坐。文武侍立台下。

操欲观武官比试弓箭，乃使近侍将西川红锦战袍一领，挂于垂杨枝上，（以一锦袍引出无数锦袍人来。○玄武池中习水战是演武于赤壁未败之前，铜雀台前挂锦袍是演武于赤壁既败之后。）下设一箭垛，以百步为界。分武官为两队：曹氏宗族俱穿红，其馀将士俱穿绿；（前在赤壁江中分五色旗号，今在铜雀台边分红绿两班。）各带雕弓长箭，跨鞍勒马，听候指挥。（此日其实好看。）操传令曰："有能射中箭垛红心者，即以锦袍赐之；如射不中，罚水一杯。"号令方下，红袍队中，一个少年将军骤马而出，（一个红。）众视之，乃曹休也。休飞马往来，奔驰三次，（第一个出来射好看。）扣上箭，拽满弓，一箭射去，正中红心。（先往来驰骤作势，写得好看。箭的却不便射，）金鼓齐鸣，（夹写金鼓。）众皆喝采。（夹写众人。）曹操于台上望见大喜，曰："此吾家千里驹也！"（又夹写曹操语。）方欲使人取锦袍与曹休，只见绿袍队中，一骑飞出，（间一个绿。）叫曰："丞相锦袍，合让俺外姓先取，宗族中不宜搀越。"操视其人，乃文聘也。众官曰："且看文仲业射法。"（又夹写众官语。）文聘拈弓纵马，一箭亦中红心。（好看。）众皆喝采，金鼓乱鸣。（二句倒写，又与前变。）聘大呼曰："快取袍来！"只见红袍队中，又一将飞马而出，（又一个红。）厉声曰："文烈先射，汝何得争夺？看我与你两个解箭！"拽满弓，一箭射去，也中红心。（好看。）众人齐声喝采。（此写众人不写金鼓，文法又变。）视其人，乃曹洪也。（先写箭后写人，文法又变。）洪方欲取袍，只见绿袍队里又一将出，（又间一个绿。）扬弓叫曰："你三人射法，何足为奇！看我射来！"众视之，乃张郃也。郃飞马翻身，背射一箭，也中红心。（更好看。）四枝箭齐齐的攒在红心里。（又总写四箭一句。）众人都道："好射法！"（写众人喝采，又变一法，亦只写众人，不写金鼓。）○郃曰："锦袍须该是我的！"言未已，红袍队中一将飞马而出，_{又一个红。}大叫曰："汝翻身背射，何足称异！看我夺射红心！"众视之，乃夏侯渊也。渊骤马至界口，纽回身一箭射去，正在四箭当中，_{更好看。}金鼓齐鸣。_{只写金鼓不写众人，文法又变。}渊勒马按弓大叫曰："此箭可夺得锦袍么？"只见绿袍队里，一将应声而出，_{又间一个绿。}大叫："且留下锦袍与我徐晃！"_{出徐晃名字又是一样写法。}渊曰："汝更有何射法，可夺我袍？"晃曰："汝夺射红心，不足为异。看吾单取锦袍！"拈弓搭箭，遥望柳条射去，恰好射断柳条，锦袍坠地。_{一发好看。}徐晃飞取锦袍，披于身上，_{绿袍人变做红袍人矣。}骤马至台前声喏曰："谢丞相袍！"_{看至此疑已结夺袍之局矣，不谓其殊未已也。}曹操与众官无不称羡。_{又总写曹操众官一句。}晃才勒马要回，猛然台边跃出一个绿袍将军，_{叙法又变。}大呼曰："你将锦袍那里去？早早留下与我！"众视之，乃许褚也。晃曰："袍已在此，汝何敢强夺！"褚更不回答，竟飞马来夺袍。_{妙在夺得无理。○以前都是红袍人与绿袍人相争，此却是绿袍队里自相争夺。然此时徐晃身上已不是绿袍，恰好与许褚一红一绿相争，真是好看。}两马相近，徐晃便把弓打许褚。褚一手按住弓，把徐晃拖离鞍鞯。晃急弃了弓，翻身下马，褚亦下马，两个揪住厮打。_{射箭起头，厮打结局，可发一笑。}操急使人解开，那领锦袍已是扯得粉碎。_{人人射箭夺此袍，却被一不曾射箭人扯得粉碎，妙极趣极。}操令二人都上台。徐晃睁眉怒目，许褚切齿咬牙，各有相斗之意。操笑曰："孤特视公等之勇耳。岂惜一锦袍哉？"便教诸将尽都上台，各赐蜀锦一匹。_{老瞒最会和事。}诸将各各称谢。操命各依位次而坐。乐声竞奏，水陆并陈。文官武将轮次把盏，献酬交错。_{与酾酒临江之时正复相类。}

操顾谓众文官曰："武将既以骑射为乐，足显威勇矣。公等皆饱学之士，登此高台，可不进佳章以纪一时之胜事乎？"众官皆躬身而言曰："愿从钧命。"_{前者横槊赋诗，横槊是武，赋诗是文，以一人兼文武。今则使众人分奏之。}时有王朗、钟繇、王粲、陈琳一班文官，进献诗章。诗中多有称颂曹操功德巍巍、合当受命之意。_{王莽之时剧秦美新只是一个，此日乃有无数扬雄。}曹操逐一览毕，笑曰："诸公佳作，过誉甚矣。孤本愚陋，始举孝廉。_{出身是文。}后值天下大乱，筑精舍于谯东五十里，欲春夏读书，_{一句文。}秋冬射猎，_{一句武。}以待天下清平，方出仕耳。不意朝廷征孤为点军校尉，_{出仕是武。}遂更其意，专欲为国家讨贼立功，图死后得题墓道曰：'汉故征西将军曹侯之墓'，平生愿足矣。_{后来称"魏公"称"魏王"者谁耶？}念自讨董卓、剿黄巾以来，除袁术、破吕布、灭袁绍、定刘表，遂平天下。_{武功绝顶。}身为宰相，人臣之贵已极，又复何望哉？_{文官极品。}如国家无孤一人，正不知几人称帝，几人称王。_{别人称帝称王未必弑母后、杀贵妃，而大肆其恶也。}或见孤权重，妄相忖度，疑孤有异心，此大谬也。孤常念孔子称文王之至德，此言耿耿在心。_{自比周文王，推不好人与子孙做。}但欲孤委捐兵众，归就所封武平侯之国，实不可耳。诚恐一解兵柄，为人所害；_{此是实话，亦骑虎难下之势矣。}孤败则国家倾危，是以不得慕虚名而处实祸也。_{又将国家推头，奸甚。}诸公必无知孤意者。"众皆起拜曰："虽伊尹、周公，不及丞相矣。"_{曹操欲为文王而众人比之伊尹、周公，又非其意。}后人有诗曰：

周公恐惧流言日，王莽谦恭下士时；
假使当年身便死，一生真伪有谁知！

曹操连饮数杯，不觉沉醉，唤左右捧过笔砚，亦欲作《铜雀台诗》。刚才下笔，忽报："东吴使华歆表奏刘备为荆州牧，孙权以妹嫁刘备，汉上九郡大半已属备矣。"操闻之，手脚慌乱，投笔于地。_{"满城风雨近重阳"，为催租人所阻。今曹操连一句也无，何其愈也。}程昱曰："丞相在万军之中，矢石交攻之际，未尝动心；今闻刘备得了荆州，何故如此失惊？"操曰："刘备，人中之龙也，生平未尝得水。今得荆州，是困龙入大海矣。孤安得不动心哉！"孰知其未得荆州之时，早已得水矣。何也？彼固以孔明为水也。程昱曰："丞相知华歆来意否？"操曰："未知。"昱曰："孙权本忌刘备，欲以兵攻之，但恐丞相乘虚而击。故令华歆为使，表荐刘备，乃安备之心，以塞丞相之望耳。"当时乘人一个赛一个。操点头曰："是也。"昱曰："某有一计，使孙、刘自相吞并，丞相乘间图之，一鼓而二敌俱破。"操大喜，遂问其计。程昱曰："东吴所倚者，周瑜也。丞相今表奏周瑜为南郡太守，程普为江夏太守，留华歆在朝重用之，瑜必自与刘备为仇敌矣。我乘其相并而图之，不亦善乎？"即荀彧所谓"二虎争食"之计。操曰："仲德之言，正合孤意。"遂召华歆上台，重加赏赐。当日筵散，操即引文武回许昌，表奏周瑜为总领南郡太守，程普为江夏太守，慷他人之慨。封华歆为大理寺卿，留在许都。为六十六回伏线。使命至东吴，周瑜、程普各受职讫。有职而无地，竟是挂名太守。

　周瑜既领南郡，愈思报仇，遂上书吴侯，乞令鲁肃去讨还荆州。孙权乃命肃曰："汝昔保借荆州与刘备，今备迁延不还，等待何时？"肃曰："文书上明白写着，得了西川便还。"权叱曰："只说取西川，到今又不动兵，不等老了人！"肃曰："某愿往言之。"遂乘船投荆州而来。第三次讨荆州。

　却说玄德与孔明在荆州广聚粮草，调练军马，远近之士多归之。忽报鲁肃到。玄德问孔明曰："子敬此来何意？"孔明曰："昨者孙权表主公为荆州牧，此是惧曹操之计。操封周瑜为南郡太守，此欲令我两家自相吞并，他好于中取事也。"又是一个乘的，一个赛一个。今鲁肃此来，又是周瑜既受太守之职，要来索荆州之意。"玄德曰："何以答之？"孔明曰："若肃提起荆州之事，主公便放声大哭。_{前来吊孝不哭，此非吊孝大哭，奇绝怪绝。}哭到悲切之处，亮自出来解劝。"计会已定，接鲁肃入府，礼毕叙坐。肃曰："今日皇叔做了东吴女婿，便是鲁肃主人，如何敢坐？"玄德笑曰："子敬与我旧交，何必太谦？"肃乃就坐。茶罢，肃曰："今奉吴侯钧命，专为荆州一事而来。皇叔已借住多时，未蒙见还。今既两家结亲，当看亲情面上，早早交付。"_{妹夫借阿舅的东西，又与外人不同了。}玄德闻言，掩面大哭。_{亏得那里来这副急泪？}肃惊曰："皇叔何故如此？"玄德哭声不绝。孔明从屏后出曰："亮听之久矣。子敬知吾主人哭的缘故么？"肃曰："某实不知。"孔明曰："有何难见？当初我主人借荆州时，许下取得西川便还。仔细想来，益州刘璋是我主人之弟，一般都是汉朝骨肉，若要兴兵去取他城池时，恐被外人唾骂；_{一层。}若要不取，还了荆州，何处安身？_{二层。}若不还时，于尊舅面上又不好看。_{三层。}事实两难，因此泪出痛肠。"孔明说罢，触动玄德衷肠，真个捶胸顿足，放声大哭。_{越妆越像。}鲁肃劝曰："皇叔且休烦恼，与孔明从长计议。"孔明曰："有烦子敬回见吴侯，勿惜一言之劳，将此烦恼情节，恳告吴侯，再容几时。"_{妙用只在缓兵之计。}肃曰："倘吴侯不从，如之奈何？"孔明曰："吴侯既以亲妹聘嫁皇叔，安得不从乎？望子敬善言回覆。"_{第三次索荆州俱用孔明回答。}

　　鲁肃是个宽仁长者，见玄德如此哀痛，只得应允。_{定然陪出了几点眼泪矣。}玄德、孔明拜谢。宴毕，送鲁肃下船。径到柴桑，见了周瑜，具言其事。周瑜顿足曰："子敬又中诸葛亮之计也！当初刘备依刘表时，常有吞并之意，何况西川刘璋乎？似此推调，未免累及老兄矣。^{此时鲁肃亦该哭。}吾有一计，使诸葛亮不能出吾算中。子敬便当一行。"肃曰："愿闻妙策。"瑜曰："子敬不必去见吴侯，再去荆州对刘备说：孙、刘两家既结为亲，便是一家。若刘氏不忍去取西川，我东吴起兵去取；取得西川时，以作嫁资，却把荆州交还东吴。"^{何不即以荆州为嫁资？}肃曰："西川迢递，取之非易。都督之计，莫非不可？"^{老实人说实心话。}瑜笑曰："子敬真长者也。^{长者是无用之别名。}你道我真个去取西川与他？我只以此为名，实欲去取荆州，且教他不做准备。东吴军马收川，路过荆州，就问他索要钱粮，刘备必然出城劳军。那时乘势杀之，夺取荆州，雪吾之恨，解足下之祸。"

^{此等计策，周郎甚是不济。}鲁肃大喜，便再往荆州来。玄德与孔明商议。孔明曰："鲁肃必不曾见吴侯，只到柴桑和周瑜商量了甚计策，来诱我耳。但说的话，主公只看我点头，便满口应承。"^{或教他不应、或教他哭、或教他应承，皆是孔明伏线。}计会已定。鲁肃入见，礼毕，曰："吴侯甚是称赞皇叔盛德，遂与诸将商议，起兵替皇叔收川。取了西川，却换荆州，以西川权当嫁资。^{荆州是现成妆奁，何必舍近而求远？}但军马经过，却望应些钱粮。"孔明听了，忙点头曰："难得吴侯好心！"玄德拱手称谢曰："此皆子敬善言之力。"^{一个点头、一个会意。}孔明曰："如雄师到日，即当远接犒劳。"鲁肃暗喜，宴罢辞回。玄德问孔明曰："此是何意？"孔明大笑曰："周郎死日近矣！这等计策，小儿也瞒不过！"玄德又问如何，^{小儿瞒不过，大人倒不晓得。}孔明曰："此乃假途灭虢之计也。虚名收川，实取荆州。等主公出城劳军，乘势拿下，杀入城来，'攻其无备，出其不意'也。"^{周瑜乖，孔明更乖。}玄德曰："如之奈何？"孔明曰："主公宽心，只顾'准备窝弓以擒猛虎，安排香饵以钓鳌鱼'。等周瑜到来，他便不死，也九分无气。"^{孔明只是顽皮作乐。}便唤赵

云听计："如此如此，其馀我自有布摆。"玄德大喜。后人有诗叹云：

> 周瑜决策取荆州，诸葛先知第一筹。
>
> 指望长江香饵稳，不知暗里钓鱼钩。

却说鲁肃回见周瑜，说玄德、孔明欢喜一节，准备出城劳军。周瑜大笑曰："原来今番也中了吾计！"^{且慢笑，准备气着。}便教鲁肃禀报吴侯，并遣程普引军接应。周瑜此时箭疮已渐平愈，身躯无事，使甘宁为先锋，自与徐盛、丁奉为第二，凌统、吕蒙为后队，水陆大兵五万，望荆州而来。周瑜在船中时复欢笑，以为孔明中计。^{周瑜对蒋干时尝诈说梦话，此则真说梦话矣。}前军至夏口，周瑜问："荆州有人在前面接否？"人报："刘皇叔使麋竺来见都督。"瑜唤至，问劳军如何。麋竺曰："主人皆准备安排下了。"^{准备窝弓以射猛虎，安排香饵以钓鳌鱼。}瑜曰："皇叔何在？"竺曰："在荆州城门外相等，与都督把盏。"^{只怕周郎吃不得这一杯。}瑜曰："今为汝家之事，出兵远征；劳军之礼，休得轻易。"麋竺领了言语先回。战船密密排在江上，依次而进。看看至公安，并无一只军船，又无一人远接。周瑜催船速行。离荆州十馀里，只见江面上静荡荡的。哨探的回报："荆州城上，插两面白旗，^{送嫁资来如何反插白旗？想预为周郎吊孝耳。}并不见一人之影。"瑜心疑，教把船傍岸，亲自上岸乘马，带了甘宁、徐盛、丁奉一班军官，引亲随精军三千人，径望荆州来。既至城下，并不见动静。瑜勒住马，令军士叫门。城上问是谁人。^{只做不认得，妙。}吴军答曰："是东吴周都督亲自在此。"言未已，急一声梆子响，城上军一齐都竖起枪刀。敌楼上赵云出曰："都督此行，端的为何？"〔不即说破，先问一句，妙。〕瑜曰："吾替汝主取西川，汝岂犹未知耶？"云曰："孔明军师已知都督'假途灭虢'之计，故留赵云在此。吾主公有言：'孤与刘璋，皆汉室宗亲，安忍背义而取西川？若汝东吴端的取蜀，吾当披发入山，不失信于天下也'。"〔偏与后文相反。〕周瑜闻之，勒马便回。只见一人打着令字旗，于马前报说："探得四路军马，一齐杀到：关某从江陵杀来，张飞从秭归杀来，黄忠从公安杀来，魏延从孱陵小路杀来。四路正不知多少军马，喊声远近震动百馀里，皆言要捉周瑜。"〔此是把盖劳军的。〕瑜马上大叫一声，箭疮复裂，坠于马下。正是：

> 一着棋高难对敌，几番算定总成空。

不知性命如何，且看下文分解。

第五十七回　柴桑口卧龙吊丧　耒阳县凤雏理事

耒陽縣鳳雛理事

天下当治，人才辈出；天下当乱，人才亦辈出。君子观于生瑜生亮之叹，而窃以为当日人才之并生，不独此二人为然也。其并生而相济者，如庶之先亮，统之赞亮，维之继亮，肃、蒙、逊、抗之嗣瑜，嘉、昱、彧、攸之佐操皆是矣；其并生而相难者，如备之遇操，亮之遇懿，维之遇艾皆是矣。天生一非常之人，必更生非常之人以济之；而天生一非常之才，亦必更生一非常之才以难之。夫既生备，何生操？既生亮，何生懿？既生维，又何生艾哉？

孔明吊公瑾之言曰："从此天下更无知音。"盖不独爱我者为知己，能忌我者亦知己也，不独欲用我者为知音，欲杀我者亦知音也。不宁惟是，苟能爱我而不能用，用我而用之不尽其才，反不如忌我杀我者之知我耳！

董承等七人同立义状，至此已隔三十余回矣。独马腾一去西凉，杳无动静，令读者意甚悬悬。今忽于此卷中照应出来，并与赤壁以前庞统教徐庶之语，暗相关合。如此叙事，真有一篇如一句者。不似今人之作稗官：如理词谱而见杂曲，如观演戏而点杂戏，逐段皆断，更不联络也。

事有前文所未载，而观于后文可以识前文者：如曹操之杀苗泽是也。即其后之杀苗泽，而前之杀秦庆童可知，岂有不赦黄奎之亲戚，而独纵董承之家奴者乎？小人不独不容于君子，而并不见容于小人；不独以小人谋小人，而不容于小人，即以小人助小人，而亦不容于小人。读此可为小人之戒。

却说周瑜怒气填胸，坠于马下，左右急救归船。军士传说：

"玄德、孔明在前山顶上饮酒取乐。"但自饮酒，更不来把盏。瑜大怒，咬牙切齿曰："你道我取不得西川，吾誓取之！"正恨间，人报吴侯遣弟孙瑜到。周瑜接入，具言其事。孙瑜曰："吾奉兄命来助都督。"遂令催军前行。行至巴丘，人报上流有刘封、关平二人领军截住水路。周瑜愈怒。忽又报孔明遣人送书至。催死文书到了。周瑜拆封视之。书曰：

汉军师中郎将诸葛亮，致书于东吴大都督公瑾先生麾下：自柴桑一别，至今恋恋不忘。闻足下欲取西川，亮窃以为不可。益州民强地险，刘璋虽暗弱，足以自守。今劳师远征，转运万里，欲收全功，虽吴起不能定其规，孙武不能善其后也。恶极妙极。曹操失利于赤壁，志岂须臾忘报仇哉？今足下兴兵远征，倘操乘虚而至，江南齑粉矣！亮不忍坐视，恶极妙极。特此告知。幸垂照鉴。

周瑜览毕，长叹一声，怨极而叹，叹甚于怨。唤左右取纸笔作书上吴侯，乃聚众将曰："吾非不欲尽忠报国，奈天命已绝矣。汝等善事吴侯，共成大业。"言讫昏绝；徐徐又醒，仰天长叹曰："既生瑜，何生亮！"连叫数声而亡。周瑜少年经怒不起，盖其读书养气之学不及孔明耳。寿三十六岁。后人有诗叹曰：

赤壁遗雄烈，青年有俊声。弦歌知雅意，杯酒谢良朋。
曾谒三千斛，常驱十万兵。巴丘终命处，凭吊欲伤情。

周瑜停丧于巴丘。众将将所遗书缄，遣人飞报孙权。权闻周瑜死，放声大哭。拆视其书，乃荐鲁肃以自代也。书略曰：

　　瑜以凡才，荷蒙殊遇，委任腹心，统御兵马，敢不竭股肱之力，以图报效。奈死生不测，修短有命；愚志未展，微躯已损，遗恨何极！方今曹操在北，疆场未静；刘备寄寓，有似养虎；<small>曹操以备为龙，周郎又以备为虎。</small>天下之事，尚未可知。此正朝士旰食之秋，至尊垂虑之日也。鲁肃忠烈，临事不苟，可以代瑜之任。"人之将死，其言也善。"倘蒙垂鉴，瑜死不朽矣。

　　孙权览毕，哭曰："公瑾有王佐之才，今忽短命而死，孤何赖哉？既遗书特荐子敬，孤敢不从之。"即日便命鲁肃为都督，总统兵马；一面教发周瑜灵柩回葬。

　　却说孔明在荆州夜观天文，见将星坠地，乃笑曰："周瑜死矣。"至晓，告于玄德。玄德使人探之，果然死了。玄德问孔明曰："周瑜既死，还当如何？"孔明曰："代瑜领兵者，必鲁肃也。<small>能料死又能料生。</small>亮观天象，将星聚于东方。亮当以吊丧为由，往江东走一遭，就寻贤士佐助主公。"<small>预为庞统伏线。</small>玄德曰："只恐吴中将士加害于先生。"孔明曰："瑜在之日，亮犹不惧；今瑜已死，又何患乎？"<small>孔明吊丧与关公赴会一样有胆。</small>乃与赵云引五百军，具祭礼，下船赴巴丘吊丧。于路探听得孙权已令鲁肃为都督，周瑜灵柩已回柴桑。孔明径至柴桑，鲁肃以礼迎接。周瑜部将皆欲杀孔明，因见赵云带剑相随，不敢下手。孔明教设祭物于灵前，亲自奠酒，跪于地下，读祭文曰：

呜呼公瑾，不幸夭亡！修短故天，人岂不伤？我心实痛，酹酒一觞；君其有灵，享我烝尝！吊君幼学，以交伯符；仗义疏财，让舍以居。吊君弱冠，万里鹏抟；定建霸业，割据江南。吊君壮力，远镇巴丘；景升怀虑，讨逆无忧。吊君丰度，佳配小乔；汉臣之婿，不愧当朝。吊君气概，谏阻纳质；始不垂翅，终能奋翼。吊君鄱阳，蒋干来说；挥洒自如，雅量高志。吊君宏才，文武筹略；火攻破敌，挽强为弱。想君当年，雄姿英发；哭君早逝，俯地流血。忠义之心，英灵之气；命终三纪，名垂百世。哀君情切，愁肠千结；惟我肝胆，悲无断绝。昊天昏暗，三军怆然；主为哀泣，友为泪涟。亮也不才，丐计求谋；助吴拒曹，辅汉安刘，犄角之援，首尾相傍；若存若亡，何虑何忧？呜呼公瑾！生死永别！朴守其贞，冥冥灭灭。魂如有灵，以鉴我心；从此天下，更无知音！〔此是实话。〕呜呼痛哉！伏惟尚飨。

孔明祭毕，伏地大哭，泪如涌泉，哀恸不已。〔哭其不能助我以攻曹，乃真哭非假哭也。〕众将相谓曰："人尽道公瑾与孔明不睦，今观其祭奠之情，人皆虚言也。"鲁肃见孔明如此悲切，亦为感伤，自思曰："孔明自是多情，乃公瑾量窄，自取死耳。"〔写鲁肃处处是真心人。〕后人有诗叹曰：

卧龙南阳睡未醒，又添列曜下舒城。
苍天既已生公瑾，尘世何须出孔明！

鲁肃设宴款待孔明。宴罢，孔明辞回。方欲下船，只见江边一人道袍竹冠，皂绦素履，一手揪住孔明，大笑曰："汝气死周郎，却又来吊孝，明欺东吴无人耶！"孔明急视其人，乃凤雏先生庞统也。孔明此来正为寻访贤士。乃不用孔明去寻，偏用庞统自来，又不用顺写，偏用逆接，妙甚。孔明亦大笑。两人携手登舟，各诉心事。孔明乃留书一封与统，嘱曰："吾料孙仲谋必不能重用足下。稍有不如意，可来荆州共扶玄德。此人宽仁厚德，必不负公平生之所学。"统允诺而别，不便偕归，妙有曲折。孔明自回荆州。

却说鲁肃送周瑜灵柩至芜湖，孙权接着，哭祭于前，命厚葬于本乡。了却周瑜。瑜有两男一女，长男循，次男胤，权皆厚恤之。鲁肃曰："肃碌碌庸才，误蒙公瑾重荐，其实不称所职，愿举一人以助主公。此人上通天文，下晓地理，谋略不减于管、乐，枢机可并于孙、吴。往日周公瑾多用其言，孔明亦深服其智。见在江南，何不重用？"借鲁肃口极力写庞统。权闻言大喜，便问此人姓名。肃曰："此人乃襄阳人，姓庞名统，字士元，道号凤雏先生。"权曰："孤亦闻其名久矣。今既来此，可即请来相见。"于是鲁肃邀请庞统入见孙权，施礼毕。权见其人浓眉掀鼻，黑面短髯，形容古怪，心中不喜。以貌取人，失之子羽。独不思碧眼紫髯，亦自形容古怪耶？乃问曰："公平生所学，以何为主？"统曰："不必拘执，随机应变。"权曰："公之才学，比公瑾何如？"统笑曰："某之所学，与公瑾大不相同。"权平生最喜周瑜，见统轻之，心中愈不乐，既厌其貌，又怪其言。乃谓统曰："公且退，待有用公之时，却来相请。"统长叹一声而出。鲁肃曰："主公何不用庞士元？"权曰："狂士也，用之何益？"肃曰："赤壁鏖兵之时，此人曾献连环策，成第一功。照应四十七回中事。主公想必知之。"权曰："此时乃曹操自欲钉船，未必此人之功也。吾誓不用之。"鲁肃出谓庞统曰："非肃不荐足下，奈吴侯不肯用公。公且耐心。"统低头长叹不语。肃曰:"公莫非无意于吴中乎?"统不答。肃曰:"公抱匡济之才,何往不利?可实对肃言,将欲何往?"统曰:"吾欲投曹操去也。"_{反言以激之。}肃曰:"此明珠投暗矣!可往荆州投刘皇叔,必然重用。"统曰:"统意实欲如此,前言戏耳。"肃曰:"某当作书奉荐。公辅玄德,必令孙、刘两家无相攻击,同力破曹。"_{见识胜周郎十倍。}统曰:"此某平生之素志也。"乃求肃书,径往荆州来见玄德。

此时孔明按察四郡未回。_{妙有曲折。}门吏传报:"江东名士庞统,特来相投。"玄德久闻统名,便教请入相见。统见玄德,长揖不拜。玄德见统貌陋,心中亦不悦,_{曹操初见庞统恭敬之极,仲谋、玄德反不如之。}乃问统曰:"足下远来不易!"统不即取出鲁肃书并孔明投呈,但答曰:"闻皇叔招贤纳士,特来相投。"_{妙有身分。若今之挟荐书投人者,未曾入门而先传进矣。}玄德曰:"荆楚稍定,苦无闲职。此去东北一百三十里,有一县名耒阳县,缺一县宰,屈公任之。如后有缺,却当重用。"统思:"玄德待我何薄!"欲以才学动之,见孔明不在,只得勉强相辞而去。_{妙有曲折。}统到耒阳县,不理政事,终日饮酒为乐,_{醉翁之意不在酒。}一应钱粮词讼,并不理会。有人报知玄德,言庞统将耒阳县事尽废。玄德怒曰:"竖儒焉敢乱吾法度!"遂唤张飞分付,引从人去荆南诸县巡视:"如有不公不法者,就便究问。恐于事有不明处,可与孙乾同去。"

张飞领了言语,与孙乾前至耒阳县。军民官吏皆出郭迎接,独不见县令。_{于饮酒废事,犹胜于以迎接废事。若善于迎接者,便非好县令。}飞问曰:"县令何在?"同僚覆曰:"庞县令自到任及今将百馀日,县中之事并不理问,每日饮酒自旦及夜,只在醉乡。今日宿酒未醒,犹卧不起。"_{即有卧龙,安得无卧凤?卧治有馀,卧亦自醒。彼暗于治者虽日日醒,犹日日卧耳。}张飞大怒,欲擒之。孙乾曰:

"庞士元乃高明之人，未可轻忽。且到县问之，如果于理不当，治罪未晚。"飞乃入县，正厅上坐定，教县令来见。统衣冠不整，扶醉而出。^{故作偃蹇之态。}飞怒曰："吾兄以汝为人，令作县宰，汝焉敢尽废县事！"统笑曰："将军以吾废了县中何事？"^{奇绝妙绝。}飞曰："汝到任百馀日，终日在醉乡，安得不废政事？"统曰："量百里小县，些小公事，何难决断！^{此不足为先生事。}将军少坐，待我发落。"随即唤公吏，将百馀日所积公务，都取来剖断。吏皆纷然赍抱案卷上厅，诉词被告人等，环跪阶下。统手中批判，口中发落，耳内听词，^{刘穆之不足为奇。}曲直分明，并无分毫差错。民皆叩首拜伏。不到半日，将百馀日之事，尽断毕了，^{谁云"大受者不可小知"？}投笔于地而对张飞曰："所废之事何在？^{妙极。}曹操、孙权，吾视之若掌上观文，^{一语便露出圭角。}量此小县，何足介意！"飞大惊，下席谢曰："先生大才，小子失敬。吾当于兄长处极力举荐。"^{前倨后恭，粗中有细。}统乃将出鲁肃荐书。^{两封荐书又只先取一封，藏却一封，妙有曲折。}飞曰："先生初见吾兄，何不将出？"统曰："若便将出，似乎专藉荐书来干谒矣。"^{今之求讨荐书一味钻刺者，能不愧死？}飞顾谓孙乾曰："非公则失一大贤也。"遂辞统回荆州见玄德，具说庞统之才。玄德大惊曰："屈待大贤，吾之过也！"飞将鲁肃荐书呈上。^{不消鲁肃荐，先生先自荐矣。}玄德拆视。荐书略曰：

庞士元非百里之才，使处治中、别驾之任，始当展其骥足。如以貌取之，恐负所学，^{有鉴于孙权而先为是言也。}终为他人所用，实可惜也！

玄德看毕，正在嗟叹，忽报孔明回。玄德接入，礼毕，孔明先问曰："庞军师近日无恙否？"^{问得妙。}玄德曰："近治耒阳县，好酒废事。"孔明笑曰:"士元非百里之才,胸中所学,胜亮十倍。_{此句为过誉,足见孔明之谦,不似今人之妄自矜夸也。}亮曾有荐书在士元处,曾达主公否?"玄德曰:"今日方得子敬书,却未见先生之书。"孔明曰:"大贤若处小任,往往以酒糊涂,倦于视事。"玄德曰:"若非吾弟所言,险失大贤。"随即令张飞往耒阳县请庞统到荆州。玄德下阶请罪,统方将出孔明所荐之书。_{两封书作两次取出,写庞统极有身分。}玄德看书中之意,言凤雏到日,宜即重用。玄德喜曰:"昔司马德操言:'伏龙、凤雏,两人得一,可安天下'。_{照应三十五回中语。}今吾二人皆得,汉室可兴矣。"遂拜庞统为副军师中郎将,与孔明共赞方略,教练军士,听候征伐。_{以上按下玄德一边,以下接叙曹操一边。}

早有人报到许昌,言刘备有诸葛亮、庞统为谋士,招军买马,积草屯粮,连结东吴,早晚必兴兵北伐。曹操闻之,遂聚众谋士商议南征。荀攸进曰:"周瑜新死,可先取孙权,次攻刘备。"操曰:"我若远征,恐马腾来袭许都。前在赤壁之时,军中有讹言,亦传西凉入寇之事,_{照应四十八回中事。}今不可不防也。"荀攸曰:"以愚所见,不若降诏加马腾为征南将军,使讨孙权,诱入京师,先除此人,则南征无患矣。"_{本因刘备转出孙权,又因孙权转入马腾。将二十回中事至此忽然归结。}操大喜,即日遣人赍诏至西凉召马腾。

却说腾字寿成,汉伏波将军马援之后。父名肃,字子硕,桓帝时为天水阑干县尉;后失官流落陇西,与羌人杂处,遂娶羌女生腾。腾身长八尺,体貌雄异,禀性温良,人多敬之。灵帝末年,羌人多叛,腾召募民兵破之。初平中年,因讨贼有功,拜征西将军,与镇西将军韩遂为兄弟。_{又补叙马腾来历,是续前文所未及。}当日奉诏,乃与长子马超商议曰:"吾自与董承受衣带诏以来,与刘玄德约共讨贼，不幸董承已死，玄德屡败。我又僻处西凉，未能协助玄德。〔马腾一向冷落不见出头，得此两句叙明。〕今闻玄德已得荆州，我正欲展昔日之志，而曹操反来召我，当是如何？"马超曰："操奉天子之命以召父亲，今若不往，彼必以逆命责我矣。当乘其来召，竟往京师，于中取事，则昔日之志可展也。"〔有马超之言，方见马腾此去不是疏虞。〕马腾兄子马岱谏曰："曹操心怀叵测，叔父若往，恐遭其害。"〔为下文伏笔。〕超曰："儿愿尽起西凉之兵，随父亲杀入许昌，为天下除害，有何不可？"〔是马超声口。〕腾曰："汝自统羌兵保守西凉，只教次子马休、马铁并侄马岱随我同往。曹操见有汝在西凉，又有韩遂相助，谅不敢加害于我也。"〔为后文韩遂助马超伏线。〕超曰："父亲若往，切不可轻入京师。当随机应变，观其动静。"腾曰："吾自有处，不必多虑。"于是马腾乃引西凉兵五千，先教马休、马铁为前部，留马岱在后接应，〔为马岱逃回伏笔。〕迤逦望许昌而来，离许昌二十里屯住军马。

曹操闻知马腾已到，唤门下侍郎黄奎分付曰："目今马腾南征，吾命汝为行军参谋，先至马腾寨中劳军，可对马腾说：西凉路远，运粮甚难，不能多带人马。我当更遣大兵，协同前进。来日教他入城面君，〔赚他入城，便是诱杀之计。〕吾就应付粮草与之。"奎领命，来见马腾。腾置酒相待。奎酒半酣而言曰："吾父黄琬死于李傕、郭汜之难，尝怀痛恨。〔又将数十回前之事于此一提。〕不想今日又遇欺君之贼！"腾曰："谁为欺君之贼？"奎曰："欺君者操贼也。公岂不知之，而问我耶？"腾恐是操使来相探，急止之曰："耳目较近，休得乱言。"奎叱曰："公竟忘却衣带诏乎！"〔前马腾见董承时，马腾正言董承隐讳；今黄奎见马腾，又是黄奎正言马腾隐讳：前后遥遥相对。〕腾见他说出心事，乃密以实情告之。奎曰："操欲公入城面君，必非好意。公不可轻入。来日当勒兵城下，待曹操出城点军，就点军处杀之，大事济矣。"二人商议已定。黄奎回家，恨气未息。其妻再三问之，奎不肯言。^{不告其妻而独告其妾，何也？}不料其妾李春香与奎妻弟苗泽私通。泽欲得春香，正无计可施。^{与董承家秦庆童事又相仿佛。}妾见黄奎愤恨，遂对泽曰："黄侍郎今日商议军情回，意甚愤恨，不知为谁？"泽曰："汝可以言挑之曰：'人皆说刘皇叔仁德，曹操奸雄，何也？'看他说甚言语。"是夜黄奎果到春香房中。妾以言挑之。奎乘醉言曰："汝乃妇人，尚知邪正，何况我乎？吾所恨者，欲杀曹操也！"妾曰："若欲杀之，如何下手？"奎曰："吾已约定马将军，明日在城外点兵时杀之。"^{谋及妇人，宜其死耳。}妾告于苗泽，泽报知曹操。操便密唤曹洪、许褚分付如此如此；又唤夏侯渊、徐晃分付如此如此。各人领命去了，一面先将黄奎一家老小拿下。

次日，马腾领着西凉兵马将次近城，只见前面一簇红旗，打着丞相旗号。马腾只道曹操自来点军，拍马向前。忽听得一声炮响，红旗开处，弓弩齐发。一将当先，乃曹洪也。马腾急拨马回时，两下喊声又起：左边许褚杀来，右边夏侯渊杀来，后面又是徐晃领兵杀至，截断西凉军马，^{两起调拨，却匀作四处出现。}将马腾父子三人困在垓心。马腾见不是头，奋力冲杀。马铁早被乱箭射死。^{三人中先死了一个。}马休随着马腾，左冲右突，不能得出。二人身带重伤，坐下马又被箭射倒，父子二人俱被执。曹操教将黄奎与马腾父子，一齐绑至，^{董承七人之外添出一吉平，马腾父子之外添出一黄奎，前后遥遥相对。}黄奎大叫："无罪！"操教苗泽对证。马腾大骂曰："竖儒误我大事！我不能为国杀贼，是乃天也！"操命牵出。马腾骂不绝口，与其子马休及黄奎，一同遇害。后人有诗叹马腾曰：

父子齐芳烈，忠贞著一门。捐生图国难，誓死答君恩。

嚼血盟言在，诛奸义状存。西凉推世胄，不愧伏波孙！

苗泽告操曰："不愿加赏，只求李春香为妻。"操笑曰："你为了一妇人，害了你姐夫一家，留此不义之人何用！"^{奸雄快语，可儿可儿。}便教将苗泽、李春香与黄奎一家老小并斩于市。观者无不叹息。后人有诗叹曰：

苗泽因私害荩臣，春香未得反伤身。

奸雄亦不相容恕，枉自图谋作小人。

曹操教招安西凉兵马，谕之曰："马腾父子谋反，不干众人之事。"一面使人分付把守关隘，休教走了马岱。

且说马岱自引了一千兵在后，早有许昌城外逃回军士，报知马岱。岱大惊，只得弃了兵马，扮作客商，连夜逃遁去了。^{以上按下}^{西凉一边，以下再叙许昌一边。}曹操杀了马腾等，便决意南征。忽人报曰："刘备调练军马，收拾器械，将欲取川。"操惊曰："若刘备收川，则羽翼成矣。将何以图之？"言未毕，阶下一人进言曰："某有一计，使刘备、孙权不能相顾，江南、西川皆归丞相。"正是：

西川豪杰方遭戮，南国英雄又受殃。

未知献计者是谁，且看下文分解。

第五十八回

马孟起兴兵雪恨

曹阿瞒割须弃袍

曹阿瞒
割鬚
棄袍

　　周瑜在而孙、刘离，周瑜死而孙、刘合；曹操去而孙、刘离，曹操欲至而孙、刘又合：此两家离合之机也。乃孙方借刘以拒操，而刘忽借马以救孙则奇；刘方约马以拒操，而操忽约韩以取马则更奇；韩不为操以攻马，而马得合韩以攻曹则愈奇。至于刘不助马，而助马者乃是韩；刘不约韩，而约韩者乃是操；马非救孙，而救孙者实是马；马非应刘，而借马者实是刘：是又事之最巧，而文之至幻者矣！

　　曹操、孙权之欲报父仇，为父也，非为君也，私也；马超之欲报父仇，为父也，亦为君也，公也。马腾为衣带诏而死，则腾为忠臣；超为父之死于衣带诏而讨操，则超为孝子而亦为忠臣。而前史误书之为贼，误书之为反，则大谬矣！若断以《春秋》之义，直当书曰："马超起兵西凉讨曹操。"斯为得之。

　　曹操不能杀陶谦，而以吕布回兵；孙权不能杀刘表，而反使鲁肃吊孝：父仇所谓不共天地，不同日月者乎？若马超者，是真能报仇矣。绕树之枪，渡河之箭，操之不死，间不容发。虽天方助操，不能遽斩国贼，而使之心寒胆落，魄散魂飞，则谓马超已诛曹操可也。

　　君子观于割须弃袍之事，而窃以为是汉帝之威灵也。何也？衣带诏不降，则义状不立；义状不立，则马腾不死；马腾不死，则马超不来。惟有帝之刺血，所以有操之割须；惟有帝之解带，所以有操之弃袍耳。

　　曹操每至危急时，有曹洪救之，有许褚救之，有丁斐救之。然而曹洪、许褚之救，是以救救也；丁斐之救，是以不救救也。延津之战，弃粮与马，渭桥之战，放马与牛。前之饵敌，所以取胜，后之饵敌，所以救败。则洪与褚之勇，又不若丁斐之智耳。

当马超战潼关之时，孙、刘两家，若乘虚而袭许都，此大快事，而孙权不为，刘备亦不为，其故何也？盖东吴之兵，但能应敌，而不能取敌。一合淝且不下，而何有于许都乎？且其所欲得者荆州耳，志固不在中原也。刘备则欲养其兵力以取西川，即东吴求救，且不肯轻劳我师，而何暇于袭许昌乎？是其志虽在中原，而西川未得，不敢遽图中原也。曹操有可乘之势，而两家未有能乘之力。呜呼，岂非天哉！

赤壁鏖兵之日，徐庶曾乞一兵守潼关矣。而此卷但见钟繇不见徐庶，何也？意者徐庶此时已死乎！不然，庶纵不肯为操设谋，而身在潼关，恐不能谢其责也。自赤壁一去，更不见徐庶下落，庶即不死，我知其必托病而归田里耳。

却说献策之人，乃治书侍御史陈群，字长文。操问曰："陈长文有何良策？"群曰："今刘备、孙权结为唇齿，若刘备欲取西川，丞相可命上将提兵，会合淝之众径取江南，则孙权必求救于刘备；备意在西川，必无心救权；权无救则力乏兵衰，江东之地必为丞相所得。前欲使马腾伐吴，意不在吴而在腾也，至此则真伐吴矣。若得江东，则荆州一鼓可平也；荆州既平，然后徐图西川，天下定矣。"操曰："长文之言，正合吾意。"即时起大兵三十万径下江南，令合淝张辽准备粮草，以为供给。

早有细作报知孙权。权聚众将商议。张昭曰："可差人往鲁子敬处，教急发书到荆州，使玄德同力拒曹。子敬有恩于玄德，其言必从，且玄德既为东吴之婿，亦义不容辞。若玄德来相助，江南可无患矣。"　事急则孙、刘复合。但内兄不致书于妹夫而必欲烦鲁肃修书者，以上有江上之追故耳，故曰："凡事留人情，后来好相见。"　权从其言，即遣人谕鲁肃，使求救于玄德。肃领命，随即修书使人送玄德。玄德看了书中之意，留使者于馆舍，差人往南郡请孔明。孔明到荆州，玄德将鲁肃书与孔明看毕，孔明曰："也不消动江南之兵，也不必动荆州之兵，自使曹操不敢正觑东南。"便回书与鲁肃，教高枕无忧，若但有北兵侵犯，皇叔自有退兵之策。　妙在不即说明，令人测摸不出。　使者去了。玄德问曰："今操起三十万大军，会合淝之众，一拥而来，先生有何妙计，可以退之？"孔明曰："操平生所虑者，乃西凉之兵也。今操杀马腾，其子马超见统西凉之众，必切齿操贼。主公可作一书，往结马超，使超兴兵入关，则操又何暇下江南矣？"　马腾死后便当接出马超，却偏因曹操伐吴，孙权求救，然后转将出来，事曲而文亦曲。　玄德大喜，即时作书，遣一心腹人，径往西凉州投下。

却说马超在西凉州，夜感一梦：梦见身卧雪地，群虎来咬。惊惧而觉，心中疑惑，聚帐下将佐，告说梦中之事。帐下一人应声曰："此梦乃不祥之兆也。"众视其人，乃帐前心腹校尉，姓庞名德，字令名。超问："令名所见若何？"德曰："雪地遇虎，梦兆殊恶。莫非老将军在许昌有事否？"言未毕，一人踉跄而入，　接笋甚紧。　哭拜于地曰："叔父与弟皆死矣！"超视之，乃马岱也。超惊问，岱曰："叔父与侍郎黄奎同谋杀操，不幸事泄，皆被斩于市，二弟亦遇害。惟岱扮作客商，星夜走脱。"超闻言，哭倒于地，众将救起。超咬牙切齿，痛恨操贼。　即无玄德书，超之起兵决矣。　忽报荆州刘皇叔遣人赍书至。　马超正说梦，马岱忽来；马超正哭，玄德书又忽来。接笋处俱极紧。　超拆视之。

书略曰：

伏念汉室不幸，操贼专权，欺君罔上，黎民雕残。备昔与令先君同受密诏，誓诛此贼。^{照应二十回中事}今令先君被操所害，此将军不共天地、不同日月之仇也。若能率西凉之兵，以攻操之右，备当举荆襄之众，以遏操之前，^{句虚}则逆操可擒，奸党可灭，仇辱可报，汉室可兴矣。书不尽言，立待回音。

马超看毕，即时挥涕回书，发使者先回，随兵便起西凉军马。正欲进发，忽西凉太守韩遂使人请马超往见。^{马超正欲起兵，韩遂之使忽来，接笋又甚紧。}超至遂府，遂将出曹操书示之。内云："若将马超擒赴许都，即封汝为西凉侯。"^{玄德致书于马超用实写，曹操致书于韩遂用虚写，一实一虚，笔法变化。○有此书札往来，便为下文诈书张本。}超拜伏于地曰："请叔父就缚俺兄弟二人解赴许昌，免叔父戈戟之劳。"^{有此一逆文势便曲。}韩遂扶起曰："吾与汝父结为兄弟，安忍害汝？汝若兴兵，吾当相助。"^{玄德之助是虚，韩遂之助是实。}马超拜谢。韩遂便将操使者推出斩之，乃点手下八部军马，一同进发。那八部？乃侯选、程银、李堪、张横、梁兴、成宜、马玩、杨秋也。八将随着韩遂，合马超手下庞德、马岱，共起二十万大兵，杀奔长安来。^{写得声势}长安郡守钟繇，飞报曹操；一面引军拒敌，布阵于野。西凉州前部先锋马岱，引军一万五千，浩浩荡荡，漫山遍野而来。钟繇出马答话，岱使宝刀一口，与繇交战。不一合，繇大败奔走。^{只会写字，那里会厮杀。我有笔如刀，不若别人怀宝剑。}岱提刀赶来。马超、韩遂引大军都到，围住长安。钟繇上城守护。长安乃西汉建都之处，城郭坚固，河堑险深，急切攻打不下。一连围了十日，不能攻破。庞德进计曰："长安城上土硬水碱，甚不堪食，更兼无柴。今围十日，军民饥荒。不如暂且收军，只须如此如此，长安唾手可得。"^{此时妙在不叙明白，至后方知其计。}马超曰："此计大妙！"即时差令字旗传于各部，尽教退军，马超亲自断后。各部军马渐渐退去。钟繇次日登城看时，军皆退了，只恐有计，令人哨探，果然远去，方才放心。纵令军民出城打柴取水，大开城门放人出入。即此便是计策。至第五日，人报马超兵又到，军民竞奔入城，此时庞德已杂其中矣。钟繇仍复闭城坚守。

却说钟繇弟钟进把守西门，约近三更，城门里一把火起。钟进急来救时，城边转过一人，举刀纵马大喝曰："庞德在此！"庞德入城不用明叙，至此突如其来，如亚夫将军从天而下。钟进措手不及，被庞德一刀斩于马下，杀散军校，斩关断锁，放马超、韩遂军马入城。钟繇从东门弃城而走。马超、韩遂得了城池，赏劳三军。钟繇退守潼关，飞报曹操。操知失了长安，不敢复议南征，照应前文东吴求救事，此马超救之，而实玄德救之也。遂唤曹洪、徐晃分付："先带一万人马，替钟繇紧守潼关。如十日内失了关隘，皆斩；十日外，不干汝二人之事。我统大军随后便至。"二人领了将令，星夜便行。曹仁谏曰："洪性躁，诚恐误事。"预为失潼关伏笔。操曰："你与我押送粮草，便随后接应。"

却说曹洪、徐晃到潼关，替钟繇坚守关隘，并不出战。马超领军来关下，把曹操三代毁骂。又一陈琳。曹洪大怒，要提兵下关厮杀。徐晃谏曰："此是马超要激将军厮杀，切不可与战。待丞相大军来，必有主画。"马超军日夜轮流来骂，陈琳骂超以笔，马超骂操以口，笔止一笔，口有万口。曹洪只要厮杀，徐晃苦苦挡住。至第九日在关上看时，西凉军都弃马在于关前草地上坐，多半困乏，就于地上睡卧。诱敌之计。曹洪便教备马，点起三千兵杀下关来。西凉兵弃马势戈而走，洪迤逦追赶。时徐晃正在关上点视粮车，闻曹洪下关厮杀，大惊，急引兵随后赶来，大叫曹洪回马。忽然背后喊声大震，马岱引军杀至。_{城外见马岱与城中见庞德，皆突如其来，写得声势。}曹洪、徐晃急回走时，一棒鼓响，山背后两军截出：左是马超，右是庞德，混杀一阵。曹洪抵当不住，折军大半，撞出重围，奔到关上。西凉兵随后赶来，洪等弃关而走。庞德直追过潼关，撞见曹仁军马，救了曹洪等一军。马超接应庞德上关。曹洪失了潼关，奔见曹操。操曰："与你十日限，如何九日失了潼关？"洪曰："西凉军兵百般辱骂，因见彼军懈怠，乘势赶去，不想中贼奸计。"操曰："洪年幼躁暴，徐晃你须晓事！"晃曰："累谏不从。当日晃在关上点粮车，比及知道，小将军已下关了。晃恐有失，连忙赶去，已中贼奸计矣。"操大怒，喝斩曹洪。_{忘却"宁可无洪，可无公"之时耶？}众官告免。曹洪服罪而退。

操进兵直抵潼关。曹仁曰："可先下定寨栅，然后打关未迟。"操令砍伐树木，起立排栅，分作三寨：左寨曹仁，右寨夏侯渊，操自居中寨。次日，操引三寨大小将校，杀奔关隘前去，正遇西凉军马。两边各布阵势。操出马于门旗下，看西凉之兵，人人勇健，个个英雄。又见马超生得面如傅粉，唇若抹朱，腰细膀宽，声雄力猛，白袍银铠，手持长枪，立马阵前；_{借曹操眼中极写马超。}上首庞德，下首马岱。操暗暗称奇，自纵马谓超曰："汝乃汉朝名将子孙，何故背反耶？"超咬牙切齿，大骂："操贼！欺君罔上，罪不容诛！害我父弟，不共戴天之仇！吾当活捉生啖汝肉！"_{前是背后骂，此是当面骂，只此数语亦抵得一篇檄文。}说罢，挺枪直杀过来。曹操背后于禁出迎。两马交战，斗到八九合，于禁败走。张郃出迎，战二十合亦败走。李通出迎，超奋威交战，数合之中，一枪刺李通于马下。超把枪望后一招，西凉兵一齐冲杀过来，操兵大败。西凉兵来得势猛，左右将佐，皆抵当不住。马超、庞德、马岱引百馀骑，直入中军来捉曹操。操在乱军中，只听得西凉军大叫："穿红袍的是曹操！"操就马上急脱下红袍。_{畅绝快绝。马超挂孝，曹操何敢穿红？操之去红，只算替马超带孝。}又听得大叫："长髯者是曹操！"操惊慌掣所佩刀断其髯。_{袁绍入宫时，胡子大得便宜；马超追操时，胡子又极受累。}军中有人将曹操割髯之事告知马超，超遂令人叫拿："短髯者是曹操！"操闻知，即扯旗角包颈而逃。_{畅绝快绝。关公囊长须，曹操包短须，若云裹颈的是曹操，则将断其颈乎？}后人有诗曰：

潼关战败望风逃，孟德怆惶脱锦袍。

剑割髭髯应丧胆，马超声价盖天高。

曹操正走之间，背后一骑赶来，回头视之，正是马超。_{吓杀。}操大惊。左右将校见超赶来，各自逃命，只撇下曹操。超厉声大叫曰："曹操休走！"操惊得马鞭坠地。看看赶上，马超从后使枪搠来。操绕树而走，超一枪搠在树上；急拔下时，操已走远。_{或曰："恶人不死，天之道也。"予曰："此非天道，特天数耳。"}超纵马赶来，山坡边转过一将，大叫："勿伤吾主！曹洪在此！"轮刀纵马，拦住马超。操得命走脱。_{与荥阳救操仿佛相似。}洪与马超战到四五十合，渐渐刀法散乱，气力不加，夏侯渊引数十骑随到。马超独自一人，恐被所算，乃拨马而回，夏侯渊也不来赶。

曹操回寨，却得曹仁死据定了寨栅，因此不曾多折军马。操入帐叹曰："吾若杀了曹洪，今日必死于马超之手也！"_{不是写曹洪，是写马超。}遂唤曹洪，重加赏赐。收拾败军，坚守寨栅，深沟高垒，不许出战。超每日引兵来寨前辱骂搦战。操传令教军士坚守，如乱动者斩。诸将曰："西凉之兵，尽使长枪，当选弓弩迎之。"操曰：

"战与不战，皆在于我，非在贼也。贼虽有长枪，安能便刺？诸公但坚壁观之，贼自退矣。"诸将皆私相议曰："丞相自来征战，一身当先；今败于马超，何如此之弱也？"^{弱得作怪。}过了几日，细作报来："马超又添二万生力兵来助战，乃是羌人部落。"操闻知大喜。^{喜得作怪。}诸将曰："马超添兵，丞相反喜，何也？"操曰："待吾胜了，却对汝等说。"三日后有报关上又添军马。操又大喜，就于帐中设宴作贺。^{贺得作怪。}诸将皆暗笑。操曰："诸公笑我无破马超之谋，公等有何良策？"徐晃进曰："今丞相盛兵在此，贼亦全部见屯关上，此去河西必无准备；若得一军暗渡蒲阪津，先截贼归路，丞相径发河北击之，贼两不相应，势必危矣。"^{因曹操分兵，故韩与马亦分兵，分则易间也。}操曰："公明之言，正合吾意。"便教徐晃引精兵四千，和朱灵同去径袭河西，伏于山谷之中，"待我渡河北同时击之"。徐晃、朱灵领命，先引四千军暗暗去了。操下令先教曹洪于蒲阪津安排船筏，留曹仁守寨，操自领兵渡渭河。早有细作报知马超。超曰："今操不攻潼关，而使人准备船筏，欲渡河北，必将遏吾之后也。吾当引一军沿河拒住岸北。操兵不得渡，不消二十日，河东粮尽，操兵必乱，却循河南而击之，操可擒矣。"^{长江不可渡，渭河亦几不可渡。}韩遂曰："不必如此。岂不闻兵法有云：'兵半渡可击。'待操兵渡至一半，汝却于南岸击之，操兵皆死于河内矣。"^{不死于陆必死于水，其不死者，天也。}超曰："叔父之言甚善。"即使人探听曹操几时渡河。

却说曹操整兵已毕，分三停军前渡渭河。比及人马到河口时，日光初起。操先发精兵渡过北岸，开创营寨。操自引亲随护卫军将百人，按剑坐于南岸，看军渡河。忽然人报："后边白袍

将军到了！"白虎来临，众皆认得是马超，一拥下船。河边军争上船
者，声喧不止。操犹坐而不动，按剑指约休闹。只顾其前不顾其后，乌
巢烧粮时亦用此法。只听得人喊马嘶，蜂拥而来，船上一将跃身上岸，呼曰："贼至
矣！请丞相下船！"操视之，乃许褚也。操口内犹言："贼至何
妨？"回头视之，马超已离不得百馀步，吓杀。许褚拖操下船时，
船已离岸一丈有馀，褚负操一跃上船。随行将士尽皆下水，扳住
船边，争欲上船逃命。船小将翻，褚掣刀乱砍，傍船手尽折，倒
于水中，"舟中之指可掬"。急将船望下水掉去。许褚立于梢上，忙用木槁
撑之。操伏在许褚脚边。许褚为曹操手下将，曹马超赶到河岸，见船
操反为许褚脚下人。已流在半河，遂拈弓搭箭，喝令骁将绕河射之，矢如雨急。褚恐
伤曹操，以左手举马鞍遮之。操无洪则死于陆，无褚则死马超箭不虚
于水。其不死者，天也。发，船上驾舟之人应弦落水，船中数十人皆被射倒。其船反撑不
定，于急水中旋转。许褚独奋脚威，将两腿夹舵摇撼，一手使篙
撑船，一手举鞍遮护曹操。以旗包颈，以鞍遮身，不
谓旗与鞍却有如此用法。

　　时有渭南县令丁斐，在南山之上见马超追操甚急，恐伤操
命，遂将寨内牛只马匹，尽驱于外，漫山遍野，皆是牛马。西凉
兵见之，都回身争取牛马，无心追赶，曹操因此得脱。曹操不死，亏了
树，亏了旗，亏
了鞍，又亏了牛马。○亏了放牛，救了水
中一老牛；亏了放马，退了岸上一怒马。方到北岸，便把船筏凿沉。诸将
听得曹操在河中逃难，急来救时，操已登岸。许褚身披重铠，箭
皆嵌在甲上。众将保操至野寨中，皆拜于地而问安。操大笑曰：
"我今日几为小贼所困！"每败必笑，褚曰："若非有人纵马放牛
奸雄故态。以诱贼，贼必努力渡河矣。"操问曰："诱贼者谁也？"有知者
答曰："渭南县令丁斐也。"少顷，斐入见。操谢曰："若非公之
良谋，则吾被贼所擒矣。"遂命为典军校尉，斐曰："贼虽暂

去，明日必复来。须以良策拒之。"操曰："吾已准备了也。"
遂唤诸将："各分头循河筑起甬道，暂为寨脚，贼若来时，陈兵
于甬道外。内虚立旌旗，以为疑兵；更沿河掘下壕堑，虚立栅
盖，河内以兵诱之。贼急来必陷，贼陷便可擒矣。"但为自守之计，
是示之以弱。

却说马超回见韩遂，说："几乎捉住曹操！有一将奋勇负操
下船去了，不知何人。"遂曰："吾闻曹操选极壮之人，为帐前
侍卫，名曰'虎卫军'，以骁将典韦、许褚领之。因许褚并提起典
韦，照应击张绣时典韦已死，今救曹操者，必许褚也。此人勇力过人，人皆称
为'虎痴'；如遇之，不可轻敌。"超曰："吾亦闻其名久
矣。"遂曰："今操渡河，将袭我后，可速攻之，不可令他创业
营寨。若立营寨，急难剿除。"超曰："以侄愚意，还只拒住北
岸，使彼不得渡河，乃为上策。"遂曰："贤侄守寨，吾引军循
河战操，若何？"超曰："令庞德为先锋，跟叔父前去。"于是
韩遂与庞德将兵五万，直奔河南。操令众将于甬道两旁诱之。庞
德先引铁骑千馀，冲突而来。喊声起处，人马俱落于陷马坑内。
庞德踊身一跳，跃出土坑，立于平地，立杀数人，步行砍出重
围。写庞德声势，为后
文战关公伏笔。韩遂已被困在垓心，庞德步行救之。正遇着曹
仁部将曹永，被庞德一刀砍于马下，夺其马，杀开一条血路，救
出韩遂，投东南而走。庞德失马夺马，许褚还
船撑船，其勇相似。背后曹兵赶来，马超引
军接应，杀败曹兵，复救出大半军马。战至日暮方回，计点人
马，折了将佐程银、张横，陷坑中死者二百馀人。韩遂八将中
折了二人。超与
韩遂商议："若迁延日久，操于河北立了营寨，难以退敌；不若
乘今夜引轻骑去劫野营。"遂曰："须分兵前后相救。"于是超
自为前部，令庞德、马岱为后应，当夜便行。

却说曹操收兵屯渭北，唤诸将曰："贼欺我未立寨栅，必来劫野营。可四散伏兵，虚其中军。号炮响时，伏兵尽起，一鼓可擒也。"_{超、遂之谋早为老贼所觉。}众将依令，伏兵已毕。当夜，马超却先使成宜引三十骑往前哨探，成宜见无人马，径入中军。操军见西凉兵到，遂放号炮。四面伏兵皆出，只围得三十骑。成宜被夏侯渊所杀。_{韩遂八将中又折一人。}马超却自从背后与庞德、马岱兵分三路蜂拥杀来。

正是：

纵有伏兵能候敌，怎当健将共争先？

未知胜负若何，且看下文分解。

第五十九回　许褚裸衣斗马超　曹操抹书间韩遂

曹操抹書間韓遂

马超者，蜀中五虎将之一也。此卷于其未入蜀之时，先写马超之勇。而将写马超之勇，先写许褚之勇，写许褚正以写马超也。然许褚但矜其勇，而马超斗之，亦不过以勇斗勇耳。马腾之轻入虎口，固为忠有馀而智不足，马超之徒恃虎威，其亦勇有馀而谋未足与！

兵法有妙于用间者。胜一人难，胜两人易，以一人不可间，而两人则可间也；聚两人于一处而胜之难，分两人于两处而胜之易，以两人之聚不可间，而两人之分则可间也。然而间之则非一术矣：有马上之语，而书中之字可疑；有书中之字，而马上之语愈可疑。间之则又非无端矣：斩使之前，操先有书，有前之书，而后之书可疑；割地之时，遂亦有书，有我之书，而彼之书亦可疑。操之所以疑超者，盖深得兵家间法之妙云。

周瑜之愚蒋干，妙在黑夜；曹操之间韩遂，又妙在白日。愚蒋干之书，妙在明白，间韩遂之书，又妙在糊涂。周瑜帐前之语，妙在说极要紧话；曹操马上之语，又妙在说极没要紧话。骗法不同，愈出愈妙，写来好看杀人。

天下岂有两阵对圆，而但叙寒温，无一语及军事者？又岂有遣使送书，精密如曹操，而误封草稿者？此明系反间之计，而韩遂不知，乃含糊以对马超，马超安得不怒乎？然则马超之疑，虽有曹操之智足以使之，而亦韩遂之愚有以成之耳。

马超断韩遂之手，犹自断其手也。韩遂因马超之疑，而欲图马超，亦犹自断其手也。两人之相救，当如左右手，而乃自相矛盾，使曹操拱手而享其利，袖手而观其败，岂不深可惜哉？

孙权之兵事决于大都督，刘备之兵事决于军师，而惟曹操则自揽其权而独运其谋。虽有众谋士以赞之，而裁断出诸臣之上，又非刘备、孙权比也。观其每运一计，其始必为众将之所未知，其后乃为众将之所叹服。唐太宗题其墓曰："一将之智有馀。"良然，良然。

操每见西凉之添兵而大喜，盖以兵多则粮不能继，一可喜也；兵多则心不能一，二可喜也。乌巢之战，以少而胜；赤壁之战，以多而败。操之料人，亦以己之得失料之而已。

张角之以左道惑众，已隔五十馀回矣，此卷忽有一左道之张鲁以配之。角有兄弟三人，鲁则有父子祖孙三世；角有太平道人大贤良师之名，鲁则有师君、祭酒、鬼卒之号。何其不谋而相类也？盖刘备之将聚桃园，则以黄巾为之始；而刘备之将入西蜀，则以张鲁为之端，是一部大书前后关合处。

却说当夜两兵混战，直到天明，各自收兵。马超屯兵渭口，日夜分兵，前后攻击。曹操在渭河内将船筏锁练，作浮桥三条，接连南岸。曹仁引军夹河立寨，将粮草车辆穿连，以为屏障。马超闻之，教军士各挟草一束，带着火种，与韩遂引军并力杀到寨前，堆积草把放起烈火。前有赤壁之烧，后有渭河之烧，大火之后又有小火。操兵抵敌不住，弃寨而走，车乘、浮桥尽被烧毁。西凉兵大胜，截住渭河。曹操立不起营寨，心中忧惧。荀攸曰："可取渭河沙土筑起土城，可以坚守。"操拨三万军担土筑城。马超又差庞德、马岱各引五百马军，往来冲突；更兼沙土不实，筑起便倒，操无计可施。时当九月尽，天气暴冷，彤云密布，连日不开。妙有闲笔，点次时序。曹操在寨中纳闷。忽人报曰："有一老人来见丞相，欲陈说方略。"操请入，见其人鹤骨松姿，形容苍古。问之，乃京兆人也，隐居中南山，姓娄名子伯，道号梦梅居士。操以客礼待之。子伯曰："丞相欲跨渭安营久矣，今何不乘时筑之？"操曰："沙土之地，筑垒不成。隐士有何良策赐教？"子伯曰："丞相用兵如神，岂不知天时乎？连日阴云布合，朔风一起，必大冻矣。前攻冀州之时有老叟陈说星象，今战渭桥之日又有老叟陈说天时，前后遥遥相对。风起之后，驱兵士运土泼水，比及天明，土城已就。"操大悟，厚赏子伯。子伯不受而去。不受金帛，高则高矣，但不明顺逆，有愧隐士之名。彼四皓助吕不得为安刘，今梦梅助曹岂得为安汉乎？

是夜北风大作。操尽驱兵士担土泼水；为无盛水之具，作缣囊盛水浇之，随筑随冻。比及天明，沙水冻紧，土城已筑完。超之焚寨恃有火攻，操之筑寨赖有水助。细作报知马超。超领兵观之，大惊，疑有神助。次日，集大军鸣鼓而进。操自乘马出营，止有许褚一人随后。操扬鞭大呼曰："孟德单骑至此，请马超出来答话。"超乘马挺枪而出，操曰："汝欺我营寨不成，今一夜天使筑就，汝何不早降！"老贼妄称天命，天实为之，谓之何哉？马超大怒，意欲突前擒之，见操背后一人，睁圆怪眼，手提钢刀，勒马而立。极写许褚英勇以衬马超之英勇。超疑是许褚，乃扬鞭问曰："闻汝军中有虎侯，安在哉？"许褚提刀大叫曰："吾即谯郡许褚也！"目射神光，威风抖擞。超不敢动，乃勒马回。前梦众虎而疑，今见一虎而退。操亦引许褚回寨。两军观之，无不骇然。操谓诸将曰："贼亦知仲康乃虎侯也！"自此军中皆称褚为虎侯。百忙中夹笔。注一许褚曰："某来日必擒马超。"操曰："马超英勇，不可轻敌。"褚曰："某誓与死战！"即使人下战书，说虎侯单搠马超来日决战。超接书大怒曰："何敢如此相欺耶！"即批："次日誓杀虎痴！"褚一虎也，超亦一虎也，虎超岂畏虎褚？

次日，两军出营布成阵势。超分庞德为左翼，马岱为右翼，韩遂押中军。超挺枪纵马，立于阵前，高叫："虎痴快出！"曹操在门旗下回顾众将曰："马超不减吕布之勇！"（此语是激言未许褚）绝，许褚拍马舞刀而出，马超挺枪接战。斗了一百馀合，胜负不分。马匹困乏，各回军中，换了马匹，又出阵前。又斗一百馀合，不分胜负。许褚性起，飞回阵中，卸了盔甲，浑身筋突，赤体提刀，翻身上马，来与马超决战。（极写许褚正是极写马超。曹操弃袍许褚弃甲，弃甲亦算输矣。）两军大骇。两个又斗到三十馀合，褚奋威举刀便砍马超。超闪过，一枪望褚心窝刺来。褚弃刀将枪挟住。两个在马上夺枪。许褚力大，一声响，拗断枪杆，各拿半节在马上乱打。（以厮杀始，以厮打终，一笑。）操恐褚有失，遂令夏侯渊、曹洪两将齐出夹攻。庞德、马岱见操将齐出，麾两翼铁骑，横冲直撞，溷杀将来。操兵大乱。许褚臂中两箭，（谁叫汝赤膊？）诸将慌退入寨。马超直杀到河边，操兵折伤大半。（未行反间之前曹兵屡败，可见将在谋而不在勇也。）操令坚闭休出。马超回至渭口，谓韩遂曰："吾见恋战者莫如许褚，真'虎痴'也！"

却说曹操料马超可以计破，乃密令徐晃、朱灵尽渡河西结营，前后夹攻。一日，操于城上见马超引数百骑，直临寨前，往来如飞。操观良久，掷兜鍪于地曰："马儿不死，吾无葬地矣！"（伍员不死，楚不得安，曹操其有鞭墓之惧乎？）夏侯渊听了，心中气忿，厉声曰："吾宁死于此地，誓灭马贼！"遂引本部千馀人，大开寨门，直赶去。操急止不住，恐其有失，慌自上马前来接应。马超见曹兵至，乃将前军作后队，后队作先锋，一字儿排开。夏侯渊到，马超接住厮杀。超于乱军中遥见曹操，就撇了夏侯渊，直取曹操。（写马超志在报仇，不但是勇，实见其孝。）操大惊，拨马而走。曹兵大乱。

正追之际，忽报操有一军，已在河西下了营寨。超大惊，无心追赶，急收军回寨，与韩遂商议，言："操兵乘虚已渡河西，吾军前后受敌，如之奈何？"部将李堪曰："不如割地请和，两家且各罢兵，捱过冬天，到春暖别作计议。"韩遂曰："李堪之言最善，可从之。"超犹豫未决，^{马超不欲和而韩遂欲和，即此便为下文生疑张本。}杨秋、侯选皆劝求和，于是韩遂遣杨秋为使，直往操寨下书，言割地请和之事。^{曹操反间之书未来，韩遂求和之书先至。}操曰："汝且回寨，吾来日使人回报。"杨秋辞去。

贾诩入见操曰："丞相主意若何？"操曰："公所见若何？"诩曰："兵不厌诈，可伪许之；然后用反间计，令韩、马相疑，则一鼓可破也。"^{贾诩前为李傕策马腾，今为曹操策马超，始终助逆，虽智谋不足取也。}操抚掌大喜曰："天下高见，多有相合。文和之谋，正吾心中之事也。"于是遣人回书，言："待我徐徐退兵，还汝河西之地。"一面教搭起浮桥，作退军之意。马超得书，谓韩遂曰："曹操虽然许和，奸雄难测，倘不准备，反受其制。超与叔父轮流调兵，今日叔向操，超向徐晃，明日超向操，叔向徐晃。分头提备，以防其诈。"^{两下分开，反间之计便可从此而入。}韩遂依计而行。

早有人报知曹操。操顾贾诩曰："吾事济矣！"问："来日是谁合向我这边？"人报曰："韩遂。"次日，操引众将出营，左右围绕，操独显一骑于中央。韩遂部卒多有不识操者，出阵观看。^{想是要看短胡子。}操高叫曰："汝诸军欲观曹公耶？吾亦犹人也，非有四目两口，但多智谋耳。"^{割须弃袍之时惟恐被人识认，今却出面示人，好生大胆。○"两目一口"，只是髭须割去几根耳，一笑。}诸军皆有惧色。操使人过阵谓韩遂曰："丞相谨请韩将军会话。"韩遂即出阵，见操并无甲仗，亦弃衣甲，轻服匹马而出。

783

二人马头相交，各按辔对语。操曰："吾与将军之父，同举孝廉，吾尝以叔事之。吾亦与公同登仕路，不觉有年矣。〔对阵之时，忽叙年家。〕将军今年妙龄几何？"〔既叙寒温又叙年齿，全不是对阵时，极是极没要紧话却是极要紧处。〕韩遂答曰："四十岁矣。"操曰："往日在京师，皆青春年少，何期又中旬矣！安得天下清平共乐耶！"〔多时不见，髭须满面，今失去髭须，当有今昔之感。〕只把旧事细说，并不提起军情。〔奸极妙极。〕说罢大笑。相谈有一个时辰，方回马而别，〔奸极妙极。〕各自归寨。早有人将此事报知马超。超慌来问韩遂曰："今日曹操阵前所言何事？"遂曰："只诉京师旧事耳。"超曰："安得不言军务乎？"遂曰："曹操不言，吾何独言之？"超心甚疑，不言而退。〔在曹操算中。〕

却说曹操回寨，谓贾诩曰："公知吾阵前对语之意否？"诩曰："此意虽妙，尚未足间二人。某有一策，令韩、马自相仇杀。"操问其计。贾诩曰："马超乃一勇之夫，不识机密。丞相亲笔作一书，单与韩遂，中间朦胧字样，于要害处自行涂抹改易，然后封送与韩遂，故意使马超知之。超必索书来看。若看见上面要紧去处尽皆改抹，只猜是韩遂恐超知甚机密事，自行改抹，正合着单骑会语之疑，疑则必生乱。我更暗结韩遂部下诸将，使互相离间，超可图矣。"〔叙谈不足，继之以书，书中有涂抹则疑语中亦必有隐讳矣。因前疑后，因后疑前，真是绝妙疑兵之计。〕操曰："此计甚妙。"随写书一封，将紧要处尽皆改抹，然后实封，故意多遣从人送过寨去，〔多带从人，正欲使马超知之。〕下了书自回。果然有人报知马超。超心愈疑，径来韩遂处索书看。韩遂将书与超。超见上面有改抹字样，问遂曰："书上如何都改抹糊涂？"遂曰："原书如此，不知何故。"超曰："岂有以草稿送与人耶？必是叔父怕我知了详细，先改抹了。"〔俱在贾诩算中。〕遂曰："莫非曹操错将草稿误封来了？"殷浩空函、曹操草稿，皆咄咄怪事。超曰："吾又不信。曹操是精细之人，岂有差错？吾与叔父并力杀贼，奈何忽生异心？"遂曰："汝若不信吾心，来日吾在阵前赚操说话，汝从阵内突出，一枪刺杀便了。"读至此为曹操寒心。超曰："若如此，方见叔父真心。"两人约定。

次日，韩遂引侯选、李堪、梁兴、马玩、杨秋五将出阵。马超藏在门影里。韩遂使人到操寨前，高叫："韩将军请丞相攀话。"操乃令曹洪引数十骑径出阵前与韩遂相见。马离数步，洪上马欠身言曰："夜来丞相拜意将军之言，切莫有误。"言讫便回马。对语之后继之以可疑之书，送书之后又继之以可疑之语。前既自出，后换他人，奸雄机智真不可及。超听得大怒，挺枪骤马，便刺韩遂。五将拦住，劝解回寨。遂曰："贤侄休疑，我无歹心。"马超那里肯信，恨怨而去。韩遂与五将商议曰："这事如何解释？"杨秋曰："马超倚仗武勇，常有欺凌主公之心，便胜得曹操，怎肯相让？以某愚见，不如暗投曹公，他日不失封侯之位。"弄假成真，俱在曹操、贾诩算中。遂曰："吾与马腾结为兄弟，安忍背之？"杨秋曰："事已如此，不得不然。"遂曰："谁可以通消息？"杨秋曰："某愿往。"遂乃写密书，遣杨秋径来操寨，说投降之事。假书换得真书，曹操大得便宜。操大喜，许封韩遂为西凉侯、杨秋为西凉太守，其馀皆有官爵。约定放火为号，共谋马超。杨秋拜辞，回见韩遂，备言其事："约定今夜放火，里应外合。"遂大喜，就令军士于中军帐后堆积干柴，五将各悬刀剑听候，韩遂商议，欲设宴赚请马超，就席图之，犹豫未决。

不想马超早已探知备细，便带亲随数人，仗剑先行，令庞德、马岱为后应。超潜步入韩遂帐中，只见五将与韩遂密语，只听得杨秋口中说道："事不宜迟，可速行之！"^{蒋干在周瑜帐中所听之}语是虚，今马超在韩遂帐前所听之语是实。一实一虚，前后遥遥相应。超大怒，挥剑直入，大喝曰："群贼焉敢谋害我！"众皆大惊。超一剑望韩遂面门剁去，遂慌以手迎之，左手早被砍落。^{韩遂手痛，不是马超手}辣，只缘曹操手毒耳。五将挥刀齐出，超纵步出帐外，五将围绕溷杀。超独挥宝剑，力敌五将。剑光明处，鲜血溅飞，砍翻马玩，剁倒梁兴，^{五将中又}去其二。三将各自逃生。超复入帐中来杀韩遂时，已被左右救去。帐后一把大火，各寨兵皆动。超连忙上马，庞德、马岱亦至，互相混战。超领军杀出时，操兵四至：前有许褚，后有徐晃，左有夏侯渊，右有曹洪。西凉之兵，自相并杀。超不见了庞德、马岱，乃引百馀骑，截于渭桥之上。天色微明，^{方知混杀}了一夜。只见李堪引一军从桥下过，超挺枪纵马逐之。李堪拖枪而走。却好于禁从马超背后赶来，禁开弓射马超。超听得背后弦响，急闪过，却射中前面李堪，落马而死。^{三将中又去其一。○曹操欲}借韩遂杀马超，谁知马超又借于禁杀李堪，为之一笑。超回马来杀于禁，禁拍马走了。超回桥上住扎。操兵前后大至，虎卫军当先，乱箭夹射马超。超以枪拨之，矢皆纷纷落地。^{写得超}可畏。超令从骑往来突杀，争奈曹兵围裹坚厚，不能冲出。超于桥上大喝一声，杀入河北，从骑皆被截断。超独在阵中冲突，却被暗弩射倒坐下马，马超堕于地上，操兵逼合。正在危急，忽西北角上一彪军杀来，乃庞德、马岱也。^{此是绝处}逢生。二人救了马超，将军中战马与马超骑了，翻身杀条血路，望西北而走。曹操闻马超走脱，传令诸将："无分晓夜，务要赶到马儿。如得首级者，千金赏，万户侯；生获者封大将军。"^{与前追刘豫州}仿佛相似。众将得令，各要争功，迤逦追袭。马超顾不得人马困乏，只顾奔走。从骑渐渐皆散，步兵走不上者，多被擒去。止剩得三十馀骑，与庞

德、马岱望陇西临洮而去。^{以上按下马超，以下专叙曹操。}

曹操亲自追至安定，知马超去远，方收兵回长安。众将毕集。韩遂已无左手，做了残疾之人，^{韩遂无手，曹操无须，同病相怜，为之一笑。}曹操就于长安歇马，授西凉侯之职。杨秋、侯选皆封列侯，令守渭口。^{八将止剩其二。}下令班师回许都。凉州参军杨阜，字义山，径来长安见操。操问之，杨阜曰："马超有吕布之勇，深得羌人之心。今丞相若不乘势剿绝，他日养成气力，陇上诸郡非复国家之有也。望丞相且休回兵。"^{为后文马超夺陇西张本。}操曰："吾本欲留兵征之，奈中原多事，南方未定，不可久留。君当为孤保之。"阜领诺，又保荐韦康为凉州刺史，同领兵屯冀城，以防马超。^{为后文杨阜破马超张本。}阜临行，请于操曰："长安必留重兵以为后援。"操曰："吾已定下，汝但放心。"阜辞而去。众将皆问曰："初贼据潼关，渭北道缺，丞相不从河东击冯翊，而反守潼关，迁延日久，而后北渡，立营固守，何也？"^{老贼用兵，每为诸将所不识。}操曰："初贼守潼关，若吾初到便取河东，贼必以各寨分守诸渡口，则河西不可渡矣。吾故盛兵皆聚于潼关前，使贼尽南守，而河西不准备，故徐晃、朱灵得渡也。吾然后引兵北渡，连车树栅为甬道，筑水城，欲贼知吾弱以骄其心，使不准备。吾乃巧用反间，畜士卒之力，一旦击破之。正所谓疾雷不及掩耳。兵之变化，固非一道也。"^{荀彧谓操"用兵如神"，信然。}众将又请问曰："丞相每闻贼加兵添众，则有喜色，何也？"操曰："关中边远，若群贼各依险阻，征之非一二年不可平复；今皆来聚一处，其众虽多，人心不一，易于离间，一举可灭，吾固喜也。"^{孟德《新书》虽不传，只此一段可当《新书》一则。}众将拜曰："丞相神谋，众不及也。"操曰："亦赖汝众文武之力。"遂重赏诸军。留夏侯渊屯兵长安，所得降兵，分拨各部。夏侯渊保举冯翊高陵人，姓张名既，字德容，为京兆尹，与渊同守长安。操班师回都，献帝排銮驾出郭迎接，_{明明是迎贼，非迎讨贼之人。}诏操"赞拜不名，入朝不趋，剑履上殿"，如汉相萧何故事。自此威震中外。_{以上按下曹操，以下接入张鲁。}

这消息报入汉中，早惊动了汉宁太守张鲁。原来张鲁乃沛国丰人。其祖张陵在西川鹄鸣山中造作道书以惑人，人皆敬之。陵死之后，其子张衡行之。百姓但有学道者，助米五斗，世号"米贼"。_{妙绝绰号。}张衡死，张鲁行之。_{张角与张鲁，一个横叙三人，一个竖传三世。一横一竖，前后遥遥相对。}鲁在汉中自号为"师君"，_{称谓奇绝。}其来学道者皆号为"鬼卒"，_{称谓奇绝。}为首者号为"祭酒"，_{愈出愈奇。}领众多者号为"治头大祭酒"。_{愈出愈奇。}务以诚信为主，不许欺诈。如有病者，即设坛使病人居于静室之中，自思己过，当面陈首，然后为之祈祷；主祈祷之事者，号为"奸令祭酒"。_{愈出愈奇。}祈祷之法，书病人姓名，说服罪之意，作文三通，名为"三官手书"：一通焚于山顶以奏天，一通埋于地以奏地，一通沉于水底以申水官。_{天公、地公、人公，与天官、地官、水官，前后又遥遥相对。}如此之后，但病痊可，将米五斗为谢。_{今之僧道替人家作好事，每以铺灯镇坛骗人米粟，不若"米贼"之犹为老实也。}又盖义舍，舍内饭米、柴火、肉食齐备，许过往人量食多少，自取而食；多取者受天诛。_{天只怕不管此等闲事。}境内有犯法者，必恕三次；不改者，然后施刑。所在并无官长，尽属祭酒所管。如此雄据汉中之地已三十年。国家以为地远不能征伐，就命鲁为镇南中郎将，领汉宁太守，通进贡而已。_{张角称"苍天已死，黄天当立"，今张鲁在汉中亦别有一天。}当年闻操破西凉之众，威震天下，乃聚众商议曰："西凉马腾遭戮，马超新败，曹操必将侵我汉中。我欲自称汉宁王，_{何不竟称"汉中大师君大祭酒"？}督兵拒曹操，诸君以为何如？"阎圃曰："汉川之民，户出十万馀众，财富粮足，四面险固。今马超新败，西凉之民，从子午谷奔入汉中者，不下数万。愚意益州刘璋昏弱，不如先取西川四十一州为本，然后称王未迟。"张鲁大喜，遂与弟张卫商议起兵。^{以上又按下张鲁，以下接入刘}早有细作报入川中。

却说益州刘璋，字季玉，即刘焉之子，汉鲁恭王之后。章帝元和中，徙封竟陵，支庶因居于此。后焉官至益州牧，兴平元年患病疽而死，^{第一卷中便以刘焉作引，至此}州太史赵趄等，共保璋为益州牧。璋曾杀张鲁母及弟，因此有仇。^{刘表与孙权有仇，刘璋与张鲁有}张鲁、刘璋，在曹操青梅煮酒之时，刘备已说出两人名字，至此方才叙明来历，亦遥应前文。璋使庞羲为巴西太守，以拒张鲁。时庞羲探知张鲁欲兴兵取川，急报知刘璋。璋平生懦弱，闻得此信，心中大忧，急聚众官商议。忽一人昂然而出曰："主公放心。某虽不才，凭三寸不烂之舌，使张鲁不敢正眼来觑西川。"正是：

只因蜀地谋臣进，致引荆州豪杰来。

未知此人是谁，且看下回分解。

第六十回 　张永年反难杨修　庞士元议取西蜀

龐士元議取西蜀

《孟德新书》，或有以其不传为可惜者。不知兵不在书，即使其书传，而书中之意，岂书之所能传乎？得其书而化之，虽旧亦新；执其书而泥之，虽新亦旧。得其书中之意，则无以书为也，不得其书中之意，则又何以书为也？夫善兵者不言兵，曹操有书而孔明无书，是以曹操之用兵不及孔明云。

张松暗暗把一西川欲送与曹操，曹操却白白把一西川让与玄德。玄德以谦得之，曹操以骄失之也。许攸狎侮曹操，而操独能忍者，当未破袁绍之时，故气抑而善下；张松狎侮曹操，而操不能忍者，以既破马超之后，故志满而易骄耳。

文有隐而愈现者：张松之至荆州，凡子龙、云长接待之礼，与玄德对答之言，明系孔明所教，篇中只写子龙，只写云长，只写玄德，更不叙孔明如何打点，如何指使，而令读者心头眼底，处处有一孔明在焉。真神妙之笔！

孔明深欲为玄德取西川，又明知张松此来是卖西川，却教玄德只做不知，凭他挑拨，并不提起，直待张松忍耐不住，自吐衷曲，最似今之巧于贸易者：极欲买是物，偏故作不欲买之状，直待卖者求售，然后取之。写来真是好看。

西川图画一轴，孔明在草庐时，已曾取以示玄德，何待张松而后见之？曰：孔明之图，不过形势之大略也；张松之图，必其险要曲折之详备者也。大略虽已可见，而至于何处可以屯粮，何处可以伏兵，不有张松，安能知其详哉？况将入一险峻之西川，则必有人焉为之先容，为之内应。是其得松，又不专在于得图耳。

玄德迎张松之计，孔明教之；而取西川之谋，则庞统主之。

何也？盖孔明欲以守荆州之责自任，而特以取川之事委之庞统也。以荆州当吴、魏之冲，苟我方入川，而吴、魏乘虚来袭，将奈之何？故刘璋之使不来，则西川不可入；荆州之守不重，则西川亦不可入。

当刘表之迎刘备也，忌之者蔡瑁一小人耳；至于刘璋欲迎，而黄权争之，李恢争之，刘巴争之，王累又以死争之，此数人者，皆君子也。

未得孔明之前，则一小人之忌，几为其所中；兼得庞统之后，则众君子之争，曾不以为忧。得士者昌，于兹益信。

却说那进计于刘璋者，乃益州别驾，姓张名松，字永年。其人生得额镬头尖，鼻偃齿露，身短不满五尺，言语有若铜钟。刘璋问曰："别驾有何高见，可解张鲁之危？"松曰："某闻许都曹操扫荡中原，吕布、二袁皆为所灭，近又破马超，天下无敌矣。主公可备进献之物，松亲往许都，说曹操兴兵取汉中，以图张鲁，则鲁拒敌不暇，何敢复窥蜀中耶？"刘璋大喜，收拾金珠锦绮，为进献之物，遣张松为使。松乃暗画西川地理图本藏之，带从人数骑，取路赴许都。早有人报入荆州，孔明便使人入许都打探消息。

庞统貌陋，张松亦貌陋，可见以貌取人者不可以相天下士。

张松看得曹操中意，谁知后来却是不然。

画图为记，永年张铺出卖西川，不误主顾。

有此一句，暗为下文伏线。

却说张松到了许都馆驿中住定，每日去相府伺候，求见曹操。原来曹操自破马超回，傲睨得志，每日饮宴，无事少出，国政皆在相府商议。张松候了三日，方得通姓名。左右近侍先要贿赂，却才引入。操坐于堂上，松拜

此苏秦所谓"因鬼见帝者"也，然走谒大人者往往如此，岂独曹操为然哉？

毕，操问曰："汝主刘璋连年不进贡，何也？"松曰："为路途艰难，贼寇窃发，不能通进。"操叱曰："吾扫清中原，有何盗贼？"<small>好言太平而恶言盗贼者，秦之赵高、宋之贾似道则然，不谓曹操亦作此语。</small>松曰："南有孙权，北有张鲁，西有刘备，至少者亦带甲十馀万，岂得谓太平耶？"<small>抢白得好。</small>操先见张松人物猥琐，五分不喜；又闻语言冲撞，遂拂袖而起，转入后堂。<small>曹操不以貌陋轻庞统，独以貌陋轻张松，何也？盖庞统诶之而张松触之也。</small>左右责松曰："汝为使命，何不知礼，一味冲撞？幸得丞相看汝远来之面，不见罪责。汝可急急回去！"松笑曰："吾川中无谄佞之人也。"<small>身虽短而言则长。</small>忽阶下一人大喝曰："汝川中不会谄佞，吾中原岂有谄佞者乎？"

松观其人，单眉细眼，貌白神清。<small>一俊一丑，相形好看。</small>问其姓名，乃太尉杨彪之子杨修，字德祖，见为丞相门下掌库主簿。此人博学能言，智识过人。松知修是个舌辩之士，有心难之。修亦自恃其才，小觑天下之士。当时见张松言语讥讽，遂邀出外面书院中，分宾主而坐，谓松曰："蜀道崎岖，远来劳苦。"松曰："奉主之命，虽赴汤蹈火，弗敢辞也。"修问："蜀中风土何如？"松曰："蜀为西郡，古号益州。路有锦江之险，地连剑阁之雄。回还二百八程，纵横三万馀里。鸡鸣犬吠相闻，市井闾阎不断。田肥地茂，岁无水旱之忧；国富民丰，时有管弦之乐。所产之物阜如山积，天下莫可及也！"<small>张松口中夸示之语，亦抵得一幅画图。</small>修又问曰："蜀中人物如何？"松曰："文有相如之赋，武有伏波之才；医有仲景之能，卜有君平之隐。九流三教，'出乎其类，拔乎其萃'者，不可胜计，岂能尽数！"<small>既夸地灵，又夸人杰。</small>修又问曰："方今刘季玉手下，如公者还有几人？"松曰："文武全才，智勇足备，忠义慷慨之士，动以百数。如松不才之辈，车载斗量，不可胜记。"<small>既夸先贤，又</small>

修曰：“公近居何职？”松曰：“滥充别驾之任，甚不称职。^{夸时俊}敢问公为朝廷何官？”修曰：“见为丞相府主簿。”松曰：“久闻公世代簪缨，何不立于庙堂辅佐天子，乃区区作相府门下一吏乎？”^{孔融称杨彪"四世清德"，而其子乃为曹操所用，且操曾执辱杨彪，而修曾不以为嫌，宜其为松笑耳。}杨修闻言，满面羞惭，强颜而答曰：“某虽居下僚，丞相委以军政钱粮之重，早晚多蒙丞相教诲，极有开发，故就此职耳。”^{不曰附操之势而曰服操之才，亦是勉强支吾之语。}松笑曰：“松闻曹丞相文不明孔、孟之道，武不达孙、吴之机，专务霸强而居大位，安能有所教诲，以开发明公耶？”^{既笑杨修又笑曹操，妙甚，恶甚。}修曰：“公居边隅，安知丞相大才乎？吾试令公观之。”呼左右于箧中取书一卷，以示张松。松观其题曰“孟德新书”，从头至尾看了一遍，共一十三篇，皆用兵之要法。^{曹操以兵为书，张松又以舌为兵。}松看毕问曰：“公以此为何书耶？”修曰：“此是丞相酌古准今，仿《孙子十三篇》而作。^{若仿《十三篇》便不得谓之《新书》。}公欺丞相无才，此堪以传后世否？”松大笑曰：“此书吾蜀中三尺小童亦能暗诵，何为‘新书’？此是战国时无名氏所作，曹丞相盗窃以为己能，止好瞒足下耳！”^{今之盗窃他人文字以为己有者，恨不令张永年见之。}修曰：“丞相秘藏之书，虽已成帙，未传于世。公言蜀中小儿暗诵如流，何相欺乎？”松曰：“公如不信，吾试诵之。”遂将《孟德新书》，从头至尾朗诵一遍，并无一字差错。^{不是曹操蹈袭他人文，却是曹操之文被张松蹈袭去了。}修大惊曰：“公过目不忘，真天下奇才也！”后人有诗赞曰：

古怪形容异，清高体貌疏。语倾三峡水，目视十行书。
胆量魁西蜀，文章贯太虚。百家并诸子，一览更无馀。

当下张松欲辞回。修曰："公且暂居馆舍，容某再禀丞相，令公面君。"松谢　而退。

修入见操曰："适来丞相何慢张松乎？"操曰："语言不逊，吾故慢之。"修曰："丞相尚容一祢衡，何不纳张松？"<small>照应二十三卷中事。</small>操曰："祢衡文章播于当今，吾故不忍杀之。松有何能？"修曰："且无论其口似悬河，辨才无碍。适修以丞相所撰《孟德新书》示之，彼观一遍，即能暗诵，如此博闻强记，世所罕有。松言此书乃战国时无名氏所作，蜀中小儿皆能熟记。"操曰："莫非古人与我暗合否？"令扯碎其书烧之。<small>今人文字多有暗合古人者，却不肯学曹操之烧之也。</small>修曰："此人可使面君，教见天朝气象。"操曰："来日我与西教场点军，汝可先引他来，使见我军容之盛，<small>杨修夸之以文，曹操又耀之以武。</small>教他回去传说，吾即日下了江南，便来收川。"修领命。

至次日，与张松同至西教场。操点虎卫雄兵五万，布于教场中。果然盔甲鲜明，衣袍灿烂；金鼓震天，戈矛耀日；四方八面，各分队伍；旌旗飚彩，人马腾空。松斜目视之。<small>斜目便有傲睨不屑之意。</small>良久，操唤松指而示曰："汝川中曾见此英雄人物否？"松曰："吾蜀中不曾见此兵革，但以仁义治人。"<small>妙甚恶甚。○文不足以动之而欲以武动之，曹操已低着。</small>操变色视之，松全无惧意。杨修频以目视松。操谓松曰："吾视天下鼠辈犹草芥耳。大军到处，战无不胜，攻无不取，顺吾者生，逆吾者死。汝知之乎？"松曰："丞相驱兵到处，战必胜，攻必取，松亦素知。昔日濮阳攻吕布之时，宛城战张绣之日；赤壁遇周郎，华容逢关羽；割须弃袍于潼关，夺船避箭于渭水：此皆无敌于天下也！"<small>当面嘲笑亦大快心，闻此数语，《新书》即不暗合古人亦当烧矣。</small>操大怒曰："竖儒敢揭吾短处！"喝令左右推出斩之。杨修谏曰："松虽可斩，奈从蜀道而来入贡，若斩之，恐失远人之意。"操怒气未息。荀彧亦谏，操方免其死，令乱棒打出。^{有此一翻受侮，愈衬下文之妙。}

松归馆舍，连夜出城，收拾回川。松自思曰："吾本欲献西川州县与曹操，谁想如此慢人，^{把一个西川乱棒打落了。}我来时于刘璋之前开了大口，今日怏怏空回，须被蜀中人所笑。吾闻荆州刘玄德仁义远播久矣，不如径由那条路回，试看此人如何，我自有主见。"^{一个主顾不着，只得再寻一个。}于是乘马引仆从望荆州界上而来，前至郢州界口，忽见一队军马，约有五百馀骑，为首一员大将，轻妆软扮，勒马前问曰："来者莫非张别驾乎？"松曰："然也。"那将慌忙下马，声诺曰："赵云等候多时。"^{明明是孔明调遣，妙在不叙出来，令读者自知之。}松下马答礼曰："莫非常山赵子龙乎？"云曰："然也。某奉主公刘玄德命，为大夫远涉路途，鞍马驰驱，特命赵云聊奉酒食。"言罢，军士跪奉酒食，云敬进之。^{极其恭敬，务与曹操相反。}松自思曰："人言刘玄德宽仁爱客，今果如此。"^{俱在孔明算中。}遂与赵云饮了数杯，上马同行，来到荆州界首。是日天晚，前到馆驿，见驿门外百馀人侍立，击鼓相接。一将于马前施礼曰："奉兄长将令，为大夫远涉风尘，令关某洒扫驿庭，以待歇宿。"^{又明明是孔明调遣，妙在只不叙明，令读者自知之。}松下马，与云长、赵云同入馆舍，讲礼叙坐。须臾，排上酒食，二人殷勤相劝。^{又极其恭敬，务与曹操相反。}饮至更阑，方始罢席，宿了一宵。

次日早膳毕，上马行不到三五里，只见一簇人马到，乃是玄德引着伏龙、凤雏亲自来接，遥见张松，早先下马等候。^{非敬张松也，敬西川耳。}松亦慌忙下马相见。玄德曰："久闻大夫高名，如雷灌耳。恨云山迢远，不得听教。今闻回都，专此相接。倘蒙不弃，到荒州暂歇片时，以叙渴仰之思，实是万幸！"^{非请张松，直请得一个西川来了。}松大喜，遂上马并辔入城。至府堂上各各施礼，分宾主依次而坐，设宴款待。饮酒间，玄德只说闲话，并不提起西川之事。^{孔明教法绝妙。}松以言挑之曰："今皇叔守荆州，还有几郡？"孔明答曰："荆州乃暂借东吴的，每每使人取讨。今我主因是东吴女婿，故权且在此安身。"^{却用孔明回答的妙甚。}松曰："东吴据六郡八十一州，民强国富，犹且不知足耶？"庞统曰："吾主汉朝皇叔，反不能占据州郡；其他皆汉之蠹贼，却都恃强侵占地土，惟智者不平焉。"^{又换庞统回答，妙甚。孔明只言}^{玄德无处安身，庞统便言他人合当相让，一吹一唱，大家说着哑谜。}玄德曰："二公休言。吾有何德，敢多望乎？"^{庞统不平之语渐渐说得近了，却用玄德一语漾开去，妙甚。}松曰："不然。明公乃汉室宗亲，仁义充塞乎四海，休道占据州郡，便代正统而居帝位，亦非分外。"玄德拱手谢曰："公言太过，备何敢当！"^{玄德一味谦逊，只不拢来，妙甚。}

自此一连留张松饮宴三日，并不提起川中之事。^{三日后还不提起，妙甚。}松辞去，玄德于十里长亭设宴送行。玄德举酒酌松曰："甚荷大夫不弃，留叙三日；今日相别，不知何时再得听教。"^{到西川来领教便了。}言罢，潸然泪下。^{非为张松而泪，为西川而泪也。}张松自思："玄德如此宽仁爱士，安可舍之？不如说之，令取西川。"乃言曰："松亦思朝暮趋侍，恨未有便耳。松观荆州，东有孙权常怀虎踞，北有曹操每欲鲸吞，亦非可久恋之地也。"^{只说荆州不可居，尚未说出西川来，亦自觉引路。}玄德曰："故知如此，但未有安迹之所。"^{以言钓}松曰："益州险塞，沃野千里，民殷国富；智能之士，久慕皇叔之德。若起荆襄之众，长驱西指，霸业可成，汉室可兴矣。"^{至此更耐不得，只得和盘托出。}玄德曰："备安敢当此？刘益州亦汉室宗亲，恩泽布蜀中久矣。他人岂可得而动摇乎？"^{张松明明说出，已是极力相就矣，妙在玄德又用一语漾了开去。}松曰："某非卖主求荣，^{实实是此四字，偏}

今遇明公，不敢不披沥肝胆。刘季玉虽有益州之地，要先辩白一句，亦自觉口重耳。禀性暗弱，不能任贤用能；加之张鲁在北，时思侵犯；人心离散，思得明主。松此一行，专欲纳款于操，何期逆贼恣逞奸雄，傲贤慢士，故特来见明公。不打自招，尽情说出。明公先取西川为基，然后北图汉中，收取中原，匡正天朝，名垂青史，功莫大焉。明公果有取西川之意，松愿施犬马之劳，以为内应。未知钧意若何？"连日殷勤相待，正为要钧他这几句话。玄德曰："深感君之厚意。奈刘季玉与备同宗，若攻之，恐天下人唾骂。"又推开一句妙甚。松曰："大丈夫处世，当努力建功立业，著鞭在先。今若不取，为他人所取，悔之晚矣。"皆是孔明、庞统意中之语，却偏要迫张松口中说出，妙甚。玄德曰："备闻蜀道崎岖，千山万水，车不能方轨，马不能联辔；虽欲取之，用何良策？"此处方才应承，却便要钧他这本画图出来。松于袖中取出一图，递与玄德曰："松感明公盛德，敢献此图。便知蜀中道路矣。"孔明用计，至此大事已毕。玄德略展视之，上面尽写着地理行程，远近阔狭，山川险要，府库钱粮，一一俱载明白。松曰："明公可速图之。松有心腹契友二人：法正、孟达，此二人必能相助。如二人到荆州时，可以心事共议。"又引出两人来一同做贼。玄德拱手谢曰："青山不老，绿水长存。他日事成，必当厚报。"松曰："松遇明主，不得不尽情相告，岂敢望报乎？"说罢作别。极似迎宾馆中说分上者，直待临别时方才一露来意。孔明命云长等护送数十里方回。

张松回益州，先见友人法正。正字孝直，右扶风郡人也，贤士法真之子。松见正，备说："曹操轻贤傲士，只可同忧，不可同乐。吾已将益州许刘皇叔矣，专欲与兄共议。"轻轻将一国卖与人了。法正曰："吾料刘璋无能，已有心见刘皇叔久矣。此心相同，又何疑焉？"少顷，孟达至。达字子庆，与法正同乡。达入，见正与松密语。达曰："吾已知二公之意，将欲献益州耶？"松曰："是欲如此。兄试猜之，合献与谁？"达曰："非刘玄德不可。"三人抚掌大笑。做买卖归又合着伙计了。法正谓松曰："兄明日见刘璋，当若何？"松曰："吾荐二公为使，可往荆州。"不用法、孟二人请往，却用张松荐之，妙。二人应允。

次日张松见刘璋。璋问："干事若何？"松曰："操乃汉贼，欲篡天下，不可为言。彼已有取川之心。"先将取川唬他璋曰："似此如之奈何？"松曰："松有一谋，使张鲁、曹操必不敢轻犯西川。"不即说何计，待他自问。璋曰："何计？"松曰："荆州刘皇叔与主公同宗，仁慈宽厚，有长者风。赤壁鏖兵之后，操闻之而胆裂，何况张鲁乎？主公何不遣使结好，使为外援，可以拒曹操、张鲁矣。"不须玄德自来，却是刘璋去请，亦谓善于卖国矣。璋曰："吾亦有此心久矣。谁可为使？"松曰："非法正、孟达不可往也。"璋即召二人入，修书一封，令法正为使，先通情好；次遣孟达领精兵五千，迎玄德入川为援。正商议间，一人自外入，汗流满面，大叫曰："主公若听张松之言，则四十一州郡已属他人矣！"松大惊，视其人乃西阆中巴人，姓黄名权，字公衡，见为刘璋府下主簿。黄权后亦从刘备，而此时则忠于刘璋。璋问曰："玄德与我同宗，吾故结之为援。汝何出此言？"权曰："某素知刘备宽以待人，柔能克刚，英雄莫敌，远得人心，近得民望；兼有诸葛亮、庞统之智谋，关、张、赵云、黄忠、魏延为羽翼。若召到蜀中，以部曲待之，刘备安肯伏低做小？与郭嘉之度刘表，其语相同。若以客礼待之，又一国不容二主。今听臣言，则西蜀有泰山之安；不听臣言，则主公有垒卵之危矣！张松昨从荆州过，必与刘备同谋。其言如见。可先斩张松，后绝刘备，则西川万幸也。"璋曰："曹操、张鲁到来，何以拒之？"权曰："不如闭境绝塞，深沟高垒，以待时清。"璋曰："贼兵犯界，有烧眉之急；若待时清，则是慢计也。"遂不从其言，遣法正行。又一人阻曰："不可！不可！"璋视之，乃帐前从事官王累也。^{韩馥欲招袁绍，耿武、关}纯谏之；刘璋欲招玄德，而黄权、王累谏之，前后正复相类。累顿首言曰："主公今听张松之说，自取其祸。"璋曰："不然。吾结好刘玄德，实欲拒张鲁也。"累曰："张鲁犯界，乃癣疥之疾；刘备入川，乃心腹之大患。况刘备世之枭雄，先事曹操，便思谋害；后从孙权，便夺荆州。心术如此，安可同处乎？今若召来，西川休矣！"^{王累之言更切于黄权，故其}后黄权不死而王累独死。璋叱曰："再休乱道！玄德是我同宗，他安肯夺我基业？"便教扶二人出，遂命法正便行。法正离益州，径取荆州，来见玄德。参拜已毕，呈上书信。玄德拆封视之。书曰：

　　族弟刘璋，再拜致书于玄德将军麾下：久伏电天，蜀道崎岖，未及赍贡，甚切惶愧。璋闻"吉凶相救，患难相扶"，朋友尚然，况宗族乎？今张鲁在北，旦夕兴兵，侵犯璋界，甚不自安。专人谨奉尺书，上乞钧听。倘念同宗之情，全手足之义，即日兴师，剿灭狂寇，永为唇齿，自有重酬。^{即以西川}酬之。书不尽言，专候车骑。

　　玄德看毕大喜，设宴相待法正。酒过数巡，玄德屏退左右，密谓正曰："久仰孝直英名，张别驾多谈盛德。今获听教，甚慰平生。"^{前张松初来再三推调，今日却急}于自说矣，前缓后急变化不同。法正谢曰："蜀中小吏，何足道哉！盖闻马逢伯乐而嘶，人遇知己而死。张别驾昔日之言，将军复有意乎？"只消将张松语一提，不必更说自家话。玄德曰："备一身寄客，未尝不伤感而叹息。尚思鹪鹩尚存一枝，狡兔犹藏三窟，何况人乎？蜀中丰馀之地，非不欲取；奈刘季玉系备同宗，不忍相图。"既言欲得西川，却又假意推调。法正曰："益州天府之国，非治乱之主不可居也。今刘季玉不能用贤，此业不久必属他人。今日自付与将军，不可错失。岂不闻'逐兔先得'之语乎？将军欲取，某当效死。"前得画图，今又得一乡导。玄德拱手谢曰："尚容商议。"

当日席散，孔明亲送法正归馆舍。玄德独坐沉吟。庞统进曰："事当决而不决者，愚人也。主公高明，何多疑耶？"玄德问曰："以公之意，当复何如？"统曰："荆州东有孙权，北有曹操，难以得志。益州户口百万，土广财富，可资大业。今幸张松、法正为内助，此天赐也。何必疑哉？"如范蠡"天以吴赐越"之语。玄德曰："今与吾水火相敌者，曹操也。操以急，吾以宽；操以暴，吾以仁；操以谲，吾以忠。每与操相反，事乃可成。不必取刘表正是此意。若以小利而失信义于天下，吾不忍也。"庞统笑曰："主公之言，虽合天理，奈离乱之时，用兵争强，固非一道；若拘执常理，寸步不可行矣，宜从权变。且'兼弱攻昧'、'逆取顺守'，汤、武之道也。若事定之后，报之以义，封为大国，何负于信？此处说"封以大国"，后乃欲袭杀之于涪城何？今日不取，终被他人取耳。主公幸熟思焉。"玄德乃恍然曰："金石之言，当铭肺腑。"于是遂请孔明，同议起兵西行。孔明曰："荆州重地，必须分兵守之。"玄德曰："吾与庞士元、黄忠、魏延前往西川，军师可与关云长、张翼德、赵子龙守荆州。"孔明应允。取川之谋惟庞统协劝，收川之事亦惟庞统任之耳。于是孔明总守荆州；关公拒襄阳要路，当青泥隘口；张飞领四郡巡江；赵云屯江陵，镇公安。玄德令黄忠为前部，魏延为后军，玄德自与刘封、关平在中军，庞统为军师，马步兵五万，起程西行。临行时，忽廖化引一军来降，_{二十七卷中所伏之人于此处始来。}玄德便教廖化辅佐云长以拒曹操。

是年冬月，引兵望西川进发。行不数程，孟达接着，拜见玄德，说刘益州领兵五千远来迎接。玄德使人入益州，先报刘璋。璋便发书告报沿途州郡，供给钱粮。璋欲自出涪城亲接玄德，即下令准备车乘帐幔，旌旗铠甲务要鲜明。主簿黄权入谏曰："主公此去，必被刘备之害。某食禄多年，不忍主公中他人奸计。望三思之！"_{既于道使时谏之，又于出迎时谏之。}张松曰："黄权此言，疏间宗族之义，滋长寇盗之威，实无益于主公。"璋乃叱权曰："吾意已决，汝何逆吾！"权叩首流血，近前口衔璋衣而谏。璋大怒，扯衣而起。权不放，顿落门牙两个。_{黄权之齿落，黄权之心尽矣。}璋喝左右，推出黄权。权大哭而归。

璋欲行，一人叫曰："主公不纳黄公衡忠言，乃欲自就死地耶！"伏于阶前而谏。璋视之，乃建宁俞元人也，姓李名恢，叩首谏曰："切闻'君有诤臣，父有诤子'。黄公衡忠义之言，必当听从。若容刘备入川，是犹迎虎于门也。"_{李恢后来亦事玄德，然此时则忠于刘璋。}璋曰："玄德是吾宗兄，安肯害吾？再言者必斩！"叱左右推出李恢。张松曰："今蜀中文官各顾妻子，不复为主公效力；诸将恃功骄傲，各有外意。不得刘皇叔，则敌攻于外，民攻于内，必败之道也。"_{偏是卖国之人反说别人不忠。}璋曰："公所谋，深于吾有益。"次日，上马出榆桥门。人报："从事王累，自用绳索倒吊于城门之上，一手执谏章，一手仗剑，口称如谏不从，自割断其绳索，撞死于此地。"_{如此谏法，从来未有。}刘璋教取所执谏章观之。其略曰：

　　益州从事臣王累，泣血恳首：窃闻"良药苦口利于病，忠言逆耳利于行"。昔楚怀王不听屈原之言，会盟于武关，为秦所困。今主公轻离大郡，欲迎刘备于涪城，恐有去路而无回路矣。倘能斩张松于市，绝刘备之约，则蜀中老幼幸甚，主公之基业亦幸甚！

　　刘璋观毕，大怒曰："吾与仁人相会，如亲芝兰，汝何数侮于吾耶！"王累大叫一声，自割断其索，撞死于地。黄权、李恢之识同于王累，而王累之忠则过于此二人。后人有诗叹曰：

> 倒挂城门捧谏章，拼将一死报刘璋。
> 黄权折齿终降备，矢节何如王累刚！

刘璋将三万人马往涪城来。后军装载资粮钱帛一千馀辆，来接玄德。

　　却说玄德前军已到垫洰。所到之处，一者是西川供给，二者是玄德号令严明，如有妄取百姓一物者斩，于是所到之处，秋毫无犯。百姓扶老携幼，满路瞻观，焚香礼拜。玄德皆用好言安慰。初来便收拾人心。

　　却说法正密谓庞统曰："近张松有密书到此，言于涪城相会刘璋，便可图之。机会切不可失。"张松之计太狠。统曰："此意且勿言。待二刘相见，乘便图之。若预走泄，于中有变。"庞统直欲并瞒过玄德。法正乃秘而不言。涪城离成都三百六十里。璋已到，使人迎接玄德。两军皆屯于涪江之上。玄德入城，与刘璋相见，各叙兄弟之情。礼毕，挥泪诉告衷情。<small>初见刘表未尝挥泪，今见刘璋而挥泪者，以将欲取西川，故有所以不忍而挥泪也。</small>饮宴毕，各回寨中安歇。

璋谓众官曰："可笑黄权、王累等辈，不知宗兄之心，妄相猜疑。吾今日见之，真仁义之人也。吾得他为外援，又何虑曹操、张鲁耶？非张松则失之矣。"<small>且慢谢，须乃脱所穿绿袍，并黄仔细看。</small>乃脱所穿绿袍，并黄金五百两，令人往成都赐与张松。<small>人言刘璋暗，即此便知其暗。</small>时部下将佐刘璝、冷苞、张任、邓贤等一班文武官曰："主公且休欢喜。刘备柔中有刚，其心未可测，还宜防之。"<small>后来此四人皆死于战，可谓璋之忠臣。</small>璋笑曰："汝等皆多虑。吾兄岂有二心哉！"众皆嗟叹而退。

却说玄德归到寨中，庞统入见曰："主公今日席上见刘季玉动静乎？"玄德曰："季玉真诚实人也。"统曰："季玉虽善，其臣刘璝、张任等皆有不平之色，其间吉凶未可保也。<small>刘璋无隙可寻，以手下人为说。</small>以统之计，莫若来日设宴，请季玉赴席。于衣壁中埋伏刀斧手一百人，主公掷杯为号，就筵上杀之。一拥入成都，刀不出鞘，弓不上弦，可坐而定也。"<small>劝杀刘璋，孔明必不出此言。</small>玄德曰："季玉是吾同宗，诚心待吾；<small>二句是宾。</small>更兼吾初到蜀中，恩信未立，<small>二句是主。</small>若行此事，上天不容，下民亦怨。公此谋，虽霸者亦不为也。"<small>不曰"王者不为"，曰</small><small>"霸者亦不为"，拒绝之甚。</small>统曰："此非统之谋，是法孝直得张松密书，言事不宜迟，只在早晚当图之。"言未已，法正入见，曰："某等非为自己，乃顺天命也。"玄德曰："刘季玉与吾同宗，不忍取之。"正曰："明公差矣。若不如此，张鲁与蜀有杀母之仇，必来攻取。明公远涉山川，驱驰士马，既到此地，进则有功，退则无益。若执狐疑之心，迁延日久，大为失计。且恐机谋一泄，反为他人所算。<small>庞统只言取之之利，法正却言不取之害，更进一层。</small>不如乘此天与人归之时，出其不意，早立基业，实为上策。"庞统亦再三相劝。正是：

人主几番存厚道，才臣一意进权谋。

未知玄德心下如何，且看下文分解。

第六十一回　赵云截江夺阿斗　孙权遗书退老瞒

孫權遺書老瞞退

取川者，玄德之心也。然乘刘璋之来迎而袭杀之，以夺其地，不足以服西川之人心，此玄德之所不欲为也。庞统以此劝之，劝之不从，而欲自行之。若孔明处此，必不然矣。是以庞统之智，虽不亚于孔明，而用谲而不失其正，行权而不诡于道，则孔明又在庞统之上欤！

英雄一生，出色惊人之事，不可多得，得其一，便可传为美谈。今偏不止一番，却有两番，则子龙之截江夺阿斗是也。美云长者，但称其单刀赴会，而不知已有油江赴会一事以为之前焉；美子龙者，但称其长坂救主，而不知又有截江夺主一事以为之后焉。常历观前史，求其出色惊人者，或代止有其一人，止有其一事，孰有应接不暇如三国者乎？然则既读《三国》，虽有他书，不敢请已。

孙夫人在荆，刘备得以孙权之母牵制孙权；若使阿斗入吴，孙权又将以刘备之子牵制刘备矣。英明如夫人，岂不知东吴取阿斗之意，而乃欲携之以归耶？国太病而取夫人，是也；其取阿斗则非国太之意可知也。取阿斗非国太之意，则取夫人亦未必为国太之意可知也，而夫人曾不察焉。然则由前而观，不愧为女丈夫；由后而观，依然女子之见耳。

荀彧之死，或以杀身成仁美之者，非也。初之劝操取兖州，则比之于高光；继之劝操战官渡，则比之于楚、汉。凡其设策定计，无非助操僭逆之谋，杜牧讥其教盗穴墙发柜者，诚为至论矣。既以盗贼之事教之，后乃忽以君子之论谏之，何其前后之相谬耶？盖彧之失在从操之初，而欲盖之以晚节，毋乃为识者所笑？

父兄创业以贻子弟固难，子弟能承父兄之业尤难。当曹操讨董卓之时，与孙权并列，权特操之后辈耳。操之言曰："生子当如孙仲谋。"隐然以前辈自居，而以后辈目权也。然袁术以年少轻孙策，而曹操正以年少重孙权。此老奸识英雄之眼，又非他人可及。

孙权之击合淝，宋谦死焉，太史慈又死焉。至于濡须而独能屡胜，何也？盖东吴之兵，长于自守而短于攻取。合淝攻取之兵也，濡须则自守之兵也。以攻取，则一城不能拔；以自守，虽四十万之众，可以却之。其亦长短之势有异乎？

前卷与后卷，皆叙玄德入川之事，而此卷，忽然放下西川，更叙荆州，放下荆州，更叙孙权，复因孙权夹叙曹操。盖阿斗为西川四十馀年之帝，则取西川为刘氏大关目，夺阿斗亦刘氏大关目也。至于迁秣陵，应王气，为孙氏僭号之由；称魏公，加九锡，为曹氏僭号之本。而曹操梦日，孙权致书，互相畏忌，此鼎足三分一大关目也。以此三大关目，为此书半部中之眼。又妙在西川与荆州分作两边写，曹操与孙权合在一处写，叙事用笔之精，直与腐史不相上下。

却说庞统、法正二人，劝玄德就席间杀刘璋，西川唾手可得。玄德曰："吾初入蜀中，恩信未立，此事决不可行。"二人再三说之，玄德只是不从。次日，复与刘璋宴于城中，彼此细叙衷曲，情好甚密。酒至半酣，庞统与法正相议曰："事已至此，由不得主公了。"便教魏延登堂舞剑，乘势杀刘璋。如范增之遣项庄。延遂拔剑进曰："筵间无以为乐，愿舞剑为戏。"庞统便呼众武士入，列于堂下，只待魏延下手。刘璋手下诸将见魏延舞剑筵前，又见阶下武士手按刀靶直视堂上，从事张任亦掣剑舞曰："舞剑必须有对，某愿与魏将军同舞。"<small>如项伯之对项庄。</small>二人对舞于筵前。魏延目视刘封，封亦各剑助舞。于是刘璝、冷苞、邓贤各掣剑出曰："我等当群舞，以助一笑。"<small>鸿门宴上舞剑只有二人，今却有无数项庄、项伯，更是奇绝。</small>玄德大惊，急掣左右所佩之剑，立于席上曰："吾兄弟相逢痛饮，并无疑忌。又非'鸿门会'上，何用舞剑？不弃剑者立斩！"刘璋亦叱曰："兄弟相聚，何必带刀？"命侍卫者尽去佩剑。众皆纷然下堂。玄德唤诸将士上堂，以酒赐之，<small>鸿门宴上止赐樊哙卮酒，今却有无数樊哙，更是奇绝。</small>曰："吾兄弟同宗骨血，共议大事，并无二心。汝等勿疑。"诸将皆拜谢。刘璋执玄德之手而泣曰："吾兄之恩，誓不敢忘！"二人欢饮至晚而散。玄德归寨，责庞统曰："公等奈何欲陷备于不义耶？今后断勿为此。"<small>庞统、法正之谋太急，不如玄德之缓，急则不免于忍，缓则不失为仁。</small>统嗟叹而退。

却说刘璋归寨，刘璝等曰："主公见今日席上光景乎？不如早回，免生后患。"刘璋曰："吾兄刘玄德，非比他人。"众将曰："虽玄德无此心，他手下人皆欲并西川，以图富贵。"<small>从来帝王事业，多是手下人成之。</small>璋曰："汝等无间吾兄弟之情。"遂不听，日与玄德欢叙。忽报张鲁整顿兵马，将犯葭萌关，刘璋便请玄德往拒之。玄德慨然领诺，即日引本部兵望葭萌关去了。众将劝刘璋令大将紧守各处关隘，以防玄德兵变。<small>为后文取涪关张本。</small>璋初时不从，后因众人苦劝，乃令白水都督杨怀、高沛二人，守把涪水关。刘璋自回成都。玄德到葭萌关，严禁军士，广施恩惠，以收民心。<small>玄德不欲遽杀刘璋，亦为收民心故耳。先收民心而后取西川，此是玄德主意。</small>

早有细作报入东吴。吴侯孙权会文武商议。顾雍进曰："刘备分兵远涉山险而去，未易往还。何不差一军先截川口，断其归路，后尽起东吴之兵，一鼓而下荆襄？此不可失之机会也。"

此计但说得好听，须知荆州有孔明、关、张、赵云守之，未易得下也。权曰："此计大妙！"正商议间，忽屏后一人大喝而出曰："进此计者可斩之！欲害吾女之命耶！"

刘表屏风后之一人是玄德难星，孙权屏风后之一人是玄德救星。众惊视之，乃吴国太也。国太怒曰："吾一生惟有一女，嫁与刘备。今若动兵，吾女性命如何？"前为孙夫人不欲杀玄德，今又为孙夫人不欲取荆州。因叱孙权曰："汝掌父兄之业，坐领八十一州，尚自不足，乃顾小利而不念骨肉！"孙权喏喏连声，答曰："老母之训，岂敢有违！"遂叱退众官。国太恨恨而入。孙权立于轩下，自思："此机会一失，荆襄何日可得？"孙权此时还当埋怨周郎。正沉吟间，只见张昭入问曰："主公有何忧疑？"孙权曰："正思适间之事。"张昭曰："此极易也。今差心腹将一人，只带五百军。潜入荆州，下一封密书与郡主，只说国太病危，欲见亲女，若国太听得咒他，恼。又当着取郡主星夜回东吴。玄德平生只有一子，就教带来。玄德定把荆州来换阿斗。前日折了一个夫人，今日却又赢了一个公子。如其不然，一任动兵，更有何碍？"权曰："此计大妙！吾有一人，姓周名善，最有胆量，自幼穿房入户，多随吾兄。今可差他去。"昭曰："切勿泄漏。只此便今起行。"

于是密遣周善将五百人，扮为商人，分作五船；后来吕蒙亦使人扮作客商，今却于此处先有一引子。更诈修国书，以备盘诘；船内暗藏兵器。周善领命，取荆州水路而来。船泊江边，善自入荆州，今门吏报孙夫人。夫人命周善入，善呈上密书。夫人见说国太病危，洒泪动问。不是太太要归神，却是哥哥会捣鬼。周善拜诉曰："国太好生病重，旦夕只是思念夫人。倘去得迟，恐不能相见。就教夫人带阿斗去见一面。"阿斗不是孙夫人养的，既非国太亲外孙，如何要见？只此便可知其捣谎。夫人曰："皇叔引兵远出，我今欲回，须使人知会军师，方可以行。"周善曰："若军师回言道：须报知皇叔，候了回命，方可下船，如之奈何？"夫人曰："若不辞而去，恐有阻当。"周善曰："大江之中，已准备下船只。只今便请夫人上车出城。"孙夫人听知母病危，如何不慌？便将七岁孩子阿斗，载在车中；昔日长坂坡前，亏了一个死夫人保朱；今日荆州城内，几被一个活夫人取去。随行带三十馀人，各跨刀剑，上马离荆州城，便来江边上船。府中人欲报时，孙夫人已到沙头镇，下在船中了。

周善方欲开船，只听得岸上有人大叫："且休开船，容与夫人饯行！"视之，乃赵云也。来得突兀。○阿斗曾做赵云怀中之物，今日此去，如取诸其怀而夺之矣。原来赵云巡哨方回，听得这个消息，吃了一惊，只带四五骑，旋风般沿江赶来。前吴将追夫人是旱路，今子龙追夫人是水路；前是以旱追旱，今是以旱追水，前有六将，今只一人。周善手执长戈，大喝曰："汝何人，敢当主母！"叱令军士一齐开船，令将军器出来，排列在船上。风顺水急，船皆顺流而去。赵云沿江赶叫："任从夫人去，只有一句话拜禀。"周善不采，只催船速进。赵云沿江赶到十馀里，忽见江滩斜缆一只渔船在那里。赵云弃马执枪，跳上渔船，只两人驾船前来，望着夫人所坐大船追赶。渔船只取得鱼，今却借他取一小龙，可谓小材大用。周善教军士放箭。赵云以枪拨之，箭皆纷纷落水。离大船悬隔丈馀，吴兵用枪乱刺。赵云弃枪在小船上，掣所佩青釭剑在手，分开枪搠，望吴船涌身一跳，早登大船。此一跃之功，抵得长坂数十战。吴兵尽皆惊倒。赵云入舱中，见夫人抱阿斗于怀中，若非昔日在子龙怀中，安得今日在夫人怀中？喝赵云曰："何故无礼！"云插剑声喏曰："主母欲何往？何故不令军师知会？"夫人曰："我母亲病在危笃，无暇报知。"云曰："主母探病，何故带小主人去？"夫人曰："阿斗是吾子，留在荆州，无人看觑。"云曰："主母差矣。主人一生，只有这点骨肉，^{极似糜夫人}^{对子龙语}小将在当阳长坂坡百万军中救出，今日夫人却欲抱将去，是何道理？"^{由得他说，}^{说得嘴响。}夫人怒曰："量汝只是帐下一武夫，安敢管我家事！"云曰："夫人要去便去，只留下小主人。"夫人喝曰："汝半路辄入船中，必有反意！"^{宛然是昔日叱喝徐}^{盛、丁奉面孔。}云曰："若不留下小主人，总然万死，亦不敢放夫人去。"夫人喝侍婢向前揪捽，^{子龙前番救阿斗是杀着男将，}^{今番夺阿斗却撞着女兵。}被赵云推倒，就怀中夺了阿斗，抱出船头上。^{何等爽}^{快。}欲要傍岸，又无帮手；欲要行凶，又恐碍于道理，进退不得。夫人喝侍婢夺阿斗，赵云一手抱定阿斗，^{前做了男赠嫁，}^{却做了雄乳娘。}一手仗剑，人不敢近。周善在后稍挟住舵，只顾放船下水。风顺水急，望中流而去。赵云孤掌难鸣，只护得阿斗，安能移舟傍岸？

正在危急，忽见下流头港内一字儿使出十馀只船来，船上磨旗播鼓。赵云自思："今番中了东吴之计！"^{不独子龙着急，读者}^{至此亦替子龙着急。}只见当头船上一员大将，手执长矛，高声大叫："嫂嫂留下侄儿！"^{先闻其}^{声。}原来张飞巡哨，听得这个消息，急来油江夹口，正撞着吴船，急忙截住。^{后见其}^{人。}当下张飞提剑跳上吴船。周善见张飞上船，提刀来迎，被张飞手起一剑砍倒，提头掷于孙夫人前。^{一颗人}^{头权当}^{叔叔饯行}^{之礼。}夫人大惊曰："叔叔何故无礼？"张飞曰："嫂嫂不以俺哥哥为重，私自归家，只便无礼！"^{快人快}^{语。}夫人曰："吾母病重，甚是危急，若等你哥哥回报，须误了我事。若你不放我回去，我情愿投江而死！"张飞与赵云商议："若迫死夫人，非为臣下之道。只护着阿斗过船去罢。"^{前日夫妇归荆，追之者意不在妇而在夫；}^{今日母子归吴，追之者意不在母而在子。}乃谓夫人曰："俺哥哥大汉皇叔，也不辱没嫂嫂。今日相别，若思哥哥恩义，早早回来。"说罢，抱了阿斗，自与赵云回船，_{东吴许多将佐追不得刘备转去，今只张、赵二人却夺得阿斗转来。}放孙夫人五只船去了。后人有诗赞子龙曰：

昔年救主在当阳，今日飞身向大江。

船上吴兵皆胆裂，子龙英勇世无双！

又有诗赞翼德曰：

长坂桥边怒气腾，一声虎啸退曹兵。

今朝江上扶危主，青史应传万载名。

二人欢喜回船，行不数里，孔明引大队船只接来，_{前写张、赵，今写孔明。若孔明此时不来，便疏漏矣。}见阿斗已夺回，大喜。三人并马而归。孔明自申文书往葭萌关，报知玄德。

却说孙夫人回吴，具说张飞、赵云杀了周善，截江夺了阿斗。孙权大怒曰："今吾妹已归，与彼不亲，杀周善之仇，如何不报！"唤集文武，商议起军攻取荆州。_{此处只叙孙权取荆之谋，便不叙母女怎生相见，并真病假病缘故，此省笔之法。}正商议调兵，忽报曹操起军四十万来报赤壁之仇。_{曹操起兵，不向曹操一边叙来，却在孙权一边听得，又省笔之法。}孙权大惊，且按下荆州，商议拒敌曹操。人报长史张纮辞疾回家，今已病故，有哀书上呈。权拆视之，书中劝孙权迁居秣陵，言秣陵山川有帝王之气，可速迁于此，以为万世之业。_{为后文称帝张本。}孙权览书，哭谓众官曰："张子纲劝吾迁居秣陵，吾如何不从！"即命迁治建业，筑石头城。_{"石头城"自此而始。}吕蒙进曰："曹操兵来，可于濡须水口筑坞以拒之。"诸将皆曰："上岸击贼，跣足入船，何用筑城？"蒙曰："兵有利钝，战无必胜。如猝然遇敌，步骑相促，人尚不暇及水，何能入船乎？〔能守而后能战，有备而后无患，吕蒙可谓善计。〕"权曰："'人无远虑，必有近忧。'子明之见甚远。"便差军数万筑濡须坞。晓夜并工，刻期告竣。〔以下按过孙权，接叙曹操。〕

却说曹操在许都，威福日甚。长史董昭进曰："自古以来，人臣未有如丞相之功者。虽周公、吕望，莫可及也。栉风沐雨三十馀年，扫荡群凶，百姓除害，使汉室复存，岂可与诸臣宰同列乎？合受魏公之位，加'九锡'以彰功德。"〔董昭前请迁都许昌，今又请加九锡，全乎为曹操腹心者也，不想食淡人偏不肯淡。〕你道那九锡？一，车马；〔大辂、戎辂各一。大辂，金车也。戎辂，兵车也。玄牡二驷，黄马八匹。〕二，衣服；〔衮冕之服，赤舄副焉。衮冕，王者之服。赤舄，朱履也。〕三，乐县；〔乐县，王者之乐也。〕四，朱户；〔居以朱户，红门也。〕五，纳陛；〔纳陛以登陛，阶也。〕六，虎贲；〔虎贲三百人，守门之军也。〕七，铁钺；〔铁钺各一，铁，即斧也。钺，斧属。〕八，弓矢；〔彤弓一，彤矢百。彤，赤色也。旅弓十，旅矢千。旅，黑色也。〕九，秬鬯圭瓒。〔秬鬯一卣，圭瓒副焉。秬，黑色也。鬯，香酒，灌地以求神于阴。卣，中樽也。圭瓒，宗庙祭器，以祀先王也。〕

侍中荀彧曰："不可。丞相本兴义兵，匡扶汉室，当秉忠贞之志，守谦退之节。君子爱人以德，不宜如此。"〔荀彧向为曹操腹心，今日忽然作此等语，是教曹操以淡也。董昭淡而不淡，荀彧不淡而假淡，可发一笑。〕曹操闻言，勃然变色。董昭曰："岂可以一人而阻众望？"遂上表请尊操为魏公，加九锡。〔操尝书墓道曰"曹侯之墓"，今则与此言大不相同。〕荀彧叹曰："吾不想今日见此事！"操闻，深恨之，以为不助己也。建安十七年冬十月，曹操兴兵下江南，就命荀彧同行。彧已知操有杀己之心，托病止于寿春。忽曹操使人送饮食一盒至，〔曹操有"九锡"，荀彧只有"一锡"。〕盒上有操亲笔封记。开盒视之，并无一物。彧会其意，遂服毒而亡。〔汉文帝赐食于周亚夫而不设箸，是犹有食也；今操以空盒赐荀彧，是并食亦无有矣。明是使荀彧绝食之意，彧安得不死乎？〕年五十岁。后人有诗叹曰：

文若才华天下闻，可怜失足在权门。

后人漫把留侯比，临殁无颜见汉君。

其子荀恽，发哀书报曹操。操甚懊悔，命厚葬之，谥曰敬侯。

且说曹操大军至濡须，先差曹洪领三万铁甲马军，哨至江边。回报云："遥望沿江一带，旗幡无数，不知兵聚何处。"^{方见藏兵在坞之妙。}操放心不下，自领兵前进，就濡须口排开军阵。操领百馀人上山坡，遥望战船，各分队伍，依次排列。旗分五色，兵器鲜明。当中大船上青罗伞下坐着孙权，左右文武侍立两边。操以鞭指曰："生子当如孙仲谋！若刘景升儿子，豚犬耳！"^{刘琮降操而操薄之，孙权拒操而操嘉之，奸雄赏鉴，亦自不凡。}忽一声响动，南船一齐飞奔过来。濡须坞内又一军出，冲动曹兵。曹操军马退后便走，止喝不住。忽有千百骑赶到山边，为首马上一人，碧眼紫髯，众人认得正是孙权。权自引一队马军来击曹操。操大惊，急回马时，东吴大将韩当、周泰，两骑马直冲将上来。操背后许褚纵马舞刀，敌住二将，曹操得脱归寨。许褚与二将战三十合方回。^{操军一败。}操回寨，重赏许褚，责骂众将："临敌先退，挫吾锐气！后若如此，尽皆斩首！"

是夜二更时分，忽寨外喊声大震。操急上马，见四下里火起，^{赤壁之火于此再见。}却被吴兵劫入大寨。杀至天明，曹兵退五十馀里下寨。^{操军再败。}操心中郁闷，闲看兵书。程昱曰："丞相既知兵法，岂不知兵贵神速乎？丞相起兵，迁延日久，故孙权得以准备，夹濡须水口为坞，难于攻击。不若且退兵还许都，别作良图。"操不应。^{不应便有退心。}程昱出。操伏几而卧，忽闻潮声汹涌，如万马争奔之状。操急视之，见大江中推出一轮红日，光华射目；仰望天上，又有两轮太阳对照。_{日而有三，正应鼎足之象。}忽见江心那轮红日，直飞起来，坠于寨前山中，其声如雷。猛然惊觉，原来在帐中做了一梦。_{正征战时，忽然叙却一梦，部《三国》皆当作如是观。}帐前军报道午时。曹操教备马，引五十馀骑径奔出寨，至梦中所见落日山边。正看之间，忽见一簇人马，当先一人金盔金甲。操视之，乃孙权也。_{孙权之母梦日而生权，曹操之梦正与权母之梦相合。三十八回中事，于此照应出来。}权见操至，也不慌忙，在山上勒住马，以鞭指操曰："丞相坐镇中原，富贵已极，何故贪心不足，又来侵我江南？"操答曰："汝为臣下，不尊王室。吾奉天子诏，特来讨汝！"孙权笑曰："此言岂不羞乎？天下岂不知你挟天子令诸侯？吾非不尊汉朝，正欲讨汝以正国家耳。"_{孙权题目亦自正大。}操大怒，叱诸将上山捉孙权。忽一声鼓响，山背后两彪军出，右边韩当、周泰，左边陈武、潘璋。四员将带三千弓弩手乱射，矢如雨发。操急引众将回走。背后四将赶来甚急，赶到半路，许褚引众虎卫军敌住，救回曹操。_{操军三败。}吴兵齐奏凯歌，回濡须去了。操还营自思："孙权非等闲人物。红日之应，久后必为帝王。"_{正与秣陵王气相应。}于是心中有退兵之意；又恐东吴耻笑，进退未决。两边又相拒了月馀，战了数场，互相胜负。_{省却无数笔墨。}直至来年正月，春雨连绵，水港皆满，军士多在泥水之中，困苦异常。_{赤壁连环之舟，水中如在岸上；濡须雨后之兵，岸上如在水中。}操心甚忧。当日正在寨中与众谋士商议，或劝操收兵，或云目今春暖，正好相持，不可退归。操犹豫未定。忽报东吴有使赍书到。操启视之。书略曰：

孤与丞相，彼此皆汉朝臣宰。丞相不思报国安民，乃妄动干戈，残虐生灵，岂仁人之所为哉？即日春水方生，公当速退。如其不然，复有赤壁之祸矣。公宜自思焉。

书背后又批两行云："足下不死，孤不得安。"操以权为英雄，权亦以操为英雄，正是两心相照。曹操看毕，大笑曰："孙仲谋不欺我也。"操畏权，权亦畏操，若云不畏便是欺人之语。重赏来使，遂下令班师，命庐江太守朱光镇守皖城，自引大军回许昌。赤壁以遇火而退，濡须以遇水而归，前后遥遥相对。孙权亦收军回秣陵。权与众将商议："曹操虽然北去，刘备尚在葭萌关未还。何不引拒曹操之兵，以取荆州？"张昭献计曰："且未可动兵。某有一计，使刘备不能再还荆州。"正是：

孟德雄兵方退北，仲谋壮志又图南。

不知张昭说出甚计来，且看下文分解。

第六十二回　取涪关杨高授首　攻雒城黄魏争功

攻雒城黄魏争功

读前卷而见孙与刘之相离，读此卷而见备与璋之相恶。一取妹而一夺子，孙、刘之所以离也；一吝粮而一毁书，璋、备之所以恶也。然孙、刘之离者，可以复合；而璋、备之恶者，不可复合。何也？璋既迎备，则已有不能更拒之势，招之来而又欲麾之去，则首鼠两端，而衅必起矣。备既入川，则已有不能不取之势，入其境而不忍取其地，则进退维谷，而祸及身矣。总之，召虎易而遣虎难，入险易而出险难耳。

玄德初以徐州为家，而布夺之，操又夺之；继以荆州为家，而操失之，权又争之；惟至于西川，则真为玄德之家矣。然其受陶谦之让，而不受刘表之让者，惩于徐州之得而复失，故重发于刘表也。不夺同宗之荆，而独夺同宗之益者，惩于荆州之迟而滋议，故不得复重发于刘璋也。此其先后迟速之机，因时而变者然也。

庞统之策三：一曰取成都，二曰取涪城，三曰取荆州。夫回荆州则是无策矣，不可谓之下策也。统之意本以袭杀刘璋于初迎之时为上计，而自葭萌取成都为中计，自葭萌取涪关为下计。玄德之从其中，犹是从其下耳。然杀刘璋而急取之，则人心不附，而抚之也难；不杀刘璋而缓取之，则人心可服，而享之也固。是取乎其下者，乃其所以为上歟！

观于张肃、张松，而有慨于兄弟之间也。一则卖主求荣，而不告其兄；一则惧祸及己，而不顾其弟。在同胞之兄弟且然，而况备与璋之以同宗通谱者耶！读书至此，为之三叹。

玄德其不用壮而善于用老者乎！急于取川者，壮罔之谋也；缓于取川者，老成之算也。魏延以壮而败，黄忠以老而胜。老成则吉，壮罔则凶。为将之道固然，将将者用兵之道，何独不然？

有以闲笔为伏笔者：正当干戈争斗之时，忽有一紫虚上人，如古木寒鸦，苍岩怪石，此极忙中之闲笔也。乃涪关之役，庞统未死，孔明未来，而紫虚早有"一凤坠地，一龙升天"之语，则已为后文伏笔也。与云长在镇国寺中见普净和尚，玄德在南漳庄上见水镜先生，一样笔墨。

文有正笔，有奇笔：如玄德之杀杨高，士元之取涪关，刘璝之谒紫虚，冷苞之议决水，皆以次而及者也，正笔也；如黄忠之救魏延，玄德之入敌寨，魏延之捉冷苞，法正之见彭羕，皆突如其来者也，奇笔也。正笔发明在前，奇笔推原在后；正笔极其次第，奇笔极其突兀，可谓叙事妙品。

却说张昭献计曰："且休要动兵。若一兴师，曹操必复至。不如修书二封，一封与刘璋，言刘备结连东吴，共取西川，使刘璋心疑而攻刘备；一封与张鲁，教进兵向荆州来。着刘备首尾不能救应。我然后起兵取之，事可谐矣。"_{前者玄德欲救孙权而致书于马超，是不救之救，今者孙权欲图刘备而致书于璋鲁，是不图之图。}权从之，即发使二处去讫。

且说玄德在葭萌关日久，甚得民心。忽接得孔明文书，知孙夫人已回东吴；又闻曹操兴兵犯濡须，乃与庞统议曰："曹操击孙权，操胜必将取荆州，权胜亦必取荆州矣。为之奈何？"庞统曰："主公勿忧。有孔明在彼，料想东吴不敢犯荆州。主公可驰书去刘璋处，只推曹操攻击孙权，权求救于荆州。吾与孙权唇齿之邦，不容不相援。张鲁自守之贼，决不敢来犯界。吾今欲勒兵回荆州，与孙权会同破曹操，_{孙权之书以刘备结东吴为名，玄德之书又以东吴求刘备为说，大家借题互相欺诳，正是一}

奈兵少粮缺。望推同宗之谊，速发精兵三四万，行粮十万斛^{对空头}相助。请勿有误。若得军马钱粮，却另作商议。"^{此处不即说明。}

玄德从之，遣人往成都。来到关前，杨怀、高沛闻知此事，遂教高沛守关，杨怀同使者入成都，见刘璋呈上书信。刘璋看毕，问杨怀为何亦同来。杨怀曰："专为此书而来。刘备自从入川，广布恩德，以收民心，其意甚是不善。今求军马钱粮，切不可与。如若相助，是把薪助火也。"刘璋曰："吾与玄德有兄弟之情，岂可不助？"一人出曰："刘备枭雄，久留于蜀而不遣，是纵虎入室矣。今更助之以军马钱粮，何异与虎添翼乎？"^{一以备为火，一以备为虎，谁知火已炽不可灭，虎已入不可出乎？}众视其人，乃零陵丞阳人，姓刘名巴，字子初。刘璋闻刘巴之言，犹豫未决。黄权又复苦谏。璋乃量拨老弱军四千，米一万斛，发书遣使报玄德。^{是授之以隙矣。}仍令杨怀、高沛紧守关隘。刘璋使者到葭萌关见玄德，呈上回书。玄德大怒曰："吾为汝御敌，费力劳心。汝今积财吝赏，何以使士卒效命乎？"遂扯毁回书，大骂而起。^{正欲寻闹，得此一书便好翻转面皮。}使者逃回成都。庞统曰："主公只以仁义为重，今日毁书发怒，前情尽弃矣。"玄德曰："如此，当若何？"庞统曰："某有三条计策，请主公自择而行。"

玄德问："那三条计？"统曰："只今便选精兵，昼夜兼道径袭成都，此为上计。^{若比席间杀刘璋，则此又其中计矣。}杨怀、高沛乃蜀中名将，各仗强兵拒守关隘；今主公佯以回荆州为名，二将闻知，必来相送；就送行处，擒而杀之，夺了关隘，先取涪城，然后却向成都，此中计也。^{此中计凤雏已为下计矣。}退还白帝，连夜回荆州，徐图进取，此为下计。^{若弃葭萌而归，此玄德所必不愿也，庞统特以此句激之，欲其行上二计耳。}若沉吟不去，将至大困，不可

救矣。"又追一句，然玄德曰："军师上计太促，下计太缓；中计不
实是确话。
迟不疾，可以行之。"玄德不用上计而用中
计，犹有不忍之心。

于是发书致刘璋，只说曹操令部将乐进引兵至青泥镇，众将
抵敌不住，吾当亲往拒之，不及面会，特书相辞。书至成都，张
松听得说刘玄德欲回荆州，只道是真心，玄德此时不曾乃修书一
知会得张松。
封，欲令人送与玄德，却值亲兄广汉太守张肃到，松急藏书于袖
中，与肃相陪说话。肃见松神情恍惚，心中疑惑。松取酒与肃共
饮。献酬之间，忽落此书于地，画图藏得甚紧，被肃从人拾得。席散
手书何故不密。
后，从人以书呈肃。肃开视之，书略曰：

松昨进言于皇叔，并无虚谬，何乃迟迟不发？逆取顺守，古
人所贵。今大事已在掌握之中，何故欲弃此而回荆州乎？使松闻
之，如有所失。书呈到日，疾速进兵。松当为内应，万勿自误！

张肃见了，大惊曰："吾弟作灭门之事，不可不首。"连夜
将书见刘璋，具言弟张松与刘备同谋，欲献西川。刘璋大怒曰：
"吾平日未尝薄待他，何故欲谋反？"一向尚在遂下令捉张松全
梦中。
家，尽斩于市。后人有诗叹曰：

一览无遗自古稀，谁知书信泄天机。
未观玄德兴王业，先向成都血染衣。

刘璋既斩张松，聚集文武商议曰："刘备欲夺吾基业，当如之
何？"黄权曰："事不宜迟。即便差人告报各处关隘，添兵把

守，不许放荆州一人一骑入关。"璋从其言，星夜驰檄各关去讫。_{若依庞统上计则各关未必费力。}

却说玄德提兵回涪城，先令人报上涪水关；请杨怀、高沛出关相别。杨、高二将闻报，商议曰："玄德此回若何？"高沛曰："玄德合死。我等各藏利刃在身，就送行处刺之，以绝吾主之患。"_{庞统正欲于送行时杀二将，二将亦欲于送行时刺玄德，彼此正是同心，但二将知己不知彼耳。}杨怀曰："此计大妙。"二人只带随行二百人，出关送行，其余并留在关上。

玄德大军尽发。前至涪水之上，庞统在马上谓玄德曰："杨怀、高沛若欣然而来，可堤防之；_{此句是主。}若彼不来，便起兵径取其关，不可迟缓。"_{此句是宾。}正说间，忽起一阵旋风，把马前"帅"字旗吹倒。_{不必风旗告变，庞统已知之矣。}玄德问庞统曰："此何兆也？"统曰："此惊报也，杨怀、高沛二人必有行刺之意，宜善防之。"玄德乃身披重铠，自佩宝剑防备。人报杨、高二将军来送行。玄德令军马歇定。庞统分付魏延、黄忠："但关上来的军士，不问多少，马步军兵，一个也休放回。"_{为下文赚关之用。}二将得令而去。

却说杨怀、高沛二人身边各藏利刃，带二百军兵，牵羊送酒，直至军前，见并无准备，心中暗喜，以为中计。入至帐下，见玄德与庞统坐于帐中。二将声喏曰："闻皇叔远回，特具薄礼相送。"遂进酒劝玄德。玄德曰："二将军守关不易，当先饮此杯。"_{玄德不肯自饮，是玄德谨慎堤防处。}二将饮酒毕，玄德曰："吾有密事与二将军商议，闲人退避。"遂将带来二百人尽赶出中军。玄德叱曰："左右与吾捉下二贼！"帐后刘封、关平应声而出。杨、高二人急待争斗，刘封、关平各捉住一人。玄德喝曰："吾与汝主是同宗兄弟，汝二人何故同谋，离间亲情？"庞统叱左右搜其身畔，果然各搜出利刀一口。^{亦将舞剑以
助一笑乎?}统便喝斩二人，玄德还犹豫未决，统曰："二人本意欲杀吾主，罪不容诛。"遂叱刀斧手斩杨怀、高沛于帐前。黄忠、魏延早将二百从人先自捉下，不曾走了一个。玄德唤入，各赐酒压惊。^{善买人
心。}玄德曰："杨怀、高沛离间吾兄弟，又藏利刀行刺，故行诛戮。你等无罪，不必惊疑。"众各拜谢。庞统曰："吾今即用汝等引路，带吾军取关，各有重赏。"^{不欲走透一人，
正为此耳。}众皆应允。是夜二百人先行，大军随后。前军至关下叫曰："二将军有急事回，可速开关。"城上听得是自家军，即时开关。大军一拥而入，兵不血刃，得了涪关。^{只杀得两人，
甚不费力。}蜀军皆降。玄德各加重赏，随即分兵前后守把。次日劳军，设宴于公厅。玄德酒酣，顾庞统曰："今日之会，可谓乐乎?"^{未免露出
真情。〇}^{玄德在刘表席间醉后
失言，于此复见。}庞统曰："伐人之国而以为乐，非仁者之兵也。"玄德曰："吾闻昔日武王伐纣，作乐象功，此亦非仁者之兵欤?"^{以纣比刘璋亦拟之非
其伦，确是醉话。}汝言何不合道理? 可速退!"庞统大笑而起，^{亦有醉
意。}左右亦扶玄德入后堂。睡至半夜，酒醒。左右以逐庞统之言告知玄德。玄德大悔，次早穿衣升堂，请庞统谢罪曰："昨日酒醉，言语触忤，幸勿挂怀。"庞统谈笑自若。玄德曰："昨日之言，惟吾有失。"庞统曰："君臣俱失，何独主公?"^{一语冰
释，庞
统亦妙。}玄德亦大笑，其乐如初。

却说刘璋闻玄德杀了杨、高二将，袭了涪水关，大惊曰："不料今日果有此事!"^{始信王累
之言。}遂聚文武，问退兵之策。黄权曰："可连夜遣兵屯雒县，塞住咽喉之路。刘备虽有精兵猛将，不能过也。"璋遂令刘璝、冷苞、张任、邓贤点五万大军，星夜往守雒县，以拒刘备。四将行兵之次，刘璝曰："吾闻锦屏山中有一异人，道号紫虚上人，知人生死贵贱。吾辈今日行军，正从锦屏山过，何不试往问之？"〔正厮杀时，忽见一世外之人。〕张任曰："大丈夫行兵拒敌，岂可问于山野之人乎？"〔是大丈夫语。〕璝曰："不然。圣人云：至诚之道可以前知。吾等问于高明之人，当趋吉避凶。"〔既一心为主，又何趋避之有？〕于是四人引五六十骑至山下，问径樵夫。樵夫指高山绝顶上，便是上人所居。四人上山至庵前，见一道童出迎。〔极与水镜庄上仿佛。〕问了姓名，引入庵中。只见紫虚上人坐于蒲墩之上，四人下拜，求问前程之事。紫虚上人曰："贫道乃山野废人，岂知休咎？"刘璝再三拜问，紫虚遂命道童取纸笔，写下八句言语，付与刘璝。其文曰：

左龙右凤，飞入西川。雏凤坠地，卧龙升天。一得一失，天数当然。见机而作，勿丧九泉。

刘璝又问曰："吾四人气数如何？"紫虚上人曰："定数难逃，何必再问！"〔四人无一生还，亦先伏下一笔。〕璝又请问时，上人眉垂目合，恰似睡着的一般，并不答应。四人下山。刘璝曰："仙人之言，不可不信。"张任曰："此狂叟也，听之何益。"〔张任不降之意于此已决。〕遂上马前行。既至雒县，分调人马，守把各处隘口。刘璝曰："雒城乃成都之保障，失此则成都难保。吾四人公议，着二人守城，二人去雒县前面，依山傍险扎下两个寨子，勿使敌兵临城。"冷苞、邓贤曰："某愿往结寨。"刘璝大喜，分兵二万与冷、邓二人，离城六十里下寨。〔玄德以二将当先，刘璋亦有二将当先。〕刘璝、张任守护雒城。

却说玄德既得涪水关，与庞统商议进取雒城。人报刘璋拨四将前来，即日冷苞、邓贤领二万军，离城六十里扎下两个大寨。

玄德聚众将问曰："谁敢建头功，去取二将寨栅？"老将黄忠应声出曰："老夫愿往。"〔写黄忠不异廉颇、马援。〕玄德曰："老将军率本部人马前至雒城，如取得冷苞、邓贤营寨，必有重赏。"黄忠大喜，即领本部兵马，谢了要行。〔矍铄哉是翁！〕忽帐下一人出曰："老将军年纪高大，如何去得？小将不才愿往。"玄德视之，乃是魏延。黄忠曰："我已领下将令，你如何敢搀越？"魏延曰："老者不以筋骨为能。吾闻冷苞、邓贤乃蜀中名将，血气方刚。恐老将军近他不得，岂不误了主公大事？〔魏延激恼黄忠，则黄忠之功成愈必。〕因此愿相替，本是好意。"黄忠大怒曰："汝说吾老，敢与我比试武艺么？"〔此处黄忠欲与魏延比试，后文关公亦欲与马超比试，前后相映。〕魏延曰："就主公之前，当面比试，赢得的便去，何如？"黄忠遂趋步下阶，便叫小校："将刀来。"〔人虽老宝刀不老。〕玄德急止之曰："不可！吾今提兵取川，全仗汝二人之力。今两虎相斗，必有一失，须误了我大事。吾与你二人劝解，休得争论。"庞统曰："汝二人不必相争。即今冷苞、邓贤下了两个营寨。今汝二人自领本部军马，各打一寨。如先夺得者，便为头功。"〔赢者便为壮，输者便为老。〕于是分定黄忠打冷苞寨，魏延打邓贤寨。二人各领命去了。庞统曰："此二人去，恐于路中相争，主公可自引军为后应。"〔预知魏延必争黄忠之功。〕玄德留庞统守城，自与刘封、关平引五千军随后进发。

却说黄忠归寨，传令来日四更造饭，五更结束，平明进兵，取左边山谷而进。魏延却暗使人探听黄忠甚时起兵。探事人回报："来日四更造饭，五更起兵。"魏延暗喜，分付众军士，二更造饭，三更起兵，平明要到邓贤寨边。〔厮杀时叙不得齿，写魏延贪功，亦甚壮勇。〕军士得令，都饱餐一顿，马摘铃，人衔枚，卷旗束甲，暗地去劫寨。

三更前后，离寨前进。到半路，魏延马上寻思："只去打邓贤寨，不显能处；不如先去打冷苞寨，却将得胜兵打邓贤寨。两处功劳都是我的。"就马上传令，教军士都投左边山路里去。_{彼后我先，宜右忽左，魏延好胜，视今之推诿避避者，何啻天渊。}天色微明，离冷苞寨不远，教军少歇，排搠金鼓旗幡、枪刀器械。

早有伏路小军飞报入寨，冷苞已有准备了。_{如此早去又吃准备，可谓"夜眠清早起，又有早行人"。}一声炮响，三军上马，杀将出来。魏延纵马提刀，与冷苞接战。二将交马，战到三十合，川兵分两路来袭汉军。汉军走了半夜，人马力乏，抵当不住，退后便走。魏延听得背后阵脚乱，撇了冷苞，拨马回走。川兵随后赶来，汉军大败。_{正为争功失功。}走不到五里，山背后鼓声震地，邓贤引一彪军从山谷里截出来，大叫："魏延快下马受降！"魏延策马飞奔，那马忽失前蹄，双足跪地，将魏延掀将下来。_{读者至此，必谓魏延死矣。}邓贤马奔到，挺枪来刺魏延。枪未到处，弓弦响，邓贤倒撞下马。后面冷苞方欲来救，一员大将，从山坡跃马而来，厉声大叫："老将黄忠在此！"_{先闻其弓，后见其人，写得声势。}舞刀直取冷苞。冷苞抵敌不住，望后便走。黄忠乘胜追赶，川兵大乱。

黄忠一枝军救了魏延，_{魏延在长沙城上救了黄忠，此日真堪相报。}杀了邓贤，直赶到寨前。冷苞回马与黄忠再战。不到十馀合，后面军马拥将上来，冷苞只得弃了左寨，引败军来投右寨。只见寨中旗帜全别，冷苞大惊。兜住马看时，当头一员大将，金甲锦袍，乃是刘玄德，_{写得突兀。}左边刘封，右边关平，喝道："寨子吾已夺下，汝欲何往？"原来玄德引兵从后接应，便乘势夺了邓贤寨子。_{补叙得妙。}冷苞两头无路，取山僻小径，要回雒城。行不到十里，狭路伏兵忽起，搭钩齐举，把冷苞活捉了。_{写得突兀。}原来却是魏延自知罪犯无可解释，收拾后军，令蜀兵引路，伏在这里等个正着。^{补叙得}^{妙。}用索缚了冷苞，解投玄德寨来。

却说玄德立起免死旗，但川兵倒戈卸甲者，并不许杀害，如伤者偿命；^{善买人}^{心。}又谕众降兵曰："汝川人皆有父母妻子，愿降者充军，不愿降者放回。"于是欢声动地。^{放回之人又将为未取}^{之地布其先声耳。}黄忠安下寨脚，径来见玄德，说魏延违了军令，可斩之。玄德急召魏延，魏延解冷苞至。玄德曰："延虽有罪，此功可赎。"令魏延谢黄忠救命之恩，今后毋得相争。魏延顿首伏罪。^{善于调}^{停。}玄德重赏黄忠，^{黄忠故自}^{不老。}使人押冷苞到帐下，玄德去其缚，赐酒压惊，问曰："汝肯降否？"冷苞曰："既蒙免死，如何不降？刘璝、张任与某为生死之交，若肯放某回去，当即招二人来降，就献雒城。"玄德大喜，便赐衣服鞍马，令回雒城。^{总是收川}^{将之心。}魏延曰："此人不可放回，若脱身一去，不复来矣。"玄德曰："吾以仁义待人，人不负我。"

却说冷苞得回雒城，见刘璝、张任，不说捉去放回，只说："被我杀了十馀人，夺得马匹逃回。"^{今人有讳言没体面}^{事者，往往类此。}刘璝忙遣人往成都求救。刘璋听知折了邓贤，大惊，慌忙聚众商议。长子刘循进曰："儿愿领兵前去守雒城。"璋曰："既吾儿肯去，当遣谁人为辅？"一人出曰："某愿往。"璋视之，乃舅氏吴懿也。璋曰："得尊舅去最好。谁可为副将？"吴懿保吴兰、雷同二人为副将，^{三人后皆为}^{刘备所用。}点二万军马来到雒城。刘璝、张任接着，具言前事。吴懿曰："兵临城下，难以拒敌，汝等有何高见？"冷苞曰："此间一带，正靠涪江，江水大急；前面寨占山脚，其形最低。某乞五千军，各带锹锄前去，决涪江之水，可尽淹死刘备之兵也。"热人用火，冷人用水，一笑。吴懿从其计，即令冷苞前往决水，吴兰、雷同引兵接应。冷苞领命，自去准备决水器械。

却说玄德令黄忠、魏延各守一寨，自回涪城，与军师庞统商议。细作报说："东吴孙权遣人结好东川张鲁，将欲来攻葭萌关。"张鲁兴兵不从张鲁一边叙来，却从玄德一边听得，此省笔之法。玄德惊曰："若葭萌关有失，截断后路，吾进退不得，当如之何？"庞统谓孟达曰："公乃蜀中人，多知地理，去守葭萌关如何？"达曰："某保一人与某同去守关，万无一失。"玄德问何人。达曰："此人曾在荆州刘表部下为中郎将，乃南郡枝江人，姓霍名峻，字仲邈。"玄德大喜，即时遣孟达、霍峻守葭萌关去了。玄德此时腹背受敌，亦大危事，却只使两人去当后路，令人急欲观其后也。

庞统退归馆舍，门吏忽报："有客特来相访。"统出迎接，见其人身长八尺，形貌甚伟；头发截短，披于颈上；发短而心甚长。衣服不甚齐整。统问曰："先生何人也？"其人不答，径登堂仰卧床上。来得作怪。统甚疑之，再三请问。其人曰："且消停，吾当与汝说知天下大事。"作怪，令人测摸不出。统闻之愈疑，命左右进酒食。其人起而便食，并无谦逊；饮食甚多，食罢又睡。一发作怪。统疑惑不定，使人请法正视之，恐是细作。法正慌忙到来。统出迎接，谓正曰："有一人如此如此。"法正曰："莫非彭永言乎？"奇。升阶视之。其人跃起曰："孝直别来无恙！"正是：

　　　　只为川人逢旧识，遂令涪水息洪流。

毕竟此人是谁，且看下文分解。

第六十三回　诸葛亮痛哭庞统
张翼德义释严颜

張翼德釋嚴顏

前文之决水者二：曹操之决泗水以淹下邳，决漳河以淹冀州是也；后文之决水者一：关公之决湘江以淹七军是也。独此卷于涪水之决，则欲决而不能决，遂不果决。有前之二实，不可无此之一虚；有此之一虚，然后又有后之一实。文字有虚实相生之法，不意天然有此等妙事，以助成此等妙文。

观于庞统之死，而知荆州之所以失，关公之所以亡也。何也？庞统不死，则收川之事，委之庞统，而孔明可以不离荆州；纵使抚川之事托之孔明，而荆州又可转付庞统，虽有吕蒙、陆逊，何所施其诡计哉？故凡荆州之失，与关公之亡，不关于吕蒙之多智，陆逊之能谋，而特由于庞统之死耳。然则谓孔明之哭庞统，即为关公哭也可，即为荆州哭也可。

甚矣！躁进之心，不可不戒；而人己猜嫌之情，不可不忘也。庞统未死之时，星为之告变矣，梦为之告变矣，马又为之告变矣；而统乃疑孔明之忌己，欲功名之速立，遂使凤兮凤兮，反不如鸿飞冥冥，足以避弋人之害。呜呼！虽曰天也，岂非人哉？

孔明隆中决策之语，其曰"外结孙权"，所谓东和孙权也；其曰"然后中原可图"，所谓北拒曹操也，其告关公即以此耳。况孙夫人在，而孙、刘暂合；孙夫人去，而孙、刘遂离。孙既与刘离，必将北与操合。濡须之战，权不致书于备以求援，而独致书于操以解兵，便有与操连和之机矣。孙与刘离不足忧，而操与孙合则大可惧。苟但知北拒曹操，而不知东和孙权，其又何能拒操也耶？

翼德生平有快事数端：前乎此者，鞭督邮矣，骂吕布矣，喝长坂矣，夺阿斗矣。然前数事之勇，不若擒严颜之智也；擒严颜之智，又不若释严颜之尤智也。未遇孔明之前，则勇有馀而智不足；既遇孔明之后，则勇有馀而智亦有馀。盖一入孔明薰陶，而莽气化焉，骄气亦化焉，勇不可学，而智可学。翼德之勇，固其素有，而其智则孔明教之云。

严将军头本未尝断，而有断头将军一语，遂使千古传为美谈。文天祥《正气歌》曰："为严将军头。"而元人吊天祥诗，亦曰："忠如蜀将斩颜时。"竟似严将军真曾断头也者。可见人虽不死，不可以畏死；虽不必不生，不可以贪生。

人但知树林中过去之张飞是假，不知大寨中跌足大叫之张飞亦是假。后之张飞是以假张飞扮作真张飞，前之张飞是以真张飞扮作假张飞。后之以假为假固奇，前之以真为假尤奇。

却说法正与那人相见，各抚掌而笑。庞统问之，正曰："此公乃广汉人，姓彭名羕，字永言，蜀中豪杰也。因直言忤触刘璋，被璋髡钳为徒隶，因此短发。"统乃以宾礼待之，问羕从何而来。羕曰："吾特来救汝数万人性命，见刘将军方可说。"*妙在不即说明，故作此惊人之语。* 法正忙报玄德。玄德亲自谒见，请问其故。羕曰："将军有多少军马在前寨？"玄德实告："有魏延、黄忠在彼。"羕曰："为将之道，岂可不知地理乎？前寨紧靠涪江，若决动江水，前后以兵塞之，一人无可逃也。"*冷苞之计早被猜破。* 玄德大悟。彭羕曰："罡星在西方，太白临于此地，当有不吉之事，切宜慎之。"*借决水一事照下落凤坡事。○方才说地理便又说天文。* 玄德即拜彭羕为幕宾，使人密报魏延、黄忠，教朝暮用心巡警，以防决水。*不消移营，甚妙。* 黄忠、魏延商议，二人各轮一日，如遇敌军到来，互相通报。

却说冷苞见当夜风雨大作，引了五千军，径循江边而进，安排决江。只听得后面喊声乱起，冷苞知有准备，急急回军。后面魏延引军赶来，川兵自相践踏。冷苞正奔走间，撞着魏延。交马不数合，被魏延活捉去了。_{冷苞第二次被擒。}比及吴兰、雷同来接应时，又被黄忠一军杀退。魏延解冷苞到涪关。玄德责之曰："吾以仁义相待，放汝回去，何敢背我！今次难饶！"将冷苞推出斩之，重赏魏延。

玄德设宴款待彭羕，忽荆州诸葛亮军师特遣马良奉书至此，玄德召入问之。马良礼毕曰："荆州平安，不劳主公忧念。"遂呈上军师书信。玄德拆书观之，略云：

亮夜算太乙数，今年岁次癸亥，罡星在西方，又观乾象，太白临于雒城之分，主将帅身上多凶少吉，切宜谨慎。_{彭羕之言早与孔明相合。}

玄德看了书，便教马良先回，玄德曰："吾将回荆州去谕此事。"庞统暗思："孔明怕我取了西川，成了功，故意将此书相阻耳。"_{此士元不及孔明处。}乃对玄德曰："统亦算太乙数，已知罡星在西，应主公合得西川，别不主凶事。_{亦算得着。}统亦占天文，见太白临于雒城，先斩蜀将冷苞，已应凶兆矣。_{只因自己心热，却画在姓冷的身上去。}主公不可疑心，可急进兵。"

玄德见庞统再三催促，乃引军前进。黄忠同魏延接入寨去。庞统问法正曰："前至雒城，有多少路？"法正画地作图。玄德取张松所遗图本对之，并无差错。_{照应画图。}法正言："山北有条大路，正取雒城东门；山南有条小路，却取雒城西门。两条路俱可进兵。"庞统谓玄德曰："统令魏延为先锋，取南小路而进；主公令黄忠作先锋，从山北大路而进，并到雒城取齐。"俱作画中人。玄德曰："吾自幼熟于弓马，多行小路。军师可从大路去取东门，吾取西门。"庞统曰："大路必有军邀拦，主公引兵当之。统取小路。"玄德曰："军师不可。吾夜梦一神人，手执铁棒击吾右臂，觉来犹自臂疼。此行莫非不佳？"玄德以伏龙、凤雏为左右手，士元乃其右手也。庞统曰："壮士临阵，不死带伤，理之自然也。何故以梦寐之事疑心乎？"玄德曰："吾所疑者，孔明之书也。梦是梦，书是书，不似今人但看梦书。军师还守涪关，如何？"庞统大笑曰："主公被孔明所惑矣！彼不欲令统独成大功，故作此言以疑主公之心。前引肚里寻思，今却口中说出。心疑则致梦，何凶之有？统肝脑涂地，方称本心。主公再勿多言，来早准行。"当日传下号令，军士五更造饭，平明上马。黄忠、魏延领军先行。玄德与庞统约定，忽坐下马眼生前失，把庞统掀将下来。又是一个预兆。玄德跳下马，自来笼住那马。玄德曰："军师何故乘此劣马？"庞统曰："此马乘久，不曾如此。"玄德曰："临阵眼生，误人性命。吾所骑白马，性极驯熟，军师可骑，万无一失。劣马吾自乘之。"遂与庞统更换所骑之马。庞统谢曰："深感主公厚恩，虽万死亦不能报也。"说出死字，又是一个预兆。遂各上马取路而进。玄德见庞统去了，心中甚觉不快，怏怏而行。又是一个预兆。

却说雒城中吴懿、刘璝听知折了冷苞，遂与众商议。张任曰："城东南山僻有一条小路，最为要紧，某自引一军守之。诸公紧守雒城，勿得有失。"忽报汉兵分两路前来攻城。张任急引三千军，先来抄小路埋伏。见魏延兵过，张任教尽放过去，休得惊动。后见庞统军来，张任军士遥指军中大将："骑白马者必是刘备。"的卢救了玄德，白马送了 张任大喜，传令教如此如此。
士元，前后遥遥相对。

却说庞统迤逦前进，抬头见两山迫窄，树木丛杂；又值夏末
秋初，枝叶茂盛。百忙中又夹此闲 庞统心下甚疑，勒住马问："此处
景，正合七夕。
是何地名？"内有新降军士，指道："此处地名落凤坡。"庞统
惊曰："吾道号凤雏，此处名落凤坡，不利于吾。"卧龙冈为孔明之
始，落凤坡为士
元之终，前后 令后军疾退。只听山坡前一声炮响，箭如飞蝗，只望
遥遥相对。
骑白马者射来。可怜庞统竟死于乱箭之下，时年止三十六岁。后
人有诗叹曰：

> 古岘相连紫翠堆，士元有宅傍山隈。
>
> 儿童惯识呼鸠曲，闾巷曾闻展骥才。
>
> 预计三分平刻削，长驱万里独徘徊。
>
> 谁知天狗流星坠，不使将军衣锦回。

先是东南有童谣云：

> 一凤并一龙，相将到蜀中。才到半路里，凤死落坡东。风送
> 雨，雨送风，隆汉兴时蜀道通，蜀道通时只有龙。又与紫虚上人语相
> 应。○荆州之谣曰
> "泥中蟠龙向天飞"，西川之谣曰"蜀道通时
> 只有龙"，前之龙应在君，后之龙应在臣。

当日张任射死庞统，汉军拥塞，进退不得，死者大半。前军飞
报魏延。魏延忙勒兵欲回，奈山路迫窄，厮杀不得。又被张任截断
归路，在高阜处用强弓硬弩射来。魏延心慌，魏延不死者天幸也，而士
元独不得邀天幸，惜哉！
有新降蜀兵曰："不如杀奔雒城下，取大路而进。"延从其言，

当先开路，杀奔雒城来。尘埃起处，前面一军杀至，乃雒城守将
吴兰、雷同也。后面张任引兵追来，前后夹攻，把魏延围在垓
心。魏延死战不能得脱，但见吴兰、雷同后军自乱，二将急回马
去救。魏延乘势赶去，当先一将，舞刀拍马，大叫："文长，吾
特来救汝！"视之，乃老将黄忠也。前是魏延两擒冷苞，此是黄忠两救魏延，一卷之中又自相对。两
下夹攻，杀败吴、雷二将，直冲至雒城之下。刘引兵杀出，却得
玄德在后当住接应。黄忠、魏延翻身便回。玄德军马比及奔到寨
中，张任军马又从小路里截出。刘、吴兰、雷同当先赶来。玄德
守不住二寨，且战且走，奔回涪关。凤既死，龙亦受困。蜀兵得胜，迤追
赶。玄德人困马乏，那里有心厮杀，且只顾奔走。将近涪关，张
任一军追赶至紧。幸得左边刘封、右边关平，二将引三万生力兵
截出，杀退张任，还赶二十里，夺回战马极多。白马既亡，别马何用？

玄德一行军马再入涪关，问庞统消息。有落凤坡逃得性命的
军士，报说军师连人带马，被乱箭射死于坡前。玄德闻言，望西
痛哭不已，接舆之歌是悲生凤，玄德之哭是悲死凤。遥为招魂设祭。诸将皆哭。黄忠曰：
"今番折了庞统军师，张任必然来攻打涪关，如之奈何？不若差
人往荆州，请诸葛军师来商议收川之计。"正说之间，人报张任
引军直临城下搦战。黄忠、魏延皆要出战。玄德曰："锐气新
挫，宜坚守以待军师来到。"黄忠、魏延领命，只紧守城池。玄德
写一封书，教关平分付："你与我往荆州请军师去。"为后文关公守荆州伏笔。关
平领了书，星夜往荆州来。玄德自守涪关，并不出战。

却说孔明在荆州，时当七夕佳节，大会众官夜宴，共说收川
之事。只见正西上一星，其大如斗，从天坠下，流光四散。孔明
失惊，掷杯于地，掩面哭曰："哀哉！痛哉！"众官慌问其故。

孔明曰："吾前者算今年罡星在西方，不利于军师；天狗犯于吾军，_{只因天上一狗失却人间一凤，此句补前文所未及。}太白临于雒城，已拜书主公，教谨防之。谁想今夕西方星坠，庞士元命必休矣！"言罢，大哭曰："今吾主丧一臂矣！"_{与玄德之梦相应。}众官皆惊，未信其言。孔明曰："数日之内，必有消息。"是夕酒不尽欢而散。

数日之后，孔明与云长等正坐间，人报关平到，众官皆惊。关平入，呈上玄德书信。孔明视之，内言本年七月初七日，庞军师被张任在落凤坡前箭射身故。_{本为渡鹊佳期，却为落凤忌日。}孔明大哭，众官无不垂泪。孔明曰："既主公在涪关进退两难之际，亮不得不去。"_{西川失了一凤，换了一龙。}云长曰："军师去，谁人保守荆州？荆州乃重地，干系非轻。"孔明曰："主公书中虽不明写其人，吾已知其意了。"_{在下书人身上着眼。}乃将玄德书与众官看曰："主公书中把荆州托在吾身上，教我自量才委用。虽然如此，今教关平赍书前来，其意欲云长公当此重任。_{玄德差关平之意，在孔明口中说出，妙。}_{又将首卷中事一提。}云长想桃园结义之情，可竭力保守此地。责任非轻，公宜勉之。"_{荆州去了一龙，止留一虎。}云长更不推辞，慨然领诺。孔明设宴，交割印绶，云长双手来接。孔明擎着印曰："这干系都在将军身上。"_{郑重之至，写得如画。}云长曰："大丈夫既领重任，除死方休。"_{与庞统说"死"字，前后相对。}孔明见云长说个"死"字，心中不悦；欲待不与，其言已出。孔明曰："倘曹操引兵来到，当如之何？"云长曰："以力拒之。"孔明又曰："倘曹操、孙权齐起兵来，如之奈何？"云长曰："分兵抗之。"孔明曰："若如此，荆州危矣。_{未得西川而荆州之失已兆于此。}吾有八个字，将军牢记，可保守荆州。"云长问："那八个字？"孔明曰："北拒曹操，东和孙权。"_{只重在东和孙权一句，八个字只四个字耳。若"北拒曹操"关公已知之矣。}云长曰："军师之言，当铭肺腑。"

孔明遂与了印绶，令文官马良、伊籍、向朗、糜竺，武将糜芳、廖化、关平、周仓，一班儿辅佐云长，同守荆州。自六十回中玄德入川之后，便与云长不复相见，今自此卷中孔明入川之后亦不得复与云长相见。读书至此，为之悚然。一面亲自统兵入川。先拨精兵一万，教张飞部领，取大路杀奔巴州、雒城之西，先到者为头功。一路旱军又拨一枝兵，教赵云为先锋，溯江而上，会于雒城。一路水军孔明随后引简雍、蒋琬等起行。那蒋琬字公琰，零陵湘乡人也，乃荆襄名士，现为书记。此处补叙蒋琬来历，殊不费笔。

当日孔明引兵一万五千，与张飞同日起行。张飞临行时，孔明嘱付曰："西川豪杰甚多，不可轻敌。为严颜伏笔于路戒约三军，勿得掳掠百姓，以失民心。所到之处，并宜存恤，勿得恣逞鞭挞士卒。望将军早会雒城，不可有误。"

张飞欣然领诺，上马而去。迤逦前行，所到之处，但降者秋毫无犯。径取汉川路，前至巴郡。细作回报："巴郡太守严颜，乃蜀中名将，年纪虽高，精力未衰，善开硬弓，使大刀，有万夫不当之勇，隐然又是一个黄忠。据住城郭，不竖降旗。"张飞教离城十里下寨，差人入城去："说与老匹夫早早来降，饶你满城百姓性命；若不归顺，即踏平城郭，老幼不留！"

却说严颜在巴郡闻刘璋差法正请玄德入川，拊心叹曰："此所谓独坐穷山，引虎自卫者也！"可谓老识。后闻玄德据住涪关，大怒，屡欲提兵往战，又恐这条路上有兵来。补笔周到。当日闻知张飞兵到，便点起本部五六千人马，准备迎敌。或献计曰："张飞在当阳长坂，一声喝退曹兵百万之众，曹操亦闻风而避之。不可轻敌，将四十二回中事一提。今只宜深沟高垒，坚守不出。彼军无粮，不过一月，自然退去。更兼张飞性如烈火，专要鞭挞士卒；如不与战，必怒；怒则必以暴厉之气待其军士，军心一变，乘势击之，张飞可擒也。"^{以昔日张飞度之}严颜从其言，教军士尽数上城守护。忽见一个军士大叫开门，严颜教放入问之。那军士告说是张将军差来的，把张飞言语依直便说。严颜大怒，骂："匹夫怎敢无礼！吾严将军岂降贼者乎！借你口说与张飞！"唤武士把军人割下耳鼻，却放回寨。^{写严颜如此触怒张飞，愈见下文义释之奇。}

军人回见张飞，哭告严颜如此毁骂。张飞大怒，咬牙睁目，披挂上马，引数百骑来巴郡城下搦战。城上众军百般痛骂。张飞性急，几番杀到吊桥，要过护城河，又被乱箭射回。到晚全无一个人出，张飞忍一肚气还寨。次日早晨，又引军去搦战。那严颜在城敌楼上，一箭射中张飞头盔。^{与黄忠射关公盔缨，前后相对。}飞指而恨曰："吾拿住你这老匹夫，我亲自食你肉！"^{写张飞如此忿怒，愈见下文义释之奇。}到晚又空回。第三日，张飞引了军，沿城去骂。原来那座城子是个山城，周围都是乱山，张飞自乘马登山，下视城中。见军士尽皆披挂，分列队伍，伏在城中，只是不出；又见民夫来来往往，搬砖运石，相助守城。张飞教马军下马，步军皆坐，引他出敌，并无动静。又骂了一日，依旧空回。^{至此已气了三日。}张飞在寨中自思："终日叫骂，彼只不出，如之奈何？"猛然思得一计，教众军不要前去搦战，都结束了在寨中等候；却只教三五十个军士，直去城下叫骂。引严颜军出来，便与厮杀。张飞摩拳擦掌，只等敌军来。小军连骂了三日，全然不出。^{又气了三日。}张飞眉头一皱，又生一计，传令教军士四散砍打柴草，寻觅路径，不来搦战。^{张飞此时不减孔明之谋。}严颜在城中连日不见张飞动静，心中疑惑，着十数个小军，扮作张飞砍柴的军，潜地出城，杂在军内，入山中探听。已在张飞算中。

当日诸军回寨。张飞坐在寨中，顿足大骂："严颜老匹夫！枉气杀我！"此是昔日张飞真面目，却是今日张飞假腔调。只见帐前三四个人说道："将军不须心焦，这几日打探得一条小路，可以偷过巴郡。"张飞故意大叫曰："既有这个去处，何不早来说？"莽人假莽，粗人假粗，此正是极精极细。众应曰："这几日却才哨探得出。"张飞曰："事不宜迟，只今二更造饭，趁三更明月，拔寨都起，人衔枚，马去铃，悄悄而行。我自前面开路，汝等依次而行。"传了令便满寨告报。妙人妙计。

探细小军听得这个消息，尽回城中来，报与严颜。颜大喜曰："我算定这匹夫忍耐不得。能料其粗不能料其细，能料其莽不能料其精。你偷小路过去，须是粮草辎重在后；我截住后路，你如何得过？好无谋匹夫，中我之计！"谁知反中了张飞之计。即时传令：教军士准备赴敌，今夜二更也造饭，三更出城，伏于树木丛杂去处。只等张飞过咽喉小路去了，车杖来时，只听鼓响，一齐杀出。传了号令。看看近夜，严颜全军尽皆饱食，披挂停当，悄悄出城，四散伏住，只听鼓响。严颜自引十数裨将，下马伏于林中。约三更后，遥望见张飞亲自在前，横矛纵马，悄悄引军前进。读者至此，正不知张飞如何用计，若如此定为严颜所算。去不得三四里，背后车仗人马陆续进发。严颜看得分晓，偏说是看得分晓。一齐擂鼓，四下伏兵尽起。正来抢夺车仗，背后一声锣响，一彪军掩到，大喝："老贼休走！我等的你恰好！"严颜猛回头看时，为首一员大将，豹头环眼，燕颔虎须，使丈八矛，骑深乌马：乃是张飞。忽然有两张飞，好生作怪。读者至此，几疑是《西游记》身外身法矣。四下里锣声大震，众军杀来。严颜见了张飞，举止无措，交马战不十合，张飞卖个破绽，严颜一刀砍来，张飞闪过，撞将入去，扯住严颜勒甲绦，生擒过来，掷于地下；众军向前，用索绑缚住了。原来先过去的是假张飞，料道严颜击鼓为号，张飞却教鸣金为号：金响诸军齐到。川兵大半弃甲倒戈而降。

〔此处方才叙明，绝妙的用笔。〕

张飞杀到巴郡城下，后军已自入城。张飞叫休杀百姓，出榜安民。群刀手把严颜推至。飞坐于厅上，严颜不肯跪下。〔硬汉。〕飞怒目咬牙大叱曰："大将到此，何为不降，而敢拒敌？"严颜全无惧色，回叱飞曰："汝等无义，侵我州郡！但有断头将军，无降将军。"〔二语传为千古美谈。〕飞大怒，喝左右斩来。严颜喝曰："贼匹夫！砍头便砍，何怒也！"张飞见严颜声音雄壮，面不改色，乃回嗔作喜，下阶喝退左右，亲解其缚，取衣衣之，扶在正中高坐，低头便拜曰："适来言语冒渎，幸勿见责。吾素知老将军乃豪杰之士也。"〔此处出人意外，不但严颜所不料，亦读者所不料也。〕严颜感其恩义，乃降。后人有诗赞严颜曰：

白发居西蜀，清名震大邦。忠心如皓月，浩气卷长江。
宁可断头死，安能屈膝降？巴州年老将，天下更无双。

又有赞张飞诗曰：

生获严颜勇绝伦，唯凭义气服军民。
至今庙貌留巴蜀，社酒鸡豚日日春。

张飞请问入川之计。严颜曰："败军之将，荷蒙厚恩，无以为报，愿施犬马之劳，不须张弓只箭，径取成都。”正是：

只因一将倾心后，致使连城唾手降。

未知其计如何，且看下文分解。

第六十四回　　孔明定计捉张任　　杨阜借兵破马超

楊阜借
兵破
馬超

张任设伏以害庞统，孔明亦设伏以捉张任。同一伏也，而张任则在山坡，孔明则在平岸；张任则在林木，孔明则在芦苇；张任以强弓硬弩，孔明以长枪砍刀；张任之伏止一处，孔明之伏不止一处；张任意在射杀，孔明意在活捉。又有甚不同者，则孔明之用兵为独奇。

玄德获张任，正当为庞统报仇，而不忍杀之，而欲降之。何哉？盖欲资其才以为用耳。章邯射杀项梁，而项羽折箭以誓之；朱鲔谮杀刘缜，而光武指河而誓之。天下未平，不敢怀怨以待人也。且勿论其远者，曹操不记杀典韦之怨而纳张绣；孙权不记杀凌操之怨而纳甘宁，亦此意也。乃玄德欲任降，而任终不肯降，若张任者，则真断头将军矣。

杨阜之为韦康报仇，义也，而其攻马超以助曹操，则非义也。马腾两番受诏，两番讨贼，固汉之忠臣也；其子之欲雪父恨则孝，承父志而讨国贼则忠。奉一欺君罔上之曹操，而攻一忠孝之马超，以超为贼，而不知操之为贼，故杨阜之义，君子无取焉。

或曰：杨阜之助操以算马超，与陈登之助操以算吕布，将毋同乎？余曰：不同。马超，孝子也；吕布，无父之人也。且登之助操，在许田射鹿之前，尔时衣带诏未发也，董贵人未死也，魏公未称，九锡未加也，操之逆未露而恶未彰，则其挟天子以令诸侯者，陈登信而助之，无怪也。至于阜，而衣带诏发矣，董贵人死矣，魏公已称，九锡已加矣，操为国贼，而助国贼者亦贼，杨阜其何说之辞？

五虎将中，关、张、赵、黄皆大将才也。若马超，则可为战将，而不可为大将。其杀韦康，屠百姓，不得谓之仁矣；其不疑杨阜，不得谓之智矣。前既惑于曹操而攻韩遂，后复归于张鲁而拒玄德：此其识见当在四人之下。

人谓姜叙之母同于太史慈之母：慈之母勉其子以报孔融；叙之母勉其子以报韦康：此则其可嘉者也。我谓姜叙之母，异于徐庶之母：庶之母知操之为贼，叙之母不知讨操者之非贼，而助操者之为贼：此则其可惜者也。人谓赵昂之妻，异于吕布之妻：布之妻阻其夫之出战，昂之妻励其夫以起兵：此则其可嘉者也。我谓赵昂之妻，同于刘表之妻：表之妻背刘备而从曹操，致其身与子俱死；昂之妻助曹操以攻马超，身幸免于死，而亦致其子于死：此又其可惜者也。虽然，郭嘉、程昱等辈，天下所称智谋之士，犹然不明顺逆，而何论于妇人哉？尚论者于杨氏、王氏可勿讥云。

此卷自孔明捉张任之后，便当接马超攻葭萌之事，而马超攻葭萌，由于张鲁遣马超；张鲁遣马超，由于马超投张鲁；马超投张鲁，则又由于杨阜破马超。夫杨阜之与刘璋，风马牛不相及也，而寻原溯委，遂忽然夹叙陇西一段文字，却与五十九回之末遥遥相接。此等叙事宜求之《左传》、《史记》之中。

却说张飞问计于严颜，颜曰："从此取雒城，凡守御关隘，都是老夫所管，官军皆出于掌握之中。今感将军之恩，无可以报，老夫当为前部，所到之处，尽唤出拜降。"只因一个"断头将军"，引出无数"降将军"。张飞称谢不已。于是严颜为前部，张飞领军随后。凡到之处，尽是严颜所管，都唤出投降。有迟疑未决者，颜曰："我尚且投

降，何况汝乎？"自是望风归顺，并不曾厮杀一场。^{省事亦省笔。○}以下按过翼德一边，接叙玄德一边

却说孔明已将起程日期申报玄德，教都会聚雒城。玄德与众官商议："今孔明、翼德分两路取川，会于雒城，同入成都。水陆舟车，已于七月二十日起程，此时将及待到。今我等便可进兵。"黄忠曰："张任每日来搦战，见城中不出，彼军懈怠，不做准备，今日夜间分兵劫寨，胜如白昼厮杀。"^{上既写翼德，此又写黄忠。}玄德从之，教黄忠引兵取左，魏延引兵取右，玄德取中路。当夜二更，三路军马齐发。张任果然不做准备。汉军拥入大寨，放起火来，烈焰腾空。蜀兵奔走，连夜赶到雒城，城中兵接应入去。玄德还中路下寨。次日，引兵直到雒城，围住攻打。张任按兵不出。攻到第四日，^{若孔明未来便能攻破雒城，便不见孔明用计之妙。}玄德自提一军攻打西门，令黄忠、魏延在东门攻打，留南门北门放军兵行走。原来南门一带都是山路，北门有涪水，因此不围。张任望见玄德在西门，骑马往来，指麾打城，从辰至未，人马渐渐力乏。张任教吴兰、雷同二将引兵出北门，转东门敌黄忠、魏延；自己却引军出南门，转西门单迎玄德。^{前射白马将是射着假玄德，今出雒城门是来寻真玄德。}城内尽拨民兵上城，擂鼓助喊。

却说玄德见红日平西，教后军先退。军士方回身，城上一片声喊起，南门内军马突出，张任径来军中捉玄德，玄德军中大乱。黄忠、魏延又被吴兰、雷同敌住，两下不能相顾。玄德敌不住张任，拨马往山僻小路而走。张任从背后追来，看看赶上。玄德独自一人一马，张任引数骑赶来。^{读至此为玄德一吓。}玄德正望前尽力加鞭而行，忽山路一军冲出。^{读至此又为玄德一吓。}玄德马上叫苦曰："前有伏

兵，后有追兵，天亡我也！" _{每于接笋处，故}_{作惊人之笔。}只见来军当头一员大将，乃是张飞。原来张飞与严颜正从那条路上来，望见尘埃起，知与川兵交战。张飞当先而来，_{张将军来得突兀，来得凑巧，}_{不如此不见义释严颜之妙。}正撞着张任，便就交马。战到十馀合，背后严颜引兵大进。张任火速回身，张飞直赶到城下。张任退入城，拽起吊桥。

张飞回见玄德曰："军师溯江而来，尚且未到，反被我夺了头功。" _{由得他}_{说嘴。}玄德曰："山路险阻，如何无军阻当，长驱大进，先到于此？"张飞曰："于路关隘四十五处，皆出老将严颜之功，因此一路并不曾费分毫之力。" _{不是义释一人，}_{却是智收诸郡。}遂把义释严颜之事，从头说了一遍，引严颜见玄德。玄德谢曰："若非老将军，吾弟安能到此？"即脱身上黄金锁子甲以赐之。_{为已降者奖，又}_{为未降者劝。}严颜拜谢。正待安排宴饮，忽闻哨马回报："黄忠、魏延和川将吴兰、雷同交锋，城中吴懿、刘璝又引兵助战，两下夹攻，我军抵敌不住，魏、黄二将败阵投东去了。" _{不从黄、魏一边叙来，却在}_{刘、张一边听得，省笔之法。}张飞听得，便请玄德分兵两路，杀去救援。于是张飞在左，玄德在右，杀奔前来。吴懿、刘璝见后面喊声起，慌退入城中。吴兰、雷同只顾引兵追赶黄忠、魏延，却被玄德、张飞截住归路。黄忠、魏延又回马转攻。吴兰、雷同料敌不住，只得将本部军马前来投降。_{严颜之后又是两}_{个"降将军"。}玄德准其降，收兵近城下寨。

却说张任失了二将，心中疑虑。吴懿、刘璝曰："兵势甚危，不决一死战，如何得退兵？一面差人去成都见主公告急，_{雒城求救于成都，便为}_{成都求救于汉中张本。}一面用计敌之。"张任曰："吾来日领一军搦战，诈败引转城北；城内再以一军冲出，截断其中，可获胜也。"吴懿曰："刘将军相辅公子守城，我引兵冲出助战。"约会已定。次日，张任引数千人马，摇旗呐喊，出城搦战。张飞上马出迎，更不打话，与张任交锋。战不十馀合，张任诈败，绕城而走。张飞尽力追之。吴懿一军截住，张任引军复回，把张飞围在垓心，进退不得。^{黄忠、魏延捉张任不得，张飞亦捉张任不得，方见下文孔明之妙。}正没奈何，只见一队军从江边杀出。当先一员大将，挺枪跃马与吴懿交锋；只一合，生擒吴懿，战退敌军，救出张飞。视之乃赵云也。^{赵云此来亦来得突兀，来得凑巧，与上文张飞来法一样笔墨。}飞问："军师何在？"云曰："军师已至，想此时已与主公相见了也。"^{叙法甚省。}二人擒吴懿回寨。张任自退入东门去了。

张飞、赵云回寨中，见孔明、简雍、蒋琬在帐中。飞下马来参军师。^{不向孔明一边叙来，却从张飞一边看出，用笔之妙。}孔明惊问曰："如何得先到？"玄德具述义释严颜之事。孔明贺曰："张将军能用谋，皆主公之洪福也。"赵云解吴懿见玄德。玄德曰："汝降否？"吴懿曰："我既被捉，如何不降？"^{又是一个"降将军"。}玄德大喜，亲解其缚。孔明问："城中有几人守城？"吴懿曰："有刘季玉之子刘循，辅将刘璝、张任。刘璝不打紧，张任乃蜀郡人，极有胆略，不可轻敌。"^{又借吴懿口中写张任，写张任正是写孔明。}孔明曰："先捉张任，然后取雒城。"问："城东这座桥名为何桥？"吴懿曰："金雁桥。"孔明遂乘马至桥边，绕河看了一遍，回到寨中，唤黄忠、魏延听令曰："离金雁桥南五六里，两岸都是芦苇蒹葭，可以埋伏。^{金雁桥可为落凤坡答礼。}魏延引一千枪手伏于左，单戳马上将；黄忠引一千刀手伏于右，单砍坐下马。杀散彼军，张任必投山东小路而来。张翼德引一千军伏在那里，就彼处擒之。"又唤赵云伏于金雁桥北："待我引张任过桥，你便将桥拆断，却勒兵于桥北，遥为之势，使张任不敢望北走，退投南去，却好中计。"别处用计只是"如此如此"而已，此处详叙在前，又是一样笔法。调遣已定，军师自去诱敌。

却说刘璋差卓膺、张翼二将，前至雒城助战。张任教张翼与刘璝守城，自与卓膺为前后二队，任为前队，膺为后队，出城退敌。孔明引一队不整不齐军，妙在"不齐"过金雁桥来与张任对阵。孔明乘四轮车，纶巾羽扇而出，两边百馀骑簇捧，遥指张任曰："曹操以百万之众，闻吾之名，望风而逃，今汝何人，敢不投降？"天下唯没用的人最会说大话，不但不整不齐是诱敌，即说大话亦是诱敌。张任看见孔明军伍不齐，在马上冷笑曰："人说诸葛亮用兵如神，原来有名无实！"把枪一招，大小军校齐杀过来。孔明弃了四轮车，上马退走过桥。张任从背后赶来。过了金雁桥，见玄德军在左，严颜兵在右，冲杀将来。张任知是计，急回军时，桥已拆断了；过桥拆桥，何今日孔明之多也，一笑。欲投北去，只见赵云一军隔岸排开，遂不敢投北，径往南绕河而走。走不五六里，早到芦苇丛杂处。魏延一军从芦中忽起，都用长枪乱戳。黄忠一军伏在芦苇里，用长刀只剟马蹄。江边芦苇可为坡边林木答礼。马军尽倒，皆被执缚，步军那里敢来？张任引数十骑望山路而走，正撞着张飞。张任方欲退走，张飞大喝一声，众军齐上，将张任活捉了。原来卓膺见张任中计，已投赵云军前降了，又是一个"降将军"。○省笔之法。一发都到大寨。玄德赏了卓膺。张飞解张任至，孔明亦坐于帐中。玄德谓张任曰："蜀中诸将，望风而降，汝何不早投降？"张任睁目怒叫："忠臣岂肯事二主乎？"玄德曰："汝不识天时耳。降即免死。"任曰："今日便降，久后也不降！可速杀我！"不肯诈降是硬汉，便说实话是直汉。玄德不忍杀之。张任厉声高骂，孔明命斩之以全其名。张任倒是"断头将军"。后人有诗赞曰：

烈士岂甘从二主，张君忠勇死犹生。

高明正似天边月，夜夜流光照雒城。

玄德感叹不已，令收其尸首，葬于金雁桥侧，以表其忠。不取其头祭庞统而反葬之，所以收川中之人心也。不是为死，正是为生。

次日，令严颜、吴懿等一班蜀中降将为前部，直至雒城，大叫：“早开门受降，免一城生灵受苦！”刘璝在城上大骂。严颜方待取箭射之，忽见城上一将，拔剑砍翻刘璝，开门投降。又是一个“降将军”，却断他人之头以来降。玄德军马入雒城，刘循开西门走脱，投成都去了。玄德出榜安民。杀刘璝者，乃武阳人张翼也。叙明在后，笔法又变。玄德得了雒城，重赏诸将。孔明曰：“雒城已破，成都只在目前。唯恐外州郡不宁，可令张翼、吴懿引赵云抚外水定江、健为等处所属州郡，令严颜、卓膺引张飞抚巴西、德阳所属州郡，就委官按治平靖，即勒兵回成都取齐。”先得外郡便先抚外郡，处置得宜。张飞、赵云领命，各自引兵去了。孔明问：“前去有何处关隘？”蜀中降将曰：“止绵竹有重兵守御，若得绵竹，成都唾手可得。”孔明便商议进兵。法正曰：“雒城既破，蜀中危矣。主公欲以仁义服众，且勿进兵。某作一书上刘璋，陈说利害，璋自然降矣。”孔明曰：“孝直之言最善。”便令写书，遣人径往成都。前张松致书于玄德致不过来，今法正致书于刘璋却公然致去。

却说刘循逃回见父，说雒城已陷，刘璋慌聚众官商议。从事郑度献策曰：“今刘备虽攻城夺池，然兵不甚多，士众未附，野谷是资，军无辎重。不如尽驱巴西梓潼民过涪水以西，其仓廪野谷，尽皆烧除，深沟高垒，静以待之。彼至请战，勿许。久无所资，不过百日，彼兵自走。我乘虚击之，备可擒也。”亦似李左车教陈余之计。

刘璋曰："不然。吾闻拒敌以安民，未闻动民以备敌也。此言非保全之计。"_{刘璋虽暗，亦有仁心，然从来有仁心者每每吃亏，每每失事，为之一叹}正议间，人报法正有书至。刘璋唤入。呈上书，璋拆开书视之。其略曰：

前蒙遣差结好荆州，不意主公左右不得其人，以致如此。今荆州眷念旧情，不忘族谊。主公若能幡然归顺，量不薄待。望三思裁示。

刘璋大怒，扯毁其书，大骂："法正卖主求荣，忘恩背义之贼！"逐其使者出城。_{刘璋既不听郑度之策，又不即从法正之言，犹豫不决，正是袁绍、刘表一流人。}即时遣妻弟费观提兵前去守把绵竹。费观保举南阳人姓李名严字正方，一同领兵。当下费观、李严点三万军来守绵竹。益州太守董和，字幼宰，南郡枝江人也，上书于刘璋，请往汉中借兵。璋曰："张鲁与吾世仇，安肯相救？"_{今有与所亲为仇而至欲结其仇以攻亲者也，亲既变仇而欲仇反变亲，不亦难乎？为之一叹。}和曰："虽然与我有仇，刘备军在雒城，势在危急，唇亡则齿寒，若以利害说之，必然肯从。"璋乃修书遣使前赴汉中。

却说马超自兵败入羌，二载有馀，结好羌兵，攻拔陇西州郡。所到之处，尽皆归降；_{因刘璋求救于汉中，本该接叙张鲁，却放下张鲁，接入马超，盖为马超投张鲁，张鲁遣马超之由也。此等叙事，如连山断岭，笔法逼真龙门。}唯冀州攻打不下。刺史韦康，累遣人求救于夏侯渊。_{韦康求救于夏侯渊，与刘璋求救于张鲁，两相映衬。}渊不得曹操言语，未敢动兵。韦康见救兵不来，与众商议："不如投降马超。"参军杨阜哭谏曰："超等叛君之徒，岂可降之？"康曰："事势至此，不降何待？"阜苦谏不从。韦康大开城门，投拜马超。_{韦康出降与后文刘璋出降，两相映射。}超大怒曰："汝今事急请降，非真心也！"将韦康等四十馀口尽斩之，不留一人。^{马超杀韦康而失州郡之心，与后文玄德
不害刘璋以收州郡之心，正是相反。}有人言杨阜劝韦

康休降，可斩之，超曰："此人守义，不可斩也。"复用杨阜为

参军。^{马超用杨阜与后文玄德用刘
巴、黄权，又相类而相反。}阜荐梁宽、赵衢二人，超尽用为军

官。^{此时一似
真降者。}

杨阜告马超曰："阜妻死于临洮，乞告两个月假，归葬某妻

便回。"马超从之。杨阜过历城，来见抚彝将军姜叙。叙与阜是

姑表兄弟，叙之母是阜之姑，时年已八十二。当日，杨阜入姜叙

内宅，拜见其姑，哭告曰："阜守城不能保，主亡不能死，愧无

面目见姑。马超叛君，妄杀郡守，一州士民无不恨之。今吾兄坐

据历城，竟无讨贼之心，此岂人臣之理乎？"言罢，泪流出血。

^{杨阜思报其主，当
与许贡之客并称。}叙母闻言，唤姜叙入，责之曰："韦使君遇害，亦

尔之罪也。"又谓阜曰："汝既降人，且食其禄，何故又兴心讨

之？"阜曰："吾从贼者，欲留残生，与主报冤也。"叙曰："马

超英勇，急难图之。"阜曰："有勇无谋，易图也。吾已暗约下

梁宽、赵衢。兄若肯兴兵，二人必为内应。"^{方知所荐二人
不是真荐。}叙母

曰："汝不早图，更待何时？谁不有死，死于忠义，死得其所

也。勿以我为念。汝若不听义山之言，吾当先死，以绝汝念。"

^{一个女丈夫可比
"断头将军"。}

叙乃与统兵校尉尹奉、赵昂商议。原来赵昂之子赵月，现随

马超为裨将。赵昂当日应允，归见其妻王氏曰："吾今日与姜

叙、杨阜、尹奉一处商议，欲报韦康之仇。吾想子赵月现随马

超，今若兴兵，超必先杀吾子，奈何？"^{亦有谋及妇人而不
失者，赵昂是也。}其妻厉声

曰："雪君父之大耻，虽丧身亦不失，何况一子乎！君若顾子而

不行，吾当先死矣！"^{又一个女丈夫，可
比"断头将军"。}赵昂乃决。次日一同起兵。

姜叙、杨阜屯历城，尹奉、赵昂屯祁山。王氏乃尽将首饰资帛，亲自往祁山军中，赏劳军士，以励其众。^{当以夫人为主帅，以赵昂为偏裨。}

马超闻姜叙、杨阜会合尹奉、赵昂举事，大怒，即将赵月斩之；^{赵昂先送了一个儿子。}令庞德、马岱尽起军马，杀奔历城来。姜叙、杨阜引兵出。两阵圆处，杨阜、姜叙衣白袍而出，^{与马超在潼关时正相映射。○叙与阜以中表兄弟而相援，备与璋以同宗兄弟而相攻，为之一叹。}大骂曰："叛君无义之贼！"马超大怒，冲将过来，两军混战。姜叙、杨阜如何抵得马超，大败而走。马超驱兵赶来。背后喊声起处，尹奉、赵昂杀来。超急回时，两下夹攻，首尾不能相顾。正斗间，刺斜里大队军马杀来。原来夏侯渊得了曹操军令，正领军来破马超。^{此一路军马突如其来，却照应前文，又是不突。}超如何当得三路军马，大败奔回。走了一夜，比及平明，到得冀城叫门时，城上乱箭射下。梁宽、赵衢立在城上，大骂马超；将马超妻杨氏从城上一刀砍了，撇下尸首来；又将马超幼子三人，并至亲十馀口，都从城上一刀一个剁将下来。超气塞胸，几乎坠下马来。^{杀了韦康一家，出乎尔者反乎尔，人苦不絜矩耳。}背后夏侯渊引兵追赶。超见势大，不敢恋战，与庞德、马岱杀开一条路走。前面又撞见姜叙、杨阜，杀了一阵；冲得过去，又撞着尹奉、赵昂，杀了一阵；零零落落，剩得五六十骑，连夜奔走。四更前后，走到历城下，守门者只道姜叙兵回，大开门接入。超从城南门边杀起，尽洗城中百姓。^{百姓何辜？所谓"怒于室而作色于父"也。}至姜叙宅，拿出老母。母全无惧色，指马超而大骂。超大怒，自取剑杀之。^{姜叙又送了一个母亲。}尹奉、赵昂全家老幼，亦尽被马超所杀。^{尹赵又送了两家老幼。}昂妻王氏因在军中，得免于难。^{照应前文。}次日，夏侯渊大军至，马超弃城杀出，望西而逃。行不得二十里，前面一军排开，为首的是杨阜。超切齿而恨，拍马挺枪刺之。阜兄弟七人，一齐来助战。马岱、庞德敌住后军。阜弟七人，皆被马超杀死。〔杨阜又送了七个兄弟。〕阜身中五枪，犹然死战。后面夏侯渊大军赶来，马超遂走。只有庞德、马岱五七骑后随而去。夏侯渊自行安抚陇西诸州人民，令姜叙等各各分守，用车载杨阜赴许都见曹操。操封阜为关内侯。阜辞曰："阜无捍难之功，又无死难之节，于法当诛，何颜受职？"操嘉之，卒与之爵。〔可谓操之忠臣。〕

却说马超与庞德、马岱商议，径往汉中投张鲁。〔此处方接入汉中。〕张鲁大喜，以为得马超，则西可以吞益州，东可以拒曹操，乃商议欲以女招超为婿。大将杨柏谏曰："马超妻子遭惨祸，皆超之贻害也。主公岂可以女与之？"鲁从其言，遂罢招婿之议。〔张鲁欲婿马超而不果，与袁术欲婚吕布而不遂，前后遥遥相对。〕或以杨柏之言告知马超。超大怒，有杀杨柏之意。〔为后文杀杨柏伏笔。〕杨柏知之，与兄杨松商议，亦有图马超之心。〔为后文杨松谮马超伏笔。〕正值刘璋遣使求救于张鲁，鲁不从。忽报刘璋又遣黄权到，权先来见杨松，说："东西两川，实为唇齿；西川若破，东川亦难保矣。今若肯相救，当以二十州相酬。"〔与孙权援刘备而欲以荆州九郡为谢一实一虚，又相映射。〕松大喜，即引黄权来见张鲁，说唇齿利害，更以二十州相谢。鲁喜其利，从之。巴西阎圃谏曰："刘璋与主公世仇，今事急求救，诈许割地，不可从也。"忽阶下一人进曰："某虽不才，愿乞一旅之师，生擒刘备。务要割地以还。"正是：

　　　　方看真主来西蜀，又见精兵出汉中。

未知其人是谁，且看下文分解。

第六十五回　马超大战葭萌关　刘备自领益州牧

劉備自領益州牧

　　孙权与刘表为仇，刘璋亦与张鲁为仇。黄权之求救于汉中，如鲁肃之吊丧于江夏，所谓同舟遇风，吴、越可以相济者也。然玄德助仲谋，而张鲁不能助季玉，何哉？盖孙与刘，非操之所能间也，璋与鲁则孔明之所能间也。然使张鲁不用杨松，虽有间亦不能入，则非孔明之能间之，乃张鲁之自间之也。

　　蔡瑁在荆州，而刘备不能安其身；杨松在汉中，而马超亦不能安其身，是则同矣。然备之依表，欲以拒曹，超之归鲁，乃欲攻备：则超之智异于备也。我方欲讨国贼，而伐其同心讨贼之人；我方欲报父仇，而伐其与父同事之友，超其忘衣带诏之事乎？不独内有杨松，而欲立功于葭萌，为势之所不能；纵使内无杨松，而欲立功于葭萌，亦为理之所不可。

　　关公之欲与马超比试，非真欲与之比试也，欲借此以压服其心也。汉高初见英布，而倨傲跣膝以折之，恐其骄则不为我用耳。马超新降，其视川中诸将，无出我右，将不免于自矜；得孔明一书，方知翼德之上，又有绝伦超群如关公者，而超之骄气折矣！关公见书而笑曰："孔明知吾心。"孔明其知此心哉！

　　玄德当奔走流离之时，而不忍弃百姓，而一得西川，乃欲以民田赏功，是不可无子龙之谏也。子龙爱民所以爱国，爱国则不复爱家。前于取桂阳之时，不以妻子动其心，今于入川之后，不以田宅累其念，有古大臣之风焉！岂独一名将之才足以尽之！

　　子产之言曰："水懦弱，民狎而玩之，故多死焉；火烈，民望而畏之，故鲜死焉。"凡子产之用猛，正其善于用宽也。孔明之治蜀，其得此意乎？法行而知恩，即猛以济宽之道。玄德以孔明为水，而当其治蜀，则又不为水而为火矣。曹操徙刘琮于青

州，而杀其母子；刘备迁刘璋于公安，而归其财物：则备与操异
矣。刘备宽以抚蜀，而收之以恩；诸葛严以治蜀，而绳之以法：
则亮又与备异矣。盖我与敌取其反：敌以暴，我以仁；敌以急，
我以缓：以相反为能者也。君与相取其相济：君以仁，相以义；
君以柔，相以刚：以相济为用者也。不相反则无以相胜，不相济
则亦无以相成。

　　却说阎圃正劝张鲁勿助刘璋，只见马超挺身出曰："超感主
公之恩，无可上报，愿领一军攻取葭萌关，生擒刘备，^{忘了董承衣带诏。}务
要刘璋割二十州奉还主公。"张鲁大喜，先遣黄权从小路而回，
随即点兵二万与马超。此时庞德卧病不能行，留于汉中。^{为后文归曹操张本。}
张鲁令杨柏监军，^{正是冤家撞着对头人。}超与弟马岱选日起程。

　　却说玄德军马在雒城，法正所差下书人回报说："郑度劝刘
璋尽烧野谷并各处仓廪，率巴西之民避于涪水西，深沟高垒而不
战。"^{前既在刘璋一边写来，此又在玄德一边听得，是两边双叙法，笔有省处，亦有不省处，变化不同。}玄德、孔明闻之，
皆大惊曰："若用此言，吾势危矣！"法正笑曰："主公勿忧。此
计虽毒，刘璋必不能用也。"^{料刘璋如见，可谓知彼知己。}不一日，人传刘璋不肯
迁动百姓，不从郑度之言。玄德闻之，方始宽心。^{玄德一边听得作两段写，妙甚。}孔
明曰："可速进兵取绵竹。如得此处，成都易取矣。"遂遣黄
忠、魏延领兵前进。费观听知玄德兵来，差李严出迎。严领三千
兵出。各布阵完，黄忠出马，与李严战四五十合，不分胜负。孔
明在阵中教鸣金收军。^{便有爱李严之意。}黄忠回阵问曰："正待要擒李严，
军师何故收兵？"孔明曰："吾已见李严武艺，不可力取。来日
再战，汝可诈败，引入山谷，出奇兵以胜之。"黄忠领计。次

日，李严再引兵来，黄忠又出战，不十合诈败，引兵便走。李严赶来，迤逦赶入山峪，猛然省悟。急待回时，前面魏延引兵摆开。孔明自在山头，唤曰："公如不降，两下已伏强弩，欲与吾庞士元报仇矣。"（姓张的射死了却寻着姓李的，真是张冠李戴。）李严忙下马卸甲投降。（又是一个"降将军"。）军士不曾伤害一人。孔明引李严见玄德。玄德待之甚厚。严曰："费观虽是刘益州亲戚，与某甚密，当往说之。"玄德即命李严回城招降费观。（不疑李严，便是待之甚厚处。）严入绵竹城，对费观赞玄德如此仁德；今若不降，必有大祸。观从其言，开门投降。（又是一个"降将军"。）玄德遂入绵竹，商议分兵取成都。忽流星马急报，言孟达、霍峻守葭萌关，今被东川张鲁遣马超与杨柏、马岱领兵攻打甚急，救迟则关隘休矣。（接笋甚紧。）玄德大惊。孔明曰："须是张、赵二将，方可与敌。"玄德曰："子龙引兵在外未回。翼德已在此，可急遣之。"孔明曰："主公且勿言，容亮激之。"

却说张飞闻马超攻关，大叫而入曰："辞了哥哥，便去战马超也。"（写得张飞如画。）孔明佯作不闻，（妙甚。）对玄德曰："今马超侵犯关隘，无人可敌；除非往荆州取关云长来，方可与敌。"（为后文关公比试虚伏一笔。）张飞曰："军师何故小觑吾？吾曾独拒曹操百万之兵，（照应四十二卷中事。）岂愁马超一匹夫乎！"孔明曰："翼德拒水断桥，此因曹操不知虚实耳！若知虚实，将军岂得无事？今马超之勇，天下皆知，渭桥六战，杀得曹操割须弃袍，几乎丧命。（照应五十八卷中事。）非等闲之比。云长且未必可胜。"（纯用反激，妙甚。）飞曰："我只今便去，如胜不得马超，甘当军令！"孔明曰："既你肯写文书，便为先锋。请主公亲自去一遭，留亮守绵竹。待子龙来，却作商议。"（为后子龙守绵竹伏笔。）魏延曰："某亦愿往。"（添了一个副手。）孔明令魏延带五百哨马先行，张飞第二，玄德后队，望葭萌关进发。魏延哨马先到关下，正遇杨柏。魏延与杨柏交战，不十合，杨柏败走。魏延要夺张飞头功，乘势赶去。前面一军摆开，为首乃是马岱。魏延只道是马超，舞刀跃马迎之。_{魏延与马岱，先作一个破题。}与岱战不十合，岱败走。延赶去，被岱回身一箭，中了魏延左臂。延急回马走。马岱赶至关前，只见一将喊声如雷，从关上飞马奔至面前。原来是张飞初到关上，听得关前厮杀，便来看时，正见魏延中箭，因骤马下关，救了魏延。飞喝马岱曰："汝是何人？先通名姓，然后厮杀！"马岱曰："吾乃西凉马岱是也。"张飞曰："你原来不是马超，快回去！非吾对手！只令马超那厮自来，说道燕人张翼德在此！"_{抵得一张通名单帖。}马岱大怒曰："汝焉敢小觑我！"挺枪跃马，直取张飞。战不十合，马岱败走。张飞欲待追赶，关上一骑马到来，叫："兄弟且休赶！"飞回视之，原来是玄德到来。_{前军、中军、后军，匀三次到，写得次第，亦写得突兀。}飞遂不赶，一同上关。玄德曰："恐怕你性躁，故我随后赶来到此。既然胜了马岱，且歇一宵，来日战马超。"

次日天明，关下鼓声大震，马超兵到。玄德在关上看时，门旗影里，马超纵马提枪而出，狮盔兽带，银甲白袍，一来结束非凡，二者人才出众。_{在玄德眼中极写一马超。}玄德叹曰："人言'锦马超'，名不虚传！"_{又在玄德口中补写一马超。}张飞便要下关。玄德急止之曰："且休出战。当先避其锐气。"关下马超单搦张飞出战，关上张飞恨不得平吞马超，_{"西地锦"惹动了"急三枪"。}三五番皆被玄德当住。看看午后，玄德望见马超阵上人马皆倦，遂选五百骑，跟着张飞冲下关来。马超见张飞军到，把枪望后一招，约退军有一箭之地。张飞军马一齐扎住，关上军马陆续进来。张飞挺枪出马，大呼："认得燕人张翼

德么！”马超曰：“吾家屡世公侯，岂识村野匹夫！”^{又被马超}张
飞大怒。两马齐出，二枪并举。约战百馀合，不分胜负。^{一白一}
^{得好}玄德观之，叹曰：“真虎将也！”^{连翼德都}恐张飞有失，急鸣金
收军。两将各回。^{写第一次}张飞回到阵中，略歇马片时，不用头
盔，只裹包巾上马，又出阵前搦马超厮杀。超又出，两个再战。
玄德恐张飞有失，自披挂下关，直至阵前：看张飞与马超又斗百
馀合，两个精神倍加。玄德教鸣金收军。^{写第二次}二将分开，各回
本阵。是日天色已晚，玄德谓张飞曰：“马超英勇，不可轻敌，
且退上关。来日再战。”张飞杀得性起，那里肯休？大叫曰：
“誓死不回！”玄德曰：“今日天晚，不可战矣。”飞曰：“可点
火把，安排夜战！”^{好斗与好饮一般，既}马超亦换了马，再出阵前，
大叫曰：“张飞！敢夜战么？”张飞性起，问玄德换了坐下马，
抢出阵来，叫曰：“我捉你不得，誓不上关！”超曰：“我胜你不
得，誓不回寨！”^{大家立誓，可}两军呐喊，点起千百火把，照耀如
同白日。两将又向阵前鏖战。到二十馀合，马超拨回马便走。张
飞大叫曰：“走那里去！”原来马超见赢不得张飞，心生一计：
诈败佯输，赚张飞赶来，暗掣铜锤在手，纽回身觑着张飞便打
来。^{比战许褚更}张飞见马超走，心中也堤防；比及铜锤打来时，张
飞一闪，从耳朵边过去。张飞便勒回马时，马超却又赶来。张飞
带住马，拈弓搭箭，回射马超；超却闪过。二将各自回阵。^{一锤一}
^{作收科，不然将}玄德自于阵前叫曰：“吾以仁义待人，不施谲诈。马
孟起，你收兵歇息，我不乘势赶你。”^{极会做}马超闻言，亲自断
后，诸军渐退。玄德亦收军上关。

　　次日，张飞又欲下关战马超。人报军师来到。玄德接着孔

明。孔明曰："亮闻孟起世之虎将，若与翼德死战，必有一伤，故令子龙、汉升守绵竹，我星夜来此。_{绵竹之守借孔明口中叙出，省笔之甚。}可使条小计，令马超归降主公。"玄德曰："吾见马超英勇，甚爱之。如何可得？"孔明曰："亮闻东川张鲁，欲自立为汉宁王。手下谋士杨松，极贪贿赂。可差人从小路径投汉中，先用金银结好杨松，后进书于张鲁，云吾与刘璋争西川，是与汝报仇。不可听信离间之语。事定之后，保汝为汉宁王。_{刘璋许以地，孔明许以爵，二者不可得兼，舍地而取爵可也。}令其撤回马超兵。待其来撤时，便可用计招降马超矣。"玄德大喜，即时修书，差孙乾赍金珠从小路径至汉中，先来见杨松，说知此事，送了金珠。松大喜，先引孙乾见张鲁，陈言方便。_{全是金珠在那里说话。}鲁曰："玄德只是左将军，如何保得我为汉宁王？"杨松曰："备大汉皇叔，正合保奏。"_{不是皇叔保得，而金珠可以保得。}张鲁大喜，便差人教马超罢兵。孙乾只在杨松家听回信。

不一日，使者回报："马超言，未成功，不可退兵。"_{未有奸臣在内，而大将能立功于外者。}张鲁又遣人去唤，又不肯回。一连三次不至。杨松曰："此人素无信行，不肯罢兵，其意必反。"遂使人流言云："马超意欲夺西川，自为蜀王，与父报仇，不肯臣于汉中。"_{全是金珠说话。}张鲁闻之，问计于杨松。松曰："一面差人去说与马超：汝既欲成功，与汝一月限，要依我三件事。若依得便有赏，否则必诛。一要取西川，二要刘璋首级，三要退荆州兵。三件事不成，可献头来。_{出下三个难题目，马超关节不到，如何作文？}一面教张卫点军守把关隘，防马超兵变。"鲁从之，差人到马超寨中，说这三件事。超大惊曰："如何变得恁的！"_{金珠之为物，极是善变。}乃与马岱商议："不如罢兵。"杨松又流言曰："马超回兵，必怀异心。"_{不想金珠这等有用。}于是张卫分七路军，坚守隘口，不放马超兵入。超进退不得，无计可施。

孔明谓玄德曰："今马超正在两难之际，亮凭三寸不烂之舌，亲往超寨，说马超来降。"玄德曰："先生乃吾之股肱心腹，倘有疏虞，如之奈何？"孔明坚意要去，玄德再三不肯放去。正踌躇间，忽报赵云有书荐西川一人来降。^{接笋甚妙。}玄德召入问之。其人乃建宁俞元人也，姓李名恢，字德昂。玄德曰："向日闻公苦谏刘璋，今何故归我？"^{照应前文。}恢曰："吾闻'良禽相木而栖，贤臣择主而事'。前谏刘益州者，以尽人臣之心；既不能用，知必败矣。今将军仁德布于蜀中，知事必成，故来归耳。"玄德曰："先生此来，必有益于刘备。"恢曰："今闻马超在进退两难之际。恢昔在陇西，与彼有一面之交，愿往说马超归降，若何？"^{李恢来得凑巧，恰好做了孔明替身。}孔明曰："正欲得一人替吾一往，愿闻公之说词。"李恢于孔明耳畔陈说如此如此。孔明大喜，即时遣行。^{入得孔明的耳方入得马超的耳。}

恢行至超寨，先使人通姓名。马超曰："吾知李恢乃辩士，今必来说我。"先唤二十刀斧手伏于帐下，嘱曰："令汝砍，即砍为肉酱！"须臾，李恢昂然而入。马超端坐帐中不动，叱李恢曰："汝来为何？"恢曰："特来作说客。"^{蒋干一见周瑜，辩明不是说客；李恢一见马超，妙在自说是说客。}超曰："吾匣中宝剑新磨。汝试言之，其言不通，便请试剑！"恢笑曰："将军之祸不远矣！但恐新磨之剑，不能试吾之头，将欲自试也！"^{先以危言动之，妙在即借他题目发挥。}超曰："吾有何祸？"恢曰："吾闻越之西子，善毁者不能闭其美；齐之无盐，善美者不能掩其丑。'日中则昃，月满则亏'，此天下之常理也。今将军与曹操有杀父之仇，而陇西又有切齿之恨；前不能救刘璋而退荆州之兵，后不能制杨松而见张鲁之面；目下四海难容，一身无主。若复有渭桥之败，冀城之失，何面目见天下之人乎？"^{李恢言语当得金珠用，一字一金，一字一珠矣。}超顿首谢曰："公言极善，但超无路可行。"恢曰："公既听吾言，帐外何故伏刀斧手？"超大惭，尽叱退。^{李恢舌剑可以退帐下之剑。}恢曰："刘皇叔礼贤下士，吾知其必成，故舍刘璋而归之。公之尊人，曾与皇叔约共讨贼，^{照应二十卷中事。}公何不弃暗投明，以图上报父仇，下立功名乎？"马超大喜，即唤杨柏入，一剑斩之，^{方雪破婚之恨。}将首级共恢一同上关来降玄德。玄德亲自接入，待以上宾之礼。超顿首谢曰："今遇明主，如拨云雾而见青天！"时孙乾已回。玄德复命霍峻、孟达守关，便撤兵来取成都。赵云、黄忠接入绵竹。人报蜀将刘晙、马汉引兵到。赵云曰："某愿往擒此二人！"言讫，上马引军出。玄德在城上款待马超吃酒，未曾安席，子龙已斩二人之头，献于筵前。^{张飞显过本事，却用赵云显本事与马超看。}马超亦惊，倍加敬重。超曰："不须主公厮杀，超自唤出刘璋来降。如不肯降，超自与弟马岱取成都，双手奉献。^{子龙以两颗人头为安席之敬，马超便欲以一座城池为进见之礼。}玄德大喜，是日尽欢。

却说败兵回到益州，报刘璋。璋大惊，闭门不出。人报城北马超救兵到，刘璋方敢登城望之，见马超、马岱立于城下，大叫："请刘季玉答话。"刘璋在城上问之。超在马上以鞭指曰："吾本领张鲁兵来救益州，谁想张鲁听信杨松谗言，反欲害我。今已归降刘皇叔。公可纳土拜降，免致生灵受苦。如或执迷，吾先攻城矣！"^{好一个请来的救星。}刘璋惊得面如土色，气倒于城上。众官救醒。璋曰："吾之不明，悔之何及！不若开门投降，以救满城百姓。"董和曰："城中尚有兵三万馀人，钱帛粮草可支一年，奈何便降？”刘璋曰：“吾父子在蜀二十馀年，无恩德以加百姓。攻战三年，血肉捐于草野。皆我罪也，我心何安？不如投降以安百姓。”忠厚为无用之别名，非忠厚之无用，忠厚而不精明之为无用也。刘璋失岂在仁，失在仁而不智耳。众人闻之，皆堕泪。忽一人进曰：“主公之言，正合天意。”视之，乃巴西西充国人也，姓谯名周，字允南。此人素晓天文。璋问之，周曰：“某夜观乾象，见群星聚于蜀郡，其大星光如皓月，乃帝王之象也。况一载之前，小儿谣云：若要吃新饭，须待先主来。此乃预兆，为玄德称帝伏笔。不可逆天道。”黄权、刘巴闻言皆大怒，欲斩之。谯周惯说天文，后来劝后主出降，即此人也，权、巴欲杀之亦不为过。刘璋挡住。忽报：“蜀郡太守许靖逾城出降矣。”刘璋大哭归府。前不听挂城之王累，今却哭逾城之许靖，亦迟矣。

次日，人报刘皇叔遣幕宾简雍在城下唤门。璋令开门接入。雍坐车中，傲睨自若。忽一人掣剑大喝曰：“小辈得志，傍若无人！汝敢藐视吾蜀中人物耶！”雍慌下车迎之。此人乃广汉绵竹人也，姓秦名宓，字子敕。秦宓后来以舌辩难吴使，于此处先露圭角。雍笑曰：“不识贤兄，幸勿见责。”遂同入见刘璋，且说玄德宽洪大度，并无相害之意。于是刘璋决计投降，厚待简雍。次日，亲赍印绶文籍，与简雍同车出城投降。玄德出寨迎接，握手流泪曰：“非吾不行仁义，奈势不得已也！”“不得已”三字亦是玄德实话，然古来以此三字解说者多矣：如重耳之杀怀公，小白之杀子纠，唐太宗之杀建成、元吉，皆是也。兄弟之变至于如此，为之一叹。共入寨，交割印绶文籍，并马入城。

玄德入城都，百姓香花灯烛，迎门而接。玄德到公厅，升堂坐定。郡内诸官皆拜于堂下，唯黄权、刘巴闭门不出。众将忿怒，欲往杀之。玄德慌忙传令曰：“如有害此二人者，灭其三族！”汉高之封雍齿，赦蒯通即此意也。玄德亲自登门，请二人出仕。不独收二人之心，正欲收众人之心。二人感玄德恩礼，乃出。孔明请曰：“今西川平定，难容二主，可将刘璋送去荆州。"玄德曰："吾方得蜀郡,未可令季玉远去。"孔明曰："刘璋失基业者,皆因太弱也。主公若以妇人之仁,临事不决,恐此土难以长久。"_{一个做好一个做恶,定是商量停当。}玄德从之,设一大宴,请刘璋收拾财物,佩领振威将军印绶,令将妻子良贱,尽赴南郡公安住歇,即日起行。_{玄德迁刘璋于公安,与曹操迁刘琮于青州,正是一样算计,但一则杀之于路,一则善遣之去,为不同耳。}

玄德自领益州牧。其所降文武,尽皆重赏,定拨名爵:严颜为前部将军,法正为蜀郡太守,董和为掌军中郎将,许靖为左将军长史,庞义为营中司马,刘巴为左将军,黄权为右将军。其馀吴懿、费观、彭义、卓膺、李严、吴兰、雷同、李恢、张翼、秦宓、谯周、吕义、霍峻、邓芝、杨洪、周群、费禧、费诗、孟达,文武投降官员,共六十馀人,并皆擢用。_{先封新降之臣,然后封旧日之臣,皆是玄德权变处。}诸葛亮为军师,关云长为荡寇将军、汉寿亭侯,张飞为征远将军、新亭侯,赵云为镇远将军,黄忠为征西将军,魏延为扬武将军,马超为平西将军。孙乾、简雍、糜竺、糜芳、刘封、关平、周仓、廖化、马良、马谡、蒋琬、伊籍,及旧日荆襄一班文武官员,尽皆升赏。_{诸臣劳苦功高,至此方才受封,良是不易。}遣使赍黄金五百斤、白银一千斤、钱五千万、蜀锦一千匹,赐与云长。_{既赏西川从征之将,遂念荆州留守之臣。盖不有留守则从征取云长亦与有力也。}其馀官将,给赐有差。杀牛宰马,大犒士卒。开仓赈济百姓,_{既收士心,又结民心。}军民大悦。

益州既定,玄德欲将成都有名田宅,分赐诸官。赵云谏曰:"益州人民屡遭兵火,田宅皆空,今当归还百姓,令安居复业,民心方定,不宜夺之为私赏也。"_{萧何强买民间田宅以自污,为遇猜忌之主故然;今子龙遇玄德,不嫌市恩于民。}玄德大喜,从其言,使诸葛军师定拟治国条例,刑法颇重。

法正曰："昔高祖约法三章，黎民皆感其德。愿军师宽刑省法，以慰民望。"孔明曰："君知其一，未知其二：秦用法暴虐，万民皆怨，故高祖以宽仁得之。^{高祖约法是刑新国、用轻典。}今刘璋暗弱，德政不举，威刑不肃，君臣之道，渐以凌替。宠之以位，位极则残；顺之以恩，恩竭则慢。所以致弊，实由于此。吾今威之以法，法行则知恩；限之以爵，爵加则知荣。恩荣并济，上下有节。为治之道，于斯著矣。"^{孔明治蜀是刑乱国、用重典。}法正拜服。自此军民安靖。四十一州地面，分兵镇抚，并皆平定。法正为蜀郡太守，凡平日一餐之德，睚眦之怨，无不报复。^{二句内包着无数事情，省笔之甚。}或告孔明曰："孝直太横，宜稍斥之。"孔明曰："昔主公困守荆州，北畏曹操，东惮孙权，赖孝直为之辅翼，遂翻然翱翔，不可复制。今奈何禁孝直，使不得少行其意耶？"因竟不问。^{继刘璋而用猛，是猛以济宽，遏法正而用宽，是宽以济猛。}法正闻之，亦自敛戢。^{法行而知恩，恩行而亦知法夫？}

一日，玄德正与孔明闲叙，忽报云长遣关平来谢所赐金帛。玄德召入。平拜罢，呈上书信曰："父亲知马超武艺过人，要入川来与之比试高低。教就禀伯父此事。"^{不必有此事，不可无此言。}玄德大惊曰："若云长入蜀，与孟起比试，势不两立。"孔明曰："无妨，亮自作书回。"^{孔明已会其意。}玄德只恐云长性急，便教孔明写了书，发付关平星夜回荆州。平回至荆州，云长问曰："我欲与马孟起比试，汝曾说否？"平答曰："军师有书在此。"云长拆开视之。其书曰：

亮闻将军欲与孟起分别高下。以亮度之：孟起虽雄烈过人，亦乃黥布、彭越之徒耳！当与翼德并驱争先，犹未及美髯公之绝伦超群也。今公受任荆州，不为不重；倘一入川，若荆州有失，罪莫大焉。惟冀明照。

云长看毕，自绰其髯笑曰："孔明真知我心也。"^{正欲孔明将自己推高以压服}孟起耳，非喜_{其誉己也。}将书遍示宾客，遂无入川之意。^{以下按过西川、荆州两边，接叙东吴一边。}

却说东吴孙权知玄德并吞西川，将刘璋逐于公安，遂召张昭、顾雍商议曰："当初刘备借我荆州时，说取了西川，便还荆州。今已得巴蜀四十一州，须用取索汉上诸郡。如其不还，即动干戈。"_{玄德方才得来，不想讨债的便来。}张昭曰："吴中方宁，不可动兵。昭有一计，使刘备将荆州双手奉还主公。"正是：

西蜀方开新日月，东吴又索旧山川。

未知其计如何，且看下文分解。

第六十六回　关云长单刀赴会　伏皇后为国捐生

伏皇后為國捐生

关公不屑屑与东吴较量你我，只将"大汉"二字压倒东吴，此其读《春秋》得力处也。吕布之对曹操曰："汉家疆土，人人有分。"唯其无父，所以无君。关公之对诸葛瑾曰："大汉疆土，岂可妄以尺寸与人？"唯其能为人臣，所以能为人弟。

玄德之就婚，妙在授计而往，关公之赴会，又妙在不消授计；玄德之就婚而归，妙在不别而行，关公之赴会而归，又妙在公然而别；张辽之请关公，妙在屡请方来，鲁肃之请关公，又妙在一请便来；关公之别曹操，妙在不劳他送，关公之别鲁肃，又妙在偏要他送；前日之五关斩将，妙在拦当不住，今日之扁舟江上，又妙在无人拦当；前日之独行千里，妙在来得明白，去得明白，今日之单刀赴会，又妙在来得轩昂，去得轩昂。读书至此，而叹公之往来自得，旁若无人，岂但在一时为然，岂但在一国为然哉？直将独往独来于天地古今之中耳！

观曹操杖杀母后一事，天翻地覆，真前史之所绝无而仅见者矣。或为之解曰："献帝为高帝后身，伏后为吕后后身，曹操为韩信后身，曹操女为戚姬后身，华歆为赵王如意后身。"呜呼！其然耶，其不然耶？

以名士如华歆，而助操为恶至于如此之甚，原其初不过为荣利之心未忘耳。拾金而观之，利未忘也；见乘轩者而视之，荣未忘也。止此贪荣慕利之心，遂成其党恶助虐之心。管幼安之割席分坐，殆逆料其后与？

或谓管宁坐卧一楼，足不履地，以地为魏地也，独不思楼非魏地之楼乎？予曰："不然。贤人君子，特借此以自明其高尚之志耳。"文丞相诗曰："或为辽东帽，清操励冰雪。"而《纲目》亦书曰："汉管宁卒于魏。"诚以清操如管宁，有非魏之所得有也者。若以楼为魏之楼，则箕山亦为唐之山，颍水亦为虞之水，首阳之薇，亦为周之薇矣。

以国戚害国戚者何进也，以国戚荐国戚者伏完也，以宦官害国戚者张让也，以宦官助国戚者穆顺也。以国戚谋国戚而胜，以国戚与国戚共谋权臣而不胜，以宦官谋国戚而胜，以宦官与国戚共谋权臣而亦不胜。然则权臣之恶，其更甚于宦官、国戚乎？然立曹贵人为皇后，则操亦居然国丈矣，丕亦居然国舅矣；王莽以国戚而为权臣，操与丕则又以权臣而为国戚矣。国戚不足惧，以权臣为之则可惧；权臣已足惧，权臣而又使之为国戚则更可惧。魏之篡汉，又何疑焉？

荀彧以操之加九锡而死，荀攸以操之称魏王而死。君子惜其不死于杀董妃之时，以为死之已晚也；然犹幸其能死于弑伏后之前，以为死之未晚也。夫杀董妃则加九锡、称魏王之渐也，称魏王则弑伏后之本也，弑伏后则篡国之机也。乃加九锡则董昭劝之，称魏王则王粲赞之，弑伏后则华歆助之。是彧与攸之为人，其犹有贤于董昭、王粲、华歆者耶！

却说孙权要索荆州。张昭献计曰："刘备所倚重者，诸葛亮耳。其兄诸葛瑾今仕于吴，何不将瑾老小执下，使瑾入川告其弟，令劝刘备交割荆州：'如其不还，必累及我老小。'亮念同胞之情，必然应允。"<small>既夺不得阿斗，却用着诸葛瑾；不能取刘备之子以牵制刘备，却借孔明之兄以牵制孔明。</small>权曰："诸葛瑾乃诚实君子，安忍拘其老小？"昭曰："明教知是计策，自然放心。"<small>掩耳盗铃。</small>权从之，召诸葛瑾老小，虚监在府；一面修书，打发诸葛瑾往西川去。第四次索荆州。○保人本是鲁肃，文书上原无诸葛瑾名字，今舍肃而使瑾，又是推班出色。不数日，到了成都，先使人报知玄德。玄德问孔明曰："令兄此来为何？"孔明曰："来索荆州耳。"玄德曰："何以答之？"孔明曰："只须如此如此。"计会已定。

孔明出郭接瑾，不到私宅，径入宾馆。参拜毕，瑾放声大哭。老实人何处得此急泪。亮曰："兄长有事但说，何故发哀？"瑾曰："吾一家老小休矣！"亮曰："莫非为不还荆州乎？因弟之故，执下兄长老小，弟心何安？兄休忧虑，弟自有计还荆州便了。"兄既假哭弟亦假应，一兄一弟俱不是真。

瑾大喜，即同孔明入见玄德，呈上孙权书。玄德看了，怒曰："孙权既以妹嫁我，却乘我不在荆州，竟将妹子潜地取去，情理难容！刘玄德老小已被骗去，诸葛瑾老小又何足惜。我正要大起川兵杀下江南，报我之恨，却还想来索荆州乎！"前番只是借，番却要赖矣。今孔明哭拜于地，妙。曰："吴侯执下亮兄长老小，倘若不还，吾兄将全家被戮。兄死，亮岂能独生？望主公看亮之面，将荆州还了东吴，全亮兄弟之情！"孔明自做好人，却教玄德做难人，妙。玄德再三不肯，孔明只是哭求。三个人都是装腔做势。玄德徐徐曰："既如此，看军师面，分荆州一半还之，将长沙、零陵、桂阳三郡与他。"借债的先还一半。亮曰："既蒙见允，便可写书与云长，令交割三郡。"玄德曰："子瑜到彼，须用善言求吾弟。吾弟性如烈火，吾尚惧之。切宜仔细。"玄德又自做好人，推关公做难人，妙。

瑾求了书，辞了玄德，别了孔明，登途径到荆州。云长请入中堂，宾主相叙。瑾出玄德书曰："皇叔许先以三郡还东吴，望将军即日交割，令瑾好回见吴主。"云长变色曰："吾与吾兄桃园结义，誓共匡扶汉室。荆州本大汉疆土，岂得妄以尺寸与人？

将在外，君命有所不受。虽吾兄有书来，我却只不_{提出"大汉"二字，辞严义正。}还。"_{后文使伊籍知会关公便听了，此时只有诸葛瑾来，便知是孔明之计。}瑾曰："今吴侯执下瑾老小，若不得荆州，必将被诛。望将军怜之！"云长曰："此是吴侯谲计，如何瞒得我过！"_{玄德、孔明知之而不言，却被关公一口说破。}瑾曰："将军何太无面目！"云长执剑在手曰："休再言！此剑上并无面目！"关平告曰："军师面上不好看，望父亲息怒。"_{关平与关公亦似约会一般。}云长曰："不看军师面上，教你回不得东吴！"

瑾满面羞惭，急辞下船，再往西川见孔明。孔明已自出巡去了。_{哥哥却为兄弟所弄。}瑾只得再见玄德，哭告云长欲杀之事。_{前是假哭。此是真哭。}玄德曰："吾弟性急，极难与言。子瑜可暂回，容吾取了东川、汉中诸郡，调云长往守之，那时方得交付荆州。"_{取了西川，又等东川。极似今人赖债的最会回债。}瑾不得已，只得回东吴见孙权，具言前事。孙权大怒曰："子瑜此去，反复奔走，莫非皆是诸葛亮之计？"_{然也。}瑾曰："非也。吾弟亦哭告玄德，方许将三郡先还，又无奈云长恃顽不肯。"_{子瑜是实心人，不像兄弟乖觉。}孙权曰："既刘备有先还三郡之言，便可差官前去长沙、零陵、桂阳三郡赴任，且看如何。"_{不曾会租，便要营业。}瑾曰："主公所言极是。"权乃令瑾取回老小，一面差官往三郡赴任。不一日，三郡差去官吏尽被逐回，告孙权曰："关云长不肯相容，连夜赶逐回吴。迟后者便要杀。"_{只是不肯写承揽。○逐回官吏之事只借官吏口中说出，省便。}孙权大怒，差人召鲁肃责之曰："子敬昔为刘备作保，借吾荆州，今刘备已得西川，不肯归还，子敬岂得坐视？"_{此时寻着保人，却要原中理直。}肃曰："肃已思得一计，正欲告主公。"权问："何计？"肃曰："今屯兵于陆口，使人请关云长赴会。若云长肯来，以善言说之，如其不从，伏下刀斧手杀之。如彼不肯来，随即进兵，与决胜负，夺取荆州便了。"中人没法，勉强生出两条计策。孙权曰："正合吾意，可即行之。"

阚泽进曰："不可，关云长乃世之虎将，非等闲可及。恐事不谐，反遭其害。"孙权怒曰："若如此，荆州何日可得！"便命鲁肃速行此计。肃乃辞孙权，至陆口。召吕蒙、甘宁商议，设宴于陆口寨外临江亭上，只有借债的请中人，何倒要中人费酒席？如修下请书，选帐下能言快语一人为使，登舟渡江。江口关平问了，遂引使入荆州叩见云长，具道鲁肃相邀赴会之意，呈上请书。云长看书毕，谓来人曰："既子敬相请，明日便来赴宴。请帖上定写"翌日候教，恕乏人邀"。汝可先回。"

使者辞去。关平曰："鲁肃相邀，必无好意，父亲何故许之？"云长笑曰："吾岂不知耶！此是诸葛瑾回报孙权，说吾不肯还三郡，故令鲁肃屯兵陆口，邀我赴会，便索荆州。吾若不往，道吾怯矣。若是怕讨债不吃酒，便是不会欠债的。吾来日独驾小舟，只用亲随十馀人，单刀赴会，看鲁肃如何近我！"极写关公神威。平谏曰："父亲奈何以万金之躯，亲蹈虎狼之穴？恐非所以重伯父之寄托也。"极写关平细腻。云长曰："吾于千枪万刀之中，矢石交攻之际，匹马纵横，如入无人之境！岂忧江东群鼠乎！"下战书且不怕，请吃酒何足怕？马良亦谏曰："鲁肃虽有长者之风，但今事急，不容不生异心。将军不可轻往。"须知中人要脱干系。云长曰："昔战国时赵人蔺相如，无缚鸡之力，于渑池会上，觑秦国君臣如无物；况吾曾学万人敌者乎！公乃合廉、蔺为一人矣。既已许诺，不可失信。"良曰："纵将军去，亦当有准备。"云长曰："只教吾儿选快船十只，藏善水军五百于江上等候。看吾红旗起，便过江来。"平领命自去准备。先准备候客的。

却说使者回报鲁肃，说云长慨然应允，来日准到。肃与吕蒙商议："此来若何？"蒙曰："彼带军马来，某与甘宁各人领一军伏于岸侧，放炮为号，准备厮杀；如无军来，只于庭后伏刀斧手五十人，就筵间杀之。"计会已定。

次日，肃令人于岸口遥望。辰时后，见江面上一只船来，梢公水手只数人，一面红旗，风中招飐，显出一个大"关"字来。_{写得情景，如今日演《单刀赴会》者，未必能如此之写生也。}船渐近岸，见云长青巾绿袍坐于船上，傍边周仓捧着大刀，八九个关西大汉各跨腰刀一口。_{儒雅之极，英雄之极。○在鲁肃眼中看来，加倍出奇。}鲁肃惊疑，接入亭内。叙礼毕，入席饮酒，举杯相劝，不敢仰视。云长谈笑自若。酒至半酣，肃曰："有一言诉与君侯，幸垂听焉：昔日令兄皇叔，使肃于吾主之前保借荆州暂住，约于取川之后归还。今西川已得，而荆州未还，得毋失信乎？"_{不是请吃酒，却是讨债了。}云长曰："此国家之事，筵间不必论之。"_{似周瑜对蒋干语}肃曰："吾主只区区江东之地，而肯以荆州相借者，为念君侯等兵败远来，无以为资故也。今已得益州，则荆州自应见还。乃皇叔但肯先割三郡，而君侯又不从，恐于理上说不去。"_{前说玄德不肯还，此说关公不肯还，语又迫近。}云长曰："乌林之役，左将军亲冒矢石，戮力破敌，岂得徒劳而无尺土相资？今足下复来索地耶？"_{只略略答他二句，妙在略而不详。}肃曰："不然。君侯始与皇叔同败于长坂，计穷虑极，将欲远窜，吾主矜愍皇叔身无处所，不爱土地，使有所托足，以图后功；而皇叔忿德隳好，已得西川，又占荆州，贪而背义，恐为天下所耻笑。唯君侯察之。"_{此将玄德与关公合说。}云长曰："此皆吾兄之事，非某所宜与也。"_{玄德推关公，关公又推玄德；关公对诸葛瑾之词严，对鲁肃之词婉，所以然者，饮酒之时只宜如此对答，正妙在不以为意。}肃曰："某闻君侯与皇叔桃园结义，誓同生死。皇叔即君侯也，何得推托乎？"_{此又坐在云长身上去。}

云长未及回答，周仓在阶下厉声言曰："天下土地，唯有德者居之。岂独是汝东吴当有耶！"忽夹周仓一语，是好伴当，便有催起身之意。云长变色而起，夺周仓所执大刀，立于庭中，目视周仓而叱曰："此国家之事，汝何敢多言！可速去！"妙在借周仓作一收科。仓会意，先到岸口，把红旗一招。关平船如箭发，奔过江东来。云长右手提刀，左手挽住鲁肃手，佯推醉曰："公今请吾赴宴，莫提起荆州之事。吾今已醉，恐伤故旧之情。他日令人请公到荆州赴会，另作商议。"说得不激不随绝妙收拾法。鲁肃魂不附体，被云长扯至江边。吕蒙、甘宁各引本部军欲出，见云长手提大刀，亲握鲁肃，恐肃被伤，遂不敢动。关公把臂，不独鲁肃丧胆，兼使二将寒心。云长到船边，却才放手，早立于船首，与鲁肃作别。肃如痴似呆，看关公船已乘风而去。难得请来，忽然放去，鲁肃此时如有所失。后人有诗赞关公曰：

藐视吴臣若小儿，单刀赴会敢平欺。

当年一段英雄气，尤胜相如在渑池。

云长自回荆州。鲁肃与吕蒙共议："此计又不成，如之奈何？"蒙曰："可申报主公，起兵与云长决战。"肃即时使人申报孙权。权闻之大怒，商议起倾国之兵来取荆州。忽报："曹操又起三十万大军来也！"下文曹兵竟不曾来，忽于此处借作一顿。权大惊，且教鲁肃休惹荆州之兵，移兵向合淝、濡须，以拒曹操。以上按下东吴一边，以下专叙曹操一边。

却说操将欲起程南征，参军傅干，字彦材，上书谏操。书略曰：

干闻用武则先威，用文则先德；威德相济，而后王业成。往者天下大乱，明公用武攘之，十平其九；今未承王命者，吴与蜀耳。吴有长江之险，蜀有崇山之阻，难以威胜。愚以为且宜增修文德，按甲寝兵，息军养士，待时而动。今若举数十万之众，顿长江之滨，倘贼凭险深藏，使我士马不得逞其能，奇变无所用其权，则天威屈矣。唯明公详察焉。

曹操览之，遂罢南征，^{前次虚言南征，似特为荆州作援。}兴设学校，延礼文士。于是侍中王粲、杜袭、卫凯、和洽四人，议欲尊曹操为魏王。中书令荀攸曰："不可。丞相官至魏公，荣加九锡，位已极矣。今又进升王位，于理不可。"^{荀彧谏九锡已晚矣，荀攸不谏九锡而谏称王，抑又晚矣。}曹操闻之，怒曰："此人欲效荀彧耶！"^{又将前事一提。}荀攸知之，忧愤成疾，卧病十数日而卒，亡年五十八岁。操厚葬之，遂罢魏王事。^{姑徐徐云尔，未必因荀攸之谏而遂止也。}

一日，曹操带剑入宫，献帝正与伏后共坐。伏后见操来，慌忙起身。帝见曹操，战栗不已。操曰："孙权、刘备各霸一方，不尊朝廷，当如之何？"帝曰："尽在魏公裁处。"^{卫君所谓"政由宁氏，祭则寡人"。}操怒曰："陛下出此言，外人闻之，只道吾欺君也。"帝曰："君若肯相辅则幸甚；不尔，愿垂恩相舍。"^{语极软又似极刚。}操闻言，怒目视帝，恨恨而出。左右或奏帝曰："近闻魏公欲自立为王，不久必将篡位。"帝与伏后大哭。后曰："妾父伏完常有杀操之心，妾今当修书一封，密与父图之。"^{天子血诏尚且无成，皇后手书又复何用？}帝曰："昔董承为事不密，反遭大祸；今又恐泄漏，朕与汝皆休矣！"^{照应二十三卷中事。}后曰："旦夕如坐针毡，似此为人，不如早亡！妾看宦官中之忠义可托者，莫如穆顺，当令寄此书。"^{穆顺与张让、赵忠，相去天壤。}乃即召穆顺入屏后，退去左右近侍。帝后大哭告顺曰："操贼欲为魏王，早晚必行篡夺之事。朕欲令后父伏完密图此贼，而左右之人俱贼心腹，无可托者。欲汝将皇后密书，寄与伏完。量汝忠义，必不负朕。"顺泣曰："臣感陛下大恩，敢不以死报！臣即请行。"〔国戚是好国戚，宦官亦是好宦官。〕后乃修书付顺。顺藏书于发中，潜出禁宫，〔带中诏，发中书，前后遥遥相对。〕径至伏完宅，将书呈上。完见是伏后亲笔，乃谓穆顺曰："操贼心腹甚众，不可遽图。除非江东孙权、西川刘备，二处起兵于外，操必自往，此时却求在朝忠义之臣，一同谋之。内外夹攻，庶可有济。"〔董承义状上止有刘备一人，今又欲添出一孙权。〕顺曰："皇丈可作书覆帝后，求密诏，暗遣人往吴、蜀二处，令约会起兵，讨贼救主。"伏完即取纸写书付顺。〔何不口传，又要回书，不密之甚。〕顺乃藏于头髻内，辞完回宫。

原来早有人报知曹操，操先于宫门等候。穆顺回遇曹操，操问："那里去来？"顺答曰："皇后有病，命求医去。"〔害忧国病，欲求医国手耳。〕操曰："召得医人何在？"顺曰："还未召至。"操喝左右遍搜身上，并无夹带，放行。忽然风吹落其帽。操又唤回，取帽视之，遍观无物，还帽令戴。穆顺双手倒戴其帽。〔冠履倒置之时，宜其帽之倒也。〕操心疑，令左右搜其头发中，搜出伏完书来。操看时，书中言欲结连孙、刘为外应。操大怒，执下穆顺于密室问之，顺不肯招。〔好穆顺。〕操连夜点起甲兵三千，围住伏完私宅，老幼并皆拿下；〔董承事泄得迟，伏完事泄得快，前后又自不同。〕搜出伏后亲笔之书，随将伏氏三族尽皆下狱。平明，使御林将军郗虑持节入宫，先收皇后玺绶。

是日，帝在外殿，见郗虑引三百甲兵直入。帝问曰："有何事？"虑曰："奉魏公命收皇后玺。"帝知事泄，心胆皆碎。虑至后宫，伏后方起。虑便唤管玺绶人索取玉玺而出。〔敢于收皇后玺，其不收传国玺者〕

^{几希矣。}伏后情知事发，便于殿后椒房内夹壁中藏躲。少顷，尚书令华歆引五百甲兵入到后殿，问宫人："伏后何在？"宫人皆推不知。歆教甲兵打开朱户，寻觅不见；料在壁中，便喝甲士破壁搜寻。歆亲自动手，揪后头髻拖出。^{曹操搜穆顺之发，华歆揪皇后之发，其罪皆难擢发。}后曰："望免我一命！"歆叱曰："汝自见魏公诉去！"后披发跣足，二甲士推拥而出。

原来华歆素有文名，向与邴原、管宁相友善。时人称三人为一龙：华歆为龙头，邴原为龙腹，管宁为龙尾。^{今则有尾无头，若论歆之行凶，则是虎头豹头，若论歆之为操爪牙，则是狗头马头矣。}一日，宁与歆共种园蔬，锄地见金。宁挥锄不顾；歆拾而视之，然后掷下。^{手虽掷下，心上好生舍不得，若非管宁看见，必然袖而藏之矣。}又一日，宁与歆同坐观书，闻户外传呼之声，有贵人乘轩而过。宁端坐不动，歆弃书往观。^{今之艳羡富贵人者，比皆是，我甚危之。}宁自此鄙歆之为人，遂割席分坐，不复与之为友。^{头尾不复相连。}后来管宁避居辽东，常带白帽，坐卧一楼，足不履地，终身不肯仕魏；^{歆出而宁不出，是而又见头不见尾。}而歆乃先事孙权，后事曹操，至此乃有收捕伏皇后一事。^{百忙中忽接叙华歆生平，极似闲笔，却不是闲笔。}后人有诗叹华歆曰：

华歆当日进凶谋，破壁生将母后收。

助虐一朝添虎翼，骂名千载笑"龙头"！

又有诗赞管宁曰：

辽东传有管宁楼，人去楼空名独留。

笑杀子愉贪富贵，岂如白帽自风流。

且说华歆将伏后拥至外殿，帝望见后，乃下殿抱后而哭。歆曰："魏公有命，可速行！"后哭谓帝曰："不能复相活耶？"帝曰："我命亦不知在何时也！"为天子不能庇一浑家，为之一哭。甲士拥后而去，帝捶胸大恸。见郗虑在侧，帝曰："郗公！如闻其声。天下宁有是事乎！"哭倒在地。郗虑令左右扶帝入宫。华歆拿伏后见操，操骂曰："吾以诚心待汝等，汝等反欲害我耶！吾不杀汝，汝必杀我！"喝左右乱棒打死。读至此令人发上指冠。随即入宫，将伏后所生二子，皆鸩杀之。当晚将伏完、穆顺等宗族二百余口，皆斩于市。朝野之人，无不惊骇。时建安十九年十一月也。后人有诗叹曰：

曹瞒凶残世所无，伏完忠义欲如何。

可怜帝后分离处，不及民间妇与夫！

献帝自从坏了伏后，连日不食。操入曰："陛下无忧，臣无异心。臣女已与陛下为贵人，大贤大孝，宜居正宫。"献帝安敢不从？于建安二十年正月朔，就庆贺正旦之节，册立曹操女曹贵人为正宫皇后。皇后可以杀得，皇后亦有何荣？国丈可以杀得，国丈亦有何贵？而操犹以女为后，已为国丈耶？群下莫敢有言。

此时曹操威势日甚。会大臣商议收吴灭蜀之事。贾诩曰："须召夏侯惇、曹仁二人回，商议此事。"操即时发使，星夜唤回。夏侯惇未至，曹仁先到，连夜便入府中见操。操方被酒而卧，许褚仗剑立于堂门之内，曹仁欲入，被许褚当住。曹仁大怒曰："吾乃曹氏宗族，汝何敢阻当耶？"许褚曰："将军虽亲，乃外藩镇守之官；许褚虽疏，见充内侍。主公醉卧堂上，不敢放

入。"曹操闻之，叹曰："许褚真忠臣也！" 逆臣手下偏有忠
臣，为之一叹。不数
日，夏侯惇亦至，共议征伐。惇曰："吴蜀急未可攻，宜先取汉
中张鲁，以得胜之兵取蜀，可一鼓而下也。"曹操曰："正合吾
意。"遂起兵西征。正是：

方逞凶谋欺弱主，又驱劲卒扫偏邦。

未知后事如何，且看下文分解。

第六十七回　曹操平定汉中地　张辽威震逍遥津

張遼威震逍遙津

操以许褚为忠臣，是贼臣亦爱忠臣也；操以杨松为贼臣，是贼臣亦恶贼臣也。然但以褚之助己者为忠，犹未为知忠臣，能以松之助我者为贼，则真能恶贼臣矣。夫贼而即见恶于贼，亦何乐而为贼？以贼而亦知贼之可恶，复奈何而自为贼哉？

庞德之背马超而从曹操，犹不至如杨阜之攻马超以助曹操也。而君子以为无异，不惟无异，且有甚焉。凡阜之所以涕泗纵横，必欲破马超而后快者，不过以韦康之见杀乎。阜为康之参军，而为康报仇至于如此之激；德为马腾家将，而乃甘心事一杀马腾之曹操，是独何心哉？君子曰："庞德于是乎不及杨阜。"

操之得陇而不望蜀，苏子瞻以为重发于刘备而丧其功，斯固然矣。然操之怀惧者三。前以初破袁绍之众，远行疲敝，跋涉江河，致有赤壁之败；今以初平张鲁之众，历险阻，越山川，不恤其劳而用之，安能料其必胜乎？一可惧也。使荆州会合东吴，而乘虚北伐，将奈之何？二可惧也。且心畏孔明之才，向以博望、新野蕞尔之城，犹能焚我师而挫我锐，况今有西川之地而欲与之抗衡，三可惧也。操实有此三惧，而假托知足以为辞，此奸雄欺人之语耳！

孙、刘之分荆州，非孙、刘之分之，而曹操分之也。何也？曹操不下东川，则荆州不可得而分也。前此之许分而不果分，非关公之阻之而孔明阻之也。何也？伊籍不至荆州，则荆州又不可得而分也。交割三郡，但有诸葛瑾来，而无蜀中之使命偕之以来，关公已知孔明之佯许矣。若云"将在外，君命有所不受"，何以伊籍一至，关公即便交割耶？

兵有迟则得，速则失者，郭嘉之定辽东是也；兵有速则得，迟则失者，吕蒙之取皖城是也；城有战则失，不战则不失者，曹洪之守潼关是也；城有战则能守，不战则不能守者，张辽之守合淝是也。或迟或速，或战或不战，用兵之道，变动不拘，可当《孙子十三篇》读。

金雁桥之断，孔明以此擒张任；小师桥之断，张辽不能擒孙权。非张辽之拙于人谋，而实孙权之邀有天幸也。君子于檀溪之奔，知成都之景历有归；于逍遥津之脱，亦知秣陵之王气有验。

却说曹操兴兵西征，分兵三队：前部先锋夏侯渊、张郃，操自领诸将居中，后部曹仁、夏侯惇押运粮草。早有细作报入汉中来。张鲁与弟张卫商议退敌之策。_{何不使鬼卒当之?}卫曰："汉中最险无如阳平关，可于关之左右，依山傍林下十馀个寨栅，迎敌曹兵。兄在汉宁，多拨粮草应付。"_{米贼岂患米之不足?}张鲁依言，遣大将杨昂、杨任，与其弟即日起程。军马到阳平关，下寨已定。夏侯渊、张郃前军随到，闻阳平关已有准备，离关一十五里下寨。是夜，军士疲困，各自歇息。忽寨后一把火起，杨昂、杨任两路兵杀来劫寨。夏侯渊、张郃急上得马，四下里大兵拥入，曹兵大败，退见曹操。_{曹兵第一次败。}操怒曰："汝二人行军许多年，岂不知兵若远行疲困，可防劫寨? 如何不作准备?"欲斩二人，以明军法。众官告免。

操次日自引兵为前队，见山势险恶，林木丛杂，不知路径，恐有伏兵，即引军回寨，谓许褚、徐晃二将曰："吾若知此处如此险恶，必不起兵来。"_{入陇且如此之惧，又何心入蜀耶? 且为后文不欲攻蜀伏下一笔。}许褚曰："兵已至此，主公不可惮劳。"次日，操上马，只带许褚、徐晃二人，来看张卫寨栅。三匹马转过山坡，早望见张卫寨栅。操扬鞭遥指谓二将曰："如此坚固，急切难下！"*初进便有退心。*言未已，背后一声喊起，箭如雨发，杨昂、杨任分两路杀来。操大惊。许褚大呼曰："吾当敌贼！徐公明善保主公！"说罢，提刀纵马向前，力敌二将。杨昂、杨任不能当许褚之勇，回马退去，其馀不敢向前。徐晃保着曹操奔过山坡，前面又一军到，看时却是夏侯渊、张郃二将听得喊声，故引军杀来接应。于是杀退杨昂、杨任，救得曹操回寨。*曹兵第二次又败。*操重赏四将。

自此两边相拒五十馀日，只不交战。曹操传令退军。贾诩曰："贼势未见强弱，主公何故自退耶？"操曰："吾料贼兵每日堤备，急难取胜。吾以退军为名，使贼懈而无备，然后分轻骑抄袭其后，必胜贼矣。"*前欲退是真退，此时退是假退。*贾诩曰："丞相神机，不可测也。"于是令夏侯渊、张郃分兵两路，各以轻骑三千，取小路抄阳平关后；曹操一面引大军拔寨尽起。杨昂听得曹兵退，请杨任商议，欲乘势击之。杨任曰："操诡计极多，未知真实，不可追赶。"*若杨昂依得杨任，曹操未必后胜。*杨昂曰："公不往，吾当自去。"杨任苦谏不从。*若杨任止得杨昂，曹操亦不能胜。*杨昂尽提五寨军马前进，只留些少军士守寨。是日，大雾迷漫，对面不相见。*前孔明借箭时有江中大雾，今曹兵破敌时有山中大雾。前有赋此无赋者，*

*只下文叙事情景，而赋已在其中矣。*杨昂军至半路，不能行，且权札住。

却说夏侯渊一军抄过山后，见重雾垂空，又闻人语马嘶，*但闻人语不见人形，但闻马嘶不见马到，抵得一篇《大雾赋》。*恐有伏兵，急催人马行动，大雾中误走到杨昂寨前。守寨军士听得马蹄响，只道是杨昂兵回，开门纳之。*互相错认，妙。*曹军一拥而入，见是空寨，便就寨中放起火来。*火在雾中则为红雾。*五寨军士，尽皆弃寨而走。比及雾散，杨任领兵来救，与夏侯渊战不数合，背后张郃兵到。杨任杀条大路，奔回南郑。杨昂待要回时，已被夏侯渊、张郃两个占了寨栅。若非大雾，曹操亦未必能胜。背后曹操大队军马赶来，两下夹攻，四边无路。杨昂欲突阵而出，正撞着张郃。两个交手，被张郃杀死。败兵回投阳平关，来见张卫。原来卫知二将败走，诸营已失，半夜弃关走回去了。曹操遂得阳平关并诸寨。若非张卫无用，操亦未必能胜。张卫、杨任回见张鲁。卫言二将失了隘口，因此守关不住。自己逃走了，却推在别人身上。张鲁大怒，欲斩杨任。任曰："某曾谏杨昂，休追操兵。他不肯听信，故有此败。任再乞一军前去挑战，必斩曹操。如不胜，甘当军令。"一杨任何能为？张鲁取了军令状，杨任上马，引一万军离南郑下寨。

却说曹操提军将进，先令夏侯渊领五千军，往南郑路上哨探，正迎着杨任军马，两军摆开。任遣部将昌奇出马与渊交锋，战不三合，被渊一刀斩于马下。杨任自挺枪出马，与渊战三十馀合，不分胜负。渊佯败而走，任从后追来，被渊用拖刀计斩于马下。军士大败而回。两个姓杨的都死了，只剩一个姓杨的去送东川也。曹操知夏侯渊斩了杨任，即时进兵，直抵南郑下寨。张鲁慌聚文武商议。张鲁此时何不修书三封，以告天、地、鬼神乎？阎圃曰："某保一人，可敌曹操手下诸将。"鲁问是谁。圃曰："南安庞德，前随马超投降主公；后马超往西川，庞系卧病不曾行。见今蒙主公恩养，何不令此人去？"在阎圃口中补照五十六回中事。

张鲁大喜，即召庞德至，厚加赏劳，点一万军马，令庞德出。离城十馀里，与曹兵相对。庞德出马搦战。曹操在渭桥时，深知庞德之勇，照应五十八回中事。乃嘱诸将曰："庞德乃西凉勇将，原属马超；今虽依张鲁，未称其心。吾欲得此人。汝等须皆与缓斗，使其力乏，然后擒之。"徐晃事杨奉而操欲得之，庞德事张鲁而操又欲得之。一则使人往说，一则命将缓斗，前后遥遥相对。张郃先出，战了数合便退。夏侯渊也战数合退了。徐晃又战三五合也退了。临后许褚战五十馀合亦退。庞德力战四将，并无惧怯。各将皆于操前夸庞德好武艺。^{在诸将口中夸奖武艺，预为下文战关公伏笔。}曹操心中大喜，与众将商议："如何得此人投降？"贾诩曰："某知张鲁手下有一谋士杨松，其人极贪贿赂。今可暗以金帛送之，使谮庞德于张鲁，便可图矣。"^{前玄德欲得马超，孔明想着杨松；今曹操欲得庞德，贾诩亦想着杨松。松之贪著闻于外，而鲁独不知，哀哉！}操曰："何由得入南郑？"诩曰："来日交锋，诈败佯输，弃寨而走，使庞德据我寨。我却于黄夜引兵劫寨，庞德必退入城。却选一能言军士，扮作彼军，杂在阵中，便得入城。"操听其计，选一精细军士，重加赏赐，付与金掩心甲一付，^{秦以五羊皮换百里奚，今操以一金甲换了庞德。}令披在贴肉，外穿汉中军士号衣，先于半路上等候。次日，先拨夏侯渊、张郃两枝军远去埋伏，却教徐晃挑战，不数合败走。庞德招军掩杀，曹兵尽退。庞德却夺了曹操寨栅，见寨中粮草极多，^{曹操既弃甲又弃粮，总为欲得庞德耳。而寨既劫则粮仍是我粮，松可杀则甲仍是我甲矣。}大喜，即时申报张鲁；一面在寨中设宴庆贺。当夜二更之后，忽然三路火起：正中是徐晃、许褚，左张郃，右夏侯渊，三路军马齐来劫寨。庞德不及堤备，只得上马冲杀出来，望城而走。背后三路兵追来。庞德急唤开城门，领兵一拥而入。

此时细作已杂到城中，径投杨松府下谒见，具说："魏公曹丞相久闻盛德，特使某送金甲为信，更有密书呈上。"松大喜，^{见金便喜，不独一杨松为然也。}看了密书中言语，谓细作曰："上覆魏公，但请放心。某自有良策奉报。"打发来人先回，便连夜入见张鲁，说庞德受了曹操贿赂，卖此一阵。^{偏是受贿人专要谤人受贿。}张鲁大怒，唤庞德责骂，欲斩之。^{若非张鲁不明，曹操亦必不能胜。}阎圃苦谏。张鲁曰："你来日出战，不胜必斩！"庞德抱恨而退。次日，曹兵攻城，庞德引兵冲出。

操令许褚交战。褚诈败，庞德赶来。操自乘马于山坡上唤曰：

"庞令名何不早降？"庞德寻思："拿住曹操，抵一千员上

将。"遂飞马上坡，此时犹是渭桥之心。一声喊起，天崩地塌，连人和马跌

入陷坑内去。四壁钩索一齐上前，活捉了庞德，押上城来。曹操

下马，叱退军士，亲释其缚，问庞德肯降否。庞德寻思张鲁不

仁，情愿拜降。此时忘却渭桥矣。曹操亲扶上马，共回大寨。故意教城上望

见。人报张鲁，德与操并马而行。鲁益信杨松之言为实。事有弄假成真而使人竟信为真者，往往如此。

次日，曹操三面竖立云梯，飞炮攻打。张鲁见其势已极，与

弟张卫商议。卫曰："放火尽烧仓廪府库，出奔南山，去守巴中

可也。"与郑度劝刘璋一样意思。杨松曰："不如开门投降。"张鲁犹豫不定。

卫曰："只是烧了便行。"张鲁曰："我向本欲归命国家，而意未

得达；今不得已而出奔，仓廪府库，国家之有，不可废也。"遂

尽封锁。与刘璋不欲烧涪水之粮正相仿佛。是夜二更，张鲁引全家老小，开南门杀

出。曹操教休追赶，提兵入南郑，见鲁封闭库藏，心甚怜之。遂

差人往巴中，劝使投降。张鲁欲降，张卫不肯。杨松以密书报

操，便教进兵，松为内应。金甲只要换庞德，不想直换了汉中。操得书，亲自引兵往巴

中。张鲁使弟卫领兵出敌，与许褚交锋，被褚斩于马下。败军回

报张鲁，鲁欲坚守。杨松曰："今若不出，坐而待毙矣。某守

城，主公当亲与决一死战。"鲁从之。刘璋能斩张松，张鲁到底信杨松，鲁之暗比璋尤甚。阎圃

谏鲁休出，鲁不听，遂引军出迎。未及交锋，后军已走。张鲁急

退，背后曹兵赶来。鲁到城下，杨松闭门不开。贿赂之于人甚矣哉！张鲁无

路可走，操从后追至，大叫："何不早降！"鲁乃下马投拜。操

大喜，念其封仓库之心，优礼相待，_{米贼终以未得免。}封鲁为镇南将军。阎圃等皆封列侯。于是汉中皆平。曹操传令各郡分设太守，置都尉，_{祭酒、师君之名至此一换。}大赏士卒。唯有杨松卖主求荣，即命斩之于市曹示众。_{与杀苗泽一般快举。}后人有诗叹曰：

> 妨贤卖主逞奇功，积得银钱总是空。
> 家未荣华身受戮，令人千载笑杨松！

曹操已得东川，主簿司马懿进曰："刘备以诈力取刘璋，蜀人尚未归心。今主公已得汉中，益州摇动。可速进兵攻之，势必瓦解。知者贵于乘时，时不可失也。"_{一言取蜀之利。}曹操叹曰："人苦不知足，既得陇，复望蜀耶？"_{初畏山川险峻，得陇已出望外，借知足而止兵，亦是老贼假语。}刘晔曰："司马仲达之言是也。若少迟缓，诸葛亮明于治国而为相，关、张等勇冠三军而为将，蜀民既定，据守关隘，不可犯矣。"_{一言不取蜀之害。}操曰："士卒远涉劳苦，且宜存恤。"遂按兵不动。_{以上按下曹操一边，以下接叙西川一边。}

却说西川百姓听知曹操已取东川，料必来取西川，一日之间，数遍惊恐。玄德请军师商议，孔明曰："亮有一计，曹操自退。"玄德问何计，孔明曰："曹操分军屯合淝，惧孙权也。今我若分江夏、长沙、桂阳三郡还吴，_{前是假割三郡，此时方欲真割。}遣舌辨之士，陈说利害，令吴起兵袭合淝，牵动其势，操必勒兵南向矣。"玄德问："谁可为使？"伊籍曰："某愿往。"玄德大喜，遂作书具礼，令伊籍先到荆州，知会云长，_{可知前番不遣人知会，是明明愚弄诸葛瑾。}然后入吴。到秣陵，来见孙权，先通了姓名。权召籍入。籍见权礼毕，权问曰："汝到此为何？"籍曰："昨承诸葛子瑜取长沙等三郡，为军师不在，有失交割，今传书送还。说得圆稳。所有荆州南郡、零陵本欲送还，被曹操袭取东川，使关将军无容身之地。前以玄德容身为辞，今又以关公容身为辞，总是活脱法。今合淝空虚，望君侯起兵攻之，使曹操撤兵回南。吾主若取了东川，即还荆州全土。"有此一说，又为后文吕蒙袭荆州张本。权曰："汝且归馆舍，容吾商议。"伊籍退出，权问计于众谋士。张昭曰："此是刘备恐曹操取西川，故为此谋。虽然如此，可因操在汉中，乘势取合淝，亦是上计。"权从之，发付伊籍回蜀去讫，便议起兵攻操，令鲁肃收取长沙、江夏、桂阳三郡，此时关公并不作梗，则知前之不肯，乃是默会孔明意也。屯兵于陆口，取吕蒙、甘宁回；又去馀杭取凌统回。

不一日，吕蒙、甘宁先到。蒙献策曰："见今曹操令庐江太守朱光屯兵于皖城，大开稻田，纳谷于合淝，以充军实。今可先取皖城，然后攻合淝。"操之怜张鲁以钱粮为重，蒙之攻皖城意亦然。权曰："此计甚合吾意。"遂教吕蒙、甘宁为先锋，蒋钦、潘璋为合后，权自引周泰、陈武、董袭、徐盛为中军。时程普、黄盖、韩当在各处镇守，都未随征。又补叙几个不来的。

却说军马渡江，取和州，径到皖城。皖城太守朱光，使人往合淝求救，一面固守城池，坚壁不出。权自到城下看时，城上箭如雨发，射中孙权麾盖。孙权亲冒矢石皆为蜀中所使。权回寨，问众将曰："如何取得皖城？"董袭曰："可差军士筑起土山攻之。"徐盛曰："可竖云梯，造虹桥，下观城中而攻之。"吕蒙曰："此法皆费日月而成，合淝救军一至，不可图矣。今我军初到，士气方锐，正可乘此锐气，奋力攻击。来日平明进兵，午未时便当破城。"兵贵神速，此类是也。权从之。次日五更饭毕，三军大进。城上矢石齐下。甘宁手执铁练，冒矢石而上。^{甘宁可谓拔鳌
孤以先登。}朱光令弓弩手齐射。甘宁拨开箭林，^{"箭林"
二字新。}一练打倒朱光。吕蒙亲自擂鼓。士卒皆一拥而上，乱刀砍死朱光，馀众多降。得了皖城，方才辰时。张辽引军至半路，哨马回报皖城已失。辽即回兵归合淝。^{不出吕蒙
所算。}孙权入皖城，凌统亦引军到。权慰劳毕，大犒三军，重赏吕蒙、甘宁诸将，设宴庆功。吕蒙逊甘宁上坐，盛称其功劳。酒至半酣，凌统想起甘宁杀父之仇，^{照应三十八
回中事。}又见吕蒙夸美之，心中大怒，瞪目直视良久，忽拔左右所佩之剑，立于筵上曰："筵前无乐，看吾舞剑。"甘宁知其意，推开果桌起身，两手取两枝戟挟定，纵步出曰："看我筵前使戟。"吕蒙见二人各无好意，便一手挽牌，一手提刀，立于其中曰："二公虽能，皆不如我巧也。"说罢，舞起刀牌，将二人分于两下。^{与刘备、刘璋筵前看诸将
舞剑，又是一样光景。}早有人报知孙权，权慌跨马，直到筵前。众见权至，方各放下军器。权曰："吾常言二人休念旧仇，今日又何如此？"凌统哭拜于地，^{写凌
统真
是孝
子。}孙权再三劝止。至次日，起兵进取合淝，三军尽发。

张辽为失了皖城，回到合淝，心中愁闷。忽曹操差薛悌送木匣一个，上有操封，傍书云："贼来乃发。"^{合淝木匣与南郡锦
囊，遥遥相对。}是日报说孙权自引十万大军，来攻合淝，张辽便开匣观之。内书云："若孙权至，张、李二将军出战，乐将军守城。"张辽将教帖与李典、乐进观之。乐进曰："将军之意若何？"张辽曰："主公远征在外，吴兵以为破我必矣。今可发兵出迎，奋力与战，折其锋锐，以安众心，然后可守也。"^{有以守为守者，有以战为守者，
以战为守，张辽之言是也。}李典素与张辽不睦，闻辽此言，默然不答。^{吴有甘、凌不睦，魏有张、
乐不睦，彼此互相对。}乐进见李典不语，便道："贼众我寡，难以迎敌，不如坚守。"张辽曰："公等皆是私意，不顾公事。吾今自出迎敌，决一死战。"
便教左右备马。李典慨然而起曰："将军如此，典岂敢以私憾而
忘公事乎？愿听指挥。"张辽大喜曰："既曼成肯相助，来日引
一军于逍遥津北埋伏，待吴兵杀过来，可先断小师桥，^{与孔明断}
^{样方}吾与乐文谦击之。"^{曹操只教两人出战，一人坚守；今却三人俱}李典
^{法。}领命，自去点军埋伏。^{出，可见行军用兵贵随机应变，不可拘执也。}

却说孙权令吕蒙、甘宁为前队，自与凌统居中，其馀诸将陆
续进发，望合淝杀来。吕蒙、甘宁前队兵进，正与乐进相迎。甘
宁出马与乐进交锋，战不数合，乐进诈败而走。^{张辽本说两人诱敌，}
^{人诱敌，两人埋伏，}甘宁招呼吕蒙一齐引军赶去。孙权在第二队，听
^{又是变化不拘。}
得前军得胜，催兵行至逍遥津北，忽闻连珠炮响，左边张辽一军
杀来，右边李典一军杀来。孙权大惊，急令人唤吕蒙、甘宁回救
时，张辽兵已到。^{读至此为孙}凌统手下止有三百馀骑，当不得曹军
^{权一急。}
势如山倒。凌统大呼曰："主公何不速渡小师桥！"言未毕，张
辽引二千馀骑当先杀至，凌统翻身死战。孙权纵马上桥，桥南已
折丈馀，并无一片板。^{读至此，又为}孙权惊得手足无措。牙将谷利
^{孙权一急。}
大呼曰："主公可约马退后，再放马向前，跳过桥去。"孙权收
回马来有三丈馀远，然后纵辔加鞭，那马一跳飞过桥南。^{与玄德檀}
^{隐然相}后人有诗曰：^{溪跃马，}
^{对。}^{对。}

"的卢"当日跳檀溪，又见吴侯败合淝。

退后着鞭驰骏骑，逍遥津上玉龙飞。

孙权跳过桥南，徐盛、董袭驾舟相迎。^{玄德檀溪之奔是出水登岸，孙}
^{权逍遥津之走又舍陆从舟。}

凌统、谷利抵住张辽。甘宁、吕蒙引军回救，却被乐进从后追来，李典又截住厮杀，吴兵折了大半。^{吴人此时逍遥不得，逍遥津做了惶恐滩、零丁洋矣。}凌统所领三百馀人，尽被杀死。统身中数枪，杀到桥边，桥已折断，绕河而逃。^{凌统不能越桥，而孙权能越，可见权之实邀天幸也，称帝已兆于此。}孙权在舟中望见，急令董袭掉舟接之，乃得渡回。吕蒙、甘宁皆死命逃过河南。这一阵杀得江南人人害怕，闻张辽大名，小儿也不敢夜啼。^{小儿便害怕，大人原不必害怕，大人害怕便是小儿。}众将保护孙权回营。权乃重赏凌统、谷利，收军回濡须，整顿船只，商议水陆并进；一面差人回江南，再起人马来助战。^{以上按下孙权，以下再叙曹操。}

却说张辽闻孙权在濡须将欲兴兵进攻，恐合淝兵少难以抵敌，急令薛悌星夜往汉中报知曹操，求请救兵。操同众官议曰："此时可收西川否？"刘晔曰："今蜀中稍定，已有提备，不可击也。不如撤兵去救合淝之急，就下江南。"操乃留夏侯渊守汉中定军山隘口，留张郃守蒙头岩等隘口，^{为后文张本。}其馀军兵拔寨都起，杀奔濡须坞来。正是：

铁骑甫能平陇右，旌旄又复指江南。

未知胜负如何，且看下文分解。

第六十八回　甘宁百骑劫魏营　左慈掷杯戏曹操

左慈擲盃戲曹操

鲁连一矢，为人解纷，不若甘宁一矢，为己解怨。我能解我
怨，不待他人为之解纷也。廉颇怒蔺相如，相如让之，而廉颇之
怒平；贾复怒寇恂，寇恂让之，而贾复之怒平；若凌统杀父之
仇，是非一让之所能平矣。故甘宁之让凌统不难，而救凌统难，
盖以仇让仇不足奇，而以仇救仇，乃足为仇之深感耳。

荀攸谏操称王，而能暂寝称王之举；崔琰谏操称王，而不能
复遏称王之谋。然君子以为琰之贤过于攸，何也？攸与彧初既党
操，而继乃规操；初不知有汉，而继乃复知有汉，是失之于始而
正之于终者也。若崔琰则无助贼之计，唯有骂贼之节，故尚论者
当以攸为魏之谋士，而以琰为汉之忠臣。

袁谭、袁尚，异母兄弟也；刘琦、刘琮，亦异母兄弟也。绍
与表唯爱后妻，故欲立其所出。其溺少子也，以溺妇人故也。若
曹操则不然。丕与植，皆为卞氏之所生，而操独以才爱植，是为
子之才不才起见，非为母之爱不爱起见。夫溺妇人之心，不可
得而夺，而不溺妇人之意，则可得而回。此贾诩之谏，所以能
入与！

曹操当称魏王、立世子、江东请和、孙权纳贡之后，正志得
意满之时也。威无不加，权无不遂。其势力足以刑人、辱人、屠
人、族人，而忽遇一无可如何之左慈，刑之不得，辱之不得，屠
之、族之亦不得，而于是奸雄之威丧，奸雄之权沮，奸雄之势
诎，奸雄之力尽矣。且有"土鼠随金虎，奸雄一旦休"之语，于
极闹热中，早笑其销灭。不啻于秦长脚之遇风魔，令读者快之。

曹操之遇左慈，与孙策之遇于吉仿佛相似，而实有大不同
者：于吉非来谒孙策，左慈特来谒曹操，是于吉无意，而左慈有

心；于吉不敢犯孙策，左慈敢于侮曹操，是于吉没趣，而左慈有胆；于吉索命，左慈不索命，是于吉死而左慈不死；孙策杀一于吉，便处处见有于吉，曹操杀了无数左慈，却不见有一个左慈：是于吉不能空，而左慈能空；于吉未得为仙，若左慈之仙则真仙耳！

但当空诸所有，不当实诸所无，左慈其借空柑点化曹操乎？汉家箫鼓，魏国山河，不转盼而夕阳流水；吴宫花草，晋代衣冠，曾几时而幽径荒丘。汉也，魏也，吴也，晋也，殆无一非空者也。知过去之为空，即知现前之亦是空。不待脱手而后空，即入手之时而未始不空。操若能知此意，则王位可以不贪，乘舆可以不僭，而汉祚可以不窃矣。

却说孙权在濡须口收拾军马，忽报曹操自汉中领兵四十万前来救合淝。孙权与谋士计议，先拨董袭、徐盛二人领五千只大船在濡须口埋伏，令陈武带领人马往来江岸巡哨。张昭曰："今曹操远来，必须先挫其锐气。" <small>张昭屡次以不战为主，此番却有胆气。</small>权乃问帐下曰："曹操远来，谁敢当先破敌，以挫其锐气？"凌统出曰："某愿往。"权曰："带多少军去？"统曰："三千人足矣。"甘宁曰："只须百骑，便可破敌，何必三千！"凌统大怒，两个就在孙权面前争竞起来。<small>为上回徐波。</small>权曰："曹军势大，不可轻敌。"乃命凌统带三千军出濡须口去哨探，遇曹兵便与交战。凌统领命，引着三千人马离濡须坞。尘头起处，曹兵早到。先锋张辽与凌统交锋，斗五十合不分胜负。孙权恐凌统有失，令吕蒙接应回营。

甘宁见凌统回，即告权曰："宁今夜只带一百人马去劫曹

营，若折了一人一骑也不算功。"一可当百，则孙权壮之，乃调拨
帐下一百精锐马兵付宁；又以酒五十瓶，羊肉五十斤，赏赐军
士。甘宁回到营中，教一百人皆列坐，先将银碗斟酒，自吃两
碗，乃语百人曰："今夜奉命劫寨，请诸公各满饮一觞，努力向
前。"或破敌而后饮，或先众人闻言，面面相觑。甘宁见众人有难
饮酒以壮胆，皆妙。
色，乃拔剑在手，怒叱曰："我为上将，且不惜命，汝等何得迟
疑！"众人见甘宁作色，皆起拜曰："愿效死力。"南人本是无用，
激之则有用。
甘宁将酒肉与百人共饮食尽，约至二更时候，取白鹅翎一百根，
插于盔上为号，前为"锦帆贼"，今都披甲上马，飞奔曹操寨边，拔
又为"鹅翎军"矣。
开鹿角，大喊一声杀入寨中，径奔中军来杀曹操。原来中军人
马，以车仗伏路穿连，围得铁桶相似，不能得进。既写甘宁有胆，甘
又写曹操能军。
宁只将百骑左冲右突。曹兵惊慌，正不知敌兵多少，自相扰乱。
那甘宁百骑在营内纵横驰骤，逢着便杀。各营鼓噪，举火如星，
喊声大震。张辽能止吴儿夜哭，甘宁能甘宁从寨之南门杀出，无人敢
使北军夜惊，一样声势。
当。孙权令周泰引一枝兵来接应。甘宁将百骑回到濡须。操兵恐
有埋伏，不敢追袭。后人有诗赞曰：

　　　　鼙鼓声喧震地来，吴师到处鬼神哀！

　　　　百翎直贯曹军寨，尽说甘宁虎将才。

甘宁引百骑到寨，不折一人一骑；至营门，令百人皆击鼓吹笛，
口称万岁，欢声大震。鼓笛之声比铜铃响时孙权自来迎接，甘宁下
又是一样气色。
马拜伏。权扶起，携宁手曰："将军此去，足使老贼惊骇。张辽吓
小儿，
不若甘宁非孤相舍，正欲观卿胆耳！"即赐绢千匹，利刀百口。宁
吓老贼。

拜受讫，遂分赏百人。权语诸将曰："孟德有张辽，孤有甘兴霸，足以相敌也。"_{宁善将兵，权善将将。}

次日，张辽引兵搦战。凌统见甘宁有功，奋然曰："统愿敌张辽。"权许之。统遂领兵五千离濡须，权自引甘宁临阵观战。对阵圆处，张辽出马，左有李典，右有乐进。凌统纵马提刀出至阵前。张辽使乐进出迎。两个斗到五十合，未分胜败。曹操闻知，亲自策马到门旗下来看，见二将酣斗，乃令曹休暗放冷箭。曹休便闪在张辽背后，开弓一箭，正中凌统坐下马。那马直立起来，把凌统掀翻在地。乐进连忙持枪来刺，枪还未到，只听得弓响处，一箭射中乐进面门，翻身落马。_{曹休明写，甘宁暗写，妙甚。}两军齐出，各救一将回营，鸣金罢战。凌统回寨中拜谢孙权。权曰："放箭救你者，甘宁也。"凌统乃顿首拜宁曰："不想公能如此垂恩！"自此与甘宁结为生死之交，再不为恶。_{甘宁不是以德报怨，乃是以直解怨耳。}

且说曹操见乐进中箭，乃自到帐中调治。次日，分兵五路来袭濡须。操自领中路；左一路张辽，二路李典；右一路徐晃，二路庞德。每路各带一万人马，杀奔江边来。_{写曹操甚是声势。}时董袭、徐盛二将在船上见五路军马来到，诸军各有惧色。_{南人无用。}徐盛曰："食君之禄，忠君之事，何惧哉！"遂引猛士数百人，用小船渡过江边，杀入李典军中去了。_{甘宁百人在黑夜，徐盛数百人在白日，白日更难于黑夜。}董袭在船上，令众军擂鼓呐喊助威。忽然江上猛风大作，白浪掀天，波涛汹涌。军士见大船将覆，将下脚舰逃命。董袭仗剑大喝曰："将受君命，在此防贼，怎敢弃船而去！"斩下船军士十馀人。须臾，风急船覆，董袭竟死于江口水中。_{宁不畏死而不死，袭不畏死而竟死，有幸有不幸焉。}徐盛在李典军中，往来冲突。

却说陈武听得江边厮杀，引一军来，正与庞德相遇，两军混战。孙权在濡须坞中，听得曹兵杀到江边，亲自与周泰引军前来助战。写数次军马分头交战，历历详明，一笔不乱。正见徐盛在李典军中搅做一团厮杀，便麾军杀入接应。却被张辽、徐晃两枝军，把孙权困在垓心。曹操上高阜处看见孙权被围，急令许褚纵马持刀杀入军中，把孙权军冲作两段，彼此不能相救。前张辽所断者桥也，今许褚所断者兵也，皆善于用截。

却说周泰从军中杀出，杀了出来。到江边不见了孙权，勒回马，从外又杀入阵中，又杀入去。问本部军："主公何在？"军人以手指兵马厚处，曰："主公被围甚急！"周泰挺身杀入，寻见孙权。泰曰："主公可随泰杀出。"于是泰在前，权在后，奋力冲突。泰到江边，又杀出来。回头又不见孙权，乃复翻身杀入围中，又杀入去。○写周泰如生龙活虎，以前事论之此是第二番，就此日论之又有第三番。又寻见孙权。权曰："弓弩齐发，不能得出，如何？"泰曰："主公在前，某在后，可以出围。"孙权乃纵马前行。周泰左右遮护，身被数枪，箭透重铠，救得孙权。劫营难，救主尤难。○又杀出来。到江边，吕蒙引一枝水军前来接应下船。亏得此路水军。权曰："吾亏周泰三番冲杀，得脱重围。但徐盛在垓心，如何得脱？"周泰曰："吾再救去。"救主之后犹有徐勇可贯。遂轮枪复翻身杀入重围之中，救出徐盛。又杀入去。又杀出来。二将各带重伤。吕蒙教军士乱箭射住岸上兵，救二将下船。

却说陈武与庞德大战，后面又无应兵，被庞德赶到峪口，树林丛密；陈武再欲回身交战，被树株抓住袍袖，不能迎敌，为庞德所杀。陈武之见杀于庞德，与祖茂之见杀于华雄，前后遥遥相对。曹操见孙权走脱了，自策马驱兵，赶到江边对射。吕蒙箭尽，正慌间，忽对江一宗船到，为首一员大将，乃是孙策女婿陆逊，自引十万兵到；一阵射退曹兵，乘势登岸追杀曹兵，复夺战马数千匹。曹兵伤者，不计其^{亏得又有此路军。}数，大败而回。^{初有甘宁之劫营，后有陆逊之来救，中间没兴，赖有两头。}于乱军中寻见陈武尸首。

孙权知陈武已亡，董袭又沉江而死，哀痛至切，令人水中寻见董袭尸首，与陈武尸一齐厚葬之；又感周泰救护之功，设宴款之。权亲自把盏，抚其背，泪流满面，^{臣之感君有流涕纵横者，君臣相得臣亦涕泗纵横矣，君之感莫过于此矣。}曰："卿两番相救，^{照应十五回中事。}不惜性命，被枪数十，肤如刻画，孤亦何心不待卿以骨肉之恩，委卿以兵马之重乎！卿乃孤之功臣，孤当与卿共荣辱、同休戚也。"^{赞周泰正以励诸将。}言罢，令周泰解衣与众将观之：皮肉肌肤，如同刀剜，盘根遍体。孙权手指其痕，一一问之。周泰具言战斗被伤之状。一处伤令吃一觥酒。^{若欲以疮疤换酒吃，是欲饮必先痛，不痛不能饮矣；若但能饮不能痛，何以谓痛饮乎？○以此行酒，恐惜死武臣终席无一杯相及也。}是日，周泰大醉。权以青罗伞赐之，令出入张盖，以为显耀。^{无数疮疤换得一顶罗盖。}

权在濡须，与操相拒月馀不能取胜。张昭、顾雍上言："曹操势大，不可力取；若与久战，大损士卒，不若求和安民为上。"^{孙、曹之相和自此始，孙、刘之相离亦自此兆。}孙权从其言，令步骘往曹营求和，许年纳岁贡。操见江南急未可下，乃从之，令："孙权先撤人马，吾然后班师。"步骘回覆，权只留蒋钦、周泰守濡须口，尽发大兵上船回秣陵。^{以上按下孙权，以下再叙曹操。}

操留曹仁、张辽屯合淝，班师回许昌。文武众官皆议立曹操为魏王。尚书崔琰力言不可。众官曰："汝独不见荀文若乎？"琰大怒曰："时乎，时乎！会当有变！任自为之！"^{崔琰之阻魏王，更烈于荀彧之阻九锡、荀攸之阻称王。}有与琰不和者，告知操。操大怒，收琰下狱问之。琰虎目虬髯，只是大骂曹操欺君奸贼。^{荀彧、荀攸不闻其骂，而崔琰能骂，与二人不同。}廷尉白操，操令杖杀崔琰在狱中。后人有赞曰：

清河崔琰，天性坚刚；虬髯虎目，铁石心肠；奸邪辟易，声
节显昂；忠于汉主，千古名扬！

建安二十一年夏五月，群臣表奏献帝，颂魏公曹操功德"极
天际地，伊、周莫及，宜进爵为王"。献帝即令钟繇草诏，册立
曹操为魏王。曹操假意上书三辞。<small>自封之而自让之，妆腔做势，可发一笑。</small>诏三报不许，
操乃拜命受魏王之爵，冕十二旒，乘金根车，驾六马，用天子车
服銮仪，出警入跸，于邺郡盖魏王宫，议立世子。操大妻丁夫人
无出。妾刘氏生子曹昂，因征张绣时死于宛城。<small>照应十八回中事。</small>卞氏所生
四子：长曰丕，次曰彰，三曰植，四曰熊。<small>自称魏王便是其子篡汉之兆，故于此处特详叙其子。</small>
于是黜丁夫人，而立卞氏为魏王妃。第三子曹植，字子建，极聪
明，举笔成章，操欲立之为后嗣。<small>丕与植一母所生，而操独爱植，又与袁绍、刘表不同。绍与表是以其母起见，操则但以其子起见耳。</small>长子曹丕恐不得立，乃问计于中大夫贾诩。诩教如此如
此。自是但凡操出征，诸子送行，曹植乃称述功德，发言成章；
唯曹丕辞父，只是流涕而拜，左右皆感伤。于是操疑植乖巧，诚
心不及丕也。<small>今人谓刘备基业是哭成的，不知曹丕帝位亦是哭来的。</small>丕又使人买嘱近侍，皆言丕之
德。操欲立后嗣，踌躇不定，乃问贾诩曰："孤欲立后嗣，当立
谁？"贾诩不答，<small>妙甚。</small>操问其故，诩曰："正有所思，故不能即
答耳。"<small>妙甚。</small>操曰："何所思？"诩对曰："思袁本初、刘景升
父子也。"<small>言简而意妙，妙在不谏之谏。</small>操大笑，遂立长子曹丕为王世子。

冬十月，魏王宫成，差人往各处收取奇花异果，栽植后苑。
有使者到吴地，见了孙权，传魏王令旨，再往温州取柑子。时孙
权正尊让魏王，便令人于本城选了大柑子四十馀担，星夜送往邺
郡。<small>曹操以青梅饷刘备，孙权以柑子馈老瞒，前后映射成趣。</small>至中途，挑担役夫疲困，歇于山脚

下，见一先生，眇一目，跛一足，头戴白藤冠，身穿青懒衣，来与脚夫作礼，言曰："你等挑担劳苦，贫道都替你挑一肩何如？"众人大喜。于是先生每担各挑五里，但是先生挑过的担儿都轻了。鹅笼先生能使身轻，今此先生能使担轻，更是奇幻。众皆惊疑。先生临去，与领柑子官说："贫道乃魏王乡中故人，姓左名慈，字元放，道号'乌角先生'。乌角、紫虚相射成趣。如你到邺郡，可说左慈申意。"遂拂袖而去。

取柑人至邺郡见操，呈上柑子。操亲剖之，但只空壳，内并无肉。前以空盒赐荀彧，可谓一报还一报，一笑。操大惊，问取柑人。取柑人以左慈之事对，操未肯信。门吏忽报："有一先生，自称左慈，求见大王。"操召入。取柑人曰："此正途中所见之人。"操叱之曰："汝何以妖术摄吾佳果？"慈笑曰："岂有此事！"取柑剖之，内皆有肉，其味甚甜。但操自剖者，皆空壳。才入我手便已成空，此是左慈点化奸雄也。称魏王、图汉鼎，皆当如是观。操愈惊，乃赐左慈坐而问之。慈索酒肉，操令与之，饮酒五斗不醉，肉食全羊不饱。万羊丞相、斗酒学士，皆不及矣。操问曰："汝有何术，以至于此？"慈曰："贫道于西川嘉陵峨嵋山中，学道三十年，忽闻石壁中有声呼我之名，及视不见，如此者数日。忽有天雷震碎石壁，得天书三卷，名曰'遁甲天书'。张角三人亦言受天书三卷矣，然张角以此煽惑天下，左慈以此点化奸雄，又自不同。上卷名'天遁'，中卷名'地遁'，下卷名'人遁'。天遁能腾云跨风，飞升太虚；地遁能穿山透石；人遁能云游四海，藏形变身，飞剑掷刀，取人首级。此句便是恐吓老瞒。大王位极人臣，何不退步，跟贫道往峨嵋山中修行？当以三卷天书相授。"操在铜雀台上谓众官曰："我若解兵柄，恐人谋害。"今若去修行，便没人谋害矣。操曰："吾亦久思急流勇退，奈朝廷未得其人耳。"慈笑曰："益州刘玄德乃帝室之胄，何不让此位与之？不然，贫道当飞剑取汝之头也。"吉平骂之，祢衡骂之，不若左

慈之
快。操大怒曰："此正是刘备细作！"喝左右拿下。慈大笑不止，操令十数狱卒，捉下拷之。狱卒着力痛打，看左慈时，却鼾鼾熟睡，全无痛楚。_{三拷吉平之威至此全无用处。}操怒，命取大枷铁钉钉锁，铁锁锁了，送入牢中监收，令人看守。只见枷锁尽落，左慈卧于地上，并无伤损。_{械系杨彪之威至此又无用处。}连监禁七日，不与饮食。及看时，慈端坐于地上，面皮转红，_{先生面皮红，操面皮厚矣。}狱卒报知曹操，操取出问之。慈曰："我数十年不食亦不妨，日食千羊亦能尽。"操无可奈何。

_{老贼奸诈百出，至此亦有无可奈何之日，畅绝快绝！}

是日，诸官皆至王宫大宴。正行酒间，左慈足穿木履，立于筵前。众官惊怪。左慈曰："大王今日水陆俱备，大宴群臣，四方异物极多，内中欠少何物，贫道愿取之。"操曰："我要龙肝作羹，汝能取否？"慈曰："有何难哉！"_{捋虎须且不惧，取龙肝又何难？}取墨笔于粉墙上画一条龙，以袍袖一拂，龙腹自开。左慈于龙腹中提出龙肝一付，鲜血尚流。_{假龙真肝，是假是真？}操不信，叱之曰："汝先藏于袖中耳！"_{呆话。}慈曰："即今天寒，草木枯死。大王要甚好花，随意所欲。"操曰："吾只要牡丹花。"慈曰："易耳。"令取大花盆放筵前，以水噀之，顷刻发出牡丹一株，开放双花。_{空中有花，花即是空，亦是点化奸雄。}众官大惊，邀慈同坐而食。少顷，庖人进鱼脍。慈曰："脍必松江鲈鱼者方美。"操曰："千里之隔，安能取之？"_{愈呆。}慈曰："此亦何难取！"教把钓竿来，于堂下鱼池中钓之。顷刻钓出数十尾大鲈鱼，放在殿上。_{温州之柑既已化实成空，松江之鲈何妨自无入有？}操曰："吾池中原有此鱼。"_{更呆。}慈曰："大王何相欺耶？天下鲈鱼只两腮，唯松江鲈鱼有四腮，此可辨也。"众官视之，果是四腮。_{巨口细鳞，苏子《赤壁赋》中曾有之矣，操见此鱼亦记赤壁之事乎？}慈曰："烹松江鲈鱼，须紫芽姜方可。"操曰：

"汝亦能取之否？"慈曰："易耳。"令取金盆一个，慈以衣覆之。须臾，得紫芽姜满盆，进上操前。操以手取之，忽盆内有书一本，题曰《孟德新书》。操取视之，一字不差。^{书在张松口中不过记问之奇，今在左慈盆内更见幻术之妙。}操大疑。慈取棹上玉杯，满斟佳酿进操曰："大王可饮此酒，寿有千年。"操曰："汝可先饮。"慈遂拔冠上玉簪，于杯中一画，将酒分为两半，^{奇绝幻绝}自饮一半，将一半奉操。操叱之。慈掷杯于空中，化成一白鸠，绕殿而飞。^{尝读《列仙传》，饭可为蜂，杖可化龙，则杯之变鸠，不足奇耳。}众官仰面视之，左慈不知所往。左右忽报："左慈出宫门去了。"操曰："如此妖人，必当除之！否则必将为害。"遂命许褚引三百铁甲军追擒之。褚上马引军赶至城门，望见左慈穿木履在前，慢步而行，褚飞马追之，却只追不上。^{"虎卫将军"之威，至此亦全无用场。}直赶到一山中，有牧羊小童，赶着一群羊而来，慈走入羊群内。^{羊亦可名"乌角先生"。}褚取箭射之，慈即不见。褚尽杀群羊而回。^{追赶左慈不上，却将群羊出气。}牧羊小童守羊而哭，忽见羊头在地上作人言，唤小童曰："汝可将羊头都凑在死羊腔子上。"^{幻极}小童大惊，掩面而走。忽闻有人在后呼曰："不须惊走，还你羊。"小童回顾，见左慈已将地上死羊凑活，赶将来了。^{断头之羊既可活，剖肝之龙亦未必死。}小童急欲问时，左慈已拂袖而去。其行如飞，倏忽不见。^{正与前慢步而行相对成趣。}

小童归告主人，主人不敢隐讳，报知曹操。操画影图形，各处捉拿左慈。三日之内，城内城外，所捉眇一目、跛一足、白藤冠、青懒衣、穿木履先生，都一般模样者，有三四百个，^{孙行者变化之法《三国志》中已有之}哄动街市。操令众将将猪羊血泼之，押送城南教场。操亲自引甲兵五百人围住，尽皆斩之。人人颈腔内各起一道青气，到上天聚成一处，化成一个左慈，^{一致而有万殊，万殊仍归一处。}向空招白鹤一只骑坐，白鸠绕殿而飞，白鹤自空而至，相映成趣。○拍手大笑曰："土或借群羊隐形，或乘白鹤遐举，幻甚趣甚。鼠随金虎，奸雄一旦休！"言操死于子年正月也，操令众将以弓箭射早为七十八回伏线。之。忽然狂风大作，走石扬沙，所斩之尸皆跳起来，手提其头，奔上演武厅来打曹操。甘宁百骑是真人真马，左慈百辈文官武将，掩面是疑鬼疑神，前后映射成趣。惊倒，各不相顾。正是：

奸雄权势能倾国，道士仙机更异人。

未知曹操性命如何，且看下文分解。

第六十九回　卜周易管辂知机　讨汉贼五臣死节

討漢賊五臣死節

前卷方写一左慈，此卷又接写一管辂。左慈术之幻者也，管辂数之真者也。术之所变，令人不可测识；数之所定，亦令人无可奈何。诚知其无可奈何，而竭智尽能以图逞其欲者，亦复何为哉？故不独左慈之术，所以点化老贼，而管辂之数，亦所以醒悟奸雄。

当庞统未死，孔明未入蜀之时，先有紫虚上人八句谶语以为之兆；今当夏侯渊未死，曹丕未篡汉之时，又先有管公明八句谶语以为之兆。此皆以前之闲文，为后之伏笔者也。乃紫虚八句合作一编，公明八句分为两段；紫虚则刘璝往见，公明则许芝引来；紫虚则略其生平，公明则叙其往事。或略或详，前后更无一笔相犯，所以为佳。

金祎若能先约刘备，俟操之出救汉中而后举事，则备自外来，祎从中起，其事未必无成，而惜乎其发之太骤也。虽然，事之成败不足论，而其忠肝义胆，实可对后土而告皇天。安见此五贤之有异于三杰乎？史官仍《魏史》之旧，误书为耿纪、韦晃等谋反伏诛，大为背谬。自《纲目》正之曰："耿纪、韦晃讨曹操不克，死之。"《春秋》之旨，昭于千古矣。

或谓许昌失火之事，管辂不先言，则曹操不预防；操不预防，则操可以取汉中，而五臣之事，未必其无成矣。吉平、管辂，一医一卜，而吉氏一门忠义，管辂为操防灾，毋乃管辂之卜，不若吉平之医乎？虽然，此不足为管辂咎。五臣之举火，数也；管辂之言失火，亦数也；曹操听管辂之言，亦数也。数之既定，无复可逃。但在奸雄，则当思一定之数，以戢其篡窃之心；在忠臣，则不当因一定之数，而沮其报国之志耳。

元宵起义，董承先有其梦，而金祎乃实有其事，是前之梦，早为后之事作引也。元宵相约，先有吉平饮酒于前，乃有二吉举火于后，是后之火，又因前之酒而生也。隔三十馀回，而虚实相生，父子相继，斯亦奇矣。至于马腾为汉名臣之后，金祎亦汉名臣之后。而腾之事泄甚迟，祎之事发甚速；吉邈、吉穆为父而死，马休、马铁亦为父而死，而马氏三人合在一处，吉氏三人分为两时。其照耀史册者，参差不同，种种各异，更是可观。

观耿、韦五家之僮仆，而窃叹董承之不及此五人也。董承之事，以一秦庆童泄之；而五家僮仆七百馀人，竟无有一人泄其事者，使非五人之能用其人，而何以能若是哉？田横传，而田横之五百人赖以传，乃五百人传而田横愈以传，君子于五家僮仆之贤，而益信五人之贤为不可及云。

却说当日曹操见黑风中群尸皆起，惊倒于地。须臾风定，群尸皆不见。_{百化为一，一又化为空，真是仙家妙理。}左右扶操回宫，惊而成疾。后人有诗赞左慈曰：

飞步凌云遍九州，独凭遁甲自遨游。

等闲施设神仙术，点悟曹瞒不转头。

曹操染病，服药无愈。适太史丞许芝自许昌来见操。操令芝卜《易》。芝曰："大王曾闻神卜管辂否？"_{一个起课先生又荐出一个起课先生，不似今之起课者自夸灵验，唯恐他人夺却道路也。}操曰："颇闻其名，未知其术。汝可详言之。"芝曰："管辂字公明，平原人也。容貌粗丑，好酒疏狂。其父曾为琅邪郡丘长。辂自幼仰视星辰，（卜必兼星，不知星者不能卜。）夜不能寐，父母不能禁止。常云：'家鸡野鹄，尚且知时，何况为人在世乎？'与邻儿共戏，辄画地为天文，分布日月星辰。及稍长，即深明《周易》，仰观风角，数学通神，兼善相术。（卜兼星，又兼相。）琅邪太守单子春闻其名，召辂相见。时有坐客百馀人，皆能言之士。辂谓子春曰：'辂年少，胆气未坚，先请美酒三升，饮而后言。'（以兵战者以酒壮胆，以舌战者亦欲以酒壮胆。）子春奇之，遂与酒三升。饮毕，辂问子春：'今欲与辂为对者，若府君四座之士耶？'子春曰：'吾自与卿旗鼓相当。'于是与辂讲论易理。辂亹亹而谈，言言精奥。子春反覆辨难，辂对答如流，从晓至暮，酒食不行。（晋人清谈已兆于此。）子春及众宾客，无不叹服。于是天下号为神童。后有居民郭恩者，兄弟三人，皆得躄疾，请辂卜之。辂曰：'卦中有君家本墓中女鬼，非君伯母即叔母也。昔饥荒之年，谋数升米之利，推之落井，以大石压破其头，孤魂痛苦，自诉于天，故君兄弟有此报。不可禳也。'（曹操闻之若想起董贵人伏皇后之事，当为寒心。）郭恩等涕泣伏罪。安平太守王基，知辂神卜，延辂至家。适信都令妻常患头风，（正与曹操头风相映。）其子又患心痛，（若曹操不是心痛，当是心黑。心痛可医，心黑不可医。）因请辂卜之。辂曰：'此堂之西角有二死尸，一男持矛，一男持弓箭，头在壁内，脚在壁外。持矛者主刺头，故头痛；持弓箭者主刺胸腹，故心痛。'乃掘之。入地八尺，果有二棺。一棺中有矛，一棺中有角弓及箭，木俱已朽烂。辂令徙骸骨去城外十里埋之，妻与子遂无恙。（能以卜治病，则又以卜而兼医。）馆陶令诸葛原，迁新兴太守，辂往送行。客言辂能覆射。诸葛原不信，暗取燕卵、蜂窠、蜘蛛三物，分置三盒之中，令辂卜之。卦成，各写四句于盒上。（左慈能取石中之书，管辂能猜盒中之物，又相映成趣。）其一曰：'含气须变，依乎堂宇；雌雄以形，羽翼舒张。此燕卵也。'其二曰：
'家室倒悬，门户众多，藏精育毒，得秋乃化。此蜂窠也。'其
三曰：'觳觫长足，吐丝成罗；寻网求食，利在昏夜。此蜘蛛
也。'满座惊骇。管辂能猜燕卵、蜂窠等物，与左慈能取龙肝、鱼脍，相映成趣。乡中有老妇失牛，求
卜之。辂判曰：'北溪之滨，七人宰烹；急往追寻，皮肉尚
存。'老妇果往寻之，见七人于茅舍后煮食，皮肉犹存。左慈能使死羊复活，管辂能使失牛复得，又相映成趣。
妇告本郡太守刘邠，捕七人罪之。因问老人曰：
'汝何以知之？'妇告以管辂之神卜。刘邠不信，请辂至府，取
印囊及山鸡毛藏于盒中，令卜之。辂卜其一曰：'内方外圆，五
色成文；含宝守信，出则有章。此印囊也。'其二曰：'岩岩有
鸟，锦体朱衣；羽翼玄黄，鸣不失晨。此山鸡毛也。'玉印有囊，山鸡有毛，与玉杯、白鸠，又相映成趣。刘邠大惊，遂待为上宾。一日出郊闲行，见一少年畊
于田中，辂立道傍观之良久，问曰：'少年高姓、贵庚？'答
曰：'姓赵名颜，年十九岁矣。敢问先生为谁？'辂曰：'吾管辂
也。吾见汝眉间有死气，三日内必死。此是相术之验。汝貌美，可惜无
寿。'赵颜回家，急告其父。父闻之，赶上管辂，哭拜于地曰：
'请归救吾子！'辂曰：'此乃天命也，安可禳乎？'父告曰：
'老夫止有此子，望乞垂救！'赵颜亦哭求。辂见其父子情切，
乃谓赵颜曰：'汝可备净酒一瓶，鹿脯一块，来日赍往南山之
中，大树之下看盘石上有二人奕棋，一人向南坐，穿白袍，其貌
甚恶；一人向北坐，穿红衣，其貌甚美。汝可乘其奕兴浓时，将
酒及鹿脯跪进之。待其饮食毕，汝乃哭拜求寿，必得益算矣。但
切勿言是吾所教。'管辂幼时能观星于天、画星于地，今又能使人见星于山，此是星学之奇。老人留辂在家。
次日，赵颜携酒脯杯盘入南山之中。约行五六里，果有二人于大

松树下盘石上着棋，全然不顾。赵颜跪进酒食。二人贪着棋，不觉饮酒已尽。左慈饮酒食肉，两星君亦饮酒食肉，想仙家原不忌酒肉也，今之不饮酒、不食肉者，吾知之矣。赵颜哭拜于地而求寿，二人大惊。穿红袍者曰：'此必管子之言也。吾二人既受其私，必须怜之。'穿白袍者乃于身边取出簿籍检看，谓赵颜曰：'汝今年十九岁，当死。吾今于十字上添一九字，汝寿可至九十九。一酒一脯换了八十年之寿，则淳于髡所谓一豚蹄、酒一盂则祝满篝满车者，不为过。回见管辂，教再休泄漏天机，不然必致天谴。'穿红者出笔添讫，一阵香风过处，二人化作二白鹤，冲天而去。与左慈骑白鹤相映成趣。赵颜归问管辂。辂曰：'穿红者南斗也，穿白者北斗也。'颜曰：'吾闻北斗九星，何止一人？'辂曰：'散而为九，合而为一也。一左慈能化众左慈，众左慈只是一左慈，又与星君变化相映。北斗注死，南斗注生。今已添注寿算，子复何忧？'父子拜谢。自此管辂恐泄天机，更不轻为人卜。以上忽借许芝口中夹叙管辂生平，百忙中偏有此等闲笔。此人见在平原，大王欲知休咎，何不召之？"此处方才接入正文。

操大喜，即差人往平原召辂。辂至，参拜讫，操令卜之。辂答曰："此幻术耳，何必为忧？"操心安，病乃渐可。操令卜天下之事。辂卜曰："三八纵横，黄猪遇虎；定军之南，伤折一股。"为夏侯渊被斩伏笔。又令卜传祚修短之数。辂卜曰："狮子宫中，以安神位；王道鼎新，子孙极贵。"为曹丕篡汉伏笔。操问其详。辂曰："茫茫天数，不可预知，待后自验。"操欲封辂为太史。辂曰："命薄相穷，不称此职，不敢受也。"操问其故，答曰："辂额无主骨，眼无守睛；鼻无梁柱，脚无天根；背无三甲，腹无三壬；只可泰山治鬼，不能治生人也。"不说命但说相，相穷便是命薄。操曰："汝相吾若何？"辂曰："位极人臣，又何必相？"相君之面，位止人臣；相君之背，贵不可言。再三问之，辂但笑而不答。操令辂遍相文武官僚。辂曰："皆治世之臣也。"^{皆事乱世之奸雄者也，管辂不肯直言
耳，若许劭之相曹操便直说出来。}操问休咎，皆不肯尽言。后人有诗赞管辂曰：

平原神卜管公明，能算南辰北斗星。

八卦幽微通鬼窍，六爻玄奥究天庭。

预知相法应无寿，自觉心源极有灵。

可惜当年奇异术，后人无复授遗经。

操令卜东吴、西蜀二处。辂设卦云："东吴主亡一大将，西蜀有兵犯界。"操不信。忽合淝报来："东吴陆口守将鲁肃身故。"操大惊，遂差人往汉中探听消息。不数日，飞报刘玄德遣张飞、马超兵屯下办取关。^{不从吴蜀两边叙来，却从曹
操一边听得，省笔之甚。}操大怒，便欲自领大兵再入汉中，令管辂卜之。辂曰："大王未可妄动，来春许都必有火灾。"^{为耿纪事伏
下一笔。}操见辂言累验，故不敢轻动，留居邺郡。使曹洪领兵五万，往助夏侯渊、张郃同守东川；又差夏侯惇领兵三万，于许都来往巡警，以备不虞；^{为夏侯惇救
火伏笔。}又教长史王必总督御林军马。主簿司马懿曰："王必嗜酒性宽，恐不堪任此职。"操曰："王必是孤披荆棘历艰难时相随之人，忠而且勤，心如铁石，最足相当。"遂委王必领御林军马屯于许昌东华门外。

时有一人，姓耿名纪，字季行，洛阳人也，旧为丞相府掾，后迁侍中少府，与司直韦晃甚厚，见曹操进封王爵，出入用天子车服，心甚不平。^{与董承等七人见许田射
鹿而不平，遥相对照。}时建安二十三年春正月，^{照后元
宵。}耿纪与韦晃密议曰："曹操奸恶日甚，将来必为篡逆之事。

吾等为汉臣，岂可同恶相济？"韦晃曰："吾有心腹人，姓金名祎，乃汉相金日磾之后，_{金日磾之后与马伏波之后，遥相对照。}素有计操之心；更兼与王必甚厚，若得同谋，大事济矣。"耿纪曰："他既与王必交厚，岂肯与我等同谋乎？"韦晃曰："且往说之，看是如何。"于是二人同至金祎宅中，祎接入后堂坐定。晃曰："德伟与王长史甚厚，吾二人特来告求。_{开口便妙。}"祎曰："所求何事？"晃曰："吾闻魏王早晚受禅，将登大宝，公与王长史必高迁。望不相弃，曲赐提携，感德非浅！_{先同反言以挑之。}"祎拂袖而起。适从者奉茶至，便将茶泼于地下。晃佯惊曰："德伟故人，何薄情也？"祎曰："吾与汝交厚，为汝等是汉朝臣宰之后；今不思报本，欲辅造反之人，吾有何面目与汝为友！_{被二人挑出心话。}"耿纪曰："奈天数如此，不得不为耳！_{妙在不便正说，再用反辞。}"祎大怒。耿纪、韦晃见祎果有忠义之心，乃以实情相告曰："吾等本欲讨贼，来求足下。前言特相试耳。_{待他再怒，然后说明。}"祎曰："吾累世汉臣，安能从贼！公等欲扶汉室，有何高见？"晃曰："虽有报国之心，未有讨贼之计。"祎曰："吾欲里应外合，杀了王必，夺其兵权，扶助銮舆；更结刘皇叔为外援，操贼可灭矣。_{未结外援而先谋内变，事安得成？}"二人闻之，抚掌称善。

祎曰："我有心腹二人，与操贼有杀父之仇，见居城外，可用为羽翼。"耿纪问是何人。祎曰："太医吉平之子：长名吉邈，字文然；次名吉穆，字思然。操昔日为董承衣带诏事，曾杀其父；二子逃窜远乡，得免于难。今已潜归许都。若得相助讨贼，无有不从。"_{马腾与马休、马铁合在一处写，吉平与吉邈、吉穆分作两处写。一处写只有一段事，两处写却有两段事。}耿纪、韦晃大喜。金祎即使人密唤二吉。须臾，二人至，祎具言其

事，二人感愤流泪，怨气冲天，誓杀国贼。〔一忠臣之后，又有两孝子，又与马超报仇遥遥相对。〕

金祎曰："正月十五日夜间，城中大张灯火，庆赏元宵。耿少府、韦司直，你二人各领家僮，杀到王必营前，只看营中火起，〔趁着百姓点灯，却用州官放火。〕分两路杀入。杀了王必，径跟我入内，请天子登五凤楼，召百官面谕讨贼。〔董承是先奉诏而后谋举事，金祎先举事而请发诏，又是一样局面。〕吉文然兄弟于城外杀入，放火为号，各要扬声，叫百姓诛杀国贼，截住城内救军。待天子降诏，招安已定，便进兵杀投邺郡擒曹操，即发使赍诏召刘皇叔。今日约定，至期二更举事，勿似董承自取其祸。"〔董承正月十五之梦，梦疑是真；金祎正月十五之事，事还成梦。〕五人对天说誓，歃血为盟，〔与董承家歃血，遥相对照。〕各自归家，整顿军马器械，临期而行。

且说耿纪、韦晃二人，各有家僮三四百，预备器械。吉邈兄弟亦聚三四百人口，〔四家僮仆共七百余人。〕只推围猎，安排已定。金祎先期来见王必，言："方今海宇稍安，魏王威震天下。今值元宵令节，尽张灯结彩，庆赏佳节。"至正月十五夜，天色晴霁，星月交辉，六街三市，竞放花灯。真个金吾不禁，玉漏无催！〔百忙中偏有闲笔写元宵佳景，妙甚。〕王必与御林诸将，在营中饮宴。二更以后，忽闻营中呐喊，人报营后火起。〔在元宵还疑是放烟火。〕王必慌忙出帐看时，只见火光乱滚；又闻喊杀连天，知是营中有变，急上马出南门，正遇耿纪，一箭射中肩膊，几乎坠马，遂望西门而走。〔射不杀王必便是天数。〕背后有军赶来。王必着忙，弃马步行。至金祎门首，慌叩其门。原来金祎一面使人于营中放火，一面亲领家僮随后助战，只留妇女在家。时家中闻王必叩门之声，只道金祎归来。妻从隔门便问曰："王必那厮杀了么？"〔对王必问王必，与吕布在濮阳城中对曹操问曹操，正是一般。〕王必大惊，方悟金祎同谋，径投曹休家，报知金祎、耿纪等同谋反。〔王必意中尚不知韦晃、二吉。〕休急披挂上马，引千馀人在城中拒敌。城内四下火起，烧着五凤楼，帝避于深宫。_{百忙中又写汉帝避火。}曹氏心腹爪牙，死据宫门。城中但闻人叫："杀尽曹贼，以扶汉室！"_{百忙中又写城中百姓听得喊声。}

原来夏侯惇奉曹操命，巡警许昌，领三万军，离城五里屯札；是夜，遥望见城中火起，便领大军前来，围住许都，使一枝军入城接应曹休，直混杀至天明。_{既写曹休一边，又写夏侯惇一边。}耿纪、韦晃等无人相助。人报金祎、二吉皆被杀死。_{金祎、二吉之死，只在耿、韦一边听得，用虚写法最省笔。}耿纪、韦晃夺路杀出城门，正遇夏侯惇大军围住，活捉去了；_{耿、韦二人被擒，却用实写。}手下百馀人皆被杀。夏侯惇入城，救灭遗火，尽收五人老小宗族，_{王必夜里但知有二人，天明时夏侯惇方知有五人。}使人飞报曹操。操传令教将耿、韦二人及五家宗族老小，皆斩于市，并将在朝大小百官尽行拿解邺郡，听候发落。_{五家之外又波及众人，惨毒已极。}夏侯惇押耿、韦二人至市曹。耿纪厉声大叫曰："曹阿瞒！吾生不能杀汝，死当作厉鬼以击贼！"邻子以刀搠其口，流血满地，大骂不绝而死。韦晃以面颊顿地曰："可恨！可恨！"咬牙皆碎而死。_{二人之烈不减吉平。}后人有诗赞曰：

> 耿纪精忠韦晃贤，各持空手欲扶天。
> 谁知汉祚相将尽，恨满心胸丧九泉。

夏侯惇尽斩五家老小宗族，将百官解赴邺郡。曹操于教场立红旗于左、白旗于右，下令曰："耿纪、韦晃等造反，放火焚许都，汝等亦有出救火者，亦有闭门不出者。如曾救火者，可立于红旗下；如不曾救火者，可立于白旗下。"众官自思救火者必无罪，于是多奔红旗之下，三停内只有一停立于白旗之下。操教尽拿立于红旗下者，众官各言无罪，操曰："汝当时之心，非是救火，实欲助贼耳。"尽命牵出漳河边斩之，死者三百馀员。_{老贼至此，心愈毒、手愈辣矣。}其立于白旗下者，尽皆赏赐，仍令还许都。时王必已被箭疮发而死，操命厚葬之。令曹休总督御林军马，钟繇为相国，华歆为御史大夫。遂定侯爵六等十八级，关西侯爵十七级，皆金印紫绶；又置关内外侯十六级，银印龟组墨绶；五大夫十五级，铜印镮组绶。定爵封官，朝廷又换一班人物。_{变更官制，愈是篡国之兆。}曹操方悟管辂火灾之说，遂重赏辂。辂不受。_{以上按下许昌一边，以下再叙东川一边。}

却说曹洪领兵到汉中，令张郃、夏侯渊各据险要。曹洪亲自进兵拒敌，时张飞自与雷同守把巴西。马超兵至下办，令吴兰为先锋，领军哨出，正遇曹洪军相遇。吴兰欲退，牙将任夔曰："贼兵初至，若不先挫其锐气，何颜见孟起乎？"于是骤马挺枪搦曹洪战。洪自提刀跃马而出，交锋三合，斩夔于马下。_{将有大败，必有小胜。}乘势掩杀。吴兰大败，回见马超。超责之曰："汝不得吾令，何故轻敌致败？"吴兰曰："任夔不听吾言，故有此败。"马超曰："可紧守隘口，勿与交锋。"一面申报成都，听候行止。曹洪见马超连日不出，恐有诈谋，引军退回南郑。张郃来见曹洪，问曰："将军既已斩将，如何退兵？"洪曰："吾见马超不出，恐有别谋。且我在邺都，闻神卜管辂有言，当于此地折一员大将。_{将管辂语照应，谁知不是此一员，却是那一员也。}吾疑此言，故不敢轻进。"张郃大笑曰："将军行兵半生，今奈何信卜者之言而惑其心哉！_{不信卜亦是豪杰。}郃虽不才，愿以本部兵取巴西。若得巴西，蜀郡易耳。"洪曰："巴西守将张飞，非比等闲，不可轻敌。"张郃曰："人皆怕张飞，吾视之如小儿耳！_{但曰彼丈夫我丈夫可耳，乃曰我丈夫而彼小儿，只怕这个老张还认不得那个老张也。}此去必擒之。"洪曰："倘有疏失，若何？"郃曰："甘当军令。"洪勒了文状，张郃进兵。正是：

　　　　自古骄兵多致败，从来轻敌少成功。

　　未知胜负如何，且看下文分解。

第七十回　猛张飞智取瓦口隘　老黄忠计夺天荡山

老黄忠計奪天蕩山

数卷之前，方写关公饮酒，此处又接写翼德饮酒。单刀赴会之饮，是饮他人之酒；瓦口寨前之饮，是饮自己之酒。关公之饮酒是胆，翼德之饮酒是智；关公之饮酒是豪，翼德之饮酒是巧。夫以胆而饮，饮又可以壮胆；以豪而饮，饮又可以助豪；若欲以酒而行其巧与智，则难矣。胆与豪，则与酒相近者也；巧与智，是不与酒相近者也。不与酒相近，而卒能于酒中用之，则饮如张公，更不可及。

张郃草草用兵，误以张飞之用兵为草草耳。乃郃之骄，方视人如草；而飞之智，则又以草为人，始知其醉之非真醉也。若使醉为真醉，则真张飞无异草张飞；唯醉非真醉，故草张飞能赚真张郃，而真张郃反似草张郃耳。今日以醉取瓦口之张飞，大非昔日以醉失徐州之张飞，是前后竟有两张飞也。而今日赚张郃之张飞，即前日赚严颜之张飞，是前后原无两张飞也。乃其赚严颜者，林木前后，张飞有两；赚张郃者，寨门内外，张飞又有两。疑鬼疑神，几有同于左慈之身外身也者，张公其酒中之仙乎？

《诗》称："方叔元老。"《易·系》："师贞丈人。"将之贵用老成人也明矣。然用老而以少者佐之，尤不若以老佐老之为妙也。有马首欲东之栾黡，则荀偃不能行其意；有仡仡勇夫之三帅，则蹇叔不能用其谋。黄忠之请严颜为副，有以哉！

兵有贵于诱敌者：彼以我为莽，而我即诱之以粗疏；彼以我为老，而我即诱之以怯弱是也。然有诱兵居其前，必更有奇兵绕其后而后胜，如翼德、汉升皆以小路取关之背，斯则其兵之奇者矣。故无诱不能用奇，而无奇不能用诱。

却说张郃部兵三万，向分三寨，各傍山险：一名岩渠寨，一名蒙头寨，一名荡石寨。当日张郃于三寨中，各分军一半去取巴西，留一半守寨。早有探马报到巴西，说张郃引兵来了。张飞急唤雷同商议。同曰："阆中地恶山险，可以埋伏。将军引兵出战，我出奇相助，郃可擒矣。"〔彼分三寨，我分两路，以两对三，将名雷同用军却不雷同。〕张飞拨精兵五千与雷同去讫。飞自引兵一万，离阆中三十里与张郃兵相遇。两军排开，张飞出马，单搦张郃。郃挺枪纵马而出。〔张与张同、枪与枪同，〕〔副将名雷同，主〕战到三十馀合，郃后军忽然喊起；原来望见山背后有〔将亦是雷同。〕蜀兵旗幡，故此扰乱。〔雷同伏兵先用虚写。〕张郃不敢恋战，拨马回走。张飞从后掩杀，前面雷同又引兵杀出。两下夹攻，郃兵大败。张飞、雷同连夜追袭，直赶到岩渠山。张郃仍旧分兵守住三寨，多置擂木炮石，坚守不战。张飞离岩渠十里下寨，次日引兵搦战。郃在山上大吹大擂饮酒，并不下山。〔将写张飞饮酒，先写张郃饮酒。〕张飞令军士大骂，郃只不出，雷同驱军士上山，山上擂木炮石打将下来，雷同急退。荡石、蒙头两寨兵出，杀败雷同。次日，张飞又去搦战，张郃又不出。飞使军人百般秽骂，郃在山上亦骂。〔彼亦骂、此亦骂，不是相骂，竟是斗口。〕张飞寻思，无计可施。相拒五十馀日，飞在山前扎住大寨，每日饮酒，饮至大醉，坐于山前辱骂。〔彼饮酒此亦饮酒，不是相杀，竟是较量。〕

玄德差人犒军，见张飞终日饮酒，使者回报玄德。玄德大惊，忙来问孔明。孔明笑曰："原来如此！军前恐无好酒；成都佳酿极多，可将五十瓮作三车装，送到军前与张将军饮。"〔不是知趣，却是知机。〕〇管公明谈易清酒三升，〕〔张翼德破敌美酒五十瓮。〕玄德曰："吾弟自来饮酒失事，军师何故反送酒与他？"孔明笑曰："主公与翼德做了许多年兄弟，还不知其为人耶？翼德自来刚强，然前于收川之时，义释严颜，此非勇夫所为也。_{又将六十三回}_{中事一提}今与张郃相拒五十馀日，酒醉之后，便坐山前辱骂，傍若无人。此非贪杯，乃败张郃之计耳。"_{在徐州时是真}_{醉，在巴西时是}_{假醉。玄德但知其}_{真，孔明却知其假。}玄德曰："虽然如此，未可托大。可使魏延助之。"孔明令魏延解酒赴军前，车上各插黄旗，大书"军前公用美酒"。_{绝妙酒}_{旗。}魏延领命，解酒到寨中，见张飞，传说主公赐酒。飞拜受讫，分付魏延、雷同各引一枝人马，为左右翼；只看军中红旗起，便各进兵；_{绝妙酒}_{令。}教将酒排列帐下，令军士大开旗鼓而饮。_{绝妙酒}_{场。}有细作报上山来，张郃自来山顶观望，见张飞坐于帐下饮酒，令二小卒于面前相扑为戏。_{绝妙下}_{酒物。}郃曰："张飞欺我太甚！"传令今夜下山劫飞寨，令蒙头、荡石二寨皆出为左右援。当夜张郃乘着月色微明，引军从山侧而下，径到寨前。遥望张飞大明灯烛，正在帐中饮酒。_{阅至此只道张}_{飞亲自诱敌。}张郃当先大喊一声，山头擂鼓为助，直杀入中军。但见张飞端坐不动。张郃骤马到面前，一枪刺倒，_{阅至此为张飞一}_{吓、为张郃一喜。}却是一个草人。_{赚严颜的假张飞是活张飞，赚}_{张郃的假张飞却是死张飞。}急勒马回时，帐后连珠炮起。一将当先拦住去路，睁圆环眼，声若巨雷，乃张飞也。_{前遥见张飞饮酒，又近见张飞端坐，又刺倒张飞在地，}_{此处又忽然走出一个张飞，就似行者孙、者行孙矣。}挺矛跃马直取张郃。两将在火光中战到三五十合。张郃只盼两寨来救，谁知两寨救兵已被魏延、雷同两将杀退，就势夺了二寨。张郃不见救兵至，正没奈何，又见山上火起，已被张飞后军夺了寨栅。张郃三寨俱失，_{三寨之失只}_{用虚写。}只得奔瓦口关去了。张飞大获胜捷，_{美酒五十瓮当}_{于此时饮之。}报入成都。玄德大喜，方知翼德饮酒是计，只要诱张郃下山。_{方知醉张飞却}_{是醒张飞。}

却说张郃退守瓦口关，三万军已折了二万，遣人问曹洪求救。洪大怒曰："汝不听吾言，强要进兵，失了紧要隘口，却又来求救！"遂不肯发兵，使人催督张郃出战。郃心慌，〔前日开大口今日也心慌，恐应管公明之数。〕只得定计，分两军去关口前山僻埋伏，分付曰："我诈败，张飞必然赶来，汝等就截其归路。"当日张郃引军前进，正遇雷同。战不数合，张郃败走，雷同赶来。两军齐出，截断回路。张郃复回，刺雷同于马下。〔前次刺的是假张飞，今次刺的是真雷同。〕败军回报张飞，飞自来与张郃挑战。郃又诈败，张飞不赶。〔妙。〕郃又回战，不数合，又败走。张飞知是计，收军回寨，〔饮酒后愈觉细腻，想是酒量比前更进。〕想与魏延商议曰："张郃用埋伏计，杀了雷同，又要赚吾，何不将计就计？"〔以翼德而知人之计已奇，又能将人之计就己之计又奇。〕延问曰："如何？"飞曰："我明日先引一军前往，汝却引精兵于后，待伏兵出，汝可分兵击之。用车十馀乘，各藏柴草，塞住小路，放火烧之。〔前既用草人，此又用草车，善于驱使草木。〕吾乘势擒张郃，与雷同报仇。"魏延领计。次日，张飞引兵前进。张郃兵又至，与张飞交锋。战到十合，郃又诈败。张飞引马步军赶来，〔前妙在不赶，今又妙在赶。〕郃且战且走。引张飞过山峪口，郃将后军为前，复扎住营，与飞又战，指望两彪伏兵出，要围困张飞。不想伏兵却被魏延精兵到，赶入峪口，将车辆截住山路，放火烧车，山峪草木皆着，烟迷其径，兵不得出。〔前张鲁兵败是雾锁，今张郃兵败是烟迷。雾自天生，烟由人作。〕张飞只顾引军冲突，张郃大败，死命杀开条路，走上瓦口关，收聚残兵，坚守不出。张飞和魏延连日攻打关隘不下。飞见不济事，把军退二十里，却和魏延引数十骑，自来两边哨探小路。忽见男女数人，各背小包，于山僻路攀藤附葛而走。飞于马上用鞭指与魏延曰："夺瓦口关，只在这几个百姓身上。"〔其言幻绝，匪夷所思。〕便唤军士分付："休要惊恐他，好生唤那几个百姓来。"军士连忙唤到马前。飞用好言以安其心，〔一步细腻一步，翼德何尝莽来？〕问其何来。百姓告曰："某等皆汉中居民，今欲还乡。听知大军厮杀，塞闭阆中官道；今过苍溪，从梓潼山桧钚川入汉中还家去。"飞曰："这条路取瓦口关远近若何？"百姓曰："从梓潼山小路，却是瓦口关背后。"飞大喜，带百姓入寨中与了酒食，分付魏延："引兵扣关攻打，我亲自引轻骑出梓潼山攻关后。"便令百姓引路，选轻骑五百，从小路而进。抵得几个乡导官。

却说张郃为救军不到，心中正闷。人报魏延在关下攻打。张郃披挂上马，却待下山，忽报："关后四五路火起，不知何处兵来。"如亚夫将军从天而降。郃自领兵来迎。旗开处，早见张飞。郃大惊，急往小路而走，马不堪行。后面张飞追赶甚急，郃弃马下山，寻径而逃，方得走脱。前则踊跃用兵，今则爱丧其马矣。随行只有十馀人，步行入南郑见曹洪。洪见张郃只剩下十馀人，大怒曰："吾教汝休去，汝取下文状要去；今日折尽大兵，尚不自死，还来做甚！"喝令左右推出斩之。前以张飞为小儿，今却被小儿骗了。行军司马郭淮谏曰："'三军易得，一将难求。'张郃虽然有罪，乃魏王所深爱者也，不可便诛。可再与五千兵径取葭萌关，牵动其各处之兵，汉中自安矣。前张鲁使马超取葭萌关在玄德背后，今郭淮使张郃取葭萌关亦在翼德背后。如不成功，二罪俱罚。"曹洪从之，又与兵五千，教张郃取葭萌关。郃领命而去。

却说葭萌关守将孟达、霍峻知张郃兵来，霍峻只要坚守，孟达定要迎敌，引军下关与张郃交锋，大败而回。先写孟达之败以反衬黄忠之胜，先写孟达之真败以正衬黄忠之假败。霍峻急申文书到成都。玄德闻知，请军师商议。孔明聚众将于堂上，问曰："今葭萌关紧急，必须阆中取翼德，方可退张郃也。"法正曰："今翼德兵屯瓦口，镇守阆中，亦是紧要之地，不可取回。帐中诸将内选一人去破张郃。"孔明笑曰：

"张郃乃魏之名将，非等闲可及。除非翼德，无人可当。"（惯用激将之法。）忽一人厉声而出曰："军师何轻视众人耶！吾虽不才，愿斩张郃首级，献于麾下。"众视之，乃老将黄忠也。（激出一个老的来。）孔明曰："汉升虽勇，争奈年老，恐非张郃对手。"（索性极力一激。）忠听了，白须倒竖而言曰："某虽老，两臂尚开三石之弓，浑身还有千斤之力，岂不足敌张郃匹夫耶！"孔明曰："将军年近七十，如何不老？"（妙在只是反激。）忠趋步下堂，取架上大刀，轮动如飞；壁上硬弓，连拽折两张。（廉将军独善饭。）孔明曰："将军要去，谁为副将？"忠曰："老将军严颜，可同我去。"（老的又请出一个老的来。○黄忠请严颜为副，大有意思。）但有疏虞，先纳下这白头。"（白头妙。）玄德大喜，即时令严颜、黄忠去与张郃交战。赵云谏曰："今张郃亲犯葭萌关，军师休为儿戏。若葭萌关一失，益州危矣。何故以二老当此大敌乎？"（玄德不知张飞，子龙亦不知黄忠。一则疑其茅，一则虑其老。）孔明曰："汝以二人老迈，不能成事。吾料汉中必于此二人手内可得。"赵云等各各哂笑而退。

却说黄忠、严颜到关上，孟达、霍峻见了，心中亦笑孔明欠调度："是这般紧要去处，如何只教两个老的来！"（有子龙笑之，又有孟达、霍峻笑之，愈显下文得胜之奇。）黄忠谓严颜曰："你见诸人动静么？他笑我二人年老，今可立奇功，以服众心。"（老将又激老将。）严颜曰："愿听将军之令。"两个商议定了。黄忠引军下关，与张郃对阵。张郃出马，见了黄忠，笑曰："你许大年纪，犹不识羞，尚欲出战耶！"（前视张飞为小儿，以为小儿则欺之，以为老夫则又欺之，既欺小又欺老，安得不败？）忠怒曰："竖子欺吾年老！吾手中宝刀却不老！"（妙语。）遂拍马向前与郃决战。二马相交，约战二十馀合，忽然背后喊声起：原来是严颜从小路抄在张郃军后。两军夹攻，张郃大败。（严颜虚写，来得突兀。○此即前两个商议之计，妙在前不明写，此方写出。）连夜赶去，张郃兵退八九十里。黄忠、严颜收兵入寨，俱各按兵不动。曹洪听知张郃输了一阵，又欲见罪。郭淮曰："张郃被迫，必投西蜀；今可遣将助之，就如监临，使不生外心。"^{郭淮亦善于将将。}曹洪从之，即遣夏侯惇之侄夏侯尚，并降将韩玄之弟韩浩，二人引五千兵前来助战。二将即时起行，到张郃寨中，问及军情，郃言："老将黄忠，甚是英雄，更有严颜相助，不可轻敌。"^{此时却让公一分。}韩浩曰："我在长沙知此老贼利害。他和魏延献了城池，害吾亲兄，今既相遇，必当报仇！"^{照应五十三回中事，妙。}遂与夏侯尚引新军离寨前进。原来黄忠连日哨探，已知路径。严颜曰："此去有山，名天荡山，山中乃是曹操屯粮积草之地。若取得那个去处，断其粮草，汉中可得也。"^{亦是老谋深算。}忠曰："将军之言，正合吾意，可与吾如此如此。"严颜依计，自领一枝军去了。^{妙在此处不叙明，留待自见。}

却说黄忠听知夏侯尚、韩浩来，遂引军马出营。韩浩在阵前大骂黄忠："无义老贼！"拍马挺枪，来取黄忠。夏侯尚便出夹攻，黄忠力战二将，各斗十馀合，黄忠败走。二将赶二十馀里，夺了黄忠营寨。忠又草创一营。次日，夏侯尚、韩浩赶来，忠又出阵，战数合，又败走。^{读者至此，试掩卷猜之，真乎，假乎？}二将又赶二十馀里，夺了黄忠营寨，唤张郃守后寨。郃来前寨谏曰："黄忠连退二日，于中必有诡计。"夏侯尚叱张郃曰："你如此胆怯，可知屡次战败！今再休多言，看吾二人建功！"^{前是曹洪把细，张郃粗莽；今又是张郃把细，夏侯尚粗莽。}张郃羞赧而退。次日，二将又战，黄忠又败退二十里；二将迤逦赶上。次日，二将兵出，黄忠望风而走，连败数阵，^{省笔。}直退在关上。二将扣关下寨，黄忠坚守不出。孟达暗暗发书，申报玄德，说："黄忠连输数阵，见今退在关上。"玄德慌问孔明。孔明曰："此乃老将骄兵之计也。"翼德诈醉知之，黄忠诈败则又知之，孔明可谓知人。赵云等不信。玄德差刘封来关上接应黄忠。忠与封相见，问刘封曰："小将军来助战何意？"封曰："父亲得知将军数败，故差某来。"忠笑曰："此老夫骄兵之计也。与孔明如出一口。看今夜一阵，可尽复诸营，夺其粮食马匹。此是借寨与彼屯辎重耳。以空寨换实寨，大得便宜。今夜留霍峻守关，孟将军可与我搬粮草夺马匹，小将军看我破敌！"拿得定、算得到，写黄忠的是妙人。是夜二更，忠引五千军开关直下。原来夏侯尚、韩浩二将连日见关上不出，尽皆懈怠；被黄忠破寨直入，人不及甲，马不及鞍，二将各自逃命而走，军马自相践踏，死者无数。比及天明，连夺三寨。寨中丢下军器鞍马无数，尽教孟达搬运入关。黄忠催军马随后而进，刘封曰："军士力困，可以暂歇。"忠曰："不入虎穴，焉得虎子？"策马先进。宝刀不老，黄忠亦不老。士卒皆努力向前。张郃军兵反被自家败兵冲动，都屯扎不住，望后而走，尽弃了许多栅寨，直奔至汉水傍。

张郃寻见夏侯尚、韩浩议曰："此天荡山乃粮草之所，更接米仓山，亦屯粮之地，是汉中军士养命之源。倘若疏失，是无汉中也。当思所以保之。"魏延送酒、张郃护米，前后相映成趣。夏侯尚曰："米仓山有吾叔夏侯渊分兵守护，那里正接定军山，不必忧虑。谁知可虑正在此。天荡山有吾兄夏侯德镇守，我等宜往投之，就保此山。"于是张郃与二将连夜投天荡山来，见夏侯德具言前事。夏侯德曰："吾此处屯十万兵，你可引去复取原寨。"郃曰："只宜坚守，不可妄动。"忽听山前金鼓大震，人报黄忠兵到。夏侯德大笑曰："老贼不谙兵法，只恃勇耳！"孰知不专恃壮力，实有老谋。郃曰："黄忠有谋，非止勇也。"已领略过矣。德曰："川兵远涉而来，连日疲困，更兼深入战境，此无谋也！"郃曰："亦不可轻敌，且宜坚守。"韩浩曰：
"愿借精兵三千击之，当无不克。"德分兵与浩下山。黄忠整兵
来迎。刘封谏曰："日已西沉矣，军皆远来劳困，且宜暂息。"
忠笑曰："不然。此天赐奇功，不取是逆天也。"言毕，*少年倒似老年。*
鼓噪大进。韩浩引兵来战。黄忠挥刀直取浩，只一合，斩浩于马
下。蜀兵大喊，杀上山来。张郃、夏侯尚急引军来迎。忽*入虎穴得虎子矣。*
听山后大喊，火光冲天而起，上下通红。夏侯德提兵来救火时，
正遇老将严颜，手起刀落，斩夏侯德于马下。*张飞袭瓦口关后，却用明写；严颜袭天荡山后，却用暗写。*
原来黄忠预先使严颜引军埋伏于山僻去处，只等黄忠军
到，却来放火，柴草堆上一齐点着，烈焰飞腾，照耀山峪。
严颜既斩夏侯德，从山后杀来。张郃、夏侯尚前后不能相*此处方才叙明。*
顾，只得弃天荡山，望定军山投奔夏侯渊去了。黄忠、严*失了两个隘口。*
颜守住天荡山，捷音飞报成都。玄德闻之，聚众将庆喜。法正
曰："昔曹操降张鲁，定汉中，不因此势以图巴、蜀，乃留夏侯
渊、张郃二将屯守，而自引大军北还，此失计也。今张郃新败，
天荡失守，主公若乘此时举大兵亲往征之，汉中可定也。既定汉
中，然后练兵积粟，观衅伺隙，进可讨贼，退可自守。此天与之
时，不可失也。"玄德、孔明皆深然之。遂传令赵*得人和亦得天时，可乘此以取地利。*
云、张飞为先锋，玄德与孔明亲自引兵十万，择日图汉中；传檄
各处，严加堤备。时建安二十三年秋七月吉日。玄德大军出葭萌
关下营，召黄忠、严颜到寨，厚赏之。玄德曰："人皆言将军老
矣，唯军师独知将军之能。今果立奇功。但今汉中定军山乃南郑
保障，粮草积聚之所；若得定军山，阳平一路无足忧矣。将军还
敢取定军山否？"黄忠慨然应诺，便要领兵前去。孔明急止之

曰："老将军虽然英勇，然夏侯渊非张郃之比也。^{又用反激法。}渊深通韬略，善晓兵机，曹操倚之为西凉藩蔽，先曾屯兵长安拒马孟起，^{照应五十八回中事。}今又屯兵汉中。操不托他人，而独托渊者，以渊有将才也。今将军虽胜张郃，未卜能胜夏侯渊。吾欲酌量着一人去荆州，替关将军来，方可敌之。"^{前借张飞激他，今又借关公激他。}忠奋然答曰："昔廉颇年八十，尚食斗米、肉十斤，诸侯畏其勇，不敢侵犯赵界，何况黄忠未及七十乎？^{若是此说，则公尚是年少。}军师言吾老，吾今并不用副将，只将本部兵三千人去，立斩夏侯渊首级纳于麾下。"孔明再三不容，^{到底是反激他，妙甚。}黄忠只是要去。孔明曰："既将军要去，吾使一人为监军同去，若何？"正是：

　　　　请将须行激将法，少年不若老年人。

　　未知其人是谁，且看下文分解。

第七十一回　占对山黄忠逸待劳　据汉水赵云寡胜众

摆漢水趙雲寨羸眾

夏侯渊以妙才为字，可谓实不称其名矣。夏侯非妙才，若杨修庶为妙才。而有妙才之杨修，先有一妙才之蔡邕；有妙才之蔡邕，又先有一妙才之邯郸淳。百忙中夹叙一段闲文，虽极不相蒙处，却有极相映合处，近日稗官中未见有此。

前卷与此卷，方叙战胜攻取之事，几于旌旗眩目，金鼓聒耳矣。忽于武功之内带表文词，猛将之中杂见列女，如曹女之孝，蔡琰之聪，黄绢幼妇之品题，外孙齑臼之颖悟，令人耳目顿换。纪事之妙，真不可方物。

有以二老将而共建奇功者，天荡山之役是也；有以一老将而再立奇功者，定军山之役是也。盖使可一不可再，则前者之功为幸邀矣；惟可一而又可再，益信前者之功非幸致矣。且老者报主之日短，则其报主之心愈殷，黄忠真不愧忠臣哉！

孔明之两用黄忠，非用其老也，用其老而壮也，又非专用其壮也，用其壮而老也。盖有老谋而后有壮事。老而壮则其老不为弱，壮而老则其壮不为轻。

上卷于黄忠之前，先写张飞；此卷于黄忠之后，独写赵云。云之救黄忠于重围，与前之救阿斗于重围无异也；云之据汉水以退曹兵，与飞之拒长坂以退曹兵无异也。然救阿斗与拒长坂，以两人分任之不奇，救黄忠与拒汉水，以一人兼任之则奇；救阿斗或仗后主之福不奇，救黄忠独赖将军之大力则奇；拒长坂但欲止之勿来不奇，据汉水更能追之使去则奇：其事相同，而比前更自出色。

子龙以一身当数十万猝至之众，若闭寨而守则必死，即弃寨而走亦必死，乃不弃寨亦不闭寨，而偃旗息鼓，立马在外，以疑兵胜之，非独胆包身，直是智包身耳！若但云胆而已，则大胆姜维，何以屡败于邓艾耶？

却说孔明分付黄忠："你既要去，吾教法正助你。凡事计议而行。<small>绝妙法家，恰好姓法。</small>吾随后拨人马来接应。"黄忠应允，和法正领本部兵去了。孔明告玄德曰："此老将不着言语激他，虽去不能成功。他今既去，须拨人马前去接应。"乃唤赵云将一枝人马，从小路出奇兵接应黄忠。若忠胜不必出战；倘忠有失，即去救应。<small>前以严颜助黄忠，是以老助老；此以赵云助黄忠，是以壮助老。</small>又遣刘封、孟达："领三千兵于山中险要去处，多立旌旗，以壮我兵之声势，令敌人惊疑。"三人各自领兵去了。<small>为后文袭定军山伏笔。</small>又差人往下办授计与马超，令他如此而行。<small>此处不说明，为后文截曹操后路伏笔。</small>又差严颜往巴西阆中守隘，替张飞、魏延来同取汉中。<small>为后文袭南郑伏笔。</small>

却说张郃与夏侯尚来见夏侯渊，说："天荡山已失，折了夏侯德、韩浩。今闻刘备亲自领兵来取汉中，可速奏魏王，早发精兵猛将，前来策应。"夏侯渊便差人报知曹洪，<small>以上按下西川一边，以下再叙曹操一边。</small>洪星夜前到许都，禀知曹操。操大惊，急聚文武，商议发兵救汉中。长史刘晔进曰："汉中若失，中原震动。大王休辞劳苦，必须亲自征讨。"操自悔曰："恨当时不用卿言，以致如此！"<small>照应六十七回中说。</small>忙传令旨，起兵四十万亲征。时建安二十三年秋七月也。曹操兵分三路而进，前部先锋夏侯惇，操自领中军，使曹休押后，三军陆续起行。操骑白马金鞍，玉带锦衣。武士手执大红罗销金伞盖，左右金瓜银钺，镫棒戈矛，打日月龙凤旌旗，护驾龙虎官军二万五千，分为五队，每队五千，按青、黄、赤、白、

黑五色。旗幡甲马，并依本色，光辉灿烂，极其雄壮。^{僭称王号之后，又是一样气色。}

　　兵出潼关，操在马上望见一簇林木极其茂盛，问近侍曰："此何处也？"答曰："此名蓝田。^{蓝田有玉，果有玉人在焉。}林木之间，乃蔡邕庄也。今邕女蔡琰，与其夫董纪居此。"原来操与蔡邕相善。^{蔡邕事至此已隔数十回，忽于闲中照应前文。}先时其女蔡琰，乃卫道玠之妻；后被北方掳去，于北地生二子，作《胡笳十八拍》，流入中原。^{此亦是绝妙一词，可与"曹娥碑"作对。}操深怜之，使人持千金入北方赎之。左贤王惧操之势，送蔡琰还汉。^{昭君不还而蔡琰得还，有幸有不幸。}操乃以琰配与董纪为妻。当日到庄前，因想起蔡邕之事，令军马先行，操引近侍百馀骑，到庄门下马。时董纪出仕于外，止有蔡琰在家。琰闻操至，忙出迎接。操至堂，琰起居毕，侍立于侧。操偶见壁间悬一碑文图轴，起身观之，问于蔡琰。琰答曰："此乃曹娥之碑也。^{女子口中又叙出一女子来。}昔和帝时，上虞有一巫者，名曹盱，能娑婆乐神；五月五日，醉舞舟中，堕江而死。其女年十四岁，绕江啼哭七昼夜，跳入波中；后五日，负父之尸浮于江面，里人葬之江边。上虞令度尚奏闻朝廷，表为孝女。^{昔有姓曹的孝女，今有姓曹的奸臣，老瞒辱没曹字多矣。}度尚令邯郸淳作文刻碑以记其事。时邯郸淳年方十三岁，文不加点，一挥而就，^{又是一才子。}立石墓侧，时人奇之。妾父蔡邕闻而往观，时日已暮，乃于暗中以手摸碑文而读之，^{手能看文，非手中有眼，实心中有眼耳。}索笔大书八字于其背。后人镌石，并镌此八字。"操读八字云："黄绢幼妇，外孙齑臼。"^{奇文。}操问琰曰："汝解此意否？"琰曰："虽先人遗笔，妾实不解其意。"^{蔡琰敏慧自能省得，其不言者欲操自解之也。}操回顾众谋士曰："汝等解否？"众皆不能答。于内一人出曰："某已解其意。"操视之，乃主簿杨修也。操曰："卿且勿言，容吾思之。"遂辞了蔡琰，引众出庄。上马行三里，忽省悟，^{未必。}笑谓修曰："卿试言之。"修曰："此隐语耳。'黄绢'乃颜色之丝也：色旁加丝，是'绝'字。'幼妇'者，少女也：女旁少字，是'妙'字。^{天下之妙无有过于幼妇者，不独'外孙'解字之形，亦可解字之义。一笑。}'外孙'乃女子也：女旁子字，是'好'字。'齑臼'乃受五辛之器也：受旁辛字，是'辞'字。总而言之，是'绝妙好辞'四字。"操大惊曰："正合孤意！^{多应是老贼油嘴。若既晓得，何不写在掌中，如孔明、周瑜之互写"火"字者，而乃虚言合我意耶？读书者莫为他瞒过也。}众皆叹羡杨修才识之敏。^{百忙中忽夹此一段闲文，叙事妙品。}

不一日，军至南郑。曹洪接着，备言张郃之事。操曰："非郃之罪，胜负乃兵家常事耳。"洪曰："目今刘备使黄忠攻打定军山，夏侯渊知大王兵至，固守未曾出战。"操曰："若不出战，是示懦也。"便差人持节到定军山，教夏侯渊进兵。刘晔谏曰："渊性太刚，恐中奸计。"操乃作手书与之。使命持节到渊营，渊接入。使者出书，渊拆视之，略曰：

凡为将者，当以刚柔相济，不可徒恃其勇。若但任勇，则是一夫之敌耳。吾今屯大军于南郑，欲观卿之"妙才"，勿辱二字可也。^{若渊号"妙才"便当有才，则曹号"孟德"何以不德乎？}

夏侯渊览毕大喜。打发使命回讫，乃与张郃商议曰："今魏王率大兵屯于南郑，以讨刘备。吾与汝久守此地，岂能建立功业？来日吾出战，务要生擒黄忠。"^{只怕妙才此番有些不妙。}张郃曰："黄忠谋勇兼备，况有法正相助，不可轻敌。此间山路险峻，只宜坚守。"^{惊弓之鸟。}渊曰："若他人建了功劳，吾与汝有何面目见魏王耶？汝只守山，吾去出战。"遂下令曰："谁敢出哨诱敌？"夏侯尚曰："吾愿往。"渊曰："汝去出哨，与黄忠交战，只宜输，不宜赢。吾有妙计，如此如此。"<small>且看"妙才"有何妙计？</small>尚受令，引三千军离定军山大寨前行。

却说黄忠与法正引兵屯于定军山口，累次挑战，夏侯渊坚守不出；欲要进攻，又恐山路危险，难以料敌，只得据守。是日，忽报山上曹兵下来搦战。黄忠恰待引军出迎，牙将陈式曰："将军休动，某愿当之。"<small>文势一曲。</small>忠大喜，遂令陈式引军一千，出山口列阵。夏侯尚兵至，遂与交锋。不数合，尚诈败而走。式赶去，行到半路，被两山上擂木炮石打将下来，不能前进。正欲回时，背后夏侯渊引兵突出，陈式不能抵当，被夏侯渊生擒回寨；部卒多降。<small>将有大败，必有小胜。</small>有败军逃得性命，回报黄忠，说陈式被擒。忠慌与法正商议，正曰："渊为人轻躁，恃勇少谋。可激劝士卒，拔寨前进，步步为营，诱渊来战而擒之。此乃'反客为主'之法。"<small>"妙才"未必有才，法家果是有法。</small>忠用其谋，将应有之物，尽赏三军，欢声满谷，愿效死战。黄忠即日拔寨而进，步步为营；每营住数日又进。渊闻知，欲出战。张郃曰："此乃'反客为主'之计，不可出战，战则有失。"<small>此番又是夏侯渊粗莽，张郃把细。</small>渊不从，令夏侯尚引数千兵出战，直到黄忠寨前。忠上马提刀出迎，与夏侯尚交马，只一合，生擒夏侯尚归寨。馀皆败走，<small>为陈式答礼。</small>回报夏侯渊。渊急使人到黄忠寨，言愿将陈式来换夏侯尚。忠约定来日阵前相换。次日，两军皆到山谷涧处，布成阵势。黄忠、夏侯渊各立马于本阵门旗之下。黄忠带着夏侯尚，夏侯渊带着陈式，各不与袍铠，只穿蔽体薄衣。一声鼓响，陈式、夏侯尚各望本阵奔回。<small>好看。○黄祖换孙坚是活的换死的，陈式</small>

夏侯尚比及到阵门时，被黄忠一箭射中后心。尚带箭 ^{换夏侯尚是活的换活的。} 而回。^{多换了一箭，却是便宜。} 渊大怒，骤马径取黄忠。忠正要激渊厮杀。两将交马，战到二十馀合，曹营内忽然鸣金收兵。渊慌拨马而回，被忠乘势杀了一阵。渊回阵问押阵官："为何鸣金？"答曰："某见山凹中有蜀兵旗幡数处，恐是伏兵，故急招将军回。"渊信其说，遂坚守不出。

黄忠追到定军山下，与法正相议。正以手指曰："定军山西，巍然有一座高山，四下皆是险道，此山上足可下视定军山之虚实。将军若取得此山，定军山只在掌中也。"^{蔡邕读文在掌中如在眼中，法正取山在目中即在掌中。} 忠仰见山头稍平，山上有些少人马。是夜二更，忠引军士鸣金击鼓，直杀上山顶。此山有夏侯渊部将杜袭守把，止有数百馀人，当时见黄忠大队拥上，只得弃山而走。忠得了山顶，正与定军山相对。法正曰："将军可守在半山，某居山顶。待夏侯渊兵至，吾举白旗为号，将军却按兵勿动；待他倦怠无备，吾却举起红旗，将军便下山击之。以逸待劳，必当取胜。"^{曹操出兵有五色旗，今法正只用红、白二旗，彼此闲闲相对。} 忠大喜，从其计。

却说杜袭引军逃回，见夏侯渊，说黄忠夺了对山。渊大怒曰："黄忠占了对山，不容我出战。"张郃谏曰："此乃法正之谋也。将军不可出战，只宜坚守。"^{张郃此时小心之甚。} 渊曰："占了吾对山，观吾虚实，如何不出战？"郃苦谏不听。渊分军围住对山，大骂挑战。法正在山上举起白旗；任从夏侯渊百般辱骂，黄忠只不出战。午时以后，法正见曹兵倦怠，锐气已堕，多下马坐息，乃将红旗招展，鼓角齐鸣，喊声大震；黄忠一马当先，驰下山来，犹如天崩地塌之势。夏侯渊措手不及，被黄忠赶到麾盖之下，大喝一声，犹如雷吼。渊未及相迎，黄忠宝刀已落，连头带肩，砍为两段。_{夏侯妙才绝于此，是黄绢不是幼妇。}后人有诗赞黄忠曰：

苍头临大敌，皓首逞神威。力趁雕弓发，风迎雪刃挥。

雄声如虎吼，骏马似龙飞。献馘功勋重，开疆展帝畿。

黄忠斩了夏侯渊，曹兵大溃，各自逃生。黄忠乘势去夺定军山，张郃领兵来迎。忠与陈式两下夹攻，混杀一阵，张郃败走。忽然山旁闪出一彪人马，当住去路。为首一员大将，大叫："常山赵子龙在此！"_{子龙来得突兀。}张郃大惊，引败军夺路望定军山而走。只见前面一枝兵来迎，乃杜袭也。袭曰："今定军山已被刘封、孟达夺了。"_{刘封、孟达在杜袭口中点出，子龙是一虚一实，叙事妙品。}郃大惊，遂与杜袭引败兵到汉水扎营；一面令人飞报曹操。操闻渊死，放声大哭，方悟管辂所言："三八纵横"，乃建安二十四年也；"黄猪遇虎"，乃岁在己亥正月也；"定军之南"，乃定军山之南也；"伤折一股"，乃渊与操有兄弟之亲情也。_{管辂占辞至此方悟，则知蔡邕碑文八字未必即时悟出。占辞虽是前定妙数，然去得妙。天下事尽多，岂能一一全知？即知之而不可救，徒乱人意耳，是以君子不问数。}操令人寻管辂时，不知何处去了。_{亦魏王手书一封，为催命文书耳。}操深恨黄忠，_{既是定数，又有何恨？}遂亲统大军，来定军山与夏侯渊报仇，令徐晃作先锋。行到汉水，张郃、杜袭接着曹操。二将曰："今定军山已失，可将米仓山粮草移于北山寨中屯积，然后进兵。"曹操依允。

却说黄忠将了夏侯渊首级，来葭萌关上见玄德献功。_{前战张郃时忠纳下白头，今却献上一颗黑头。}玄德大喜，加忠为征西大将军，设宴庆贺。忽牙将张著来报说："曹操自领大军二十万，来与夏侯渊报仇。目今张郃在米仓山搬运粮草，移于汉水北山脚下。"孔明曰："今操引大兵至此，恐粮草不敷，故勒兵不进。若得一人深入其境，烧其粮草，夺其辎重，则操之锐气挫矣。"〔直与乌巢断粮遥遥相对。〕黄忠曰："老夫愿当此任。"孔明曰："操非夏侯渊之比，不可轻敌。"〔又用反激法。〕玄德曰："夏侯渊虽是总帅，乃一勇夫耳，安及张郃？若斩得张郃，胜斩夏侯渊十倍也。"忠奋然曰："吾愿往斩之。"孔明曰："你可与赵子龙同领一枝兵去，凡事计议而行，看谁立功。"〔又激他。〕忠应允便行。孔明就令张著为副将同去。云谓忠曰："今操引二十万众，分屯十营，将军在主公前要去夺粮，非小可之事。将军当用何策？"忠曰："看我先去，如何？"云曰："等我先去。"忠曰："我是主将，你是副将，如何争先？"云曰："我与你都一般为主公出力，何必计较？我二人拈阄，拈着的先去。"忠依允。当时黄忠拈着先去。〔拈阄亦是叙齿。〕云曰："既将军先去，某当相助。可约定时刻，如将军依时而还，某按兵不动；若将军过时而不还，某即引军来接应。"忠曰："公言是也。"于是二人约定午时为期。〔黄忠斩夏侯，利在晚刻；赵云约黄忠，妙在午时。〕云回本寨，谓部将张翼曰："黄汉升约定明日去夺粮草，若午时不回，我当往助。吾营前临汉水，地势危险；我若去时，汝可谨守寨栅，不可轻动。"张翼应诺。

　　却说黄忠回到寨中，谓副将张著曰："我斩了夏侯渊，张郃丧胆。吾明日领命去劫粮草，只留五百军守营，你可助吾。今夜三更尽皆饱食，四更离营，杀到北山脚下，先捉张郃，后劫粮草。"〔各人分付自家副将，赵云极其精细，黄忠极其勇往。〕张著依令。当夜黄忠领人马在前，张著在后，偷过汉水，直到北山之下。东方日出，见粮积如山。有些少军士看守，见蜀兵到，尽弃而走。黄忠教马军一齐下马，取柴堆于米粮之上。正欲放火，张郃兵到，与忠混战一处。曹操闻知，急令徐晃接应。晃领兵前进，将黄忠困在垓心。张著引三百军走脱，正要回寨，忽一枝兵撞出拦住去路，为首大将乃是文聘；后面曹兵又至，把张著围住。<small>前周郎欲取聚铁山，孔明以为难，今米仓山亦复不易。</small>

却说赵云在营中，看看等到午时，不见忠回，急忙披挂上马，引三千军向前接应，临行谓张翼曰："汝可坚守营寨，两壁厢多设弓弩，以为准备。"<small>此时已预算退步，写赵云精细之妙。</small>翼连声应诺。云挺枪骤马直杀往前去。迎头一将拦住，乃文聘部将慕容烈也，拍马舞刀来迎赵云，被云手起一枪刺死。曹兵败走。云直杀入重围，又一枝兵截住，为首乃魏将焦炳。云喝问曰："蜀兵何在？"炳曰："已杀尽矣！"云大怒，骤马一枪，又刺死焦炳，<small>前写黄忠，此写赵云。</small>杀散馀兵，直至北山之下，见张郃、徐晃两人围住黄忠，军士被困多时。云大喊一声，挺枪骤马，杀入重围，左冲右突，如入无人之境。那枪浑身上下，若舞梨花；遍体纷纷，如飘瑞雪。<small>四句是绝妙枪赞。○黄</small><small>忠斩夏侯有红旗一面，子龙救汉升见白光一道，一红一白相映成趣。</small>张郃、徐晃心惊胆战，不敢迎敌。云救出黄忠，且战且走，所到之处，无人敢阻。操于高处望见，惊问众将曰："此何人也？"有识者告曰："此乃常山赵子龙也。"操曰："昔日当阳长坂英雄尚在！"<small>提照前事。</small>急传令曰："所到之处，不许轻敌。"赵云救了黄忠，杀透重围。有军士指曰："东南上围的，必是副将张著。"云不回本营，遂望东南杀来。所到之处，但见"常山赵云"四字旗号，曾在当阳长坂知其勇者，互相传说，尽皆逃窜。<small>先声夺人，又为前事渲染。○此在众人眼中写赵云。</small>云又救了张著。

曹操见云东冲西突，所向无前，莫敢迎敌，<small>此又在曹操眼中写赵云。</small>救了黄忠，又救了张著，奋然大怒，自领左右将士来赶赵云。云已杀回本寨，部将张翼接着，望见后面尘起，知是曹兵追来，即谓云曰："追兵渐近，可令军士闭上寨门，上敌楼防护。"云喝曰："休闭寨门！汝岂不知吾昔在当阳长坂时，单枪匹马，觑曹兵八十三万如草芥！今有军有将，又何惧哉！" 上文是别人传说，此却是自家说，英雄一生轶事，不嫌自负，今人亦欲自负，怎奈没得说也，妙甚。 遂拨弓弩手于寨外濠中埋伏；将营内旗枪，尽皆倒偃，金鼓不鸣。云匹马单枪，立于营门之外。 张飞在长坂桥边，以树枝结于马尾，妆作有兵之状；今赵云偏反作无兵之状，妙在极相类，又极相反。

却说张郃、徐晃领兵追至蜀寨，天色已暮，见寨中偃旗息鼓，又见赵云匹马单枪，立于营外，寨门大开，二将不敢前进。正疑之间，曹操亲到，急催督众军向前。众军听令，大喊一声，杀奔营前，见赵云全然不动， 草张飞端坐不动，今活赵云亦全然不动，奇绝妙绝。 曹兵翻身就回。赵云把枪一招，河中弓弩齐发。时天色昏黑，正不知蜀兵多少。操先拨回马走，只听后面喊声大震，鼓角齐鸣，蜀兵赶来。曹兵自相践踏，拥到汉水河边，落水死者不知其数。 子龙一人有胆，曹操数十万军皆丧胆。 赵云、黄忠、张著各引兵一枝，追杀甚急。操正奔走间，忽刘封、孟达率二枝兵，从米仓山路杀来，放火烧粮草。 刘封、孟达不期而会，来得突兀。 操弃了北山粮草，忙回南郑。徐晃、张郃扎脚不住，亦弃本寨而走。赵云占了曹寨，黄忠夺了粮草，汉水所得军器无数，大获胜捷，差人去报玄德。玄德遂同孔明前至汉水，问赵云的部卒曰："子龙如何厮杀？"军士将子龙救黄忠、拒汉水之事，细述一遍。玄德大喜，看了山前山后险峻之路，欣然谓孔明曰："子龙一身都是胆也！" 姜维胆大如卵犹是身包胆耳，子龙是胆包身，其大当不止如卵也。 后人有诗赞曰：

昔日战长坂，威风犹未减。突阵显英雄，被围施勇敢。

鬼哭与神号，天惊并地惨。常山赵子龙，一身都是胆！

于是玄德号子龙为虎威将军，大劳将士，欢宴至晚。

忽报曹操复遣大军从斜谷小路而进，来取汉水。玄德笑曰：
"操此来无能为也。我料必得汉水矣。"乃率兵于汉水之西以迎
之。只因子龙有胆，玄 曹操命徐晃为先锋，前来决战。帐前一人出
　　　德此时亦是大胆。
曰："某深知地理，愿助徐将军同去破蜀。"操视之，乃巴西岩
渠人也，姓王名平，字子均，见充牙门将军。操大喜，遂命王平
为副先锋，相助徐晃。操屯兵于定军山北。徐晃、王平引军至汉
水，晃令前军渡水列阵。平曰："军若渡水，倘要急退，如之奈
何？"晃曰："昔韩信背水为阵，所谓'致之死地而后生'
也。"恰与后文马谡对 平曰："不然。昔者韩信料敌人无谋而用此
　　王平语相合。
计；今将军能料赵云、黄忠之意否？"黄忠、赵云诚非陈馀之比。晃
　　　　　　　　　　　　　　　　　　　○恰与后文诸马谡相照。
曰："汝可引步军拒敌，看我引马军破之。"遂令搭起浮桥，随
即过河来战蜀兵。正是：

魏人妄意宗韩信，蜀相那知是子房。

未知胜负如何，且看下回分解。

第七十二回　诸葛亮智取汉中　曹阿瞒退兵斜谷

曹阿瞒退
兵斜谷

曹操善疑，而孔明即以疑兵胜操。此非孔明之疑操，而操之自疑也。然虽操之自疑，而非孔明则不能疑之也。烧于博望，挫于新野，困于乌林，穷于华容，操之畏孔明久矣。见他人之疑兵未必疑，惟见孔明之疑兵而不敢不疑。故善用疑兵者，必度其人之可以疑而疑之，又必度我之可以用疑兵而后用之耳。即如韩信以背水胜，徐晃以背水败，同一法而今昔之势异；徐晃以背水败，孔明以背水胜，同一时而彼此之势又异。兵之善用，岂不视乎其人哉？

操之不能守汉中，犹备之不能守徐州也。操既取兖州，则徐州为操之所必取；备既取西川，则汉中亦为备之所必取。卧榻之侧，岂容他人鼾睡耶？操欲跋涉山川，以与备争此土，吾知其难矣。

汉高之破项王，赖有彭越以扰其后；先主之破曹操，亦有马超以扰其后：前后殆如一辙也。五虎将中，关公既守荆州，而张飞、赵云、黄忠之建功，又备写于前卷，独于马超未有及焉。今观此卷，则超之功，不在四人之下。

孔融、荀彧、杨修皆为忤操而死，而修则不如融，并不如彧，何也？不事操而以正直忤操者，孔融也；先以不正不直事操，而后以正直忤操者，荀彧也；既以不正不直事操，又以不正不直忤操者，杨修也。修为杨彪之子，而屈身事操，既有愧于家门，复为曹植之故而使操心疑，又不善处人骨肉。夫以正直忤操，则罪在操；以不正不直忤操，则罪在修。故修之死，君子于操无责焉。

或疑操以才忌杨修者，非也。士之才有二：一曰谋士之才，一曰文士之才。以谋士之才而为操用者，如郭嘉、程昱、荀彧、荀攸、贾诩、刘晔等是也；以文士之才而为操用者，如杨修、陈琳、王粲、阮瑀等是也。文士之才不若谋士之才之为足忌。而操之忌荀彧，但以阻九锡之故，前此未之忌焉，其馀谋士亦曾未之忌焉。其视谋士之才且然，而何忌于文士哉？故虽骂操如陈琳，而操不以为罪，盖才而不为我用则忌之，才而为我用则不忌耳。使修非植党以欺曹操，则操可以不怒，而修可以不死。彼谓修之以才见忌者，殆未为笃论矣。

曹操于定军之南，折其一股；又于汉川之东，折其二齿。股之折非真，而齿之落则真矣。于潼关之役，割须数茎；又于汉中之役，落齿两个。须之割不痛，而齿之落则痛矣。弟既死，身又伤，其兆大凶，恨不再令管辂卜之；须既短，齿又缺，其相已破，恨不再令管辂相之。

此卷叙事之法，有倒生在前者：其人将来，而必先有一语以启之，如操之夸黄须是也；补叙在后者：其人既死，而举其未死之前追叙之，如操之恶杨修是也；有横间在中者：正叙此一事，而忽引他事以夹之，如两军交战之时，而杂以曹彰、杨修两人之生平是也。至于曹操之平代北，则因曹彰而及焉；曹丕之忌曹植，则又因杨修而及焉；其他正文之中，张、赵、马、魏、孟达、刘封诸将，或于彼忽伏，或于此忽现，参差断续，纵横出奇，令人心惊目眩。作者用笔，直与孔明用兵相去不远。

却说徐晃引军渡汉水，王平苦谏不听，渡过汉水扎营。黄忠、赵云告玄德曰："某等各引本部兵去迎曹兵。"玄德应允。

二人引兵而行。忠谓云曰：“今徐晃恃勇而来，且休与敌，待日暮兵疲，你我分兵两路击之可也。”^{即法正教黄忠之策。}云然之，各引一军据住寨栅。徐晃引兵从辰时搦战，直至申时，蜀兵不动。晃尽教弓弩手向前，望蜀营射去。黄忠谓赵云曰：“徐晃令弓弩射者，其军必将退也，可乘时击之。”言未已，忽报曹兵后队果然退动。于是蜀营鼓大震：黄忠领兵左出，赵云领兵右出。两下夹攻，徐晃大败，军士迫入汉水，死者无数。^{晃曰“置之死地而后生”，今则“置之死地而竟死”矣。}晃死战得脱，回营责王平曰：“汝见吾军势将危，如何不救？”平曰：“我若来救，此寨亦不能保。我曾谏公休去，公不肯听，以致此败。”晃大怒，欲杀王平。平当夜引本军就营中放起火来，曹兵大乱，徐晃弃营而走。王平渡汉水来投赵云，云引见玄德。王平尽言汉水地理。玄德大喜曰：“孤得王子均，取汉中无疑矣。”遂命王平为偏将军，领乡道使。^{曹操送一个乡道来了。}

却说徐晃逃回见操，说：“王平反去降刘备矣！”操大怒，亲统大军来夺汉水寨栅。赵云恐孤军难立，遂退于汉水之西。两军隔水相拒。玄德与孔明来观形势。孔明见汉水上流头有一带土山，可伏千馀人，乃回到营中唤赵云分付：“汝可引五百人，皆带鼓角，伏于土山之下，或半夜，或黄昏，只听我营中炮响。炮响一番，擂鼓一番；只不要出战。”^{以虚声胜之。}子龙受计去了。孔明却在高山上暗窥。次日，曹兵到来搦战，蜀营中一人不出，弓弩亦都不发。曹兵自回。当夜更深，孔明见曹营灯火方息，军士歇定，遂放号炮。子龙听得，令鼓角齐鸣。曹兵惊慌，只疑劫寨；及至出营，不见一军。^{但闻“击鼓其镗”，不见“踊跃用兵”。}方才回营欲歇，号炮又响，鼓角又鸣，呐喊震地，山谷应声。^{鸣鼓而攻之可也，焉用战？}曹兵彻夜不安。一连三夜，如此惊疑，操心怯，拔寨退三十里，就空阔处扎营。老贼不经吓。孔明笑曰："曹操虽知兵法，不知诡计。"遂请玄德亲渡汉水，背水结营。徐晃背水而败，孔明又用背水而胜。玄德问计，孔明曰："可如此如此。"曹操见玄德背水下寨，心中疑惑，使人下战书。孔明批来日决战。次日，两军会于中路五界山前，列成阵势。操出马立于门旗下，两行布列龙凤旌旗，播鼓三通，唤玄德答话。玄德引刘封、孟达并川中诸将而出。操扬鞭大骂曰："刘备忘恩失义，反叛朝廷之贼！"玄德曰："吾乃大汉宗亲，奉诏讨贼。汝上弑母后，自立为王，僭用天子銮舆，非反而何？"自面诵衣带诏之后，阔别久矣，今此数语，又抵得一篇衣带诏。操怒，命徐晃出马来战，刘封出迎。交战之时，玄德先走入阵。封敌晃不住，拨马便走。操下令："捉得刘备，便为西川之主。"大军齐呐喊杀过阵来。蜀兵望汉水而逃，尽弃营寨，马匹军器丢满道上。曹军皆争取。操急鸣金收军。众将曰："某等正待捉刘备，大王何故收军？"操曰："吾见蜀兵背汉水安营，其可疑一也；多弃马匹军器，其可疑二也。可急退军，休取衣物。"遂下令曰："妄取一物者立斩。火速退兵。"曹兵方回头时，孔明号旗举起，玄德中军领兵便出，黄忠左边杀来，赵云右边杀来。俱在前文"如此如此"之中。曹兵大溃而逃，孔明连夜追赶。操传令军回南郑，只见五路火起。原来魏延、张飞得严颜代守阆中，分兵杀来，先得了南郑。在七十一回中伏笔，至此方见。操心惊，望阳平关而走。玄德大兵追至南郑褒州。安民已毕，玄德问孔明曰："曹操此来，何败之速也？"孔明曰："操平生为人多疑，虽能用兵，疑则多败。吾以疑兵胜之。"曹操善疑，孔明又善信，惟信得真故拿得定，操惟多疑，所以死亦有七十二疑冢。玄德曰："今操退守阳平关，其势已孤，先生将何策以退之？"孔明曰：

"亮已算定了。"便差张飞、魏延分兵两路去截曹操粮道，令黄忠、赵云分兵两路去放火烧山。四路军将，各引乡导官军去了。

此处四路兵又是第二番差遣。

却说曹操退守阳平关，令军哨探。回报曰："今蜀兵将远近小路尽皆塞断，砍柴去处，尽放火烧绝。不知兵在何处。" *先写黄忠、赵云两路。* 操正疑惑间，又报张飞、魏延分兵劫粮。 *次写张飞、魏延两路。* 操问曰："谁敢敌张飞？"许褚曰："某愿往！"操令许褚引一千精兵，去阳平关路上护接粮草。解粮官接着，喜曰："若非将军到此，粮不得到阳平矣。" *恐将军到此亦无益。* 遂将车上的酒肉，献与许褚。褚痛饮，不觉大醉， *前醉张飞是假醉，今醉许褚是真醉。* 便乘酒兴催粮车行。解粮官曰："日已暮矣，前褒州之地，山势险恶，未可过去。"褚曰："吾有万夫之勇，岂惧他人哉！今夜乘着月色，正好使粮车行走。" *醉人在月下发动了酒兴。* 许褚当先，横刀纵马，引军前进，二更已后，往褒州路上而来。行至半路，忽山凹里鼓角震天，一枝军当住，为首大将，乃张飞也，挺矛纵马，直取许褚。褚舞刀来迎，却因酒醉，敌不住张飞，战不数合，被飞一矛刺中肩膊，翻身落马，军士急忙救起，退后便走。 *万夫之勇，原来如此。* 张飞尽夺粮草车辆而回。 *只因酒肉之故，失却粮食。○*

烧山用虚写，抢粮用实写，然留下魏延只写张飞，实之中又有虚焉，妙甚。

却说众将保着许褚，回见曹操。操令医士疗治金疮，一面亲自提兵来与蜀兵决战。玄德引军出迎。两阵对圆，玄德令刘封出马。操骂曰："卖履小儿，常使假子拒敌！吾若唤黄须儿来，汝假子为肉泥矣！" *吴有紫髯，魏有黄须，正复相对。* 刘封大怒，挺枪骤马，径取曹操。操令徐晃来迎，封诈败而走。操引兵追赶。蜀兵营中四下炮响，鼓角齐鸣。 *亦是疑兵。* 操恐有伏兵，急教退军。曹兵自相践踏，死者极多，奔回阳平关，方才歇定。蜀兵赶到城下，东门放火，西门呐喊，南门放火，北门擂鼓。操大惧，弃关而走。_{老贼只是不经吓。}蜀兵从后追袭。操正走之间，前面张飞引一枝兵截住，赵云引一枝兵从背后杀来，黄忠又引兵从褒州杀来。_{前所拨四路，先写三路，留一路在后，写得参差有势。}操大败。诸将保护曹操，夺路而走。方逃至斜谷界口，前面尘头忽起，一枝兵到。操曰："此军若是伏兵，吾休矣！"及兵将近，乃操次子曹彰也。_{正想着他，来得凑巧。}

彰字子文，少善骑射，膂力过人，能手格猛兽。操尝戒之曰："汝不读书而好弓马，此匹夫之勇，何足贵乎？"彰曰："大丈夫当学卫青、霍去病，立功沙漠，长驱数十万众纵横天下，何能作博士耶？"_{说得博士无用，教杨修、王粲等一班文人何处生活？}操尝问诸子之志，彰曰："好为将。"操问："为将何如？"彰曰："披坚执锐，临难不顾，身先士卒；赏必行，罚必信。"_{颇为老瞒肖子。}操大笑。建安二十三年，代郡乌桓反，操令彰引兵五万讨之；临行戒之曰："居家为父子，受事为君臣。法不徇情，尔宜深戒。"_{即彰所云"赏必行，罚必信"之意。}彰到代北，身先战阵，直杀至桑乾，北方皆平。因闻操在阳平关，故来助战。_{百忙中忽叙曹彰生平，正补前文所未及。}操见彰至，大喜曰："我黄须儿来，破刘备必矣！"_{正恐未必。}遂勒兵复回，于斜谷界口安营。有人报玄德，言曹彰到。玄德问："谁敢去战曹彰？"刘封曰："某愿往。"孟达又说要去。玄德曰："汝二人同去，看谁成功。"各引兵五千来迎。刘封在先，孟达在后。曹彰出马与封交战，只三合，封大败而回。_{假子不及真儿。}

孟达引兵前进，方欲交锋，只见曹兵大乱。原来马超、吴兰两军杀来，_{在七十一回中伏着，至此方见。}曹兵惊动。孟达引军夹攻。马超士卒蓄锐日久，到此耀武扬武，势不可当。曹兵败走。曹彰正遇吴兰，两个交锋，不数合，曹彰一戟刺吴兰于马下。_{有曹操夸奖一番，得此聊足解嘲。○谚云："黄须无弱汉。"果然。}三军混战。操收兵于斜谷界口扎住。

操屯兵日久，欲要进兵，又被马超拒守；欲收兵回，又恐被蜀兵耻笑，心中犹豫不决。适庖官进鸡汤，_{许褚啖酒肉，曹操啖鸡汤，可见太史公酒肉帐簿。}操见碗中有鸡肋，因而有感于怀。正沉吟间，夏侯惇入帐，禀请夜间口号。操随口曰："鸡肋！鸡肋！"_{直是席面上生风绝妙酒令。}惇传令众官，都称"鸡肋"。行军主簿杨修见传"鸡肋"二字，便教随行军士各收拾行装，准备归程。_{弄聪明}有人报知夏侯惇。惇大惊，遂请杨修至营中问曰："公何收拾行装？"修曰："以今夜号令，便知魏王不日将退兵归也。鸡肋者，食之无肉，弃之有味。今进不能胜，退恐人笑，在此无益，不如早归，来日魏王必班师矣。_{知人之所不言，其罪大矣}故先收拾行装，免得临行慌乱。"_{若云"弃之有味"，犹不欲遽弃也，今收拾行装，则竟弃之矣。}夏侯惇曰："公真知魏王肺腑也！"遂亦收拾行装。于是寨中诸将，无不准备归计。当夜曹操心乱，不能稳睡，遂手提钢斧，绕寨私行。只见夏侯惇寨内军士，各准备行装。操大惊，急回帐召惇问其故。惇曰："主簿杨德祖先知大王欲归之意。"操唤杨修问之，修以鸡肋之意对。操大怒曰："汝怎敢造言乱我军心！"_{"碑文八字"解得不差，不想"口号"二字竟解差了。}喝刀斧手推出斩之，将首级号令于辕门外。

原来杨修为人恃才放旷，数犯曹操之忌。操尝造花园一所，造成，操往观之，不置褒贬，只取笔于门上书一"活"字而去。人皆不晓其意。修曰："'门'内添'活'字，乃'阔'字也。丞相嫌园门阔耳。"于是再筑墙围，改造停当，又请操观之。操大喜，问曰："谁知吾意？"左右曰："杨修也。"操虽称美，心甚忌之。非忌其才，忌其知我意也。操意中不言之事，最畏人知。又一日，塞北送酥一盒至。操自写"一合酥"三字于盒上，置之案头。修入见之，竟取匙与众分食讫。操问其故，修答曰："盒上明书一人一口酥，岂敢违丞相之命乎？"操虽喜笑，而心恶之。操尝以空盒遗荀彧，今杨修以空盒还曹操，操安得不怒？操恐人暗中谋害己身，常分付左右："吾梦中好杀人；凡吾睡着，汝等切勿近前。"周瑜诈作梦中语只要骗得蒋干一人，曹操之诈却欲骗尽众人，奸雄之极。一日，昼寝帐中，落被于地，一近侍慌取覆盖。操跃起拔剑斩之，复上床睡；半晌而起，佯惊问："何人杀吾近侍？"众以实对。操痛哭，命厚葬之。假梦、假睡、假间、假哭，一片是假。人皆以为操果梦中杀人；惟修知其意，临葬时指而叹曰："丞相非在梦中，君乃在梦中耳！"操闻而愈恶之。周郎瞒不得孔明，曹操瞒不得杨修，便一样欲杀之。操第三子曹植，爱修之才，常邀修谈论，终夜不息。操与众相议，欲立植为世子。曹丕知之，密请朝歌长吴质入内府商议，因恐有人知觉，乃用大簏藏吴质于中，只说是绢匹在内，载入府中。修知其事，径来告操。操即不杀修，修后必为丕所杀。操令人于丕府门伺察之。丕慌告吴质，质曰："无忧也。明日用大簏装绢再入以惑之。"以假混真，以真混假，巧妙之极。丕如其言，以大簏载绢入。使者搜看簏中，果绢也，回报曹操。操因疑修设害曹丕，愈恶之。其实可恶。操欲试曹丕、曹植之才干。一日，令各出邺城门，却密使人分付门吏，令勿放出。曹丕先至，门吏阻之，丕只得退回。植闻知，问于修。修曰："君奉王命而出，如有阻当者，竟斩之可也。"植然其言。及至门，门吏阻住。植叱曰："吾奉王命，谁敢阻当！"立斩之。于是曹操以植为能。修以杀人教人，操又以杀人为能，都不是好人。后有人告操曰："此乃杨修之所教也。"操大怒，因此亦不喜植。<small>杨修不善处人骨肉之间。</small>修又尝为曹植作答教十馀条，但操有问，植即依条答之。<small>子建亦倩人代笔耶？</small>操每以军国之事问植，植对答如流，操心中甚疑。后曹丕暗买植左右，偷答教来告操。操见了大怒曰："匹夫安敢欺我耶！"此时已有杀修之心；今乃借惑乱军之罪杀之。<small>补叙杨修生平，与见杀之由，又于百忙中夹叙闲事，笔法殊妙。</small>修死年三十四岁。后人有诗叹曰：

聪明杨德祖，世代继簪缨。笔下龙蛇走，胸中锦绣成。

闲谈惊四座，捷对冠群英。身死因才误，非关欲退兵。

曹操既杀杨修，佯怒夏侯惇，亦欲斩之。众官告免。操乃叱退夏侯惇，下令来日进兵。次日，兵出斜谷界口，前面一军相迎，为首大将乃魏延也。<small>魏延一路，于此处方见。</small>操招魏延归降，延大骂。操令庞德出战。二将正斗间，曹寨内火起。人报马超劫了中后二寨。<small>马超忽没忽现，写来又是一样声势。</small>操拔剑在手曰："诸将退后者斩！"众将努力上前，魏延诈败而走。操方麾军回战马超，自立马于高阜处，看两军争战。忽一彪军撞至面前，大叫："魏延在此！"<small>魏延忽去忽来，写得亦与马超一样声势。</small>拈弓搭箭，射中曹操。操翻身落马。延弃弓绰刀，骤马上山坡来杀曹操。<small>读至此，为之拍案一快。</small>刺斜里闪出一将，大叫："休伤吾主！"<small>忘却仁主，而以操为吾主，岂不羞杀？</small>视之，乃庞德也。德奋力向前，战退魏延，保操前行。<small>读至此，为之废书一叹。</small>马超兵已退。操带伤归寨。原来被魏延射中人中，折却门牙两个，<small>曹操此时愈嚼不得鸡肋矣。</small>急令医士调治。方忆杨修之言，随将修尸收回厚葬，就令班师，却教庞德断后。操卧于毡车之中，左右虎贲军护卫而行。忽报斜谷山上两边火起，伏兵赶来。曹兵人人惊恐。正是：

依稀昔日潼关厄，仿佛当年赤壁危。

未知曹操性命如何，且看下回分解。

第七十三回　玄德进位汉中王　云长攻拔襄阳郡

云长
攻拔
襄阳城

刘备之为徐州牧、为豫州牧，是曹操假天子之命以予之者也。其为荆州牧，孙权佯表之而操未之予者也。若其为益州牧，则备自予之者也。然而自予之胜于曹操之予之者，以操为国贼，故操之予不足重也。备之为左将军、宜城亭侯，是天子爵之者也。若其为汉中王，则非天子爵之而自爵之者也。然而自爵之无异于天子之爵之者，以备能讨国贼，则固天子之所欲爵也。表奏献帝之文，称与董承同受密诏，既受王爵之后，便令关公北伐樊城。大义昭然，炳若日月。故《纲目》于备之领益州牧、称汉中王无贬辞焉。

曹操称公称王，而子孙又追称之为帝，而称于朝者夺于天下，称于一时者夺于后世。天下后世之称操，不曰公，不曰王，不曰帝，直曰贼而已矣。若关公之为汉寿亭侯，又为前将军，一国爵之，天下不得而议之；一时爵之，后世不得而议之。彼时且不独侯之将之，又从而王之帝之，可见爵以人重耳，人岂以爵重哉！

孙权之求婚于关公也，当代为公致对曰："两家之和不和，不在婚与不婚也。汉中王尝受室于东吴矣，吴侯能惠顾前好，则有孙夫人在，何必又重以某之婚姻？苟其不能，虽婚无益。"如是则辞婉而意妙，不致大伤东吴之心也。虽然，若谓荆州之失，为关公拒婚所致，则又不然。曹仁之女，曾配孙权之弟，而竟无解于赤壁之师；曹操之女，亦为献帝之后，而究不改其篡夺之志：此非其明验耶？且玄德之自吴逃归，权欲追而杀之，又欲并其妹而杀之。夫不以妹之故而不杀玄德，安能以娶关公之女故而不夺荆州？然则公之拒婚，诚不为过；但犬子一语，太觉不堪耳。

吕范假意做媒，倒弄假成真；诸葛瑾好意做媒，反为好成怨。或戏曰："孙权之子，当令姑娘作伐；关公之女，须待伯母主婚。既欲亲上加亲，何不即使亲人说亲乎？"予笑曰："姑娘撇却姑夫而归，伯母不顾伯父而去，上一辈正与下一辈看样，东吴若传孙夫人之言，一发不济矣！"

孔明若不使关公取樊城，则荆州可以不失；即欲使公取樊城，而另遣一大将以代公守荆州，则荆州亦可以不失。而孔明计不出此，此不得为孔明咎也，天也。关公若能听王甫而不用潘濬，则关公可以不死；若不用糜芳、傅士仁，则关公亦可以不死。而关公又计不及此，此不得为关公咎也，天也。人欲兴汉，而天不祚汉。天实为之，谓之何哉！

此卷正叙得襄阳之事，下卷又叙斩庞德、获于禁之事，皆快事也。而出兵之前，乃有失火为之告凶，又有恶梦为之告变，是早为七十六回伏线也。夫为失意伏线，而伏于将失意之时不足奇，惟伏于将快意之时则深足奇。此非作者有意为如此之文，而实古来天然有如此之事。奈何今人眼光甚短，但能及寸，不能及尺，但能及尺，不能及丈耶！

却说曹操退兵至斜谷，孔明料他必弃汉中而走，故差马超等诸将，分兵十数路，不时攻劫，_{补注前文。}因此操不能久住；又被魏延射了一箭，急急班师，三军锐气隳尽。前队才行，两下火起，乃是马超伏兵追赶。曹兵人人丧胆。操令军士急行，晓夜奔走无停，直至京兆，方始安心。_{此时颇快人意。}

且说玄德命刘封、孟达、王平等攻取上庸诸郡。申耽等闻操已弃汉中而走，遂皆投降。玄德安民已定，大赏三军，人心大悦。^{不独当日人心大悦，即今日读者至此亦为之大悦。}于是众将皆有推尊玄德为帝之心，未敢径启，却来禀告诸葛军师。孔明曰："吾意已有定夺了。"随引法正等入见玄德，曰："今曹操专权，百姓无主。主公仁义著于天下，今已抚有两川之地，可以应天顺人，即皇帝位，^{孔明之意非蔑献帝也，殆欲}如唐肃宗灵武之事，^{尊帝为上皇耳。}名正言顺，以讨国贼。事不宜迟，便请择吉。"玄德大惊曰："军师之言差矣。刘备虽然汉之宗室，乃臣子也。若为此事，是反汉矣。"^{玄德以在上之天子为辞。}孔明曰："非也。方今天下分崩，英雄并起，各霸一方。四海才德之士，舍死亡生而事其上者，皆欲攀龙附凤，建立功名也。今主公避嫌守义，恐失众人之望。愿主公熟思之。"^{孔明以在下之人心为辞。}玄德曰："要吾僭居尊位，吾必不敢。可再商议长策。"诸将齐言曰："主公若只推却，众心解矣。"^{上是孔明劝进，此又写诸将推戴。}孔明曰："主公平生以义为本，未肯便称尊号。今有荆襄、两川之地，可暂为汉中王。"玄德曰："汝等虽欲尊吾为王，不得天子明诏，是僭也。"^{不是辞王，但欲请诏。}孔明曰："今宜从权，不可拘执常理。"张飞大叫曰："异姓之人，皆欲为君，何况哥哥乃汉朝宗派！莫说汉中王，就称皇帝，有何不可！"^{每到玄德谦让处，便是张飞直叫出来。}玄德叱曰："汝勿多言！"孔明曰："主公宜从权变，先进位汉中王，然后表奏天子，未为迟也。"^{操贼挟天子以令诸侯，天子之诏乃操主之者也，故先称王而后奉表，乃权宜之法。}

玄德再三推辞不过，只得依允。建安二十四年秋七月，筑坛于沔阳，方圆九里，分布五方，各设旌旗仪仗。群臣皆依次序排列。许靖、法正请玄德登坛，进冠冕玺绶讫，面南而坐，受文武

官员拜贺为汉中王。称得堂堂正正，与子刘禅，立为王世子。封许靖
魏王加九锡不同。
为太傅，法正为尚书令；诸葛亮为军师，总理军国重事。封关
羽、张飞、赵云、马超、黄忠为五虎大将；魏延为汉中太守。其
馀各以功勋定爵。玄德既为汉中王，遂修表一道，差人赍赴许
都。表曰：

备以具臣之才，荷上将之任，总督三军，奉辞于外，不能扫
除寇难，靖匡王室，久使陛下圣教陵迟，六合之内，否而未泰，
惟忧反侧，疢如疾首。先用自
责。

曩者董卓，伪为乱阶。自是之后，群凶纵横，残剥海内。赖
陛下圣德威临，人臣同应，或忠义奋讨，或上天降罚，暴逆并
殪，以渐冰消。次叙董卓、傕、汜之   惟独曹操，久未枭除，侵擅国
乱，以下方说曹操。
权，恣心极乱。臣昔与车骑将军董承，图谋讨操，机事不密，承
见陷害。即奉衣带诏一事，消   臣播越失据，忠义不果，自述起兵徐州
受得一个汉中王。   以后之事。
得使操穷凶极逆，主后戮杀，皇子鸩害。此二事是定   虽纠合同盟，
操贼罪案。
念在奋力；懦弱不武，历年未效。常恐殒没，辜负国恩；寤寐永
叹，夕惕若厉。又是自责
之语。

今臣群僚以为在昔《虞书》，敦叙九族，庶明励翼；帝王相
传，此道不废。周监二代，并建诸姬，实赖晋、郑夹辅之力；高
祖龙兴，尊王子弟，大启九国，卒斩诸吕，以安大宗。今操恶直
丑正，实繁有徒，包藏祸心，篡盗已显。既宗室微弱，帝族无
位，斟酌古式，依假权宜，上臣为大司马、汉中王。以上述群下
推戴之意。
臣伏自三省：受国厚恩，荷任一方，陈力未效，所获已过，
不宜复忝高位，以重罪谤。以上自叙谦   群僚见逼，迫臣以义。臣退
让之怀。

惟寇贼不枭，国难未已；宗庙倾危，社稷将坠，诚臣忧心碎首之日。若应权通变，以宁静圣朝，虽赴水火，所不得辞；辄顺众议，拜受印玺，以崇国威。以上又述群下复请，不得复辞之故。

仰惟爵号，位高宠厚；俯思报效，忧深责重；惊怖惕息，如临于谷。敢不尽力输诚，奖励六师，率齐群义，应天顺时，以宁社稷。此又述受爵以后，当讨贼自效。谨拜表以闻。

表到许都，曹操在邺郡闻知玄德自立汉中王，大怒曰："织席小儿，安敢如此！吾誓灭之！"即时传令，尽起倾国之兵，赴两川与汉中王决雌雄。操以备为英雄，自青梅煮酒之时已知有今日矣，又何为而怒耶？一人出班谏曰："大王不可因一时之怒，亲劳车驾远征。臣有一计，不须张弓只箭，令刘备在蜀自受其祸。待其兵衰力尽，只须一将往征之，便可成功。"操视其人，乃司马懿也。仲达此时渐渐出头。操喜问曰："仲达有何高见？"懿曰："江东孙权以妹嫁刘备，而又乘间窃取回去；照应六十一回中事。刘备又据占荆州不还，彼此俱存切齿之恨。今可差一舌辩之士，赍书往说孙权，使兴兵取荆州；刘备必发两川之兵以救荆州。那时大王兴兵去取汉川，令刘备首尾不能相救，势必危矣。"不消自家费力，却去挑拨他人。

操大喜，即修书令满宠为使，星夜投江东来见孙权。权知满宠到，遂与谋士商议。张昭进曰："魏与吴本无仇；前因听诸葛之说词，致两家连年征战不息，生灵遭其涂炭。今满伯宁来，必有讲和之意，可以礼接之。"独不记二乔铜雀之事乎？是操为仇雠，而备乃婚姻也。权依其言，令众谋士接满宠入城相见。礼毕，权以宾礼待宠。宠呈上操书，曰："吴魏自来无仇，皆因刘备之故，致生衅隙。魏王差某到此，约将军攻取荆州，魏王以兵临汉川，首尾夹击。破刘之后，共分疆土，誓不相侵。"玄德不肯还荆州，曹操独肯分疆土耶？孙权览书毕，设筵相待满宠，送归馆舍安歇。

权与众谋士商议。顾雍曰："虽是说词，其中有理。温州柑子四十担前已送过，今日之议敢不奉承？今可一面送满宠回，约会曹操，首尾相击；一面使人过江探云长动静，方可行事。"张昭只要和魏，顾雍却有两说。诸葛瑾曰："某闻云长自到荆州，刘备娶与妻室，先生一子，次生一女。其女尚幼，未许字人。云长家事，却借诸葛瑾口中补出，省笔之法。某愿往与主公世子求婚。若云长肯许，即与云长计议共破曹操；若云长不肯，然后助曹取荆州。"诸葛瑾有鲁肃之风。

孙权用其谋，先送满宠回许都，却遣诸葛瑾为使，投荆州来。入城见云长，礼毕。云长曰："子瑜此来何意？"瑾曰："特来求结两家之好。吾主吴侯有一子甚聪明，闻将军有一女，特来求亲。两家结好，并力破曹。此诚美事，请君侯思之。"吕范做媒是假，诸葛瑾做媒是真；一是求婿，一是求妇，各各不同。云长勃然大怒曰："吾虎女安肯嫁犬子乎！"虎女犬子"太觉言重。玄德曾配孙夫人矣，是虎兄而配犬妹也；孙夫人为公之嫂矣，是虎叔而有犬嫂也。不看汝弟之面，立斩汝首！再休多言！"遂唤左右逐出。做媒的往往讨恁慢。瑾抱头鼠窜，回见吴侯，不敢隐匿，遂以实告。

权大怒曰："何太无礼耶！"便唤张昭等文武官员商议取荆州之策。步骘曰："曹操久欲篡汉，所惧者刘备也；今遣使来令吴兴兵吞蜀，此嫁祸于吴也。"云长不肯嫁女，于吴无损，曹操有意嫁祸，不利于吴。权曰："孤亦欲取荆州久矣。"骘曰："今曹仁见屯兵于襄阳、樊城，又无长江之险，旱路可取荆州，如何不取，却令主公动兵？只此便见其心。"步骘略有见识，张昭不如也。主公可遣使去许都见操，令曹仁旱路先起兵取荆州，云长必掣荆州之兵而取樊城。若云长一动，主公可遣一将暗取荆州，一举可得矣。"^{为后文吕蒙袭荆州张本。}权从其议，即时遣使过江，上书曹操陈说此事。操大喜，发付使者先回，随遣满宠往樊城助曹仁为参谋官，商议动兵；^{吴让魏先发，是着乖处。}一面驰檄东吴，令领兵水路接应，以取荆州。^{以上按下吴魏两边，以下接应先主一边。}

却说汉中王令魏延总督军马守御东川，遂引百官回成都。差官起造宫庭，又置馆舍，自成都至白水，共建四百馀处馆舍亭邮。广积粮草，多造军器，以图进取中原。^{写西川大起景色。}细作人探听得曹操结连东吴，欲取荆州，即飞报入蜀。汉中王忙请孔明商议。孔明曰："某已料曹操必有此谋；然吴中谋士极多，必教操令曹仁先兴兵矣。"^{明见万里，是以谓之孔明。}汉中王曰："似此如之奈何？"孔明曰："可差使命就送官诰与云长，令先起兵取樊城，使敌军胆寒，自然瓦解矣。"^{吴欲使魏先发，孔明又使云长先发，一是让先，一是占先。}汉中王大喜，即差前部司马费诗为使，赍捧诰命投荆州来。云长出郭，迎接入城。至公厅礼毕，云长问曰："汉中王封我何爵？"诗曰："五虎大将之首。"云长问："那五虎将？"诗曰："关、张、赵、马、黄是也。"云长怒曰："翼德吾弟也；孟起世代名家；子龙久随吾兄，即吾弟也，位与吾相并可也。黄忠何等人，敢与吾同列？大丈夫终不与老卒为伍！"遂不肯受印。^{公太好胜：既不肯以虎配犬，又不肯以虎并虎。○严颜老而翼德以为壮，黄忠不服老而云长以为老，二公情性又自不同。}诗笑曰："将军差矣。昔萧何、曹参与高祖同举大事，最为亲近，而韩信乃楚之亡将也；然信立为王，居萧、曹之上，未闻萧、曹以此为怨。今汉中王虽有五虎将之封，而与将军有兄弟之义，视同一体。^{以兄弟之义动之。}将军即汉中王，汉中王即将军也。岂与诸人等哉？将军受汉中王厚恩，当与同休戚、共祸福，不宜计较官号之高下。愿将军熟思之。"^{诗之善于说词，}^{与张辽等。}云长大悟，乃再拜曰："某之不明，非足下见教，几误大事。"即拜受印绶。

费诗方出玉旨，令云长领兵取樊城。云长领命，即时便差傅士仁、糜芳二人为先锋，先引一军于荆州城外屯扎；一面设宴城中，款待费诗。饮至二更，忽报城外寨中火起。云长急披挂上马，出城看时，乃是傅士仁、糜芳饮酒，帐后遗火烧着火炮，满营撼动，把军器粮草尽皆烧毁。^{便是不祥}^{之兆。}云长引兵救扑，至四更方才火灭。云长入城，召傅士仁、糜芳责之曰："吾令汝二人作先锋，不曾出军，先将许多军器粮草烧毁，火炮打死本部军人。如此误事，要你二人何用！"叱令斩之。^{为后文二人背公伏线。○于诸葛}^{瑾当看军师之面，于糜芳当看亡}^{嫂之面。}费诗告曰："未曾出师，先斩大将，于军不利。可暂免其罪。"云长怒气不息，叱二人曰："吾不看费司马之面，必斩汝二人之首！"乃唤武士各杖四十，摘去先锋印绶，罚糜芳守南郡，傅士仁守公安，^{既轻待之，又重托之，}^{此公之所以误也。}且曰："若吾得胜回来之日，稍有差池，二罪俱罚！"二人满面羞惭，喏喏而去。云长便令廖化为先锋，关平为副将；自总中军，马良、伊籍为参谋，一同征进。先是，有胡华之子胡班，到荆州来投降关公，公念其旧日相救之情，甚爱之，^{胡班救关公是二十七回}^{中事，于此照应出来。}令随费诗入川，见汉中王受爵。费诗辞别关公，带了胡班，自回蜀中去了。

且说关公是日祭了帅字大旗，假寐于帐中。忽见一猪，其大如牛，浑身黑色，奔入帐中径咬云长之足。^{豕属亥，亥者水也，}^{其江东谋害之象乎？}云长大怒，急拔剑斩之，声如裂帛。霎时惊觉，乃见一梦。便觉左足阴阴疼痛，^{又是不祥之兆。先主梦臂痛，应在}^{庞统；关公梦足痛，应在自身。}心中大疑，唤关平至，以梦告之。平对曰："猪亦有龙象。乃附足，是升腾之意，不必疑忌。"云长聚多官于帐下，告以梦兆。或言吉祥者，或言不祥者，众论不一。云长曰："吾大丈夫，年近六旬，即死何憾！"^{说一死字，亦是不祥之兆。}正言间，蜀使至，传汉中王旨，拜云长为前将军，假节钺，都督荆襄九郡事。云长受命讫，众官拜贺曰："此足见猪龙之瑞也。"^{今日详梦者，大都类此。}于是云长坦然不疑，遂起兵奔襄阳大路而来。

曹仁正在城中，忽报云长自领兵来。仁大惊，欲坚守不出。副将翟元曰："今魏王令将军约会东吴取荆州；今彼自来，是送死也，何故避之！"参谋满宠谏曰："吾素知云长勇而有谋，未可轻敌。不如坚守，乃为上策。"骁将夏侯存曰："此书生之言耳。岂不闻水来土掩，^{岂知淹七军之水，竟不能以土掩乎？}将至兵迎？我军以逸待劳，自可取胜。"曹仁从其言，令满宠守樊城，自领兵来迎云长。云长知曹兵来，唤关平、廖化二将，受计而往。与曹兵两阵对圆，廖化出马搦战。翟元出迎。二将战不多时，化诈败，拨马便走。翟元从后追杀，荆州兵退二十里。^{先退后进，公亦善于用兵。}次日，又来搦战。夏侯存、翟元一齐出迎，荆州兵又败，又追杀二十馀里。^{一退再退，诱敌殊妙。}忽听得背后喊声大震，鼓角齐鸣。曹仁急命前军速回，背后关平、廖化杀来，曹兵大乱。曹仁知是中计，先掣一军飞奔襄阳。离城数里，前面绣旗招飐，云长勒马横刀，拦住去路。^{写得云长声势。}曹仁胆战心惊，不敢交锋，望襄阳斜路而走。云长不赶。须臾，夏侯存军至，见了云长，大怒，便与云长交锋，只一合被云长砍死。翟元便走，被关平赶上一刀斩之。乘势追杀，曹兵大半死于襄江之中。曹仁退守樊城。

云长得了襄阳，赏军抚民。_{此时取襄阳如反掌，诚不料有后事。}随军司马王甫曰："将军一鼓而下襄阳，曹兵虽然丧胆，然以愚意论之：今东吴吕蒙屯兵陆口，常有吞并荆州之意，倘率兵径取荆州，如之奈何？"_{为吕蒙袭荆州伏笔。}云长曰："吾亦念及此。汝便可提调此事，去沿江上下，或二十里，或三十里，选高阜处置一烽火台，每台用五十军守之；倘吴兵渡江，夜则明火，昼则举烟为号。吾当亲往击之。"_{守之以烽火，不若守之以人。}王甫曰："糜芳、傅士仁守二隘口，恐不竭力，必须再得一人以总督荆州。"_{为后糜、傅二人背汉伏笔。}云长曰："吾已差治中潘濬守之，有何虑焉？"甫曰："潘濬平生多忌而好利，不可任用。_{为后文潘濬失事伏笔。}可差军前都督粮料官赵累代之。赵累为人忠诚廉直，若用此人，万无一失。"_{惜不用甫之言。}云长曰："吾素知潘濬为人。今既差定，不必更改。赵累现掌粮料，亦是重事。汝勿多疑，只与我筑烽火台去。"王甫怏怏拜辞而行。_{荆州之失，实原于此。}云长令关平准备船只渡襄江，攻打樊城。

却说曹仁折了二将，退守樊城，谓满宠曰："不听公言，兵败将亡，失却襄阳，如之奈何？"宠曰："云长虎将，足智多谋，不可轻敌，只宜坚守。"正言间，人报云长渡江而来，攻打樊城。_{离荆州愈远。}仁大惊。宠曰："只宜坚守。"部将吕常奋然曰："某乞兵数千，愿当来军于襄江之内。"宠谏曰："不可。"吕常怒曰："据汝等文官之言，只宜坚守，何能退敌？岂不闻兵法云：军半渡可击。_{兵法成语，拘执不得。}今云长军半渡襄江，何不击之？若兵临城下，将至濠边，急难抵当矣。"仁即与兵二千，令吕常出樊城迎战。吕常来至江口，只见前面绣旗开处，云长横刀出马。吕常却欲来迎，后面众军见云长神威凛凛，不战先走，_{写得云长声势。}吕常喝止不住。云长混杀过来，曹兵大败，马步军折其大半，残败军奔入樊城。曹仁急差人来救。使命星夜至长安，将书呈上曹操，言："云长破了襄阳，现围樊城甚急。望拨大将前来救援。"曹操指班部内一人而言曰："汝可去解樊城之围。"其将应声而出。众视之，乃于禁也。_{曹操此时颇无眼力。}禁曰："某求一将作先锋，领兵同去。"操又问众人曰："谁敢作先锋？"一人奋然出曰："某愿施犬马之劳，生擒关某，献于麾下。"操视之大喜。正是：

　　　　未见东吴来伺隙，先看北魏又添兵。

　　未知此人是谁，且看下文分解。

第七十四回　庞令名抬榇决死战　关云长放水淹七军

關長水七
雲放濟軍

关公初欲与马超比试，而今与马超之部将争锋，是与战马超无异也。马超即与关公为一家，而庞德乃与关公死战，是亦与战马超无异也。以关公敌马超犹未为损重，而以庞德斗马超，毋乃为背主乎？其后既不肯背曹操而降关公，其初何以背马腾而降曹操？故庞德之死，君子无取焉。

关公以水胜者有二：一为白河之水，一为襄江之水。白河之水，是奉孔明之命而小用之者也；襄江之水，是得孔明之意而大用之者也。小用之不过火后之馀波，大用之遂作军前之胜算。盖孔明以水济火，而关公则纯用水。纯用水而水之功更大于前矣。虽然，玄德以孔明为水，孔明而用水犹之以水济水耳。若关公性烈如火，面赤如火，坐下之马亦如火，则虽纯用水，而亦可谓之以水济火云。

襄江之决，可以淹七军，而不足以取樊城。何也？曰："水之灌兵也易，而灌城也难。灌兵之水顺而速，灌城之水渐而迟。速则敌不及防，而迟则敌能自守也。然则决泗水而取下邳，决漳水而取冀州，将毋曹操之用水独胜于关公乎？曰：是又不然。使下邳无侯成之纳款，冀州无审荣之献门，则二城未必可入。操之幸胜，岂尽水之力哉？

关公之欲决襄江与冷苞之欲决涪江，其谋无异，不可以成败论也。苞之所以败者，彭羕告焉，而庞统防焉；公之所以胜者，成何觉焉，而于禁昧焉。法正知之蚤，故不移营而无伤；庞德知之晚，虽欲移营而无及。同一谋而谋之成不成，亦视敌之愚与不愚耳。

鱼入罾口，而关公坐享渔人之利矣。乃庞德几为网之漏，而卒为俎之登；于禁不为校之烹，而幸为池之畜。其故何也？盖鱼入罾而难脱，此禁之所以被擒；鱼得水而不涸，此禁之所以终活与？

观于樊城之不下，而知天下之不欲复兴汉室也。当单福取樊城之时，其兵力不足以守樊城，故其后终至于弃樊城。及关公围樊城之时，其兵力将不止于取樊城，则其时甚利于得樊城，而惜乎其中阻也。读书至此，为之三叹。

却说曹操欲使于禁赴樊城救援，问众将谁敢作先锋。一人应声愿往。操视之，乃庞德也。操大喜曰："关某威震华夏，未逢对手；今遇令名，真劲敌也。"遂加于禁为征南将军，加庞德为征西都先锋，大起七军，前往樊城。^{天一生水，地六成之。七，固水之数也。}这七军，皆北方强壮之士。两员领军将校，一名董衡，一名董超，当日引各头目参拜于禁。董衡曰："今将军提七枝重兵去解樊城之厄，期在必胜，乃用庞德为先锋，岂不误事？"禁惊问其故。衡曰："庞德原系马超手下副将，不得已而降魏，今其故主在蜀，职居五虎上将；^{照应前事。}况其亲兄庞柔亦在西川为官，^{又补叙前文所未及。}今使他为先锋，是泼油救火也。将军何不启知魏王，别换一人去？"^{有此一段言语，愈见下文庞德之不易也。}

禁闻此语，遂连夜入府启知曹操。操省悟，即唤庞德至阶下，令纳下先锋印。德大惊曰："某正欲与大王出力，何故不肯见用？"操曰："孤本无猜疑，但今马超现在西川，汝兄庞柔亦在西川，俱佐刘备，孤纵不疑，奈众口何？"^{操推托别人，亦一激之意。}庞德闻之，免冠顿首，流血满面而告曰："某自汉中投降大王，每感厚恩，虽肝脑涂地不能补报，大王何疑于德也？德昔在故乡时与兄同居，嫂甚不贤，德乘醉杀之；兄恨德入骨髓，誓不相见，恩已断矣。〔杀嫂绝兄，是为无亲。〕故主马超有勇无谋，兵败地亡，孤身入川，今与德各事其主，旧义已绝。〔背主从操，是为无君。〕德感大王恩遇，安敢萌异志？惟大王察之。"操乃扶起庞德，抚慰曰："孤素知卿忠义，前言特以安众人之心耳。卿可努力建功。卿不负孤，孤亦必不负卿也。"〔老贼善于用人。〕

德拜谢回家，令匠人造一木榇。〔亦是死兆。〕次日，请诸友赴席，列榇于堂。众亲友见之，皆惊问曰："将军出师，何用此不祥之物？"德举杯谓亲友曰："吾受魏王重恩，誓以死报。今去樊城与关某决战，我若不能杀彼，必为彼所杀；即不为彼所杀，我亦当自杀。故先备此榇，以示无空回之理。"〔若死于疆场，当以马革裹尸耳，何以榇为？〕众皆嗟叹。德唤其妻李氏与其子庞会出，谓其妻曰："吾今为先锋，义当效死疆场。我若死，汝好生看养吾儿；吾儿有异相，长大必当与吾报仇也。"〔以死自誓，固是好汉，惜其用之不当耳。〕妻子痛哭送别，德令扶榇而行。临行，谓部将曰："吾今去与关某死战，我若被关某所杀，汝等即取吾尸置此榇中；〔后被周仓活擒，究竟此榇无用。〕我若杀了关某，吾亦即取其首置此榇内，回献魏王。"〔榇为己设则可，若为敌设，益觉无谓。〕部将五百人皆曰："将军如此忠勇，某等敢不竭力相助！"于是引军前进。有人将此言报知曹操。操喜曰："庞德忠勇如此，孤何忧焉！"贾诩曰："庞德恃血气之勇，欲与关某决死战，臣窃虑之。"〔贾诩先料其败。〕操然其言，急令人传旨戒庞德曰："关某智勇双全，切不可轻敌。可取则取，不可取则宜谨守。"庞德闻命，谓众将曰："大王何重视关某也？吾料此去当挫关某三十年之声价。"〔谁知关公声价〕

虽死不
挫乎？禁曰："魏王之言，不可不从。"德奋然趱军前至樊城，耀
武扬威，鸣锣击鼓。

却说关公正坐帐中，忽探马飞报："曹操差于禁为将，领七
枝精壮兵到来。前部先锋庞德，军前抬一木榇，口出不逊之言，
誓欲与将军决一死战。兵离城止三十里矣。"关公闻言，勃然变
色，美髯飘动，大怒曰："天下英雄闻吾之名无不畏服，庞德竖
子何敢藐视吾耶！关公好胜，又遇着一个不怕死的。关平一面攻打樊城，吾自去斩此
匹夫，以雪吾恨！"平曰："父亲不可以泰山之重，与顽石争高
下。辱子愿代父去战庞德。"关公曰："汝试一往，吾随后便来
接应。"关平出帐，提刀上马，领兵来迎庞德。两阵对圆，魏营
一面皂旗上大书"南安庞德"四个白字。用白书字便是挂之兆，颇似今之铭旌。庞德青
袍银铠，钢刀白马，立于阵前；背后五百军兵紧随，步卒数人肩
抬木榇而出。关平大骂庞德背主之贼。"背主"二字骂得切当。庞德问部卒
曰："此何人也？"或答曰："此关公义子关平也。"德叫曰：
"吾奉魏王旨，来取汝父之首！汝乃疥癞小儿，吾不杀汝！快唤
汝父来！"庞德无兄，岂识关公有子？平大怒，纵马舞刀，来取庞德。德横刀来
迎。战三十合，不分胜负，两家各歇。不是写庞德，是写关公。

早有人报知关公。公大怒，令廖化去攻樊城，自己亲来迎敌
庞德。关平接着，言与庞德交战，不分胜负。关公随即横刀出
马，大叫曰："关云长在此，庞德何不早来受死！"庞德来讨死，公乃欲以死与之。
鼓声响处，庞德出马曰："吾奉魏王旨，特来取汝首！恐汝不
信，备榇在此。汝若怕死，早下马受降！"关公大骂曰："量汝
一匹夫，亦何能为！可惜我青龙刀斩汝鼠贼！"为刀惜，亦当为公惜。纵马舞
刀，来取庞德。德轮刀来迎。二将战有百馀合，精神倍长。两军

各看得痴呆了，^{在众人眼中}^{写一句。}魏军恐庞德有失，急令鸣金收军。关平恐父年老，亦即鸣金。二将各退。庞德归寨，对众曰："人言关公英雄，今日方信也。"^{德亦心}^{服。}正言间，于禁至。相见毕，禁曰："闻将军战关公，百合之上，未得便宜，何不且退军避之！"德奋然曰："魏王命将军为大将，何太弱也？吾来日与关某共决一死，誓不退避！"^{到底只是}^{要寻死。}禁不敢阻而回。

却说关公回来，谓关平曰："庞德刀法惯熟，真吾敌手。"平曰："俗云：'初生之犊不惧虎。'父亲纵然斩了此人，只是西羌一小卒耳；倘有疏虞，非所以重伯父之托也。"^{关平之言深}^{见大体。}关公曰："吾不杀此人，何以雪恨？吾意已决，再勿多言！"次日，上马引兵前进。庞德亦引兵来迎。两阵对圆，二将齐出，更不打话，出马交锋。斗至五十馀合，庞德拨回马，拖刀而走。关公从后追赶。关平恐有疏失，亦随后赶去。^{关平处处}^{精细。}关公口中大骂："庞贼！欲使拖刀计，吾岂惧汝？"原来庞德虚作拖刀势，却把刀就鞍鞒挂住，偷拽雕弓，搭上箭射将来。^{不能以刀胜，而欲以}^{箭胜，亦不算英雄。}关平眼快，见庞德拽弓，大叫："贼将休放冷箭！"^{关平}^{能。}关公急睁眼看时，弓弦响处，箭早到来，躲闪不及，正中左臂。关平马到，救父回营。庞德勒回马轮刀赶来，急听得本营锣声大震。德恐后军有失，急勒马回。原来于禁见庞德射中关公，恐他成了大功，灭禁威风，故鸣金收军。^{于禁初阻庞德，}^{今故忌之。}庞德回马，问："何故鸣金？"于禁曰："魏王有戒，关公智勇双全，他虽中箭，只恐有诈，故鸣金收军。"^{解说得}^{勉强。}德曰："若不收军，吾已斩了此人也。"^{有关平相救}^{只怕未必。}禁曰："紧行无好步，当缓图之。"庞德不知于禁之意，只懊悔不已。

却说关公回营，拔了箭头。幸得箭射不深，用金疮药敷之。后又有一箭射得重，此处先有一箭射得轻为之作引。关公痛恨庞德，谓众将曰："吾誓报此一箭之仇！"众将对曰："将军且待安息几日，然后与战未迟。"次日，人报庞德引军搦战。关公就要出战。众将劝住。庞德令小军毁骂。关平把住隘口，分付众将休报知关公。写关平精细之极。庞德搦战十余日，无人出迎，乃与于禁商议曰："眼见关公箭疮举发，不能动止，不若乘此机会，统七军一拥杀入寨中，可救樊城之围。"于禁恐庞德成功，只把魏王戒旨相推，不肯动兵。于禁忌庞德，正为庞德背马超之报。庞德屡欲动兵，于禁只不允，乃移七军转过山口，离樊城北十里，依山下寨。禁自领兵截断大路，令庞德屯兵于谷后，使德不能进兵成功。庞德前为杨松之忌，迳降曹操；今有于禁之忌，何不降关公？

却说关平见关公箭疮已合，甚是喜悦。忽听得于禁移七军于樊城之北下寨，未知其谋，即报知关公。公遂上马，引数骑上高阜处望之，见樊城城上旗号不整，军士慌乱，又在关公眼中带写樊城一笔。城北十里山谷之内，屯着军马；又见襄江水势甚急。伏笔甚妙。看了半晌，唤乡导官问曰："樊城北十里山谷，是何地名？"对曰："罾口川也。"关公大喜曰："于禁必为我擒矣。"将士问曰："将军何以知之？"关公曰："'于'入'罾'口，岂能久乎？"坡名"落凤"，庞统被射；川名"罾口"，于禁被擒，正复相似。而庞德则自觉之，于禁则不自知，而关公知之。诸将未信。公回本寨。时值八月秋天，骤雨数日。公令人预备船筏，收拾水具。关平问曰："陆地相持，何用水具？"公曰："非汝所知也。于禁七军不屯于广易之地，而聚于罾口川险隘之处。方今秋雨连绵，襄江之水必然泛涨；吾已差人堰住各处水口，待水发时，乘高就船，放水一淹，樊城、罾口川之兵皆为鱼鳖矣。"不独于禁为鱼，七军皆为鱼矣。关平拜服。

　　却说魏军屯于罾口川，连日大雨不止，督将成何来见于禁曰："大军屯于川口，地势甚低；虽有土山，离营稍远。即今秋雨连绵，军士艰辛。近有人报说荆州兵移于高阜处，^{关公移兵在成何口中补出。}又于汉水口预备战筏；倘江水泛涨，我军危矣。宜早为计。"于禁叱曰："匹夫惑吾军心耶！再有多言者斩之！"^{于禁素来知兵，今何愚昧之甚？总之人不可以有私，私则蔽明，可不戒哉！}成何羞惭而退，却来见庞德说此事。德曰："汝所见甚当。于将军不肯移兵，吾明日自移军屯于他处。"^{只怕等明日不得。}

　　计议方定，是夜风雨大作。庞德坐于帐中，只听得万马争奔，征鼙震地。德大惊，急出帐上马看时，四面八方大水骤至，七军乱窜，随波逐浪者不计其数。平地水深丈馀，于禁、庞德与诸将各登小山避水。^{地水师化作水山塞。}比及平明，关公及众将皆摇旗鼓噪，乘大船而来。于禁见四下无路，左右止有五六十人，料不能逃，口称愿降。^{不济事。}关公令尽去衣甲，拘收入船，^{初入罾口，今然后则已入渔舟。}来擒庞德。时庞德并二董及成何，与步卒五百人，皆无衣甲，立在堤上。见关公来，庞德全无惧怯，奋然前来接战。关公将船四面围定，军士一齐放箭，射死魏兵大半。董衡、董超见势已危，乃告庞德曰："军士折伤大半，四下无路，不如投降。"庞德大怒曰："吾受魏王厚恩，岂肯屈节于人！"遂亲斩董超、董衡于前，^{其初本是二董疑庞德，今反是庞德杀二董，出于意外。}厉声曰："再言降者，以此二人为例！"于是众皆奋力御敌。自平明战至日中，勇力倍增。关公催四面急攻，矢石如雨。德令军士用短兵接战。德回顾成何曰："吾闻'勇将不怯死以苟免，壮士不毁节而求生'。^{此一语在被擒于曹操时何不记之？}今日乃我死日也。^{死则死矣，但不知木样何处去耳？}汝可努力死战。"成何依令向前，被关公一箭射落水中。众军皆降，止有庞德一人力战。正遇荆州数十人，驾小舟近堤来，德提刀飞身一跃，早上小船，立杀十馀人，^{有此本事，可惜用之不得其当。}馀皆弃船赴水逃命。庞德一手提刀，一手使短棹，欲向樊城而走。^{与许褚渭桥之舟仿佛相类。}只见上流头一将撑大筏而至，将小船撞翻，庞德落于水中。船上那将跳下水去，生擒庞德上船。众视之，擒庞德者，乃周仓也。^{先叙其功，后出其名。}仓素知水性，又在荆州住了数年，愈加惯熟；更兼力大，因此擒了庞德。^{又补叙周仓武艺。}于禁所领七军，皆死于水中。其会水者料无去路，亦俱投降。后人有诗曰：

夜半征鼙响震天，襄樊平地作深渊。

关公神算谁能及，华夏威名万古传。

关公回到高阜去处，升帐而坐。群刀手押过于禁来。禁拜伏于地，乞哀请命。^{大失体面。}关公曰："汝怎敢抗吾？"禁曰："上命差遣，身不由己。望君侯怜悯，誓以死报。"公绰髯笑曰："吾杀汝，犹杀狗彘耳，空污刀斧！"令人缚送荆州大牢内监候：^{荆州大牢权作放生池。}"待吾回，别作区处。"发落去讫。^{为后文伏笔。}关公又令押过庞德。德睁眉怒目，立而不跪，^{不肯跪关公，独肯跪曹操，殊无足取。}关公曰："汝兄见在汉中，汝故主马超亦在蜀中为大将，汝如何不早降？"^{绝不记被射之恨，何等卓荦。}德大怒曰："吾宁死于刀下，岂降汝耶！"^{德之所以不降者，想以妻子在许昌故耶？嫂可杀，兄可绝，而妻子独不可弃耶？}骂不绝口。公大怒，喝令刀斧手推出斩之。德引颈受刑。关公怜而葬之。^{此时定是关公另以木椁葬之，原来之椁，不知漂没归何所矣。}于是乘水势未退，复上战船，引大小将校来攻樊城。

却说樊城周围白浪滔天，水势益甚，城垣渐渐浸塌，男女担土搬砖，填塞不住。曹军众将无不丧胆，慌忙来告曹仁。仁曰：

"今日之危，非力可救；可趁敌军未至，乘舟夜走。虽然失城，尚可全身。" _{皆是怕
死的。}正商议，方欲备船出走，满宠谏曰："不可。山水骤至，岂能长存？不旬日即当自退。_{成何知水之将来，满宠知水之
将去，而一见听，一不见听，}_{亦有幸有
不幸焉。}关公虽未攻城，已遣别将在郏下。其所以不敢轻进者，虑吾军袭其后也。今若弃城而去，黄河以南，非国家之有矣。愿将军固守此城，以为保障。"仁拱手称谢曰："非伯宁之教，几误大事。" _{若无满宠，则樊城必为关公所有。关公既得樊城，则举黄河以南皆可据
而有之，如是则吕蒙虽袭荆州，而关公犹不至于无以自立也。而满宠言}_{之，曹仁听之，
岂非天哉？}乃骑白马上城，聚众将发誓曰："吾受魏王命保守此城，但有言弃城而去者斩！"诸将皆曰："某等愿以死据守！"仁大喜，就城上设弓弩数百，军士昼夜防护，不敢懈怠。老幼居民，担土石填塞城垣。旬日之内，水势渐退。

关公自擒魏将于禁等，威震天下，无不惊骇。忽次子关兴来寨内省亲。_{关兴于此
处出见。}公就令兴赍诸官立功文书去成都见汉中王，各求升迁。_{但求升迁，而不求添兵
相助，是亦疏虞处。}兴拜辞父亲，径投成都去讫。_{亏此一去，关
公留得一子。}

却说关公分兵一半，直抵郏下。公自领兵四面攻打樊城。当日关公自到北门，立马扬鞭，指而问曰："汝等鼠辈，不早来降，更待何时？"正言间，曹仁在敌楼上，见关公身上止披掩心甲，斜袒着绿袍，乃急招五百弓弩手，一齐放箭。公急勒回马时，右臂上中一弩箭，翻身落马。正是：

水里七军方丧胆，城中一箭忽伤身。

未知关公性命如何，且看下文分解。

第七十五回　关云长刮骨疗毒
　　　　　　　吕子明白衣渡江

吉平截指骂贼，是良医为烈汉；关公刮骨疗毒，是烈汉遇良医。可见忠臣义士，不怕疼痛；若怕疼痛，便做不得忠臣义士矣。然临难不怕，必是平日先不怕。惟平日有刮骨之关公，然后临难有截指之吉平也。

华佗医周泰，一请便到；医关公，不请自来。古之名医，志在济人利物，绝不似今之名医，善于挈人，巧于图利，几番邀请，方才入门，先讲谢仪，然后开手也。能慕忠臣者，即是忠臣；能救义士者，即是义士。吉平、华佗是一人不是两人。

此卷方写关公有病而如无病，便即写吕蒙无病而诈有病；方写华佗医真病，便接写陆逊医假病。华佗知药箭之毒而去其毒，是以药治药也；陆逊知吕蒙之假病，而又教之以托病，是以病医病也。而又有奇焉者。关公有受病之臂，亦有受病之心。尊己而傲物，是受病之心也。陆逊有去病之方，亦有发病之方。币重而言甘，是发病之方也。吕蒙辞职，而关公以为去一疾，视去臂上之疾而更快，乃荆州撤备，而关公又中一毒，视中药箭之毒而更深。若孔明以借风医周郎而周郎愈，庞统以连环医北军而北军亡。二公分用之，而陆逊以一人兼用之，比前文更自出色。

观孙权之听吕蒙，而吴与魏皆为汉贼矣。权若乘关公之距樊城，而北取徐州，以共分中原，则汉室可兴，而操贼可灭。奈何忘砍案之誓，背昔日之盟，而反阴与操约，以图关公乎？所以然者，不过争一荆州耳。刘备取荆州于曹操，本未尝假荆州于孙权，其曰借曰还，不过孔明一时权变之辞，欲结权以为讨操之助；而乃认为真借，而望其真还，分之不足，又从而袭之，致使玄德之志不得伸，而关公之功不得就，岂不重可恨哉！

周瑜在而孙、刘之交离，周瑜死而孙、刘之交合；鲁肃用而孙、刘之交合，鲁肃死而孙、刘之交又离。盖周瑜之见，异于鲁肃；而鲁肃之见，又异于吕蒙也。肃欲结刘备以拒操，与孔明所见略同，故终鲁肃之世，吴、蜀未尝相攻。及吕蒙柄用，而背盟失义至于如此。悲夫！

曹仁欲弃樊城，而满宠止之；曹操欲离许昌，而司马懿又止之。夫樊城弃，而大河以南皆震动矣；许都迁，而大河以北亦皆震动矣。乃韩信破赵之先声，足以夺燕而遂能取燕；关公破襄阳之先声，足以夺操而卒不能取操。岂关公之用兵不如韩信哉？遭时之不偶耳。唐人诗云："关张无命欲何如！"诚哉！其无命也。

先主轻陆逊而败，早有关公轻陆逊而失，以为之样子矣；吕蒙白衣摇橹而取荆州，先有周善白衣摇橹而取孙夫人，以为之样子矣。凡有一事于后，必先有一事以见其端者。故曰："前事不忘，后事之师。"

却说曹仁见关公落马，即引兵冲出城来；被关平一阵杀回，救关公归寨，拔出臂箭。原来箭头有药，毒已入骨，右臂青肿，不能运动。庞德心毒而箭不毒；曹仁箭毒而心亦毒。关平慌与众将商议曰："父亲若损此臂，安能出敌？不如暂回荆州调理。"于是与众将入帐见关公。公问曰："汝等来有何事？"众对曰："某等因见君侯右臂损伤，恐临敌致怒，冲突不便。众议可暂班师回荆州调理。"周郎在南郡中箭，而程普劝其回军；关公在樊城中箭，而关平劝其回军；周郎之受伤也轻，关公之受伤也重，极相似又极不相似。公怒曰："吾取樊城只在目前，取了樊城即当长驱大进，径到许都，剿灭操贼，以安汉室。〔不必有事，不可无是心；即如有是事。壮哉关公，千古仰之！〕岂可因小疮而误大事？汝等敢慢吾军心耶！"平等默然而退。

众将见公不肯退兵，疮又不痊，只得四方访问名医。忽一日，有人从江东驾小舟而来，直至寨前。小校引见关平，平视其人方巾阔服，臂挽青囊，自言姓名："乃沛国谯郡人，姓华名佗，字元化。因闻关将军乃天下英雄，今中毒箭，特来医治。"〔不请自来，脱尽近日名医之套。〕平曰："莫非昔日医东吴周泰者乎？"〔借关平口将十五回中事一提。〕佗曰："然。"平大喜，即与众将同引华佗入帐见关公。时关公本是臂疼，恐慢军心，无可消遣，正与马良弈棋，闻有医者至，即召入。礼毕，赐坐。茶罢，佗请臂视之。公袒下衣袍，伸臂令佗看视。佗曰："此乃弩箭所伤，其中有乌头之药，直透入骨；若不早治，此臂无用矣。"〔先讲病源。〕公曰："用何物治之？"佗曰："某自有治法。但恐君侯惧耳。"〔未说出治法，先用一惊人语。〕公笑曰："吾视死如归，有何惧哉？"〔不惧敌，岂惧医？〕佗曰："当于静处立一标柱，上钉大环，请君侯将臂穿于环中，以绳系之，然后以被蒙其首。吾用尖刀割开皮肉，直至于骨，刮去骨上箭毒，用药敷之，以线缝其口，方可无事。但恐君侯惧耳。"〔既说出治法，又用一惊人语。〕公笑曰："如此容易，何用柱环？"〔不惧箭，岂惧刀？〕令设酒席相待。

公饮数杯酒毕，一面仍与马良弈棋，伸臂令佗割之。〔如此神医难得，如此病人更难得。〕佗取尖刀在手，令一小校捧一大盆于臂下接血。佗曰："某便下手。君侯勿惊。"〔临下手时再用一惊人语。〕公曰："任汝医治。吾岂比世间俗子惧痛者耶！"〔华佗之语惊人，关公之语更是惊人。〕佗乃下刀，割开皮肉，直至于骨，骨上已青；佗用刀刮骨，悉悉有声。帐上帐下见者，皆掩面失色。〔今日读者亦为之寒心，何况当日见者，能不为之失色？〕公饮酒食肉，谈笑弈棋，全无痛苦之色。若以他人当此，臂色既青，面色必白，青色既去，面色亦失矣。

须臾，血流盈盆。佗尽刮其毒，敷上药，以线缝之。公大笑而起，谓众将曰："此臂伸舒如故，并无痛矣。先生真神医也！"如此医人是神医，如此病人亦是神人。佗曰："某为医一生，未尝见此。君侯真天神也！"病人未尝见此医人，医人亦未尝见此病人。后人有诗曰：

治病须分内外科，世间妙艺苦无多。

神威罕及惟关将，圣手能医说华佗。

关公箭疮既愈，设席款待华佗。佗曰："君侯箭疮虽治，然须爱护，切勿怒气伤触。过百日后，平复如旧矣。"关公以金百两酬之。佗曰："某闻君侯高义，特来医治，岂望报乎！"坚辞不受，不索谢仪，又脱尽近日名医之套。留药一贴以敷疮口，辞别而去。

却说关公擒了于禁，斩了庞德，威名大震，华夏皆惊。探马报到许都，以上按下关公一边，以下再叙曹操一边。曹操大惊，聚文武商议曰："孤素知云长智勇盖世，今据荆襄，如虎生翼。于禁被擒，庞德被斩，魏兵挫锐；倘彼率兵直至许都，如之奈何？孤欲迁都以避之。"此时老贼亦胆落矣。曹操欲离许都，与曹仁欲弃樊城，一样怕法。司马懿谏曰："不可。于禁等被水所淹，非战之故；于国家大计，本无所损。今孙、刘失好，云长得志，孙权必不喜；大王可遣使去东吴陈说利害，令孙权暗暗起兵蹑云长之后，许事平之日，割江南之地以封孙权，则樊城之危自解矣。"司马懿之止曹操，与满宠之止曹仁，差足相仿。主簿蒋济曰："仲达之言是也。今可即发使往东吴，不必迁都动众。"操依允，遂不迁都，因叹谓诸将曰："于禁从孤三十年，何期临危反不如庞德也！"人固不易知，知人亦不易也。

令一面遣使致书东吴，一面必得一大将以当云长之锐。"言未毕，阶下一将应声而出曰："某愿往。"操视之，乃徐晃也。操大喜，遂发精兵五万，令徐晃为将，吕建副之，克日起兵，^{曹仁有援兵，}关公无应兵，众^{寡之势不敌。}前到杨陵坡驻札，看东南有应，然后征进。^{以上按下曹操一边，以下接入孙权一边。}

却说孙权接得曹操书信，览毕，欣然应允，^{自满宠致书以后，此时第二封矣。}即修书发付使者先回，乃聚文武商议。张昭曰："近闻云长擒于禁，斩庞德，威震华夏，^{此言关公未可胜。}操欲迁都以避其锋。今樊城危急，遣使求救，事定之后，恐有反覆。"^{此言关公纵可胜，而曹操又可疑。}权未及发言，忽报吕蒙乘小舟自陆口来，有事面禀。权召入问之，蒙曰："今云长提兵围樊城，可乘其远出，袭取荆州。"^{但算关公一边，不算曹操一边。}权曰："孤欲北取徐州，如何？"^{按下关公，欲取曹操。}蒙曰："今操远在河北，未暇东顾，徐州守兵无多，往自可克；然其地势利于陆战，不利水战，纵然得之，亦难保守。不如先取荆州，全据长江，别作良图。"^{按下曹操，欲取荆州。}权曰："孤本欲取荆州，前言特以试卿耳。卿可速为孤图之，孤当随后便起兵也。"^{鲁肃若在，必主取徐州之议以共分中原，必不使孙权攻关公以助曹操。}

吕蒙辞了孙权，回至陆口，早有哨马报说："沿江上下，或二十里，或三十里，高阜处各有烽火台。"又闻荆州军马整肃，预有准备，蒙大惊曰："若如此，急难图也。我一时在吴侯面前劝取荆州，今却如何处置？"寻思无计，乃托病不出，^{周郎感西风而病，吕蒙感烽火而病：一是风症，一是火症。}使人回报孙权。权闻吕蒙患病，心甚怏怏。陆逊进言曰："吕子明之病乃诈耳，非真病也。"^{惟孔明知周瑜之病，惟陆逊知吕蒙之病。}权曰："伯言既知其诈，可往视之。"陆逊领命，星夜至陆口寨中来见吕蒙，果然面无病色。^{关公真病，而无病色；吕蒙假病，而无病色：一是神威莫及，一是奸伪难遮。}逊曰：

"某奉吴侯命，敬探子明贵恙。"蒙曰："贱躯偶病，何劳探问。"逊曰："吴侯以重任付公，公不乘时而动，空怀郁结，何也？"蒙目视陆逊，良久不语。逊又曰："愚有小方，能治将军之疾，未审可用否？"<small>孔明能以方治周郎之病，陆逊亦能以方治吕蒙之病。</small>蒙乃屏退左右而问曰："伯言良方，乞早赐教。"逊笑曰："子明之疾，不过因荆州兵马整肃，沿江有烽火台之备耳。<small>先说病源</small>予有一计，令沿江守吏不能举火，荆州之兵束手归降，可乎？"<small>后说医法。</small>蒙惊谢曰："伯言之语，如见我肺腑。愿闻良策。"陆逊曰："云长倚恃英雄，自料无敌，所虑者惟将军耳。将军乘此机会，托疾辞职，<small>要医他真病，却仍教他诈病，医法绝奇绝幻，更非华佗之所能及。</small>以陆口之任让之他人，<small>他人者自己也，陆逊不好说得自己，故但云他人，以人视我，则我是他。</small>使他人卑辞赞美关公，以骄其心，彼必尽撤荆州之兵以向樊城。若荆州无备，用一旅之师，别出奇计以袭之，则荆州在掌握之中矣。"<small>此是去病之药，三关六部俱已看明，故有此妙剂。</small>蒙大喜曰："真良策也！"

由是吕蒙托病不起，上书辞职。陆逊回见孙权，具言前计。孙权乃召吕蒙还建业养病。蒙至，入见权，权问曰："陆口之任，昔周公瑾荐鲁子敬以自代，后子敬又荐卿自代，<small>鲁肃荐子明却于孙权口中补出，省笔之法。</small>今卿亦须荐一才望兼隆者，代卿为妙。"蒙曰："若用望重之人，云长必然防备。陆逊意思深长，而未有远名，非云长所忌，若即用以代臣之任，必有所济。"<small>天下有名无实之人尽多，若有实无名之人正不可多得。</small>权大喜，即日拜陆逊为偏将军、右都督，代蒙守陆口。逊谢曰："某年幼无学，恐不堪大任。"<small>正取其年幼为关公所轻。</small>权曰："子明保卿，必不差错。卿毋得推辞。"逊乃拜受印绶，连夜往陆口，交割马步水三军已毕，即修书一封，具名马、异锦、酒礼等物，遣使赍赴樊城见关公。<small>药吕蒙者是良药，药关公者是毒药，良马异锦等物抵得箭上乌头。</small>

时公正将息箭疮，按兵不动。忽报："江东陆口守将吕蒙病危，孙权取回调理。近拜陆逊为将，代吕蒙守陆口。今逊差人赍书具礼，特来拜见。"关公召入，指来使而言曰："仲谋见识短浅，用此孺子为将！" ^{以汉升为老卒，以伯言为孺子，老与幼皆不入公之眼。} 来使伏地告曰："陆将军呈书备礼，一来与君侯作贺，二来求两家和好。幸乞笑留。" ^{币重而言甘，诱我也。} 公拆书视之，书词极其卑谨。 ^{言之太甘，其中必苦。} 关公览毕，仰面大笑，令左右收了礼物，发付使者回去。使者回见陆逊曰："关公欣喜，无复有忧江东之意。"

逊大喜，密遣人探得关公果然撤荆州大半兵赴樊城听调， ^{苦言药也，甘言疾也，吕蒙之疾愈，关公之疾作也。} 只待箭疮痊可，便欲进兵。逊察知备细，即差人星夜报知孙权。孙权召吕蒙商议曰："今云长果撤荆州之兵攻取樊城，便可设计袭取荆州。卿与吾弟孙皎同引大军前去，何如？"孙皎字叔明，乃孙权叔父孙静之次子也。蒙曰："主公若以蒙可用则独用蒙，若以叔明可用则独用叔明。 ^{"兼用则败，专任则胜"，自古而然。} 岂不闻昔日周瑜、程普为左右都督，事虽决于瑜，然普自以旧臣而居瑜下，颇不相睦，后因见瑜之才，方始敬服。 ^{照应四十四回中事。} 今蒙之才不及瑜，而叔明之亲胜于普，恐未必能相济也。" ^{老成之见。}

权大悟，遂拜吕蒙为大都督，总制江东诸路军马；令孙皎在后接应粮草。蒙拜谢，点兵三万，快船八十馀只，选会水者扮作商人，皆穿白衣，在船上摇橹， ^{周善用此法是小用之，吕蒙用此法是大用之。} 却将精兵伏于䢈艚船中。次调韩当、蒋钦、朱然、潘璋、周泰、徐盛、丁奉等七员大将，相继而进。其馀皆随吴侯为合后救应。一面遣使致书曹操，令进兵以袭云长之后； ^{此处不写曹操一边，是省笔。} 一面先传报陆逊， ^{此处不再写陆逊一边亦是省笔。} 然后发白衣人，驾快船往浔阳江去，昼夜趱行，直抵北岸。江边烽火台上守台军盘问时，吴人答曰："我等皆是客商，因江中阻风，到此一避。"随将财物送与守台军士。军士信之，遂任其停泊江边。^{有台而无人，与无台等；有人而无识，与无人等。}约至二更，艨艟中精兵齐出，将烽火台上官军缚倒，暗号一声，八十馀船精兵俱起，将紧要去处墩台之军，尽行捉入船中，不曾走了一个。于是长驱大进，径取荆州，无人知觉。^{赵云、关、张袭三郡用虚写，今吕蒙袭荆州用实写。}将至荆州，吕蒙将沿江墩台所获官军，用好言抚慰，各各重赏，令赚开城门，纵火为号。众军领命，吕蒙便教前导。比及半夜，到城下叫门。门吏认得是荆州之兵，开了城门。众军一声喊起，就城门里放起号火。^{前有城外之火，今有城中之火。}吴兵齐入，袭了荆州。吕蒙便传令军中："如有妄杀一人，妄取民间一物者，定按军法。原任官吏，并依旧职。^{此非吕蒙好处，正是吕蒙奸处。}将关公家属另养别宅，不许闲人搅扰。"^{与吕布不害玄德家小相似。}一面遣人申报孙权。

一日大雨，蒙上马引数骑点看四门。忽见一人取民间箬笠以盖铠甲，蒙喝左右执下问之，乃蒙之乡人也。蒙曰："汝虽系我同乡，但吾号令已出，汝故犯之，当按军法。"^{只欲结荆州之人，遂顾不得同乡之人。}其人泣告曰："某恐雨湿官铠，故取遮盖，非为私用。乞将军念同乡之情！"蒙曰："吾固知汝为覆官铠，然终是不应取民间之物。"叱左右推下斩之。枭首传示毕，然后收其尸首，泣而葬之。^{与曹操割发以示众一样奸诈。}自是三军震肃。

不一日，孙权领众至，吕蒙出郭迎接入衙。权慰劳毕，仍命潘濬为治中，掌荆州事；^{潘濬无用，果应王甫之言。}监内放出于禁，遣归曹操；^{为后文灵庙伏笔。}安民赏军，设宴庆贺。权谓吕蒙曰："今荆州已得，但公安傅士仁、南郡糜芳，此二处如何收复？"言未毕，忽一人出曰："不须引弓只箭，某凭三寸不烂之舌，说公安傅士仁来降，可乎？"众视之，乃虞翻也。权曰："仲翔有何良策，可使傅士仁归降？"翻曰："某自幼与士仁交厚；今若以利害说之，彼必归矣。"^{与李恢说马超
仿佛相似。}权大喜，遂令虞翻领五百军，径奔公安来。

却说傅士仁听知荆州有失，急令闭城坚守。虞翻至，见城门紧闭，遂写书拴于箭上，射入城中。军士拾得，献与傅士仁。士仁拆书视之，乃招降之意。览毕，想起"关公去日恨吾之意，不如早降"。^{照应七十三
回中事。}即令大开城门，请虞翻入城。二人礼毕，各诉旧情。翻说吴侯宽洪大度，礼贤下士。士仁大喜，即同虞翻赍印绶来荆州投降。孙权大悦，仍令去守公安。^{未识此时刘璋在公安作
何行径。○玄德取益州
于刘璋，而荆州又为人所夺，得
无报反之道有然耶？为之一叹。}吕蒙密谓权曰："今云长未获，留士仁于公安，久必有变，不若使往南郡招糜芳归降。"^{招糜芳即用傅士
仁，殊不费力。}权乃召傅士仁谓曰："糜芳与卿交厚，卿可招来归降，孤自当有重赏。"傅士仁慨然领诺，遂引十馀骑径投南郡招安糜芳。正是：

今日公安无守志，从前王甫是良言。

未知此去如何，且看下文分解。

第七十六回　徐公明大战沔水　关云长败走麦城

関雲長敗走麥城

徐晃声东击西，此没彼见，只一员正将，两员副将，写来似有千军万马之势，可谓用兵之能者矣。晃之战沔水，与张辽之战合淝，仿佛相类。两人皆有大将才，故关公与之友善。然辽能救公于患难之中，晃独穷公于患难之际，则晃之为人，殆逊于辽云。

田单之克复齐城也，以骑劫焚城外之骨；关公之不得复荆州也，以吕蒙能抚城中之民。此则其事之相反者矣。张良之以楚歌散楚兵也，欲使楚人之去；吕蒙之以荆兵召荆兵也，欲使荆人之来。此则其事之相类而相反者矣。关公用阳，而吕蒙用阴；关公用刚，而吕蒙用柔。其存恤将士之家，重待使命之辱，极加厚处，正是极奸猾处。

吕蒙之算傅士仁，与傅士仁之算糜芳，同一机谋也。蒙恐士仁之志未坚，招糜芳，则士仁无二心矣。士仁恐糜芳之意未决，杀使者，则糜芳无归路矣。孙权之策荆州，与曹操之策樊城，各一机谋也。吴致魏书，而属魏勿泄，恐关公知之而回救，则荆州之袭未稳矣。魏得吴书，而故令公知，使荆兵知之而欲归，则樊城之围自解矣。或同或异，俱极机谋之巧。

或谓关公之走麦城，与前之屯土山无异也，何以前不拒张辽之说，而后独拒诸葛瑾之言？曰：公固降汉，不降曹者也。操非借汉之名以招之，终不能致之者也。公但知有汉，不知有曹，又何知有孙？然则其守麦城之心，犹然守土山之心耳。

刘封之不发救兵，孟达实教之。然则刘封之罪，其将视孟达而末减乎？曰：是不然。达故蜀之降将，刘璋可背，则关公何不可背？我无责焉耳。若刘封则汉中王之养子也，王与关公为一体，负关公则是负王。负关公，犹可言也；负汉中王，不可言也。此不得为刘封恕。

却说糜芳闻荆州有失，正无计可施，忽报公安守将傅士仁至。芳忙接入城，问其事故。士仁曰："吾非不忠。势危力困，不能支持，我今已降东吴。将军亦不如早降。"芳曰："吾等受汉中王厚恩，安忍背之？"^{此人尚有良心}士仁曰："关公去日痛恨吾二人，傥一日得胜而回必无轻恕。公细察之。"芳曰："吾兄弟久事汉中王，岂可一朝相背？"^{不忍背玄德，又不忍背糜竺}正犹豫间，忽报关公遣使至，接入厅上。使者曰："关公军中缺粮，特来南郡、公安二处取白米十万担，令二将军星夜去解军前交割。如迟立斩。"^{分明是一道催批，催入东吴}芳大惊，顾谓傅士仁曰："今荆州已被东吴所取，此粮怎得过去？"士仁厉声曰："不必多疑！"遂拔剑斩来使于堂上。^{二人之罪糜芳从末减}芳惊曰："公如何？"士仁曰："关公此意，正要斩我二人。我等安可束手受死？公今不早降东吴，必被关公所杀。"正说间，忽报吕蒙引兵杀至城下。^{又是一道催批}芳大惊，乃同傅士仁出城投降。^{刘璋之妻弟费观背姊夫而从玄德，玄德之妻弟糜芳亦背姊夫而从东吴，两事相类。}蒙大喜，引见孙权，权重赏二人。安民已毕，大犒三军。^{以上按下孙权一边，以下再叙曹操一边}

时曹操在许都，正与众谋士议荆州之事，忽报东吴遣使奉书至。操召入，使者呈上书信。操拆视之，书中具言吴兵将袭荆州，求操夹攻云长，且嘱勿漏泄，使云长有备也。^{书在袭荆州之前，此处照应前文}操与众谋士商议，主簿董昭曰："今樊城被困，引颈望救，不如令人将书射入樊城，以宽军心；且使关公知东吴将袭荆州。彼恐荆州有失，必速退兵，却令徐晃乘势掩杀，可获全功。"^{东吴嘱魏勿泄，魏}

却欲泄之以乱关公之心。各人使乖，各人为己，两样肚肠，一般权诈。操从其谋，一面差人催徐晃急战；一面亲统大兵，径往雒阳之南阳陆坡驻札，以救曹仁。以上按下曹操，以下又叙徐晃。

却说徐晃正坐帐中，忽报魏王使至。晃接入问之，使曰："今魏王引兵已过雒阳，令将军急战关公，以解樊城之困。"正说间，探马报说："关平屯兵在偃城，廖化屯兵在四冢，前后一十二个寨栅，连络不绝。"晃即差副将徐商、吕建假着徐晃旗号，前赴偃城与关平交战。晃却自引精兵五百，循沔水去袭偃城之后。吕蒙袭荆州用假客船，徐晃袭偃城用假旗号。

且说关平闻徐晃自引兵至，遂提本部兵迎敌。两阵对圆，关平出马，与徐商交锋，只三合，商大败而走。吕建出战，五六合亦败走。平乘势追杀二十馀里，忽报城中火起。平知中计，急勒兵回救偃城。正遇一彪军摆开，徐晃立马在门旗下，高叫曰："关平贤侄，好不知死！汝荆州已被东吴夺了，犹然在此狂为！"故意在军前说出，以乱众军之心。平大怒，纵马轮刀直取徐晃；不三四合，三军喊叫，偃城中火光大起。平不敢恋战，杀条大路径奔四冢寨来。廖化接着。化曰："人言荆州已被吕蒙袭了，军心惊慌，如之奈何？"皆是魏军散布，此言却在廖化口中叙出。平曰："此必讹言也。军士再言者斩之。"忽流星马到，报说正北第一屯被徐晃领兵攻打。此特假徐晃，非真徐晃也。平曰："若第一屯有失，诸营岂得安宁？此间皆靠沔水，贼兵不敢到此。吾与汝同去救第一屯。"廖化唤部将分付曰："汝等坚守营寨，如有贼到，即便举火。"部将曰："四冢寨鹿角十重，虽飞鸟亦不能入，何虑贼兵！"为后文作反衬。于是关平、廖化尽起四冢寨精兵，奔至第一屯住札。关平看见魏兵屯于浅山之上，谓廖化曰："徐晃屯兵不得地利，今夜可引兵劫寨。"化诱敌之计。

曰：“将军可分兵一半前去，某当谨守本寨。”

是夜，关平引一枝兵杀入魏寨，不见一人。平知是计，火速退时，左边徐商，右边吕建，两下夹攻。但见二将不见徐晃，徐晃此时已在四家寨矣。平大败回营，魏兵乘势追杀前来，四面围住。关平、廖化支持不住，弃了第一屯，径投四家寨来。早望见寨中火起，急到寨前，只见皆是魏兵旗号。夺偃城用实写，夺四家用虚写。关平等退兵，忙奔樊城大路而走。前面一军拦住，为首大将乃是徐晃也。写得徐晃出没不测。平、化二人奋死战，夺路而走，回到大寨，来见关公曰：“今徐晃夺了偃城等处，又兼曹操自引大军，分三路来救樊城；多有人言荆州已被吕蒙袭了。”关公喝曰：“此敌人讹言，以乱我军心耳！东吴吕蒙病危，孺子陆逊代之，不足为虑！”方知陆逊用计之妙。

言未毕，忽报徐晃兵至。公令备马。平谏曰：“父体未痊，不可与敌。”公曰：“徐晃与吾有旧，深知其能；若彼不退，吾先斩之，以警魏将。”遂披挂提刀上马，奋然而出。魏军见之，无不惊惧。关公之威虽死犹在，何况当日。公勒马问：“徐公明安在？”魏营门旗开处，徐晃出马，欠身而言曰：“自别君侯，倏忽数载，不想君侯须发已苍白矣！忆昔壮年相从，多蒙教诲，感谢不忘。今君侯英风震于华夏，使故人闻之，不胜叹羡！兹幸得一见，深慰渴怀。”与曹操对韩遂语相似。公曰：“吾与公明交契深厚，非比他人，今何故数穷吾儿耶？”晃回顾众将，厉声大叫曰：“若取得云长首级者，重赏千金！”忽然变脸，前恭后倨，又与曹操对韩遂大是不同。公惊曰：“公明何出此言？”晃曰：“今日乃国家之事，某不敢以私废公。”与关公在华容时何啻天壤。言讫，挥大斧直取关公。公大怒，亦挥刀迎之。战八十馀合，公虽武艺绝伦，终是右臂少力。关平恐公有失，火急鸣金，公拨马回寨。忽闻四下里喊声大震。原来是樊城曹仁闻曹操救兵至，引军杀出城来，不从曹仁一边叙来，却从关公一边写出，省笔。与徐晃会合，两下夹攻，荆州兵大乱。关公上马，引众将急奔襄江上流头。背后魏兵追至。关公急渡过襄江，望襄阳而奔。忽流星马到，报说："荆州已被吕蒙所夺，家眷被陷。"此时方知荆州事。关公大惊，不敢奔襄阳，提兵投公安来。探马又报："公安傅士仁已降东吴了。"此时方知公安事。关公大怒。忽催粮人到，报说："公安傅士往南郡，杀了使命，招糜芳都降东吴去了。"此时方知南郡事。

关公闻言，怒气冲塞，疮口迸裂，昏绝于地。众将救醒，公顾谓司马王甫曰："悔不听足下之言，今日果有此事！"照应七十三回中语。因问："沿江上下，何不举火？"探马答曰："吕蒙使水手尽穿白衣，扮作客商渡江，将精兵伏于艑艖之中，先擒了守台士卒，因此不得举火。"公跌足叹曰："吾中奸贼之谋矣！有何面目见兄长耶！"公此时之志已誓在必死。管粮都督赵累曰："今事急矣，可一面差人往成都求救，一面从旱路去取荆州。"关公依言，差马良、伊籍赍文三道，星夜赴成都求救；恨请援之不早耳。一面引兵来取荆州，自领前队先行，留廖化、关平断后。按下关公，再叙曹操。

却说樊城围解，曹仁引众将来见曹操，泣拜请罪。操曰："此乃天数，非汝等之罪。"操重赏三军，亲至四冢寨周围阅视，顾谓诸将曰："荆州兵围堑鹿角数重，徐公明深入其中，竟获全功。孤用兵三十馀年，未敢长驱径入敌围。公明真胆识兼优者也！"玄德赞子龙只是一身胆，今曹操赞徐晃又添一个识字。众皆叹服。操班师还于摩陂驻扎。徐晃兵至，操亲出寨迎之，见晃军皆按队伍而行，并无差乱。操大喜曰："徐将军真有周亚夫之风矣！"直欲以摩陂当细柳。遂封徐晃为平南将军，同夏侯尚守襄阳，以遏关公之师。操因荆州未定，^{荆州已定而云}就屯兵于摩陂，以候消息。^{按下曹操，再叙关公。}

未定者，以关公尚在故耳。

却说关公在荆州路上，进退无路，谓赵累曰："目今前有吴兵，后有魏兵，吾在其中，救兵不至，如之奈何？"累曰："昔吕蒙在陆口时，尝致书君侯，两家约好，共诛操贼，^{前又但叙陆逊致书，未叙吕蒙致}今却助操而袭我，是背盟也。君侯暂住军于此，可差人遗书吕蒙责之，看彼如何对答。"关公从其言，遂修书差使赴荆州来。

却说吕蒙在荆州传下号令，凡荆州诸郡，有随关公出征将士之家，不许吴兵搅扰，按月给与粮米；有患病者，遣医治疗。将士之家，感其恩惠，安堵不动。^{不是吕蒙好处，正是吕蒙奸处。}忽报关公使至，吕蒙出郭迎接入城，以宾礼相待。^{恶极}使者呈书与蒙。蒙看毕，谓来使曰："蒙昔日与关将军结好，乃一己之私见；今日之事，乃上命差遣，不得自主。烦使者回报将军，善言致意。"^{关公单刀赴会全用硬，吕蒙此时}遂设宴款待，送归馆驿安歇。于是随征将士之家，皆来问信；有附家书者，有口传音信者，皆言家门无恙，衣食不缺。^{皆在吕蒙术中。}

使者辞别吕蒙，蒙亲送出城。使者回见关公，具道吕蒙之语，并说："荆州城中，君侯宝眷并诸将家属，俱各无恙，供给不缺。"公大怒曰："此奸贼之计也！吾生不能杀此贼，死必杀之以雪吾恨！"^{为后文伏线。}喝退使者。使者出寨，众将皆来探问家中之事。使者具言各家安好，吕蒙极其恩恤，并将书信传送各将。各将欣喜，皆无战心。^{俱在吕蒙术中。}

关公率兵取荆州，军行之次，将士多有逃回荆州者。关公愈加恨怒，遂催军前进。忽然喊声大震，一彪军拦住，为首大将，乃蒋钦也，_{不从东吴叙来，却从关公一边撞见，省笔之法。}勒马挺枪大叫曰："云长何不早降！"关公骂曰："吾乃汉将，岂降贼乎！"拍马舞刀，直取蒋钦。不三合，钦败走。关公提刀追杀二十馀里，喊声忽起，左边山谷中韩当领军冲出，右边山谷中周泰引军冲出，蒋钦回马复战，三路夹攻。关公急撤军回走。行无数里，只见南山冈上人烟聚集，一面白旗招飐，上写"荆州土人"四字，众人都叫："本处人速速投降！"_{皆催散关公兵之计。}关公大怒，欲上冈杀之。山崦内又有两军撞出：左边丁奉，右边徐盛，并合蒋钦等三路军马，喊声震地，鼓角喧天，将关公困在垓心；_{东吴既袭荆州，可以已矣，又使众将来攻关公，其恶已极。}手下将士渐渐消疏，比及杀到黄昏，关公遥望四山之上皆是荆州土兵，呼兄唤弟，觅子寻爷，喊声不住；军心尽变，皆应声而去。_{皆在吕蒙术中。}关公止喝不住，部从止有三百馀人。杀至三更，正东上喊声连天，乃是关平、廖化分两路兵杀入重围，救出关公。关平告曰："军心乱矣，必得城池暂屯，以待援兵。麦城虽小，足可屯扎。"关公从之，催促残军前至麦城，_{此时走麦城与二十五回奔土山相似。}分兵紧守四门，聚众士商议。赵累曰："此处相近上庸，现有刘封、孟达在彼把守，可速差人往求救兵。_{成都之救远，上庸之救近，急则取其近者。}若得这枝军马接济，以待川兵大至，军心自安矣。"

正议间，忽报吴兵已至，将城四面围定。公问曰："谁敢突围而出，往上庸求救？"廖化曰："某愿往。"_{马良、伊籍之去也易，廖化之去也难，急则不避其难者。}关平曰："我护送汝出重围。"关公即修书付廖化藏于身畔。饱食上马，开门出城。正遇吴将丁奉截住，被关平奋力冲杀，奉败走，廖化乘势杀出重围，投上庸去了。关平入城，坚守不出。

且说刘封、孟达自取上庸，太守申耽率众归降，因此汉中王加刘封为副将军，与孟达同守上庸。_{接叙七十二回中事。}当日探知关公兵败，二人正议间，忽报廖化至。封令请入问之。化曰："关公兵败，见困于麦城，被围至急。蜀中援兵不能旦夕即至，特命某突围而出，来此求救。望二将军速起上庸之兵，以救此危。倘稍迟延，公必陷矣。"_{太史慈求救于平原是突如其来，廖化求救于上庸是有因而至：一则言之慷慨，一则言之急切。}封曰："将军且歇，容某计议。"_{如此急事，有何计议？计议便不像了。}

化乃至馆驿安歇，专候发兵。刘封谓孟达曰："叔父被困，如之奈何？"达曰："东吴兵精将勇；且荆州九郡俱已属彼，止有麦城，乃弹丸之地；又闻曹操亲督大军四五十万屯于摩陂，量我等山城之众，安能敌两家之强兵？不可轻敌。"_{又是一个傅士仁。}封曰："吾亦知之。奈关公是吾叔父，安忍坐视而不救乎？"达笑曰："将军以关公为叔，恐关公未必以将军为侄也。某闻汉中王初嗣将军之时，关公即不悦。_{照应前文。}后汉中王登位之后，欲立后嗣，问于孔明，孔明曰：'此家事也，问关、张可矣。'汉中王遂遣人至荆州问关公，关公以将军乃螟蛉之子，不可僭立，_{补前文之所未及。}劝汉中王远置将军于上庸山城之地，以杜后患。_{此是孟达挑构之语。}此事人人知之，将军岂反不知耶？何今日犹沾沾以叔侄之义，而欲冒险轻动乎？"_{如此挑构阻挠，可恨可恶。}封曰："君言虽是，但以何辞却之？"达曰："但言山城初附，民心未定，不敢造次兴兵，恐失所守。"封从其言，次日请廖化至，言此山城初附之所，未能分兵相救。_{又是一个糜芳。〇}_{玄德于孔融疏矣，于陶谦又疏矣，而能因太史慈之请而救孔融，又能因孔融之请而救陶谦。今刘封乃听孟达而拒廖化，安得为肖子乎？}化大惊，以头叩地曰："若如此，则关公休矣！"达曰："我今即往，一杯之水安能救一车薪之火乎？将军速回，静候蜀兵至可也。"化大恸告求，^{直欲效申包胥之哭。}刘封、孟达皆拂袖而入。^{刘封之杀兆于此。}廖化知事不谐，寻思须告汉中王求救，遂上马大骂出城，望成都而去。

却说关公在麦城盼望上庸兵到，却不见动静；手下止有五六百人，多半带伤；城中无粮，甚是苦楚。忽报城下一人教休放箭，有话来见君侯。公令放入，问之，乃诸葛瑾也。礼毕茶罢，瑾曰："今奉吴侯命，特来劝谕将军。自古道：'识时务者为俊杰。'今将军所统汉上九郡，皆已属他人矣。止有孤城一区，内无粮草，外无救兵，危在旦夕。将军何不从瑾之言，归顺吴侯，复镇荆襄，可以保全家眷。幸君侯熟思之。"^{张辽说关公是说之以理，诸葛瑾说关公但责之以势，公为理屈不为势屈也。}关公正色而言曰："吾乃解良一武夫，^{汉文帝与南越王书曰："朕高皇帝侧室之子也。"公开口一语正与相类。}蒙吾主以手足相待，安肯背义投敌国乎？城若破，有死而已。玉可碎而不可改其白，竹可焚而不可毁其节；身虽殒，名可垂于竹帛也。^{言贯金石。}汝勿多言，速请出城，吾欲与孙权决一死战！"瑾曰："吴侯欲与君侯结秦晋之好，同力破曹，共扶汉室，别无他意。君侯何执迷如是？"^{又照应前文做媒之事。}言未毕，关平拔剑而前，欲斩诸葛瑾。^{义气凛然，今之立于公侧，诚不愧矣。}公止之曰："彼弟孔明在蜀，佐汝伯父，今若杀彼，伤其兄弟之情也。"^{自重其兄弟，以及人之兄弟，惟其能忠，所以能恕。}遂令左右逐出诸葛瑾。瑾满面羞惭，上马出城，回见吴侯曰："关公心如铁石，不可说也。"孙权曰："真忠臣也！似此如之奈何？"吕范曰："某请卜其休咎。"^{魏有管辂之卜，吴有吕范之卜，一则知定军于先时，一则占麦城于临事。}权即令卜之。范揲蓍成象，乃"地水师卦"，更有玄武临应，主敌人远奔。权问吕蒙曰："卦主敌人远奔，卿以何策擒之？"蒙笑曰："卦象正合某之机也。关公虽有冲天之翼，飞不出吾网罗矣！"正是：

龙游沟壑遭虾戏，凤入牢笼被鸟欺。

毕竟吕蒙之计若何，且看下文分解。

第七十七回　玉泉山关公显圣　洛阳城曹操感神

洛陽城曹操感神

"长安在"一语，抵得一部《金刚经》妙义。以"安在"二字推之，微独云长为然也。吴安在？魏安在？蜀安在？三分事业，三国人才皆安在哉？凡有在者不在，而惟无者常在。知其安在，而云长乃千古如在矣。

昔之和尚能感神，今之和尚善捣鬼。看普静独自一个在玉泉山修行，方是清净法师，所以能点化云长耳。每见近日有一等没发光棍，略诵几句《多心经》，辄欲升座说法；盗袭几句野狐禅，便称棒喝宗门。聚徒成群，过都越国，哄动男女，填塞街巷，布施金钱。和尚捣鬼，众人见鬼，总是一派鬼混，恨不借云长青龙刀一斩其魔障也。

云长英灵不泯固矣，而赤兔马亦在云中。岂马为英雄之马，其英灵亦胜于人耶？况青巾绿袍并青龙偃月刀，皆依然如故，得毋衣物器械亦有魂否？曰无疑也。其神灵，则不独相随之人附之而灵，其所用之物亦与之而俱灵。平也，仓也，马也，刀也，巾袍也，皆宜与云长并垂不朽者也。

或疑关、张并是英雄，而云长显圣，不闻翼德显圣，何也？曰：翼德何尝不显圣？相传有在唐留姓，在宋留名之说。今张睢阳、岳武穆，声灵赫然，庙祀甚肃，岂非翼德之未尝死乎？况桃园三人，非三人也，一人而已。云长存，即谓之翼德存可耳。且谓与玄德俱存，亦无不可耳。

关公既经普静点化之后，人相我相，一切皆空，何又有追吕蒙、骂孙权、惊曹操、告玄德之事乎？曰：云长不以生死而有异。玉泉山之关公，与镇国寺之关公，非有两关公也，善善恶恶，因乎自然，而我无与焉。追所当追，骂所当骂，惊所当惊，告所当告，直以为未尝追、未尝骂、未尝惊、未尝告而已矣。不宁惟是，五关斩将，直是未尝斩；水淹七军，直是未尝淹也。

却说孙权求计于吕蒙。蒙曰："吾料关某兵少，必不从大路而逃。麦城正北有险峻小路，必从此路而去。可令朱然引精兵五千，伏于麦城之北二十里。彼军至，不可与敌，只可随后掩杀。彼军定无战心，必奔临沮。却令潘璋引精兵五百，伏于临沮山僻小路，关某可擒矣。^{权志在于得荆州耳，何必害关公而后快。若使鲁肃而在，决不为此。}今遣将士各门攻打，只空北门，待其出走。"^{操围公于土山，不使之走。围公于麦城，偏欲使之走。}权闻计，令吕范再卜之。^{管辂只有一卜，吕范一事而有再卜。}卦成，范告曰："此卦主敌人投西北而走，今夜亥时必然就擒。"^{亥属水，仍合玄武临应之兆。}权大喜，遂令朱然、潘璋领两枝精兵，各依军令埋伏去讫。

且说关公在麦城，计点马步军兵，止剩三百馀人；粮草又尽。是夜，城外吴兵招唤各军姓名，越城而去者甚多。^{项羽垓下之役，八千子弟且俱散去，何况三百人乎？}救兵又不见到。心中无计，谓王甫曰："吾悔昔日不用公言！今日危急，将复何如？"甫哭告曰："今日之事，虽子牙复生，亦无计可施也。"^{孔明见在，但远不能救耳。}赵累曰："上庸救兵不至，乃刘封、孟达按兵不发之故。何不弃此孤城，奔入西川，再整兵来，以图恢复？"公曰："吾亦欲如此。"遂上城观之，见北门外敌军不多，因问本城居民："此去往北，地势若何？"答曰："此去皆是山僻小路，可通西川。"公曰："今夜可走此路。"王甫谏曰："小路有埋伏，可走大路。"^{此时若用王甫之言，或犹可免，未可知也。}公曰："虽有埋伏，吾何惧哉！"即下令马步官军，严整装束，准备出城。甫哭曰："君侯于路，小心保重！某与部卒百馀人，死据此城；城虽破，身不降也！*此言亦可贯金石、与公并垂不朽矣。*专望君侯速来救援！"

公亦与泣别，遂留周仓与王甫同守麦城。关公自与关平、赵累引残卒二百馀人，突出北门。*公于此时不即自杀者，尚欲图后举以报汉中王也。*关公横刀前进，行至初更以后，*是亥时了。*约走二十馀里，只见山凹处，金鼓齐鸣，喊声大震，一彪军到，为首大将朱然，骤马挺枪叫曰："云长休走！趁早投降，免得一死！"公大怒，拍马轮刀来战。朱然便走，公乘势追杀。一棒鼓响，四下伏兵皆起。公不敢战，望临沮小路而走，朱然率兵掩杀。关公所随之兵，渐渐稀少。*兵之渐少，非必尽死也，大率为荆州兵招去耳。*走不得四五里，前面喊声又震，火光大起，潘璋骤马舞刀杀来。公大怒，轮刀相迎，只三合，潘璋败走。公不敢恋战，急望山路而走。背后关平赶来，报说赵累已死于乱军中。*赵累之死在关平口中叙出，用虚写，妙。*关公不胜悲惶，遂令关平断后，公自在前开路，随行止剩得十馀人。行至决石，两下是山，山边皆芦苇败草，树木丛杂。时已五更将尽，*吕范卜在亥时，今却到五更，读者窃幸其数之不着矣。*正走之间，一声喊起，两下伏兵尽出，长钩套索一齐并举，先把关公坐下马绊倒。关公翻身落马，被潘璋部将马忠所获。*读至此，令人拍案一叫。*关平知父被擒，火速来救；背后潘璋、朱然率兵齐至，把关平四下围住。平孤身独战，力尽亦被执。*读至此，又拍案一叫。*至天明，孙权闻关公父子已被擒获，大喜，*可恶。*聚众将于帐中。

少时，马忠簇拥关公至前。权曰："孤久慕将军盛德，欲结秦晋之好，何相弃耶？*原来是不肯扳亲之恨。一笑。*公平昔自以为天下无敌，今日何由被吾所擒？将军今日还服孙权否？"*曹操敬礼关公，而孙权笑之，不及曹操多矣。*关公厉声骂曰："碧眼小儿，紫髯鼠辈！吾与刘皇叔桃园结义，誓扶汉室，岂与汝叛汉之贼为伍耶！*操为汉贼，而助操攻公，则吴亦叛汉之贼也。骂得快畅。*我今误中奸计，有死而已，何必多言！"权回顾众官曰："云长世之豪杰，孤深爱之。今欲以礼相待，劝使归降，何如？"主簿左咸曰："不可！昔曹操得此人时，封侯赐爵，三日一小宴，五日一大宴，上马一提金，下马一提银，如此恩礼，毕竟留之不住，听其斩关杀将而去。^{将公往事一提，照应二十七回之前。}致使今日反为所逼，几欲迁都以避其锋。^{独不提起华容之事，何耶？}今主公既已擒之，若不即除，恐贻后患。"孙权沉吟半晌，曰："斯言是也。"遂命推出。于是关公父子皆遇害。^{曹操不害关公，而孙权害之，不及曹操多矣。}时建安二十四年冬十月也。关公亡年五十八岁。后人有诗叹曰：

汉末才无敌，云长独出群。神威能奋武，儒雅更知文。

天日心如镜，"春秋"义薄云。昭然垂万古，不止冠三分。

又有诗曰：

人杰惟追古解良，士民争拜汉云长。

桃园一日兄和弟，俎豆千秋帝与王。

气挟风雷无匹敌，志垂日月有光芒。

至今庙貌盈天下，古木寒鸦几夕阳。

关公既殁，坐下赤兔马被马忠所获，献与孙权。权即赐马忠骑坐。其马数日不食草料而死。^{此马不为吕布死而为关公死，死得其所矣。马亦能择主乎？}

却说王甫在麦城中骨颤肉惊，乃问周仓曰："昨夜梦见主公浑身血污立于前，急问之，忽然惊觉。不知主何吉凶？"^{前有关公之梦，此}

正说间，忽报吴兵在城中，将关公父子首级招安。王甫、（又有王甫之梦。）周仓大惊，急登城视之，果关公父子首级也。王甫大叫一声，堕城而死。周仓自刎而亡。（二人死且不朽，今人但塑平与仓之像于公侧，而不及王甫、赵累二人，犹为有阙也。）于是麦城亦属东吴。

却说关公英魂不散，荡荡悠悠，直至一处，乃荆门州当阳县一座山，名为玉泉山。山上有一老僧，法名普静，原是汜水关镇国寺中长老，（二十七回中之人，至此忽然照出。）后因云游天下来到此处，见山明水秀，就此结草为庵，每日坐禅参道；（是清净法师，是热闹和尚。）身边只有一小行者，化饭度日。（小行者而忽使之化饭，便不似之爱恤徒弟的和尚了。）是夜月白风清，三更已后，普静正在庵中默坐，忽闻空中有人大呼曰："还我头来！"（既在空，何有我？本无我，何有头？本无头，何有还？本无头去，何有头来？○若云无头，呼者是谁？若欲还头，还于何处？）普静仰面谛观，只见空中一人，骑赤兔马，提青龙刀，左有一白面将军，右有一黑脸乱髯之人相随，（关平、周仓在普静眼中写出，妙在不知其人。）一齐按落云头，至玉泉山顶。普静认得是关公，遂以手中麈尾击其户曰："云长安在？"（此语抵得一声棒喝。）关公英魂顿悟，即下马乘风落于庵前，叉手问曰："吾师何人？愿求法号。"普静曰："老僧普静，昔日汜水关前镇国寺中，曾与君侯相会，今日岂遂忘之耶？"（云长空，普静亦空。何必忘，何必不忘。）公曰："向蒙相救，铭感不忘。今某已遇祸而死，愿求清诲，指点迷途。"普静曰："昔非今是，一切休论；后果前因，彼此不爽。（四语抵得升座说法一场。）今将军为吕蒙所害，大呼还我头来，然则颜良、文丑、五关六将等众人之头，又将向谁索耶？"（现前因果。）于是关公恍然大悟，稽首皈依而去；（稽首则无头而有头，皈依则有我而无我矣。）后往往于玉泉山显圣护民。乡人感其德，就于山顶上建庙，四时致祭。后人题一联于其庙云：

赤面秉赤心，骑赤兔追风，驰驱时无忘赤帝；

青灯观青史，仗青龙偃月，隐微处不愧青天。

却说孙权既害了关公，遂尽得荆襄之地，赏犒三军，设宴大会诸将庆功，置吕蒙于上座，顾谓诸将曰："孤久不得荆州，今唾手而得，皆子明之功也。"蒙再三逊谢。权曰："昔周郎雄略过人，破曹操于赤壁。〔周郎未尝结连曹操，胜于子明。〕不幸早殁，鲁子敬代之。子敬初见孤时，便及帝王大略，此一快也；曹操东下，诸人皆劝孤降，子敬独劝孤召公瑾逆而击之，此二快也。〔子敬未尝结连曹操，又胜于子明。〕惟劝吾借荆州与刘备，是其一短。〔借备以荆州合力拒操，正是长策，何云短也。〕今子明设计定谋，立取荆州，胜子敬、周郎多矣！"〔昧讨贼之义，是吕蒙不如二人，何得反曰胜之？〕

于是亲酌酒赐吕蒙。吕蒙接酒欲饮，忽然掷杯于地，一手揪住孙权，厉声大骂曰："碧眼小儿！紫髯鼠辈！还识我否？"〔令人吓杀。"我"字喝得响。〕众将大惊，急救时，蒙推倒孙权，大步前进，坐于孙权位上，两眉倒竖，双眼圆睁，大喝曰："我自破黄巾以来，纵横天下三十馀年，今被汝一旦以奸计图我，我生不能啖汝之肉，死当追吕贼之魂！我乃汉寿亭侯关云长也。"〔惊天动地之人，自有此作成显圣之事。〕权大惊，慌忙率大小将士皆下拜。只见吕蒙倒于地上，七窍流血而死。〔死得快畅，孙权亦险些儿。〕众将见之，无不恐惧。权将吕蒙尸首具棺安葬，赠南郡太守、潺陵侯，命其子吕霸袭爵。孙权自此感关公之事，惊讶不已。

忽报张昭自建业而来。权召入问之。昭曰："今主公损了关公父子，江东祸不远矣！此人与刘备桃园结义之时，誓同生死。今刘备已有两川之兵，更兼诸葛亮之谋，张、黄、马、赵之勇。

备若知云长父子遇害，必起倾国之兵，奋力报仇，恐东吴难与敌也。"势所必然。权闻之大惊，跌足曰："孤失计较也！似此如之奈何？"却才被死吕蒙吓了一跳，今见活张昭又吓了一跳 昭曰："主公勿忧。某有一计，令西蜀之兵不犯东吴，荆州如磐石之安。"权问何计。昭曰："今曹操拥百万之众虎视华夏，刘备急欲报仇，必与操约和；玄德必不与操连和，但在东吴须以此度之耳。若二处连兵而来，东吴危矣。不如先遣人将关公首级转送与曹操，明教刘备知是操之所使，必痛恨于操，西蜀之兵不向吴而向魏矣。虽是东吴之所谋，实亦曹操之所使。嫁祸于操，诚不为过。吾乃观其胜负，于中取事。此为上策。"既欲嫁祸于人，又欲取利于己，人情大抵如是。

权从其言，随遣使者以木匣盛关公首级，星夜送与曹操。时操从摩陂班师回洛阳，闻东吴送关公首级至，喜曰："云长已死，吾夜眠贴席矣。"夜眠今始贴席，孰知席将不能久贴也。阶下一人出曰："此乃东吴移祸之计也。"又早识破。操视之，乃主簿司马懿也。操问其故，懿曰："昔刘、关、张三人桃园结义之时，誓同生死。今东吴害了关公，惧其复仇，故将首级献于大王，使刘备迁怒大王，不攻吴而攻魏，他却于中乘便而图事耳。"如烛照而龟卜。操曰："仲达之言是也。孤以何策解之？"懿曰："此事极易。大王可将关公首级，刻一木香之躯以配之，葬以大臣之礼。刘备知之，必深恨孙权，尽力南征。我却观其胜负，蜀胜则击吴，吴胜则击蜀。二处若得一处，那一处亦不久也。"乖的又撞着乖的。操大喜，从其计，遂召吴使入，呈上木匣。操开匣视之，见关公面如平日。操笑曰："云长公别来无恙！"与华容道相见之语一般，前是恭敬，此是戏谑。言未讫，只见关公口开目动，须发皆张，操惊倒。才吓倒孙权，又吓倒曹操，关公竟未尝死也。众官急救，良久方醒，顾谓众官曰："关将军真天神也！"吴使又将关公显圣附体、骂孙权、追吕蒙之事告操。操愈加恐惧，_{活关公可怕，死关公更可怕，死关公无异活关公，则尤可怕。}遂设牲醴祭祀，刻沉香木为躯，以王侯之礼葬于洛阳南门外，令大小官员送殡。操自拜祭，赠为荆王，差官守墓；即遣吴使回江东去讫。_{以上按下曹操，以下接叙玄德。}

却说汉中王自东川回成都，法正奏曰："主上先夫人去世，孙夫人又南归，未必再来。_{糜夫人死而糜芳叛去，孙夫人去而孙权见图。正叙西川一边，却紧照荆州一边。}人伦之道，不可废也，必纳王妃，以襄内政。"汉中王从之。法正复奏曰："吴懿有一妹，美而且贤。尝闻有相者相此女后必有大贵。_{前叙卜，此叙相，闲闲相对。}先曾许刘焉之子刘瑁，瑁早夭。其女至今寡居，大王可纳之为妃。"_{正说婚姻，却关得兄弟。}汉中王曰："刘瑁与我同宗，于理不可。"_{笃于异姓兄弟，岂忍忘同族兄弟。}法正曰："论其亲疏，何异晋文之与怀嬴乎？"_{法正做媒颇为不正。}汉中王乃依允，遂纳吴氏为王妃，_{玄德应允，大是从权。}后生二子：长刘永，字公寿；次刘理，字奉孝。_{带笔叙及。}

且说东西两川，民安国富，田禾大成。忽有人自荆州来，言东吴求婚于关公，关公力拒之。_{法正议婚，东吴亦议婚；玄德应允，关公不肯应允：正相映射。}孔明曰："荆州危矣！可使人替关公回。"_{若能如此，荆州不失。惜乎有此言，未有此事。}正商议间，荆州捷报使命络绎而至。不一日，关兴到，具言水淹七军之事。忽又报马到来，报说关公于江边多设墩台，堤防甚密，万无一失。因此玄德放心。_{补叙玄德。}

忽一日，玄德自觉浑身肉颤，行坐不安。至夜，不能宁睡，起坐内室，秉烛看书，觉神思昏迷，伏几而卧。就室中起一阵冷风，灯灭复明，抬头见一人立于灯下。_{写得闪忽可畏。}玄德问曰："汝何人，黉夜至吾内室？"其人不答。玄德疑怪，自起视之，乃是关公，于灯影下往来躲避。_{与玉泉山顶、孙权座间，另是一般光景。}玄德曰："贤弟别来无恙！夜深至此，必有大故。吾与汝情同骨肉，因何回避？"关公泣告曰："愿兄起兵，以雪弟恨！"言讫，冷风骤起，关公不见。玄德忽然惊觉，乃是一梦，（前叙王甫一梦，此时正三鼓。又叙玄德一梦。）玄德大疑，急出前殿，使人请孔明来。孔明入见，玄德细言梦警。孔明曰："此乃主上心思关公，故有此梦。何必多疑？"（人亦有言：将信将疑，瞑瞑心目，寐寐见之。）玄德再三疑虑，孔明以善言解之。（读者至此，必疑孔明糊涂矣。）

孔明辞出，至中门外，迎见许靖。靖曰："某才赴军师府下报一机密，听知军师入宫，特来至此。"孔明曰："有何机密？"靖曰："某适闻外人传说，东吴吕蒙已袭荆州，关公已遇害。故特来密报军师。"孔明曰："吾夜观天象，见将星落于荆楚之地，已知云长必然被祸，但恐主上忧虑，故未敢言。"（方知孔明心中已是明白。）二人正说之间，忽然殿内转出一人，扯住孔明衣袖而言曰："如此凶信，公何瞒我！"孔明视之，乃玄德也。（玄德忽见灯下一人，孔明忽见殿后一人，皆写得突兀。）

孔明、许靖奏曰："适来所言，皆传闻之事，未足深信。愿主上宽怀，勿生忧虑。"玄德曰："孤与云长，誓同生死；彼若有失，孤岂能独生耶！"（有此一语，二公愈发不肯说实话。）孔明、许靖正劝解之间，忽近侍奏曰："马良、伊籍至。"（接笋甚紧。）玄德急召入问之。二人且说荆州已失，关公兵败求救，（妙在只晓得一半，尚不知有后事。）呈上表章。未及拆观，侍臣又奏荆州廖化至。（接笋更急。）玄德急召入。化哭拜于地，细奏刘封、孟达不发救兵之事。（亦只晓得一大半，尚不知有后事。）玄德大惊曰："若如此，吾弟休矣！"孔明曰："刘封、孟达如此无礼，罪不容诛！主上宽心，亮亲提一旅之师，去救荆州之急。"（有此言，不必有此事。）玄德泣曰："云长有失，孤断不独生！孤来日自提一军去救云长！"遂一面差人赴阆中报知翼德，一面差人会集人马。预为后文伏笔，是见三人同心。未及天明，一连数次，报说关公夜走临沮，为吴将所获，义不屈节，父子归神。一路俱作吞吐之事，至此方才叙完，绝妙笔法。玄德听罢，大叫一声，昏绝于地。正是：

为念当年同誓死，忍教今日独捐生！

未知玄德性命如何，且看下文分解。

第七十八回　治风疾神医身死　传遗命奸雄数终

遺傳
杆命
數雄
終

曹操之杀华佗，以佗之将杀操也。佗疗操而何以云杀操？曰
凿其头，则是欲杀之也。臂则刮，未闻头可凿。如凿其头而能
活，必如左慈之幻术则可；若以言医，则无是理也。无是理，则
其欲杀之无疑也。曷为疗关公则疗之，疗曹操则欲杀之？曰能慕
义者，必恶恶。于其慕关公之义而疗公，则知其必能杀操者耳。
故华佗之死，当与吉平之死并传。

或惜华佗之书不传，而后世无神医，此言非笃论也。医者意
也，意岂书之所能传乎？不可知之谓神。医而曰神，神岂书之所
得而解乎？以书治病者，不谓之知医；犹之以书用兵者，不谓之
知兵。佗之书与《孟德新书》而俱焚，焚之诚是矣。吴氏之妇焚
之，为其书之足以杀身。若使吴氏之妇不焚之，而今人学之，又
恐其书之足以杀人耳。

曹操死于庚子之年，戊寅之月。而十回之前，早有左慈"土
鼠金虎"一言伏案矣。然而数之未尽，事在将来。触左慈而不
死，触树神而后死，前文之左慈特为此卷之引子也。犹之合眼见
关公而不死，开眼见伏后诸人而后死，此卷之关公特为前卷之馀
波也。且树神又为伏后诸人之引子，而夏侯惇见伏后又为曹操见
伏后之馀波。斯篇略借鬼神之事警戒奸雄，事极其妙，文亦极
其妙。

曹操之托文王，与王莽之托周公相似，而曹操又巧于王莽，
何也？篡国之事，王莽身自为之，曹操不自为之，而使其子为
之，则莽拙而操巧也。王莽以金縢学周公，又以居摄学虞舜，是
欲以一身而兼学两圣人之事；曹操以其身学文王，而使其子学武
王，是欲以两世而分学两圣人之事。呜乎！以圣人之事，而乃为

奸雄之所窃，岂不重可叹耶！

　　或见曹操分香卖履之令，以为平生奸伪，死见真性。不知此非曹操之真，仍是曹操之伪也。非至死而见真，乃至死而犹伪也。临终遗命，有大于禅代者乎？乃家人婢妾，无不处置详尽，而独无一语及禅代之事，是欲使天下后世信其无篡国之心，于是子孙蒙其恶名，而己则避之，即自比周文之意耳。其意欲欺尽天下后世之人，而天下后世之无识者，乃遂为其所欺。操真奸雄之尤哉！

　　曹操平生无真，至死犹假，则分香卖履是也；临死无真，死后犹假，则疑冢七十二是也。以生曹操欺人不奇，以死曹操欺人则奇矣；以一假曹操欺人不足奇，以无数假曹操欺人则更奇矣。然曹操之死，以假混真，虽有无数假曹操，其中却有一真曹操。曹操之生有假无真，人只见得一曹操，到底不曾认得一真曹操。不独死曹操是假，即活曹操亦是假；不独假曹操是假，即真曹操亦是假，是其生又幻于其死云。

　　曹操既护其生前之身，又护其死后之身，则疑冢七十二是也；既护其死后之形，又欲娱其死后之魂，则命设帷帐于铜雀台，每进食必奏乐是也。其生前之作恶，不畏死后之受谴者，以死后之无知耳。若欲娱死后之魂，则是有知矣。岂受谴则无知，而娱乐则有知乎？其杀人于生前，不畏其报复于死后者，以他人死后之无知耳。若自娱其死后之魂，则己固有知矣。岂己之死则有知，而他人之死则无知乎？究竟果报昭然，厉鬼终当杀贼，地狱既设，游魂难至铜台。我叹曹操之巧，终笑曹操之愚。

　　观三马同槽之梦，又在马腾既死之后，而窃叹数之所伏，有非人意计之所得防也。周王以"檿弧"之谣杀弓人，而不知其应在褒姒；汉武以狱中天子气而杀罪人，而不知其应在病己；王莽以易名应谶之故而杀刘歆，而不知其应在光武。今操之梦兆亦犹是矣。若谓前之梦为西凉，则马休、马铁固合而为三；若谓后之梦为西凉，则马超、马岱已仅存其二。因后之谬，并识前之非。而既识前之非，更无从考其后之是。读者至此，为之喟然。

却说汉中王闻关公父子遇害，哭到于地。众文武急救，半晌方醒，扶入内殿。孔明劝曰："主上少忧。自古道'死生有命'。关公平日刚而自矜，故今日有此祸。以不记军师"东和孙权"一语，故似有埋怨之意。主上且宜保养尊体，徐图报仇。"玄德曰："孤与关、张二弟桃园结义时，誓同生死。今云长已亡，孤岂能独享富贵乎！"言未已，只见关兴号恸而来。玄德见了，大叫一声，又哭绝于地。羊舌见向戌而泣，况玄德乎。众官救醒。一日哭绝三五次，三日水浆不进，只是痛哭。泪湿衣襟，斑斑成血。是真哥哥，不是假哥哥。孔明与众官再三劝解。玄德曰："孤与东吴，誓不同日月也！"不反兵之仇，非不共戴之仇。孔明曰："闻东吴将关公首级献与曹操，操以王侯礼祭葬之。"玄德曰："此何意也？"孔明曰："此是东吴欲移祸于曹操；操知其谋，故以厚礼葬关公，令主上归怨于吴也。"张昭、司马懿之计，总不能逃此公之明鉴。玄德曰："吾今即提兵问罪于吴，以雪吾恨！"舍魏而单举吴。孔明谏曰："不可。方今吴欲令我伐魏，魏亦欲令我伐吴，各怀谲计，伺隙而乘。主上只宜按兵不动，且与关公发丧。待吴、魏不和，乘时而伐之可也。"此以吴、魏并说。众官又再三劝谏，玄德方才进膳，传旨川中大小将士，尽皆挂孝。早为后文张飞伏笔。汉中王亲出南门招魂祭奠，号哭终日。诗曰："尚慎旃哉，由来无死。"今竟死矣，吊祭不至，招魂何依？为之兄者能不悲哉！○以上按下玄德，以下先叙曹操。

却说曹操在洛阳，自葬关公后，每夜合眼便见关公。与孙策见于吉仿佛相似。操甚惊惧，问于众官。众官曰："洛阳行宫旧殿多妖，可造新殿居之。"操自将死，与殿何干。操曰："吾欲起一殿，名建始殿。当名曰"命终殿"。恨无良工。"贾诩曰："洛阳良工有苏越者，最有巧思。"操召入，令画图像。苏越画成九间大殿，前后廊庑楼阁，呈与操。操视之曰："汝画甚合孤意，但恐无栋梁之材。"为巨室，必使工师求大木。苏越曰："此去离城三十里，有一潭名跃龙潭；前有一祠，名跃龙祠。祠傍有一株大梨树，高十馀丈，堪作建始殿之梁。"操大喜，工师得大木则王喜。即令人工到彼砍伐。

次日，回报此树锯解不开，斧砍不入，不能斩伐。操不信，自领数百骑，直至跃龙祠前下马，仰观那树，亭亭如华盖，直侵云汉，并无曲节。在曹操眼中细看一番。操命砍之，乡老数人前来谏曰："此树已数百年矣，常有神人居其上，恐未可伐。"卧龙冈有栋梁之才，跃龙祠亦有栋梁之材，皆是神奇不同。操大怒曰："吾平生游历普天之下四十馀年，上至天子，下及庶人，无不惧孤，是何妖神敢违孤意！"好货。言讫，拔所佩剑亲自砍之，铮然有声，血溅满身。树亦有血，奈何人无血心。操谔然大惊，掷剑上马，回至宫内。是夜二更，操睡卧不安，坐于殿中隐几而寐。忽见一人披发仗剑，身穿皂衣，直至面前，指操喝曰："吾乃梨树之神也。汝盖建始殿，意欲篡逆，却来伐吾神木！吾知汝数尽，特来杀汝！"草木非人尚能讨贼，人非草木却多从贼，为之一叹。操大惊，急呼："武士安在？"皂衣人仗剑砍操。操大叫一声，忽然惊觉，头脑疼痛不可忍。急传旨遍求良医治疗，不能痊可。众官皆忧。

华歆入奏曰："大王知有神医华佗否？"华歆不识曾通谱否？操曰："即

江东医周泰者乎？"^{又将十五回事提照。}歆曰："是也。"操曰："虽闻其名，未知其术。"歆曰："华佗字元化，沛国谯郡人也。其医术之妙，世所罕有；但有患者，或用药，或用针，或用炙，随手而愈。若患五脏六腑之疾，药不能效者，以麻肺汤饮之，令病者如醉死，却用尖刀剖开其腹，以药汤洗其脏肺，^{曹操一肚皮奸猾，当用何药汤洗之？}病人略无疼痛。洗毕，然后以药线缝口，用药敷之，或一月，或二十日即平复矣。其神妙如此！一日，佗行于道上，闻一人呻吟之声。佗曰：'此饮食不下之病。'问之果然。佗令取蒜齑汁三升饮之，吐蛇一条，长二三尺，饮食即下。^{曹操腹中毒蛇，恐不止一条。}广陵太守陈登，心中烦懑，面赤，不能饮食，求佗医治。佗以药饮之，吐虫三升，皆赤头，首尾动摇。登问其故，佗曰：'此因多食鱼腥，故有此毒。今日虽可，三年之后必将复发，不可救也。'后陈登果三年而死。^{陈登在徐州事，已隔数十回，忽以闲笔应出，妙。}又有一人眉间生一瘤，痒不可当，令佗视之。佗曰：'内有飞物。'人皆笑之。佗一刀割开，一黄雀飞去，病者即愈。^{奇绝。操之事君如赘瘤，惜献帝之不能匕也。}有一人被犬咬足指，随长肉二块，一痛一痒，俱不可忍。佗曰：'痛者内有针十个，痒者内有黑白棋子二枚。'^{更奇。操之能剌人，能算人，恐亦当生此二物。}人皆不信。佗以刀割开，果应其言。此人真扁鹊、仓公之流也。^{于百忙中，忽叙几桩闲事。}见居金城，离此不远，大王何不召之？"

操即差人星夜请华佗入内，令诊脉视疾。佗曰："大王头脑疼痛，因患风而起。病根在脑袋中，风涎不能出，枉服汤药，不可治疗。某有一法：先饮麻肺汤，然后用利斧砍开脑袋，取出风涎，方可除根。"^{与吉平用药之意相同。}操大怒曰："汝要杀孤耶！"佗曰："大王曾闻关公中毒箭，伤其右臂，某刮骨疗毒，关公略无惧

色，^{周泰事在曹操口中照应，关公事在华佗口中照应，只两}今大王小可之疾，
^{事匀作两番写，又以华佗口中一段闲文叙之，妙品。}
何多疑焉？"操曰："臂痛可刮，脑袋安可砍开？汝必与关公情
熟，乘此机会欲报仇耳！"^{非但为关公报仇，}呼左右拿下狱中，拷问
^{直将为天子讨贼。}
其情。贾诩谏曰："似此良医，世罕其匹，未可废也。"操叱
曰："此人欲乘机害我，正与吉平无异！"^{照应二十二}急令追拷。
^{回中事。}

华佗在狱，有一狱卒姓吴，人皆称为"吴押狱"。此人每日
以酒食供奉华佗。佗感其恩，乃告曰："我今将死，恨有《青囊
书》未传于世。感公厚意，无可为报；我修一书，公可遣人送与
我家，取《青囊书》来赠公，以继吾术。"吴押狱大喜曰："我
若得此书，弃了此役，医治天下病人，以传先生之德。"^{有此心便可}
^{继华佗，不}
^{必书}
^{也。}佗即修书付吴押狱。吴押狱直至金城门，问佗之妻取了《青
囊书》，回至狱中付与华佗检看毕，佗即将书赠与吴押狱。吴押
狱持回家中藏之。^{以酒肉换《青囊》，大是便宜，}旬日之后，华佗竟死
^{换了此书，便有无数酒肉吃矣。}
于狱中。吴押狱买棺殡殓讫。^{只算谢}脱了差役回家，欲取《青囊
^{师钱。}
书》看习，只见其妻正将书在那里焚烧。^{妇人不爱医，}吴押狱大
^{非不爱书。}
惊，连忙抢夺，全卷已被烧毁，只剩得一两叶。吴押狱怒骂其
妻。妻曰："纵然学得与华佗一般神妙，只落得死于牢中，要他
何用！"^{亦是达人}吴押狱嗟叹而止。因此《青囊书》不曾传于世，
^{之言。}
所传者止阉鸡猪等小法，乃烧剩一两叶中所载也。后人有诗
叹曰：

华佗仙术比长桑，神识如窥垣一方。

惆怅人亡书亦绝，后人无复见《青囊》。

却说曹操自杀华佗之后，病势愈重，又忧吴、蜀之事。正虑间，近臣忽奏东吴遣使上书。操取书拆视之，略曰：

臣孙权久知天命已归主上，伏望早正大位，遣将剿灭刘备，扫平两川，臣即率群下纳土归降矣。孙权此时断断为汉贼无疑矣。

操观毕大笑，出示群臣曰："是儿欲使吾居炉火上耶！"侍中陈群等奏曰："汉室久已衰微，殿下功德巍巍，生灵仰望。今孙权称臣归命，此天人之应，异气齐声。殿下宜应天顺人，早正大位。"令人追思荀彧、荀攸尚有良心。操笑曰："吾事汉多年，虽有功德及民，然位至于王，名爵已极，何敢更有他望？苟天命在孤，孤为周文王矣。"隐然以篡逆之事留与曹丕。司马懿曰："今孙权既称臣归附，主上可封官赐爵，令拒刘备。"权欲使操攻备，操又使权攻备，两家之意只在于此。至于一劝进、一赐爵，皆是醉翁之意不在酒。操从之，表封孙权为骠骑将军、南昌侯，领荆州牧。即日遣使赍诰敕，赴东吴去讫。

操病势转加。急一夜梦三马同槽而食，及晓，问贾诩曰："孤向日曾梦三马同槽，疑是马腾父子为祸；此梦在杀马腾之前，今于此补照出来。今腾已死，昨宵复梦三马同槽。主何吉凶？"曹丕未篡，早为司马氏预兆。诩曰："禄马，吉兆也。禄马归于槽，主上何必疑乎？"与关平解猪为龙仿佛相似。今之代人详恶梦者，大抵类此。操因此不疑。后人有诗曰：

三马同槽事可疑，不知已植晋根基。

曹瞒空有奸雄略，岂识朝中司马师？

是夜，操卧寝室，至三更觉头目昏眩，乃起，伏几而卧。忽闻殿中声如裂帛，操惊视之，忽见伏皇后、董贵人、二皇子，并伏完、董承等二十馀人，浑身血污立于愁云之内，隐隐闻索命之声。_{从前作过事，没兴一齐来。}操急拔剑望空砍去，忽然一声响亮，震塌殿宇西南一角。_{新殿造不成，旧殿又塌了。}操惊倒于地，近侍救出，迁于别宫养病。次夜，又闻殿外男女哭声不绝。_{吕蒙是神附于身，曹操是鬼集于户，然操何以不附？曰：一则可附，多则不胜其附，故不附耳。}至晓，操召群臣入，曰："孤在戎马之中三十馀年，未尝信怪异之事。今日为何如此？"群臣奏曰："大王当命道士设醮修禳。"操叹曰："圣人云：'获罪于天，无所祷也。'_{"获罪于天"一语，自写供招。然既欲学文王，何不更学孔子之言，曰"某之祷久矣"？}孤天命已尽，安可救乎？"遂不允设醮。

次日觉气冲上焦，目不见物，急召夏侯惇商议。惇至殿门前，忽见伏皇后、董贵人、二皇子、伏完、董承等，立在阴云之中。_{曹操是双目见之，夏侯惇是一眼见之。}惇大惊昏倒，左右扶出，自此得病。操召曹洪、陈群、贾诩、司马懿等，同至卧榻前，嘱以后事。曹洪等顿首曰："大王善保玉体，不日定当霍然。"操曰："孤纵横天下三十馀年，群雄皆灭，止有江东孙权，西蜀刘备，未曾剿除。孤今病危，不能再与卿等相叙，特以家事相托。_{但言家事而不言国事，是老贼奸猾处。}孤长子曹昂，刘氏所生，不幸早年殁于宛城。_{又将前事一事一提。}卞氏生四子：丕、彰、植、熊。孤平生所爱第三子植，为人虚华少诚实，嗜酒放纵，因此不立。次子曹彰，勇而无谋。四子曹熊，多病难保。惟长子曹丕，笃厚恭谨，可继我业。卿等宜辅佐之。"_{但言立丕自继，更不说到禅代事，奸猾之极。}曹洪等泣涕领命而出。

操令近侍取平日所藏名香，分赐诸侍妾，且嘱曰："吾死之后，汝等须勤习女工，多造丝履，卖之可以得钱自给。"不知操者，但谓其"儿女情深，英雄气短"。又命诸妾多居于铜雀台中，每日设祭，必令女技奏乐上食。刘表之妻妒及于鬼，恐其以鬼悦鬼也。今操之遗命又欲以人悦鬼。又遗命于彰德府讲武城外，设立疑冢七十二，"勿令后人知吾葬处，恐为人所发掘故也。"以此自防，亦甚苦矣。若使后人将七十二冢尽掘之，为之奈何？嘱毕，长叹一声，泪如雨下。须臾，气绝而死。寿六十六岁。时建安二十五年春正月也。是子年寅月，正应左慈语。后人有《邺中歌》一篇叹曹操云：

邺则邺城水漳水，定有异人从此起。雄谋韵事与文心，君臣兄弟而父子。英雄未有俗胸中，出没岂随人眼底？功首罪魁非两人，遗臭流芳本一身。文章有神霸有气，岂能苟尔化为群？横流筑台距太行，气与理势相低昂；安有斯人不作逆，小不为霸大不王？霸王降作儿女鸣，无可奈何中不平。向帐明知非有益，分香未可谓无情。呜呼！古人作事无巨细，寂寞豪华皆有意；书生轻议冢中人，冢中笑尔书生气！

却说曹操身亡，文武百官尽皆举哀；一面遣人赴世子曹丕、鄢陵侯曹彰、临淄侯曹植、萧怀侯曹熊处报丧。曹操未见四子而死，为之一叹。众官用金棺银椁将操入殓，星夜举灵榇赴邺郡来。曹操不死于邺郡而死于洛阳，与先主不死于成都而死于白帝相似。曹丕闻知父丧，放声痛哭，率大小官员出城十里，伏道迎榇入城，停于偏殿。官僚挂孝，聚哭于殿上。忽一人挺身而出曰："请世子息哀，且议大事。"众视之，乃中庶子司马孚也。孚曰："魏王既薨，天下震动；当早立嗣王，以安众心。何但哭泣耶？"群臣曰："世子宜嗣位，但未得天子诏命，岂可造次而得？"*此时天子诏已属具文，而犹欲待之者，欺人耳目耳。*兵部尚书陈矫曰："王薨于外，爱子私立，彼此生变，则社稷危矣。"遂拔剑割下袍袖，厉声曰："即今日便请世子嗣位。众官有异议者，以此袍为例。"*此时已不欲奉天子诏矣。*百官悚惧。忽报华歆自许昌飞马而至，众皆大惊。须臾华歆入，众问其来意，歆曰："今魏王薨逝，天下震动，何不早请世子嗣位？"众官曰："正因不及候诏命，方议欲以王后卞氏慈旨立世子为王。"*未得父令，乃欲奉母令。然操之所以无令者，以天子诏可以取之如寄，群臣自能为我请之故，不必以己之令令之也。*歆曰："吾已于汉帝处索得诏命在此。"众皆踊跃称贺。歆于怀中取出诏命开读。*一班乱贼赞成曹丕篡汉之基。*原来华歆诌事魏，故草此诏，威逼献帝降之；*与破壁取后正是一样尽忠。*帝只得听从，故下诏即封曹丕为魏王、丞相、冀州牧。丕即日登位，受大小官僚拜舞起居。

正宴会庆贺间，忽报鄢陵侯曹彰，自长安领十万大军来到。丕大惊，*前华歆来众皆吃一吓，今曹彰来曹丕亦吃一吓。*遂问群臣曰："黄须小弟，平日性刚，深通武艺。今提兵远来，必与孤争王位也。如之奈何？"忽阶下一人应声出曰："臣请往见鄢陵侯，以片言折之。"众皆曰："非大夫莫能解此祸也。"正是：

试看曹氏丕彰事，几作袁家谭尚争。

未知此人是谁，且看下文分解。

第七十九回　兄逼弟曹植赋诗　侄陷叔刘封伏法

姪陷叔劉封伏法

刘、曹之相形，何厚薄之悬殊乎？玄德以异姓之兄而痛悼其弟之亡，曹丕以同胞之兄而急欲其弟之死。一则痛义弟之死而不顾其养子之恩，一则欲亲弟之亡而不顾其生母之爱。君子于此，有天伦之感焉！

甚矣名之不可窃，而实之不可诬也！操以武王之事遗其子，而自比于文王；丕则不以文王之事目其父，而仍谥之曰武王。是父欲避改革之名而让之后人，子又避改革之实而归之先世也。归之先世，而魏之篡汉，非丕篡之，实操篡之耳。操将欺人，而子先不能欺，操欲自掩，而子不为之掩。呜呼！奸雄之奸，亦复何用哉？

文章足以杀身，而有时乎亦足以救死；文章足以取忌，而有时乎亦足以动人；如子建之七步成章是已。杨恽"种豆"之歌，适触君王之怒；不若子建"煮豆"之咏，能发兄弟之悲。朱虚"畊田"之吟，但寒异姓之心；不若子建"燃豆"之诗，能解同气之怨。刘胜闻乐之对，自述涕泣之情；又不若子建"釜中"之辞，能陨他人之泪。此岂独当时为然哉？凡今之人，有以兄弟而相煎者，观于其文，亦宜为之怃然矣。

曹子建亦尝倩人代笔矣，杨修手教数十条是也。然子建倩人代笔，面试却不出丑；不似今人倩人代笔，面试即便出丑。面试不出丑，连平日之代笔者亦信其自作；面试一出丑，连平日之自作者亦疑其代笔。故唯才如子建，可不倩人；亦唯才如子建，可以偶一倩人。

观曹氏之得免于内乱，而知天之不欲祚汉也。懦若曹熊，不足论耳。曹彰以勇略自矜，而驱雄兵于邺郡；曹植以才名自恃，而观文士于临淄。岌岌乎几不免内乱之作矣！使亦如谭与尚之相争，琦与琮之相恶，而汉中王得乘隙以攻之，岂不大快事哉！乃熊既死，彰既归，而曹植亦束手而受缚，君子以为魏之幸而汉之不幸云。

刘封之拒孟达，与糜芳之从傅士仁，则有异矣。然既能拒之于终，何不拒之于始？既能斩孟达之使而不降曹操，何以听孟达之谮而不救关公乎？南郡之救樊城也难，糜芳不听士仁则必死，上庸之援麦城也易，封不听孟达则未必至于死，惜其见之不早耳。

刘封虽有罪，而先主杀之，亦未得其当也。其不救关公也，可罪；其不降曹氏也，可原；其拒孟达于后也，可嘉；则其悔听孟达于前也，亦可谅。而丧一义弟，又杀一义儿，诚计之左矣。且既欲杀之，不即召而杀之，而使丧师失地，以重其辜，则先主有三失焉：彼自知获戾而将兵于外，安保其无降魏之心？其失算者一。以一刘封当徐晃、夏侯尚、孟达之师，明知其非敌而故遣焉，是弃刘封并弃五万人，其失算者二。孟达已去，不更令别将以守上庸，而至有申耽、申仪之叛，使刘封进退无路，是弃刘封并弃上庸之地；其失算者三。有此三失，宜先主之终悔与？

张松、法正、孟达、彭羕四人皆卖国，而各有不同。初欲投曹操，而继乃向先主者，张松也；既归先主，而又欲叛先主者，彭羕也；事刘而复降曹，降曹而其后又欲归刘者，孟达也；其背刘璋之后，始终事先主者，唯法正一人而已。虽然，法正、孟达同功一体，孟达有罪，法正必不自安。幸其时正已死耳。若正而在，安保其不为彭羕乎？苟曰始终无二，吾于法正，未之敢信。

却说曹丕闻曹彰提兵而来，惊问众官。一人挺身而出，愿往折服之。众视其人，乃谏议大夫贾逵也。曹丕大喜，即命贾逵前往。逵领命出城，迎见曹彰。彰问曰："先王玺绶安在？"（一见便问玺绶，黄须儿几欲学紫须儿。）逵正色而言曰："家有长子，国有储君。先王玺绶，非君侯之所宜问也。"（意正而词严。）彰默然无语，乃与贾逵同入城。至宫门前，逵问曰："君侯此来，欲奔丧耶？欲争位耶？"（本欲其退兵，却先问此二语，妙甚。）彰曰："吾来奔丧，别无异心。"逵曰："既无异心，何故带兵入城？"（妙在不教之退而自退。）彰即时叱退左右将士，只身入内拜见曹丕。兄弟二人，相抱大哭。曹彰将本部军马尽交与曹丕。丕令彰回鄢陵自守，彰拜辞而去。

于是曹丕安居王位，改建安二十五年为延康元年；（未篡位先改元，奇绝。）○谚云："自肚里改年号"，即此便为篡位之兆。封贾诩为太尉，华歆为相国，王朗为御史大夫；大小官僚，尽皆升赏。谥曹操为武王，（曹操自比文王，而曹丕偏不谥之曰"文"，偏谥之曰"武"。）葬于邺郡高陵，令于禁董治陵事。禁奉令到彼，只见陵屋中白粉壁上，图画关云长水淹七军擒获于禁之事，（文字照应之妙。）画云长俨然上座，庞德愤怒不屈，于禁拜伏于地哀求乞命之状。（教他看曹操的坟墓，却看了自己的行乐。既看了自己的行乐，又看了关公的喜神。）原来曹丕以于禁兵败被擒，不能死节，既降敌而复归，心鄙其为人，故先令人图画陵屋粉壁，故意使之往见以愧之。（曹丕羞臣下是一幅画，难兄弟是一首诗。看画所以陶情，吟诗所以遣兴，自有诗画以来未有如于禁、曹植之不堪者也。）当下于禁见此画像，又羞又恼，气愤成疾，不久而死。（死迟了。）后人有诗叹曰：

三十年来说旧交，可怜临难不忠曹。

知人未向心中识，画虎今从骨里描。

却说华歆奏曹丕曰："鄢陵侯已交割军马，赴本国去了。临淄侯植、萧怀侯熊，二人竟不来奔丧，理当问罪。"^{不知君臣之义者，定不善处人兄弟之间。}丕从之，即分遣二使往二处问罪。不一日，萧怀使者回报："萧怀侯曹熊惧罪自缢身死。"^{先逼杀了一个兄弟。}丕令厚葬之，追赠萧怀王。又过了一日，临淄使者回报，说："临淄侯已与丁仪、丁廙兄弟二人酣饮，悖慢无礼。闻使命至，临淄侯端坐不动，丁仪骂曰：'昔日先王本欲立吾主为世子，被谗臣所阻。今王丧未远，便问罪于骨肉，何也？'^{是责曹丕。}丁廙又曰：'据吾主聪明冠世，自当承嗣大位，今反不得立。汝那庙堂之臣，何不识人才若此！'^{是责群臣。}临淄侯因怒，叱武士将臣乱棒打出。"^{曹植之事不在临淄一边叙来，只在邺使口中说出，笔法甚省。}丕闻之大怒，即令许褚领虎卫军三千，火速至临淄擒曹植等一干人来。褚奉命，引军至临淄城。守将拦阻，褚立斩之，直入城中，无一人敢当锋锐，径到府堂。只见曹植与丁仪、丁廙等尽皆醉倒。^{丧中醉倒，难为孝子。丕虽不兄，植亦不子。}褚皆缚之，载于车上，并将府下大小属官，尽行拿解邺郡，听候曹丕发落。丕下令，先将丁仪、丁廙等尽行诛戮。丁仪字正礼，丁廙字敬礼，沛郡人，乃一时文士；及其被杀，人多惜之。^{文章不能免祸，为之一叹。}

却说曹丕之母卞氏，听得曹熊缢死，心甚悲伤；忽又闻曹植被擒，其党丁仪等已杀，大惊，急出殿召曹丕相见。^{群臣无一人为曹植请命者，而必待其母自出，为之一叹。}丕见母出殿，慌来拜谒。卞氏哭谓丕曰："汝弟植平生嗜酒疏狂，盖因自恃胸中之才，故尔放纵。汝可念同胞之情，存其性命。吾至九泉亦瞑目也。"^{吴氏为女之故而骂孙权，其词厉；卞氏为植之故而求曹丕，其词哀。}丕曰："儿亦深爱其才，安肯害他？今正欲戒其性耳。母亲勿忧。"

卞氏洒泪而入。丕出偏殿，召曹植入见。华歆问曰："适来莫非太后劝殿下勿杀子建乎？"丕曰："然。"歆曰："子建怀才抱智，终非池中物；若不早除，必为后患。"_{华歆不知有伏后，何知有卞氏也。}丕曰："母命不可违。"歆曰："人皆言子建出口成章，臣未深信。主上可召入，以才试之。若不能即杀之，若果能则贬之，以绝天下文人之口。"_{既能助臣欺主，何难助兄谋弟。}丕从之。须臾，曹植入见，惶恐伏拜请罪。丕曰："吾与汝情虽兄弟，义属君臣，汝安敢恃才蔑礼？昔先君在日，汝常以文章夸示于人，吾深疑汝必用他人代笔。吾今限汝行七步吟诗一首，若果能则免一死，若不能则从重加罪，决不姑恕！"_{纵使倩人代笔，罪不至死。若以此论死，则天下之犯死罪者多矣。}植曰："愿乞题目。"时殿上悬一水墨画，画着两只牛斗于土墙之下，一牛坠井而亡。丕指画曰："即以此画为题。诗中不许犯着'二牛斗墙下，一牛坠井死'字样。"_{阿哥做考官，乃出如此难题目。}植行七步，其诗已成。诗曰：

两肉齐道行，头上带凹骨。相遇由山下，欻起相塘突。
二敌不俱刚，一肉卧土窟。非是力不如，盛气不泄毕。

曹丕及群臣皆惊。丕又曰："七步成章，吾犹以为迟。汝能应声而作诗一首否？"_{面试中式，偏不作准，又要覆试。}植曰："愿即命题。"丕曰："吾与汝乃兄弟也。以此为题。亦不许犯着'兄弟'字样。"_{前题在《牵牛》章。此题在《棠棣》章。}植略不思索，即口占一首曰：

煮豆燃豆萁，豆在釜中泣。
本是同根生，相煎何太急？

曹丕闻之，潸然泪下。四句诗赛过一篇求通亲亲表，闻之安得不泪。其母卞氏从殿后出曰："兄何迫弟之甚耶？"丕慌忙离坐告曰："国法不可废耳。"于是贬曹植为安乡侯。试了好文字，犹然降等；若文字不佳，将不止劣等矣。植拜辞上马而去。

曹丕自继位之后，法令一新，威迫汉帝，甚于其父。早有细作报入成都。以上按下曹丕，以下再叙先主。汉中王闻之大惊，即与文武商议曰："曹操已死，曹丕继位，威迫天子更甚于操。东吴孙权，拱手称臣。孤欲先伐东吴，以报云长之仇；以关公之仇仇之则私，以臣魏之罪罪之则公。次讨中原，以除乱贼。"言未毕，廖化出班，哭拜于地曰："关公父子遇害，实刘封、孟达之罪。乞诛此二贼。"玄德便欲遣人擒之。孔明谏曰："不可。且宜缓图之，急则生变矣。恐其不降吴则降魏耳。可升此二人为郡守，分调开去，然后可擒。"

玄德从之，遂遣使升刘封去守绵竹。原来彭羕与孟达甚厚，听知此事，急回家作书，遣心腹人驰报孟达。本为欲治二人之罪，却引出一人来。使者方出南门外，被马超巡视军捉获，解见马超。超审知此事，即往见彭羕。羕接入，置酒相待。酒至数巡，超以言挑之曰："昔汉中王待公甚厚，今何渐薄也？"马超性直，此时亦能用诈。羕因酒醉，恨骂曰："老革荒悖，吾必有以报之！"超又探曰："某亦怀怨心久矣。"羕曰："公起本部军，结连孟达为外合，某领川兵为内应，大事可图也。"前被髡于刘璋，今发长未几而复生异心，恐不但断发，将断其头矣。超曰："先生之言甚当。来日再议。"超辞了彭羕，即将人与书解见汉中王，细言其事。玄德大怒，即令擒彭羕下狱，拷问其情。羕在狱中，悔之无及。玄德问孔明曰："彭羕有谋反之意，当何以治之？"孔明曰："羕虽狂士，然留之久必生祸。"于是玄德赐彭羕死于狱。与张松事泄而死，仿佛相似。

　　彭羕既死，有人报知孟达。达大惊，举止失措。忽使命至，调刘封回守绵竹去讫。孟达慌请上庸、房陵都尉申耽、申仪弟兄二人商议曰："我与法孝直同有功于汉中王；今孝直已死，^{法正之死，在孟达口中补出。}而汉中王忘我前功，乃欲见害，为之奈何？"耽曰："某有一计，使汉中王不能加害于公。"达大喜，急问何计。耽曰："吾弟兄欲投魏久矣！公可作一表，辞了汉中王，投魏王曹丕，不必重用。吾二人亦随后来降也。"^{又因孟达一人，引出两人之叛。}达猛然省悟，即写表一通付与来使，当晚引五十馀骑投魏去了。使命持表回成都奏汉中王，言孟达投魏之事。先主大怒。览其表曰：

　　臣达伏惟殿下将建伊、吕之业，追桓、文之功，大事草创，假势吴楚；是以有为之士，望风归顺。臣委质以来，愆戾山积；臣犹自知，况于君乎？今王朝英俊鳞集，臣内无辅佐之器，外无将领之才，列次功臣，诚足自愧！

　　臣闻范蠡识微，浮于五湖；舅犯谢罪，遂巡河上。夫际会之间，请命乞身，何哉？欲洁去就之分也。况臣卑鄙，无元功巨勋，自系于时，窃慕前贤，早思远耻。昔申生至孝，见疑于亲；子胥至忠，见诛于君；蒙恬拓境而被大刑，乐毅破齐而遭谗佞。臣每读其书，未尝不感慨流涕；而亲当其事，益用伤悼！

　　迩者，荆州覆败，大臣失节，百无一还；唯臣寻事，自致房陵、上庸，而复乞身，自放于外。伏想殿下圣恩感悟，愍臣之心，悼臣之举。臣诚小人，不能始终。知而为之，敢谓非罪？臣每闻"交绝无恶声，去臣无怨辞"。臣过奉教于君子，愿君王勉之，臣不胜惶恐之至！

玄德看毕，大怒曰："匹夫叛吾，安敢以文辞相戏耶！"即欲起兵擒之。孔明曰："可就遣刘封进兵，令二虎相并；刘封或有功，或败绩，必归成都，就而除之，可绝两害。"_{一举两得，殊不费力。}玄德从之，遂遣使到绵竹，传谕刘封。封受命，率兵来擒孟达。

却说曹丕正聚文武议事，忽近臣奏曰："蜀将孟达来降。"丕召入问曰："汝此来莫非诈降乎？"达曰："臣为不救关公之危，汉中王欲杀臣，因此惧罪来降，别无他意。"曹丕尚未准信，忽报刘封引五万兵来取襄阳，单搦孟达厮杀。丕曰："汝既是真心，便可去襄阳取刘封首级来，孤方准信。"_{与吕蒙使傅士仁招糜芳一般意思。}达曰："臣以利害说之，不必动兵，令刘封亦来降也。"丕大喜，遂加孟达为散骑常侍、建武将军、平阳亭侯，领新城太守，去守襄阳、樊城。原来夏侯尚、徐晃已先在襄阳，正将收取上庸诸部。孟达到了襄阳，与二将礼毕，探得刘封离城五十里下寨。达即修书一封，使人赍赴蜀寨招降刘封。_{与傅士仁说糜芳相似。}刘封览书大怒曰："此贼误吾叔侄之义，又间吾父子之亲，使吾为不忠不孝之人也！"遂扯碎来书，斩其使。_{刘封此时，却与糜芳大异。}

次日，引军前来搦战。孟达知刘封扯书斩使，勃然大怒，亦领兵出迎。两阵对圆，封立马于门旗下，以刀指骂曰："背国反贼，安敢乱言！"孟达曰："汝死已临头上，还自执迷不省！"封大怒，拍马轮刀，直奔孟达。战不三合，达败走，_{便是诱敌之计。}封乘虚追杀二十余里，一声喊起，伏兵尽出，左边夏侯尚杀来，右边徐晃杀来，孟达回身复战。三军夹攻，刘封大败而走，连夜奔回上庸，背后魏兵赶来。刘封到城下叫门，城上乱箭射下。申耽在敌楼上叫曰："吾已降了魏也！"_{早为十数回后闭门射孟达作一样子。}封大怒，欲要攻城，背后追军将至，封立脚不住，只得望房陵而奔，见城上已尽插魏旗。申仪在敌楼上将旗一飐，城后一彪军出，旗上大书"右将军徐晃"。<small>与洇水之战相似。</small>封抵敌不住，急望西川而走。晃乘势追杀。刘封部下只剩得百馀骑。到了成都，入见汉中王，哭拜于地，细奏前事。玄德怒曰："辱子有何面目复来见吾！"封曰："叔父之难，非儿不救，因孟达谏阻故耳。"<small>今番却推脱不干净了。</small>玄德转怒曰："汝须食人食穿人衣，非土木偶人，安可听谗贼所阻！"命左右推出斩之。<small>此时悔听孟达之言而不救关公，又悔不听孟达之言而不降魏矣。</small>汉中王既斩刘封，后闻孟达招之，毁书斩使之事，心中颇悔；又哀痛关公，以致染病。因此按兵不动。<small>以上按下先主，以下再叙曹丕。</small>

且说魏王曹丕自即王位，将文武官尽皆升赏，遂统甲兵三十万，南巡沛国谯县，大飨先茔。乡中父老，扬尘遮道，举觞进酒，效汉高祖还沛之事。<small>正尔居丧守制，却使衣锦还乡，恐不如高祖之"威加海内"而归也。</small>人报大将军夏侯惇病笃，丕即还邺郡。时惇已卒，<small>照应前文见鬼事。</small>丕为挂孝，以厚礼殡葬。

是岁八月间，报称石邑县凤凰来仪，临淄城麒麟出现，黄龙现于邺郡。<small>此凤、此麟、此龙，不当来而来，非魏之祯祥，乃汉之妖孽耳。</small>于是中郎将李伏、太史丞许芝商议，种种瑞征，乃魏当代汉之兆，可安排受禅之礼，令汉帝将天下让与魏王。遂同华歆、王朗、辛毗、贾诩、刘廙、刘晔、陈矫、陈群、桓阶等一班文武官僚四十馀人，直入内殿来奏汉献帝，请禅位于魏王曹丕。正是：

　　　　魏家社稷今将建，汉代江山忽已移。

未知献帝如何回答，且看下文分解。

第八十回　曹丕废帝篡炎刘　汉王正位续大统

三代以后，学汤、武之征诛则是，学舜、禹之受禅则非。盖征诛可学而受禅不可学也。汉高学汤、武，虽未必遽可汤、武，而犹不失为堂堂之阵，正正之旗。若夫受禅之举，一学之而谬者有王莽，再学之而谬者有曹丕。彼但知舜、禹之事，而不知舜、禹之所以行其事者耳。舜、禹之事，行之以舜、禹之心。后人乃以羿、浞之心，而欲行舜、禹之事，居尧宫而迫尧子，夺舜玺而迫舜禅，天下有如是之舜、如是之禹哉？

有妖孽而为祯祥者，如九年之水开圣帝，七年之旱启贤王是也；有祯祥而为妖孽者，如鲁桓公之书大有，鲁哀公之志获麟是也。不当瑞而瑞，即谓之妖；不当祥而祥，即谓之孽。麟凤黄龙，非曹丕受命之祯，乃献帝失国之兆。然则麟也凤也龙也，直等之青蛇之堕，雌鸡之化而已矣。

观曹丕受禅之时，有怪风之警，而知天心之未尝不与人心合也。人有心，天亦有心。人心不予魏，岂天心独予魏哉？然不与魏者天心也，不予魏而终不能禁魏之篡者天数也。不独人不能违数，即天亦不能自违其数。数不可凭，而福善祸淫之心则可凭。紫阳《纲目》不以魏为正统，盖不以天数与之，还以天心之合乎人心者夺之耳。

汉高之返沛县，有《大风》之歌，此汉初之雄风也。献帝之禅许昌，有怪风之变，此汉末之悲风也。风在汉初而雄，在汉末而悲，同一风而有盛衰之异焉。虽然，风至汉末，风斯息矣，汉末安得有风？当仍归之高祖在天之灵可也。

吕雉王产、禄，而刘几化吕；武曌宠三思，而周几代唐。若曹后者，诚过之矣。曹后之骂曹丕，比之王后之骂王莽，庶几相似乎？然以后之贵而贵其族者，王后也；以族之贵而贵为后者，曹后也。族以后之故而得贵，则后之斥之也易；后因族之故而得立，则后之不党其族也难。推曹后之心，使其身非曹操之所出，我知其必与父兄同谋讨贼，如伏后、董妃之事耳。伏完有女而曹操亦有女，董承有妹而曹丕亦有妹。曹后之贤，殆将与伏后、董妃并列为三云。

玄德之帝成都，与曹丕之帝洛阳，同一帝也。而史家之笔，予玄德而不予曹丕者，正与僭之异也。若论玄德之取西川，则以刘夺刘，或以为逆取而顺守；若论玄德之即帝位，则以刘继刘，直是顺取而顺守矣。所可议者，续高、光之业而不坠其统，固所以尊祖。乃纳刘瑁之妻，而立之为后，似不免于渎祖。君子于此不能无遗憾焉。

玄德之称汉中王也，在曹操称魏王之后。夫曹氏可王，而刘氏独不可王乎？非刘氏而王者，高祖有禁，即以献帝临之，曹可夺而刘可予也。玄德之即帝位也，在曹丕篡帝位之后。夫丕可以篡汉，而帝室之胄反不可以继汉乎？丕篡之而玄德继之，是献帝废而未废也。宋之司马氏乃帝魏而寇蜀，吾不知其作何解！

却说华歆等一班文武入见献帝。歆奏曰："伏睹魏王自登位以来，德布四方，仁及万物，越古超今，虽唐、虞无以过此。^{语语丧心}群臣会议，言汉祚已终，望陛下效尧、舜之道，以山川社稷禅与魏王，上合天心，下合民意，则陛下安享清闲之福，祖宗幸甚！生灵幸甚！臣等议定，特来奏请。"^{东吴讨一荆州，关公且不许，华歆却把一皇帝轻轻去。}帝闻奏大惊，半晌无言，觑百官而哭曰："朕想高祖提三尺剑斩蛇起义，平秦灭楚，创造基业，世统相传四百年矣。朕虽不才，初无过恶，安忍将祖宗大业等闲弃了？汝百官再从公计议。”议使不妥。

华歆引李伏、许芝近前奏曰：“陛下若不信，可问此二人。”李伏奏曰：“自魏王即位以来，麒麟降生，凤凰来仪，黄龙出现，嘉禾蔚生，甘露下降，此即上天示瑞，魏当代汉之象也。”何不竟指青龙见坐、雌鸡化雄之灾异以为言乎！许芝又奏曰：“臣等职掌司天，夜观乾象，见炎汉气数已终，陛下帝星隐匿不明；魏国乾象，极天察地，言之难尽。更兼上应图谶，其谶曰：‘鬼在边，委相连；当代汉，无可言。言在东，午在西；两日并光上下移。’以此论之，陛下可早禅位。‘鬼在边，委相连’，是‘魏’字也，‘言在东，午在西’，乃‘许’字也；‘两日并光上下移’，乃‘昌’字也。此是魏在许昌应受汉禅也，愿陛下察之。”此等图谶，想亦华歆等捏造耳。帝曰：“祥瑞图谶，皆虚妄之事；奈何以虚妄之事，而遽欲朕舍祖宗之基业乎？”王朗奏曰：“自古以来，有兴必有废，有盛必有衰，岂有不亡之国、不败之家乎？汉室相传四百馀年，延至陛下，气数已尽，宜早退避，不可迟疑；迟则生变矣。”未闻当日皋夔、稷契如此苦劝唐尧。帝大哭入后殿去了。百官哂笑而退。

次日，官僚又集于大殿，令宦官入请献帝。帝忧惧不敢出。曹后曰：“百官请陛下设朝，陛下何故推阻？”帝泣曰：“汝兄欲篡位，令百官相迫，朕故不出。”曹后大怒曰：“吾兄奈何为此乱逆之事耶？”曹后深明大义，不是女生向外。言未已，只见曹洪、曹休带剑而入，请帝出殿。曹后大骂曰：“俱是汝等乱贼，希图富贵，共造逆谋！吾父功盖寰区，威震天下，然且不敢篡窃神器。今吾兄嗣位未几，辄思篡汉，皇天必不祚尔！"<small>比孙夫人之叱吴将更为激烈，不言意曹瞒老贼却有如此一位贤女。言</small>罢，痛哭入宫。左右侍者皆歔欷流涕。

曹洪、曹休力请献帝出殿。帝被迫不过，只得更衣出前殿。华歆奏曰："陛下可依臣等昨日之议，免遭大祸。"<small>四岳荐舜，未闻有此恐吓语。</small>帝痛哭曰："卿等皆食汉禄久矣，中间多有汉朝功臣子孙，何忍作此不臣之事？"<small>月正元日，未闻唐尧如此苦告四岳。</small>歆曰："陛下若不从众议，恐旦夕萧墙祸起，非臣等不忠于陛下也。"帝曰："谁敢弑朕耶？"歆厉声曰："天下之人，皆知陛下无人君之福，以致四方大乱！若非魏王在朝，弑陛下者，何止一人？陛下尚不知恩报本，直欲令天下人共伐陛下耶？"<small>使管宁而在，不但割席，当割其舌，不但分坐，当分其尸矣。</small>帝大惊，拂袖而起，王朗以目视华歆。歆纵步向前，扯住龙袍，变色而言曰："许与不许，早发一言！"<small>露出昔日破壁面孔。</small>帝战栗不能答。曹洪、曹休拔剑大呼曰："符宝郎何在？"祖弼应声出曰："符宝郎在此！"曹洪索要玉玺。祖弼叱曰："玉玺乃天子之宝，安得擅索！"<small>忠臣国之宝也。符</small><small>宝非宝，祖弼是宝。</small>洪喝令武士推出斩之。祖弼大骂不绝口而死。后人有诗赞曰：

奸究专权汉室亡，诈称禅位效虞唐。

满朝百辟皆尊魏，仅见忠臣符宝郎。

帝颤栗不已，只见阶下披甲持戈数百馀人皆是魏兵。帝泣谓群臣曰："朕愿将天下禅与魏王，幸留残喘以终天年。"贾诩曰："魏王必不负陛下。陛下可急降诏，以安众心。"<small>非安众心，乃安一身耳。</small>帝只得令陈群草禅国之诏，令华歆赍捧诏玺，引百官直至魏王宫献纳。本是天子所赐，乃曰"献纳"，可叹。曹丕大喜。开读诏曰：

朕在位三十二年，遭天下荡覆，幸赖祖宗之灵，危而复存。原非大臣之力。然今仰瞻天象，俯察民心，炎精之数既终，行运在乎曹氏。是以前王既树神武之迹，今王又光耀明德，以应其期。历数昭明，信可知矣。夫"大道之行，天下为公"。唐尧不私于厥子，而名播于无穷，朕窃慕焉。今其追踪尧典，禅位于丞相魏王。王其毋辞！

曹丕听毕，便欲受诏。司马懿谏曰："不可。虽然诏玺已至，殿下宜且上表谦辞，以绝天下之谤。"天下难欺。与其诈让，不如从直。丕从之，令王朗作表，自称德薄，请别求大贤以嗣天位。不曰天位不可让，而曰别求大贤，便是欲天子避位之意。帝览表，心甚惊疑，谓群臣曰："魏王谦逊，如之奈何？"天子若信，老实不更与他，看他如何再许！华歆曰："昔魏武王受王爵之时，三辞而诏不受，然后受之。此是家传奸诈衣钵。今陛下可再降诏，魏王自当允从。"子效父之诈，臣导君以诈，真堪羞杀。

帝不得已，又令桓楷草诏，遣高庙使张音持节奉玺至魏王宫。曹丕开读　诏曰：

咨尔魏王，上书谦让。朕窃为汉道陵迟，为日已久；幸赖武王操，德膺符运，奋扬神武，芟除凶暴，清定区夏。今王丕缵承前绪，至德光昭，声教被四海，仁风扇八区；天之历数，实在尔躬。昔虞舜有大功二十，而放勋禅以天下；大禹有疏导之绩，而重华禅以帝位。汉承尧运，有传圣之义，加顺灵祇，绍天明命，使行御史大夫张音，持节奉皇帝玺绶。王其受之！

曹丕接诏欣喜，谓贾诩曰："虽二次有诏，然终恐天下后世，不免篡窃之名也。"〔既畏此名，何如不做。〕诩曰："此事极易。可再命张音赍回玺绶，却教华歆令汉帝筑一台，名'受禅台'，〔前李肃赚董卓，曾言筑"受禅台"矣，有前之虚话，乃有此之即真。〕择吉日良辰，集大小公卿，尽到台下，令天子亲奉玺绶，禅天下与王，〔差人送来不算，却要天子亲自送来。〕便可以释群疑而绝众议矣。"

丕大喜，即令张音捧回玺绶，仍作表谦辞。音回奏献帝。帝问群臣曰："魏王又让，其意若何？"〔若天子第二次竟做假呆，曹丕将如之何？〕华歆奏曰："陛下可筑一台，名曰'受禅台'，集公卿庶民明白禅位，〔到底不明不白。〕则陛下子子孙孙，必蒙魏恩矣。"帝从之，乃遣太常院官卜地，于繁阳筑起三层高台，择于十月庚午日寅时禅让。

至期，献帝请魏王曹丕登台受禅，台下集大小官僚四百馀员，御林虎贲禁军三十馀万，〔众目昭彰，其罪愈著。〕帝亲捧玉玺奉曹丕。丕受之。台下群臣跪听册曰：

咨尔魏王！昔者唐尧禅位于虞舜，舜亦以命禹。天命不于常，唯归有德。汉道凌迟，世失其序。降及朕躬，大乱滋昏；群凶恣迹，宇内颠覆。赖武王神武，拯兹难于四方，唯清区夏，以保绥我宗庙。岂予一人获义，俾九服实受其赐。今王钦承前绪，光于乃德；恢文武之大业，昭尔考之弘烈。皇灵降瑞，人神告征；诞唯亮采，师锡朕命。佥曰：尔度克协于虞舜，用率我唐典，敬逊尔位。於戏！天之历数在尔躬，君其祗顺大礼，飨万国以肃承天命！

读册已毕，魏王曹丕即受禅位大礼，登了帝位。贾诩引大小官僚朝于台下。改延康元年为黄初元年。_{张角所云"黄天当立"，于此始验。}国号大魏。丕即传旨，大赦天下。谥父曹操为太祖武皇帝。华歆奏曰："'天无二日，民无二王。'汉帝既禅天下，理宜退就藩服。乞降明旨，安置刘氏于何地？"言讫，扶献帝跪于台下听旨。_{尧率诸侯比面而朝之，方信不是齐东之语。}丕降旨封帝为山阳公，即日便行。华歆按剑指帝，厉声而言曰："立一帝，废一帝，古之常道！今上仁慈，不忍加害，封汝为山阳公。即日便行，非宣召不许入朝！"_{龙头之恶，一至于此！追原舜踪之分，只在拾金一刻。}献帝含泪拜谢，上马而去。台下军民人等见之，伤感不已。_{旁写一笔，见献帝之难堪。}丕谓群臣曰："舜、禹之事，朕知之矣！"_{天下有如此舜、禹乎？}群臣皆呼"万岁"。后人观此受禅台，有诗叹曰：

> 两汉经营事颇难，一朝失却旧江山。
>
> 黄初欲学唐虞事，司马将来作样看。

百官请曹丕答谢天地。丕方才下拜，忽然台前卷起一阵怪风，飞沙走石，急如骤雨，对面不见；台上火烛，尽皆吹灭。_{此亦是禅瑞耶？虞舜当日四方风动，恐未必如此风也。}丕惊倒于台上，百官急救下台，半晌方醒。_{烈风雷雨弗迷，丕何以不如舜。}侍臣扶入宫中，数日不能设朝。后病稍可，方出殿受群臣朝贺，封华歆为司徒，王朗为司空；大小官僚，一一升赏。丕疾未痊，疑许昌宫室多妖，_{曹操之疾既疑洛阳有鬼，曹丕之疾又疑许昌多妖，究竟何鬼、何妖？不过因操奸如鬼，故以鬼召鬼；丕恶如妖，故以妖召妖耳。}乃自许昌幸洛阳，大建宫

室。^{以上按下曹丕，}^{以下接叙先主。}

早有人到成都，报说曹丕自立为大魏皇帝，于洛阳盖造宫殿；且传言汉帝已遇害。^{此传言之误。按汉帝废为山阳公者}^{五十年，至曹叡青龙二年始卒。}汉中王闻知，痛哭终日，下令百官挂孝，遥望设祭，上尊谥曰"孝愍皇帝"。玄德因此忧虑，致染成疾，不能理事，政务皆托与孔明。孔明与太傅许靖、光禄大夫谯周商议，言天下不可一日无君，欲尊汉中王为帝。^{放下先主，接叙孔明。}^{为即帝位斗笋。}谯周曰："近有祥风庆云之瑞；成都西北角有黄气数十丈，冲霄而起；帝星见于毕、胃、昴之分，煌煌如月。此正应汉中王当即帝位，以继汉统，更复何疑？"^{孔明但言人事，}^{谯周兼言天象。}

于是孔明与许靖，引大小官僚上表，请汉中王即皇帝位。汉中王览表，大惊曰："卿等欲陷孤为不忠不义之人耶？"孔明奏曰："非也。曹丕篡汉自立，主上乃汉室苗裔，理合继统以延汉祀。"汉中王勃然变色曰："孤岂效逆贼所为！"拂袖而起，入于后宫。^{曹丕迫勒天子之诏，先主不}^{受群臣之表，相去甚远。}众官皆散。三日后，孔明又引众官入朝，请汉中王出。众皆拜伏于前。许靖奏曰："今汉天子已被曹丕所弑，主上不即帝位，兴师讨逆，不得为忠义也。今天下无不欲主上为君，为孝愍皇帝雪恨。若不从臣等所议，是失民望矣。"^{不以大德推之，而以大}^{义推之，善于劝进。}汉中王曰："孤虽是景帝之孙，并未有德泽以布于民；今一旦自立为帝，与篡窃何异！"^{不言义不当立，但}^{言德不堪受。渐}^{渐相}^近孔明苦劝数次，汉中王坚执不从。孔明乃设一计，谓众官曰："如此如此。"于是孔明托病不出。

汉中王闻孔明病笃，亲到府中，直入卧榻边，问曰："军师所感何病？"^{害着要立皇}^{帝的病。}孔明答曰："忧心如焚，命不久矣！"

汉中王曰："军师所忧何事？"连问数次，孔明只推病

故作可骇之语。

重，瞑目不答。先是先主作难，此处却是孔明作难，妙绝。汉中王再三请问。孔明喟然叹

曰："臣自出茅庐，得遇大王，相随至今，言听计从。今幸大王

有两川之地，不负臣夙昔之言。目今曹丕篡位，汉祀将斩，文武

官僚，咸欲奉大王为帝，灭魏兴刘，共图功名；不想大王坚执不

肯，众官皆有怨心，不久必尽散矣。不以己动之，乃以群臣动之。若文武皆散，

吴、魏来攻，两川难保，臣安得不忧乎？"既以群臣动之，又以两川动之。汉中王

曰："吾非推阻，恐天下人议论耳。"不言己德不堪，但恐人心不服，比前又渐渐相近。孔明

曰："圣人云：'名不正，则言不顺。'今大王名正言顺，有何可

议？此言人事允宜。岂不闻'天与弗取，反受其咎'？"此言天命当受。汉中王

曰："待军师病可，行之未迟。"此句已是十分应承。孔明听罢，从榻上跃

然而起，曹丕真病，孔明假病，真病难痊，假病立愈。将屏风一击，外面文武众官皆入，拜

伏于地曰："主上既允，便请择日以行大礼。"只露得一句口风，便被众人拾去。汉

中王视之，乃是太傅许靖、安汉将军糜竺、青衣侯尚举、阳泉侯

刘豹、别驾赵祚、治中杨洪、议曹杜琼、从事张爽、太常卿赖

忠、光禄卿黄权、祭酒何曾、学士尹默、司业谯周、大司马殷

纯、偏将军张裔、少府王谋、昭文博士伊籍、从事郎秦宓等众

也。先闻其言，后详其人，不想屏风之外早有埋伏。

　　汉中王惊曰："陷孤于不义，皆卿等也！"孔明曰："主上既

允所请，便可筑台择吉，恭行大礼。"核实一句便难推调。即时送汉中王还

宫，一面令博士许慈、谏议郎孟光掌礼，筑台于成都武担之南。

诸事齐备，多官整设銮驾，迎请汉中王登坛致祭。谯周坛上高声

朗读祭文曰：

惟建安二十五年四月丙午朔，越十二日丁巳，皇帝备敢昭告于皇天后土：汉有天下，历数无疆。曩者王莽篡盗，光武皇帝震怒致诛，社稷复存。今曹操阻兵残忍，戮杀主后，罪恶滔天；操子丕，载肆凶逆，窃据神器。群下将士，以为汉祀堕废，备宜延之，嗣武二祖，躬行天罚。备惧无德忝帝位，询于庶民，外及遐荒君长，佥曰：天命不可以不答，祖业不可以久替，四海不可以无主。率土式望，在备一人。备畏天明命，又惧高、光之业，将坠于地，谨择吉日，登坛祭告，受皇帝玺绶，抚临四方。唯神飨祚汉家，永绥历服！ 魏家之诏欺人，汉家之文告天。诏有三通，却不是真文，止一编却不是假。

读罢祭文，孔明率众官恭上玉玺。汉中王受了，捧于坛上，再三推让曰："备无才德，请择有才德者受之。" 此让虽是虚文，然与曹丕之让不同。孔明奏曰："主上平定四海，功德昭于天下，况是大汉宗派，宜即正位。已祭告天神，复何让焉！"文武各官，皆呼万岁。拜舞礼毕，改元章武元年。与曹丕一般改元，先主却改得堂堂正正。立妃吴氏为皇后，长子刘禅为太子；封次子刘永为鲁王，刘理为梁王；封诸葛亮为丞相，许靖为司徒；大小官僚，一一升赏。大赦天下。两川军民，无不欣跃。一样做皇帝，只此一语，曹丕却输与先主。

次日设朝，文武官僚拜毕，列为两班。先主降诏曰："朕自桃园与关、张结义，誓同生死。不幸二弟云长被东吴孙权所害，若不报仇，是负盟也。朕欲起倾国之兵，翦伐东吴，生擒逆贼，以雪此恨！" 篡汉帝之仇，更大于害关公之仇。乃先关公而后献帝者，特以其事有先后耳。言未毕，班内一人拜伏于阶下，谏曰："不可。"先主视之，乃虎威将军赵云也。

正是：

　　　君王未及行天讨，臣下曾闻进直言。

　　未知子龙所谏若何，且看下文分解。